WARRIORS

貓戰士

外傳之XX

豹星的榮耀

Leopardstar's Honor

艾琳・杭特(Erin Hunter) 著
朱崇旻 譯　彩木Ayakii 繪

晨星出版

特別感謝凱特・卡里

白牙：棕色腳爪的白色公貓。

迴霧：灰色長毛母貓，毛髮尖端是白色的，看起來像柔軟的雲朵。

泥荊：黑色耳朵的棕色公貓。

草鬚：棕色虎斑母貓。

貓后　（懷孕或正在照顧幼貓的母貓）

獺潑：白色與淺薑黃色相間的母貓。生下小莎草（棕色虎斑母貓）、小響（深棕色公貓）和小蘆葦（淺灰色虎斑公貓）。

湖光：灰白相間的漂亮長毛母貓。生下小陽（淺灰色母貓）和小蛙（深灰色公貓）。

爍皮：毛色烏亮的夜黑色母貓。生下小天（淺棕色虎斑母貓）和小黑（黑色公貓），領養了小豹（非常多斑點的金黃色虎斑母貓）。

長老　（退休的戰士和退位的貓后）

鱒爪：灰色虎斑公貓。

亂鬚：毛髮蓬厚打結的長毛虎斑公貓。

鳥歌：鼻口有薑黃色塊，虎斑與白色相間的母貓，身上有灰色斑點。

各族成員

河族 *Riverclan*

族長　**霞星**：毛髮蓬厚的灰色公貓。

副手　**貝心**：花灰色公貓。

巫醫　**棘莓**：藍眼睛、有黑色斑點的漂亮白色母貓，鼻子是鮮明的粉紅色。

戰士　（公貓，以及沒有年幼子女的母貓）

波爪：毛色銀黑相間的虎斑公貓。

木毛：棕色公貓。

泥毛：淺棕色長毛公貓。

鴞毛：毛色棕白相間的公貓。

杉皮：矮胖、短尾的棕色虎斑公貓。

白莖：灰色母貓。

矛牙：臉型瘦長、犬齒凸出、身材精瘦的棕色虎斑公貓。

柔翅：嬌小輕盈、身上帶有虎斑的白色母貓。

雨花：淺灰色母貓。

憩尾：藍眼睛、毛髮柔軟的淺棕色母貓。

曲顎：下顎歪曲、體型龐大的淺色虎斑貓。

橡心：琥珀色眼睛的紅棕色公貓。

灰池：黃眼睛的深灰色母貓。

甲蟲鼻：烏鴉般黑色的公貓。

柳風：琥珀色眼睛的淺灰色虎斑母貓。

田鼠爪：灰色公貓。

花瓣塵：玳瑁色母貓。

捷風：黃眼睛、虎斑與白色相間的母貓。見習生：獅掌。

罌曙：琥珀色眼睛、尾巴蓬鬆的暗紅色長毛母貓。

貓后

豹足：綠眼睛的黑色母貓。生下小夜（黑色母貓）、小霧（灰色母貓）、小虎（深棕色虎斑公貓）。

雪毛：藍眼睛的白色母貓。生下小白（白色公貓）。

知更翅：琥珀色眼睛、胸前有薑黃色塊、身材嬌小的棕色母貓。生下小斑（淺灰色虎斑母貓）、小霜（藍眼睛的白色母貓）。

長老

草鬚：黃眼睛的淺橘色公貓。

糊足：琥珀色眼睛、有點笨拙的棕色公貓。

雀歌：淺綠眼睛的玳瑁色母貓。

石皮：灰色公貓。

雷族 *Thunderclan*

族長　**松星**：綠眼睛的紅棕色公貓。

副手　**陽落**：黃眼睛、毛色明亮的薑黃色公貓。

巫醫　**鵝羽**：淺藍色眼睛、有斑點的灰色公貓。見習生：羽鬚。

戰士　**鼠毛**：嬌小的棕色母貓。

斑皮：琥珀色眼睛，黑白相間的嬌小公貓。

追風：淺棕色虎斑公貓。

白風暴：白色公貓。

柳皮：銀色母貓。

暴尾：藍眼睛的藍灰色公貓。

蛇牙：黃眼睛的花棕色虎斑公貓。見習生：薊掌。

褐斑：琥珀色眼睛的淺灰色虎斑公貓。見習生：玫瑰掌。

雀皮：黃眼睛、體型龐大的深棕色虎斑公貓。

小耳：琥珀色眼睛、耳朵非常小的灰色公貓。見習生：甜掌。

白眼：淺灰色母貓。

鶇皮：綠眼睛、胸前有閃電狀白毛的沙灰色公貓。

藍毛：藍眼睛、毛髮蓬厚的藍灰色母貓。

絨皮：黃眼睛、毛髮直豎的黑色公貓。

風翔：淺綠眼睛的灰色虎斑公貓。

花尾：琥珀色眼睛、玳瑁與白色相間的母貓。見習生：金掌。

斑尾：琥珀色眼睛的淺白色虎斑母貓。

冬青花：深灰色與白色相間的母貓。

羽暴：棕色虎斑母貓。

池雲：灰白相間的母貓。

貓后　蕁斑：有薑黃色斑點的白色母貓。生下小雲（白色公貓）。

長老　微鳥：嬌小的薑黃色虎斑母貓。

蜥蜴牙：有一顆鉤狀牙齒的淺棕色虎斑公貓。

石齒：牙齒很長的灰色虎斑公貓。

影族 *Shadowclan*

族長　杉星：腹部為白色、毛色非常深的灰色公貓。

副手　鋸皮：體型龐大的深棕色虎斑公貓。

巫醫　賢鬚：鬍鬚很長的白色母貓。見習生：黃牙。

戰士　狐心：毛色鮮豔的薑黃色母貓。
鴉尾：黑色虎斑母貓。
鹿躍：灰色虎斑母貓，腿是白色的。
狼步：有一隻耳朵撕裂的公貓。
泥爪：棕色腿腳的灰色公貓。
蜥蜴紋：黃眼睛的淺棕色虎斑母貓。
蟾蜍躍：白色腿腳、帶白色塊的深棕色虎斑公貓。
焦風：薑黃色虎斑公貓。
琥珀葉：深薑黃色母貓，腿與耳朵是棕色的。
雀飛：黑白相間的公貓。
果鬚：琥珀色眼睛的棕色公貓。
花楸莓：琥珀色眼睛、奶油色與棕色相間的母貓。
蠑螈斑：黑色與薑黃色相間的虎斑母貓。
灰心：藍眼睛的淺灰色母貓。
蛙尾：深灰色公貓。
鼠翅：毛髮長而蓬厚的黑色公貓。
圓石：纖瘦的灰色公貓。
蕨足：淺薑黃色公貓，腿是深薑黃色的。
拱眼：帶黑色條紋的灰色虎斑公貓，眼睛附近有粗條紋。

風族 *Windclan*

族長　楠星：藍眼睛的粉灰色母貓。

副手　蘆葦羽：淺棕色虎斑公貓。

巫醫　鷹心：黃眼睛的深棕色公貓。見習生：吠臉。

戰士　曙紋：有奶油色條紋的淺金色虎斑貓。

高尾：琥珀色眼睛、身材高大的黑白公貓。見習生：死掌。

紅爪：深薑黃色公貓。

尖鼠爪：黃眼睛的深棕色公貓。

羊毛尾：鮮黃色眼睛的灰白公貓。

雄鹿躍：琥珀色眼睛的深棕色公貓。見習生：栗掌。

胡桃鼻：棕色公貓。見習生：飛掌。

蘋果曙：淺奶油色母貓。

草滑：灰色母貓。

霧鼠：淺棕色虎斑母貓。見習生：鬃掌。

兔飛：淺棕色公貓。見習生：鶺鴒掌。

母鹿春：淺棕色母貓。見習生：鴿掌。

雲雀點：玳瑁色與白色相間的母貓。

楊秋：灰白相間的公貓。

梅爪：深灰色母貓。見習生：兔掌。

淺鳥：黑白相間的母貓。

麥稈：灰色虎斑母貓。

長老　白莓：嬌小的純白色公貓。

腐肉場
影族營地
轟雷路
貓頭鷹樹
大梧桐樹
雷族營地
蛇岩
沙坑
松樹林
兩腳獸地盤
符號說明
部族
雷族
河族
影族
風族
星族
北方

高岩山
大麥的農場
四喬木
風族營地
瀑布
貓兒視角
陽光岩
河
河族營地
伐木場

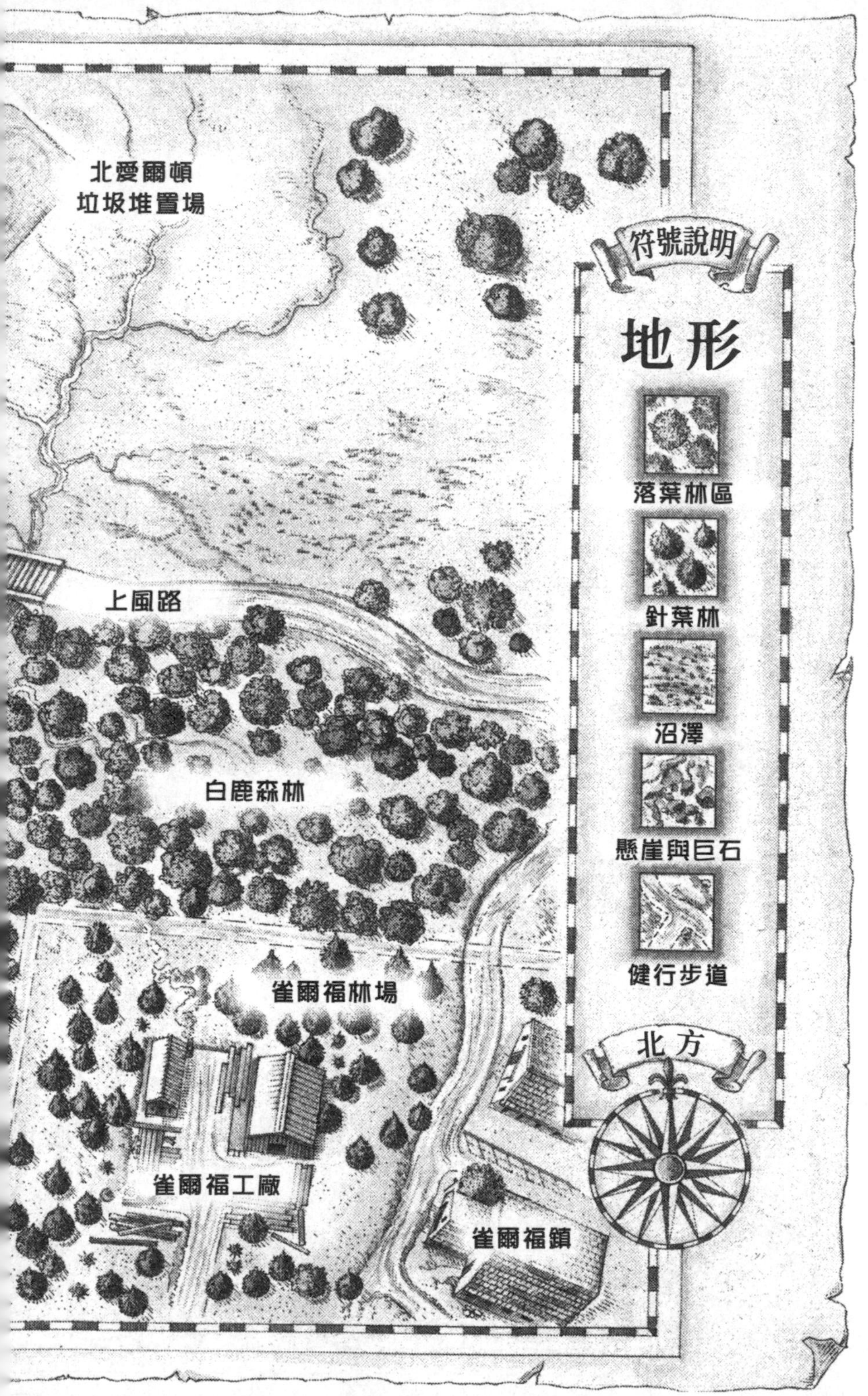
北愛爾頓
垃圾堆置場
上風路
白鹿森林
雀爾福林場
雀爾福工廠
雀爾福鎮
符號說明
地形
落葉林區
針葉林
沼澤
懸崖與巨石
健行步道
北方

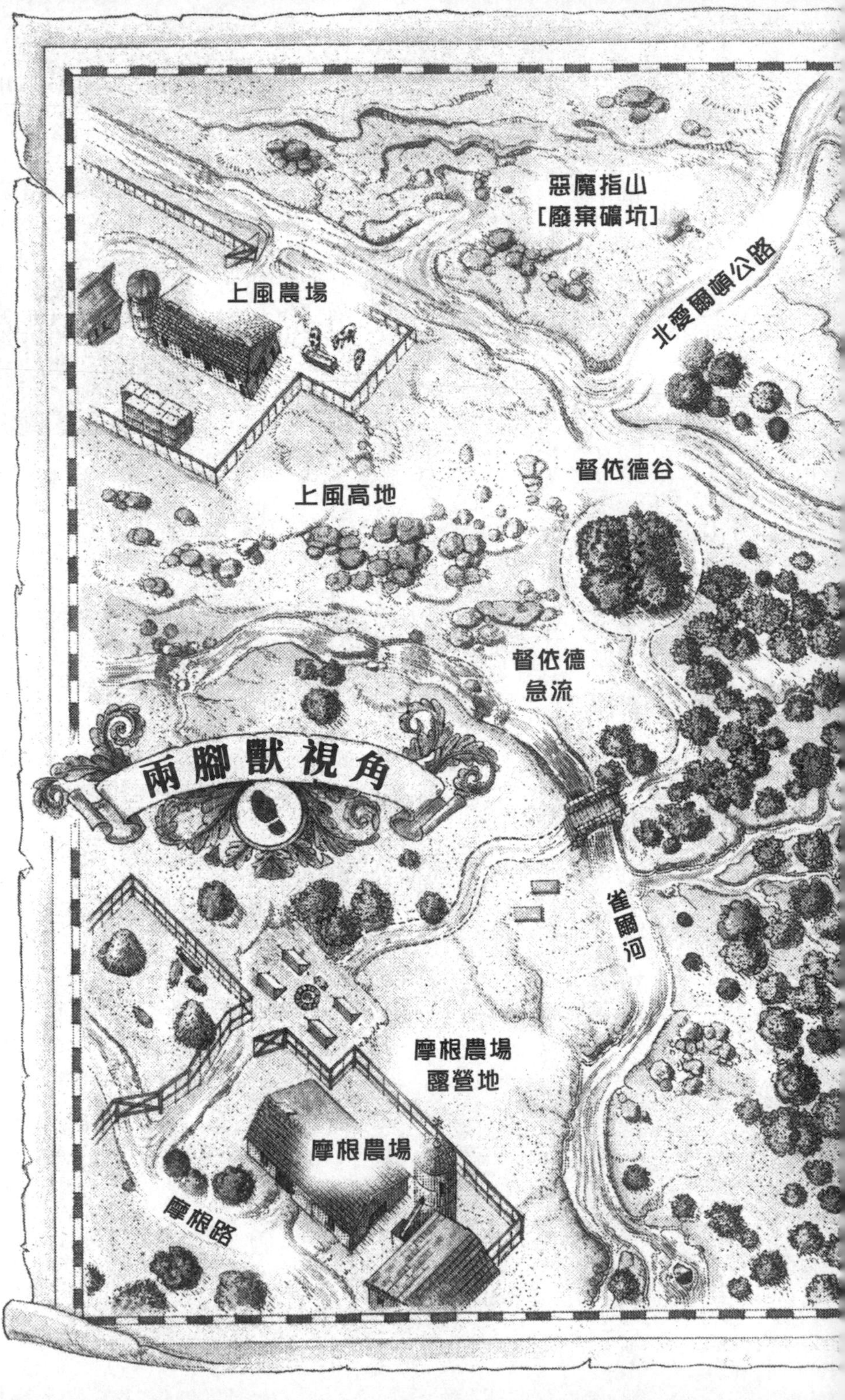

惡魔指山
[廢棄礦坑]
北愛爾頓公路
上風農場
督依德谷
上風高地
督依德
急流
兩腳獸視角
雀爾河
摩根農場
露營地
摩根農場
摩根路

序章

月光下，沒了血肉的屍骸堆積成骨丘，反映月亮潔白的光輝。對他們而言最悲慘的事已經過去了。豹星壓抑一陣顫抖，在禿葉季的寒冷空氣中，她感覺自己已是皮包骨了。從遍地都是獵物的綠葉季到現在，似乎已經過了好久好久。

她不敢抬頭看銀毛星群，也不肯對上任何一隻族貓的視線。他們除了看著之外別無選擇。河族現在是虎族的一部分了，這片空地上，曾經的影族貓比他們前河族貓來得多。豹星和虎星談成了協議，從此以後他們得遵從這強悍公貓的規定。

石毛站在這位滿身深色毛髮的戰士身前，羽掌和暴掌則縮在他背後，害怕地瞪大眼睛。這兩個見習生是雷族公貓和河族貓后生下的小貓，所以之前被虎星囚禁起來。石毛的耳朵緊貼著頭頂，而就在這時候，虎星雙眼瞇成了兩道細縫。

「我給你一次機會證明你對虎族的忠誠。」深色戰士對石毛說。「把這兩個半族混血的見習生殺了。」

豹星心裡一涼。虎星應該只是想放逐他們而已吧！他怎麼能命令戰士殺死自己的族貓呢？他們年紀還那麼小！這不合理，石毛也是半族貓啊。豹星感覺恐懼從胸口湧上喉嚨，彷彿熾熱、滾燙的膽汁。難道這是星族樂見的結果嗎？難道貓族要強盛非得用這種方法不可嗎？

石毛之前被監禁起來，現在渾身是傷、又餓又虛弱，但他還是看向豹星，目光似乎要燒穿豹星的身體。「我只聽妳的命令。」他陰沉地低吼。「妳一定也知道這樣不對。妳要我怎麼辦？」

那一瞬間，豹星只能愣愣盯著自己的副手，什麼話都說不出來。**妳要我怎麼辦？**她能怎麼回答？她偷瞄了虎星一眼，他眼中的恨意讓她不寒而慄。虎星恨的不只是石毛，還有她。**如果我否定虎星，**她心想，**那還能活著保護我的部族嗎？**

「現在是非常時期。」她終於開口，費了好大的力氣才抑制住聲音的顫抖。**換作是虎星，他會怎麼說？**豹星心裡好難受。「在這段時期我們得為了生存而奮鬥，所以每一隻族貓都必須忠誠，容不下二心。石毛，聽從虎星的命令。」**星族，請原諒我。**

石毛凝視著她片刻，豹星看見他眼中的變化，石毛剛才滿懷希望地向她求助，現在眼裡只剩下深深的失望。他深吸一口氣，轉身面對兩個害怕地瑟縮在一起的見習生。似乎過了很久很久，石毛對見習生微微點頭，轉身面對虎族族長。「虎星，你如果要他們死，那就先殺了我吧。」

豹星咬緊牙關，忍住絕望的哭喊。**石毛……別這樣！**

虎星瞪了石毛一眼，尾巴充滿敵意地抽動。他對同伙暗紋示意。「殺了他。」

豹星無法呼吸，她必須阻止他們。但是，她遲疑了。她如果阻止虎星和暗紋，自己就會顯得懦弱，到時候一切都會回歸原點，他們又得面對河川、森林與其他貓族的威脅。她別無選擇，只能繼續順著這條路走下去了。儘管如此，她還是恨不得大聲說：**住手！快停下！**她壓下這些話語，現在不是退縮的時候。

暗紋撲向了石毛，豹星努力不畏縮，儘管恐懼流竄過全身。石毛雖然受了傷又疲倦不已，還是勉強把攻擊他的暗紋拖到地上，爪子刺入對方喉嚨。豹星看著副手勇猛地和殘忍的虎斑貓戰鬥，內心深處不禁萌生了驕傲。

殺死他！豹星發現自己暗中希望石毛打贏。她全身一僵，怎麼可以這樣想呢！半族貓必須死，沒有別條路可選。等到事情結束後，虎星就能實現願景，統一全森林的戰士了。這麼一來，河族才能抵抗一次又一次擊垮他們、害他們在禿葉季挨餓受凍的洪水與火災，還有抵抗每到綠葉季就來侵略他們領地的兩腳獸。前進的路就只有這一條，她當初同意和影族合併為虎族的時候，就已經下定決心了。

她一直本能地想移開視線，不去看石毛和暗紋的戰鬥，但她告訴自己：這是她欠石毛的，石毛為了河族犧牲自己，她至少該見證副族長的犧牲。

「了結他。」虎星對黑足彈了彈耳朵，他的副手立刻衝上前，把石毛從暗紋身上拉開。兩隻凶猛的戰士一起對付河族副族長，暗紋壓制住石毛，黑足往石毛的喉嚨一抓。

石毛掙扎了一下，然後靜止下來，鮮血染紅了地面。

空地上，虎星的戰士們得意地號叫，豹星的族貓先是害怕地面面相覷，才一起號叫起來。他們的聲音一開始幾乎聽不見，但很快就和其他戰士們同樣響亮，只有羽掌和暴掌保持沉默。豹星感覺到羽掌驚恐的視線從石毛身上轉向她，彷彿無聲的批判。豹星無法對上羽掌的視線，只能望向空地邊緣沉沉搖晃的蒲草，看著月光下搖晃的黑影。

她幾乎沒聽到虎星的宣言：羽掌和暴掌不會在今天被處死，而是會回到牢裡。豹星僵硬地站在原地，默默看著虎族融入黑夜，貓兒紛紛往營地走去。空地上沒有其他貓時，她心裡的麻木才開始消退，被竄到毛皮下的疑慮取而代之。她嘴裡滿是石毛鮮血的氣味，舌頭沾滿了酸澀的血腥味。她不情願地走上前，在石毛的屍體旁停下腳步。

泥毛曾問她，加入虎族真的是正確的作法嗎？森林裡從過去就一直存在四個貓族，為什麼要改變這一切呢？當時面對他的質問，豹星說的是：他們必須變得更強——成為最強。聽她這麼說，泥毛失望地搖了搖頭。**有些事情比力量更重要。**豹星低頭用鼻尖碰了碰石毛沾滿泥濘的冰冷毛皮，腦中迴響著泥毛當初的話。

我是怎麼走到這一步的？她以前明明沒這麼無情，如果是在幾個月前，她一定會賭上性命守護石毛。想到這裡，她內心一痛，彷彿被荊棘刺到。是她這輩子所做的每一個決定帶她走向了這一刻。她是不是帶領河族走上錯誤的道路了？

豹星抬起頭，現在不是自我懷疑的時候。泥毛年紀大了，他從前是曲星手下的戰士，後來成為巫醫貓——他生長在和今天截然不同的時代，那時候河族貓只須把腳爪探到河裡就能輕鬆抓到魚。泥毛不明白，森林已經變了，現在的生活沒有以前好過——這是不得已下的唯一選擇。

豹星挺胸迎向寒冷，天上的雲朵悄悄遮住了銀毛星群。虎族能讓她的戰士們變得強大，他們再也不必失去領地，再也不必餓著肚子回窩，到時候其他貓都會懼怕他們。如果她的族貓們不夠堅強，無法面對她計劃的未來，那她就必須為了族貓變得堅強。這是守護他們的唯一辦法。

第一章

小豹跳了起來。「我們來玩躲貓貓！」

她興奮地看著其他小貓，他們已經躺在那邊好久好久了。小蛙、小陽和小響剛才一起吃了灰池在河裡抓到的鱒魚，現在他們都在綠葉季明亮的陽光下打瞌睡，小黑、小天和小蘆葦都在仔細洗臉和腳爪。小豹真的好無聊，她開始思考要不要去抓後面蘆葦叢裡那隻大蜻蜓了，蜻蜓懶洋洋地飛來飛去，發出了嗡嗡聲。可是玩遊戲比較好玩。其他小貓趕緊爬起來，她興奮得毛皮發癢。

小莎草晃了晃長長的虎斑尾巴。「我來當狩獵者！」她趴到地上，前腳遮住吻部。「大家躲起來！」

「小莎草，不可以偷看喔！」小豹對她說。「等我們都躲好妳才可以張開眼睛。」

「閉眼睛的話，我怎麼知道你們躲好了沒？」小莎草含糊地喵嗚一句。

爍皮正在把柳枝和蘆葦編織在一起，讓小窩的牆壁變得更強韌。「他們好了我會告訴妳！」她喊道。

小豹甩甩尾巴，養母在旁邊看著，她好開心。「不要讓她偷看喔。」她對爍皮說。

爍皮一本正經地點點頭。「那當然。」

「然後要給我夠多時間躲起來喔。」

「妳作弊！」小天氣呼呼地說。「她不可以幫妳啦。」

小豹鼓起胸膛。「她又沒有幫我。」她喵聲說。「只是確認小莎草有守規則而已。」

小響一臉氣憤。「小莎草每次都有守規則啊。」

「她連打苔球都不會作弊。」小蘆葦跟著說。「小豹，妳把妳的話收回去！」

小豹看著他們。這三隻小貓總是互相幫忙，一定是因為他們不只是同窩的小貓，還是同胞姊弟。如果爍皮是小豹真正的母親，那小天和小黑是不是也會幫她說話？

「快點啦！」小蛙不耐煩地抓了抓熱熱的沙地。

小陽對他彈了下尾巴。「小豹只是想確保大家公平而已嘛。」

「小豹話太多了啦。」小蛙抱怨道。

「她愛說多少就說多少，不用你管。」小陽回嘴。

小豹感激地對朋友眨眼。小陽不是她的姊妹，也和她不同窩，可是她就會幫她說話。可能有一些貓天生就比其他貓善良吧。

她轉身背對小天。「我們走！」

她衝到空地另一頭，腳爪用力到開始發熱了。其他小貓年紀比她大，身材也比較高大，她一定要卯足全力，不然就會被追上。她想趕快找個好地方躲起來，免得好地方都被其他小貓搶走了。

矛牙正在幫棘莓把錦葵葉鋪在地上晒乾，他抬起頭來。「妳跑得比魚還快呢！」小豹從旁邊飛奔過去時，矛牙呼嚕說。

小豹回頭一望。小蛙和小陽努力擠進長老窩旁邊的莎草叢，小黑手忙腳亂地爬上了戰士窩旁的柳樹，小響和小蘆葦朝柳樹根的陰影走去，小天在灑滿陽光的空地中間停了下來，明顯在到處找營地裡適合躲藏的地方。

「來這邊。」獺潑壓低聲音喵嗚道，小豹聽了轉過身來。這隻白色和薑黃色相間的母貓是小莎草、小響和小蘆葦的母親，她和湖光兩隻貓后在育兒室外面分享舌頭，看著小貓們玩耍。獺潑現在靠上前，點著頭要小豹過去。小豹匆匆跑過去。「妳躲在我們後面吧。」獺潑小聲說。

湖光挪到旁邊，讓小豹從她們中間鑽過去。「我們會假裝沒看到妳。」

小豹躲到兩隻貓后後面，她們兩個湊近了身體，擋住小豹。

爍皮的喵嗚聲傳遍整片空地。「獵物都躲起來了！」她對小莎草喊道。

小豹興奮得全身顫抖。小莎草會找到她嗎？

「儘量別出聲。」獺潑輕聲警告小豹。「小莎草可是很厲害的狩獵者。」

「我是很厲害的獵物。」小豹喵嗚道。

湖光的毛皮抖了抖。「小莎草朝這邊走來了。」

小豹憋住一口氣，忍著不探頭偷看。

小莎草的喵嗚聲從兩隻貓后前方傳來。「妳們有看到小豹嗎？」

獺潑朝巫醫窩抽了下鼻口。「妳去那邊找過了嗎？」

「她應該躲在見習生窩後面吧。」湖光接著說。貓后的毛髮弄得小豹鼻子很癢，她忍住了噴嚏，肚子更用力貼著地面。綠葉季炎熱的陽光晒得她金黃色花斑毛皮暖洋洋的，她的耳朵也好熱，她只能強迫自己不動耳朵。小莎草輕巧的腳步聲傳來，她在貓后面前走來走去。

「妳們真的沒看到她嗎？」小莎草聽起來很懷疑。小豹想像同窩小貓狐疑地嚐著空氣，這時候小豹開始後悔剛才沒像其他貓一樣，把鬍鬚上的鯉魚味清乾淨了。

「真的。」湖光的毛皮又擦過小豹的鼻子。

這次真的太癢了，小豹終於忍不住打了個噴嚏。

小莎草繞過湖光跳來，看到小豹的時候她全身毛髮蓬了起來。「妳騙我！」小莎草氣呼呼地瞪著湖光，小豹找到了逃跑的機會。

她往空地另一頭衝去，邊跑邊回頭看小莎草有沒有跟來。「妳沒抓到我就不算——」她突然撞上一堵毛茸茸的厚牆，摔了一跤，滾到四隻大大的腳爪中間。天空被某隻貓淺棕色的肚子遮住了，她從肚子下面滾出來，趕緊站起來。「對不起，曲顎！」

高大戰士和藹地對她眨眨眼。「妳還好嗎？」

小豹沒有認真跟他說話，她回頭往育兒室的方向看，看到小莎草往這邊跑來。「要是被她抓到，我就輸了！」她驚呼。

曲顎好像聽明白了，他叼住小豹後頸的毛皮，把她甩到自己背上。「抓穩了。」曲顎對她說，全身毛皮都隨著低沉的喵嗚聲微微震動。小豹用爪子抓緊他厚實的毛髮，曲顎背著她大步跑走。

小莎草追了過來。「喂！」她氣呼呼地尖叫。「妳作弊！」

小豹從曲顎脖子附近厚厚的毛髮之中抬起頭，瞥見小天蹲在見習生窩的牆壁邊，她的棕色虎斑毛皮幾乎完全融入牆邊陰影了，可是小豹看到她那雙閃亮的綠眼睛。

「小天！」小豹用最大的音量叫她，故意讓小莎草聽見。「我看到妳了！」她用鼻口指向見習生窩。小莎草聽了豎起耳朵，轉彎朝小天躲的位置跑過去，小豹鬆了一口氣。

「不公平！」小豹被曲顎背著跑走時，聽到小天氣憤的喵嗚聲。成功逃走了！小豹感受到一股喜悅，但這時候曲顎突然停下腳步，她只得把爪子深深埋入曲顎的毛髮。曲顎在營地出入口急急停了下來。

「不要停啊！」小豹大叫。要是小莎草又追上來怎麼辦？

可是曲顎沒有理她，下午的狩獵巡邏隊回營地了，曲顎對他們點頭打招呼。小豹看到她父親泥毛走在隊伍最前面，開心得心臟一跳。泥毛嘴裡叼著一條閃亮亮的銀色鯉魚，橡心、甲蟲鼻和迴霧也跟著走過來，每隻貓都叼著從河裡抓回來的獵物。

泥毛把鯉魚放在地上，對小豹點點頭，眼睛閃閃發亮。「你肩膀上怎麼有隻大壁蝨？」他對曲顎說。

「我才不是壁蝨！」小豹從曲顎背上溜下來。「我是小豹啦！」她繞著父親走了半圈，從他肚子下面涼爽的陰影鑽了過去。

小豹又回到陽光下時，泥毛呼嚕一笑。「妳今天做了什麼啊？」他問小豹。

「我們在玩躲貓貓。」她朝見習生窩點頭，窩邊的陰影裡，小莎草正得意洋洋地用鼻子戳小天。

小天惡狠狠地瞪了小豹一眼。

「來嘛，小天。」小莎草甩了甩尾巴。「來幫我抓其他小貓。」她拉著小天往戰士窩走。

「那妳被抓到了嗎？」泥毛問小豹。

「曲顎幫我逃走了。」小豹挺起胸膛。「謝謝你啦，曲顎。」

「你別太寵她。」泥毛對曲顎說。「她得學著自力更生。」

迴霧呼嚕笑著。「泥毛，你好意思這麼說？」她用腳爪碰了泥毛的獵物一下。「要不是你堅持要幫小豹抓一條鯉魚，我們早就在日升前回來了。」

小豹蹭了蹭泥毛的肩膀。「我最愛吃鯉魚了。」她呼嚕說。「謝謝你。」

泥毛也蹭了蹭她。這時候，空地對面的小莎草對她大喊：「小豹，快點回來啦！」她高高舉著尾巴站在戰士窩旁邊，小黑從柳樹上溜下來，小響和小蘆葦也從樹根之間鑽出來。「我找到所有的貓了！這次換小黑當狩獵者。」

泥毛用尾巴把小豹往前推。「去玩吧。」他喵聲說。

「好。」小豹開心地對他眨眼，父親回營地了，她好開心。「可是我在玩的時候，你不要讓其他貓去新鮮獵物堆把我的鯉魚吃掉喔！」

小豹轉身找其他小貓時，聽見迴霧親暱的喵嗚聲：「泥毛，你還真疼那個孩子。」

「對她沒有壞處嘛。」泥毛呼嚕地回道。

小豹回到同窩的小貓身邊，她看著其他小貓。剛剛她害小天被找到，自己還贏了，其他小貓會不會不高興？「大家都不可以再躲一樣的地方了，對不對？」

「對啊。」小天興奮地呼嚕說，好像迫不及待想開始第二場遊戲了。太好了，看起來這隻棕色虎斑小母貓沒有生她的氣。「小黑，準備好了嗎？」

小黑蹲了下來，用腳爪遮住鼻口。

小陽和小蛙快速跑走，往長老窩的方向奔去。小響跟著小莎草和小蘆葦，三隻小貓跑往空地另一頭茂密的莎草叢。小豹東張西望，不知道該躲哪裡才好。如果她躲進族長窩，霰星會不會生氣？說不定棘莓會讓她躲在藥草庫裡。

「跟我來。」小天小聲說。「有一個超棒的地方，我們去躲那裡。」

「好啊。」小豹的心跳加速了。她跟著同窩小貓跑到營地邊緣的蘆葦叢，這裡的地面溼溼軟軟的，沒走幾步就變成淺淺的積水了。她在水裡嘩啦嘩啦走著，爪子縫裡都是泥巴。小天繼續往蘆葦叢深處鑽，速度愈來愈慢。小豹才剛學會游泳而已，泥毛要是知道她在河邊玩，一定會很生氣。「等一下——」

小豹喊她的時候，小天轉了回來，踩著泥水走回來。

小豹看到同窩小貓眼裡一閃而過的厭煩。「我們不該來河邊——」

她還沒說完，小天突然用前腳抓住她後頸，把她的頭壓到水裡。

河水湧進小豹的鼻子和嘴巴，驚慌竄遍了她的毛皮。她在水裡亂揮腳爪，想要掙脫小天的掌握，可是小天比她大兩個月、力氣也比較大。小豹突然發現自己沒辦法掙脫，她焦急地用力掙扎，努力忍住呼吸的本能，心臟撲通撲通狂跳，彷彿要從胸中跳出來。

然後，小天放開了她。

小豹用腳爪撐起身體，嘩啦一聲抬起頭來，全身都在滴水。她甩了甩頭，然後甩了甩身體，水滴噴到附近的蘆葦草。她咳嗽幾聲，好不容易喘過氣來，然後轉頭瞪著小天。「妳搞什麼啊？」原來小天是這麼討厭的貓！

小天也瞪著她。「誰叫妳把我躲的地方告訴小莎草！」

「那是因為她剛剛在追我啊！」小豹豎起全身毛髮。「妳沒必要把我淹死吧！」她的鼻子和鬍鬚還在滴水。

「哪有妳說的那麼誇張。」小天氣呼呼地說。「妳不要因為每隻貓都關心妳，就以為自己有多特別。妳都多大了，還一副剛出生小貓的樣子！妳每次都這樣，要不是爍皮叫我們跟妳玩，我跟小黑才不想理妳呢。」

小豹的心痛了一下。**他們不喜歡跟我玩嗎？**他們是不得已才跟她玩的嗎？她氣得毛髮直豎。不公平，她一直都把他們當朋友。「我要去跟爍皮告狀。」她咬緊牙關低聲說，這時候如果張開嘴巴，她可能會像新生小貓一樣哇哇大哭。「到時候妳就完蛋了……哼，妳活該被處罰！」

小天嗤之以鼻。「妳去啊，小豹。」她喵嗚道。「妳去跟其他貓告狀啊，反正妳就跟新生小貓沒兩樣。」

小豹幾乎不敢相信自己的耳朵。小天為什麼對她這麼壞？她的心臟跳得好快。

小天還沒說完。「其他貓對妳這麼好，還不是因為亮天死了。」她喵聲說。「要不是妳殺了自己母親，族裡其他貓根本就懶得理妳。」

「我沒有殺自己母親。」小豹斷聲回嘴。她感覺自己的爪子伸了出來。

「族裡其他貓可不是這麼說的。」小天的綠色眼睛閃爍著惡意的光芒。「我聽說妳出生的時候，妳母親生病了。她沒事怎麼會生病？一定就是妳這爛小貓害的！」

「不准這麼說！」小豹恨不得讓小天閉嘴，恨不得也去傷害小天。她對棕色虎斑貓的吻部一抓，可是小天舉起腳爪擋住她，然後一掌打在小豹耳朵上。小豹被打得踉蹌兩步。

「妳死掉以後一定會去黑暗森林，」小天咆哮，「去跟其他謀殺犯住在一起。」

小豹愣愣盯著她，腳爪附近的河水突然像冰塊一樣冷，水流似乎一直把她往下拖，她費了好大的力氣才沒有摔倒。小天撞了她一下，嘩啦嘩啦鑽出了蘆葦叢。小豹張嘴要喊小天，想問她是不是真的聽到其他貓說這麼難聽的話……可是小豹就是說不出口。她好怕聽到小天的回答。

隔天早上陽光灑進了營地，小天昨天說的話還是讓小豹好難過。他們在那之後就沒再說什麼話，昨晚在窩裡睡覺時，小豹擠到爍皮背後溫暖的空間，儘量離小天和小黑遠遠的。這樣睡覺的時候身體不會被他們的腳爪戳到，也不會被他們的尾巴彈到耳朵，她睡得可舒服了。既然知道他們對她真正的想法，她就再也不想親近他們了。

小豹蹲在營地邊緣的莎草叢陰影裡，看著他們和小響、小陽和小蘆葦玩苔球，小蛙則追著小莎草在戰士窩附近跑來跑去。

「來跟我們玩嘛！」小陽對她喊道。小陽把苔球頂到空中，小響和小黑都跳了起來，搶著先接住球。

小豹把腳爪緊緊縮到身體下面。她才不要加入遊戲，破壞其他小貓的好心情呢。她瞄了小天一眼，小天正看著她，可是對上小豹的視線時，小天快快轉過了頭。她那是慚愧的眼神嗎？**是就好了**。小豹氣呼呼地想。

「來嘛。」小陽蹦蹦跳跳地跑來。「跟我們玩啦！妳自己在這邊不會很無聊嗎？」

「我太累了，沒力氣玩。」小豹對她說。她不想把真正的原因告訴小陽，不想重複小天說的那些話。**妳死掉以後一定會去黑暗森林，去跟其他謀殺犯住在一起**。光是回想起這句話，她就覺得毛皮發燙。

小陽在她面前停下來，皺起眉頭。「確定嗎？」小陽問。

「確定啦。」小豹裝模作樣地打了個哈欠，讓小陽以為她真的很累。

小陽看了她一下，然後彈了彈尾巴。「那妳休息完就來加入我們吧。」她喵聲說，然後回去找其他小貓了。苔球朝小陽滾來，她加快腳步跑了起來。

小豹看著她跑遠，自己四條腿抽了一下，彷彿想站起來跟著小陽跑過去——但這時候，又一波難受湧了上來，她又趴回地上。昨晚害她睡不著的那些想法全都回來了。小天說的是真的嗎？她真的害死了自己的母親和兄弟姊妹嗎？泥毛從來沒提過這件事。其他族貓是不是都這樣看待她的？小豹瞄了爍皮和獺潑一眼，她們正在把育兒室裡的睡窩拖出來曝晒。**她們會不會也覺得是我害死了亮天？**小豹聽其他貓說，她母親之前生病了，可是她沒聽說過小貓害貓后生病這種事情啊，真的有可能發生這種事嗎？

不可能的話，小天為什麼會這麼說？

各種想法在小豹腦子裡轉來轉去，像是繞圈游泳的魚。**我是壞貓嗎？**想到這裡，她覺得好不舒服。她不想當壞貓，可是如果她天生就很壞，那怎麼辦？亮天不可能沒來由死掉，其他小貓的母親也都活得好好的，只有她的母親死了。

「小豹？」她被泥毛的喵嗚聲嚇了一跳。她抬起頭，看見父親來到自己身邊，黃色眼睛裡充滿了擔憂。「妳怎麼自己坐在這邊？怎麼不和其他小貓玩？」

小豹對父親眨眼，站了起來。他一定知道真相。小豹緊張得耳朵開始抽搐，她該不該問父親，亮天是不是被她害死的？如果父親說真的是她害的，那怎麼辦？

泥毛焦慮地對她眨眼睛。「妳是不是有什麼心事？」

小豹低頭盯著自己的腳爪。「有貓跟我說了一些話。」她喵嗚道。

「是誰？」

「是誰不重要。」怪小天也沒用，如果她這麼想，族裡其他貓一定也都這麼覺得。

「那隻貓對妳說了什麼？」泥毛柔聲追問。

小豹猶豫著，心跳好快好快。她非知道答案不可。如果那是真的，她只能接受事實，想辦法成為最厲害的戰士、好好保護族貓，彌補以前犯下的錯。她真的不想去黑暗森林。

泥毛輕輕用尾巴摸摸她的背。「跟我說，好不好？」

她對上父親的視線。「亮天是被我害死的嗎？」

泥毛睜大了眼睛。

她看了很緊張，泥毛怎麼一副不想討論這件事情的樣子？

難道真的是我害的？

「不是的，小豹。」泥毛喵嗚道，鼻口貼著她頭頂。「妳當然沒害死亮天。」他稍微退後，注視著她。「妳母親那時候生了病……」

「她是因為我生病的嗎？」

「不是的，孩子。那是……那就只是一場病而已，但是棘莓幫不了她，妳的兄弟姊妹也都和她一起死去了。這都不是妳的錯。」他眼裡閃爍著淚光。「感謝星族保住了妳的性命。」

「真的嗎？」小豹發現自己又能呼吸了，她剛剛都沒發現自己憋著一口氣。她仔細觀察父親的眼神，從他焦慮、圓睜的眼睛看來，父親說的是真話。

「是其他小貓拿這件事嘲笑妳嗎？」泥毛沒有等她回答，他明顯已經猜到小豹問起亮天的原因了。「妳別聽他們胡說。」他喵嗚道。「他們只是嫉妒妳這麼特別而已。」

「真的嗎？」小豹滿懷希望地看著他。「小天說我不特別，她說我只是跟其他貓不一樣而已。」

「妳真的很特別。」泥毛喵嗚道。「我覺得星族救妳一命，一定是有原因的。」

某種原因？各種想法在小豹腦子裡轉呀轉。是什麼原因呢？

「在亮天死後不久，」泥毛接著說，「妳還是小小貓的時候，我做了一個夢。亮天在夢中告訴我要好好照顧妳，有朝一日，妳會是河族重要的貓。」

「怎麼重要法？」小豹期待地對他眨眼。她想要變得很重要！

「她沒有說。」泥毛回答。「她只說有朝一日妳會成為河族重要的貓——妳會是所有貓族裡舉足輕重的貓。」他補充一句。

「所有貓族？」小豹驚訝地抽動耳朵。成為對所有貓族都很重要的貓聽起來好難。

泥毛像是看著很遠很遠的東西，彷彿在想像他死去的伴侶。「雖然我很想念亮天，現在想起她還是很傷心，但是我之所以有繼續走下去的力量，就是因為那場夢，還有我對妳的愛。」他眨了眨眼，眼中閃爍的悲傷淡去了。他再次注視著小豹。「我覺得在未來某一天，妳一定能成就大事，到時候我們就知道星族拯救妳的理由了。」

小豹蓬起毛髮。星族救她一定有原因，她等不及要拯救所有貓族，給小天好看。

「那我可以提早開始戰士訓練嗎？」她問泥毛。她有好多東西要學，不能浪費時間了。

「妳還太小了。」他脊椎附近的毛髮豎了起來。「而且當戰士比妳想像的困難，妳得先長大才行。」

可是我得拯救所有貓族耶。小豹皺起眉頭。泥毛是不是沒有聽懂啊？她是所有貓族的救星呢。她用爪子刺入泥土。如果星族是為了某個原因救他一命，那她就必須儘可能學會所有戰鬥招數和狩獵技巧，成為河族有史以來最高貴、最強大、最勇敢的戰士。

第二章

小豹抖掉腳爪上的水，全身顫抖著。踩著踏腳石過河比她想像中恐怖得多——石頭跟石頭之間的距離好遠，中間的河水還形成了飢餓的漩渦，像是等著她掉下去一樣。可是這是離開營地的唯一一條路，而且她不想游泳。她趕在被其他貓看見之前鑽進蘆葦叢，希望其他小貓不會好奇她跑到哪裡去了。

她在蘆葦稈之間鑽來鑽去，小心不被看見。灰池和柳風已經順著河岸走到蒲草叢邊，順著小徑遠離河川了。小豹剛才偷聽到她們的對話，她們兩個打算去溼草原那邊獵捕青蛙。既然泥毛不肯在她當上「掌」之前教她狩獵技巧，那她只能自己想辦法學習了。小豹現在還不能抓魚，可是抓青蛙也是很實用的技巧，到時候她真的開始受訓了，導師看到她早就懂這麼多狩獵技巧，一定會對她刮目相看。

灰池和柳風順著窄小的路徑往前走，小豹躲在蘆葦叢裡跟蹤她們，直到前方出現一大片草地。她看著兩隻戰士穿過溼草原，來到像熱霾一樣在陽光下閃爍的水灘旁，然後開始在水邊嗅嗅聞聞。

灰池突然蹲伏在地上，豎起了耳朵，在她後面一條尾巴距離的柳風也突然靜止不動。一隻青蛙跳進淺水池的同時，灰池撲了上去。小豹眨了眨眼。她動作好快喔！青蛙還沒碰到水，就被灰池抓住以後勾了回來，然後灰池快速把青蛙咬死，彎曲後腿坐了下來。

「做得好。」柳風喵聲說，但她的目光已經飄向下一個水池，開始尋找獵物了。

小豹靠上前，興奮得毛皮發癢。她好想學灰池那樣伸長腳爪飛撲獵物，可是現在亂動的話蘆葦會發出窸窣聲，戰士們可能會聽到她的聲音。等晚點回營地再練習好了。小豹知道自己只要努力，就可以變得和灰池一樣快——要是練習夠多次，說不定還可以比灰池更快呢。

柳風悄悄朝下一個水池走去。小豹注意到，這位戰士的耳朵半貼在頭頂，她腹部幾乎貼著地面，尾巴略過了地上的青草。銀色虎斑貓一次移動一隻腳爪，輕輕踩著草地往前走。小豹試著模仿她，儘量安靜地慢慢在蘆葦叢中移動，同時用眼角偷看柳風，學著她小心翼翼走路的動作。

她太專心注意柳風了，幾乎沒注意到自己身後傳來的窸窣聲，只有在熟悉的氣味飄過舌頭時，她的心臟才猛地一跳。她匆忙轉過來，同時看見雪白毛髮出現在蘆葦稈之間，白牙用寬闊的肩膀推開蘆葦走來。

他嚴肅地盯著小豹。「妳離開營地做什麼？」

她抱歉地喵嗚一聲。「對不起。」她朝灰池和柳風的方向點頭。「我是來看她們的，我想說在草原學狩獵應該很安全。」

白牙低哼一聲。「對小貓來說，只要離開營地就不安全。」他嘀咕。「妳連壓低身體、不被其他貓看見都做不到。」

「我在學了啊。」小豹認真地喵嗚說。「你看！」她又開始模仿柳風追蹤獵物的技巧。

白牙仔細看著她。「妳的尾巴翹得太高了。」他走近一步。「狩獵時，妳的尾巴不該舉得比脊椎高，否則就會被看見。」

小豹垂下尾巴。「那這樣呢？」

「妳這樣就拖地了。」白牙用鼻子把她尾巴尖端往上頂。「這樣。」他後退一步。「妳再試試看。」

小豹又開始悄悄前進，還特別讓耳朵服貼在頭頂。

「耳朵別抽動。」白牙對她說。「沒錯。再蹲低一點。嗯，很好。」

興奮感竄過小豹的毛髮。她像見習生一樣在受訓了！

「讓空氣流過舌頭。」白牙又說。

小豹張開嘴巴，潮溼泥土和植物的氣味充滿了她的嘴。她驚訝地發現，這邊的蘆葦聞起來和營地附近的蘆葦不一樣，多了一股霉味。那其他氣味是不是也和營地裡不一樣？她突然有了新的想法。「活的獵物跟死的獵物聞起來會不一樣嗎？」她問。她只聞過巡邏隊帶回來的死獵物。

「很聰明的問題呢。」白牙一臉讚賞的樣子。「活獵物聞起來比較鮮甜、味道比較細緻，但青蛙聞起來還是像青蛙，魚聞起來也還是像魚。」

「那我們可不可以找一隻活青蛙，讓我聞聞看牠的味道？」小豹滿心期待地看著他。

白牙眼睛一亮，似乎很想教導她，她興奮地豎起耳朵。但這時候，白牙皺起了眉頭。「泥毛要是以為我在訓練妳，一定會發脾氣。」他喵嗚道。他朝營地的方向扭頭。「我帶妳回家吧。」

小豹用爪子抓著沼澤地面不放。「不能再訓練一下下嗎？」

「如果泥毛發現妳不見了——」

「那你跟他說我已經準備好了，可以當『掌』了。」小豹滿心希望地說。「你說的話他一定會聽。」

「只要事情牽扯到他的小貓，泥毛什麼話都聽不進去。」白牙喵聲說。「走，我們該回去了。」

小豹嘆了口氣。「你會把我偷溜出營地的事告訴他嗎？」

白牙推開蘆葦，點頭要她穿過草叢中的縫隙。「不可能不告訴他啊。」他對小豹說。「妳身上都是草原泥水的氣味。」

小豹從他身邊走過去，她還是想趁離開營地的時候儘量學習。「草原的水聞起來跟河水不一樣嗎？」

白牙輕巧地走在她身後。「妳嚐嚐空氣。」他喵嗚道。

小豹讓空氣流過舌頭，嚐到了一絲甜味。

他們穿過蘆葦叢、走在河岸時，白牙又說：「妳再嚐嚐看。」

小豹張開嘴巴，味道不一樣！她剛才竟然沒注意到。「草原的水嚐起來像草。」她喵聲說。「河水嚐起來像石頭。」

「沒錯。」白牙喵嗚道。「但味道當然也會受天氣影響。」

「怎麼影響？」

「下雨時，河水會變得混濁，嚐起來更像泥巴。」白牙喵聲說。「到禿葉季，味道又會改變了，河水的氣味會因為空氣寒冷而變得刺鼻，草原空氣嚐起來則像是泥炭。」

小豹興奮得毛皮發癢。她還有好多好多東西要學喔！

她幾乎沒注意到他們已經回到踏腳石這邊了，看到石頭的時候，她胸口一緊。從上次被小天殘忍攻擊以後，她就失去了游泳的信心。她全身一抖。就算是現在，小豹看著河水繞著岩石流動，還是能感覺到水湧進鼻子嘴巴的驚慌。

白牙在她身邊停下腳步。「我叼著妳過河吧，這樣比較安全。」他咬著小豹後頸的毛皮，提著她過河。小豹本來想說還好不用踩著踏腳石過河，偷偷鬆了一口氣，結果白牙一路叼著她回營地，讓她羞得全身發燙。

小陽和小蛙在空地上追蝴蝶，他們驚訝地停下來盯著小豹，看著白牙把她放下來。

「妳去哪裡了啊？」小陽圓睜著眼睛喵嗚說。

小豹抬起下巴。「我去散步。」

「走吧。」白牙用尾巴把她往前推。「妳得去跟霰星解釋一下才行。」

霰星？小豹瞄了白牙一眼。他非得去跟河族族長報告不可嗎？「可是——」

「還是早點告訴他比較好。」白牙喵嗚道。他推著小豹往族長窩走，這個窩在一棵柳樹的樹根之間。小豹的腿變得好僵硬。

白牙輕輕用尾巴碰她身側。「去吧……族裡消息傳得那麼快，他遲早會發現的。」

小豹如果不去見霰星的話，他們會怎麼處罰她呢？如果她現在轉身跑走，等大家都把這件事忘光光以後再回來，那會怎麼樣？

可是白牙說得沒錯——霰星遲早會聽說的。**而且，**她心想，**我還要說服族貓，我已經可以開始當見習生了。既然這樣，那我應該像「掌」一樣負責任才對。**她挺起胸膛，先一步往前走，一副真心想去見族長的樣子。

他們經過新鮮獵物堆時，正在找獵物的泥毛抬起頭來。「小豹？妳要去哪？」

小豹感受到一股不安。「嗨，泥毛。」她努力用輕快的語氣打招呼。她其實也沒有真的做錯事，就只是想學習而已嘛。可是這時，泥毛疑惑的目光已經移到白牙身上了。

「發生什麼事了嗎？」泥毛焦慮地問雪白戰士。

「我在溼草原附近逮到了她。」白牙告訴他。

「她出了營地？」泥毛蓬起毛髮，匆匆走過來。

「我正要帶她去見霰星，」白牙對他說，「去對霰星說明情況。」

小豹覺得好不自在，毛髮豎了起來。「也沒什麼好說明的。」她喵聲說。「我只是想學怎麼獵青蛙嘛。」

白牙把她往前推，她輕輕朝霰星的窩口走去。泥毛也跟了過來，她感覺到父親灼灼的目光，她自己的毛皮也熱了起來。

「在這裡等著。」他們走到蓋在樹根之間的族長窩前面，白牙對小豹說完這一句，就穿過遮住洞口的青苔鑽進去了。

小豹慚愧地偷瞄父親一眼。

他眼裡閃爍著擔心的光芒。「星族啊，妳沒事跑出營地做什麼？」

「又沒發生什麼不好的事。」小豹對他說。「我只是——」

「小豹，進來吧。」霰星的喵嗚聲穿過青苔傳出來。

她猶豫了一下，被泥毛用尾巴往前推。

「去吧。」他喵聲說。

小豹緊張得腳爪刺癢，她用鼻子推開青苔走進去。還好泥毛也跟著走來，她偷偷鬆了口氣。

霰星坐在他的睡窩旁邊，在陰暗的窩裡，他那身灰色毛皮看起來幾乎全黑。白牙一臉嚴肅地站在他身旁。

小豹正準備挨罵，卻看到霰星若有所思地注視著她。「營地外的世界對小貓而言不安全。」

「我不是小貓。」她抗議道。「再過一兩個月，我就可以當『掌』了！」

「三個月。」泥毛糾正她。

霰星的耳朵動了一下，可是臉上的表情沒有變。他在生氣嗎？還是覺得好笑？「不管是一個月還是三個月，妳終究還太小了，不可以離開營地。」他喵聲說。

「妳沒有受過訓練。」泥毛附和道。「而且妳現在還太小，可能會被老鷹抓走。妳應該時時待在戰士身邊，不可以離開他們超過一條尾巴的距離。」

小豹忿忿不平地舉起尾巴。「哪有這種事。」她喵嗚道。「我們玩苔球的時候，還不是超過一條尾巴——」

「噓。」霞星彈了下尾巴，讓她安靜下來。「小貓不准離開營地，這是我們族裡的規定。」他喵聲說。「如果妳想當戰士，那就得先學會遵守規定。」

小豹張開嘴巴想繼續爭辯，但還是垂下頭來，盯著腳爪之間的地面。她總不能反對戰士守則吧。

霞星的表情變得柔和一些。「再過不久，妳就可以開始受訓了，到時候妳還會懷念可以在營地裡待著的時光呢。再等一兩個月——」

「三個月。」泥毛糾正他。

「我不要等三個月。」小豹抱怨道。「到時候其他小貓都已經當見習生了，我不要變成育兒室裡最後一隻小貓。」

霞星若有所思地瞇起眼睛。「你們都是一起長大的，這樣妳心裡的確不好受——」

泥毛打斷他。「在妳長得夠大，可以開始受訓之前，我們有義務保護妳。」

「我可以多吃一點獵物啊。」小豹喵聲說。「等我長得跟小黑一樣大，你們就不能不讓我當見習生了。」

霞星的鬍鬚動了一下。他是在憋笑嗎？

「我是認真的啦！」小豹堅持地說。

「我相信妳是認真的。」霞星喵嗚道。

小豹又氣又急，毛皮裡面癢了起來。她非得盡快開始受訓不可，這可能關係到河族的未來。「白牙可以現在就開始訓練我，只要你讓他教我，他一定願意。」她向白色戰士投了個求救的眼神。白牙今天教了她追蹤獵物的技巧，顯然是覺得她已經準備好了，而且他那麼和善、強壯，她一定可以從他身上學到很多。「他可不覺得我太小。」

白牙低頭看著自己的腳爪。

「別這麼心急。」泥毛對小豹說。「以後多得是時間讓妳當戰士。」

「可是你說星族救我一定是有什麼理由。」她辯道。「所以我得趕快開始訓練。」

霞星站了起來。「我相信星族給妳的安排不急在這一時。」他喵嗚道。「我認為妳準備好的時候，妳才可以開始受訓。」

小豹的爪子刺入地面。「我現在就準備好了啊！」

泥毛揮揮尾巴，把她趕往族長窩的入口。「小豹，別爭了。」

「我又沒有在爭，我是想解釋。」她急急地盯著霞星的眼睛。霞星難道不知道這對她來說有多麼重要嗎？「我一定要為河族服務……這是為了我母親的榮耀，我不能讓她白白犧牲。拜託……不要讓我繼續等了。」

霞星對她眨眨眼睛，她在族長眼中看見了溫暖。**我成功說服他了嗎？**

霞星轉向泥毛。「你覺得呢？」

小豹感覺胸口一股刺痛，她的心沉了下去。父親會不會跟族長說她還沒準備好？她看到泥毛看向她，直直注視著她的眼睛很久很久。

拜託，答應吧。小豹焦急地想。**拜託跟他說我準備好了！**

泥毛轉回去面對族長，然後低下頭。「無論你怎麼決定，我都認同。」他喵嗚道。

霰星又轉向小豹。「那好。」他說。「我們就為妳破例吧。」

「謝謝你！」小豹很努力忍住呼嚕聲，她恭敬地對族長低頭，然後轉身鑽出青苔簾幕，在耀眼的陽光下瞇起眼睛。

等我成為重要的河族戰士以後，她心想，**霰星一定會為今天的決定感到開心的。**她想起自己是被命運選中的貓，不禁興奮得肚子發熱。沒錯，她父親就是這麼說的。

她一定會證明父親的話。

***

天掌和陽掌跟著各自的導師踏進河川。豹掌站在岸邊看她們，看見河水繞過她們的腿、從她們肚子下面流過去時，她忍不住全身顫抖。

田鼠爪已經到河中間了，他轉身面向陽掌。「別這麼快。」他警告道。「這裡的水流很急。」

「我在河裡游過好幾次了。」陽掌喵聲說。

「游泳和狩獵不一樣。」田鼠爪說。「慢慢來，不要急。」

陽掌聽話照做。柔翅在陽掌身邊踩水，強壯的腳爪在水中撥動，讓她在河水的急流中保持穩定。「頭抬高，面朝上游。」她對天掌喊道。

白牙輕輕把豹掌往淺水推。「別離其他貓太遠。」他建議道。

豹掌還是不肯動，她的心臟跳得好快。自從兩個月前被天掌壓到水裡，她就一直不敢下水，頂多把腹部毛髮沾溼而已。一想到被河水蓋過鼻口，她就怕得渾身一抖。「要是我被沖走怎麼辦？」

這是豹掌從得到見習生名字起，第一次意識到自己的體型比同窩貓小得多。導師們第一次帶他們遊覽河族領地時，她可以輕鬆跟上其他貓，第一次學戰鬥技巧時，她也可以用速度彌補體型的不足。可是她今天面對第一堂捕魚課，卻害怕到快要吐出來了。

白牙親切地對她眨眼睛。「我會在妳身邊，」他喵嗚道，「不會讓妳被沖走的。」

那要是我鼻子進水怎麼辦？她想起被水嗆得不停咳嗽的感覺，可是她怎麼能承認這件事呢？她可是河族貓，河族貓不應該怕水的。

陽掌走到更深的水裡，然後腳爪一推，開始在水流中游泳，河水流過了她的肩膀。天掌跟了上前，在急流中和水鼩鼠同樣自在。她突然低頭鑽到水面下，然後又浮到水上，甩掉耳朵裡的水。「快一點啦！」她邊催促豹掌，邊輕鬆地繞著柔翅游泳。

豹掌感覺到一絲煩躁。**要不是妳把我推到水裡，我也不會怕水。**天掌是不是根本不記得自己幹了什麼好事？

「來嘛，豹掌。」陽掌游到河中間的渦流，水繞著她流轉。「很好玩喔！」

豹掌盯著她，如果自己沒這麼怕水那該有多好。豹掌試著逼自己的腳爪往前走，可是它們好像都變成石頭了，動也不動。

白牙看了她一眼，然後甩甩尾巴。「我們往上游走吧。」他喵聲說。「那裡有一個小池子，池水很淺，妳在水裡也可以踩到底部。有時候會有魚困在水池裡，我們可以去看看那邊有沒有獵物。」他對柔翅喊了一聲。「我們去看看魚苗陷阱裡有沒有獵物。」他對柔翅說。

「我們等等就跟上。」柔翅喵聲回應，然後把天掌往更和緩的水流推去。

豹掌避開其他貓的視線，跟著白牙往上游走，一路上都感覺毛皮刺癢，好不自在。要是她沒辦法克服對河川的恐懼，同窩貓就會笑她是乾掌，而且更慘的是，她這樣就永遠無法實現命運的安排了。她如果怕到不敢游泳，怎麼可能拯救河族呢！

「我不是乾掌。」豹掌怒瞪著黑掌。

「天掌說妳連肚子的毛髮都不敢弄溼。」他喵聲回嘴。

「她亂講。」豹掌氣呼呼地說。魚苗池其實很深，水幾乎淹過她的肩膀了，她還故意低頭碰水、讓水把背也沾溼，把全身毛皮弄得溼答答的才回營地。

天掌在河裡游了一個早上，現在在見習生窩外打瞌睡。豹掌看見棕色虎斑貓的耳朵一抽一抽，她是不是在偷聽弟弟嘲笑豹掌？**妳一定是跟他說我不敢游泳。**

蛙掌躺在窩旁邊柔軟的草地上，又咬了一口鱒魚以後慢慢咀嚼，過程中一直盯著豹掌。「她還很小隻，還沒長大。」他對黑掌說。「搞不好是怕被狗魚吃掉。」

黑掌的眼睛閃爍著調皮的光芒。「我聽說狗魚可以一口把小貓吞下肚。」

「我才不是小貓！」豹掌氣鼓鼓地喵嗚道。

「妳才五個月大而已啊。」蛙掌指出。

「快要六個月了！」豹掌糾正他。「而且我已經有見習生的名字了。」

黑掌的鬍鬚動了一下。「就算妳有見習生的名字，狗魚還是可以把妳吞下肚。」

豹掌轉過身，用尾巴對著他。

陽掌從穢物處通道走出來，穿過空地走來。她在豹掌身邊停下腳步，顯然注意到了豹掌直豎的毛髮。「怎麼了？」她喵聲問。

豹掌蓬起毛髮——她可不打算打小報告——可是蛙掌替她回答了問題。「黑掌在笑她是乾掌。」他又咬了一口鱒魚。

陽掌扭過頭，鼻子轉向天掌。「我就叫妳不要跟別隻貓說了。」

天掌睜開眼睛，一臉無辜地對同窩貓眨眼。「他問我今天訓練得怎麼樣，就這樣而已啊。」她坐起身來，伸了個懶腰。「我也只是說豹掌不想在河裡狩獵，她比較想在魚苗池裡抓魚嘛。」

「那是白牙的提議。」陽掌厲聲提醒她。

「他會提議，還不是因為他看到豹掌那個表情。」天掌若無其事地喵嗚道。「他把豹掌往河裡推的時候，豹掌一副驚恐的樣子，像是白牙要逼她從陽光岩跳下去一樣。」

我才沒有。豹掌硬生生吞下這句話。她可不打算和天掌吵架，那只會讓她看起來更幼稚而已。可是她不會再怕水了，她一定要讓同窩貓看到星族給她的安排。豹掌不高興地在蛙掌身邊坐下來，咬了一口鱒魚。

「現在練習戰鬥招式不是比較好嗎？」她一臉期待地盯著白牙，兩隻貓都站在河畔。「其他貓剛剛才在河裡捕魚，最好的魚搞不好都被他們嚇跑了。」

白牙若有所思地皺起眉頭。「也是，我們等明天再回來，應該比較有機會抓到獵物。」他同意。

豹掌大大鬆了口氣。戰鬥招式很重要的，她可以等明天再克服對水的恐懼，而且到時候河裡有那麼多魚，一定可以幫她轉移注意力，讓她事半功倍。

明天來了又去了，日子一天一天過去。豹掌有好多東西要學——關於河族領地的知識，還有戰鬥技巧和策略，還有哪些魚會在河的哪些區域出沒。豹掌現在很擅長在淺水池裡捕魚了，魚兒游到這個水池裡就容易困住。豹掌每次都會想些其他的狩獵方法，儘量不去碰水，白牙似乎也都沒意見，也許是欣賞她的創意吧。他好像對豹掌的狩獵技巧相當滿意——豹掌總是第一個找到岸邊的陰影，常常有魚在陰影裡躲太陽。就算水很混濁，她也能看見水裡的棕色鱒魚，然後用迅雷不及掩耳的速度把魚撈上來，魚都來不及發現她的影子、更來不及游走。

戰士考核的日子愈來愈近了，豹掌愈來愈肯定自己明天就會面對自己對河川的恐懼，直接跳進水裡。可是她每天都會找到新的藉口，一直把面對恐懼的時刻往後推。

「再一次！」木毛繞著豹掌和蛙掌踏步，兩隻見習生在營地旁的空地上面對彼此。

豹掌蹲下來準備戰鬥，全身肌肉又痠又痛。這個動作還要練習幾次啊？

「腹部記得壓低。」木毛告訴她。深棕色公貓用尾巴尖端碰了下蛙掌肩膀，一隻腳爪突然往蛙掌後腿一推，灰色公貓搖晃了一下，努力站穩腳步。「別忘了保持平衡。」

白牙站在一旁觀看，豹掌感覺到導師的目光掃過她身側。她努力保持靜止，不要顫抖，同時看著蛙掌慢慢恢復戰鬥姿勢。

「準備好了嗎？」木毛看看豹掌，再看看蛙掌。

他們同時點頭。

「攻擊。」

蛙掌撲向豹掌，但她動作快了一點點，蛙掌跑到她面前時，她已經用後腿站起來了。她用腳爪勾住蛙掌後頸，突然扯了一把，破壞他的平衡，讓他跌跌撞撞地遠離自己。

「很好。」木毛對豹掌點頭，然後把蛙掌推回空地中央，甩甩尾巴。「再一次！」

豹掌對他眨眼，心不停往下沉。「還要繼續喔？」

「你們得一再重複練習，直到你們兩個都能完美做到為止。」木毛告訴她。

豹掌點點頭，忍住了一聲嘆息，然後回到原本的姿勢。這些戰鬥動作，她到底得重複幾次呢？

她雖然是命運選中的貓，但也不是每天都過得很歡樂呢。

「我真的以為這次能成功。」豹掌焦慮地小聲對陽掌說。她們辛苦訓練了一整天，現在窩在睡窩裡。月光從柳條編織的窩頂滲透進來，其他見習生已經睡著了，空氣中充滿他們輕柔的呼吸聲，遠方傳來青蛙的鳴叫聲，一隻鷸鳥在溼草原上高呼。豹掌下巴靠著睡窩邊緣，她好失望、好疲憊。「結果我還是僵住了。」

「又僵住了嗎？」陽掌同情地對她眨眼，琥珀色眼睛反映了銀色月光。

「白牙指著河中間一條鰷魚，我試著下水，水已經淹過我的肚子了，但我就是沒辦法潛下去。」豹掌肚子一緊，她開始擔心自己永遠都無法鼓起勇氣，永遠都不能像其他河族戰士那樣下水游泳了。她如果不敢游泳的話，怎麼可能拯救河族？

「白牙有生氣嗎？」陽掌問她。

「沒有。」她導師是不是已經放棄了，覺得她永遠不可能下去游泳了？「他只是指著水邊一隻離我很近的小鱒魚，要我改抓那條魚而已。他聽起來很失望的樣子。」

「如果他不在旁邊看的話，妳會不會比較自在？」陽掌問道。

「我不知道。」白牙對她很和善也很有耐心，她不相信這是白牙造成的問題。真正的問題是她自己不夠勇敢。

豹掌看著天掌和黑掌把一團破破爛爛的舊睡窩從長老窩裡拖出來，暗自慶幸自己沒分配到清潔工作。她這天一大清早就起來了，所以貝心開始分配今天的任務時，她已經和響掌、莎草掌在蘆葦床獵青蛙了。

蛙掌輕巧地走到她身邊。「我們該幫幫他們嗎？」他問。

「等我們吃完再說吧。」豹掌喵嗚道。誰叫他們這麼晚起，而且她已經餓得肚子咕嚕咕嚕叫了。她朝新鮮獵物堆走去，可是這時候蘆葦掌已經叼著一大條鯛魚走向見習生窩了。他把鯛魚放到地上，用尾巴招呼豹掌。「我們一起吃吧。」他喊道。

豹掌匆匆走過去，蛙掌也跟了過來。鯛魚聞起來又新鮮又美味，口水直流的豹掌低下頭，準備咬一口。

「豹掌！」陽掌喵聲叫她。豹掌驚訝地轉過身，看到朋友快步走過來。「跟我來。」陽掌用鼻子推了推豹掌，帶她離開那條鯛魚。

「可是我肚子餓了。」豹掌瞄著那條魚，對陽掌抱怨。

「妳跟我來，等等就讓妳吃到最好吃的一餐。」

豹掌睜大了雙眼。「那是什麼意思？」

「跟我來啦。」陽掌對她說。

豹掌好奇地跟著朋友走出營地，沿著河岸往前走，來到了河川寬闊、水流和緩的地方，再往前就是峽谷了，河水往谷裡傾瀉而下。

陽掌停下腳步，望向綠色河川的對岸。豹掌順著她的目光看去，鼻子嗅到了鯉魚的氣味，然後她看見對岸地上躺著一條閃亮肥美的大魚。

「妳不是最愛吃鯉魚嗎？」陽掌問她。

豹掌舔了舔嘴。「對啊。」

「很好。」陽掌看著她。「那是我抓到的魚，只要妳游到河對岸，我就分妳吃。」

豹掌全身一僵。她猜到朋友的用意了——陽掌明顯費了一番功夫準備這些，還願意把鯉魚分給她吃，不過豹掌還是覺得回營地和蛙掌、蘆葦掌一起吃鯛魚輕鬆得多。她對淺灰色母貓眨眨眼睛。「我不能晚點再試嗎？」她懷著一絲希望喵嗚道。

「鯉魚放久就不好吃了啦。」陽掌對她說。

而且妳還會對我失望。豹掌又看了那條魚一眼。一隻蒼鷺站在上游一顆岩石上，離鯉魚只有幾棵樹的距離，牠要是看到鯉魚附近沒有貓，一定會飛過去把魚偷走。

陽掌瞄了蒼鷺一眼，又看看豹掌。「再不快一點的話，我們兩個都吃不到魚了。」她喵聲說，語氣讓豹掌想到自己不敢游到河中間抓鰷魚那天，白牙對她說話的語調。

豹掌現在也沒感覺自己比那天更勇敢。她相信自己如果跳進河裡，一定還沒游到對面就沉到水裡了，到時候河水會湧進她的鼻子和嘴巴，她可能再也不能呼吸了。她的心臟在胸中撲通撲通狂跳，彷彿受困的獾。

陽掌輕輕把她推往河邊。「妳試試看就是了。」

試試看就是了。陽掌睜著那雙大眼睛，滿懷希望地注視著她。蒼鷺在岩石上挪動身體，目光掃過了河岸。「好。」豹掌深深呼吸，讓自己鎮定下來。**反正死了就算了**。比起下半輩子都當個不敢游泳的戰士，溺死可能還好受一些。豹掌無視了在肚子裡翻騰的恐懼，踩進水裡。恐慌開始在她的腳爪裡流竄，她感覺好不舒服，但還是繼續往前走，感覺河水碰到了腹部的毛髮，然後碰到身體兩側，最後淹過她的背脊。她閉上眼睛，蹬腳遠離河岸，撲進深水之中。冰寒河水令她脈搏加速，耳朵裡盡是血流的隆隆聲。她攪了攪水。河底在哪裡？當她意識到自己碰不到河底的泥土時，驚慌的感覺在她全身上下每一根毛髮中爆發開來，她亂揮腳爪，感覺自己和雷族戰士同樣笨拙。

「妳可以的！」她聽見陽掌的喵嗚聲，瞥見朋友游在離自己一條尾巴遠的水中。

「我不會讓妳溺水的！」

豹掌掙扎著讓自己浮在水面，水花噴進了她的鼻子，濺得她眼睛刺痛。**別忘了泥毛教妳的那些**。她回想起自己還是小貓時，父親教過她怎麼游泳。**讓水支撐妳的身體**。他的喵嗚聲迴響在豹掌腦中。**只要妳相信它，它就會讓妳漂起來**。那時的她還不知道要怕水，所以聽話地游了起來。**妳是河族貓**。泥毛對她說道。**游泳是妳的天賦**。豹掌想像父親和魚一樣輕鬆自在地游在前頭，想像父親一再回頭確認她沒事，尾巴就在前面一根鬍鬚遠的地方，她隨時可以拉住父親。恐慌很慢、很慢地退去，她感覺腳爪開始互相配合，輪流向前伸出去，拉著身體穿過水流。

「妳做到了！」游在旁邊的陽掌大喊。

我真的做到了！胸中湧起一陣自豪，豹掌開始規律游動腳掌。泥毛說得沒錯，周遭流動的河水支撐著她，讓她在水中穿梭，直到她感覺自己成了水流的一部分。片刻後，她的腳掌感受到河床，便踩水爬上對岸，河水從全身毛髮流淌而下。她朝蒼鷺的眼睛一瞪，惡狠狠地弓起背部。蒼鷺蓬起身上的羽毛，飛到天上，轉彎從蘆葦叢上方飛走了。

陽掌跟著爬上岸，發出開心的呼嚕聲。「妳成功了！」

「我真的成功了耶。」豹掌高舉著尾巴，繞陽掌走了一圈。她不禁好奇，自己怎麼花了這麼多時間，直到現在才願意面對心中的恐懼？她可能還得花一段時間適應，才有辦法完全放心地在水裡游泳，但現在她知道，自己只要有心就能成功。**下次，我不會再受恐懼阻撓了。**

陽掌輕輕走向那條鯉魚，叼回來放在豹掌腳邊。「妳喜歡的話就全部送妳吧。」她喵聲說。「這是妳努力換來的一餐。」

豹掌高興地對她眨眼。「我們一起吃才比較好吃。」她喵嗚道。

「我就知道妳總有一天能成功。」她們回到營地時，白牙對她說。「妳只不過是需要恰當的時機而已。」

那之後，導師就每天教她游泳。「妳還得趕進度，彌補之前漏掉的訓練。」他一面說，一面教豹掌如何潛入河川最深的部分，如何在水流中移動，以及如何避開渦流與看不見的岩石。不久之後，豹掌只要看到水面上破裂的泡泡就知道水中有魚，然後她會用流暢的動作跳進水裡抓魚，魚完全沒機會逃脫。

但今天的訓練重點是戰鬥技巧。豹掌之前花無數個上午和蛙掌與木毛練習戰技，得到了耐心與技術。直到今天下午，她終於在戰鬥中打敗黑掌時，豹掌才發現自己擁有這份實力。黑掌比她高大強壯，但她注意到這公貓的弱點了——他習慣把大部分重量放在後腳爪上。於是豹掌讓他失去平衡，然後自己像蛇一樣迅速地改變攻擊方式，讓黑掌來不及躲避新的攻擊。黑掌被她撞倒在地上，豹掌壓在他身上不讓他起來。

現在，豹掌悠閒地趴在地上，看著鴨子羽毛般柔和的橘光映著傍晚的淺色天空，目送太陽沉到高沼另一頭的地面下。她剛才和同窩貓們分食一隻鯉魚，鯉魚長而彎曲的脊椎骨躺在她面前。陽掌在她身旁清洗身體，天掌則忙著舔掉魚骨縫隙間最後一點肉。

「等我當上戰士以後，」天掌邊咬魚肉邊喵聲說，「每一次有巡邏隊出營，我都要自願參加。」她用舌頭挑出一小片魚肉。「我還要請霰星讓我當巡邏隊長。」

「我才不要當巡邏隊長。」陽掌喵嗚道。「我只想當隊員。」

豹掌望向營地入口，滿心希望泥毛趕緊回來。她今天在外面受訓時抓到一小條虹鱒，特地留給了父親。泥毛最愛吃鱒魚了，豹掌也等不及讓他見識自己的狩獵能力，讓父親看到那條魚身上除了被她咬死時那個乾淨俐落的咬痕以外，魚皮完全沒有破裂。

「不知道邊境巡邏隊什麼時候才回來。」她喵聲說。

「快了吧。」陽掌猜道。「他們只是去檢查陽光岩邊界，應該不需要太多時間。」

「他們如果遇到雷族戰士的話，最好把那些雷族貓撕成碎片。」豹掌氣呼呼地抖了抖毛皮。雷族在幾個月前把陽光岩地盤搶走了，她到現在還沒原諒他們。「那些追松鼠的傢伙也太貪心了吧，整片森林都已經是他們的了，還嫌不夠嗎？」

「他們大概覺得陽光岩也是森林的一部分吧。」陽掌喵聲說。

「為什麼啊？」豹掌彈了下尾巴。「陽光岩從以前就是河族的領地，他們明明就知道那不是他們的地盤。」

「蘆葦掌說，他如果當族長，就會把陽光岩搶回來。」天掌喵嗚道。

豹掌嗤之以鼻。天掌怎麼總是這麼關心蘆葦掌說的話啊？「蘆葦掌就只是在吹牛而已，妳怎麼把他的話當真了？」豹掌瞇起眼睛。「妳該不會喜歡他吧？」

天掌坐了起來。「喜歡又怎樣？」她喵聲說。「他以後會是偉大的戰士，而且他還長得那麼帥。」

陽掌羞澀地瞄了自己的腳爪一眼。「甲蟲鼻比他帥。」

天掌瞪大了雙眼。「妳喜歡甲蟲鼻喔？」

「可能吧。」陽掌看向豹掌。「那妳喜歡誰？」

「我？」豹掌從來沒想過這個問題。她整天忙著訓練，才沒空去理那些公貓呢。「我誰都不喜歡。」

「真的假的？」天掌眨著眼睛看她。「那蛙掌呢？你們兩個看起來關係很親密。」

「我們只是常常一起訓練而已。」豹掌喵聲說。「沒什麼特別的關係。」

「妳確定？」天掌推開魚骨架，雙眼閃爍著戲謔的亮光。「他很可愛耶。」

「妳不是喜歡蘆葦掌嗎。」豹掌喵聲回道。

天掌還沒回應，營地入口就傳來窸窣聲，霰星和田鼠爪先後走進來，接著是曲顎。泥毛癱軟地靠著河族副族長的身體，走進營地。豹掌坐了起來，緊張得全身緊繃。她父親走路一跛一跛的，毛皮上一簇一簇毛髮翹了起來，她還看見父親側腹多了幾條劃痕，被抓破皮的吻部流著血。

「泥毛！」她飛奔到空地另一頭。

霞星揮開了她。「他沒事。」他對豹掌說。「但得先包紮傷口。妳回去和同窩的貓一起等著吧，我們先讓棘莓幫他療傷。」

「可是——」

「去吧。」霞星雙眼暗沉。「這是戰士的事，妳插不了手。」

豹掌退了開來，但還是不忍心離開。她繼續焦急地盯著泥毛。

「我沒事。」泥毛保證道。「聽霞星的話。」

豹掌沒有動彈。「發生什麼事了？」

「泥毛為了奪回陽光岩而戰。」曲顎邊說邊領著泥毛朝柳樹蔭走去。

豹掌跟了上前。「他自己跟對方打嗎？」

「那場戰鬥的目的，是決定陽光岩該歸哪一族。對手是蛇牙。」曲顎告訴她。

巡邏隊穿過營地空地時，鱒爪繞著他們走了一圈。「誰贏了？」

「泥毛。」田鼠爪對他說。「陽光岩又屬於我們河族了。」

棘莓叼著一團藥草從巫醫窩趕來，戰士們也開始聚集在歸來的巡邏隊身邊。豹掌左右挪動身體，繼續注意父親的狀況。

「回去和妳同窩的見習生一起等著。」霞星對她重複道，這次語氣更嚴厲了。「我們得討論一些重要事項。」

豹掌不情願地退開。

天掌走到她身邊。「泥毛為什麼只能自己和敵方戰鬥？」

「不曉得。」豹掌其實不在乎這個，她只想知道父親的傷有多嚴重。她遠遠望去，努力想瞥見父親的身影，胃中翻攪不停。愈來愈多戰士走到她們前方，關切地擠到霰星等貓周圍，看著棘莓治療泥毛。獺潑與矛牙繞著他們轉圈，尾巴興奮地左右抽彈，霰星則忙著和木毛與波爪商量事情。

豹掌硬生生把滿腔不耐煩吞了下去。現在到底是什麼狀況？

她感覺天掌的鼻尖擦過自己耳朵。「我相信他不會有事的。」淺棕色虎斑貓喵聲說。「妳等等就可以去和他說話了。」

這時獺潑匆匆走過來，豹掌忍不住全身一僵。「妳們聽到消息了嗎？」獺潑的耳朵抽了一下。「泥毛打算當巫醫了！」

豹掌莫名其妙地眨眼。「妳在說什麼啊？」

「他剛才告訴霰星，他想放棄戰士的身分，受訓成為巫醫貓。」獺潑喵嗚道。

豹掌實在不敢相信自己的耳朵。泥毛明明是河族最強的戰士之一，剛剛還獨力把陽光岩搶了回來耶！「為什麼？」

獺潑直視著她，眼中沒有多餘的情緒。「這妳就得親自問問他了。」

「他一定是有他自己的考量。」天掌對她說。

「可是我從來沒聽他說過想當巫醫啊。」**如果他考慮過這件事，那不是應該告訴我嗎？**豹掌心想。**他一定會告訴我的。所以他現在這麼說，一定是因為剛剛戰鬥的關係，他一定是頭腦還昏昏沉沉的。**

時間拖長了尾巴，豹掌等著和泥毛說話的機會到來。她的心臟撲通撲通直跳，腳爪來回踱步，看著太陽開始朝遠方的高沼西沉——最後，那群戰士終於開始散開。霰星領著獺潑與矛牙到營地邊緣，柳風走到新鮮獵物堆，叼著一條鱒魚往長老窩走去，田鼠爪對族貓們喊了幾聲，組織下一班巡邏隊。

柔翅開始將一堆蛙骨搬離戰士窩。「來幫我吧。」她呼喚天掌。

天掌猶豫了一下。「妳自己待著沒問題吧？」她問豹掌。

「嗯。」豹掌沒有看她。「謝謝。」她還是緊緊盯著泥毛。天掌離她而去時，豹掌匆匆跑到父親身邊。

「泥毛？」她開始檢查父親的毛皮，發現血已經止住時，終於鬆了口氣。

泥毛用前腳爪撐起上半身，棘莓用更多蜘蛛網包紮他腿上的傷口。看見豹掌時，泥毛眼睛一亮。「別擔心，我沒事。」

豹掌在他身旁蹲下來。「真的嗎？」

「那當然。」他虛弱地呼嚕一聲。

正在工作的棘莓抬起頭。「他最近得多多休息，不能太操勞。」

「那還不簡單——」泥毛發出帶著喉音的嗤聲。「反正我已經不是戰士了。」

豹掌感覺自己的心被揪了一下，彷彿勾到了貓的利爪。**他是認真的……？**「可是，為什麼？」她盯著父親。「是因為你在那場戰鬥中受了重傷嗎？」

泥毛用鼻口碰了她的肩膀一下。「必要的話，我願意再戰鬥一次。」他喵嗚道。

「我只是不想再戰鬥而已。」

豹掌怎麼也想不明白，怎麼會有貓不想當戰士呢？「為什麼不想戰鬥？」

「我受夠了沒完沒了的戰鬥。」他告訴豹掌。「再怎麼打事情也永遠不會解決。」

棘莓把藥草嚼爛，然後把藥草糊吐到腳爪上，塗在泥毛尾巴的咬傷上。「幫助貓族的方法很多，不是只有戰鬥一條路可走。」

「可是泥毛受過戰士的訓練，」豹掌反駁道，「河族需要他啊。」

棘莓繼續工作，沒有抬起頭。

泥毛替她說話。「河族也需要巫醫貓的。」他喵聲說。

豹掌看著他，這才注意到他毛皮上星星點點的灰色毛髮。他是不是感覺自己老了？豹掌突然產生了對父親的保護欲。「你一定可以成為偉大的巫醫貓。」話雖這麼說，她還是想不明白，父親怎麼會想放棄戰士的身分？「說不定到未來某一天，河族就不必再戰鬥了。」她喵聲說。

泥毛似乎不以為然。「生命並沒有那麼簡單。」他喵嗚道。「但是妳還太小了，不會懂這些的。」

「我不小了。」泥毛該不會忘了自己說過的話吧？他不是說豹掌很特別，總有一天會拯救河族嗎？「那如果我讓河族變得超級強大，以後再也不必戰鬥呢？」

泥毛寵溺地呼嚕笑。「那就再好不過了。」

豹掌看得出父親還是不相信她，但她會對父親證明自己的話，讓他看到不必再不停戰鬥的河族。她輕輕舔了舔泥毛的耳朵。他現在一定全身都很痛吧？豹掌邊舔掉父親毛髮上的血汙，腦筋邊快速轉著。也許泥毛打從一開始就注定成為巫醫，既然如此，那他之前說豹掌很特別——特別到足以拯救所有貓族——那會不會是一則預言呢？

半個月後的某一天，豹掌蹲在河邊。她最近忙著鍛鍊，準備接受戰士考核，所以都沒空去思考泥毛的預言，或是他說要成為巫醫貓的小魚腦想法。白牙對她的訓練十分嚴格，她也努力想讓老師對自己刮目相看，現在考核日終於來臨，她和其他見習生都必須接受考驗了。

豹掌嗅了嗅腳邊兩隻死田鼠。見習生們的任務是將陸地上的獵物帶回營地，她抓到這兩隻水田鼠以後，才開始思考牠們究竟算是陸地獵物還是河裡的獵物。是不是該去河這一岸的一長排樹林裡，改抓隻小鼠回去？豹掌在樹木之間張望。她知道導師會暗中觀察自己的進度，那白牙是不是躲在樹叢裡觀察她？她目前為止表現得夠好嗎？能不能成為戰士，獲得戰士的名字呢？

一根延伸到河川上方的樹枝抖動了一下，幾片樹葉從上面灑落。豹掌抬頭望去，耳朵豎了起來——她看見天掌腳步不穩地走在樹枝上，同窩貓的目光緊鎖著被困在樹幹旁的松鼠，眼中閃爍著興奮的光芒。見習生們平常都習慣抓河裡的魚，抓陸地獵物這任務對他們來說很不容易，如果天掌能成功捕獲松鼠，那其他貓一定會對她青睞有加。

豹掌感覺到一絲嫉妒。她自己怎麼沒想到要抓松鼠？

樹枝另一端的松鼠僵止在原處，眼睛慌亂地閃爍著。天掌在樹枝上壓低身體，後腳爪微微顫抖，豹掌看得出她準備撲向松鼠了。豹掌屏住一口氣，看著天掌猛撲上前，但松鼠突然往上逃竄，消失在了天掌頭上的枝葉間。

天掌落在空空的樹枝末梢，樹枝被她的重量壓得下沉，她發出懊惱的嘶聲，努力抓住樹枝，但這時樹枝斷了，她兩條後腿失去了著力點。她懸在半空中片刻，然後再也抓不住樹枝了，身體滑下去「嘩啦」一聲落入下方的河川。

豹掌竄到水邊，見天掌消失在水下時心頭一窒。幸好天掌的頭很快就探出水面。虎斑貓眼裡燃燒著怒火，氣憤地游回岸上，在離豹掌幾條尾巴遠的下游處爬上岸。

「好可惜。」豹掌喊道。

天掌一臉氣憤地看著她。「他們幹麼叫我們抓陸地上的獵物啊？」她怒聲說。「不公平，我平常都在練習抓魚啊！他們怎麼不事先提醒我們。」

「那我其中一隻獵物給妳吧。」豹掌把一隻田鼠推向天掌。她雖然同情這位同窩的見習生，心裡卻懷著一個諷刺的想法：要不是當初天掌害她對水產生恐懼，她也不會這麼擅長捕捉陸地上的獵物。豹掌也是在大概一個月前才氣消的，現在沒那麼討厭她了。

淺棕色虎斑貓煩躁地甩了甩尾巴。「這可是作弊，妳想害我不及格嗎？」她氣呼呼地扭頭走進森林。「我自己抓獵物就行。」

豹掌決定不跟上去了。天掌說得沒錯，她必須自己完成任務。

回到營地後，只見響掌、陽掌和黑掌都已經帶著獵物回來了。豹掌走進空地時，看到霞星臉上帶著滿意的表情，橡心和田鼠爪都呼嚕笑著，驕傲地蓬起了毛髮。豹掌猜那三隻見習生都已經通過考驗了。

白牙站在河族族長身邊。

豹掌把田鼠放在他腳邊，緊張地對他眨眼。「這算是陸地上的獵物嗎？」她問。

「妳是在陸地上抓到牠們的，」白牙告訴她，「所以算數。」

豹掌感覺到潮湧般的寬心。「那我過關了嗎？」

白牙用鼻口碰了她的頭一下。「過關了。」

她胸中洋溢著幸福，就在她開始呼嚕笑時，蛙掌和蘆葦掌也小跑步進入營地，莎草掌也緊跟在後，三隻見習生嘴裡都叼著獵物。

他們在霞星腳邊放下獵物時，霞星讚許地點點頭，看來每隻貓都通過檢驗了。

河族族長看向營地入口。「天掌呢？」

「我剛剛有看到她。」豹掌告訴他。「她那時候正往森林的方向走。」

「她沒有獵物嗎？」霞星皺起了眉頭。

豹掌避開族長的目光，不想讓族長知道天掌沒抓到松鼠。當時要抓住松鼠真的很不容易，天掌願意嘗試就已經很勇敢了。時間已過正午，所有見習生都該回來了。「她很快就會回來的。」豹掌保證道。

她緊張得腳爪刺癢。**拜託了，星族，幫助她抓到獵物吧**。她匆匆走向同窩貓。「如果天掌來不及趕回來的話，」她小聲說，「我們還是請族長把我們的命名儀式延期吧，等她下次通過檢驗再一起參加儀式。」

黑掌皺著眉頭。「可是我現在就想得到戰士名。」

蛙掌碰了他一下。「也不差這一兩天嘛。」

蘆葦掌哼了一聲。「那要是她下次也不過關呢？」

「她會的。」豹掌堅定地說。

陽掌懷著希望瞄向營地入口。「她說不定這次就能過關啊。」

正當她說話之際，天掌腳步沉重地走進營地，嘴裡空無一物。豹掌的心沉了下去。

天掌垂著尾巴穿過空地，來到霰星面前。「我差點抓到一隻松鼠了。」她咕噥道。

霰星哀傷地搖搖頭。「『差點』是不足以通過考核的。」他喵嗚道。

柔翅匆匆進入營地，同情地對天掌眨眼睛。「她的技術非常優秀，」她對霰星說，「我一直在觀察她，她表現得很好。」

「光有優秀的技術，也無法餵飽河族。」霰星喵聲說。「在她帶著獵物回來之前，我不能給她戰士名。」

豹掌快步走上前。「在天掌得到戰士名之前，我們也不想要戰士名。」她瞄了同窩貓一眼，只見黑掌一臉氣惱，但是他沒有出聲反對。

陽掌也跟著上前。「天掌下次就會過關了。」她喵聲說。「我們不介意等到那時候再一起辦命名儀式。」

霰星環顧見習生們，眼中散發溫暖的微光。「能看到我們最年輕的戰士們如此忠誠，真是太好了。」他喵嗚道。「命名儀式可以等到天掌也準備好時一起舉行。」

天掌感激地看著陽掌，然後又看著豹掌。「我不想拖累妳們。」她喵聲說。

「就算沒有戰士名，我們還是可以照顧我們的部族。」豹掌告訴她。「而且妳很快就會通過考驗了，我相信妳。」

天掌昂起下巴。「我一定會的。」

天上低低掛著一彎月牙，高沼在斜陽下染上了玫瑰色的光芒。

站在泥毛與白牙之間的豹掌努力強迫腳爪停止顫抖，靜靜等待著。族貓們都已經聚集過來，在空地上圍了一圈，看著霰星主持命名儀式。響肚*、黑爪、天心與蘆葦尾已經驕傲地和其他戰士坐在一起了，蛙跳、陽魚與莎草溪也對霰星許下承諾，答應要保護部族。接下來就輪到她了，她終於要獲得戰士名了。

泥毛用舌頭順了順她雙耳之間的毛髮。「亮天也注視著妳喔。」他喵聲說。「她和我都以妳為榮。」

豹掌的心似乎膨脹了，她對父親呼嚕笑著。「我以後還會讓你們更驕傲的。」她保證道。

她說話時，白牙輕輕把她推上前。「輪到妳了。」他輕聲說。

＊註：原文Loudbelly曾被譯作「大肚」，本文時間線包含該角色從小貓晉升至戰士過程，故譯作小響（Loudkit）、響掌（Loudpaw）及響肚。

蛙跳、陽魚與莎草溪走去加入其他戰士了，霞星滿臉期待地看著豹掌。她快步穿過空地，感覺到全族都盯著她，盯得她毛皮發燙。

她在河族族長面前停下腳步。之前都沒料到自己現在會這麼緊張，她感覺肚子裡七上八下的，只能努力吞下這種緊張。

「我祈求戰士祖先們……」霞星緩緩開口。豹掌興奮到心臟要炸開了。就是現在了，這就是一切的開端。霞星接著說：「照拂這名見習生。缺乏母親指引的她，是被我們全族一起養大的孩子，我們今天也特別驕傲地看著她從見習生當上戰士。她辛勤鍛鍊，努力學習你們高尚的守則，我在此向你們推舉她成為河族戰士。」

豹掌屏著一口氣。她知道霞星接下來會說什麼，她已經迫不及待了。

「豹掌，」他終於喵聲說道，「妳願意謹遵戰士守則，保護與守候妳的部族，甚至犧牲自己的性命嗎？」

「我願意。」豹掌喵嗚道。「我真的願意。」

霞星的鬍鬚微微一顫。「那麼，我憑藉星族賦予的力量，授予妳戰士名。豹掌，從此刻開始，妳將被稱為豹毛。星族敬重妳的堅毅、獨立與忠誠，我們歡迎妳正式成為河族的戰士。」

豹毛回頭看向泥毛，看見父親閃爍著驕傲光芒的雙眼時，她努力忍住了呼嚕聲。白牙高興地對她眨眼，她的心臟彷彿變成一隻鳥，在胸中飛了起來。她現在是戰士，終於可以邁開腳步走上命運安排的路了。

第三章

豹毛甩了甩毛皮，儘量甩掉冰寒徹骨的雨水。她成為戰士已經是六個月前的事了，不過感覺過了很久很久，過去還是見習生時的陽光與綠葉季的溫暖，如今都消失無蹤。她瞥了陽魚一眼，但朋友似乎根本沒注意到暴雨，甚至沒注意到從她鬍鬚滴落的雨珠，只見她雙眼又閃爍著星光。**她一定又在想甲蟲鼻了。**「妳不冷嗎？」豹毛喵聲問道。

「冷啊。」陽魚喵嗚道。「可是我們很快就會回家了，而且甲蟲鼻還答應要抓一條鱒魚回來，我們兩個一起吃。」

豹毛在雨中縮緊了身體，感覺從禿葉季剛開始時，雨就一直下個不停，已經連續下一個月了。在這個時節，豹毛只有蜷縮在戰士窩裡的睡窩時，才會感到溫暖。「他是不是不可能分我吃幾口鱒魚？」她低哼道。

陽魚一臉驚訝地看著她。「當然沒問題了。」她喵嗚道。「妳想吃的話，當然可以分妳啊。」

「不用了，謝謝。」陽魚和甲蟲鼻之間好不容易萌生了一點感情，豹毛可不想打擾朋友談戀愛。「我去和蘆葦尾還有蛙跳一起吃東西就好。」陽魚從當初還是見習生時，就偷偷喜歡上了甲蟲鼻，現在那位英俊的黑色戰士似乎終於注意到這隻漂亮的灰色母貓，發現她不再是笨手笨腳的見習生了。

豹毛望向河岸，她一整天早上都沒看到鳥類或田鼠。「看來就連河裡的獵物也不笨，知道還是今天待在窩裡比較好。」她喵嗚道。

陽魚看著因雨水而漲起的河流。「甲蟲鼻說，值得獵捕的那些魚都已經游到上游，去找比較溫暖的水域了。」

豹毛嗤之以鼻。那隻公貓說的話，陽魚都照單全信嗎？魚才沒有游去找溫暖的水域呢，只不過是今天水流湍急洶湧，所以才比較難抓到魚。豹毛沒有把話說出口，她只是因為又冷又餓感到情緒暴躁而已，沒必要拿朋友出氣。如果陽魚想成為育兒室裡的貓后，生下一窩小貓，那也是她自己的選擇，但豹毛自己可是對戰士的生活比較感興趣。

她望向河岸那排樹木，這片細細長長的林木是河族唯一的森林領地，他們也都懶得在樹林狩獵。除了灰池和柳光以外，河族沒有任何一隻貓愛吃森林獵物，那些獵物吃起來臊味太重了。但是在天氣不好時，他們可能只有在森林裡狩獵這唯一的選擇了。「我們在這裡狩獵吧？」

陽魚順著她的目光看去。「好吧，至少在森林裡可以避風。」她喵聲說。

豹毛走向樹林，來到一小片空地時放慢了腳步，讓雙眼適應周遭陰暗的環境。

陽魚在她身邊停下腳步，張大了眼睛掃視陰影。「雷族貓就不會想念森林外頭新鮮的空氣嗎？」她喵嗚道。

「他們大概已經習慣樹葉發霉的味道了吧。」豹毛不屑地說。

陽魚皺起了鼻子。「森林裡的空氣都是潮溼樹皮的氣味，他們是怎麼聞到獵物的啊？」

豹毛瞥見了某處的動靜。「那邊。」她朝一棵樺樹點點頭，有東西在樹根之間挖來挖去。她壓低身體走過去，尾巴輕輕掠過了地面，雙眼緊盯著微微搖動的樹葉。

她在離樺樹一隻腳爪長的位置停下來，陽魚也來到她身旁。一條細小的尾巴在樹葉間出現片刻，然後又消失了。

「是小鼠。」豹毛興奮地輕聲說。小鼠繼續往深處挖掘，那堆樹葉也跟著抖動。「牠好像在找食物。」

「甲蟲鼻說小鼠是最難捕捉的獵物。」陽魚小聲說。「牠們的動作比魚還要快。」

豹毛突然一陣煩躁，恨不得證明甲蟲鼻錯了。她也不多觀察小鼠的動作，直接跳向那堆樹葉，兩隻前腳爪壓在兩邊。她困住那隻小鼠了，等牠往樹根交叉處跑去，豹毛就能抓住牠。她憋住一口氣，等著小鼠驚慌地衝出樹葉堆，等著撲上前一口咬死牠。

沒有任何動靜，她腳爪之間的樹葉堆靜悄悄的。豹毛困惑地拍了拍樹葉堆，希望能把小鼠嚇出來，卻還是沒看見牠的蹤影。惱怒的火光在她腹中一閃，她開始扒抓落葉堆。那隻小鼠跑去哪了?牠剛才不是被困住了嗎?

陽魚走了過來，從她肩膀後面看向地上。「妳抓到牠了嗎?」

豹毛橫了她一眼。「看起來像抓到了嗎?」她在樹葉堆裡挖出一個空洞，沮喪地發現其中一條樹根下有小小的縫隙。縫隙那麼窄，小鼠是怎麼鑽過去的?但是她嗅了一下就注意到，樹根下的確傳來獵物恐懼的氣味。她跟著氣味繞到樺樹背面，可是小鼠已經逃之夭夭，不知所蹤了。

她的心沉了下去。灰池和柔翅都在育兒室裡生養小貓，河族可是仰賴著她。她又繞著樺樹走了一圈。

陽魚看著她。「看樣子甲蟲鼻——」

豹毛打斷她。「妳別跟我說甲蟲鼻說對了。」她怒聲說。

陽魚眨著眼睛看她。「可是他的確說對了啊。」

豹毛瞪著朋友，看見陽魚圓睜著無邪的雙眼，她的滿腔怒火終究還是消融了。在豹毛看來，暗戀別隻貓就是在浪費時間，但如果戀愛能讓陽魚忘卻寒冷與飢餓，那何必毀了她的好心情呢？

這時，一些樹皮碎屑從上方灑下，豹毛抬頭望去，一隻松鼠在樹上高處光禿禿的樹枝上奔竄。她立刻蹲伏在地上，壓低身體藏在樹葉堆裡。「快躲起來。」她命令陽魚。陽魚竄向樹幹，矮身躲到一條樹根旁，灰色毛皮融入了周遭陰影。她們一起注視著爬到樹幹邊的松鼠，當牠開始爬下樹幹、接近她們時，豹毛激動得心臟一跳。

等牠跑到我們抓得到的距離以後再動。她希望陽魚明白這點，陽魚也確實聰明，所有貓都知道要完全靜止地等待獵物上門。松鼠動作很快，但不像在地面上行動的獵物那麼警覺，以難怪在綠葉季每隻雷族貓都吃得肥嘟嘟的。

松鼠爬下樹幹時，豹毛的心臟跳得更快了。陽魚看著松鼠靈活地用爪子抓著樹幹，目光跟著松鼠移動，卻連一根毛髮也沒有動彈。豹毛屏著一口氣，等著松鼠跑得更近，全身肌肉都蠢蠢欲動，等不及撲上去了，但她強迫自己保持靜止。忽然間，松鼠暴衝下樹幹最後一條尾巴的距離，順著一根樹根竄走。

豹毛從落葉堆猛然跳起來，耳朵緊貼頭頂，跟著往同一個方向竄去，陽魚也緊跟在後，豹毛往一邊繞時她往另一個方向包抄過去。兩隻貓一起從左右兩側靠近奔往前方一棵橡樹的獵物。**絕不能讓牠跑到那棵樹**。如果松鼠爬上樹幹，她們就沒機會追上牠了。豹毛瞥了陽魚一眼。

陽魚對上她的視線，似乎理解了。她稍微慢下來，跑在松鼠後頭，豹毛則最後猛衝出去，撲到松鼠正前方。被前後阻攔的松鼠改變了方向，眼中閃過驚慌，到處尋找逃生的路線。豹毛用比鰻魚還快的速度轉移重心，靈敏地轉向追上獵物，伸出前腳爪將牠壓在地上。松鼠還來不及尖叫，就被她一口咬死了。

陽魚在她身邊停下腳步，喘著氣在地上坐下。松鼠血讓溼冷空氣中多了一股溫熱的土腥味，令她嫌惡地翻鬚一抽。「雷族貓怎麼有辦法天天吃這種東西啊？」她喵聲問。

「可能肚子夠餓了，什麼東西都吃得下去吧。」豹毛用一根爪子拎起松鼠癱軟的身體，肚子咕嚕咕嚕叫了起來。牠雖然不是魚，但終究是食物，灰池和柔翅一定會很感激她的。她輕輕咬著松鼠的毛髮將牠叼起來，和陽魚一起走回營地。

那天夜裡，大雨繼續擊打著營地，隔天早上豹毛溜出戰士窩，就看到空地上到處是溼滑的泥濘。她在大雨中耳朵貼著頭頂，只見天上烏雲密布，看樣子今天也不會放晴了。

「來幫幫忙吧。」站在育兒室外面的莎草溪喊道。「屋頂漏水了。」她忙著把落葉塞到柳條編織的窩頂，填補枝條之間的縫隙。

花瓣塵也在一起填補漏洞。「我們在這邊修補育兒室，搞不好是在浪費時間。」她喵聲說。「水位漲得太快了，灰池和柔翅也許得搬去長老窩住。」

豹毛一瞥漲上來淹蓋了蘆葦床的河水，看見河水輕輕舔舐著空地邊緣，更遠處的河川則十分汙濁，水流又亂又急。水流這麼危險，他們今天還是沒辦法抓魚。

豹毛趕過去幫花瓣塵和莎草溪，一爪抓起一堆溼落葉，塞進一道縫裡。落葉的尖端在風中搖來晃去。「用青苔不會比較好嗎？」她問花瓣塵。「那我們就能把縫塞得更密實了。」

「棘莓想把青苔留著鋪睡窩。」花瓣塵告訴她。「她說苔比較容易弄乾。」

莎草溪嗤笑一聲。「全河族應該都已經一個月沒在乾燥的睡窩裡入睡了吧。」她喵嗚道。

霰星與曲顎在觀察淹蓋蘆葦床的河水，眼中滿是陰翳的憂慮。之前貝心退休入住長老窩以後，曲顎成了河族的副族長。

豹毛又把一堆葉子塞入縫隙時，柔翅來到了育兒室入口，往外張望。小錦葵和小曙試著用鼻子推開母親探出頭來，但柔翅用尾巴把小貓拉到她腹部旁，眼神焦慮地看著暴漲的河流。

「柔翅，早安。」豹毛點頭對她打招呼。「灰池今天還好嗎？」灰色貓后懷著波爪的小貓，因為肚子不舒服所以一直沒什麼食慾。

「她還是噁心想吐。」柔翅嘆了口氣說。

如果有更多食物和乾爽的睡窩，她可能就會好起來了吧。豹毛想起自己和陽魚昨天只抓到一隻松鼠，不禁感到慚愧。她看向花瓣塵。「曲顎派狩獵巡邏隊出去了嗎？」

「他黎明時派了三支巡邏隊出去，但還沒有貓回來。」花瓣塵告訴她。

豹毛甩了甩潮溼的毛髮，有點後悔今天沒早點起床，加入其中一支巡邏隊，但她昨晚守夜到了深夜，是曲顎叫她多睡一會的。

泥毛叼著一綑葉子，走上通往長老窩的斜坡。經過幾個月的訓練後，他現在幾乎和棘莓同樣擅長使用藥草，豹毛也已經習慣身為巫醫貓的父親了。她甚至為父親感到驕傲，泥毛雖然不再是戰士了，卻還是勤勞地保護部族。

曲顎匆匆迎上前。「那些是給鳥歌的嗎？」

泥毛頷首，矮身走進柳條編織的長老窩。貝心和鱒爪死後，長老窩裡只剩亂鬚和鳥歌了，而這幾天鳥歌一直咳嗽不停。

曲顎跟著泥毛走進窩裡時，豹毛又抓起一把樹葉，塞進育兒室牆壁的縫隙，不讓雨水繼續流進窩裡。她繞著育兒室修補了一圈，邊工作邊思考要不要去營地外面撿更多樹葉回來。這堆葉子太少了，沒辦法堵住育兒室所有的漏縫。

就在這時，曲顎突然衝出長老窩，匆匆朝霰星的方向跑去。豹毛全身一僵。鳥歌的病情會不會惡化了？她看著霰星揚起尾巴，看上去很開心的樣子。說不定鳥歌痊癒了。

豹毛豎起了耳朵，努力偷聽兩隻戰士興奮交談的內容，卻聽見霰星對著空地這一頭大喊：「花瓣塵、莎草溪、豹毛！」

聽到自己的名字時，豹毛的心跳加速。她丟下落葉，趕緊跑到族長面前。

「我們去拿乾燥的睡窩鋪料回來。」霰星宣布。「狗圍籬另一側有一座穀倉，」霰星的眼睛閃閃發亮。「我還是見習生時會去那裡狩獵，不過已經很多個月沒去了。」

曲顎繞著河族族長踱步。「我們去那邊，可以順便抓一些小鼠回來。」

豹毛感覺到油然而生的希望。這麼多天以來，族貓們終於有機會飽餐一頓，在乾燥的睡窩裡休息了。霰星走向營地入口時，她加快腳步跟了上去。

巡邏隊順著營地外牆邊的小徑行進。踏腳石已經淹沒在水面下了，所以他們選在河川最窄的位置過河，這裡雖然水流強勁，但至少還能游過去。豹毛已經是游泳健將了，可以輕易地穿過湍急的水流，她也開心地發現自己幾乎不記得從前對水的恐懼，不記得當初害怕腳爪沾溼的心情了。她在河川對岸爬出水，回頭確認其他貓都安全。霰星和曲顎走出河流，接著是花瓣塵，但莎草溪呢？在水花翻騰的河裡，豹毛東看西看就是沒看見同窩的莎草溪。她正想跳回水裡，就看到莎草溪的頭冒出水面，河水從她的耳朵與鬍鬚流了下來，虎斑母貓游到岸邊後爬上來。

「妳還好嗎？」豹毛跑過去迎接她。

「那當然。」莎草溪甩了甩毛髮。「我潛在水下，水面下的水流沒有那麼強。」

我雖然游泳能力進步了，豹毛心想，**對於河川的認識還是不如一些族貓。**

霞星和曲顎已經朝幾棵山毛櫸走去，雨水啪答啪答打在棕色枯葉上。豹毛加快腳步，和花瓣塵、莎草溪一起跟上去，來到沼澤地時隊伍排成一排。雨水模糊了豹毛的視線，直到霞星彈尾巴示意隊伍停下時，她才看見前方的狗圍籬。

「等等。」霞星嗅了嗅灰色籬笆。「沒有狗的氣味。」他告訴其他貓，語氣聽起來放鬆了許多。說完，他矮身從圍籬下面鑽了過去。

心臟狂跳的豹毛跟著其他戰士鑽過去。她從沒來過這個地方，這裡還是貓族領地嗎？暴雨中，她不太能聞到邊界的氣味。狗圍籬內的草地十分寬闊，空中還飄著一種陌生的酸味。豹毛跟著族貓穿過開放的草地，感覺自己暴露在危險之中，等隊伍來到一面低矮的灰牆，她才暗暗鬆了口氣。他們躲在牆邊，豹毛緊張地望向牆壁另一側巨大的睡窩，那東西方方正正的，映著鴿灰色的天空，黑色木頭築成的側面牆壁感覺陰森可怖。

「那是什麼東西啊？」豹毛小聲問道。

霞星瞟了她一眼。「這是穀倉。」他告訴她。

花瓣塵走得近一些。「這是兩腳獸蓋的東西。」她解釋道。「不過他們不在裡頭睡覺，只會用來存放草料，還有養殖小鼠。」

霞星和曲顎已經跳上了矮牆。

「安全嗎？」曲顎焦慮地看向族長。見霞星點頭，他低頭看向其他貓。「來吧。」

莎草溪最先翻過牆，接著是心臟撲通撲通直跳的豹毛。她看見穀倉前面一片寬廣的岩石空地，霞星快步穿過空地，邊走邊警戒地左顧右盼。豹毛和族貓們跟著往前走，她忽然感覺自己離家好遠好遠。那股酸味變得更濃烈了，讓她背上的毛皮聳了起來。霰星年輕時真的來這邊狩獵過嗎？她雖然知道河族族長很勇敢，卻不曉得他是這麼大膽的一隻貓。從豹毛還小的時候，霰星就一直待在河族領地附近，像個謹慎焦慮的母親似地守護著族貓們，豹毛都忘了他也曾經是在外冒險過的戰士。

霰星低頭鑽入穀倉側面牆角一個破洞，進入穀倉。豹毛愈來愈不安了，那裡頭真的安全嗎？不過至少比外面乾燥吧。

她跟著鑽進去，粗糙的木頭刮過溼漉漉的毛皮。她發現穀倉裡乾燥又通風，懸起的心這才放了下來。穀倉的屋頂非常高，不知道是不是碰到了天上的灰雲？豹毛打了個噴嚏。這裡的空氣有很多灰塵，塵埃飄過牆上縫隙透進來的一道道光束。寬敞的岩石地面擺了好幾堆金黃色乾草，豹毛不知道他們能帶多少回家。如果把草捆起來帶走的話，那說不定可以幫所有長老和貓后鋪乾燥的睡窩。

曲顎已經走到最近的草堆前，用爪子扯下一把乾草。莎草溪也依樣畫葫蘆，兩隻貓都把草在地上疊成一堆。豹毛匆匆走到旁邊的牧草堆，開始一把一把將草扯出來。灰塵在她周遭飄了起來，她瞇起刺痛的眼睛，繼續扯出乾草。花瓣塵和霰星在她身邊用穩定的速度工作，不久後他們在地上疊出的草堆已經快要和豹毛一樣高了。她把草推到一起，開始把草莖纏繞在腳爪上做成一綑一綑的，等等要叼回家就比較方便了。

豹毛的肚子餓得咕嚕咕嚕叫，她這才發現穀倉裡除了陽光與乾樹葉的牧草味以外，還有小鼠的氣味。她停下動作，舔了舔嘴唇。霰星之前說過，他們可以在這邊狩獵。空氣中確實飄著濃濃的獵物氣味。

曲顎和莎草溪已經在穀倉後面的陰影中嗅嗅聞聞了，莎草溪忽然竄上前，一隻小鼠從她伸長的腳爪前飛奔而過，結果直接跑到了曲顎面前。曲顎快速弄死小鼠，繼續在穀倉裡張望，尋找更多獵物。

霰星也看著他們，興奮得毛髮都蓬了起來。他趕過去加入其他貓，豹毛也走得近一些。這裡的小鼠很大隻，曲顎抓到的那隻癱在石頭地面，看上去又大又肥。陰影裡還有另一隻小鼠在動，牠似乎比第一隻還要肥碩。

豹毛伸出了利爪。這麼多好東西，他們要怎麼全部搬回家呢？也許得分兩趟，第一趟把乾草帶回家，第二趟把捕獲的獵物帶回去，族貓們看到他們這次的大豐收，一定會非常高興。豹毛想像著柔翅的反應，當貓后知道小貓們今晚可以在乾燥的睡窩裡安睡時，一定會開心得雙眼發光。

「小心！」

曲顎發出警告的號叫聲，豹毛聽了猛然轉頭。兩腳獸來了嗎？她嗅了嗅空氣，被滿鼻子灰塵刺激得打了個噴嚏。這時，一種酸臭味撲鼻襲來，它帶有小鼠那種溫暖的臊味，卻多了一股令她顫抖的酸味。

「是大鼠！」霰星警戒地豎起全身毛髮。

莎草溪驚叫一聲。「牠們要攻擊我們！」

豹毛瞠目結舌地看著四隻動物從暗影中竄出來，牠們的身體又長又壯，比小鼠大了許多，尖銳的黃牙反射了微光，尾巴則像是粗硬的蚯蚓。牠們尖聲叫著，眼中閃爍著惡毒的光芒。一隻大鼠咬住莎草溪的後腳爪，豹毛感覺到恐懼在毛皮下炸開。

曲顎撲過去，一口咬死那隻大鼠，但莎草溪的腳爪已經開始流血了。「妳還好嗎？」他問道。可是現在沒時間檢查傷口了，愈來愈多大鼠從穀倉各個角落湧了出來。

恐懼流遍豹毛全身，令她毛髮直豎。

霰星拍開一隻又一隻大鼠，牠們卻不屈不撓地繼續進攻。

「去找幫手！」曲顎對花瓣塵號叫道。

「可是──」花瓣塵還想反駁。

「快啊！」

霰星甩開咬著他前腳爪的大鼠。

花瓣塵轉身奔往牆上的破洞。豹毛身邊的莎草溪用三條腿站著和大鼠搏鬥，接連甩掉幾隻大鼠的同時，她的第四條腿不停流血。她努力向後靠，不讓那些噁心的生物接近她的頭部，同時用爪子抓牠們。霰星被大鼠包圍，不停左右撲竄。

豹毛的尾巴突然一陣疼痛，她感覺到大鼠的重量在後面拖著她。她轉身咬住大鼠的脖子，牠揮著腳爪掙扎，當牠癱軟下來時，豹毛感覺到爪子刺入她的背，又一隻大鼠抓著她的毛皮不放，尖銳的牙齒咬住她的皮肉。恐慌的星火在她的毛皮下點燃，這些大鼠的攻擊速度太快了，她來不及把牠們趕走。「救命！」

曲顎跳過來，抓下咬著她後背的大鼠。大鼠牙齒扯下她一簇毛髮，她聞到排山倒海的酸臭味——是大鼠的血腥味——忍不住驚叫一聲。

「霰星！」大鼠尖銳的叫聲當中，傳來莎草溪的哭號。

豹毛快速轉身，只見河族族長跛著腳，一隻大鼠緊抓著他背脊不放，另一隻咬著他的後腿。曲顎衝過去，用爪子把最大隻的大鼠拖走，甩到了陰影中。曲顎撞開另一隻大鼠時，霰星掙扎著想站穩腳步，免得被鼠海淹沒。

又一波大鼠朝豹毛湧來，她用力一掌拍開一隻，但又有一隻攻過來。面對前仆後繼的大鼠，她只能揮出一掌又一掌。她感覺到莎草溪軟軟地靠著她的身體，駭然瞥了同窩貓一眼。莎草溪耳朵緊貼著頭頂，驚恐地瞪大了眼睛，但她至少還在奮鬥。莎草溪緊靠著豹毛，努力保持平衡，豹毛也靠了回去，儘量撐起族貓的身體，並肩和一波又一波的大鼠戰鬥。「我們有辦法往入口移動嗎？」她喊道，卻不敢從進攻的大鼠身上移開目光，去查看附近的逃生路線。

曲顎出聲回答她。「我們如果停止戰鬥，就會被牠們淹沒。」他呼喊道。

「可是這樣下去沒完沒了啊！」豹毛哭喊道。

「我們得齊心合作。」曲顎退往她們的方向，也勾著霰星的毛皮把族長拉過來。

「戰士們！尾巴對著尾巴！」

豹毛明白了。她連忙後退，背靠著曲顎的背，霰星和莎草溪也擠到他們中間。圍成一圈的四隻貓同時用後腿站立，前腳爪在空中揮舞。霰星氣喘吁吁，豹毛感覺到他側腹起起伏伏，他的鮮血沾溼了豹毛的毛皮，但他還是毫不留情地朝那些撲來的大鼠揮爪。

豹毛心中的驚慌變成了憤怒。這些獵物竟敢攻擊戰士！她齜牙咧嘴地發出嘶聲，一爪又一爪揮了出去，每次把一隻大鼠拍飛到鼠群中，她都得意地大聲號叫。

莎草溪不停顫抖，後腿搖搖晃晃的。豹毛儘量撐著她，兩隻前腳爪一再拍打大鼠們不停扭動尖叫的身體。他們一而再、再而三揮爪撕扯噁心的敵手，直到豹毛感覺到了滲入骨髓的疲憊。曲顎還在奮力戰鬥，但就連他的動作也慢了下來。面對排山倒海的鼠群，他們真的有勝利的機會嗎？

「試著往入口挪動！」曲顎開始帶著巡邏隊穿過鼠群。豹毛的後腳被一隻大鼠咬了一口，她痛得皺起了臉，一腳把大鼠踢開。焦急的情緒湧上心頭——他們必須想辦法移到穀倉的破洞那邊，但莎草溪的腳步踉踉蹌蹌，霰星似乎也快要不支倒地了。豹毛和曲顎只能奮力支撐同伴們的重量，盲目地設法擊退敵方。

豹毛朝破洞瞄了一眼，它明明離他們只有幾條尾巴的距離，感覺卻遙不可及。她迫切渴望外頭的日光時，一張臉從破洞探出來，左右張望。

花瓣塵！

她回來了！

「我帶幫手來了。」玳瑁色貓兒衝進穀倉，波爪與木毛跟著鑽進來，陽魚、黑爪與鴞毛也緊隨在後。戰士們撲進鼠群，用爪子勾住大鼠，把牠們甩遠。鴞毛撲向一隻又一隻大鼠，咬住牠們的脊椎，和殺死困在水池裡的魚一樣，輕輕鬆鬆地咬斷大鼠脊椎。陽魚撕扯著大鼠油膩的毛皮，空氣中飄著牠們濃郁的恐懼氣味。大鼠們如陽光下的霧氣般四散，尖叫著逃往穀倉角落，湧回陰影之中。

豹毛鬆了口氣，沉重的身體已經疲憊不堪。她趴了下來，看著木毛、鴞毛和波爪將最後幾隻大鼠趕回牠們的巢穴，這時對族貓們的感激之情充滿了她的心。「我們成功了！」她開心地對曲顎眨眼。

曲顎轉身舔掉她耳朵上的血。「是啊，成功了。」

莎草溪呻吟著側身癱倒在地上，鮮血流到了岩石地面。豹毛驚恐地盯著她，看見她四隻腳爪上鋸齒狀的咬痕。

眼角閃過了白色毛髮，豹毛認出棘莓的毛色，於是她讓到一旁，讓巫醫過去檢察莎草溪的傷口。陽魚也趕過來，在一旁觀看。

「去拿蜘蛛網。」棘莓命令道。

波爪和木毛敏捷地爬上大乾草堆，取下牆上的蜘蛛網。

「霰星！」

聽見鴞毛驚慌的聲音，豹毛猛然轉身——河族族長倒在岩石地上，喉嚨汩汩流血。她突然好想吐。「快幫幫他啊。」她哀求棘莓。巫醫貓先是看看莎草溪，又看向霰星，瞇起了眼睛思索該如何同時照顧兩個受傷的族貓。她似乎本能地想去到族長身邊，但這時莎草溪突然抽了一口氣——棘莓剛才移開了幫她止血的腳爪，現在鮮血又從傷口中湧了出來。棘莓又壓住了傷口。

「這是他最後一條命了。」曲顎驚呼道。豹毛感覺到自己的心不停下沉，她知道霰星年紀很老了，卻從沒想過他還剩幾條命可活。「妳必須——」

「不行啊！」棘莓的藍眼睛閃爍著悲痛的光芒。「我不能丟下——」

「沒關係。」霰星啞聲說。「莎草溪需要妳。」

曲顎在霰星身旁蹲下來，眼中閃耀著鮮明的駭然。「對不起……我辜負了你。」

豹毛眨眼看著他。他哪有辜負霰星？他已經窮盡戰士的能力，和族長並肩戰鬥了。

霰星竭力集中精神。「你得把巡邏隊安全地帶回家。」他的喵嗚聲十分微弱，豹毛幾乎聽不見他說的話了。

曲顎用腳爪按著霰星的喉嚨，朝棘莓望去，眼神絕望，但巫醫忙著幫莎草溪止血。

「不！」曲顎痛苦地哭號一聲，豹毛感覺自己的心像是被荊棘刺穿。她看見河族族長的頭癱軟在地上，雙眼失去了神采，彷彿被冰霜封凍了。她好想吐。

陽魚輕輕將棘莓從莎草溪身邊推開，接過那些蜘蛛網。「剩下的交給我吧。」她開始幫同窩貓包紮腳爪，棘莓則衝到霰星身邊。

曲顎癱倒在霰星旁邊，鼻口埋在族長的毛髮之中。巫醫貓低頭檢查霰星脖子上的傷口，雙眼黯淡了下來。

「就算我早一點趕到，也已經救不了他了。」棘莓輕聲告訴曲顎。「傷口太深了，沒辦法癒合。他這條命本就保不住了……」

曲顎抬頭環顧四周，彷彿不知道自己在哪裡。「豹毛還好嗎？」他沙啞地喵嗚道。

「我沒事。」豹毛一瘸一拐地走到他身邊，鼻子輕輕碰了霰星的毛皮一下。毛皮下的身軀完全靜止，令豹毛忍不住顫抖了起來。

曲顎直起身，看向莎草溪。陽魚後退坐著，讓受傷的虎斑貓掙扎著站起來。「妳有辦法走回家嗎？」曲顎問莎草溪。

莎草溪仍然累得雙眼無神，但還是點點頭。

「你去幫她。」曲顎對木毛說。

棕色公貓用肩膀撐起莎草溪的肩背，慢慢引導她走向牆壁的破洞，陽魚也從另一邊支撐著莎草溪。

豹毛已經震驚到身心麻木了，只能默默看著曲顎蹲下來，讓波爪與鴞毛把死去的族長搬到他背上。她自己傷口的疼痛感覺非常遙遠。這一切都是夢吧，他們只不過是來找些乾燥的鋪料而已，霰星怎麼就死了？這沒道理啊，感覺哪裡出錯了。豹毛不是該拯救河族嗎？她的母親和兄弟姊妹們死去了，星族卻讓她繼續活下來，不就是因為她注定要拯救河族嗎？如果她連族長也救不了，那怎麼能實現宿命的安排呢？

「來。」泥毛將一把罌粟籽推到豹毛嘴邊。「把這些吃了吧，可以減輕疼痛。」

「只是一些刮傷和擦傷而已，不要緊的。」她啞聲說，但是剛才被泥毛扶進巫醫窩躺下後，她卻疼得全身僵硬，連頭都抬不起來。豹毛的傷口刺痛不已，彷彿大鼠的牙齒都沾了蕁麻汁，可是她已經算幸運了……

霰星就沒這麼好運了。她難受地心想。

莎草溪昏睡在她旁邊的睡窩裡，毛皮上仍沾著新鮮的血味。曲顎的毛髮滿是血汙、凌亂不堪，但棘莓調製的藥膏減緩了他傷處的疼痛，所以他能夠和老巫醫一同踏上漫長的旅程，去月亮石獲得他的九條命。

曲顎之前將霰星的身體放在空地上，族貓們都聚集在死去的族長周圍，彷彿突然感覺不到大雨敲打著他們蜷縮的身軀、洗淨族長的毛髮。黑暗降臨，河族一片死寂。

巫醫窩裡，豹毛只聽得到莎草溪粗重的氣息，以及外頭河川的流水聲。她試著站起來。「我也出去守靈好了。」

泥毛把她推回潮溼的青苔上。「妳得好好休息。」他喵嗚道。

豹毛沒有抗拒，她實在太累、太難受了。「我應該救他的。」

「我聽說妳今天奮勇戰鬥。」泥毛將罌粟籽推得更近。「戰士能做的妳都做了。」

「可是你說過，星族讓我活下來，一定是有什麼原因的。」她絕望地注視著父親。

「那個原因顯然不是要拯救霰星。」泥毛對她說。

「他是我們的族長耶。」她喵聲說。

「他年紀大了，世界上每一隻貓都終有一死。」泥毛輕輕喵嗚道。「就連族長也不可能長生不死。妳該做的事就是保護好自己的部族，剩下的就交給星族安排吧。」

豹毛對上了父親的視線，努力思考他這些話的意思。怎麼能將保護河族的重責大任交給祖先呢？他們都已經死了，現在活著的是她啊。她今天失敗了一次，但豹毛下定決心，以後再也不會讓河族受苦了。

第四章

豹毛潛到水中深處，剛才被綠葉季豔陽照得又熱又燙的身體，盡情享受著冰涼的河水。她方才望見了河川對面的鯉魚，鯉魚浮到水面抓蒼蠅時，魚鱗在一瞬間反射了陽光。現在她憋住一口氣，順著河床中央深深的溝壑朝鯉魚游去，游泳時毛皮緊貼著身體，用尾巴保持平衡。她游在河底，抬頭看見鯉魚在上方游泳，黑影映著閃耀的陽光。

她蹬腿往上方游去，擺動尾巴加速。鯉魚似乎感覺到她，突然向前逃竄，但她料到鯉魚會這麼做，輕輕鬆鬆就抓住了魚，用牙齒咬住牠的尾巴、將牠拉過來用爪子抓穩。豹毛在水中一口咬死鯉魚，然後將牠帶回岸上，爬出河流，將鯉魚放在陽魚腳邊。

豹毛舔了舔嘴唇。現在新鮮獵物堆每天都有滿滿的食物，希望鯉魚等等還會有剩，她很想嚐一兩口肥美的魚肉。她對陽魚眨眼睛，本以為朋友會對她刮目相看，但是陽魚又在凝望營地的方向了。

「小白一定還好好的啦。」豹毛嚥下滿腔不耐煩對她說。「甲蟲鼻會顧著他的。」

「可是他平常都習慣待在我身邊啊。」陽魚擔憂地說。

「他在營地裡，」豹毛理性地說道，「能遇到什麼危險？」

陽魚仍然盯著擋在營地與河流之間那堵厚厚的蘆葦牆。「我們還是回去好了。」

「我們才剛離開一棵樹的距離耶。」豹毛指出。她花了一整個早上才終於說服陽魚離開育兒室、出來狩獵，陽魚該不會現在就想回家了吧？小白都長那麼大，幾乎要開始接受見習生訓練了。「而且妳還沒抓到魚呢。」

陽魚掃了波光粼粼的河流一眼。「好吧。」她同意道。「我快快抓一條魚，然後就回家。」

豹毛甩了甩滴水的毛髮，在水邊溫暖的岩石上躺下來，看著陽魚溜到水裡，潛到水面下。豹毛戀戀不捨地舔了鯉魚一口，喉頭冒出了呼嚕聲，想像著粗糙鱗片下那甜美的魚肉。她真想咬一口，但優秀的戰士總是先餵飽部族，自己最後才進食。豹毛無奈地閉上眼睛，幻想哪天帶著一條巨大到可以餵飽全族的魚回家。不過呢，亂鬚和柔翅都比較愛吃鳥類。她全身一抖。怎麼會有貓愛吃滿身臭羽毛的鳥類啊？魚兒從河裡抓上來時就乾乾淨淨的，還那麼容易啃咬，怎麼會有貓不愛吃？但她還是該尊重族貓們的偏好和意願，何況她希望自己能在未來某一天當上河族的族長呢，那她就更應該照顧好大家的需求了。

豹毛慵懶地想東想西時聽見潑水聲，於是她張開眼睛。陽魚正朝她走來，嘴裡叼著一尾瘦瘦的河鱸。

豹毛用腳爪撐起身體，毛皮已經差不多被太陽晒乾了。她暗暗希望陽魚體驗到捕魚的快樂後，會願意在外頭多待一會兒。天空是這麼的藍，河水是如此清新，她只想一直待在外面狩獵，直到夕陽西沉再回營地。「妳確定要現在回去嗎？」

陽魚把獵物放在碎石地上。「謝謝妳帶我出來狩獵。」她喵聲說。「但我想回去看看小白的狀況。甲蟲鼻是個好父親，但妳也知道他的性子，就算小白到處惹是生非，甲蟲鼻可能也不會注意到異狀。」

豹毛可不這麼認為，甲蟲鼻甚至比陽魚還愛為他們那隻調皮的小貓操心。「妳生第一胎時可沒這麼緊張兮兮。」她指出。「狐躍和草鬚不都出落成了優秀的戰士嗎？銀流也是啊。」銀流是曲星的女兒，在她母親柳風因綠咳症死去後，是陽魚把銀流養大的。

「他們有同胞手足啊。」陽魚反駁道。「小白就只有我和甲蟲鼻而已，而且一隻小貓獨自住在育兒室裡，感覺還是很不一樣的，他可擅長惹麻煩了。」

「妳確定？」豹毛呼嚕笑道。「我們還是小貓時，育兒室裡有三窩小貓，但我們有少惹麻煩嗎？」

陽魚呼嚕笑著同意了。「也是。」她喵聲說。「可是我一旦開始為小白的事情憂心，就很難再停下來想別的事了。」

「那好吧，我們走。」豹毛不希望朋友感到不安。她叼起鯉魚走進河川，輕鬆地游到對岸，然後推開蘆葦草往前走。

豹毛走進營地時，陽魚也跟上了。這時小白從空地另一頭蹦蹦跳跳地跑來迎接她們，陽魚看到兒子時眼睛一亮。

「我跟妳說！」他雙眼放光，繞著她們跳上跳下。

豹毛放下嘴裡的鯉魚，寵溺地呼嚕笑著。陽魚所有的小貓當中，她特別疼愛小白，這隻小貓總是精力旺盛又積極學習，十分討喜。「你是不是聞到鯉魚的氣味，所以才跑來迎接我們？」她開玩笑說。

小白氣鼓鼓地伸長尾巴。「哪是！」

「真的嗎？」豹毛逗他說。「你不是最愛吃鯉魚了嗎？」

「是沒錯，可是我有事要跟妳們說！」年輕公貓眼睛睜得又大又圓，好似貓頭鷹。

陽魚把她的魚放在那條鯉魚旁邊。「我不在的時候，你有沒有乖乖待在甲蟲鼻身邊啊？」她的目光掃向育兒室，黑色公貓正在育兒室外頭打盹。

「當然有！」小白四隻腳爪跳來跳去，看樣子隨時可能因為太過激動而炸開。「可是妳們聽我說！」

豹毛瞄了陽魚一眼，不知道是不是該停止戲弄這隻小公貓，讓他把消息說出來了。

陽魚對上她的視線。「我先把這些放上新鮮獵物堆——」

「不行！」小白用腳爪壓住瘦巴巴的河鱸，不讓她把魚叼起來。「妳聽我說話啦！」

陽魚呼嚕笑了。「好啦。」她喵嗚道。「你有什麼話要說？」

小白眼中盈滿了寬慰。「曲星說，他明天就會給我見習生名字了！」他蓬起全身毛髮。「我要開始受訓了。」他環顧營地，只見河族新的副族長橡心難得在戰士窩旁打盹，迴霧和矛牙在他身邊分享舌頭，白牙與杉皮挑著一條鱒魚的最後幾塊肉吃。「不知道我以後的導師會是誰。」

豹毛心跳加速了，她很希望自己指導小白。從她成為戰士以後已經過了兩個綠葉季，她一直都沒機會指導見習生。訓練小白應該會很好玩，他好動又自信，卻也和母親同樣溫暖善良，一定很快就能學會當戰士的技巧的。

陽魚的毛皮抖了一下，毛髮顯得有點凌亂。「你已經六個月大了嗎？」她聽上去很焦慮。

「當然囉！」小白挺起胸膛。「妳看不出來嗎？我很快就會變得跟甲蟲鼻一樣高大了。」

豹毛用鼻子碰他一下。「你要長得那麼大，得吃很多很多魚才行。」她喵嗚道。

「我會的！」小白對她說。「等我學會狩獵以後，新鮮獵物堆天天都會堆得滿滿的，我愛吃多少魚都沒問題。」

豹毛瞄了曲星的窩一眼，只見族長在對泥毛說話。也許河族族長談論的是她的事情，他可能在考慮豹毛能不能成為導師。她現在經驗總該夠了吧？豹毛之前就在想，她至少得先指導兩個見習生，才有希望當上副族長。副族長必須擁有豐富的經驗，才有能力協助族長。

陽魚順著她的視線望去。「希望曲星能選隻通情達理的貓來教導小白。」

豹毛動了動腳爪。

「他說不定會選我呢。」她故作輕鬆地喵嗚道，假裝是在開玩笑。

陽魚眨眼看她，忽然間神色變得開朗許多。「說不定會呢。」

「小白，你已經六個月大，是時候成為見習生了。」

豹毛自己的心臟狂跳不止，幾乎聽不見曲星說的話。小白站在河族族長面前，突然顯得太過幼小，還不適合得到見習生的名字。全族貓都圍在空地上，大家都為了今天的命名儀式，特地將毛皮清洗得乾淨光亮，所有貓都憐愛地注視著這個未來的戰士。陽魚與甲蟲鼻坐在一起，驕傲地用尾巴捲著前腳爪，草鬚、狐躍與銀流也都坐在他們身旁，靜靜觀看命名儀式。

他會選我嗎？豹毛腹中滿是希望，肚子裡有種搔癢的感覺。**但如果要選我，應該會提早告訴我吧**。還是曲星想給她一個驚喜？

她看得出，小白正努力站著不亂動，腳爪堅定地踩著地面，尾巴則在微微抽動。

曲星接著說下去。「從今以後，在你得到戰士名之前，我們將稱呼你為白掌。」

豹毛向前傾身，豎直了耳朵。

「你的導師將會是白牙。」

她的心像一顆石頭，就這麼沉了下去。陽魚對上她的視線，露出同情的眼神，但豹毛昂起下巴，告訴自己曲星做了正確的選擇。白牙是隻和善又有耐心的戰士，正好適合白掌這麼有活力的見習生。未來還會有其他的見習生等著給她指導——而且她現在說不定真的還沒準備好。

白牙走上前時，白掌興奮地盯著自己的新導師。

曲星還沒說完。「白牙經驗豐富，我相信他會給你最好的訓練。」白牙走到他面前時，曲星轉向這位戰士。「白牙，我們族裡幾個最優秀的戰士都曾是你的見習生。」豹毛激動得腳爪發癢。**他是指我嗎？**「我知道你會將過去教這些戰士們的技能傳授給白掌，並且讓他學到只有真正的河族戰士才懂得的尊重與榮耀。」

白牙對曲星點頭，然後用鼻尖輕碰白掌的頭。豹毛周遭，族貓們開始重複新見習生的名字。

「白掌！」

「白掌！」

她跟著念了起來，儘量拋開心中那一絲失望。至少現在陽魚不必再待在育兒室裡，她們兩個可以盡情地結伴狩獵與巡邏了。

歡呼聲散去，族貓們繼續工作時，白牙朝豹毛這邊望來。豹毛舉起尾巴表現她的歡欣，然後快步上前祝賀他。「你以前給了我最好的教育。」來到白牙面前時，豹毛呼嚕說道。「白掌一定能從你這裡得到優良的訓練。」

白掌興奮地來回踱步。「我們可以馬上去狩獵嗎？」他也沒等白牙回答。「白牙要帶我去狩獵！」他大聲對陽魚和甲蟲鼻說。他父母正朝小貓這邊走來，兩隻貓眼裡都閃爍的明亮的驕傲。

「並沒有。」白牙嚴厲地喵嗚道。「我會先帶你去認識河族領地。」

白掌眨眼看著他。「我們會看到雷族邊界嗎？會看到松鼠嗎？活著的松鼠嗎？」

白牙的嚴厲似乎消融了，他忍不住呼嚕笑著。「會，我們還會看到風族邊界喔。」他對白掌說。「這趟路得走很久，你先做好心理準備吧。」

「我都準備好了。」陽魚正想蹭蹭他，可是白掌矮身躲過，奔往營地入口。

白牙對上了豹毛的視線。「妳以前讓我忙得不可開交，看來我現在要比以前更忙了。」他一面喵聲說，一面加快腳步跟上年輕公貓。

豔陽一整個上午都在烘烤營地，豹毛滿心期盼夜晚的清涼。

「豹毛。」

她聽見曲星呼喚她的名字，於是猛然轉身，看見河族族長和橡心一同站在莎草牆的陰影中。豹毛剛才在幫陽魚將新鮮柳條編入戰士窩的牆壁，現在她匆匆走過去，站在兩隻貓面前。「什麼事？」

「我想請妳帶一支巡邏隊去陽光岩一趟。」曲星對她說。

豹毛興奮得尾巴來回抽動。近幾個月來，陽光岩已經易手好幾次了，去往陽光岩的巡邏任務也變得十分重要。曲星是不是想讓她知道，他覺得她已經可以肩負更多的責任了？

豹毛目光平穩地注視著他。「我該帶誰去呢？」

「妳決定吧。」

她心跳加速了。**他相信我**。她注意到族貓們的目光從空地四周投來，本來在新鮮獵物堆翻找食物的白牙停下了動作，饒富興致地望著她。石毛與蛙跳剛才在草地上分食鰻魚，他們現在也都抬頭注視著她。天心正睡眼惺忪地走出戰士窩，這下她也停下了腳步，波爪與獺潑也站起身來，豎直了耳朵。

「但千萬小心。」曲星提醒道。

「我明白了。」豹毛回答。去陽光岩總是有可能遇上麻煩，不過她已經做好準備，可以面對任何問題了。

「我要妳清楚標記邊界的位置。」曲星接著說道。「別給雷族任何藉機越界的藉口。」

橡心瞇起了眼睛。「多帶幾隻貓吧。」他對豹毛說。「以防萬一。」

「好的。」豹毛點頭致意，然後轉向戰士窩。陽魚還在修補窩牆，她從前幾天搬出育兒室以後，還沒有機會參加邊境巡邏隊。「陽魚！」

「嗯？」灰色母貓把一根柳條的尾端塞好，然後轉身面對豹毛。

「我準備帶巡邏隊去陽光岩。」她喊道。「要不要一起來？」

「當然好啊。」陽魚快步走過來。

白掌剛才在長老窩外幫亂鬚挑出毛皮上的壁蝨，現在他抬起頭來。「我可以一起去嗎？」

白牙離開新鮮獵物堆，穿過空地。「你留下來。」他語調堅定地對見習生說。

白掌豎起了毛髮。「可是我必須知道邊界的位置啊。」他拋下亂鬚，跑到導師身邊。「你帶我去認識我們的領地時，沒有給我看陽光岩的邊界。」

「那是因為那地方太危險了。」白牙喵嗚道。

豹毛動了動腳爪，她本打算邀請白牙加入巡邏隊的，但她不想害白掌和導師之間發生嫌隙。問題是，這是她第一次帶隊去陽光岩巡邏，如果白牙也在的話，她會感到更有信心。她假裝沒看到白掌那雙哀求的大眼睛。「你願意加入嗎？」她問白牙。

白掌忿忿不平地彈著尾巴。「不公平！」

白牙看著他。「你會的戰鬥招式還太少了。」

「我可以學啊。」白掌喵嗚道。

「戰士是在戰鬥之前學習，而不是在戰鬥當中現學現賣。」白牙喵聲說。

白掌興奮得毛皮刺癢。「所以會發生戰鬥嗎？」

「不會。」豹毛昂起頭。「但還是太危險了，假如真的出什麼狀況，你的經驗還不足以處理問題。」

白掌還來不及回嘴，就被白牙打斷了。「營地裡有很多事情可以做。」他朝亂鬚的方向點頭，長老正努力啃咬身側的癢處。「你還沒幫亂鬚把身上的壁蝨挑乾淨呢，而且長老的睡窩鋪料也該換了。」

白掌氣鼓鼓地看著導師。「我不是在學怎麼當戰士嗎？我又不是睡窩清潔工。」

豹毛同情地對他眨眼。「見習生就是得做些自己不想做的事，大家都一樣的。」她對白掌說。

陽魚點點頭。「這樣你才能學到怎麼當真正的戰士啊。」

白掌轉身背對他們。「你們亂講。」他一面嘀咕，一面跺著腳走回亂鬚身邊。

能把年輕公貓留在營地，豹毛還是鬆了一口氣。光是率領經驗豐富的戰士外出巡邏就夠困難了，她可沒心思照顧見習生。她對石毛和蛙跳喊道：「跟我們來吧。」獺潑與波爪也滿臉期待地盯著她，他們兩個也是技術純熟的戰士，有了他們，巡邏隊就強到足以面對任何問題了。「還有你們。」她用尾巴招呼獺潑與波爪，見他們跑過來加入隊伍，豹毛偷偷鬆了口氣。對如此資深的戰士下指令，感覺好奇怪。

她走出營地，當白牙走到她身旁時，她感到安心不少。獺潑和波爪跟了過來，跟隨她穿過蘆葦床，走進河川。這裡河水很淺，可以輕鬆過河，對岸的小徑也直通陽光岩。他們選這條路，就不必順著河流行走，然後爬上河岸的懸崖了。

豹毛游過河，爬到岸上。

她甩乾毛髮時，陽魚跟上來了。「妳以前竟然怕水，好不可思議喔。」她小聲說。「要不是妳把鯉魚放在河對岸，我可能到現在還是很怕水呢。」豹毛呼嚕道。

她轉頭確認巡邏隊其他成員都還在，看到獺潑、白牙與波爪已經在小徑上等著她了。石毛和蛙跳在下游幾條尾巴長的位置爬上岸——豹毛總是對石毛的泳技敬佩不已。

「我們走。」豹毛走上通往陽光岩的小徑。陽光岩頂端是一大片沐浴在陽光下的岩石，邊緣是屬於雷族的一大片森林。時間已經過了中午，但岩石仍帶有午間的熱度，燙得她腳爪發疼。豹毛快速穿過岩石地，揮了下尾巴示意隊伍跟進。

他們來到樹木的陰影下，豹毛對白牙頷首。「你帶波爪與獺潑去標記那裡的邊界，一路標記到懸崖邊緣。」她接著看向石毛、蛙跳與陽魚。「我們去標記另一邊的樹木。」白牙領著其他貓走遠，豹毛則走向一棵橡樹，嗅了嗅樹上的氣味。上一支河族巡邏隊留下的氣味標記已經淡得幾乎聞不到了，她標上新的氣味，接著走向下一棵樹。蛙跳與陽魚也分散開來，開始標記稍微遠一點的樹木。

陽魚忽然停下動作，昂起鼻口。

豹毛瞥了她一眼，看見朋友背脊的毛髮豎了起來。「怎麼了？」

「妳有沒有聞到雷族的氣味？」

陽魚說話的同時，崖頂傳來嘶聲。豹毛快速旋身，看見白牙和獺潑退離懸崖。波爪還在往崖下張望。「下面有一支雷族巡邏隊。」他低吼道。

豹毛全身緊繃。「他們來陽光岩附近幹什麼？」

「他們沒有越界。」白牙喵嗚道，但聲音中也透出了警戒。

「是『還沒』越界。」波爪陰沉地喵嗚道。

豹毛後頸的毛髮豎了起來。

「他們要爬上坡了。」波爪出聲警告。「看來他們打算往我們這邊來。」

雷族巡邏隊知道他們在這裡嗎？他們會不會是一直在崖下等著，就等河族巡邏隊出現？橡心建議她多帶幾位戰士，果然沒有錯。怒火在豹毛的毛皮下脈動。

「和我一起迎敵。」豹毛將隊上的貓聚在一塊，面對岩石堆旁的邊界與森林。她隔著矮樹叢瞥見貓兒毛皮時，不禁齜牙咧嘴。雷族的臭味沾滿了她的舌頭，她蓬起身上的毛髮，憤怒地瞪著從莖棘叢之間溜出來的雷族貓們。

豹毛認出了雷族副族長紅尾，和他同行的還有獅心和白風暴，左右兩側則是虎爪與鼠毛，後方林木間的陰影中，還有蠢蠢欲動的追風與長尾。

豹毛耳朵緊貼著頭頂。「你們來幹什麼？」她惡狠狠地問紅尾。

「我們是來標記邊界的。」紅尾瞇起雙眼。「和你們一樣。」

「你們進入我們的地盤了。」豹毛意有所指地盯著他兩隻前腳，腳尖踩在邊界線上，碰到了河族這邊的岩石。

「是嗎？」紅尾一臉無辜地對她眨眼，卻沒有移動身體。

他就是想挑釁我們。豹毛硬是嚥下了嘶聲。

白牙在她耳邊低語。「他們想激妳動手。」他喵嗚道。「我們把邊界標記完就走吧。」

豹毛盯著他。「難道要讓他們以為我們被嚇跑了嗎？」

「我並不害怕。」白牙沉穩地告訴她。「但這不是戰鬥的時候，我們沒有做足準備。」

「我們可是戰士。」豹毛嘶聲回道。「我們隨時都可以應戰。」

紅尾嗤笑一聲。「你們是不是忘了自己的邊界在哪裡啊？」

「我們很清楚邊界的位置。」波爪惡聲說。

「真的？」虎爪瞇起雙眼。「我們幾乎聞不到邊界的氣味，還以為你們放棄標記了呢。」

獺潑的耳朵貼著頭頂。「不然你以為我們是來做什麼的？」

「躺在陽光下不做事？」紅尾喵聲說。「你們河族不是最擅長這種事嗎？」

「反正你們也不會在這裡狩獵嘛。」虎爪又說了一句。「河族貓除了魚以外什麼都抓不到。」

豹毛滿肚子火氣。「雷族貓什麼都抓不到，得綠咳症倒是很在行。」她罵道。

紅尾和虎爪交換了眼神，然後紅尾的腳爪又往前伸了一點點。

「滾出我們的領地！」在他們走開前，豹毛可不打算離去。無論白牙怎麼說，雷族很顯然打算趁河族不注意時入侵陽光岩。

白牙靠近一些。「我們回去把這件事報告給曲星吧。」他輕聲說。

「你要我讓他們把臭味塗在我們的土地上？」豹毛露出滿口利齒。

陽魚緊張地看著她。「要我去找其他貓來幫忙嗎？」

「我們不需要幫忙。」豹毛仍然緊緊盯著紅尾，對方如果敢動一下，她隨時可以應對。「我們這裡有夠多貓，足以把他們趕走了。」

白色的雷族戰士——白風暴——瞟了紅尾一眼。「我們標記完領地就回去吧。」他喵嗚道。

波爪甩著尾巴。「對啊。」他惡聲說道。「還不快走。」

虎爪挺起胸膛。「還輪不到你們河族對雷族發號施令！」

獺潑瞪著他。「追松鼠的，還不快回家去。」

紅尾的毛皮抽動著，他直視豹毛的眼睛，緩緩喵嗚道：「我們等你們走了再走。」他說話時，腳爪又往前滑了一點。

「他只是想惹怒妳而已。」白牙勸道。

但豹毛幾乎聽不見他的聲音，只聽見耳中憤怒的隆隆聲。她想起泥毛說過的話：**妳該做的事就是保護好自己的部族。**她可不打算讓這群滿身蝨子的啃鼠者奪走河族地盤，就算被搶走的只有一條尾巴長的空間，她也不會退讓。

紅尾的腳爪又往前滑了一點。豹毛嘶吼著撲向雷族副族長，把他撞倒在地上。她用腳爪圈住對方，帶著他滾到岩石上，同時用後腿直踢他腹部。四周爆發好幾聲號叫，聲音迴響在樹木之間，兩支巡邏隊飛躍上前開始互相攻擊。

紅尾像魚一樣從豹毛腳爪之間溜走，低頭脫離她的圈抱。他轉身撞倒豹毛的兩隻前腳，害豹毛的肩膀砰的一聲重重撞上堅硬的岩石。她感覺到紅尾的爪子抓過她的耳朵，身旁的波爪則用前腳爪拍打白風暴的肩膀，陽魚和蛙跳揮著爪子對抗獅心。狂怒淹沒了紅尾那幾爪帶來的刺痛，豹毛撐起身體，用後腿直立起來，一爪抓向雷族副族長的鼻子。

幾隻爪子勾住她的肩膀，把她往後拖。她踉蹌地試圖恢復平衡，回頭就瞥見鼠毛在她耳邊低吼。紅尾看著她掙扎，眼睛亮了起來。他抬起腳爪往豹毛的臉頰抓來，力道大得使豹毛往旁邊歪倒，但鼠毛還沒有放開她，她全身被鼠毛拖倒在岩石地上。豹毛首次感受到心中爆開的驚慌，她用力一腳把紅尾踢開，試圖甩脫緊抓著她的鼠毛。

她眼角閃過了一條條紋尾巴。是蛙跳！他跳過一顆石頭，差一根鬍鬚的距離就要碰到豹毛，然後重重撞上鼠毛，把雷族母貓撞倒後壓在石頭上。蛙跳的動作輕鬆靈巧，讓豹毛忍不住欣賞地眨眼，對他敏捷的動作嘆為觀止。她都沒意識到，原來蛙跳已經成為如此優秀的戰士了，他之前在豹毛心目中還是從前那個笨手笨腳的小貓，每次玩苔球都會被自己的尾巴絆倒。

一聲尖叫突然傳來，豹毛猛然轉頭。陽魚發亮的雙眼盈滿了痛苦，腳步搖搖晃晃的。紅尾剛才轉而向這灰色虎斑貓進攻，現在利爪還沾著她的鮮血，只見陽魚趴倒在地上，染紅側腹的鮮血不停擴散。就在這時，紅尾又直立起來，準備再次攻擊她。

豹毛縱身飛躍過去，用前腳爪猛力把紅尾推開，對方驚訝地號叫一聲，倒在一棵樹下。紅尾難看地摔倒在樹根之間，七手八腳地想辦法站起來。

豹毛轉過身。「陽魚，妳還好嗎？」

白牙和獅心旋身移到她前方，她不禁嚇呆了。兩隻大公貓用爪子互相攻擊，龐大的腳爪在空中揮舞，白牙抓破獅心的耳朵，熱血噴濺在了岩石上。獅心痛得吼叫一聲，揮爪反擊，利爪抓過白色戰士的脖子。

豹毛僵在原地，看著白牙震驚地瞪大雙眼。周遭的戰鬥似乎都靜止了，只見白牙的喉嚨染上血紅，柔軟的毛髮在午後陽光下一片殷紅。白牙的動作慢了下來，他踉蹌兩步後砰的一聲摔倒在地，這時兩支巡邏隊都各自退開，大家似乎意識到事情的嚴重性了。

紅尾揮揮尾巴要虎爪退下，自己則驚恐地看著白牙癱倒在岩石上。

豹毛的心跳漏了一拍，一口氣哽在喉頭，她眼睜睜看著白牙的身體癱軟、雙眼黯淡下來。豹毛竄到他身邊蹲了下來。「白牙。」她用腳爪搖搖他。「白牙。你醒醒。」

「他死了……」波爪用鼻口輕碰她的肩膀。「我們帶他回營地吧。」

豹毛抬頭望向雷族巡邏隊，他們默默看著這一切，卻沒有撤退。陽魚掙扎著站起身，側腹鮮血直流，獺潑和石毛趕緊過去扶她。他們現在不可能打贏了。豹毛對上波爪的視線，點了點頭。

銀黑相間的虎斑公貓咬住白牙後頸的毛皮，對蛙跳點點頭。蛙跳鑽到白牙的身體下方，讓波爪將白牙推到他肩背上。波爪一面扶穩白牙，一面領著蛙跳往河川小徑走去，獺潑與石毛支撐著陽魚，一瘸一拐地緩緩跟上。

豹毛沒有動彈，她死死盯著雷族巡邏隊，感覺腳爪生了根，固定在岩石地上。事情是怎麼演變成這樣的？這不合理。雷族巡邏隊不是該被他們趕走嗎？不該有貓受傷的。

紅尾瞇起眼睛注視著她，目光中帶有幾分興趣，虎爪的眼神高深莫測，追風、鼠毛與白風暴神情木然。現場就只有獅心一臉震驚，當蛙跳與波爪扛著白牙走遠時，獅心不安地抖了抖毛皮。

豹毛默默轉身，這時說話只會強調她這次的失敗。她全身僵硬地跟隨族貓離開。

我不會忘記這件事的。

他們三隻貓合力扛著白牙過河，由蛙跳在下面支撐他的重量，豹毛和波爪從兩旁扶穩他。負傷的巡邏隊跌跌撞撞地爬上對岸，他們身後的河水染成了紅色。他們穿過蘆葦床，把白牙扛回家。

「豹毛？」巡邏隊抵達空地時，泥毛匆匆從巫醫窩走出來，不知道是不是嗅到了血腥味？他的目光掃過豹毛的毛皮，以及其他巡邏隊員，然後他就開始發號施令。「扶陽魚進巫醫窩。」他對獺潑與石毛說。「把白牙放在這裡。」

曲星從空地另一頭跑來，橡心也緊隨在後。豹毛無言地盯著族長，看著族長在白牙身邊停下腳步。

「他死了嗎？」曲星驚駭地瞪大了雙眼。

「是。」泥毛用腳爪輕碰白色戰士的臉頰。「他已經去到星族那邊了。」

豹毛感覺到族貓們聚集過來，聽見他們的低語聲，但她沒有仔細去聽他們說的話。白牙死了。那個細心、和藹的導師，當初教了她第一個狩獵招式的導師，就這麼死了。他再也不會在戰士窩裡睡覺，再也不會穿過空地到新鮮獵物堆找食物，再也不會和豹毛一起在河岸上狩獵了。

「豹毛。」泥毛用鼻子輕推她的肩膀。「來幫我照顧陽魚。」他領著她走向巫醫窩。「她需要你的陪伴。」

甲蟲鼻已經在巫醫窩裡了，他蹲在陽魚身邊。陽魚躺在鋪了青苔的睡窩裡，雙眼仍然驚駭地圓睜著。石毛和獺潑也在昏暗的巫醫窩之中，兩隻貓緊張地眨著眼睛。

「除了豹毛以外，大家都出去。」泥毛命令。

「可是——」甲蟲鼻開口抗議。

「你去告訴你們的小貓，她不會有事的。」泥毛對他說。

「真的嗎？」甲蟲鼻眼中閃爍著擔憂。

「這就只是戰傷而已。」泥毛告訴他。「等我幫她清洗傷口、敷上草藥以後，你就能來看她了。」他用尾巴把甲蟲鼻、獺潑和石毛趕出巫醫窩。豹毛眨著眼睛看他，還沒從震驚的麻木之中恢復過來。

「妳和她說說話，我來做藥膏。」泥毛對豹毛說。

她點點頭，在陽魚的睡窩邊蹲了下來。

陽魚正嗅著側腹的傷口，鬍鬚顫抖不停。「傷得很深嗎？」

豹毛強迫自己集中精神，仔細看著紅尾在陽魚身上留下的長長劃痕。「不算太深。」她撒謊道。那幾道傷口看上去先紅猙獰，泥毛帶著用葉子包裹的藥膏過來時，她才暗暗鬆一口氣。她退後一步，讓泥毛把氣味刺鼻的藥膏塗在傷口上。

「妳很快就會好起來了。」豹毛承諾道。「而且妳今天奮勇戰鬥的事，我一地會告訴白掌的。」

泥毛用按摩的動作把藥膏敷在傷口時，陽魚痛得皺眉。「幸好白牙叫他待在營地，不要跟來。」

白掌聽到導師的死訊後，會如何反應？豹毛腹中一緊。她不該讓雷族巡邏隊肆無忌憚地羞辱他們的，應該馬上攻擊對方才是，那樣說不定就能攻其不備了。

「跟我出來。」泥毛注視著她。

她瞄了陽魚一眼。「可是我們還沒……」

「藥膏過一點時間才會生效，那之後我再來包紮傷口。」他走向巫醫窩入口，同時對陽魚點點頭。「躺著休息。」他對陽魚說。「我剛才給妳的罌粟籽很快就會起作用了，到時候妳會好受很多。」

豹毛看了朋友一眼。「我馬上回來。」她保證。豹毛跟隨泥毛走到戶外，很慶幸有泥毛在身邊。她到現在還幾乎不敢相信白牙死了。

泥毛在莎草叢的陰影中停下腳步，轉身面對她。「發生什麼事了？」

「一支雷族巡邏隊打算搶走陽光岩。」她告訴父親。「所以我們擊退了他們。」

「你們把他們趕走了？」泥毛盯著她。

「可能不算是『趕走』。」

「那他們還在陽光岩了？」

「我們總得把白牙和陽魚帶回家啊。」還是說，她應該繼續戰鬥到底？

「這麼說，白牙白白喪命了。」

豹毛突然全身發冷，呆呆地眨眼看著泥毛。他生氣了嗎？

他接著說道：「那陽魚之所以受傷，是因為妳想宣稱自己守衛了河族嗎？」

「我的確守衛了河族啊。」豹毛感到忿忿不平，毛皮也刺癢了起來。泥毛怎麼能對她這麼不公平？

「所以說，雷族貓攻擊妳了。」

「他們越界了。」

「越界之後，攻擊妳了？」泥毛追問道。

「他們沒攻擊我們。」豹毛告訴他。「但他們有那個打算。」

「妳會知道他們的意圖，想必是用讀心術。」泥毛全身顫抖，眼中燃著熊熊怒火。

「我讀懂他們的表情了！」豹毛氣憤地喵嗚道。「我總得保護我們的地盤吧。」

「保護地盤和發起不必要的戰鬥是兩回事。」泥毛低吼道。

「你又怎麼知道？」豹毛的耳朵貼平在頭頂。「你當時又不在場。」

「我瞭解戰士的想法。」泥毛沉聲說。「他們滿腦子以為土地比生命更重要，尊嚴比任何事物都重要。他們一而再、再而三挑起同樣的戰鬥，自作主張地以為戰鬥能解決問題，但實際上卻只是讓事情惡化罷了。」

豹毛的心臟用力跳動。「你不要把自己的問題推到我頭上來。」她嘶聲說。「你自己不敢再戰鬥是你的事，不表示我不能當個堂堂正正的戰士。面對戰鬥的時候，我絕對不會退縮！你可能已經不瞭解當戰士的意義了，但這不是我的問題。這是雷族挑起的事端，是雷族殺了白牙、傷了陽魚，我反抗他們不表示我是壞貓。」

泥毛盯著她看了一段時間，然後轉身走回巫醫窩。豹毛的心突然充斥著哀傷的疼痛。那場戰鬥根本不該發生，白牙不該死去的，但這不是她的錯，是雷族的錯。不管泥毛怎麼說，她都相信真正的戰士不可能做出其他選擇。

太陽躲在灰色天空後面，但空氣又悶又沉重，豹毛渴望天上降下一場豪雨，讓清新的涼風吹入營地。蹲在白掌身旁為白牙守靈時，她的心一直如石塊一般沉在胸中。那漫長、黏膩的夜裡，河族圍坐在空地中央死去的戰士身邊，戰士的屍身上放了許多從原野摘來的花朵，身下鋪著蘆葦做成的床窩。

到了黎明時分，曲星率領巡邏隊把遺體扛出營地，埋在河流下游處。現在，曲星帶著橡心、石毛與矛牙回來，走到營地中央，他們腳爪上還沾著剛才挖起的土壤。

「所有年紀夠大，可以游泳的貓，請來聽我的發言。」曲星號叫道。

獺潑與木毛從莎草牆邊走來，亂鬚帶著鳥歌走出長老窩，天心站在黑爪與響肚身邊，等著族貓們圍族長排成一圈。之前鋪在白牙身下的蘆葦床窩，現在還有一些殘渣留在了空地上，曲星看了那些蘆葦草一眼，這才開口說話。

「雷族再次奪走了我們河族一位英勇戰士的性命。」他看向豹毛。「這回，我們也勇敢地守護了無數個月前由星族贈予我們的陽光岩。但是，我們會永遠記得白牙，他為了保護我們的土地而獻上了性命。」河族貓紛紛看著彼此，眼中盈滿了沉重的悲傷。曲星昂起下巴。「白牙臨死前在訓練一隻年輕戰士，這位見習生將永遠帶著導師教他的一切，繼續走下去。如此一來，沒有任何一位戰士會真正離河族而去，我們以教導其他貓的方式，將我們的技術與智慧留給了他們。」他的目光落到白掌身上，見習生站在甲蟲鼻身旁，雙眼閃爍著淚光。「但白牙雖然死了，白掌還是會繼續學習，他的新導師將會是豹毛。」

驚訝竄遍了豹毛的毛皮，她聽見曲星接著說：「白牙給了她很好的教育，她能將白牙的知識傳承給白掌。豹毛已經證明了自己的忠誠與實力，完全有資格訓練見習生。」他點頭要豹毛上前，豹毛匆匆穿過空地。

白掌對她眨眼睛，走上前的同時向曲星投了個不確定的眼神。曲星點點頭鼓勵他。「豹毛會是很好的導師。」他喵嗚道。

豹毛緊張得腳爪刺癢。去到星族的白牙，現在是不是正注視著她？他認同曲星的選擇嗎？「我會盡己所能成為好導師的。」她對白掌許下承諾。

族貓們開始呼喚白掌的名字時，豹毛對上了父親的視線，看見泥毛目光深沉地凝視著她。她別過了頭。泥毛的想法不重要，她守護了河族，盡了戰士最偉大的義務。

「白掌還好嗎？」陽魚眨眼問豹毛。她還在發燒，雙眼暗淡無神。

「他非常有天分。」豹毛又靠近陽魚的睡窩一些。從上次和雷族戰鬥以後，已經過了四分之一個月，陽魚本該離開巫醫窩、回自己的睡窩了，但她身側的傷口癒合得很慢。就連一旁的豹毛也能嗅到傷口感染的酸臭味。

「他學得很快嗎？」陽魚沒有等她回答，語氣聽起來十分焦慮。「他從小就很聰明。他聽話嗎？不會讓你們太困擾吧。」

她身旁的甲蟲鼻動了動，從那場戰鬥過後，他就日日夜夜守著陽魚。「他當然不會讓我們困擾了。」他喵聲說。

「他很好訓練。」豹毛舔了舔陽魚的耳朵，駭異地發現陽魚耳朵發燙。「我很喜歡指導他。」這是真話，白掌的學習速度很快，也積極地鍛鍊、努力進步，而且動作很迅速。話雖如此，豹毛還是有點擔心：白掌仍在為白牙哀悼，而且還很擔心母親的狀況。所以豹毛儘量讓他忙得沒時間思考這些，白天大部分時間都帶他外出訓練，晚間也指派他在營地裡工作到深夜。白掌從沒有怨言，這卻令豹毛更加擔憂了。換作在過去，其他貓叫他去取育兒室用的新鮮青苔，或是幫長老挑出睡窩裡的魚刺，他總是連連抱怨。可是現在，他只會聽話地垂下頭，毫無怨言地遵從豹毛的命令。豹毛強迫自己呼嚕一笑，儘量讓陽魚放下心來。「他一定會成為偉大的戰士的。」

泥毛走進巫醫窩時，甲蟲鼻抬起頭。「你每一種藥草都試過了嗎？」他焦慮地問巫醫貓。

「是啊。」泥毛走到陽魚的睡窩旁，神情嚴肅地看著病患。「如果她能好好休息，儘量吃點東西，那就能熬過這一劫。」

甲蟲鼻感激地對他眨眼，但豹毛認出了父親喵聲中的懷疑，這不確定的感覺令她害怕不已。

「要我去幫妳弄些獵物來嗎？」她問陽魚。

陽魚緩緩搖頭。

「一條小魚也不要嗎？」豹毛追問道。

「不用了，謝謝。」

甲蟲鼻的眼神變得陰暗許多。「我今天一直想說服她吃點東西，但她就是沒胃口。」

「我再給她一些退燒用的短舌匹菊好了。」泥毛喵嗚道。「也許會有點幫助。」

他走去拿藥草時，豹毛站起身來。白掌、狐躍與草鬚在巫醫窩外等著，他們早先來探望過陽魚了，但泥毛不希望病患太過勞累，所以請他們出去。銀流也和他們待在一起，在巫醫窩附近等著陽魚的消息。

豹毛用鼻子碰了碰陽魚溫暖的頭部。「休息吧。」她低聲說。「我明天再來看妳。」

她離開巫醫窩時，甲蟲鼻挪得離伴侶近了一些。

窩外，午後天空點綴著鬆軟白雲。白掌匆匆迎了上來。「她好一點了嗎？」他憂心如焚，雙眼圓睜著。

「她好像比較清醒了。」豹毛告訴他。這其實是假話，但她想讓見習生安下心來。他似乎放心了，毛皮變得平整一點，看到他這副模樣，豹毛不禁感受到令她腹部刺痛的罪惡感。「你去看看亂鬚和鳥歌吧。」她告訴他。「他們可能會需要你幫些小忙。」

「好。」白掌快步離開。豹毛只能希望這些見習生的工作能令他分心了。

她穿過空地時，蛙跳過來和她一起走路。

「陽魚好些了嗎？」他問道。

豹毛瞥了他一眼，不知該不該誠實回答。陽魚可是他的同胞姊姊。

他目光平穩地注視著她。「沒關係。」他喵嗚道。「妳直說吧，我受得住。」

豹毛在鬆一口氣的同時，也感到無比哀傷。「我覺得她愈來愈虛弱了。」

「但是她很堅強。」蛙跳邊說邊領著她走向新鮮獵物堆。「她一定能戰勝傷口感染的病魔。」獵物已經開始發臭了，豹毛皺起鼻子。蛙跳從獵物堆底部撈出一小條鯉魚，魚剛剛一直放在陰涼處，所以還很冰涼新鮮。蛙跳把鯉魚放在她腳邊，然後自己從獵物堆上面挑了隻軟趴趴的麻雀。豹毛叼起鯉魚，跟著他走到莎草牆邊的陰影處。

蛙跳將麻雀放在草地上，豹毛也在他身邊坐下來，默默盯著那條鯉魚。她仍能感覺到腹中刺痛的罪惡感，而且這不只是因為她騙了白掌。「我應該保護好她的。」她喵聲說。「我應該阻止紅尾抓傷她的。」

「我每次閉上眼睛，想的都是那一天。」蛙跳告訴她。「如果我動作再快一點，身體再強壯一點……」他的目光飄向巫醫窩。「但事情已經發生了，我們無法改變過去。」他把鯉魚推得離豹毛近一些。「而且我們就算把自己餓壞了，對河族也毫無幫助。」

豹毛看著他咬一口麻雀，第一次注意到，他的頭原來已經長得這麼寬了，行動時他肌肉在毛皮下緊繃著，和從前跟豹毛一塊長大的那隻高瘦小貓感覺好不一樣。她拋開這個想法，咬了一口鯉魚，逼自己把魚肉吞下肚。陽魚比她更需要這些獵物，她怎麼能自己吃掉呢？

豹毛走進營地，隨著夕陽在遙遠的高沼後方沉落，營地也蒙上了一層紫色暗影。漫長的邊境巡邏結束了，天心、獺潑與木毛靜靜跟隨她走進營地。豹毛腳爪痠痛，已經等不及回睡窩裡蜷縮起來睡覺了……

但就在這時，她看見泥毛快步趕來。「陽魚一直想見妳。」泥毛在她面前低聲道。

豹毛胸口一緊。她衝向巫醫窩，來到入口時放慢了腳步，努力憑意志力讓毛皮變得滑順，這才輕輕走進室內。「陽魚？」

在傍晚微光中，豹毛不太能看清睡窩裡的灰色虎斑貓，卻看見昏暗中那雙閃閃發光的眼眸。

「豹毛。」陽魚似乎鬆了口氣。「我還怕妳來不及趕回來了。」

來不及？豹毛嚥下了滿腔驚慌。陽魚那句話是什麼意思？「妳哪都不會去，對吧？」她喵嗚道，試著用開玩笑的方式驅趕陽魚語中的不祥。

陽魚對她眨眼。「我想趁甲蟲鼻休息時和妳說說話。」她看向旁邊的睡窩，豹毛發現甲蟲鼻蜷縮在小窩裡熟睡著，呼吸深沉而和緩。

她蹲下來靠近陽魚，朋友毛皮散發的溫熱令她心驚，看來陽魚又燒得更厲害了。她壓低聲音。「妳想跟我說什麼？」

「照顧好白掌。」陽魚沙啞地喵嗚道。

「我當然會了。」豹毛輕聲說。「我是他的導師，自然會確保他安全。」

「我的意思是，如果我出什麼事的話。」陽魚凝神注視她，那眼神令豹毛害怕。

「妳不會出什麼事，只會康復而已。」豹毛對她說道。她非得康復不可，豹毛根本不敢考慮其他的可能性。

「可是，如果真的出事的話。」陽魚安靜地強調道。「我要妳像血親一樣，幫我照顧他。」她瞄了甲蟲鼻一眼。「我知道那孩子還會有父親、草鬚和狐躍，銀流也會幫忙照顧他，但是這不一樣。」

「和什麼不一樣？」

「和有母親疼愛的感覺不一樣。」陽魚雙眼放光。「他還年輕，雖然他沒意識到這件事，但他仍需要母親。我要妳用我照料他的方式關心他，確保他沒事，疼愛他。」陽魚頓了頓，彷彿喘不過氣來。

儘管這天傍晚十分溫暖，豹毛還是感覺到了穿透毛皮滲入身體的寒涼。**我從沒當過母親**。她心想。**我甚至從沒想過要當母親**。豹毛實在不知所措。「妳一定會好起來的。」她又堅定地說。

陽魚的目光沒有從豹毛身上移開。「但如果我沒有好起來，」她喵聲說，「妳答應我。」她的眼神變得急切，豹毛見了一陣口乾舌燥。「答應我，妳會幫我照顧他。」

豹毛聽見了朋友的話語，卻覺得這些話聽起來古怪至極，彷彿狗吠聲或鳥鳴聲。她不忍同意，不忍對陽魚坦承病況有多危險，可是她又怎麼能拒絕呢？「我當然會的。」

甲蟲鼻抬起頭來，睡眼惺忪地眨了眨眼，忽然一躍而起。「我睡很久了嗎？」他跳出睡窩，用鼻子推開豹毛，鼻尖碰了碰陽魚的臉頰。「感覺怎麼樣了？」

豹毛讓甲蟲鼻代替她陪伴陽魚，自己暗暗鬆了口氣。和豹毛相比，甲蟲鼻想必能為陽魚帶來更多安慰。

豹毛退出巫醫窩，因為不安而毛皮發癢。她當然疼愛小貓，也很疼白掌，但她真的有能力成為白掌的母親嗎？

「她還好嗎？」

白掌的喵嗚聲嚇了她一跳，她猛然轉身，看見見習生對她眨眼，宛如暮光下的一道陰影。白掌眼圈凹陷，看似好幾天沒睡好覺了。「還好。」明知這是假話，豹毛還是這麼安慰他。

「我就知道。」白掌興奮地豎起耳朵。「我今天去看她的時候，覺得她好多了。」

豹毛愣愣盯著他。他當真相信陽魚好多了嗎？「晚上好好睡一覺以後，她的狀況想必會更好的。」

「真的嗎？」白掌注視著她的眼睛，彷彿想讀懂她的心思。豹毛逼自己不別過頭，不洩露自己心中最黑暗的想法。

她覺得陽魚已經命不久長了。

她甩了甩毛皮。「我們去練習夜間狩獵吧。」她喵嗚道。

他們師徒倆都必須保持忙碌，運氣好的話，白掌等等累了就能直接睡著。

豹毛感覺才剛睡著沒多久，就突然被搖晃的睡窩震醒。她睜開眼睛，淡淡的晨光從柳條編織的牆壁透進來，戰士窩裡蒙上了一層灰光。

睡窩又搖晃了起來。白掌拉扯著睡窩，他圓睜著盈滿了悲痛的雙眼，緊緊盯著豹毛。「她死了。」他用氣聲說。

豹毛愣愣盯著他，一時間還沒清醒過來。旁邊的獺潑還在她的睡窩裡寧靜地呼吸，木毛在打呼，戰士窩裡的族貓們都安詳地睡著。這是不是一場夢啊？

白掌全身顫抖。這不是夢，是真的。「陽魚死了。」

悲傷就如同惡犬，猛力撕扯著豹毛的心。她只想閉上眼睛，將鼻口埋到腳爪下，直到傷痛消去為止。但這份傷痛怎麼可能消去呢？陽魚死了，而豹毛昨晚試圖給予白掌的希望，就這麼成了謊言。

白掌盯著她，雙眼清清楚楚反映了她自己的痛苦，她甚至不忍直視見習生。豹毛拉著他後頸的毛皮，把他拉進睡窩，用身體裹著他、抱著他。豹毛的心跳似乎和白掌的啜泣聲合拍了，她感覺自己就要心碎了。

她盯著窩牆，想像蘆葦床、河川，以及更遠處的雷族森林。此時，雷族貓都還在睡夢中，根本不曉得他們殺了豹毛最愛的兩隻貓。雖然泥毛怪她發起那場戰鬥，導致他們死亡，但她心裡很清楚真正的罪責在誰身上。這是雷族犯下的罪——她聽著白掌窩在她溫暖的毛皮裡嗚咽，暗自許下了誓言。她永遠不會原諒雷族。

第五章

剛才在赤楊樹枝間飛來飛去的鶺鴒終於飛落河岸，豹毛興奮得尾巴抽動，她耐心等待果然等到了獵物。這回，白掌一直寂靜無聲地在她身旁等待——兩隻貓蹲在水邊一顆岩石後方，等著鶺鴒降落在地面，過程中豹毛都沒聽見他嘆氣，他甚至連腳爪也沒動一下。

陽魚死後這些日子，年輕公貓一直有點心不在焉，豹毛不太能讓他專注在訓練上。昨天他沒有潛到水下抓大魚，而是在淺水中亂潑水，用腳爪拍打河裡的小魚。前天，豹毛試著教他在蘆葦床安靜行動的方法，可是他毫不在乎地在蘆葦叢中大聲奔跑，追逐蜻蜓。不過今天，他倒是和小鼠一樣安靜。

豹毛轉頭看他，示意現在可以小聲離開他們的藏身處了。

結果她轉頭一看，發現白掌已經不見蹤影了。煩躁在豹毛的腳爪裡流竄，她猛然坐起身，結果鶺鴒嚇得飛回安全的樹梢了。她的見習生跑哪去了？她掃視河岸，接著望向岸上最高處的樹木，以及樹木之間那些蕨叢。

深棕色毛髮在蕨葉之間動了動。她大步走過去，惱火地彈著尾巴。

她走近時，白掌從蕨葉之間探出頭，興奮地對她眨眼。「我跟妳說！」

他沒發現自己要挨罵了嗎？「幹麼？」她沒好氣地說。

「我找到一個麻雀巢了。」他又鑽進蕨叢中。「妳來看看。」

豹毛皺著眉頭鑽進蕨類叢，看見白掌站在一堆糾纏在一起的小樹枝旁邊。

「它應該是掉下來了。」白掌望向上方的枝葉，然後戳了戳那團小樹枝。「這裡頭還有一些羽毛，我們可以帶回去幫甲蟲鼻鋪睡窩，這樣他晚上就不會冷了。」

「現在是綠葉季，」豹毛沉聲說，「他不會冷。」

「可是他平常都習慣跟陽魚睡在一起啊。」白掌焦慮地盯著她。

豹毛對年輕公貓的怒火熄滅了。白掌和她一樣，仍然在哀悼，他的每一個想法當然都和陽魚有關了。豹毛下定決心要同理他，她讓自己的呼吸慢下來。「我們來抓鴨子吧。」她仍舊是白掌的導師，今天是出來訓練的。「鴨絨比麻雀的羽毛柔軟許多。」她朝河岸點頭示意。

白掌猶豫了一下。「可是安靜坐著不動好難喔。」他喵聲說。「我們不能練習戰鬥招式嗎？」

豹毛想起當初的自己，她也是百般不願意抓魚，所以時常想辦法說服白牙改變訓練計畫。白掌現在還在為陽魚死去的事情傷心，也許現在強迫他安靜坐著太不公平了，說不定練習戰鬥技巧時，白掌就忙得沒心思操心了。「好吧。」她喵嗚道。

白掌開心地揚起尾巴，跟隨豹毛來到樹蔭下一片空地。豹毛在土地上進入戰鬥蹲姿，準備示範動作。

「仔細觀察我的動作，我把重量轉移到其中一邊——」

幾隻腳爪拍在她背上。

「我贏了！」白掌站在她背上，淘氣地輕咬她耳後，讓她回想起白掌還是小貓時，他們嬉笑打鬧的光景。當時陽魚也在一旁觀看，呼嚕笑著看他們玩耍。豹毛應該生氣才是——白掌可是她的見習生，應該認真嚴肅地受訓才對——可是他失去了那麼多，到現在還沉浸在傷痛之中。是啊，他們兩個都失去了太多，也許今天稍微玩一會兒也無妨。

豹毛用後腳站立起來，不是很認真地試圖甩掉白掌，但他抓得更緊了。「我把你壓扁喔。」豹毛逗他說。她在地上趴下來，一副準備翻滾的樣子。

「太慢啦！」白掌跳下來拉住她的尾巴，用後腳爪亂踢尾巴。豹毛擺脫他的拉扯，抓住他的身體，把他背朝下按在地上。她大聲呼嚕笑著，鼻子戳了戳白掌的肚子，令他開心地尖叫。嗯，明天再訓練也不遲。

「這邊！」豹毛不耐煩得渾身發癢，看著白掌在水邊蘆葦叢中嗅嗅聞聞。「看好了！」

她朝河中心的漩渦點頭示意，綠色藻類被水流帶得連連打轉。這已經是她今早第三次對白掌指出那團水藻了。「那裡有陰影，魚可能會躲在裡頭。」她走到河裡，動作慢得幾乎沒激起漣漪。清涼河水繞著她四條腿流動，輕輕拉扯她腹部的毛髮。豹毛本以為昨天讓白掌玩打架遊戲後，他今天就能集中精神訓練了，然而他們今天一離開營地，白掌的注意力就被每一隻蒼蠅、鳥兒或搖晃的蘆葦拉走，豹毛心中的希望也就煙消雲散了。比起學習當戰士的技巧，白掌似乎對所有能動的東西更感興趣。

他停下來看著豹毛，可是從他渙散的目光看來，白掌根本就沒專心學習。他幾乎坐不住了，身體兩側的毛髮抽動不停。

「我剛剛說什麼？」豹毛喵嗚道。

「魚喜歡陰影。」白掌的目光跟隨河流，飄向了下游。

「我們繞著這團水藻游泳，看看下面有沒有藏著什麼東西吧。」她點頭示意白掌先游過去，但看見他大聲跳進水裡，豹毛只能努力嚥下滿腔不耐煩。「腳爪動作慢一點！」她厲聲說道。「你用那種動作下水，只會把魚嚇跑。」

白掌拉下了臉看她。「對不起嘛！我忘了。」他不悅地回道，聽上去一點也沒有對不起的意思。

「你怎麼可能忘記？」豹毛問道。「這不是我教你的第一堂課嗎！」

「那已經是很久以前的事了嘛！」白掌在她身邊停下來，悶悶不樂地盯著河流中央那團緩緩轉圈的藻類。

豹毛深深吸一口氣，又試了一次。「我們等等游到水下。」她告訴白掌。「記得放慢動作，如果水裡有魚，他們會以為我們也只是魚而已。」她潛到水下，踢著河底泥沙游向了中央的水流。她回眸望去，確認白掌還跟在後頭。

後方的水中滿是攪動的泡沫，水浪四濺。星族啊，他到底在搞什麼？豹毛破出水面瞪著他，只見白掌嘴裡咬著一條小魚。他剛才激起的漣漪還在河中擴散，連同水流沖破了那團水藻，即使剛剛有魚躲在藻類的陰影中，現在也早就逃光了。

豹毛游回他身邊。「我不是叫你跟我來嗎。」她火大地說。豹毛踩上泥沙，在水中朝白掌走去。

他把小魚拋到岸上。「我抓到一隻魚了。」

「那條魚連小貓都餵不飽，更不用說是餵飽全族了！」再這樣下去，到時候小燼和小苔都得到戰士名了，白掌還會是見習生，那豹毛的臉不就丟光了？而且陽魚如果在星族注視著他們，又會做何感想？豹毛先前答應要幫白掌成為偉大的戰士，可是現在，白掌卻一臉茫然地盯著她。「你就不想幫忙餵飽族貓嗎？」她罵道。

「想啊。」白掌連忙喵聲說。

「我怎麼覺得你連戰士都不想當了！」

「我當然想。」可是他這聲喵嗚毫無活力。

豹毛的腳爪隨煩躁的情緒脈動。「你到岸上等著，我抓魚的時候你別來礙事！」她怒聲說。「既然你不想讓我教你，那至少該讓我幫你的族貓們抓些獵物吧。」她憤怒地轉向河川，進入水中。她開始向前游，看見對面蘆葦附近有泡泡在水面破裂，於是她游向泡沫，鑽到水下。一條大鱒魚正在蘆葦莖之間晒太陽。豹毛稍微往上游游去，這樣她接近鱒魚時，陽光會從她背後照進水裡、閃爍不定。鱒魚直到最後才發現她，她一口咬住那條魚，將不停掙扎的魚拖出河川。

白掌剛才一直沒有動，他避開了豹毛的目光，垂著尾巴。豹毛將鱒魚放在他身邊的地上，一口咬死。

「至少今早的時間不算是完全浪費了。」她低哼一聲。

白掌垂頭盯著自己的腳爪。

說不定這下他就會乖乖聽我的話了。「走吧。」她語氣尖銳地喵嗚道。「我們把這條魚帶回營地，然後就去溼草原，我教你怎麼獵蛙。」

白掌沒有說話，垂頭喪氣地跟隨叼著鱒魚的豹毛朝營地方向走去。

「對不起。」他因悲傷而語帶哽咽。

豹毛停下腳步，回頭看他一眼。

他雙眼圓睜，眼神陰暗。「我知道妳很生氣。妳會不會不要當我的導師了？」他的喵嗚聲微微顫抖著。

豹毛盯著他。他怎麼會這樣想呢？導師是絕不會放棄見習生的，況且他還是豹毛好朋友的孩子，她更是永遠不可能放棄他。豹毛把魚放在地上，罪惡感在腹中翻攪著。她對白掌太凶了。「我當然不會放棄你了。」豹毛知道從小沒有母親是什麼感覺。她走向白掌，直視他的雙眼。「我會一直當你的導師，直到你不再需要我為止。」她和聲告訴他。

「我哪都不會去的。」

白掌的琥珀色眼眸中閃爍著激動的情緒。「我常常夢到自己醒來的時候，窩裡空蕩蕩的只有我一個，然後我去戰士窩找妳，可是那邊也沒有貓。」他嚥了口口水。「妳不見了，甲蟲鼻跟狐躍跟草鬚也是，大家都不見了。」

「不會發生這種事的。」豹毛用鼻子輕碰他頭頂。責罵雖然讓他短暫地專注了起來，卻也讓仍在為陽魚哀悼的白掌難過不已。而且他不只失去了陽魚，甚至還失去了白牙，豹毛怎麼能對他這麼嚴厲呢？「我答應過你母親，一定會替她照顧你。」她告訴白掌。「我會好好顧著你，就算你以後得到了戰士名，我還是會繼續照顧你。」她吸入白掌溫暖的氣味，比起見習生，現在的他更像一隻小貓。「我保證。」

白掌稍微退開看著她，彷彿不知能不能相信她，然後才點頭。「好。」他從豹毛身旁走過，進入營地。

豹毛叼起鱒魚快步跟上，把魚放在白掌腳邊。「你把這個拿去，跟狐躍、銀流她們一起吃吧。」兩隻母貓正在戰士窩外的陽光下伸懶腰，或許和親屬相處時，白掌可以安下心來。「等你們吃完，我們就去溼草原。」

白掌感激地看著她，然後叼起鱒魚走遠。豹毛滿意地看著狐躍與銀流抬起頭，開心地對白掌打招呼。可憐的孩子，他還是深深思念著母親……在這種時候，他最需要親屬的支持了。

豹毛一時間無事可做，她環顧空地。

波爪坐在莎草叢的陰影中，石毛、獺潑與矛牙都聚集在他身邊。

「雷族殺了我們兩隻族貓。」豹毛聽見波爪的低吼聲，看見他朝曲星窩外的樹蔭投了個眼神。河族族長正在樹蔭下和橡心討論事情，兩隻戰士都面色凝重。「我們早就該反擊了。」

石毛順著波爪的目光望去。「他們可沒看著同胞死去。」他嘀咕道。

豹毛全身一顫。**但我看見了**。即使到了現在，她還能想像當日的陽光岩，被陽光晒得發白的岩石上，白牙的鮮血逐漸擴散的那個畫面仍然歷歷在目。雷族的行徑如此狠毒，不是該受到懲罰嗎？

獺潑緊張地動了動腳爪。「我相信曲星不會讓事情就這麼過去的。」她喵嗚道。「他只是在小心行事而已，等時候到了自然會動手。」

「現在就是時候了。」石毛沉聲說道。

「我們把白牙的身體扛回營地那一刻，時候就已經到來了。」波爪低哼道。「雷族可是在河族領地上殺了一隻河族戰士。」

「陽光岩是星族給我們的地盤。」矛牙語氣苦澀地開口說，尾巴掃過身後的塵土。「雷族根本無權和我們爭搶那塊地盤，他們什麼時候才會接受這件事？」

「我們必須讓他們清楚認識到，陽光岩是我們的地盤。」波爪喵嗚道。「而且是越快越好。」

豹毛的心臟狂跳不止。戰士們說得沒錯，除了失去白牙所造成的傷痛以外，他們還必須為另一個原因對雷族下馬威——雷族做了那種事情，卻一直沒有付出代價，這樣下來河族的威望只會逐漸削減，河族在其他貓族眼裡也會顯得十分軟弱。曲星在這時抬頭，豹毛不禁全身緊繃，看著曲星的目光飄向波爪等貓。他若有所思地凝視著他們片刻，這才轉回去面對橡心。他會不會是聽見戰士們的談話內容了？族長終於要派戰鬥巡邏隊去和雷族作戰了嗎？豹毛很想走上前，清清楚楚把族貓們——還有她自己——認為族長該採取的行動告訴他。泥毛可是說過，河族的命運和豹毛自己的命運息息相關，如果曲星和橡心是在討論雷族犯下的罪行，那豹毛也該參與討論才是。

後方傳來腳步聲，她剛才的想法彷彿將父親召喚了過來，豹毛嗅到泥毛的氣味。泥毛走來時，豹毛轉身面對他，只見他嘴裡叼著一個樹葉包裹，包裹飄出濃烈的藥草味。

泥毛放下那包藥草。「妳不是該訓練白掌嗎？怎麼在這裡聽族貓們聊八卦？」

面對父親銳利的目光，她忍不住抽了一口氣。泥毛是在責備她嗎？但她還是逼自己不要豎起毛髮。豹毛已經不是小貓了，不需要父親來告訴她什麼事該做、什麼不該做。而且泥毛難道忘了自己說過的話嗎？當初不就是他告訴豹毛她很特別的嗎？他們的部族現在躁動不安，可能只有豹毛能解決問題了。她對上父親的視線。「白掌在和姊姊共餐。」她生硬地喵嗚道。

「他晚點再吃也行。」泥毛瞥了年輕公貓一眼，只見白掌開心地啃著鱒魚的尾巴，草鬚則在幫他清洗耳朵。「等他獲得了進食的資格再吃。」

獲得進食的資格？豹毛不自在地抽動一隻耳朵。泥毛是不是知道他訓練的進度落後了？

「等他吃完，我就會帶他去溼草原獵青蛙。」豹毛對泥毛說話的同時，為自己這種不得不辯解的心情感到煩躁。她已經盡己所能訓練白掌了，卻還是不曉得該如何讓他專心，放縱沒有用，責罵也沒有用。但是，豹毛可不打算對父親承認這件事，或者向父親尋求幫助。她默默走向白掌，這時才注意到蛙跳在空地邊緣一小塊陰影中休息，而且正注視著她，令她有點緊張地豎起了毛髮，避開蛙跳的目光。他會不會是聽見泥毛的譴責了？

「白掌，走吧。」她在空地邊緣停下腳步。「你吃得夠久了。」白掌聽了起身走過來，豹毛這才鬆了口氣，至少見習生在族貓面前還是願意聽她的話。「我們去溼草原。」

他們過了河、經過蘆葦叢，一路上兩隻貓都沒有說話。來到溼草原時，白掌嘆息一聲。

豹毛瞟了他一眼。「怎麼了？」她又快失去耐性了，但還是儘量記得要保持和善。

「我們一定要抓青蛙嗎？」白掌喵嗚道。「牠們吃起來很奇怪耶。」

豹毛轉過了頭，竭力隱藏自己的煩躁。「你不是為自己狩獵，是為了全族。像鳥歌就很愛吃青蛙啊。」她提醒白掌。

見習生悶悶不樂地用腳爪踢了踢草，跟隨豹毛穿過溼草原，來到有一片積水的寬闊凹地。

她在水邊停下腳步。「好，你聞聞看，有什麼氣味？」

「草。」白掌喵嗚道。

「還有呢？」

「水吧？」

「是什麼樣的水？」他難道就聞不到死水的氣味嗎？這表示附近可能有青蛙出沒。

白掌看著她。「我哪知道？不就是溼溼的水嗎？」

她的腳爪不耐煩地刺癢起來。豹毛張嘴準備責罵他時，忽然瞥見一片灰色毛髮。

蛙跳朝他們走來，尾巴輕鬆地在身後搖擺，毛髮滑順光亮。他是尾隨豹毛和白掌過來的嗎？只見他親切地對白掌眨眼。「真是不好意思啊，我不小心聽到你們的對話了。白掌，豹毛應該是想讓你認識活水和死水之間的差異。」他喵聲說。

「呃，好喔。為什麼？」白掌嗅了嗅空氣。

「因為水鳥偏好活水，青蛙偏好死水。」蛙跳解釋道。「如果你能嗅出兩種水之間的差異，就知道要找哪一種獵物了。」

「可是我看到水就知道它是死水還是活水了啊。」白掌伸出尾巴。「為什麼要去聞它？」

「真正優秀的河族戰士，即使閉著眼睛也能分辨兩者之間的差別。」蛙跳喵聲回道，然後若有所思地歪過頭。「但如果你不介意當個平凡的戰士，那……」

白掌張口想回應，但這時蛙跳的視線已經飄向那灘積水了。

「你看！」灰色公貓的喵嗚聲興奮雀躍，令白掌不由自主地轉頭望去。一隻青蛙在水灘對岸浮上水面，跳到了草地上。蛙跳進入狩獵的蹲姿。「我叫蛙跳，牠剛好又是跳躍的青蛙，我們不如去抓牠吧？」他對白掌說道。「還是要放牠走？」

「抓牠！」白掌積極地喵聲說。

「那走吧。」蛙跳開始躡手躡腳地繞過水塘邊緣。

白掌儘量模仿他的動作。豹毛當然很感激蛙跳來幫忙訓練見習生，卻還是感到一絲煩躁。白掌怎麼就不聽**她**的指令？她待在原地觀看，全身保持靜止，以免嚇跑青蛙。又一隻從水中跳出來，兩隻青蛙一起坐在草地上眨著眼睛，沒注意到兩隻悄悄接近的公貓。蛙跳停下腳步，當白掌繼續悄聲往前走時，他用鼻子調整年輕公貓的尾巴。豹毛看見蛙跳輕聲說一句話，白掌蹲得更低了，腹部毛髮擦過青草。蛙跳聚精會神地注視著他，又說了一句，白掌聽了將耳朵貼到頭頂。豹毛雖然滿心煩躁，但還是情不自禁地暗暗為見習生加油，看著他緩緩接近兩隻青蛙。白掌飛躍出去，豹毛氣息一滯，接著胸中炸開了驕傲與得意——白掌剛剛好落在其中一隻青蛙身上，將牠壓在地上。

趕快弄死牠！

她屏住氣，看著白掌低頭準備咬死青蛙，可是青蛙用力掙扎，掙脫了白掌的腳掌。

豹毛的心沉了下去，又見蛙跳跳上前阻攔青蛙，再給白掌一次抓住青蛙的機會。這回白掌成功咬住青蛙，將牠咬死了。

見白掌成功獵捕青蛙，豹毛鬆了口氣——鳥歌一定會很開心——但她在為見習生感到驕傲的同時，也止不住心中的厭煩。她花了那麼多天教育白掌，結果蛙跳才指點他一下，白掌馬上就大有長進了。**會不會是我不適合當導師？**白掌將青蛙叼回來放在她腳邊時，憂慮的火苗在她胸中點燃。

「做得好。」她勉強呼嚕一聲。

蛙跳也走到她身邊。「他非常有天分。」他喵嗚道，然後朝溼草原上較遠處的另一片積水點點頭。「你再試著自己抓一隻青蛙吧。」蛙跳對白掌說。

白掌走遠時，蛙跳提高音量提醒他：「別忘了！壓低身形，就算還沒開始追蹤獵物也一樣。這片草原是開闊的空間，你遠遠看去就像湖面上一隻鴨子那麼顯眼。」

白掌走到遠處，聽不見他們說話時，豹毛瞪了蛙跳一眼，毛髮煩躁地抽動。「很了不起嘛。可是他為什麼只聽你的，卻不聽我的？」

蛙跳同情地對她眨眼。「妳在成為他的導師前，先是他的朋友。」他喵聲說道。「貓與貓之間的關係一旦固定下來，就很難再改變了。」

「你的意思是，他應該換導師？」她沒好氣地說。

「當然不是了。」蛙跳圓睜著雙眼。「對他來說，妳就是最好的導師了。」他喵嗚道。「但是他最近經歷了不少苦楚，也許他擔心自己當個優秀的見習生，就會失去身為朋友的妳。」

「我就不能同時當他的導師和朋友嗎？」

「我相信妳只要下定決心，什麼事都能做到。」蛙跳對她說。「不過白掌現在的狀況很微妙，妳和他相處時必須特別小心。他可能是怕自己一旦開始進步，當上了戰士，就會失去和妳相處的時光，畢竟現在能在他生命中扮演母親角色的貓，也只有妳了。」

豹毛別過頭。她不喜歡被其他貓說教，但蛙跳說的話有道理。她沉痛地回憶起陽魚最後的請託：**我要妳用我照料他的方式關心他。**

「對他溫柔一點吧。」蛙跳接著說。「引領他，帶著關愛指導他。」他朝白掌走去，並示意豹毛跟上。「像陽魚生前那樣，耐心對待他。」

白掌蹲在一汪較小的水塘邊，但他明顯不是在找青蛙，目光已經飄向了草原邊緣的一排樹籬，看著在枝椏間飛躍的麻雀。

引領他。豹毛心想。她朝樹籬的方向點頭。「你覺得你能抓到麻雀嗎？」她問白掌。

見習生思考片刻。「應該可以。」他直起身，豹毛跟著他往麻雀的方向走去。

「壓低身體。」蛙跳提醒他，白掌聽話地進入追蹤獵物的蹲姿。

「讓尾巴輕輕掠過草地。」豹毛補充道。白掌放低了尾巴。「利用附近的陰影。」她輕聲喵嗚道，彷彿在鼓勵小貓學習，而不是訓練見習生。「非常好。」白掌在樹籬邊蹲伏下來時，她低聲誇讚道。

小鳥們進進出出樹叢，使樹葉微微震顫。白掌從樹枝下方鑽得近一些。

「身體重量別放在腳爪上，記得把重心放在後腿。」豹毛輕聲提醒。「這樣腳步就能放輕一些。」

白掌一面悄悄往前爬，一面調整姿勢，踩過草地時幾乎沒發出聲響。

「尾巴記得保持靜止。」豹毛喵嗚道。

他聽話地照做。

「耳朵也要貼平，」她喵聲說，「像剛剛抓青蛙那樣。」

白掌貼平了耳朵。

這些天來，白掌首次完全將注意力放在獵物身上，而且終於把她的話聽進去了。豹毛心中萌生了希望，也許蛙跳說得對，她只須學著陽魚過去鼓勵小白走出育兒室的方式，溫柔又耐心地鼓勵見習生，那就能順利完成訓練了。

她遠遠看著，讓白掌縮短他和麻雀之間最後的距離，滿心期待地注視著他。毛髮擦過了她側腹，蛙跳走到她身旁。「妳也很有天分喔。」他悄聲說。

豹毛瞄了他一眼，嚥下不由自主的呼嚕聲。

白掌的目光片刻不離那群麻雀，現在他來到了可以飛撲獵物的距離，目光聚焦在最近的鳥兒身上。

「你可以的。」豹毛喃喃說道，心臟彷彿哽在了喉頭。白掌忽然縱身一躍，張口咬住那隻小鳥的腿，落地時大力甩頭，然後把小鳥放在腳爪之間，趁麻雀頭暈目眩時咬破牠的喉嚨。

豹毛開心得腳爪刺癢。他在學習了，他真的在學習了，而她也像當初的白牙那樣，將自己的一身技藝教給了白掌。

她終於可以實現對陽魚的承諾了。

豹毛看著白掌撲向她剛才擺放在地上的松果。過去半個月來，白掌長大了許多，現在比起見習生更像是戰士了。他深棕色的毛皮下是強而有力的肌肉，當他用一隻雪白前腳將松果勾到空中時，肌肉也跟著波動。他一躍而起，在空中旋身，動作純熟地用另一隻腳爪將松果拍到地上。這是豹毛過去花了快一個月才學會的狩獵招式，而白掌不到半個月就學會了，她為見習生驕傲不已。

白掌靜悄悄地接近下一顆松果，然後照豹毛的指示轉移重心、調整尾巴。豹毛期待地瞄了蘆葦床一眼。蛙跳來了嗎？她特地請蛙跳偷襲白掌，測試他的戰鬥技巧。不知道年輕公貓能不能及時反應過來？蛙跳可是強壯又技術高超的戰士，雖然不會弄傷白掌，但豹毛有點擔心白掌的信心因此受創。她也許該用不同的方法測試見習生的。

蘆葦莖微微顫動，她嗅到蛙跳的氣味，他就在附近了。白掌注意到這些跡象了嗎？當然，在河族領地上，蘆葦叢窸窣作響、空氣中飄著蛙跳的氣味，都不算是危險的跡象。她和蛙跳這樣偷襲白掌，是不是有點不公平？**不會的**。她告訴自己，這次偷襲行動可以讓白掌意識到，即使在熟悉的地方他也得隨時保持警覺。

白掌的注意力集中在那顆松果上，他的腹部幾乎貼著地面，耳朵平貼在頭頂，準備撲向那顆松果。豹毛從眼角餘光瞥見了蛙跳的灰色毛髮，他不過是蘆葦叢中一道形影而已，但他一步一步慢慢接近了。豹毛屏著一口氣，毛皮麻癢，看見蘆葦叢從中分開、蛙跳猛撲出來。

他躍向白掌，年輕公貓僵在了原地，腹部仍然貼著地面，但那一瞬間的驚嚇很快就過去了。白掌用後腿直立起來，動作迅捷而流暢地轉身面對來襲的貓，豹毛看見他的目光迅速飄向她，似乎想先確認她安全無虞，這才將所有的力氣用來保護自己。

蛙跳瞪大了雙眼，似乎沒料到白掌的反應這麼快。他快速調整姿勢、準備迎擊，而年輕公貓也朝蛙跳的鼻口揮出一爪。蛙跳及時閃開，矮身鑽到白掌腹部下，然後向上一推，推得見習生的後腳爪瞬間騰空，接著將他背朝下掀翻在地上。

白掌砰的一聲落地，但立刻就爬了起來，再次衝向攻擊者。這時他眼中閃過了熟識感，陡然停下動作。「蛙跳！」他後退一步、放下腳爪，皺起了眉頭。「你在做什麼啊？」

蛙跳的毛髮恢復平整，雙眼閃爍著欽佩的光芒。「我們在測試你面對危險的反應。」他對年輕公貓點點頭。「你採取了很好的自我防衛動作。」

豹毛也走上前。「他甚至先確認了我的狀況。」她讚許地呼嚕說。「他顯然除了保護自己以外，還十分在意族貓的安危。」她和蛙跳交換了讚許的眼神，看到蛙跳對她的見習生如此欣賞，她自己也非常得意。「我覺得他幾乎做好準備，可以參加戰士考核了。你說呢？」

「我完全同意。」蛙跳開心地對她眨眼。

白掌豎直的毛髮還沒恢復原樣，但他聽了雙眼放光。「真的嗎？」他喵嗚道。「妳覺得我已經準備好了嗎？」

「沒錯。」豹毛的心似乎膨脹了。她這些天一直用溫柔鼓勵的方式教導白掌，謹守了對陽魚的承諾。「白掌，我相信你一定可以過關的。你已經進步很多了。」

白掌盯著她，雙眼圓睜著。「我知道我給妳添了很多麻煩，可是妳一直沒有放棄訓練我。謝謝妳。要是沒有妳的話，我一定不可能走到這一步的，只可惜……」他瞥了天空一眼，喵嗚聲愈來愈低。

豹毛喉頭一緊。她很清楚白掌心中的願望，她自己也懷著相同的渴望——如果陽魚此刻還在他們身邊，那該有多好。白掌的母親現在是不是在星族守望著他們？

「我以你為榮。」她向前用鼻子碰碰白掌的鼻尖。「陽魚想必也為你感到驕傲。」

他們走回營地時，豹毛加快了腳步，蛙跳與白掌也緊隨在後。她等不及把消息告訴曲星，請族長讓白掌進行戰士考核了。不知道曲星會不會讓她幫白掌起戰士名？她有點想幫白掌取名叫白牙，和他的第一位導師用同樣的戰士名，但也許該給白掌一個獨一無二的名字才好。

她鑽過蘆葦通道走進空地，卻警戒地豎起了毛髮。只見曲星站在霧足、甲蟲鼻與響肚前方，橡心在他旁邊來回踱步，暗紅色毛髮沿著脊椎波動。他們似乎都焦躁不安，目光深沉。該不會發生什麼事了吧？

豹毛快步加入他們，疑惑地對曲星眨眼，但族長似乎沒注意到她，直接開口對其他貓說話：「你們如果在邊界附近看見任何一隻雷族貓，就先警告他們離開，如果他們不肯走，那就發動攻擊。」

甲蟲鼻皺起眉頭。「那如果他們沒越過氣味界線呢？」

「照樣攻擊。」橡心的目光掃向這隻肩膀寬闊的公貓。「他們如果受到了警告還不撤退，那就等同對我們宣戰。」他低吼道。「這回，我們會清楚讓所有貓知道，陽光岩屬於我們河族。」

豹毛擠到了霧足和響肚之間。**他們要攻擊雷族！**這下，她終於有機會為白牙和陽魚報血海深仇了。「我可以加入巡邏隊嗎？」

橡心看著她。「巡邏隊員都已經選定了。」

「可是你們選隊員時，我還沒回來——」豹毛開口說道。

「巡邏隊員都已經選定了。」橡心堅定地重複道。

「這不公平。」豹毛不顧其他戰士們的眼光，就算他們嫌她太積極主動，那也無所謂。上回雷族殺了她的導師和最好的朋友，那時她參與了戰鬥，這回她自然有權參加守衛陽光岩的巡邏隊。「我要為河族而戰。在上次那場戰鬥過後，我非得——」

橡心再度打斷她。「妳上次太急著發起戰鬥了。」

「但這次你就是要我們和雷族戰鬥啊！」她這麼急切地想對雷族復仇，不正表示她是最適合參加這支巡邏隊的戰士嗎？

橡心不耐煩地抽動尾巴。「妳有見習生要指導，」他告訴豹毛，「這次的巡邏不能讓見習生加入。」

「他可以待在營地裡啊。」豹毛轉向了曲星，即使橡心不明白她的心情，曲星想必也知道她非得加入這場戰鬥不可吧！

曲星動了動腳爪。「橡心說得沒錯，我們需要強大的戰士守在營地，以免雷族趁隙來襲。」

不行！豹毛的心臟撲通撲通直跳。她一定得加入這支巡邏隊，雷族可是害死了她最愛的兩隻貓啊！但曲星避開她的視線，橡心也不看她，甲蟲鼻、霧足與響肚不自在地挪動身體。橡心和曲星顯然聽不進她的話，她嚥下了滿肚子異議，煩躁得腹中翻攪不停。

「蛙跳。」橡心的目光移到了後方，落在和白掌一同遠遠站著的灰色公貓身上。「我要你加入這支巡邏隊。」他喵嗚道。「你從前是和響肚一起受訓的，你們兩個戰鬥時可以配合得很好。」

他從前也有和我一起受訓啊！豹毛強行壓下了差點蓬起的毛髮。這太不公平了，難道是因為上次在陽光岩的那場戰鬥失利，族長和副族長想要懲罰她嗎？她不過是在守衛河族領地啊，這難道不是身為戰士的意義嗎？怒火在她的毛皮下燃燒，她眼睜睜看著橡心率領甲蟲鼻、霧足和響肚出營。蛙跳對她投了個抱歉的眼神，然後也跟著出營了。

白掌從空地另一頭跑過來加入她。「妳覺得雷族真的會攻擊我們嗎？」他興奮地喵聲說。「我可以幫忙保護營地嗎？」他回頭瞥向小燼和小苔，她們正在育兒室外面和小沉與小影玩耍。「我要不要叫他們待在窩裡，等危機結束以後再出來？」

豹毛搖了搖頭。「我們連巡邏隊會不會發生戰鬥都還不曉得。」她告訴白掌。她希望這次不會發生戰鬥，因為她想得到為河族奮戰的機會，而且這次非贏不可。一想到自己不在時，族貓們可能會和雷族打起來，她就難過不已。「不過我們還是到營地外頭，檢查外牆有沒有漏縫吧。」她不耐煩地伸縮爪子，帶領白掌走出蘆葦通道。橡心這次不讓她加入巡邏隊，但總不能永遠不讓她為自己的部族而戰吧？

第六章

檢查營地外牆所花的時間沒有豹毛期望的那麼長，牆壁沒有需要填補的漏縫，而豹毛雖然睜大了眼睛注意周遭是否有雷族入侵者，卻沒有發現任何對營地的威脅。**那現在要做什麼？**沒其他事情占據豹毛的注意力，她很難不去想族貓們和雷族可能發生的戰鬥，但她雖然無事可做，至少得確保白掌足夠忙碌。

「去幫鳥歌和亂鬚拿些新鮮的睡窩鋪料。」走回營地時，她對白掌指示道。「然後幫他們把新的睡窩鋪好。」

「可是那是見習生的工作。」他抗議道。「妳不是說我可以當戰士了嗎？」

「你畢竟還沒通過戰士考核。」豹毛提醒他。

他皺起眉頭。「可是我自己換鋪料，一定得花很久很久。」

「那就請小燼和小苔來幫忙。」

「可是她們是小貓耶。」白掌喵嗚道。

豹毛忍住了怒聲回應的衝動。她提醒自己：她現在神經緊繃，並不是白掌的錯。

「他們最近就會成為見習生了，你可以先帶他們認識見習生的工作。」

白掌看上去稍微沒那麼難過了。豹毛心想，讓他去管那幾隻小貓，說不定可以減輕他執行這任務時的不快。

白掌走向育兒室時，豹毛又喊住他。「你去蒐集新鮮的鋪料，讓小貓們把舊的清走。」她告訴見習生。「別忘了，他們現在年紀還小，不可以離開營地。」

「好喔！」白掌小跑步離去。

將工作分配給見習生後，豹毛讓心思飄回橡心的巡邏隊那邊。他們是否在陽光岩發現了雷族的蹤跡呢？橡心也許打算在那裡等雷族貓出現。豹毛豎起了耳朵，試圖聽見從遠方傳來的戰鬥呼號聲，卻只聽見河流的泠泠水聲，以及營地周遭蘆葦叢的窸窣聲。

不耐煩的情緒仍在她毛皮下蠕動，她愈想愈不明白，曲星和橡心為什麼堅持不讓她參戰？她明明是強大的戰士，而且曲星也信任她，指派她指導族裡目前唯一的見習生。是不是橡心勸族長不讓她戰鬥？他說豹毛上回太急著發起戰鬥，但這次他就是想讓巡邏隊對雷族挑起戰鬥啊。他可能就只是看豹毛不順眼吧。

她煩悶地走到空地另一頭。也許泥毛會知道答案。過去這半個月，豹毛一直忙著訓練白掌，還有和蛙跳相處，幾乎沒和父親說幾句話。況且，泥毛最近總是待在巫醫窩裡，而她是健康的戰士，所以很少進巫醫窩。然而現在她火冒三丈，又找不到能讓自己分心的事，於是走向了掛著青苔的巫醫窩入口。

「泥毛？」她探頭入內。陽光從柳條編織的窩牆灑了進來，塵埃滿布的寬敞地面上映著粼粼波光。

豹毛瞄了巫醫窩邊緣那幾個空空蕩蕩的睡窩，感覺到內心一痛。她上一次來探望生病的貓時，探望的對象就是陽魚。但那已經是好幾個月前的事了——陽魚死時使用的睡窩早已被清出去，用新鮮鋪料做成的新睡窩取代了它。豹毛也不知道自己會不會有停止為朋友哀悼的一天，不過她拋開內心的哀傷，走進巫醫窩。

「嗨，豹毛。」巫醫窩裡的陰影中，泥毛眨著眼睛對她打招呼，腳爪抓著一把迷迭香。「白掌的訓練還順利嗎？」

「他已經可以接受考核了。」豹毛心不在焉地喵嗚道，同時環顧巫醫窩四周。她今天過來，不是為了討論白掌的事。

泥毛擔憂地圓睜著雙眼。「妳還好嗎？」

豹毛轉頭直視父親的眼睛。「我沒事，只是有點掛念陽光岩那邊的狀況而已。」

「曲星派巡邏隊去陽光岩了？」泥毛將迷迭香植莖放在地上，腳爪伸進了泥土牆裡的凹洞。

「是啊。」豹毛沉重地坐了下來。「曲星要他們去挑戰雷族。」

泥毛的耳朵抽了一下，他取出一片緊緊包裹著什麼東西的葉子，開始打開包裹。「那麼，妳是怕自己錯過戰鬥了。」他的喵嗚聲多了一絲尖銳。

她煩躁得毛皮刺癢。泥毛總是這樣，每次都要讓她覺得當戰士很不應該。「我不懂，我明明是族裡最強的戰士之一，橡心怎麼不讓我去？」

「不可能每一位戰士都參與每一次巡邏的。」泥毛又伸進洞裡拿藥草。「就算是最強的戰士也不可能每次都外出巡邏，否則就沒有貓留下來守衛營地了。」

「曲星也是這麼說的。」

「結果呢？他這不是說對了嗎？」泥毛從洞裡掏出一串爛爛的草莖，開始解開莖上的結。

豹毛壓抑了一聲嘆息。**他就是不明白。**「那如果發生戰鬥怎麼辦？」

「妳並不是河族唯一一隻會戰鬥的戰士。」泥毛語調平穩地喵嗚道。

豹毛甩了甩尾巴。「可是在白牙和陽魚那件事之後，他們應該要讓我去——」

泥毛打斷了她。「妳確實失去了很多，但哀悼的方式有很多種，戰鬥並不是最好的一種。」

「我已經哀悼完了。」她怒聲說。「我現在想讓雷族悔不當初。」

泥毛放下了糾結成一團的藥草。「學會把這種事情交給星族去想辦法吧，這也是哀悼的一部分。」他喵聲說。

「你根本就不是戰士。」

「我的確不是。」他凝視著豹毛。「但我曾經當過戰士，也知道戰士除了戰鬥以外，還有更重要的意義。」他搶在豹毛開口前，接著說了下去。「除了用尖牙利爪以外，妳還能用其他方式守護河族。」他看著她。「妳現在訓練白掌，就已經讓河族變強了。除此之外，妳還可以狩獵、捕魚、修補營地，哪還需要更多呢？」

豹毛垂下眼簾，又因父親的話而感到羞愧了。「我知道。」她承認道。「餵飽部族就和為部族戰鬥同樣重要，可是要我每天捕魚、訓練、修補窩牆……」她遲疑半晌，感受到刺痛腹部的罪惡感。「感覺真的好平庸。」

「我們能過上平庸的生活，就是一種幸福。平庸並沒有不好。」泥毛告訴她。

那你為什麼要跟我說我很特別？豹毛沒有將這個想法說出口。「我明白，我也和其他貓同樣珍視和平。我只是想為我的部族做到更多，另外用其他方式幫助我的部族而已。」

「妳說的是戰鬥吧。」

他說得好像守護部族的想法有哪裡不對一樣。「其他貓族想強搶我們的土地。」豹毛嗚道。「你就完全不擔心嗎？」

「有妳和其他強大、勇敢的戰士守著河族領地，我就不擔心。」泥毛又開始解開打結的藥草。

豹毛的毛皮因憤怒而熱了起來。她聽見父親語中的譏諷，聽見他特別強調「勇敢」兩個字，彷彿在嘲笑她。他說什麼也不想聽懂豹毛的話。豹毛轉身背對父親，頂開青苔掛簾走出了巫醫窩。她感覺像隻鬧脾氣的小貓，這也使得泥毛那輕蔑的態度更令她惱火了。她已經不是小貓了，她可是戰士，戰士被留在營地、不能戰鬥時，當然有權感到不悅。不管泥毛怎麼說，都無法改變這個事實。

她走到莎草牆邊一塊陰影處，在清涼的草地上坐下來。

「豹毛！」天心喊了她一聲，淺棕色虎斑母貓正跟著黑爪走向營地入口。「我們要去抓魚，妳要一起來嗎？」

「不了。」豹毛現在沒心情游泳，只想靜下來思考。

天心露出驚訝的表情。「黑爪說他今早看到一條大魚在蘆葦床附近曬太陽，我們要去看牠還在不在那邊。」

豹毛彈了下尾巴，儘量擺出高興的模樣。「那祝你們玩得愉快。」

天心又看了她一眼，然後快步跟隨黑爪消失在蘆葦通道中。豹毛讓尾巴落回地上，默默凝望營地。

小燼和小苔已經在把老舊睡窩從長老窩拖出來了，兩隻小貓得意洋洋地蓬起毛髮。小沉和小影在育兒室旁邊，滿臉嫉妒地看著她們工作。

「為什麼不讓我們幫忙？」小沉抱怨道。

「你們還太小了。」白莖用尾巴捲住他。「還要過好幾個月才會成為見習生呢。」

「不公平。」小影走到母親尾巴勾不到的位置，氣呼呼地瞪著小苔。

玳瑁與白色相間的小母貓正忙著把鳥歌趕到一邊。「妳不用幫忙啦。」小苔對鳥歌說話的同時，小燼又鑽進長老窩，把另一團被壓扁的蘆葦草拖出來。

曙亮在戰士窩外洗身體，錦葵尾與田鼠爪悠閒地把一顆苔球拍來拍去。曲星坐在空地邊緣，不時轉動耳朵，彷彿和豹毛一樣試圖聽見戰鬥的聲響。

豹毛的腦筋轉得更快了。陽光岩現在是什麼狀況？雷族會不會又殺了她的一隻族貓？她再次回想起癱倒在岩石上、雙眼黯淡的白牙，回想起陽魚傷口感染時的酸臭味，以及眼睜睜看著朋友死去的過程中，那段漫長而痛苦的日子。

豹毛往陽光岩的方向望去，雖然中間隔著許多樹木，她還是能想像那片岩石地。她想像蛙跳站在橡心身旁，自己不禁焦慮不安，腳爪都刺癢了起來。要是蛙跳受傷了怎麼辦？她的呼吸急促了起來。要是他死了怎麼辦？過去這半個月，她幾乎天天和蛙跳相處，而且他不只是幫忙訓練白掌——現在想來，蛙跳似乎找了各種藉口和她一起狩獵、一起巡邏，她已經無法想像在沒有蛙跳陪伴的情況下離開營地了。現在，她開始思念蛙跳了。豹毛環顧營地，忽然間有點不好意思，簡直像是怕心思被族貓們讀懂似的。她該不會是對蛙跳產生了感情吧？他是不是成了超越同窩貓的存在？豹毛拋開這個想法，她可沒有找伴侶的打算，小貓只會拖累她而已。一想到成天困在育兒室的生活，她就感覺腳爪發癢。但也許她不會永遠都這麼認為，也許在未來某一天，她可以做好心理準備，和某隻貓結成伴侶。如果真的有這麼一天，她的伴侶有沒有可能是蛙跳呢？

一聲疼痛的尖叫撕破了空氣，恐慌的星火在豹毛胸中點燃。聲音就在左近。曙亮和錦葵尾迅速坐起身的同時，豹毛也一躍而起。鳥歌趕緊跑去保護小燼和小苔，兩隻小貓驚恐地瞪大雙眼，朝慘叫聲的方向望去。

聲音是從河邊傳來的。

白掌！豹毛衝到空地另一頭。白掌剛才出營去採蘆葦了，他該不會被誰攻擊了吧？雷族真的派戰鬥巡邏隊直攻河族營地了嗎？她接近入口通道時，看見白掌匆匆回營。他放下嘴裡叼著的蘆葦草，盯著豹毛。「妳有沒有聽到剛剛的叫聲？」

豹毛大大鬆了口氣，幸好他沒事。

但是尖叫聲再次傳來，這回，豹毛認出了叫聲的來源。「天心！」她出去捕魚時會不會出了什麼事情？豹毛奔向蘆葦床，硬是鑽進蘆葦叢，在淺水中猛衝到草叢另一側。河水繞著她的腳爪流動。

尖叫聲持續不停，除了驚慌的叫聲以外，她還聽見另一隻貓痛苦的哭喊聲。**黑爪？**她心臟狂跳地望向下游，只見天心站在河岸上，爪子勾著黑爪的煙灰色毛皮，試著將他拖上岸。**他受傷了！**

豹毛片刻也不猶豫，直接跳進河裡游過去。她的心臟在胸中狂亂跳動，腦中不停想著前方可能發生的狀況。會不會是天心和黑爪捕魚時，有什麼東西攻擊了他們？**那個東西還在附近嗎？**

天心拉扯著黑爪後頸的毛皮，但似乎無法將他拉出河流。「小心！」看見從上游游來的豹毛時，她尖聲叫喚。「有狗魚！」

狗魚！豹毛的心顫了一下。狗魚很少會游到這麼上游的位置，豹毛還以為自己這輩子都沒機會遇到牠們，但她從長老口中聽過不少和狗魚有關的恐怖故事。恐慌在她的毛皮下直冒泡，她趕忙爬到岸上，黑爪也在扒抓岸邊的石頭。他掙扎著想上岸，但後腿被拖進了水裡，附近翻騰的河水被鮮血染紅。豹毛驚呼一聲，看見一條巨魚長滿尖刺的背部在黑爪的腿邊扭動，狗魚巨大的嘴巴咬住了黑爪的腳爪，試圖把他拖下水。天心用利爪攻擊狗魚的鼻子，但魚拉扯得更用力了。黑爪雙眼狂亂，腳爪深深埋入岸邊的石地，試著用爪子抓住石子。

「拉住他！」豹毛對天心說。「我去把狗魚弄開。」

天心緊緊拉著黑爪的同時，豹毛轉身面對狗魚。這條魚和戰士一樣壯碩，尾巴在水中攪動，她還能看見狗魚那雙黑暗而凶猛的眼睛。狗魚撕扯著黑爪的後腿，牙齒勾在了他的肌肉裡。豹毛猛抓牠的鼻子，但牠沒有放開，反而拉得更用力了，眼中閃爍著飢餓的精光。雖然很可怕，豹毛還是鼓起全身的勇氣跳到牠旁邊的水中，用爪子抓住牠長長的背部。魚背的脊刺戳痛了她腳底的肉球，她痛呼一聲放開腳爪。狗魚的尾巴撞向她，撞得她無法呼吸，她只能在水面上努力喘息，掙扎著設法再接近狗魚、抓住牠的身體。

豹毛被河水嗆到了，喉嚨與鼻腔都充滿了水。過去被天心按在水下的回憶又湧上心頭，令她驚慌失措，但狗魚又用尾巴猛拍她一下，那段回憶也就被撞飛了。豹毛瞇起眼睛在水中張望，她非得想辦法讓魚放開黑爪不可。

河水湧進她雙眼，河岸線變得愈來愈模糊了。天心身旁是不是還有另一隻貓？她看見熟悉的棕色毛皮。**白掌？**那隻貓縱身跳進河裡，跳到狗魚的另一側。**真的是他！**豹毛認出了他雪白的腳爪。白掌撲向狗魚，大魚也用尾巴攻擊他。豹毛趁虛而入，用爪子勾住狗魚身側，勾緊了不放。狗魚在她的勾抓下扭動掙扎，尾巴在她和白掌之間甩動。白掌在噴濺的水花中瞇起眼睛，同樣撲了上來，低哼一聲用腿腳抱住狗魚不放。

狗魚慌了，牠雙眼閃爍，看向了白掌。**不行！**豹毛更用力撕扯牠極有彈性的肌肉，大魚終於猛然一抽，放開了黑爪，轉而攻擊豹毛的見習生。

「放開！」豹毛高聲對白掌尖叫，全身毛髮都充斥著驚懼。「快上岸。」

狗魚在她的爪子下扭動，試圖咬住白掌。豹毛鬆開一隻腳爪，猛抓狗魚的臉頰，將牠的怒火重新引回自己身上。她努力掛在狗魚身上，儘可能抓穩大魚，給白掌爬上岸的機會。她抓得非常用力，狗魚的大嘴咬不到她，問題是她一旦鬆開爪子，狗魚就會轉而將她拖下水。只要被拖到水下，到了同伴們搆不著的地方，她就沒救了。

豹毛壓下了心中的恐懼，又朝魚臉頰揮出一爪，狗魚在她的抓握下狂亂掙扎與旋轉。她抓著魚的同時踢出後腿，設法接近河岸。如果能挪到離河岸夠近的位置，她也許就能趕在被魚咬住之前迅速爬上岸。

狗魚忽然翻身把她轉到水下，在被河水吞噬時，豹毛看見深水暗影中有什麼東西在動。她睜大了雙眼，毛髮在身邊浮動。一條更大的魚從水底游了上來，一雙新的眼睛緊盯著她，感覺比第一條魚更加巨大、更加猛惡。恐懼吞沒了豹毛的身心。那是另一條狗魚，體型比第一隻大了一倍——大到一口就能把她吞下肚。豹毛一口氣哽在喉頭，僵硬地看著第二條魚游近，對著她張開血盆大口。

幾隻爪子勾住她的毛皮，她感覺自己被爪子拖走，而與此同時，巨型狗魚在離她一鼻口長的位置張口，然後猛然咬在較小的狗魚身上。較小的狗魚那雙木然的眼睛裡沒有恐懼，只盈滿了訝異，然後牠的身體就被咬成了兩截。

豹毛閉上眼睛，怕得全身癱軟，只能任白掌把她拖上岸。

「豹毛！」她癱倒在岸上時，天心低頭看著她。

白掌用腳爪敲她的胸口，她抽搐一下，咳出水來，然後又軟倒在地上，奮力喘息。

「妳還好嗎？」白掌在她眼中尋找著什麼，他自己的眼眸盈滿了驚慌。

豹毛點點頭，頭腦逐漸變得清晰。她逼自己撐起身體，回頭望去。巨大狗魚已經回到了水面下，拖著死魚的兩截身軀一同下沉。河水在牠原本所在的位置合攏，什麼事都沒發生過似地繼續流淌。

豹毛身旁的岸上，黑爪呻吟一聲，掙扎著站了起來，卻馬上開始搖晃。他的後腿無力地垂著，彷彿死去的獵物。

豹毛奮力站起身，甩了甩毛皮，並努力拋去心中的震驚。「我們得快點帶他去看泥毛。」

天心點點頭，用肩膀撐起黑爪一邊身體，白掌也在另一側支撐他。他們兩個一起扶著黑爪，腳步蹣跚地走向營地入口。

豹毛從他們身旁先擠了進去。「泥毛！」來到空地時，她高聲呼喚父親。「黑爪被狗魚攻擊了。」

曲星一躍而起，曙亮與錦葵尾圓睜著眼睛，看著泥毛奔向豹毛。

泥毛竄到黑爪身體一邊，接著到他另一邊檢查腿傷，天心與白掌則扶著受傷的公貓走向巫醫窩。

黑爪被扶進去之後，豹毛在巫醫窩外等待，免得太多貓同時擠在巫醫窩裡，妨礙她父親工作。而且，這件事必須告知曲星。

河族族長已經匆匆朝她走來了。「發生什麼事了？」

黑爪鮮血的氣味仍飄在空氣中。

「黑爪被狗魚攻擊了。」她說話時，白掌低頭走出巫醫窩。豹毛焦慮地眨眼看他。

「你還好嗎？」

他點點頭，但眼裡仍冒出驚懼的光芒。「我還是第一次看到狗魚。」他喵聲說。「我都不知道牠們能長這麼大。」

曲星皺起眉頭。「牠們很少在綠葉季來到這麼上游的位置。」他喵嗚道。「河的這一部分對牠們來說太淺了。」

「一共有兩隻狗魚。」白掌背脊的毛髮直豎著。

「大的那隻應該是跟隨另一條游過來的。」豹毛猜道。

曲星點點頭。「牠可能已經追蹤另一隻好一段時間了。」

天心也從窩裡走出來，她全身都在顫抖。

曲星尾巴一抽。「他狀況如何？」

「泥毛說有幾個咬痕特別深，不過傷口很乾淨，之後會完全癒合。」天心告訴他。

「他那條腿以後還能用嗎？」曲星追問道。

「可以。」天心面露寬慰。她轉向豹毛。「妳救了他。」她喵聲說。「妳竟然跳進去救他，我都不知道妳這勇氣是哪裡來的！第二條狗魚出現時，我還以為妳死定了。」

豹毛感受到一小波自豪。隨著震驚消退，她也意識到了自己剛才是多麼英勇。那條狗魚幾乎和她一樣大，嘴巴也比貓的嘴大得多，她雖然怕得要命，卻沒有因恐懼而止步不前，當下除了拯救黑爪之外什麼都沒想。

「白掌也很勇敢。」豹毛眨眼看著曲星，她想把見習生的英勇表現告訴族長。「他跳進水裡幫我，是他抓住了狗魚的尾巴，我才有機會接近那條魚並做到有效的攻擊，逼狗魚放開黑爪。」

曲星雙眼放光。「你們兩個都非常英勇。」他轉向戰士窩，這時獺潑與爍皮加入了曙亮和錦葵尾，都焦慮地盯著空地這一頭。「我會警告全族，叫大家最近別到河的那一區捕魚。」他喵嗚道。「我們可以在更上游的位置抓魚，那裡的河道太窄了，狗魚游不過去。」

曲星邁開腳步離去時，豹毛開始發抖。儘管今天天氣溫暖，她卻突然感到全身冰冷。她瞥了白掌一眼。「你確定你沒事嗎？」

然而，白掌似乎沒聽見她的聲音，他正盯著營地入口。豹毛順著他的視線望去，聽見外頭傳來的腳步聲時，她豎起了耳朵。腳步聲緩慢而不平穩，聽起來像是貓踉蹌行走的聲音。她嚐了嚐空氣，蛙跳的氣味沾上她的舌頭，同時還飄來血腥味。蘆葦通道抖了起來，甲蟲鼻跛腳走進營地，臉頰流著血。豹毛腹部一緊。

她邁步要穿過空地時，白掌從她身邊匆匆跑過去，在父親身旁急急停下。

「發生什麼事了？」他問道。

甲蟲鼻往身後一瞥，目光因悲哀而變得銳利。這時霧足與響肚蹣跚地走進營地，他們肩上扛著全身癱軟不動的橡心。他們走到營地邊緣，讓副族長滑到地上。

曲星奔向他。「橡心？」河族族長語帶顫抖地喵嗚道，同時在弟弟身邊蹲下來，耳朵貼著橡心身側。「他沒有呼吸！」曲星猛然轉向巫醫窩，但泥毛已經匆匆跑出來了。

「陽光岩爆發了戰鬥。」霧足沙啞地喵嗚道。「雷族殺了他。」

豹毛感覺好想吐。又一隻族貓死在了雷族手裡。她默默盯著死去的副族長，感到口乾舌燥。

泥毛湊到橡心的鼻口邊，然後搖著頭退開。「他走了。」他喵聲說。泥毛看了霧足與響肚一眼，兩隻貓的毛皮都沾滿了血。「妳拿一些蜘蛛網到我的窩裡。」他命令豹毛。

但豹毛幾乎沒聽見父親的話，她聚精會神地盯著營地入口。**蛙跳呢？**他在哪裡？她站起來走向入口，震耳欲聾的心跳聲幾乎淹蓋了其他一切聲響。

他走進營地時，豹毛靜止了片刻，寬慰瞬間湧遍全身，然後她才奔上前迎接蛙跳。她用鼻口緊緊貼著蛙跳的臉頰。「我還以為你死了。」

「我沒事。」蛙跳退開一些，看向失去了生命、癱躺在空地上的橡心，因悲傷而雙眼無神。

錦葵尾快步走出巫醫窩，嘴裡叼著一些蜘蛛網，放在泥毛身邊。「我只找到這些。」她喵聲說。「我再去莎草叢那邊找蜘蛛網。」

「我也來幫忙。」曙亮匆匆跟上去。

「豹毛。」泥毛喊了她一聲，她回過身來。「幫我把響肚扶進巫醫窩。」

白掌已經扶著甲蟲鼻穿過空地了，霧足也一瘸一拐地跟來。響肚站在原地，身體搖搖晃晃的，豹毛連忙用肩膀撐起他的身體，幫助他站穩腳步。曲星沒有離開橡心，而是蹲在他身旁，碧綠雙眼閃爍著悲痛。

「我需要妳來幫忙。」泥毛從響肚另一側支撐起他的重量時，對豹毛說道。「今天有很多貓受傷，他們都需要醫治。」

「但我不是巫醫貓啊。」豹毛邊說邊引導響肚往前走。

「就算不是巫醫貓，也能把藥膏塗在傷口上。」泥毛喵嗚道。「我們越早處理這些傷口，傷口酸臭的機會就越小。」

蛙跳跟在他們後方走來，腳步踉踉蹌蹌。

豹毛回眸瞄了他一眼。「你有辦法走到巫醫窩嗎？」

「可以。」他低哼道，因疼痛而眼神陰沉。

泥毛仍看著豹毛。「這下妳應該看得出爭搶陽光岩是多麼無意義的一件事了吧？」

「無意義？」她幾乎不敢相信自己的耳朵。難道泥毛認為族貓們的痛苦都沒有意義嗎？

泥毛眼中閃過了怒火。「這種戰鬥沒有光榮可言！」

豹毛怒瞪著他，他怎麼能說這種話？河族副族長的屍體就躺在空地上，響肚需要其他貓撐著才有辦法行走，這就算不光榮，那也不表示陽光岩不值得一戰啊。大家為陽光岩犧牲自我，他們不是更應該為那片土地而戰了嗎？

河族已經犧牲了三條性命，如果現在放棄，那些族貓就都白白喪命了。即使是泥毛也必須認清事實：如果不懲罰害死他們的傢伙，那河族上下就沒有任何一隻貓配稱為真正的戰士！

第七章

漫長而暖和的夜裡，豹毛為橡心守靈，一個想法不斷浮現腦中。隨著夜晚逐漸消逝，那想法使她的悲痛化為憤怒。如果當初讓她加入巡邏隊，河族副族長還會失去性命、躺在營地空地上嗎？也許她能改變戰鬥的走向、拯救橡心，他們也許能保住陽光岩。

白掌與蛙跳蹲在她身旁，兩隻貓都目光渙散。沒有貓開口，夜晚繼續拖長了尾巴。青蛙在蘆葦床的暗影中呱呱作響，一隻林鶯唱出哀傷的長歌，彷彿陪著河族眾貓坐在黑暗中，圍繞著死去的族貓哀悼。晨光逐漸灑落時，樹木之上的天空顏色漸淺，這時曲星站起身來，示意波爪、杉皮與田鼠爪起來。他們一起扛著橡心的身體離開營地，前往河流對岸那塊柔軟的土壤，將橡心和霰星、白牙與陽魚埋在一起。

豹毛似乎在守靈過程中不小心睡著了一下，當她轉醒時，白掌已經從新鮮獵物堆叼了條鯉魚走向長老窩。蛙跳仍在她身邊，他站著伸展僵硬的筋骨。

豹毛起身甩了甩毛皮，腹中那塊堅實的憤怒也跟著甦醒了。「我應該和他們在一起的。」她輕聲喵嗚道。

蛙跳一臉困惑。「妳是說埋葬巡邏隊嗎？」

「不是。」她喵聲說。「我是說那場戰鬥。我也許能防止橡心死去的。」

「如果妳也去了，那誰來救黑爪？」他看向巫醫窩，受傷的黑爪、響肚和霧足三隻戰士都在裡頭休息。

泥毛正要走進巫醫窩。他昨夜和其他貓一起守靈，但沒有離巫醫窩太遠，也不時悄悄進去確認病患的狀況。

豹毛看著他的尾巴消失在垂掛的青苔之間。泥毛說，橡心之死與族貓們受傷，都毫無光榮可言。但假如當時豹毛也在，有她在場幫忙，也許結局就大不相同了。「就算我去陽光岩，白掌還是會留在營地。」她對蛙跳說。「這邊的狀況還是會平安解決的。」

蛙跳似乎沒被說服。「妳真覺得這麼年輕的貓能獨力救下黑爪嗎？」他喵嗚道。「若不是看到妳先跳下水，他還會跳進河裡和狗魚搏鬥嗎？」

「當然會。」豹毛喵嗚道。但在說話的同時，她也暗自懷疑這句話的真實性。她很想相信白掌真的會跳下水救黑爪。「別忘了，他可是我訓練出來的見習生！而且最後擊退狗魚的也不是我們，而是那隻更大的狗魚。」

「是你們防止黑爪被拖進河裡。」蛙跳堅定地說。「要不是有你們，他早就死了。」她嗤之以鼻，蛙跳繼續說。「幸好曲星請妳留守營地，妳可是救了一條命。就算妳也到陽光岩加入戰鬥，還是改變不了什麼。妳忘了嗎，我當時也在場，無論我們多拚命奮鬥，雷族都已經打定主意要拿下陽光岩。如果妳也去的話，妳可能也會受傷。」

「如果能保護我的部族，那受傷也值得。」豹毛仍煩躁得毛皮發癢。

「妳留在營地裡，就盡到了保護部族的責任。」蛙跳喵聲說。

周圍的族貓們似乎都坐立難安，甲蟲鼻站在戰士窩旁不停挪動腳爪，站在曙亮身邊的柔翅尾巴一再抽動，錦葵尾則不安地望向空地前頭，彷彿認定會有什麼出現在那裡。

鴞毛和獺潑輕聲交談，他們的兩個見習生——燼掌與苔掌坐在附近，焦慮地面面相覷。蛙跳瞥了他們一眼。「少了橡心在這裡分配晨間巡邏工作，大家可能都有些不知所措吧。」

「他們應該保持忙碌才是。」豹毛甩了甩尾巴，朝鴞毛走去。「我們得守好其他的邊界。」她對鴞毛說。「能不能請你帶蘆葦尾和矛牙出去，標記高沼旁的氣味界線？」

鴞毛點點頭。「我們可以順便狩獵。」他喵嗚道。「新鮮獵物堆該補充一下了。」

豹毛望向新鮮獵物堆。鴞毛說得沒錯，那裡只剩一隻燕雀了。她對柔翅喊道：「可以麻煩妳帶一支狩獵巡邏隊去溼草原嗎？」

柔翅揚起尾巴，似乎是聽到她的建議後安下心來了。「沒問題。」

甲蟲鼻走上前。「我帶一支巡邏隊出去捕魚。」他提議道。

「好主意。」豹毛喵聲說。「大家守靈一整夜想必都餓了。」她自己的肚子也開始咕嚕叫，她從昨天一早就沒吃東西。「但記得到上游捕魚，免得遇上昨天那隻狗魚。」

甲蟲鼻頷首，然後穿過空地，呼喚狐躍、草鬚與花瓣塵同行。柔翅找了爍皮和莎草溪，以及曙亮與錦葵尾。鴞毛和矛牙已經朝營地入口走去了，但這時蘆葦叢顫抖起來，兩隻貓停下腳步，看見曲星率領波爪、杉皮與田鼠爪回營。

族長頹然垂著肩膀，行走遲緩，透露了他內心的哀傷。儘管如此，當他看見聚集在空地上、準備出營的三支巡邏隊時，眼中還是亮起了好奇的光芒。「這是怎麼回事？」他問道。

「豹毛建議我們出去狩獵。」甲蟲鼻看向新鮮獵物堆。「族貓們都餓了。」他露出抱歉的神情，似乎認為在全族失去副族長時提起食物實在不得體，但曲星點了點頭。

「她說得沒錯，」他喵嗚道，「不過首先，我們得完成一些其他的工作。」他環顧族貓們，眾貓聚得更近一些，大家都眼神銳利、頗有興趣地注視著族長。「我們必須表彰其中一位族貓的英勇表現。」

在那一瞬間，豹毛還想不到河族族長要表揚的是哪隻貓，這時她看見曲星的目光找到貓群中的白掌，她的心快活起來。

「昨天，白掌冒著生命危險救了黑爪。」曲星點頭，示意年輕公貓到空地中央。

白掌緊張得蓬起了毛髮，走向族長。

曲星用鼻子輕碰白掌的頭。「你展現出了勇氣、力量與忠誠。」他喵嗚道。「我認為你不必接受考核。豹毛與蛙跳都告訴我，你過去一個月進步許多，這些已經遠遠超出了成為戰士需要經受的考驗。」

白掌抬起頭，感激地朝豹毛看來，然後轉頭對上河族族長的視線。

「從今以後，你將被稱為白爪。」

「白爪！」豹毛高呼他的戰士名，陽光般的驕傲流遍了她全身的毛皮。族貓們也加入歡呼，小島上的空地充斥著河族的號叫聲。**陽魚，妳看到了嗎？**她望向天空，內心微微作痛。如果在兒子榮升戰士之時，陽魚能在白爪身邊一同歡慶，那該有多好。

曲星再次環顧族貓們，等著歡呼聲消散，白爪走回豹毛身邊。白爪在她身邊就位時，豹毛聽見他輕輕的呼嚕聲，她用鼻子碰了碰他的頭。「做得很好。」

曲星的眼神又恢復莊重嚴肅了。「我還必須完成一項工作。」他喵聲說。「河族失去了副族長，我們會一直思念他的。他聰明又勇敢，是技術高超的戰士，也是我的同胞兄弟。失去他之後，我也迷失了方向。」他的喵嗚聲變得哽咽，他闔眼片刻，彷彿被排山倒海的悲痛吞噬。當他睜開眼眸時，曲星直視著豹毛，專注的目光令她感到錯愕。曲星為什麼盯著她？他是不是真的後悔沒派豹毛加入那支戰鬥巡邏隊了？

他的目光又飄走了，一個接一個在戰士們之間游移。「我為河族挑選的新副族長，已經充分展現了勇氣、奉獻精神與力量。」

豹毛環顧周圍的族貓，曲星選中的貓是誰呢？河族有好多經驗豐富的戰士，應該很難從中挑出一隻貓當副族長吧。波爪從以前就和曲星關係很好，甲蟲鼻已經為河族戰鬥無數個月了，至於獺潑則十分機敏，豹毛覺得最適合當副族長的貓非獺潑莫屬。

「豹毛。」

聽見自己的名字時，她轉頭面對河族族長，向前走出幾步。曲星是不是還沒做好決定，想在這段期間先派她去完成什麼任務？「是？」

「妳將成為河族的副族長。」

豹毛愕然盯著他。她不會是聽錯了吧？她瞄了蛙跳一眼，試著在他眼中尋找自己誤會的跡象，卻見蛙跳眼中閃爍著驕傲的光輝。他點頭示意豹毛上前，而白爪的呼嚕聲已經響到全族貓都聽得見了。

豹毛又轉頭看曲星，族長一臉期待地注視著她。「妳昨天拯救黑爪的性命，展現出偉大的勇氣，而且今天族貓因傷痛不能自已時，妳似乎也本能地站出來領導大家。」

豹毛難為情地抽了抽耳朵。泥毛也看到了嗎？她轉向巫醫窩，看見父親站在入口處，但泥毛的目光不在她身上，而是驚訝地盯著曲星。

「我知道豹毛昨天很想加入戰鬥。」河族族長接著說道。「我心裡也有點後悔沒讓她跟去，她畢竟是我們最優秀的戰士之一，面對挑戰時從未退縮過。儘管如此，她還是聽從我的指令，留在了營地，黑爪能活到今天也是她的功勞。多虧了她的機智與果敢，我們今天只須為一隻貓哀悼，而不是一次失去兩隻貓。」

「但她還好年輕。」

豹毛聽見鳥歌對亂鬚低語，族貓們都開始竊竊私語，令她不安地抽動毛皮。

「為什麼是她啊？」

「她的經驗夠多嗎？」

曲星提高音量，蓋過了眾貓的低語。「從豹毛還是小貓時，我就看著她成長，目睹她克服萬難並多次證明自己的忠誠。我們在短短幾個月內接連失去了族長和副族長，因此我現在必須挑選一位年輕力壯、有能力活下去的戰士，確保河族在接下來許多個月都維持穩定的連續性。」他的目光聚焦在豹毛身上，豹毛感覺有閃電在自己毛髮中流竄。「豹毛，妳願意接下這份工作嗎？」曲星問道。

豹毛低下頭，驚訝的心情此時才轉變為興奮。無論族貓們怎麼想，她一定可以勝任的。「我很榮幸接下這份工作。」她喵聲說道。

「豹毛！」蛙跳首先開始歡呼她的名字，白爪也加入他，接著天心與莎草溪也歡呼了起來。沒過多久，全族貓都在呼喊她的名字了，她環顧四周，在族貓們眼中尋找些什麼，不曉得其中究竟有多少貓認同曲星的抉擇。莎草溪和天心的眼睛都閃閃發亮，但波爪顯得有些焦慮，她還看見杉皮與矛牙尷尬地相視一眼。

她抬起頭來。這都不重要，她會證明自己是最適合成為河族副族長的貓。若說她缺乏經驗，那豹毛就用忠心與勇氣彌補經驗的不足。若說她年紀太輕，那她就會展現出資深戰士所失去的力量與幹勁。河族所有貓之中，她最願意用全心守護部族，只要給她一次機會，她就會讓大家看清這一點。

豹毛從眼角餘光看見掛在巫醫窩入口的青苔動了動，泥毛又回到窩裡了。是某個病患需要他嗎？隨著歡呼聲散去，族貓們再度組成三支巡邏隊，分別走出營地時，豹毛感激地點點頭，朝巫醫窩走去。

「恭喜！」白爪蹦蹦跳跳地來到她身旁。

蛙跳也跟著走來。「曲星做了非常好的選擇。」他喵聲說。「妳一定能成為了不起的副族長。」

豹毛對他眨眼，為他這份信心而感到溫暖，但她的心思仍牽掛在父親身上。他怎麼沒來祝賀她？「我得去和泥毛說說話。」她告訴蛙跳。

他似乎明白了。「好。」他對白爪一彈尾巴。「你來加入我的巡邏隊吧。」他對年輕公貓說。「既然你已經正式成為戰士，我們就可以去認真狩獵了。」

白爪雙眼一亮。「不抓青蛙了嗎？」

蛙跳呼嚕笑著。「這就難說了。」

他們走遠時，豹毛探頭進入巫醫窩。霧足與響肚都在睡夢中，不過黑爪抬起了頭，開心地對她眨眼。「妳好啊，豹毛。」

泥毛正在用長條狀的青苔多鋪一個睡窩。他看向豹毛，豹毛也傾身向前，滿心希望能在父親眼中看見他的驕傲。然而，泥毛只靜靜地對她眨眼。「妳應該很高興吧。」他喵嗚道。

不知為何，這句話宛若刺入她心扉的利爪。「我當然高興。」她皺起眉頭。「你不高興嗎？」

泥毛直起身，從她身旁走去，離開了巫醫窩。豹毛跟著走出去，留困惑的黑爪目送他們離去。

離巫醫窩幾條尾巴的距離後，泥毛停下腳步，豹毛在他身邊止步，她感覺一股寒意深深滲進了毛皮。「你就絲毫不為我感到開心嗎？」

泥毛似乎思索了片刻，這才開口說話。「我當然為妳感到開心。」他喵聲說道。「看到曲星如此器重妳，我也很高興。」豹毛繃緊了全身肌肉。父親的語調控制得十分平穩，彷彿暗藏著什麼情緒。他接著說下去：「我早就知道妳注定會達成偉大的成就，我一直這麼想，但……」他頓了頓。

他的猶豫令豹毛心慌。

「我只是在想，不知道妳……」他的喵嗚聲再次消散，豹毛感覺自己快吐了。

「不知道我怎樣？」她真的不想聽到父親的回答。

「不知道妳準備好了沒。」

不確定的感覺宛若小獸，爪子刺進了她的腹部。泥毛為什麼不能簡單地恭喜她就好？這明明是很棒的表現機會，但也很可怕，她現在需要的是鼓勵，而不是質疑。

「曲星說的一切都完全正確。」泥毛喵聲說道。「妳果敢又聰明，面對挑戰時的確從不退縮。」

她對父親眨眼。「那你為什麼不支持我？」

泥毛的眼神黯淡了下來。「妳太暴躁易怒了。」他告訴豹毛。「副族長總有一天會成為族長，而族長必須要有控制脾氣的能力。我不知道妳能不能——」

豹毛轉身背對父親，不想再聽下去了。她知道泥毛愛她，一直都很愛她。但現在，就在她終於開始實現夢想時，父親卻出言質疑她。她無法承受父親的背叛。

豹毛大步跑到空地另一頭，逕自出了營地。她必須離開，必須靜下來思考。

泥毛怎麼能說她沒做好成為副族長的準備？要他簡簡單單地為她的成就感到開心，難道就這麼困難嗎？

第八章

月光灑落，坡度陡峭的林中空地四角，四棵巨大橡樹的樹葉被染成了銀白色。夜空晴朗無雲，銀皮散發出明亮的光輝。豹毛挺起了胸膛，這是她首次作為副族長參加大集會，她現在目光犀利地注視著長著樹叢的斜坡，等待雷族到場。即使到了今日，她看見殺死橡心的那些貓，仍舊心痛不已。他們似乎沒有任何反應：沒有炫耀自己的勝利，或為橡心之死表露愧疚。雷族好大的膽子，陽光岩明明就不是他們的地盤，他們竟敢為了爭奪那塊地而殺死河族戰士。

影族已經在空地上候著了，碎星在鋸齒狀牙齒般凸出地面的巨岩下等待，他那張臉寬闊而扁平，目光冰冷地環視四周。曲星上前加入他時，燼掌與苔掌匆匆離開，和影族見習生說話去了；豹毛之前警告過他們，要他們別對影族貓透露任何情報。鳥歌與亂鬚已經和影族長老們聊了起來，泥毛則在空地邊緣，和鼻涕蟲交換消息。豹毛感到一絲不安。在滿月和他族貓兒分享舌頭是貓族共同的傳統，但她還是十分緊張。各族貓雖然一同生活，不過一旦大集會結束了，他們就不能再信任其他貓族，這點雷族已經淋漓盡致地證明給他們看了。豹毛真希望曲星能勸阻河族貓，叫大家別和其他部族的貓交流，但從他穿過空地、像故友似地對影族貓打招呼的模樣看來，曲星應該是不太可能下達那種命令的。

豹毛待在一棵橡樹的陰影下，看著白爪與狐躍朝影族貓走去。她嚥下了阻止他們的衝動，曲星倘若看見她插手族貓和其他部族的互動，想必會不高興。好吧，至少白爪他們可以問出一些有用的小道消息。

河族貓當中，只有波爪與蛙跳陪豹毛在一旁等著。他們都注視著斜坡，尾巴不住抽動。他們是不是也在等雷族出現？

從他們出發來參加大集會開始，蛙跳就片刻也沒離開豹毛身邊，他的陪伴與鎮靜令她安心，他們也終於有機會聊聊了。從豹毛當上副族長以後，她就一直沒什麼時間和蛙跳說話，天天都忙著組織巡邏隊、確保邊界標記都足夠清楚——尤其是河族和雷族之間的邊界——還有確認燼掌和苔掌的訓練狀況。近來雷族似乎打定了主意要搶奪河族地盤，因此豹毛囑咐鴞毛與獺潑集中訓練兩隻見習生的戰鬥技術。而且這個時節有很多獵物，狩獵也還十分輕鬆，所以她另外要求每隻戰士花時間練習戰鬥招式，自己也經常加入他們。她幾乎參加了每一支狩獵巡邏隊、每一場訓練活動，也儘量和所有戰士分享舌頭與獵物，希望包括最資深的戰士在內，所有河族戰士都能看見她為部族做出的種種努力，認同曲星挑她當副族長的決策。

蛙跳朝遠方的斜坡點點頭。「他們來了。」他輕聲說道。

暗影中，一些形影如魚一般移動過來。豹毛嗅到雷族氣味時皺起了鼻子，只見藍星領著她的戰士們走進空地。

三隻年輕的雷族公貓立刻脫離隊伍，加入貓群。藍星走向曲星，她的巫醫斑葉則匆匆上前對泥毛與鼻涕蟲打招呼。

豹毛瞇起了眼睛。「紅尾在哪？」她知道殺死橡心的那支雷族巡邏隊裡，也包括了紅尾。

蛙跳已經在掃視空地了。「我沒看到他。」

「他可能是慚愧到沒臉來和我們見面了吧。」

「他的確該感到慚愧。」蛙跳沉聲說道。

獅心與白風暴兩隻雷族戰士穿過空地時，豹毛惡狠狠地瞪著他們，他們卻連看也沒看她一眼。他們似乎相當從容自在地和其他貓族互動，彷彿白牙、陽魚與橡心之死對他們而言根本無足輕重。豹毛胸中燃燒著熊熊怒火。

「風族遲到了。」蛙跳仍然遙望著斜坡。

「從高沼那邊一路過來，應該得花上很長的時間吧。」豹毛喵聲說。

「他們以前從沒遲到過啊。」

豹毛皺起眉頭。他說得沒錯，而且甲蟲鼻今早不是也注意到，風族邊界的氣味標記聞起來很舊了嗎？豹毛嚐了嚐空氣，空氣中沒有風族巡邏隊的氣味。風族平時來參加大集會都會從坡頂走下來，然而，明亮的月光下，山坡附近茂密的蕨叢似乎不曾被碰過。

巨岩方向傳來一聲響亮的號叫聲。

「我們集合吧！」站在岩石上的碎星高呼。曲星跳上去走到他身旁時，豹毛快步走去加入站在岩石底部的其他幾隻副族長。今晚似乎由獅心代替紅尾出席大集會，豹毛完全無視獅心，對黑足微微點頭。她可不打算和這些貓裝模作樣地套近乎。

藍星也在曲星身旁就定位，卻滿是興致地遠望長滿蕨類的斜坡，彷彿在好奇地思考風族何時才會出現。

「我們還不能開始！」雷族戰士之中，一隻黑色母貓出聲喊道。「要等所有貓族都到場。」她身邊傳出幾聲焦慮的喵嗚聲，但影族眾貓都只專注地注視著自己的族長，對附近其他貓擺出淡漠的神情。

藍星走到巨岩邊緣。「各族貓兒，歡迎。」她高抬著頭，自信的喵嗚聲響徹了林間空地。豹毛瞇起雙眼，雷族難道就絲毫沒有羞恥心嗎？「風族的確不在場，」藍星喵聲說道，「但碎星還是有些話想說。」

眾貓的注意力又被拉回到巨岩上了，只聽碎星開始粗聲號叫。「在這次枯葉季，我們抓到的獵物很少，而我們也知道在這次較晚降臨的冰寒天氣中，風族、河族與雷族失去了許多小貓。影族並沒有失去小貓，我們已經習慣了冰寒的北風，我們的小貓打從一出生就比你們的小貓強健。」影族族長低頭盯著聚集在岩石下的眾貓，彷彿在挑戰他們。「我們得填飽許多貓的肚子，獵物卻不夠。」

豹毛皺起了眉頭。那些影族貓看上去不像是吃不飽的樣子啊。

「我們的需求很簡單。」碎星接著說道。「為了存活下去，我們必須擴大狩獵範圍，因此我強烈要求各族讓影族戰士在你們的領地內狩獵。」

震驚在豹毛的腳爪中脈動。

凶猛的雷族戰士虎爪首先提出異議。「你要我們把狩獵地分你們用？」他聽上去義憤填膺，豹毛也同意地豎起了毛髮。星族的，碎星到底在說什麼啊？哪有貓族去其他貓族土地上狩獵的？

「影族不過是小貓活得特別好而已，難道就活該受罪嗎？」碎星大聲問道。

豹毛氣得啞口無言了。她努力吞下滿腔怒火，憤怒猛烈地湧上心頭，她甚至一時間說不出反駁的話來。

「你們想眼睜睜看著我們的小貓餓死嗎？你們必須和我們共享資源。」碎星接著說道。

「必須！」一隻雷族長老驚愕地重複道。

「必須。」碎星又說了一遍。「風族沒能理解我們這份需求，於是我們被迫將他們逐出了他們的領地。」

豹毛背脊一涼。**將他們逐出他們的領地？**所以風族沒來參加集會，就是因為他們已經被影族趕走了嗎？河族也會遭遇相同的命運嗎？雷族已經奪走了陽光岩，誰知道他們還想來爭搶哪一塊地盤，而現在連影族也要求進他們的領地狩獵了。如果河族連雷族的侵犯都處理不了，那怎麼可能同時擊退影族呢？

碎星走到巨岩邊緣，向前傾身對下方所有貓說話，一字一句都充滿了惡意。「也許在未來某一天，你們會需要我們的保護。」

面對他這段發言，只有一隻貓出聲回應。虎爪那雙深琥珀色眼眸緊盯著碎星，眼神充斥著威脅意味。「你懷疑我們的力量？」他嘶聲說道。

豹毛對他感到敬佩。即使對方是另一族的族長，這位戰士也敢直接把想法說出來。

碎星不理會虎爪。「我也不要求你們現在給我答案。」他喵嗚道。「你們都必須回去考慮我說的這些，但千萬要想清楚——你們是寧可和我們分享獵物，還是寧可被逐出領地、失去家園，只能在外頭挨餓受凍？」

在場的戰士、長老與見習生紛紛交換了不相信的眼神，而就在這時，曲星踏上前來。豹毛滿心期待地注視著他，他一定會直言否定碎星的想法。怎麼可能有戰士讓別族貓到河族領地狩獵嘛！

但曲星環顧齊聚在巨岩下的貓兒，說出口的話語直接刺穿了豹毛的心。「我已經同意讓影族貓在我們的河裡狩獵了。」

什麼？豹毛駭然盯著他。他在說什麼啊？他已經**同意**了？他甚至沒和豹毛討論過就直接同意了！荒謬至極。影族貓根本就不會游泳，怎麼可能在河裡抓魚，而且現在河的下游有狗魚，河族只能在上游狩獵，每一條尾巴長的水域都得用來為自己的部族狩獵。

她看到蛙跳也豎起了毛髮。「你要讓影族貓進入我們的地盤？」

豹毛終於說得出話了。「除了河族以外，沒有任何貓族能在我們的土地上狩獵！」

亂鬚氣憤地彈著尾巴。

波爪踏上前。「你沒先徵詢我們的意見！」他對曲星呼號道。

「在我看來，這是對我們部族而言最好的選擇。」曲星迅速瞟了灰色虎斑公貓一眼，然後轉頭對上豹毛的視線，眼中閃爍著警告的光芒，要豹毛閉嘴。「對所有貓族而言，這都是最好的選擇。」

藍星對碎星說，她會和族貓們討論過後給出答案，但豹毛幾乎沒聽見藍星這段話了。怒火在她胸中猛烈碰撞著。曲星怎麼沒和她商量？她明明是他的副手啊，曲星怎麼可以什麼都不說就直接做決定？

豹毛回過神時，就看見族長們從巨岩上跳下來，大集會結束了，雷族與河族眾貓開始鑽進樹叢、消失在夜裡。曲星正在爬上通往河族邊界的斜坡。

「走吧。」蛙跳呼喚她一聲，自己也轉身跟上了族貓們。豹毛愕然盯著他。就這樣嗎？難道決策制定後，河族土地從此以後就門戶洞開，讓影族貓自由進出了？豹毛氣得心臟狂跳。她必須和曲星好好談談，不能讓事情就這麼發展下去。

豹毛邁開腳步跑了起來，試圖追上率領河族巡邏隊爬上山坡的族長，路上幾乎沒看見從前方走過的一隻雷族公貓。她的速度太快了，結果來不及轉彎，就這麼一頭撞在那隻貓身側。豹毛踉蹌停步，認出了虎爪。「抱歉。」她喵嗚道。

她轉身準備離開時，虎爪說話了。「豹毛嗎？」他似乎不是很肯定。「妳是河族新的副族長吧？」

豹毛轉身面對他，他的喵嗚聲中莫非帶有一絲欽慕？「是啊。」她謹慎地回答。

「看到有族長願意理性思考，指派年輕戰士當副族長，我其實很開心。」他好奇地掃視豹毛身上的毛皮。「碎星竟然選了黑足，星族才曉得那隻貓已經活過幾個月了。藍星也是，她選的副手是獅心。」他酸溜溜地瞟了雷族副族長一眼，只見獅心和幾個族貓一同走上斜坡。

豹毛眨眼看著虎爪。他這不是明目張膽地對雷族不忠嗎？而且還是在別族貓面前口出狂言？

虎爪接著說了下去。「各族都需要新血，由新一代貓兒掃除老舊的信念。」他一臉期盼地注視著豹毛。「妳說是不是？」

豹毛瞇起眼睛。虎爪是雷族戰士，她可不打算原諒害死她族貓們的雷族，但她還是忍不住認同了虎爪的話。「大概是吧。」她低哼一聲，別過了頭。

曲星幾乎走到山坡最頂了，豹毛快步跑過去，在族貓之間穿梭著往前奔，當族長順著小徑穿行樹林時，她終於追上了他。「曲星！」她氣喘吁吁地在族長身邊收腳。「你不能這麼做！」曲星瞟了她一眼，算是聽見了的意思，卻還是繼續往前走。

「你不能讓影族在我們的土地上狩獵。」她又說道。

「而妳，不能在部族面前挑戰我的權威。」他回眸望了一眼，耳朵煩躁地抽了抽。波爪與木毛交換了個眼神。「妳是我的副手。」

憤怒滿溢出來了。「既然我是你的副手，那你做決定前怎麼不先和我討論一下？」

曲星輕輕把她推離小徑，來到一棵蔓生的杜松樹後面，轉臉瞪著她。巡邏隊上其他的族貓們繼續前進，沒有停下來。

「我沒有和妳討論的必要。」族貓們走遠後，曲星喵嗚道。「我已經知道妳會怎麼說了。」

「我只會說出真正的戰士該說的話！」豹毛火大地喵嗚道。「你不能把在河族領地狩獵的權利拱手送給別族！」

「那妳想同時對兩個貓族發起戰爭嗎？」曲星問道。「我們連陽光岩都守不住了，妳當真以為我們能抵禦影族的攻擊？」

「總得試試看啊！」

「試了之後呢？又要喪失多少條性命？」

「難道隨便哪個部族要我們的領地，我們都要白白把地盤送出去嗎？」她實在不敢相信曲星會輕易放棄。「你要讓影族把我們趕出領地，變得像風族那樣無家可歸？」

「當然不是。」曲星低吼道。「但如果要存活下去，唯一的方法就是輸掉這場戰鬥，如此一來我們才有機會打贏整場戰爭。」

「怎麼贏？」豹毛厲聲問道。「是要等到其他貓族都不再尊重我們嗎？等到我們用行動證明，他們愛怎麼欺負我們都沒問題嗎？」

「情況會改變的。」曲星的語調變得和緩一些。「我明白妳這份無奈的心情，但我們必須給自己充足的時間，先站穩腳步再說。這就是我選妳當副族長的原因之一，妳目前也都做得很好，妳那些試圖壯大河族的行動，我都看在了眼裡。妳安排邊境巡邏，以及額外的戰鬥訓練，這些都非常好，我希望妳繼續這麼做下去。」

「為什麼？你也沒有戰鬥的打算，繼續巡邏和訓練戰技有什麼用？」

「因為將來有一天，我們也許不得不戰。不過，現在還不是時候。」

豹毛無助地盯著他。「你居然和碎星達成了協議，而且連說也沒對我說一聲。」

「我知道。」曲星沉重地嘆息。「我知道妳絕對不肯同意他那些條件，而是會和碎星奮戰到底。」

「那難道錯了嗎？」

「沒有錯。」族長喵聲說。「但妳必須學會選在合適的時機戰鬥。假如一族族長遇到什麼事都用爪子回應，我們就勢必會時時處在戰爭狀態。除了這些廝殺流血的方法以外，我們可以用其他辦法守護部族。」

「我不懂。」豹毛還是很受傷。「既然你不願意聽我的意見，那當初為什麼選我當副族長？」

「妳擁有河族所需要的果敢與英勇。」曲星喵聲說道。「但是在妳學會控制自己的脾氣之前，我會先聽取年長貓兒的建議。」

「哪位年長貓兒？」亂鬚嗎？還是波爪？他們很明顯和豹毛意見一致，絲毫不想將狩獵權交給影族啊。

曲星的目光從她身邊飄過，豹毛順著他的視線望去，因震驚而蓬起了毛髮。她看見了泥毛，她父親特意停下來聽他們談話。為什麼？族裡年長的貓那麼多，為什麼曲星偏要詢問他的意見？

泥毛頷首，轉身離去。豹毛的怒火重新燃起，宛若陽光下的枯葉。泥毛雖然某種方面來說很有智慧，但他甚至連戰士也不是啊！

豹毛拋下曲星，匆匆追上了父親，尾巴左右亂甩。「是你叫曲星讓影族來我們的領地狩獵的嗎？」

「曲星問了我的想法，我照實告訴他了。」泥毛繼續平靜地行走。

「那可是我的職責！」豹毛怒聲說。

「但曲星問的是我的意見。」泥毛意有所指地瞅了她一眼。

而他並沒有來問我。豹毛感到無奈又煩躁，幾乎說不出話來了。「你是不是覺得，這件事證明你說對了。」最後，她終於開口，沉聲說道。

「什麼事情說對了？」

「你說我還沒做好成為副族長的準備，既然曲星不問我的意見，而是請教你，你一定是覺得自己說對了吧。」**但是，他錯了。**豹毛知道他錯了，她會向父親證明這點的。

「我不在乎自己的對錯。」他停下腳步，直視著豹毛。「我在乎妳，也在乎我們的河族。我希望妳完整發揮自己的潛力，成為優秀的戰士。」

「我可是副族長！」豹毛厲聲說道。父親難道就絲毫不為她感到驕傲嗎？「這對你來說還不夠嗎？」

「就算當了副族長，也不表示妳最優秀。」他喵嗚道。

「可是你從以前就說過，我很特別！」豹毛的憤怒轉變成了絕望。從她剛有記憶那時，泥毛就一直大力支持她。父親怎麼會失去對她的信心?

「我還是認為妳很特別。」泥毛喵聲說道。「當初那場夢至今仍歷歷在目，我確信，妳總有一天會拯救妳的部族。但妳現在還很年輕，也太容易發火了。」

「還不是因為你和曲星都不聽我說話！」惱怒在她的毛皮下流竄。**不然你要我怎麼辦？**

泥毛眼神輕柔地凝視著她。「那妳有在聽我們說的話嗎？」

震顫傳遍了她全身毛髮。她很想把曲星和泥毛的話聽進去，很想要瞭解他們的想法，但她真的想聽嗎？豹毛自己也答不上來。

「比起出色的辯術，一個優秀的副族長更需要傾聽的能力。」泥毛接著說。「副族長必須隨時準備為部族而戰，但這絕不該是她的優先選擇。」

豹毛感到羞愧難當，毛皮發燙。

「戰鬥應該是萬不得已時的最後手段。」泥毛喵聲說道。「我也希望，等未來輪到妳為部族制定所有決策時，妳不會受憤怒的情緒左右。我希望在還有和平這個選項時，妳不會選擇戰爭。」

和平？雷族對他們造成如此慘重的傷害，碎星對他們提出毫不講理的要求，怎麼可能和平？這些老戰士到底是有什麼毛病？虎爪說得沒錯，各族都需要新血，否則大家都會變得和風族一樣落魄，因不敢為土地、為族貓戰鬥，而被趕出家園。

泥毛還沒說完。「妳有機會率領河族走入和平時代。」他雙眼閃爍著光芒。「到時，貓兒不必為了一堆岩石大打出手，不必為了領地邊界或一隻獵物而失去族貓。」他滿臉期待地對豹毛眨眼。「妳能以開創和平盛世的方式拯救河族，那不是很好嗎？」

豹毛默默盯著他。他難道不明白嗎？碎星那種貓可不講道理，而雷族也只可能得寸進尺，不斷奪走河族的地盤。泥毛怎麼會如此天真？他已經在貓族裡生活這麼久了，早該認知到現實：只要一個戰士願意偷竊另一個戰士的東西，那各族就不可能和平共處。每一個部族都必定會有願意偷竊的戰士，生命就是如此，泥毛再怎麼許願也無法改變這一切。河族需要由豹毛來戰鬥，如果把決定權都交給這些老公貓，他們將會丟失一切。

泥毛仍然注視著她。「妳回去之後，願意想想我說的這些嗎？」他和聲問道。「我相信妳只要努力控制脾氣，只要先傾聽再發言，就能成為我想像中的偉大領袖。我從以前就是這麼看妳的。」

豹毛眨眼看著父親。他真是這麼看她的嗎？原來自己在父親眼裡，就是脾氣暴躁、什麼話都聽不進去的一隻貓嗎？她別過了頭。再爭吵下去也沒有意義，如果泥毛真心相信拯救河族的方法是對碎星那種惡霸百依百順，那豹毛無論說什麼都無法改變他的想法了。也許她和泥毛永遠不會有意見一致的一天——在她擔任副族長這方面是如此，在管理河族的方法這方面也是如此。認知到這件事之後，豹毛內心一痛，卻還是想不到改變現狀的方法。她嚥下滿腔懊惱，對父親點了點頭。「好。」她咕噥道。「我會儘量控制脾氣，更努力傾聽。」

泥毛的鼻口湊過來，臉頰和她相蹭時，豹毛闔上了雙眼。如果生命和她父親幻想中同樣簡單，那該有多好。

他們回到營地時，滿月仍高掛在空中。豹毛放慢腳步，讓泥毛先鑽入蘆葦通道。這天真的太漫長了，她天還未亮就醒了，忙著規劃一整天的各支巡邏隊，方才和曲星與父親的爭論也令她疲憊不堪。其他族貓們都已經回窩裡休息了，泥毛回眸望向她，憐愛地眨了眨眼，然後也轉身走入巫醫窩。

豹毛走向戰士窩時，外頭暗影中有什麼東西動了一下，她認出蛙跳的灰色毛皮與條紋尾巴，心情不禁好轉了一些。「你在等我啊。」她感動得將鼻尖埋入他的臉頰，嗅著蛙跳溫暖的氣味安下了心來。她這才意識到，原來自己過去這些天一直思念著他。

「我有話得跟妳說。」他雙眼在月光下閃耀，神情十分嚴肅。

她全身一緊。「說什麼？」該不會發生什麼事情了吧？

蛙跳帶著她遠離戰士窩。「從妳當上副族長到現在，我們還是頭一次獨處。」他喵聲說道，在莎草叢邊的陰影中停下腳步。

「我知道。」豹毛愧疚地喵嗚道。「對不起，我只是最近太忙了。」她暗暗答應自己，明天一定會想辦法擠出時間，和蛙跳相處。也許能安排自己和蛙跳一同巡邏，他們可以去河流的上游狩獵，或是像當初在訓練白爪時那樣，在小魚池裡抓幾條魚。

「但妳從今以後都會這麼忙碌，對吧？」蛙跳眼中發出了受傷的光芒。

豹毛自然不希望蛙跳受傷，但她也知道他說得有幾分道理。她很想安慰蛙跳。「我有好多事情得做。」她走近一些。「不過我答應你，之後會更努力為你騰出時間的。」

「我不要妳刻意為我『騰出時間』。」蛙跳低聲說。「我不想成為妳的眾多項工作之一。」

不重要啊。

「不是那樣的。」不然他還想怎樣？豹毛總得優先考慮部族的事，但這不表示蛙跳

「我之前還以為我們之間有種特殊的感情。」蛙跳喵嗚道。

「我們有啊！」他想表達什麼？豹毛愈來愈緊張。「我們還是有特殊的感情啊！」

「在我的想像中，我們很快就會成為伴侶，」他喵聲說道，「然後像陽魚和甲蟲鼻那樣，一起生下小貓。」

「小貓？」豹毛藏不住流露而出的驚恐。「我現在不能生小貓，我可是副族長，未來還可能成為族長——話雖這麼說，我當然不希望曲星出事……」她的喵嗚聲愈來愈低，腦筋急速轉動。要是曲星真的出事了怎麼辦？要是他死了呢？到時豹毛就得遠赴月亮石，獲得九條命，一切都將改變。「但如果真的發生什麼事——」

「如果發生什麼事，」蛙跳打斷了她，「妳就完全沒時間和我在一起了。」

「我會想辦法擠出一些時間的。」她喵嗚道。「其他族長也有伴侶，我為什麼不行？」

蛙跳圓睜雙眼，注視著豹毛。「或許其他貓沒有我這麼自私吧。」他喵聲說。「他們可以把部族的事情擺在第一優先，之後才處理自己的需求。但是我想要小貓、能花時間和我相處的伴侶，我逐漸明白，這表示我的伴侶必須是和我一樣的尋常戰士。」

「你才不是尋常戰士。」豹毛喵聲說。「你和我一樣特別，我們可以一起讓河族壯大起來。」

「那是妳的宿命，」蛙跳喵嗚道，「不是我的。我只想屬於河族，而妳想要領導河族；妳想要九條性命，而我只想活這麼一輩子，而且我不想白白浪費這輩子的時間，巴巴等著我愛的貓擠出時間來和我相處。」

荊棘般的痛楚緊緊揪著豹毛的心，刺穿了她的心，她幾乎無法呼吸。「在你眼裡，和我共度一生就等同白白浪費了一輩子嗎？」她沙啞地喵嗚道。

「假如是我們共享的一輩子，那就不算浪費。」蛙跳喵聲說。「但妳想和全河族分享妳的生命，我不想成為妳的絆腳石。」

豹毛很想告訴他，他不會成為絆腳石的，可是她自己也知道蛙跳說得沒錯。假如他們結為伴侶，豹毛心中排名第一的仍會是河族，第二才是蛙跳，這對他而言也許不公平。蛙跳該有個事事優先考慮他的伴侶，那個伴侶將為他生下小貓，將他夢想中的愛情贈予他。對上蛙跳的視線時，豹毛因悲傷而雙眼刺痛。「對不起。」她輕聲說道。「我很愛你，但我必須遵循星族為我安排的這條路。」

蛙跳用鼻尖輕碰她的臉頰，溫暖的氣息吹在她臉邊，一聲嗚咽哽在她喉頭。豹毛嚥下哭意，退了開來。

蛙跳又凝視著她片刻，然後微微點頭，轉身離去。月光似乎將他的毛皮化為流水，他穿過空地時毛髮閃爍不定。豹毛胸中盈滿了悲痛，不過她知道自己做了正確的選擇。她若要完成自己的宿命，這一路上就必然有所犧牲。

她只希望未來的自己不會為此感到懊悔。

第九章

豹毛全身一顫，蓬起了毛皮。今早相當寒冷，她照常在天明時起床，開始組織今天的各個巡邏隊。目前已經有兩支隊伍外出狩獵了，還有一支巡邏隊要去雷族邊界，重新標記邊界的氣味。

她凝望遠方的高沼，沼澤在清晨陽光下染上了玫瑰色。即使到了現在，想到那裡不再有風族出沒與狩獵，豹毛還是感到很奇怪。石楠植株上閃爍著冰霜的寒光，薄霜一路延伸到了河邊，營地邊緣水流和緩的淺水區，已經覆蓋了一層薄冰。豹毛聽見沉掌和影掌在蘆葦床捕捉小魚時，腳爪踩裂冰層的聲響。

「豹毛！」營地入口處傳來波爪的呼喚。她訝異地轉身，剛才還以為波爪隨巡邏隊出去了。「河岸邊有狐狸的腳印。」

豹毛感到義憤填膺，尾巴不住抽動。這隻狐狸好大的膽子，竟敢在離營地這麼近的地方走動？「順著牠的足跡走，」她告訴波爪，「確保牠安分地回森林裡。如果牠不回去，那就用你自己的氣味覆蓋牠的氣味，讓牠知道我們河族不歡迎拾荒者。」她低哼一聲，想起了過去幾個月一直來河族領地狩獵的影族巡邏隊。他們也同樣是拾荒者，如果能用氣味嚇跑他們，事情就好辦多了。但曲星已經同意讓他們來狩獵了……每次想到那些影族貓把臭味留在河族的土地上，豹毛就感受到憤怒在毛皮下戳刺她的身體，不過她還是吞下了滿腔怨言，默默等待。

河族的實力日益增強了，她要確保的就是這個。她讓族裡每一隻貓保持忙碌——自己當然是最忙碌的一個——大家都在巡邏、狩獵與訓練，族貓們的實力達到了多個月以來的巔峰，而且還合作無間。他們似乎很尊敬她這番作為，就連年紀較大的戰士們也不再低聲議論她有多年輕、多麼缺乏經驗了。

現在，波爪轉身要離開時，豹毛又開口喊道：「你帶莎草溪和湖光同行，免得狐狸惱羞成怒。」那兩隻母貓方才都忙著把青苔編織到長老窩的外牆，以免鳥歌與亂鬚受寒。她們聽見豹毛的命令就放下了手邊的工作，快步跟著波爪離去。

曲星正朝營地入口的通道走去，他自己也組織了一支巡邏隊，隊員分別是爍皮、獺潑與矛牙。他總喜歡在最早的巡邏隊出門後，自己率領一支隊伍出去。豹毛在安排巡邏隊時，總是故意留下族裡最優秀的其中幾位戰士，讓曲星帶著他們出巡。

她穿過空地，想在曲星外出前先說幾句話。她擔心過去這一個月，河川下游的魚都被獵捕一空了。「你們打算去抓河裡的獵物嗎？」她問道。

「是啊。」曲星用探究的目光注視著她雙眼。「為什麼問這個？」

「我想說，你們可以到陽光岩附近捕魚。」自從陽光岩地盤被雷族奪去，曲星就一直避開了那一段河流。就算他不願意發起戰鬥、奪回陽光岩，那也至少該讓影族感覺到有河族貓在那附近出沒。豹毛保持輕鬆的語調，喵嗚道：「我們已經好幾個月沒去那邊狩獵了，河裡想必滿滿都是獵物。你覺得呢？」

曲星瞇起雙眼。「我對河的那一段是什麼想法，妳應該很清楚才是。」

「是，我明白，陽光岩現在是雷族的地盤。」她坐下來，尾巴捲在前腳爪之上。

「但那邊的水域有許多獵物，浪費掉就太可惜了。」她歪過頭。「而且河川還是我們的地盤啊。」

入口旁，爍皮、獺潑與矛牙都不耐煩地動來動去，呼出口的氣息在冰寒空氣中形成了朵朵小雲。

矛牙豎起耳朵。「魚的確喜歡躲在那片平靜的水裡。」他告訴曲星。

豹毛沒有從河族族長臉上移開視線，從他的表情看來，他把豹毛的話聽了進去，也意識到其他族貓們認同豹毛的想法了。也許目前而言，這樣就夠了。「但可能還是別去招惹雷族比較好。」豹毛接著說道。「在這過去幾個月的和平時期，河族終於又站穩了腳步，你的願望實現了。而且，我們還有很多其他的地盤，不一定要去陽光岩附近狩獵。」

曲星目光犀利地打量她。「我看得出，過去幾個月站穩了腳步的不只有河族，」他喵嗚道，「看到妳除了武藝以外，言詞也有所長進，我當然很開心，但我們今天不會到陽光岩附近狩獵的。」他走向入口，尾巴彈了一下。爍皮與獺潑匆匆跟上，但矛牙猶豫了片刻，對上豹毛的視線後才邁步離去。

豹毛感受到了些許得意。她雖然沒能成功說服曲星，卻還是說服了矛牙，矛牙也許可以說服其他資深戰士。這個過程中，豹毛一次都沒有發脾氣，泥毛如果看到她這麼有耐心的模樣，會不會對她刮目相看？

亂鬚和鳥歌在長老窩外一小塊微弱的陽光下取暖，影掌與沉掌仍在蘆葦床裡踩著水走來走去，獵捕小魚時的動作激起了水花。白爪在附近停下來觀看，每次兩隻見習生試圖抓住水面下的魚影，白爪都興奮地一彈尾巴。

黑爪還在清洗眼中的睡意，他昨晚負責守夜，今天睡得比較晚。

「你今天打算怎麼訓練沉掌？」豹毛對他喊道。

黑爪對她眨眼。「我打算帶他去溪谷那邊，教他在急流中捕魚。」

石毛從通往穢物處的通道走來，豎起了耳朵。「那我帶影掌一起去好了。」他喊道。「現在說不定還有一些遲來的鮭魚要回游到上游去。」

白爪直起身子。「我可以一起來嗎？」年輕戰士很擅長在溪谷中湍急的水流中捕魚，之前在落葉季，他還有幾天滿載而歸，帶回來的鮭魚多到能一次餵飽半數族貓。

他們準備動身時，苔皮和蛙跳從戰士窩走了出來，兩隻貓的鬍鬚都微微顫抖著，彷彿剛說了什麼只有他們兩個才懂的笑話。

豹毛的目光猛然轉向他們，她的心被突如其來的嫉妒刺穿。蛙跳與苔皮最近愈來愈常膩在一起了，經常遠離同窩的戰士們，兩隻貓一同分享獵物、分享舌頭。「你們錯過巡邏隊了。」豹毛厲聲喵嗚道。

蛙跳詫異地看向她。「妳昨晚不是說過，我不必參加今早的巡邏嗎？」

「我不需要你來巡邏，並不表示我不需要苔皮。」她意識到自己這句話聽起來多麼小氣，不禁難為情地豎起了毛髮。她知道自己不該介意他們兩個密切的關係，但她實在很難壓抑對蛙跳的占有慾。短短兩個月前，和蛙跳有說有笑的貓可是她。現在蛙跳和苔皮之間究竟是什麼關係？是普通的友情嗎？還是更深的感情？也許弄清他們的關係後，豹毛就能接受這件事了。

「跟我去狩獵吧。」她迫使自己用歡快的語氣喵嗚道。「你們兩個都來，我想出去伸展腿腳。」**還有看看你們兩個到底有多親密。**

她還需要更多戰士加入這支巡邏隊，否則自己只會感覺像巢裡多出來的一顆蛋。問題是，營地裡現在幾乎一隻貓也不剩了。這時她看見蘆葦尾用新鮮土壤覆蓋一塊空地，那是之後要放新鮮獵物的位置。燼曙也在他身邊工作，她忙著用腳爪撥開散在地上的羽毛。豹毛鬆了口氣。「要不要一起來？」她滿懷希望地喵聲說。

「好啊。」蘆葦尾開心地對她眨眼。

他們過河時，河水冰寒徹骨，豹毛被凍得喘不過氣來，直到上岸後才終於緩過一口氣。她甩了甩毛皮，跑步進森林，希望跑起來後身體就會逐漸暖和了。林子裡應該有鳥類，牠們會在樹木枝椏間尋找躲避寒霜的棲身處。

豹毛跑到地上長滿蕨類的山坡時，蘆葦尾和燼曙追了上來。她滿懷嫉妒地回頭望去，只見蛙跳停下了腳步，讓苔皮先跳過一根凸起的樹根。苔皮親切地對著蛙跳眨眼，兩隻貓一同跑上斜坡。

和蛙跳跑在一起的貓，本可以是我。想到這裡，豹毛不禁屏住了呼吸。她現在放棄蛙跳，選擇將自己對部族的職責擺在第一順位，蛙跳是不是快樂了許多？苔皮在他心目中的分量，會不會比從前的豹毛還要重？苔皮是隻漂亮的玳瑁色貓，胸口白毛看上去和鴨絨同樣柔軟。豹毛用利爪緊抓著地面的土壤，為自己這份嫉妒懊惱不已。她之前已經做了抉擇，她必須接受自己的選擇，不能抱怨，也不能讓自己的心沉溺在後悔之中。

前方的蕨叢窸窣作響，燼曙全身一僵，蘆葦尾豎起了後頸毛髮，嗅到撲鼻而來的影族氣味後不禁齜牙咧嘴。前方離他們幾棵樹木的位置，矮樹叢顫動了起來。腳爪踩過地面，一片灰色毛皮從蕨葉之間衝了出來，只見一隻影族貓跑到林中空地，拐了個彎，然後有更多不同毛色的貓碰碰撞撞地在蕨叢中跑竄。

豹毛默默盯著他們，總感覺影族貓似乎都不在乎他們狩獵時發出多少聲響。一隻兔子從蕨叢中逃竄出來，逃跑時踢飛了地上的落葉。影族戰士們逐漸逼近牠，一面得意洋洋地號叫，一面縮短距離——三隻強壯的戰士一同獵捕一隻獵物。上方枝枒間的鳥類慌亂地飛了起來，豹毛抬頭看見牠們飛遠，看來得等好一段時間才會有獵物壯著膽子回到森林的這個區域了。影族戰士們圍困住兔子，其中一隻咬死了牠。看著這一幕，豹毛感受到湧上喉頭的怒火。

燼曙發出嘶聲，蘆葦尾也往前跨出一步，但豹毛一甩尾巴攔住了他。

「停。」她命令道。她別無選擇。「曲星已經准許他們來這裡狩獵了。」

「曲星是讓他們在河裡狩獵，又不是來森林。」蘆葦尾罵道。這時，蛙跳與苔皮也走來加入他們。

蛙跳眨眼看著蘆葦尾。「他們不抓魚，抓些森林裡的兔子，難道不好嗎？」他喵嗚道。「反正我們也很少吃兔子。」

「抓幾隻兔子就算了，問題是他們非得鬧得天翻地覆不可嗎？」蘆葦尾低吼道。

「我們該教教他們正確的狩獵方法，免得其他所有獵物都被他們嚇跑了。」

豹毛低哼一聲。「他們哪在乎這些？」她喵嗚道。「就算我們的獵物被他們嚇跑，他們回自己的領地狩獵就行了。」

蘆葦尾氣憤地甩著尾巴。「曲星還打算姑息多久？」

「和平總好過戰爭。」蛙跳喵聲說。

蘆葦尾轉向他。「如果和平的代價是挨餓的話，那我寧可打仗。」

「誰挨餓了？」蛙跳喵嗚道。

「我們啊，要是接下來的禿葉季稍微難熬一點，我們不就要挨餓受凍了？」蘆葦尾怒聲說。

「可是，我們又能怎麼辦？」燼曙回道。「你看看風族，他們只不過是拒絕碎星的要求，就被逐出自己的領地了。」

豹毛感到義憤填膺，爪子都刺癢了起來。高星到底在搞什麼啊，怎麼會輕易讓影族把他們逐出自家的領地？豹毛寧可奮戰至死，也不會讓別族這麼羞辱她。

其中一隻影族戰士叼起了兔子，率領另外兩隻貓走進森林深處，過程中絲毫沒注意到一旁的河族巡邏隊。

蘆葦尾低吼一聲。「他們至少該來謝謝我們吧。」他哼道。

「他們搞不好連星族也沒在謝的。」苔皮輕蔑地說。

蛙跳對她投了個銳利的目光。

豹毛心中油然萌生了希望。他是不是看到苔皮站在蘆葦尾那一邊，所以對她失望了？但豹毛也提醒自己：蛙跳怎麼想都不重要，她已經下定了決心要優先顧及河族的利益，愛情只能擺到後面的順位。而且在她內心深處，豹毛其實認同苔皮的看法——影族確實不該來河族領地的。然而豹毛現在是副族長了，必須支持族長，於是她昂起了下巴。「我們得尊重曲星的決定。」她喵嗚道。「影族也只是在儘量餵飽族裡的貓而已。」她對上了蛙跳的視線，看見對方讚許地眨眼，她不禁有些得意。「走吧。」她轉向河川。「現在在這裡狩獵也沒有用了，我們去抓魚。」

她朝上游行進，河的那一區比較寬闊，可能會有魚在和緩的水流中休息。

豹毛走出樹林，寬闊的河岸從樹林邊緣延伸到水畔。這時，一個詭異的畫面映入眼簾：碎石地上多了一塊新的巨石，這塊岩石顏色鮮豔，看上去還軟軟的。豹毛愕然盯著它，驚恐得毛皮微抽，看見那塊東西薄薄的牆開始窸窣作響，在微風中晃動著。岩石的裂縫處，出現了一隻兩腳獸。**所以，這是某種兩腳獸巢穴了……？**那隻兩腳獸像松鼠一樣用後腿蹲在地上，腳爪裡握著一根長長的木條，木條尖端掛著看上去像蜘蛛絲的細線，垂到了水裡。水流拉扯著細絲，卻沒把它扯斷。

蘆葦尾在豹毛身旁停下腳步，比起驚恐，他對那隻兩腳獸的態度更接近好奇。「牠在做什麼啊？」

「星族才知道呢。」豹毛喃喃說道。她現在很煩躁，他們的森林裡已經滿滿都是影族貓，這下連河岸都被兩腳獸給占據了。

「那是什麼啊？」燼曙看見顏色鮮明的巢穴時後退一步，低聲嘶叫。

「那隻兩腳獸似乎在這裡紮營了。」豹毛告訴她。

「至少牠沒有同伴。」苔皮評論道。

「我們得向曲星報告此事。」蛙跳喵聲說。

「我們晚點再去向曲星報告。」豹毛感到渾身不耐煩，爪子發癢。「現在先去下游吧，總不能空手而歸。」她正想轉身離去時，那條細絲抽了一下，往河水深處拉扯，彷彿水面下有什麼東西拉住它不放。豹毛停下動作，驚懼竄下了尾巴，只見兩腳獸用後腳爪一躍而起，開始猛拉那根長木條。木條彎曲了，像是掛滿了沉重的果實，兩腳獸則在用力拉著木條，試圖把木條尖端拉出水面。是不是水裡的魚要偷那條細絲？

忽然間，木條往上一揮，原本拉著細絲的魚被扯出了水面。魚在細絲末端無助地掙扎，兩腳獸把那條魚甩到自己面前，用一隻肉呼呼的腳爪抓住那條魚。兩腳獸放下木條，把魚從細絲上取下來，放進一個橘色的小容器裡。

豹毛伸長了脖子想看容器裡的東西，甚至用後腳直立起來，想看個清楚。她驚訝地瞪大了雙眼——容器裡裝了水，像是一個小小的池塘，裡頭還滿滿都是魚。這隻兩腳獸一定是從天剛亮時，就一直把魚從河裡拉出來放到容器裡了！

驚訝轉變成了惱怒。「難怪河裡一直沒魚！」豹毛低吼道。「那隻兩腳獸一定從好幾天前就開始來這邊偷魚了！」

燼曙順著豹毛的目光望去，肚子餓得咕嚕咕嚕叫。「不然我們去溼草原獵青蛙吧。」

豹毛看了深薑黃色母貓一眼。「我可不打算讓兩腳獸把我們的魚都偷走，自己可憐兮兮地吃青蛙。」她開始在腦中制訂計畫。倘若成功了，他們就能滿載而歸，讓全族都有魚可吃。

燼曙眨眼注視著她。「可是我們要怎麼阻止牠？」

蘆葦尾氣得蓬起全身毛髮。「我們可以把牠趕走。」

「我們怎麼可能把兩腳獸趕走。」苔皮喵嗚道。「牠那麼大隻。」

「我們可以引誘牠進到森林裡，然後趁機把牠的木條推到水裡。」蛙跳提議道。

「或者，我們可以偷牠的魚。」豹毛揚起了尾巴。

燼曙一臉驚訝。「怎麼偷？」

豹毛掃了色彩鮮豔的巢穴一眼。「我們只要讓牠分心一段時間，把魚從那個容器裡抓出來就行。」

巡邏隊員都驚愕地盯著她，蛙跳卻眼睛一亮。「好主意。」

苔皮一臉困惑。「那要怎麼讓牠分心？」

「妳可以和蛙跳、燼曙還有蘆葦尾一起攻擊那個巢穴，」豹毛告訴她，「如此一來，兩腳獸就會遠離容器，我也能趁機偷魚了。」

「聽起來很危險耶。」苔皮皺著眉頭說。

「兩腳獸動作都很慢。」蘆葦尾興奮地踏著地面。「而且我們是五對一，不用怕牠。」

燼曙舔了舔嘴脣。「感覺值得一試。」她喵嗚道。「這樣我們連腳爪都不必弄溼，就可以輕鬆抓到魚了。」

蛙跳露出若有所思的神情。「妳自己應該沒辦法偷魚吧。」他對豹毛說。

「我自己來，沒問題的——」

蛙跳打斷她。「我來幫豹毛。」他看向苔皮。「可以嗎？」

苔皮眨眼注視著他，眼中閃過了焦慮。「好喔。」她安靜地喵聲說。

豹毛不禁感到一絲得意，看著蛙跳走下河岸，躲到水邊的草叢中。

「你們小心。」她警告其他貓。「一旦兩腳獸接近你們，就盡快跑進森林。」她匆匆跟上了蛙跳，隨他溜到鮮豔的巢穴後方，一起躲在離橘色容器一條尾巴遠的岩石後。兩腳獸正緊盯著垂在水裡的絲線，聚精會神地看著它隨水流漂動。

蘆葦尾、苔皮與燼曙都偷偷摸摸地靠近鮮豔巢穴，豹毛等待他們就位的同時，嗅著身旁蛙跳的氣味，熟悉的氣味令她心痛。她已經好久沒感覺到和蛙跳毛皮相碰的溫暖了，她真的做了正確的選擇嗎？

蛙跳輕碰她一下。「準備好了嗎？」

「準備好了。」巡邏隊到了巢穴前，三隻貓都滿臉期待地看向豹毛。豹毛伸出利爪，彈了下尾巴示意其他貓動手。

蘆葦尾用後腿站立起來，號叫著用爪子勾住巢穴外牆，用力拉扯。苔皮和燼曙也都撕扯著巢穴，像在攻擊獾那樣大聲嘶吼。

那隻兩腳獸扁平的臉變得僵硬了，凹陷的雙眼瞪得老大，牠猛然轉頭。巢穴在牠身後震顫，薄牆如水流中的水草一樣在空氣中飄盪。兩腳獸用後腳爪跳起來，看見戰士巡邏隊撕破牠的棲身處時，牠驚叫了起來。

「快！」豹毛跳向橘色容器，用後腿站立起來，把腳爪伸了進去。她用爪子勾住一條不停掙扎的魚，試圖把牠拖出來，可是魚太重了。「幫幫我。」她對蛙跳喵嗚道。

蛙跳已經伸出腳爪勾住了那條魚，試著把牠拖過容器邊緣，但魚驚慌地掙脫了他們的爪子。豹毛又去抓另一條魚，用後腿搖搖晃晃地站著，儘量維持平衡。沒想到已經被抓住的魚還能這麼大力掙扎。

兩腳獸正在對燼曙亂揮前腿，從左後腿跳到右後腿，同時發出狗一般的號叫與吠聲。牠不敢太接近撕扯巢穴外牆的巡邏隊員，只能遠遠揮手想驅趕他們，卻徒勞無功。

豹毛又往容器裡探頭，後腳爪用盡了力氣撐起身體，伸長前腳爪又去抓魚。「你也來抓！」

可是蛙跳僵住了，腳爪僵硬地掛在容器邊緣。

「來幫我抓魚啊！」豹毛想要用眼神和他交流，但蛙跳盯著其他巡邏隊員，毛皮驚恐地蓬了起來。豹毛順著他的視線望去，只見兩腳獸拿起了一根樹枝，粗樹枝末梢有個像爪子一樣彎曲的尖刺。牠把樹枝舉到頭頂，揮向蘆葦尾。

「快跑啊！」豹毛高聲號叫。

蘆葦尾及時向後跳開，鉤子從離他一根鬍鬚遠的地方揮過。他奔往樹林，燼曙追了過去，還驚慌地瞪大了雙眼，回眸望向兩腳獸的那根樹枝。樹枝斬過他們後方的空氣。

「苔皮！」蛙跳驚恐的哭號在豹毛耳中迴響著。

苔皮試圖從巢穴外牆抽出爪子，但她卡住了，只能徒勞無功地拉扯，鮮豔的窩牆雖然拉伸了，卻沒有撕裂。兩腳獸再次舉起樹枝，朝苔皮的方向一揮。

蛙跳猛然旋身，以鷹隼般的動作衝向兩腳獸，從後方大力撞上兩腳獸的後腳爪。兩腳獸被他撞得重心不穩，搖搖晃晃地試圖恢復平衡，這時蛙跳跳到苔皮身旁，用牙齒扯破巢穴外牆。重獲自由的苔皮迅速跑走，兩腳獸也恢復了平衡，想要跑去追趕她，但她已經快到樹林了。

豹毛猛然將注意力拉回容器裡的魚身上。她至少得抓到一條魚——這是她提出的計畫，不能在這個節骨眼失敗。她跳進容器，四隻腳爪都泡進水裡，腳邊就是不停扭動的魚。她用前腳爪抱住其中一條魚，這是隻體型碩大的鮭魚，但她緊緊抱著牠，不讓那條魚逃脫。豹毛用後腿撐起身體，試圖把鮭魚舉起來丟出容器。這時容器開始傾斜，豹毛屏住氣息緊抓著鮭魚，結果容器整個翻倒在地上，豹毛連同那幾隻魚一起滾到了碎石地上。水噴進了她的鼻子眼睛，但她還是沒放開鮭魚，而是把牠按在地上，自己兩隻後腳爪撐著地面，牙齒咬住魚的脊椎，準備把魚咬死。

「快跑啊！」聽見蛙跳的號叫聲，豹毛抬起頭來，只見蛙跳飛奔過來，兩腳獸則提著樹枝大步跟來。

豹毛全身靜止了，她非得把這條魚帶回營地不可。其他幾條魚無助地在附近掙扎時，她對上了蛙跳的視線。蛙跳彷彿讀懂了她的心思，他稍微慢下來、叼起鮭魚的尾巴，開始幫她拖著鮭魚往河岸另一頭移動。

豹毛的心臟狂亂跳動，她感覺心要炸開了，但即使兩腳獸發出雷鳴般的腳步聲重重跑來，她還是不能放開鮭魚。她和蛙跳合力拖著鮭魚，遠離了在地上胡亂彈跳的魚群。兩腳獸狂奔過來，那根樹枝劃過了空氣。豹毛和蛙跳只要把魚弄到河裡，那隻兩腳獸應該就沒辦法跟來了吧！問題是，河水離他們還有一條尾巴的距離，他們能在被兩腳獸的樹枝擊中前，成功逃進河流嗎？

豹毛拉得更用力了，魚在碎石地上碰碰撞撞。那隻兩腳獸氣得雙眼放光，牠高舉樹枝，準備重重打在豹毛和蛙跳身上。

這時候，兩腳獸的目光掃過了牠抓到的其他獵物身上，只見其他幾條魚都在碎石地上瘋狂彈跳，愈來愈接近水邊了。兩腳獸驚恐地圓睜著那雙小眼睛，牠拋下樹枝，抓起橘色容器後蹲下來，開始慌亂地去抓那些即將逃脫的獵物。

豹毛更用力拉著巨大的鮭魚，蛙跳在拉扯時撞到了她，兩隻貓一起把鮭魚拖到水邊。他們踩進淺水區，然後跳進河中央的水流，一起緊抓著鮭魚游到對岸。

他們拖著鮭魚穿過蘆葦叢，來到岸邊的草地上。豹毛氣喘吁吁地放下鮭魚，坐下來喘息。

蛙跳癱倒在她身旁的地上。「我們成功了！」他聽上去欣喜若狂。

「我們的巡邏隊呢？」豹毛又穿過蘆葦叢，掃視河流上下。看見三顆頭在水上起起伏伏、逐漸游近時，她感受到了排山倒海的寬慰。蘆葦尾最先爬上岸，接著是燼曙與苔皮，他們一起鑽過蘆葦叢，來到草地上。

豹毛跟著走來。「大家都還好嗎？」

「我們沒事。」燼曙喘著粗氣說。

蛙跳匆匆趕到苔皮身邊，低頭檢查她剛才被巢穴外牆卡住的爪子。「爪子斷裂了嗎？」他焦慮地問道。

「沒有。」苔皮安慰他。她舔了腳爪一下，但蛙跳把她的腳爪拉過去，開始輕輕幫她清洗。

苔皮羞澀地瞄了他一眼，然後別過視線。

看見他們互相關心的模樣，豹毛的心揪了起來。想當初，蛙跳也曾用那種眼神注視著她。她闔眼片刻，讓哀傷的巨浪沖刷心靈，然後甩了甩毛髮。這是她選擇的道路，她不會為此後悔，也不會怨恨蛙跳與苔皮拾起被她拋下的愛情。豹毛把毛皮甩乾。「我們把這個帶回營地吧。」

蘆葦尾雙眼放光。「我們竟然用計謀贏過了兩腳獸！族貓們聽了一定會大吃一驚。」

豹毛看向他，自己全身一僵。「我們不能告訴其他族貓。」

蘆葦尾皺起眉頭。「為什麼？」

豹毛豎起了毛髮。「如果告訴他們，其他貓可能也會嘗試這種辦法。」她告訴他。

「這的確很危險。」蛙跳同意道。「苔皮差一點就沒命了。」

「我們這次運氣好，僥倖成功了。」豹毛甩了甩尾巴。「但如果有見習生想要模仿我們呢？他們可能就沒這麼幸運了。」

蘆葦尾低下頭。「說得也是。」

燼曙不禁皺眉。「那我們是要對族貓們撒謊，說這條魚是我們自己抓到的嗎？」

「這樣總好過鼓勵族貓們冒險吧？」豹毛對上她的視線。

「大概吧。」燼曙妥協道。

蛙跳瞥了鮭魚一眼。「我也不想對族貓們說謊，但如果謊言能防止族貓受傷……」他的喵嗚聲漸漸低了下去，他自己似乎也不是很肯定。

「這是最好的選擇。」豹毛昂起下巴。「況且，這條魚足夠餵飽半數族貓了，餵飽部族比什麼都重要。」

苔皮瞄了蛙跳一眼，彷彿在尋求安慰。

蛙跳溫柔地對她眨眼。「我們把魚帶回營地吧。」他喵聲說道，然後低頭咬住了鮭魚的脊椎。

他們終於把鮭魚放到新鮮獵物堆旁的地上時，豹毛已經感到脖頸痠痛了。即使有蛙跳、燼曙和蘆葦尾幫忙支撐鮭魚的重量，牠還是非常沉重，一比之下，其他幾支巡邏隊帶回來的鳥和魚都顯得很小。雖然叼著鮭魚回家費了豹毛他們好一番功夫，聽見族貓們敬佩的喵嗚聲時，豹毛還是覺得這一切都值得了。

「這麼大的魚，你們是怎麼抓到的啊？」柔翅繞著鮭魚走了一圈，興奮地抽動尾巴。

波爪舔了舔嘴脣。「豹毛，星族今天想必庇佑著妳。」

豹毛有些難為情地動了動腳爪，也許真的是星族引導他們找到了兩腳獸的巢穴。

曲星叼著麻雀走進營地，爍皮、獺潑與矛牙也跟著回來，這支巡邏隊上就只有族長嘴裡叼著獵物。

他將麻雀放上新鮮獵物堆，然後朝鮭魚點頭。「這是在峽谷抓到的嗎？」

「在上游抓的。」豹毛告訴他。

「上游的蘆葦叢附近。」蘆葦尾補充道。

「看來你們合作得非常好。」曲星露出讚許的表情。「這條魚至少要兩隻貓合力才抓得到吧。」

豹毛瞄了蛙跳與苔皮一眼。「是整支巡邏隊合力捕捉到的。」她喵聲說道。

沉掌和影掌從族貓們之間擠過來，對著鮭魚嗅嗅聞聞。

「我們在峽谷裡都沒看過那麼大的鮭魚。」沉掌喵嗚道。

「我可以咬一口嗎？」影掌迫不及待地喵聲問。

「帶一些去給鳥歌和亂鬚吃吧。」曲星告訴她。

深灰色見習生積極地咬住鮭魚臉頰，準備咬下一口魚肉。「好痛！」她痛呼一聲往後跳，舌頭掃過了嘴巴。「牠咬我！」她哭喊道。

豹毛警戒地動了動尾巴，只見年輕母貓的嘴脣冒出了鮮血。豹毛看向鮭魚，一時不明白這是怎麼回事。鮭魚絕對已經死透了，怎麼可能傷害見習生？她感受到強烈的罪惡感，毛皮彷彿在燃燒。

曲星小心翼翼地嗅了嗅鮭魚臉頰，然後伸腳爪過去掏東西，動作謹慎地掏出一根銀色的長刺。那根刺有個彎曲的弧度，末端還有倒鉤。豹毛感覺毛皮發燙，兩腳獸一定是用這個銀色爪子把鮭魚從水中勾上來的。她偷瞄曲星一眼，不知道他會不會猜到真相——豹毛立刻看出，曲星已經完全瞭然了。

他的鬍鬚抽了抽，眼中閃爍著笑意。「喔？你們是在河裡抓到牠的嗎？」

豹毛低頭盯著自己的腳爪。「算是吧。」她咕噥道。

蛙跳僵硬地昂起下巴。「我們是從一隻兩腳獸那裡偷了這條魚。」他承認道。「當時的情況很危險，我們怕說出真相後，其他貓會試圖模仿。」他神情嚴肅地注視著影掌與沉掌。「苔皮可是險些喪命了。」

苔皮對族貓們眨眼。「也沒有那麼危急啦。」她趕緊喵嗚道。「而且蛙跳救了我。」

豹毛甩了甩尾巴。「那隻兩腳獸從河裡偷了滿滿一池的魚。」她喵聲說。「我們不過是把屬於河族的東西拿回來罷了。」

「可惡的兩腳獸！」獺潑忿忿不平地蓬起毛髮。「他們總是愛拿些不屬於他們的東西。」

矛牙對豹毛點點頭。「妳把魚搶回來，是正確的選擇。」

眾貓紛紛發出贊同的低語聲。

豹毛鬆了口氣。「我也不想撒謊，」她坦承道，「我只是想保護族貓而已。用這種方法狩獵實在太冒險了。」

曲星對她眨眼。「下次，讓我來決定什麼事情該保密、什麼事情該告訴全族。」

豹毛抱歉地低下頭。

曲星仔細檢查那條魚，從鮭魚身側撕下一塊肉，拋給了影掌。「把這個帶去給鳥歌和亂鬚吧。」他又喵嗚道。

影掌叼起魚肉快步離去時，河族族長開始把鮭魚撕成碎塊，分給各位族貓。他們把魚肉叼到空地邊緣，坐下來開始進食。

豹毛仍然在新鮮獵物堆邊看著族貓們吃魚，眼前的畫面令她十分欣喜。今晚不會有貓餓肚子了。她看著蛙跳和苔皮走到營地牆邊一塊草地，坐下來準備分食一塊鮭魚肉。豹毛不禁回想起蛙跳蹲在她身邊時，毛皮散發出的體溫。她忽視了心中隱隱的疼痛；想起之前蛙跳積極認同她的提案時，自己心中油然而生的一線希望，她不禁感到丟臉。蛙跳當然比較喜歡苔皮了，她可以把所有時間都用來和他相處，蛙跳愛生幾隻小貓她都願意生，而且她個性溫柔、外貌漂亮。

但他第一次選的是我。這個想法稍微帶來了一些安慰。蛙跳曾經愛過豹毛，她必須滿足於這份曾經的愛。**比起談戀愛，我更需要集中精力成為未來的族長，拯救河族**。

「豹毛。」曲星的喵聲打斷她的思緒，只見族長揮揮尾巴，要她離開新鮮獵物堆。

曲星帶著她到族長窩前，點頭示意她入內，豹毛困惑地走進族長窩。曲星為什麼想私下和她談話？

「出什麼事了嗎？」曲星跟著進窩時，豹毛問道。窩裡比較暖和，柳條編織的牆壁擋下了寒風。

曲星對她眨眼，綠色眼眸在陰影中閃爍著。「妳外出狩獵時，有沒有看見什麼不尋常的事物？」

豹毛緊張得毛皮一抽。「只看到一支影族巡邏隊在森林裡狩獵，但你給了他們來河族領地狩獵的權利，所以我並沒有挑戰他們。」

曲星輕輕低哼一聲，轉過頭，面露憂心的表情。

「發生什麼事了？」豹毛追問道。「你打算阻止他們來我們的領地狩獵了嗎？」她心中萌生了希望，心跳加速。**時候終於到了！**

「還沒。」曲星嚴肅地對上她的目光。「碎星被逐出影族了。」

豹毛詫異得全身一僵。「逐出影族？」

「雷族連同碎星自己的族貓們，把他趕走了。」曲星告訴她。「碎星成了惡棍貓，夜皮將成為影族的新族長。」

夜皮？但豹毛的心思越過了這份消息，繞著某件更重要的事情打轉。「這就表示，我們當初和碎星達成的協議已經作廢了。」她欣喜地喵嗚道。「這下影族就不能再來我們的土地狩獵了！」她滿心期盼地注視著曲星。「你打算什麼時候告訴全族？」她問道。「我們得組織更多邊境巡邏隊，叫大家都保持警覺。我可以——」

曲星的眼神變得很銳利。「目前為止，這件事還沒有任何特殊意義。」他告訴豹毛。「我們只該靜觀其變。」

「靜觀其變？」他在說什麼鬼話啊？「現在是行動的時候，我們得讓影族和雷族看到，我們河族可不是好惹的。」

「我們先看看事情接下來的發展，別倉促做決定。」曲星對她說。「這件事暫時保密，別告訴其他族貓。我們的狀況並沒有變，河族十分安全。」

「可是要保密多久？」

「在走到河畔之前，先別急著過河。」曲星從她身邊走過。「我去嚐嚐你們帶回來的鮮美鮭魚肉吧。」

豹毛目送他矮身走出族長窩，自己擔憂得腹中翻攪不停。**河族哪裡安全了？**假如雷族和影族開始合作，那河族差不多就和狐狸窩裡的一隻小貓同樣安全。

第十章

隔天早晨，天氣變得稍微沒那麼冷了，蘆葦草在被冰霜凍傷後枯萎軟倒了，營地裡再次飄著泥味與霉味。沉掌與影掌忙著把新鮮青苔搬進長老窩，泥毛爬到了柳樹高處，在枝條之間收集蜘蛛網。豹毛派出了一支邊境巡邏隊和兩隻狩獵巡邏隊，並且派苔皮、黑爪與莎草溪用一團團蘆葦加固育兒室的外牆。

豹毛之所以要苔皮留在營地，是擔心昨天自己的嫉妒表露得太明顯，她羞得毛皮發燙。她得讓苔皮與蛙跳明白無論他倆是什麼關係，她都無所謂。

豹毛望向空地另一頭，對上了苔皮的視線，一彈尾巴示意她過來。

苔皮放下她正要編織到育兒室外牆的柳條，快步走到營地這一邊來。「怎麼了？」她邊走近邊問。

豹毛領著她來到莎草牆邊的安靜處。「要不要幫我再帶一條魚回來給全族吃？」豹毛輕聲喵嗚道。

「要去狩獵嗎？」苔皮一臉欣喜。「好啊。」

「就我們兩個，我們可以再去偷兩腳獸的魚。」豹毛對她眨眼。「那畢竟本來就是我們的魚。」

「妳不是說那樣太危險了嗎？」

「對見習生來說確實很危險。」豹毛瞥了沉掌一眼，見習生正拖著老舊鋪料走出長老窩。「但我們是戰士，而且之前已經成功過一次了，這次會簡單許多。」豹毛不會再試圖把魚拖出容器了，現在她知道把容器弄倒比較容易，等裡頭的魚全部滾出來以後，她們就能輕鬆抓到魚了。「當然，既然巡邏隊只有我們兩個，這次只能偷一隻小一點的魚。」這也不重要，重點是蛙跳會看到她和苔皮融洽相處，看到她特意帶苔皮出去執行特別任務，這樣蛙跳就知道豹毛絲毫不嫉妒了。

苔皮眼中閃爍著緊張的微光。「妳真的覺得我們可以獨力完成任務嗎？」

「當然可以。」豹毛轉身走向營地入口。

苔皮跟了過來。「那我要像上次那樣搖晃兩腳獸巢穴嗎？」

「不用。」那太危險了。「我們等兩腳獸自己為別的東西分心，然後快速撞倒容器、抓走一隻魚就好，花不了太多時間的。」

「好喔。」苔皮昂起鼻口，眼神變得堅定一些。「蛙跳看到我們又奪回一條魚，一定會很高興。」

豹毛彈了下尾巴。**而且，他看到我邀請妳來幫忙，一定會更高興。**她心想。

到了河岸，她們一起蹲在樹林邊緣的樹叢中。豹毛開心地發現兩腳獸又回來了，牠坐在水邊一截樹木殘幹上，又用木條把細絲垂到了水裡。牠顏色鮮豔的巢穴沒有移走，不過昨天被巡邏隊撕破的地方打了補丁。豹毛猜兩腳獸不會料到她們今天又要來偷魚，牠一定以為戰士們都嚇得不敢回來了。而且，她們今天會採取更有效的行動，更快速完成任務，動作遲緩的兩腳獸想必沒辦法阻止她們再偷一條魚。

橘色容器就擺在牠旁邊，豹毛看見裡頭有黑影在移動，看來兩腳獸又為自己準備了一頓大餐。既然有那麼多魚，少幾條牠應該也不會介意吧……

「牠在裝死嗎？」苔皮觀察著兩腳獸，只見牠毫無動靜地坐在原處，那雙小眼睛無神地盯著前方。

「牠大概是想騙過河裡的魚吧。」豹毛猜道。她看著裝滿魚的容器，不得不承認那隻兩腳獸比表面上來得聰明。

苔皮在她身邊繃緊了身體。「牠動了！」

豹毛心跳加速，看著兩腳獸把木條靠在一顆岩石邊，然後用後腳爪站起來，轉身消失在了巢穴裡。她屏氣凝神，等著兩腳獸再走出來，但牠沒有出來，巢穴倒是開始顫動，兩腳獸似乎在裡頭忙著做什麼事。

「快！」豹毛竄上前，踩著碎石沿河岸跑去，儘量放輕腳步不發出聲響。

她驚訝得毛皮一凜，只見苔皮從身邊飛奔而過，豹毛還沒跑到巢穴旁，敏捷的玳瑁色貓就已經繞過巢穴，抓住了容器邊緣。她砰的一聲拉倒容器，跳起來避開潑灑出來的水和魚。豹毛看了十分欽佩，不得不承認蛙跳喜歡苔皮也是有道理的，這母貓意外地勇敢，甚至連看也沒看鮮豔的巢穴一眼。豹毛飛奔上前時，苔皮已經抓住滾到碎石地上的其中一條魚了。

「等等——」豹毛硬生生嚥下了下半句，看見巢穴震顫，兩腳獸撲了出來。牠握著一根長樹枝，樹枝末梢有個沉重的網子。驚懼在豹毛附中翻騰，她眼睜睜看著網子罩向苔皮。

苔皮抬起頭來，腳爪仍緊抓著那條魚，驚恐地瞪大雙眼，看著鼓脹的網子罩下來困住她。她拋下爪子裡的魚，開始撕扯網子，恐慌的尖叫聲響遍了河岸。兩腳獸舉起樹枝，把苔皮也一併撈到空中。

苔皮驚恐的目光掃向她時，豹毛倒退了一步，幾乎無法呼吸。她和苔皮同樣無助，只能看著苔皮像魚似地在網中掙扎，結果只被網子纏得更緊了。**我都幹了什麼好事？**

「快逃！」苔皮尖叫道。「別管我了！快跑啊！」

豹毛遲疑了。她該逃走嗎？她可是副族長——怎麼能讓族裡最強的戰士之一被兩腳獸抓走？但在苔皮掙扎的同時，豹毛也不得不承認，她實在想不到解救苔皮的方法。**我需要找其他貓幫忙**。她沮喪地心想。她對苔皮號叫一聲，說等等就回來，然後轉身飛奔進樹林，跑進樹木遮蔽處之後低吼著回眸望向河岸。她遠遠看見兩腳獸把網子樹枝帶進鮮豔的巢穴。「狐狸心！」這隻兩腳獸偷走河族的魚就算了，竟然還想把河族戰士也偷走？豹毛感到一陣噁心。苔皮被兩腳獸抓住了，牠會不會傷害她？牠一定是為了魚被偷的事在發火，那會不會拿苔皮出氣？

豹毛邁開腳步跑了起來。她必須趕緊回家，必須找幫手。

她衝出營地入口的通道時，曲星抬起頭來，然後趕忙站起身，拋下了原本和田鼠爪與杉皮分食的那條鱒魚，快步朝豹毛走來。長老窩外，亂鬚停止清洗身體，抬起了頭，好奇地投來銳利的目光。豹毛迫使自己的毛髮變得順服，不自在地環顧空地四周，看著在分享舌頭的族貓們。大部分貓似乎都忙著做自己的事，沒有注意到她，她不禁鬆了口氣。

曲星來到她面前時，她壓低音量喵嗚道：「苔皮被一隻兩腳獸抓住了。」她嚥下了滿腔罪惡感。她到底在想什麼，為什麼要提議執行如此危險的任務？星族啊，她怎麼會回到兩腳獸營地，還傻傻地以為不會出事？

曲星快速領著她到戰士窩一側，離開族貓們的聽力範圍。亂鬚瞇起了眼睛，然後又低頭繼續清洗身體。「告訴我，發生什麼事了？」曲星問道。

「我們又去偷魚了。」

「但——」

豹毛打斷他。「我知道。」她連忙喵嗚道。「我知道這很危險，但我只是想……」她猶豫了。總不能承認自己帶苔皮回去偷魚，是為了證明自己不嫉妒她吧？哪有副族長為了自己的面子，害族貓身處險境的？她羞愧得毛皮發燙。「我想說這次也能成功。」她喵聲說。「我們之前已經成功偷了一條魚，我想說這次會比上次簡單，但兩腳獸準備了一張網，把苔皮抓起來帶進巢穴了。」

戰士窩忽然窸窣作響，蛙跳猛衝出來，他剛才想必是隔著牆偷聽他們說話。他陡然轉向豹毛，驚駭地瞪大了雙眼。「妳怎麼能做這麼危險的事？」

她微微一縮。「對不起，我——」

蛙跳也不等她說完，他已經氣得嘶聲連連。「妳為什麼要帶她去那個地方？妳就一點也不在乎她的安危嗎？」

豹毛豎起了全身毛髮。她當然在乎！苔皮是她的族貓，而且還是戰士，蛙跳怎麼說得好像豹毛誘拐無助的小貓進到兩腳獸營地一樣？「我們是在為全族覓食。」她厲聲為自己辯駁。「憑什麼不能帶她？」

蛙跳開始渾身發抖，熊熊怒火似乎化成了灰燼。「因為她懷了我的小貓。」說話時，他的聲音因激動的情緒而變得嘶啞。

豹毛愕然盯著他，像被他揮爪攻擊似地驚愕不已。他的小貓？她到現在才發現蛙跳和苔皮已經是伴侶了，她的心彷彿從胸中掉到了地上。**原來我一直愛著他，沒有真正放下。**意識到這件事時，她停止了呼吸。難道豹毛心中一直暗暗希望能和蛙跳共築未來？希望他不再喜歡苔皮？希望他對玳瑁毛母貓的愛戀，不過是一時的迷戀而已？她全身毛髮發燙。**我放棄了他，選了部族。**豹毛狠狠提醒自己。她可是副族長，是未來的族長，這就是她一生的夢想。

而這也表示，她絕不會讓任何一隻族貓——特別是懷著河族小貓的族貓——受到傷害。

她看向曲星。「我要回去救她。」豹毛喵嗚道。

「妳不能自己去。」曲星告訴她。「帶田鼠爪和杉皮一起去。」

「我也要去。」蛙跳低吼道。

曲星對上了他的視線。「你留在這裡。」他對灰色公貓說道。「這項任務非常危險，而且你去了也無法理智思考。交給豹毛去辦吧。」

蛙跳全身一僵。「但——」

「最有可能救出苔皮的貓，就是豹毛。」曲星注視著她。「如果入夜時妳還沒回來，我就再派一支巡邏隊過去。」

「沒那個必要。」豹毛下定決心，精力竄遍全身毛皮。即使得賭上性命，她也會救出苔皮。她瞥了蛙跳一眼，公貓眼中的盛怒比爪子還要鋒銳。「我一定會帶她回來。」

她示意田鼠爪和杉皮過來，原本在進食的兩隻戰士都一躍而起，穿過空地走來。

「我們要去救苔皮。」豹毛一面說，一面領著他們朝營地入口走去。

她帶著兩隻貓前去河岸的路上，說明了剛才發生的狀況，同時努力忘掉蛙跳瞪視她的眼神，以及苔皮懷著他的小貓的事。豹毛會集中精神解決問題，把苔皮帶回家。

「那應該是她的號叫聲吧。」他們蹲在水岸邊的蕨叢中，田鼠爪悄聲說道。

三隻戰士都盯著兩腳獸巢穴，只聽低呼聲穿透巢穴的薄牆傳了出來。苔皮聽上去很害怕，但仍懷有戰鬥的怒火。**很好**。豹毛彷彿看見一絲希望。

「我們要怎麼把她救出來？」杉皮問道。

豹毛的目光掃過了巢穴，興奮地發現巢穴底部有一條縫隙。「這堵牆其實很薄，可以彎折。」她喵聲說道，回想起昨天苔皮和其他貓輕鬆撕破牆壁的畫面。「我們只要能把鼻子探入巢穴和地面之間的縫隙，就能從下面鑽進去了。」

杉皮眯眼望向巢穴後方，緊張得蓬起了毛皮。「那裡有一隻怪獸。」

豹毛順著他的視線望去，只見一隻轟雷路怪獸靜靜坐在岸邊，距離巢穴大概一棵樹木遠。

「牠睡著了。」豹毛告訴他。**希望牠不會醒過來。**

「那隻兩腳獸呢？」田鼠爪問道。

他說話的同時，兩腳獸從巢穴前方走了出來，大步走向怪獸。

「快！」豹毛趁機飛奔上前，跑到巢穴牆邊，一隻腳爪擠到縫隙中。幸好巢穴外牆很輕薄，她輕鬆地扳開縫隙，硬把鼻口擠了進去，然後身體也跟著往內鑽，全身都進到了巢穴裡。

她眨著眼睛好適應巢穴裡詭異的橘色暗光，杉皮與田鼠爪也扭動身體跟了進來。

「豹毛！」巢穴一角傳來苔皮的嘶聲，她還困在網子裡。「我出不去。」

豹毛竄上前檢視那張網子，找到捆住全部線繩的地方，似乎被某種粗藤繩綁住了。只要能破壞藤繩，她就有辦法弄開網子。「你注意兩腳獸的動向。」她告訴杉皮。

杉皮跑到入口邊往外張望，田鼠爪則快步來到豹毛身邊。

「你幫苔皮弄開纏住身體的繩子。」她告訴田鼠爪。豹毛開始啃咬藤繩，田鼠爪則用爪子勾住網子，小心地抬起網子，讓苔皮抽出困在線繩之間的腳爪。豹毛抬頭看向杉皮。「兩腳獸呢？」

「在怪獸旁邊。」他喵嗚道。

豹毛的心臟在胸中撲通撲通亂跳，她又低頭啃咬繩子，看見它逐漸磨損時，她鬆了一口氣。她拉扯一下，又繼續啃咬，感覺到藤蔓變得愈來愈細，直到最後斷了開來。興奮的情緒從腹部湧了上來，豹毛扯開藤蔓，開始拉開網子形成一條通道，讓苔皮出來。

「兩腳獸要來了！」杉皮警戒的喵嗚聲傳來，豹毛不禁豎起全身毛髮。她的爪子被網子勾住了，驚慌在她心中爆開，她只能奮力掙扎、試圖從網子裡抽出腳爪。

苔皮像新生小貓似地向前扭動，掙扎著鑽出糾纏成一團的網子。杉皮一步步從巢穴入口退開，他高高豎起了後頸毛髮，喉頭發出低沉的吼聲。

豹毛又拉扯網子一下，利爪終於成功抽出來了，她這才鬆一口氣。她讓到一旁，讓苔皮從網子裡溜出來。玳瑁色母貓扭動身體掙脫了網子，用後腿踢掉最後幾團線繩。

「我們快離開這裡。」豹毛點頭示意同伴們從巢穴牆下的縫隙鑽出去。田鼠爪用鼻口撐開縫隙，讓苔皮先擠出去。

「輪到你了。」她把杉皮推往縫隙，震耳欲聾的耳鳴中幾乎聽不見自己的喵嗚聲。她現在能聽見兩腳獸的聲響了，牠巨大的腳爪踩在了碎石地上，步步進逼。杉皮鑽了出去，然後豹毛戳戳田鼠爪要他跟著出去。田鼠爪消失在縫隙中時，豹毛聽見後方一聲號叫，她猛然轉頭。

兩腳獸就站在巢穴入口，惡狠狠地瞪著她。牠朝豹毛飛撲而來，腳爪猛揮向她，她用後腿撐起身體，倨傲不屈地發出嘶聲、揮爪反擊。她感覺到兩腳獸的皮肉被自己抓破，牠痛呼一聲退縮了，一臉震驚地盯著她。兩腳獸遲疑時，豹毛轉身把鼻口塞到牆下的縫隙，恐懼在胸中鼓譟著，但她還是硬擠了出去。她從縫隙另一邊衝出，環顧四周，看見田鼠爪與苔皮奔向蕨叢時她稍微放心了。

杉皮在一旁等著她。「妳還好嗎?」

「嗯。」她一彈尾巴。「我們快走。」

杉皮轉身逃竄到河岸另一頭，豹毛也跟著飛奔過去，碎石在腳爪下喀啦作響。後方傳來兩腳獸的呼號聲，她在鑽入蕨叢時回眸一望，只見兩腳獸踩著雷霆般的步伐追了上來，那張臉蒙上了憤怒的烏雲，凹陷的眼睛閃爍著怒火。

「別停!」她高聲號叫，如脫兔般追著苔皮、田鼠爪與杉皮在蕨叢中狂奔。他們跳上河堤，衝進了森林，豹毛也猛衝上前，發燙的腳爪用力蹬著森林地面，繼續奮力奔馳。她不敢回頭看。

「這邊。」她跑到前頭，領著巡邏隊跑上一條小徑，小徑穿過了蕨叢、繞過了荊棘叢，這時她才敢確定他們甩開那隻兩腳獸了。

豹毛放慢腳步，轉頭檢查族貓們的狀況。苔皮跌跌撞撞地在她身旁停下來，田鼠爪與杉皮也氣喘吁吁地停步。

田鼠爪回頭望去，嚐了嚐空氣。「我們甩掉牠了。」

苔皮踉蹌兩步。

「妳受傷了嗎?」豹毛駭然對她眨眼。

苔皮舉起前腳爪，腳爪腫腫的。「我的腳爪剛剛被網子纏住，」她喵聲說，「好像扭傷了。」

豹毛對上她的視線。「對不起。」她輕聲說道。「我不該帶妳回那個地方的。」

「族貓們都餓了啊。」苔皮對她說，眼中絲毫沒有譴責的意思。「而且我們要讓兩腳獸知道，那些是我們的魚。」

巡邏隊回到營地時，只見蛙跳在入口通道外來回踱步。他看見跛腳走向他的苔皮時眼睛一亮，快步迎了上前，推開田鼠爪後自己用身體撐起苔皮的重量。

豹毛忽然感到哀傷難耐。蛙跳竟然連看也沒看她一眼。

他們走進營地時，湖光正在新鮮獵物堆找食物，她抬起頭來，看見苔皮跛腳走向巫醫窩，她開心地豎起了耳朵。「你救了她。」她呼嚕笑著，匆匆上前迎接杉皮，鼻尖輕碰他的鼻尖。

曲星原本在空地上來回踱步，這時他轉過身，目光盈滿了寬慰。「她還好嗎？」

「應該只有扭到腳而已。」豹毛告訴他。「等泥毛徹底檢查過她的狀況以後，我會再向你報告詳情。」苔皮與蛙跳已經消失進了巫醫窩，豹毛也快步跟過去。

「做得好。」後方傳來曲星的喊聲。

「謝謝你。」豹毛感覺到刺入腹部的慚愧。當初若不是她帶苔皮去兩腳獸營地，他們根本就不必發動拯救任務。她低頭走進巫醫窩。

她父親正忙著檢查苔皮的腳爪。「紫草可以減輕疼痛，我也會幫妳塗上橡葉藥膏。」他一邊走向貯藏藥草的位置，一邊喵聲說道。

豹毛走到苔皮身邊。「妳感覺怎麼樣？」她的目光飄到了苔皮的腹部。苔皮害羞地動了動身體。「我沒事。」

「妳怎麼在發抖？」蛙跳焦慮地用鼻尖貼著她的臉頰。「妳該好好休息才是。」

泥毛回頭一瞥。「她可能受到了驚嚇。」他喵嗚道。「你扶她到睡窩裡躺下吧。」

蛙跳用鼻子推著苔皮移往最近的睡窩，她笨拙地轉了一圈在蘆葦鋪料上躺下時，蛙跳對豹毛投了個責備的眼神。「她差點就死了！」他豎起了後頸毛髮，走向豹毛。「她肚子裡的小貓也可能有危險。然後呢？這一切又是為了什麼？就為了從兩腳獸那裡多偷一條魚嗎？這真的值得嗎？」

豹毛感到口乾舌燥。她這次確實犯了錯，如果她直接認錯，會不會有那麼一點幫助？「我只是——」

「別對她發脾氣。」苔皮看向蛙跳。「她救了我。」

「但之前害妳被抓住的也是她啊！」蛙跳尖銳地喵嗚道。

苔皮的目光變得剛硬了一些。「又不是她逼我去的。」她喵嗚道。「是我自己想去的，我想和其他戰士一樣餵飽全族。雖然我懷了小貓，但我還沒進育兒室，還是可以出去覓食的。」她轉頭面對豹毛。「謝謝妳。」她喵聲說。「妳好勇敢，竟然還特地回來救我。」

「我當然不能丟下妳不顧。」豹毛告訴他。

「但妳是冒著生命危險來救我。」苔皮眨眼說。「也麻煩妳替我感謝杉皮和田鼠爪。」

「我會的。」豹毛感受到對這隻玳瑁色母貓的一陣暖意，她點頭，一面朝巫醫窩入口退去，一面瞄了泥毛一眼。「我就不打擾你們了，等你幫她療傷過後，再把她的狀況告訴我吧。」

「好。」泥毛眨眼安慰她。「看到妳安全回來，我很開心。」在那一瞬間，他眼中散發出微光，然後他又轉回去找藥草了。

豹毛矮身走出巫醫窩，剛才聽到泥毛關心的話語，她感到毛皮暖了起來。豹毛從之前就不太能接受父親迥異的世界觀，而且她明白父親並不支持她當副族長，她至今仍感到受傷。但說到底，泥毛終究是她的父親，即使父女倆意見不合，他還是十分關心她。

至於蛙跳，豹毛知道他短時間內不會原諒她，不過她已經盡己所能矯正過錯了。也許蛙跳終有一天能看清這點。

巫醫窩外，陽光開始從雲層間灑落，豹毛稍微停下腳步。回營地這一路上，一個念頭一直在她腦中繚繞不散：她當初為什麼要做如此冒險的決定呢？她明明很清楚，聰明的戰士都會儘量離兩腳獸遠遠的，但她還是先後帶領兩支巡邏隊去偷兩腳獸的魚。她皺起眉頭。她為什麼沒能抗拒狩獵成功的誘惑？驅使她去偷魚的並不是貪婪，也不是懶惰，她只是知道禿葉季很快就會到來，到時獵物就很少了。再過幾個月，族貓就會開始挨餓，只要是抓得到的獵物他們都不能白白放過。問題是，現在影族和兩腳獸都在偷他們的獵物，雷族也一直覬覦他們邊境的地盤，河族怎麼可能抓到足量的獵物？

豹毛必須說服曲星，告訴他河族已經別無選擇了，他們非得奪回被雷族奪走的土地，非得驅趕進河族領地狩獵的影族貓不可。這是確保河族存活下來的唯一辦法。

第十一章

豹毛抬頭仰望夜空。族貓們這時都睡下了，輕柔的鼾聲在各個窩裡此起彼落。雲朵藏住了月亮，再過不久將會下雨，明早河川的水位就會上漲了。

豹毛感到一絲煩躁。在她拯救苔皮過後這些日子，她一直沒找到合適的時機和曲星談話，沒機會說服曲星奪回河族的領地。好吧，也許這樣比較好，反正曲星過去也不曾採納她的建議。

豹毛穿過空地，離開巫醫窩——她剛才探頭檢查巫醫窩裡苔皮的狀況，貓后已經入睡，蛙跳則在她的睡窩旁打盹，下巴枕著睡窩邊緣。巫醫窩的暗影中，豹毛幾乎沒看見泥毛的形影，但還是瞥見本來在整理藥草的父親抬頭看她，閃亮的雙眼輕輕對她眨了眨。豹毛只對父親點頭打招呼，然後就悄悄溜了出去，以免打擾苔皮休息。

現在，她繞了一圈檢查營地各個角落，靜靜沿著營地的內牆行走，張嘴嚐著空氣，尋找任何一絲異常。她明早得記得組織巡邏隊去為育兒室採些新鮮的鋪料，並清出育兒室裡任何蜘蛛網與布滿塵埃的蘆葦草，準備讓苔皮入住。之後營地裡又會有小貓了，儘管豹毛想到那些小貓，就會想起蛙跳現在愛的是苔皮，但她還是相當期待小貓誕生。

豹毛走近入口時，灰池對她點頭打招呼。深灰色母貓和銀流坐在一起守夜，她看上去已經十分老邁，毛皮也多了一些淺灰色毛髮。她是不是該搬進長老窩了？豹毛決定讓戰士自己選擇退休的時機，只默默對她點頭。

豹毛走到她們身邊時，銀流站了起來。「妳去休息吧。」她對豹毛說。「妳今天不是從天亮就一直醒著嗎？」

「我想去外面檢查一下。」豹毛心裡清楚，確認營地安全無虞她才能安心入睡。

「曲星在外面。」灰池告訴她。

豹毛詫異地豎起了耳朵，她還以為曲星在族長窩裡睡覺。「他出去很久了嗎？」銀流望向通道另一頭。「沒有很久。」她喵嗚道。「他說他想出去散散步。」

豹毛低頭鑽出蘆葦通道，順著營地外的草地小徑走出去，四下張望。曲星就坐在河邊，河水從他身旁流過，水面平滑而漆黑。豹毛走近時，曲星轉頭看她，碧綠眼眸如小魚池般閃爍著。「嗨，豹毛。」

「嗨。」豹毛在曲星身旁坐下，一同凝望河川，流水輕柔的渦流與絮語令她安下了心。這是她從出生就天天聽見的聲響，即使到了現在，她聽見河水聲時，也會聯想到同窩小貓和緩的呼吸聲，以及爍皮穩定的心跳聲。「我以為你睡了。」她對上曲星的視線。現在是談論影族的好時機嗎？「你睡不著嗎？」

「沒有。」族長注視著河流。「苔皮安全無恙，族貓們都吃得飽飽的。」他頓了頓。「那妳睡不著嗎？」

豹毛猶豫片刻，想不到比現在更適合談話的時機了。她瞄了曲星一眼。「族貓們吃飽喝足的狀況，還能維持多久？」

曲星全身一僵，沒有直接回答問題。「妳是為之後的禿葉季擔心嗎？」

「如果我們不必和影族共用狩獵地，我也不會這麼擔心。」

曲星沒有看她。「我已經和他們談成了協議，不會反悔的。」他輕輕喵嗚道。

「但那是你和碎星之間的協議。」豹毛提醒他。「他現在已經不在影族了。」

「我們好不容易得到了和平，我不希望威脅到這份和平。」

「但現在我們為了堆滿新鮮獵物堆，每天的工作量愈來愈重了。」她告訴他。

「這是影族的錯嗎？」曲星喵聲說。「他們一點都不擅長抓魚，一個月頂多帶走三、四隻鱒魚罷了，而他們在陸地上也只抓身上有毛的獵物，不抓有羽毛的獵物。」

「他們雖然不抓那些長羽毛的獵物，」豹毛不肯退讓，繼續道，「但仍會把那些獵物嚇跑。他們的狩獵技巧很拙劣，每次都為抓一隻小鼠而嚇跑全森林的鳥。還有，他們雖然一個月只抓三、四隻鱒魚，卻造成了很大的動靜，其他魚類也都被嚇跑了。」

「也許這就是和平的代價吧。」曲星低聲說道。

豹毛注視著他。「我們的土地被一塊一塊偷走了。」她喵嗚道。「雷族占領了陽光岩，影族把我們的領地當自己家。你所謂的和平，在其他部族眼裡就是懦弱，不久過後他們又會來分割我們更多的地盤了。」

「如果真走到了那個河岸，我們到時再過河也不遲。」曲星仍凝望著河水。

他怎能這麼平靜？難道他就沒意識到事態的危險性嗎？「如果我們現在劃清界線，可能就永遠不必走到那個河岸了。」

曲星轉過頭，圓滾滾的眼眸在黑暗中閃爍著微光。「假如我們現在劃清界線，結果引發了戰爭呢？」

「那就戰鬥啊。」她急切地喵嗚道。

「要是我們輸了呢？」曲星問道。「到時其他貓族就不會覺得我們懦弱了嗎？還是妳認為他們會甘於偷走陽光岩、擁有在我們領地狩獵的權利，不會提出更過分的要求？我們可能會失去更多。」

「那我們就絕不能輸！」他甚至沒嘗試獲勝，就已經宣告敗北了。

「妳無法保證我們勝莉。」他再度別過頭。「我不願冒險，這風險太大了。」

「高風險才有高報酬啊。」豹毛又說道。

「但也更加危險。」曲星肩膀僵硬，豹毛看得出自己再怎麼說都只是在浪費力氣。這對河族太不公平了，他們怎麼過著獵物般的生活，生怕被吃掉而不敢離開巢穴？只要曲星還是族長，事情恐怕就永遠不會改變。

⚡⚡⚡

夜裡下過一場雨，此時河水高漲。豹毛用尾巴對波爪示意。「你去看看兩腳獸離開了沒。」她命道。「帶黑爪同行，還有蘆葦——」

她說到一半卻突然住口，只見白爪衝進了營地，毛皮沾滿雨水，雨到現在還未停歇。「夜皮來了！」他氣喘如牛地說。「他想和曲星談話。」

棕色公貓在她面前急急停下腳步時，豹毛警戒地豎起了毛髮。

白爪掃視空地。「曲星在嗎？」

他說話的同時，河族族長推開垂在族長窩入口的青苔，走了出來。「他在哪？」

「我讓他在蘆葦叢那邊等著，燼曙和甲蟲鼻也在那邊。」白爪告訴他。「他剛剛在邊界等我們，請我們帶他來營地。」

「他有說明來意嗎？」曲星眼中閃爍著好奇。

「沒有。」白爪興奮地動了動腳爪。「他說這個只能對你說。你要和他談話嗎？」

「好。」

曲星邁開腳步跟隨棕色公貓穿過空地時，豹毛一甩尾巴，決定讓波爪自己挑選巡邏隊員。「你想帶誰去就去邀請他們吧。」她對波爪說。說完，豹毛匆匆跟上曲星，邊走邊回頭喊道：「但要是兩腳獸還在，你們別接近牠，牠很危險。」

曲星低頭鑽出營地時，豹毛跟上，在一旁和他並肩行走。「我可以一起嗎？」

「可以。」他瞥了豹毛一眼。「不過我們和夜皮見面時，由我來發言就好。」

「好喔。」她感到煩躁。曲星怎麼還是不相信她能表現得像個貨真價實的副族長？

他們踩著踏腳石過河，朝蘆葦叢的方向走去。

「他為什麼到現在還叫『夜皮』啊？」豹毛喵聲問道。

「也許他還沒機會去月亮石吧。」曲星在雨中瞇起了雙眼。「既然上一任族長是被趕出影族的，他們現在想必還亂成一團。」

豹毛不禁心想，究竟在什麼情況下，貓族才會把他們的族長驅逐呢？夜皮會把事情的原委告訴他們嗎？還是他們只能等下一次大集會打聽消息了？

雨下得愈來愈大，滲透了豹毛的毛皮，她壓平耳朵以免雨水滴進去。然而，即使在滂沱大雨中，他們還沒走到小徑的彎處，豹毛就已經嗅到影族的臭味。他們繞過轉角時，夜皮站起身來，只見他一身黑毛被雨水打溼，貼在骨瘦如柴的身體上，黃綠色眼眸如報春花那般鮮豔。燼曙與甲蟲鼻站在他左右，他們見曲星走近，默默退到了一旁。

夜皮對河族族長點頭致意。「謝謝你來和我見面。」

曲星一揮尾巴，示意燼曙、甲蟲鼻與白爪退下。豹毛仍站在不遠處，豎起了耳朵聽兩位族長對話。今天究竟颳的是什麼風，怎麼把影族的新族長給吹來了？他難道想要求河族給他們更多的狩獵權限嗎？豹毛伸出了利爪，雖然知道曲星擔心她言行不當、毀了這場會談，但面對一些狀況，就算闖出大禍也值得。即使曲星同意更進一步擴張影族在河族領地的狩獵權，豹毛也不打算讓影族稱心如意。

河族族長等到戰士們都消失在蘆葦叢後方，這才開口說話。「聽說影族近來受了不少苦，我心裡也十分難過。」

夜皮的目光在林中小空地上游移，彷彿擔心誰在偷窺。「碎星已經離開了，一切都將改變。」

豹毛瞇起雙眼。**所以你們會回自己的領地狩獵，不再天天往我們領地上踩了？**

曲星坐了下來，尾巴蓋在兩隻前腳爪上。儘管雨水從他的毛髮滴落，他卻像是沒注意到滂沱大雨似的。「希望這些改變能帶來和平。」

豹毛豎起了後頸毛髮。**快問他是來幹什麼的啊！**

夜皮不自在地抽動尾巴。「獵物比和平重要得多，飢餓的部族是很危險的。」

豹毛收緊了腳爪，利爪刺入地上的泥濘。他是不是打算要求河族讓出**更多**狩獵權？

曲星動也不動。「當禿葉季到來時，所有貓族都將面對飢餓。」他喵嗚道。

還不快叫他滾出我們的地盤！怒火壓迫著豹毛的喉嚨。

「確實。」夜皮瞥向遠方的高沼，以及沼澤地盡頭的低矮雲層。「不過，禿葉季距離我們還有好幾個月，而在風族離去後，可使用的狩獵地多了不少。」

豹毛詫異地眨眼。她怎麼沒想到這件事？如果過去這幾個月都沒有貓在高沼狩獵的話，那沼澤地想必滿滿都是獵物吧？何必白白浪費這麼多食物呢？

曲星鎮定地凝視著影族族長，卻沒有開口。

「我今天過來，是為了提出結盟的邀請。」夜皮喵聲說。「我知道我們族貓在你們的土地上狩獵，造成兩族之間關係緊張。你們在這段時間允許我們取用你們的獵物，我當然非常感激，但換作是碎星也必須承認，這並不是長久的解決方法。」

豹毛湊近了些。這位影族族長說話有幾分道理嘛。

他接著說道：「既然風族離開了，我們兩族不如把高沼瓜分掉吧。」

曲星又沉默片刻，這才小心翼翼地說話，一字一句彷彿都經過了深思熟慮。「你覺得雷族會怎麼看這件事？」

夜皮聳肩。「這是河族和影族之間的聯盟，只要我們結盟，雷族怎麼想不重要。」

「你不認為他們會想來分一塊地嗎？」曲星喵嗚道。

「為什麼？」夜皮看著他。「雷族領地和高沼又沒有交界，況且雷族沒有我們務實，他們寧可挨餓也不願意跨越界線。」

豹毛豎起毛髮。「他們越過了我們的邊界！」她厲聲說道。「他們搶了陽光岩。」

夜皮瞟了她一眼。「那不過是因為他們相信陽光岩屬於雷族罷了。」

「可是那不代表——」豹毛開口說。

曲星投了個警告的眼神示意她閉嘴。「陽光岩的事我們來處理，不勞影族費心。」

豹毛伸展著爪子，但沒再多說什麼。

「妳對夜皮的提案有什麼看法？」曲星忽然問她。

「我？」豹毛驚愕地眨眼。

「妳。」曲星盯著她，等待她回答。

豹毛感到十分自豪，毛皮都暖了起來。族長竟然真的和她商量事情了！「我覺得這個計畫很棒。」她仔細注視著曲星，想看清他的想法。他應該也認同這件事吧？

「我也這麼認為。」

曲星的目光轉回夜皮身上的同時，豹毛感到排山倒海的喜悅。**時候終於到了**。曲星終於要擴張河族地盤了！

「高沼獵物我們吃不慣，」曲星又說道，「但飢餓的戰士不能挑食。」他站起身來。「你打算立刻派巡邏隊去高沼嗎？」

「不，等大集會後我才會展開行動。」夜皮告訴他。「雷族可能會反對這計畫。」

「你不是說過，只要我們兩族結盟，雷族怎麼想都不重要嗎？」曲星提醒他。

「他們的想法的確不重要，」夜皮喵嗚道，「但我還是想先探知他們的意思，假如他們有意惹是生非，我們就該提前做好準備。」

「既然你認為他們有可能惹是生非，那我們就該將結盟的事情對他們保密。」曲星警告道。「可以的話，還是別無緣無故挑釁他們比較好。」

「我同意。」夜皮點頭。「雷族以為他們協助我們驅逐碎星，就能換得我們的忠誠。還是繼續讓他們相信我們對雷族心懷感激吧，這樣比較明智。」

豹毛硬生生吞下一聲低吼。她絕不會讓部族陷入不得不對別族心懷感激的境地。

曲星轉身準備離開。「我會派白爪陪同你回到邊界。」他一面邁開腳步，一面對夜皮說。和豹毛擦身而過時，他悄聲說道：「妳看吧？」他對上豹毛的視線。「有時候，族長只要保持耐心，事情終有一天能順利了結的。」

豹毛煩躁得腹部一緊，想起了新鮮獵物堆少得可憐的那幾隻獵物，以及看見影族戰士笨手笨腳地在河族領地狩獵時，族貓們所感受到的無奈與厭惡。也許這一回，保持耐心確實有用——影族將離開河族領地，風族領地也將被兩族瓜分。但假如河族在當初該反擊時就起而和影族對抗，誰知道現在會是什麼狀況呢？

這份耐心究竟讓我們失去了多少？她心中暗想。

豹毛緊緊用尾巴裹著腳爪。自從上次和夜皮會面以後，天氣持續轉冷，四喬木空谷底的凜冽空氣深深滲進了她的毛髮。河族、雷族與影族戰士都聚集在一起，在明亮的滿月月光下，他們呼出的空氣都變成了一朵朵小雲，空氣像混濁的水似地旋繞著他們。豹毛和另外兩位副族長一同坐在巨岩旁，族長們則在對大集會致詞。

先前黑足追隨被趕走的碎星逃離了影族，煤毛取代黑足成為影族副族長。豹毛偷偷打量煤毛，看著他抬頭凝望巨岩上的夜皮。他贊同族長的計畫，同意和河族瓜分高沼嗎？坐在豹毛另一側的貓是虎爪，深色虎斑貓取代獅心成了雷族副族長。他的毛皮散發出溫熱，類似麝香的雷族氣味令豹毛感到不安，她不禁挪了挪身體。

「我——夜皮——已經接過影族的族長權位。」瘦削公貓站在巨岩上高喊。

虎爪湊到豹毛身旁。「看來他還沒去月亮石，還沒得到族長的名字。」他低聲道。

豹毛狐疑地瞅著他，只見虎爪的目光飽含笑意，他似乎不太瞧得起影族的新族長。豹毛別過了頭。影族現在是河族的盟友了，她可不想聽雷族副族長這些暗示的言語——虎爪似乎想告訴她，夜皮並不算真正合格的族長。

豹毛瞄了族貓們一眼，他們分散地站在貓群之中，之前扭傷腳爪的苔皮已經恢復一些，可以加入這次大集會了。苔皮和蛙跳坐在一起，烏歌則站在離他們幾條尾巴遠的位置，身邊還有幾隻影族長老。泥毛和斑葉在一塊，波爪、木毛與爍皮則一起瑟縮在貓群邊緣，在寒冷的空氣中蓬起了毛髮。

全河族都知道夜皮想和他們結盟。豹毛心裡明白，當族貓們想到可以在被風族拋棄的地盤狩獵時，除了感到興奮之外，同時也感到了焦慮。她猜族貓們和她自己一樣，都等著聽雷族對這項計畫的看法。

夜皮的話還沒說完。「我們的前一任族長——碎星——違背了戰士守則，我們被迫將他驅逐出境。」

「他倒是沒提到我們提供的幫助。」虎爪嘀咕道。

煤心瞪了雷族副族長一眼，虎爪卻只眨眼看著他。

豹毛決定無視兩隻公貓之間爆發的敵意火花，她對貓群的反應比較有興趣。風族離開後留下了一片空洞，這種感覺雖然很奇怪，但現在比起失去風族的遺憾，豹毛的感受更接近機會來臨時躍躍欲試的感覺。她想像大片大片的高沼，河族戰士可以去那邊狩獵了。豹毛也許可以特別組織一些訓練巡邏隊，畢竟河族貓都習慣獵捕魚類和鳥類，練習一下捕捉身上有毛髮的獵物也無妨。河族的這些狩獵動作和技巧在河岸與溼草原都十分有用，不知道換到山丘上還能不能用這些方法抓到獵物呢？

她逐一想著河族戰士的狩獵動作，思考有哪些最適合調整以用在石楠叢裡狩獵。

「風族必須回歸！」

藍星激動的喵嗚聲引起了豹毛的注意，她猛然抬頭，只見雷族族長對夜皮怒目而視。但這時，曲星說話了。

「為什麼？」

雷族族長還來不及回答，夜皮也補了一句：「只要瓜分風族狩獵地，我們所有的小貓就有更多食物可吃了。」

「森林需要四個貓族。」藍星堅持地說。「星族給了我們四棵樹和四個季節，也給了我們四個貓族。我們必須盡快找到風族，把他們帶回家。」

「他們必須回歸！」

「貓族不是三個，而是四個！」

聽見雷族戰士高聲支持他們的族長，豹毛感到一陣不安，毛皮抽動了一下。這時候曲星又開口說話了，豹毛仰頭看向巨岩。

「藍星，妳的說法並沒有說服力。我們當真需要四個季節嗎？假如沒有禿葉季，那該有多好？妳不會是喜歡禿葉季的寒冷與飢餓吧？」

藍星冷冷注視著他。「星族之所以給了我們禿葉季，是為了讓大地休養生息，為將來的新葉季做好準備。這片森林與高地從好幾個世代以前就一直滋養著四個貓族，我們憑什麼挑戰星族的安排？」

豹毛屏住一口氣。曲星會堅定地反駁，設法說服藍星嗎？河族族長眼神茫然地盯著藍星——他不會是無言以對了吧？他已經和影族達成了協議，河族和影族聯手就能壓過雷族的聲音，曲星非得反駁不可。

藍星仍然緊盯著他，藍眸在月光下閃爍著憤怒的光芒。

快說話啊！豹毛傾身向前，滿心期盼族長發言，然而曲星卻沉默不語。他該不會要讓雷族奪走他們餵飽全族的大好機會吧？豹毛可不會讓機會白白溜走。「風族連自己的領地都守護不了，我們為什麼要為這樣的部族挨餓？」她號叫道。

曲星對她投了個憤怒的眼神，豹毛也毫不退讓地瞪了回去。曲星真以為面對雷族的挑釁，她還會保持沉默嗎？

她身旁的虎爪豎起了毛髮。「藍星說得沒錯！」豹毛被他的低吼聲嚇了一跳，她從虎爪身邊退開，只見他瞪著聚集在空地上的貓。「風族必須回歸。」

藍星又說話了。「曲星。」她仍然盯著河族族長，目光卻變得柔和一些。她開始勸說曲星。「河族的狩獵地可是以豐饒著稱。」

影族過去一個月把我們的獵物全嚇跑了，雷族也把我們一塊地盤占為己有，這哪裡算是豐饒了！豹毛聽藍星繼續說話，自己已經氣得渾身發抖。

「你們擁有整條河流與河中所有的魚，哪裡還需要更多獵物呢？」

曲星別過了頭，豹毛愕然瞪大雙眼。他真的不打算反駁嗎？

藍星轉向夜皮。「當初是碎星把風族趕出了家園，所以雷族才協助你們驅逐他。」

豹毛氣得毛髮直豎。雷族族長這是在提醒夜皮，他們影族還欠她一份情。可是夜皮應該不會這麼輕易被藍星操縱吧？

「好吧，藍星。」猶豫片刻後，夜皮喵聲說。「我們允許風族回歸他們的領地。」

豹毛幾乎不敢相信自己的耳朵。夜皮怎麼稍微被施壓就背叛了他們的盟約？曲星怎麼不戰而降了？曲星此時仍盯著自己的腳爪。這兩位族長怎會如此軟弱？豹毛怒瞪著藍星，雷族族長的肩膀比夜皮寬闊，眼神比曲星堅定，看上去比另外兩位族長強大許多。

豹毛轉頭看向夜皮，這病懨懨的影族戰士怎麼隨便就放棄了？忽然間，豹毛腦中萌生了一個想法：他會不會只是在作戲？也許他仍打算遵守和曲星的盟約，畢竟他和曲星都同意要把結盟的事對雷族保密了，也許他是為此表面上同意藍星的意見。

虎爪在她耳邊低語，打斷了她的思緒。「妳在向她學習嗎？」

豹毛猛然轉頭，惡狠狠地瞪著他。

「妳瞧，她很有權威吧？」他喵嗚道。

「她可是惡霸！」

「她不過是在講道理罷了。」

豹毛感覺到雷族副族長探究的目光，他似乎很好奇。豹毛也盯著他。「你到底要我怎樣？」她怒聲說。「你該不會以為我會誇讚你們族長，跟你說我有多麼敬佩她吧？」

「不是。」虎爪用絲綢般的聲音喵嗚道。「我只是有點好奇，曲星都不肯說話了，妳怎麼還會發言？」

豹毛發出低低的嘶聲。「我可不打算對雷族言聽計從，乖乖讓全族挨餓。」

「很好。」

豹毛愣愣地對他眨眼。「為什麼？」

「我之前不就說過了嗎？所有貓族都需要新血。」他喵嗚道。「看到妳充分發揮自己的潛力，我很高興。」

豹毛不自在地豎起了毛髮。這隻公貓明明剛公開反對她，現在卻在鼓勵她，這究竟是怎麼回事？「但我不希望風族回歸。」

「那又怎樣？」

「而你希望他們回來。」

「我有嗎？」

「你不是剛對整個大集會說了嗎？你覺得藍星說得對。」這傢伙到底是哪門子的戰士，也太蛇舌了吧？

「她是我的族長。」

豹毛突然意識到大集會已經散會，夜皮從巨岩上跳了下來，藍星則已經擠進貓群，朝通往雷族領地的斜坡走去。煤毛連聲招呼都沒打就匆匆離開了，但虎爪並沒有動。他對豹毛眨眼。「但是，這並不表示我同意她的看法。」

「意思是，你不希望風族回來嗎？」豹毛驚呆了。

「就現在而言，我要什麼、不要什麼，其實都不重要。」虎爪喵聲說。「藍星是我的族長，所以我會支持她所有的決策，但我們把一些想法和意見放在心底又何妨？我和妳一樣，為我的部族著想。我用舌頭和爪子對部族表示忠誠，難道還不夠嗎？我心裡怎麼想，是我自己的事。」

豹毛皺起眉頭。她不禁心想：虎爪哪有把他對藍星的意見放在心底——他這不就把心裡話告訴豹毛了嗎？豹毛可是外族的貓，虎爪對她說這些，不就是不忠誠的表現嗎？

虎爪小心翼翼地觀察她。「妳顯然多次和曲星出現意見衝突。」他指出。「妳對他的不贊同，應該不只有今晚說的這些吧？」

豹毛微微一縮。她不能否定事實——畢竟自己不久前才剛出言反對族長的決定。問題是……她總不能對雷族貓承認這件事吧？

虎爪抬頭挺胸站著。「當副族長有時挺不容易的呢，妳必須支持族長，但與此同時，妳也是妳自己。這就是族長選妳當副族長的原因，因為妳能自己做決定。我們一隻腳爪踩在此時此刻，盡力支持自己的族長，但也有一隻腳爪踩在未來，為我們自己成為族長的那一天做打算。我只能說，我理解妳，妳也理解我——這也許超越了其他任何貓對我們的認識。」他上下端詳豹毛，又說道。「我絕不會將妳的祕密說出去的。豹毛，我很欣賞妳，欣賞妳的聰明、妳的野心，希望我們未來能作為族長相互合作。」

我也如此希望。成為族長是豹毛唯一的願望，但這份希望卻顯得太過可怕，因為只有在曲星死去後，她才有機會當族長。而且某方面來說，自己的野心被虎爪看得一清二楚，豹毛也感到十分羞愧。她豁然起身。「我該走了。」族貓們已經爬上斜坡了。

「我不可能永遠都是副族長，妳也總有一天會成為族長。」虎爪圓滑地呼嚕道。「總有一天，我們的族貓都會仰仗我們的領導能力。豹星，我相信我們做得到，只要做好準備就做得到。我們可以推動無數個月以來的第一次變革——」

豹星。從她還是小貓時，豹毛就經常想像自己成為族長以後的名字，但這是她第一次聽其他貓把這兩個字說出口。這個名字聽上去好美，美得令她心虛。**曲星是我的族長**。她邁開腳步要離開，卻被虎爪擋住去路。

「改變是一件可怕的事。」他柔聲喵嗚道，言詞間卻沒有退讓的意思。「不過妳夠勇敢，有勇氣實現自己的信念。各族都浪費太多時間為錯誤的事物戰鬥了，這妳也十分清楚。」豹毛用肩膀推開他，逕自往前走，沒想到虎爪跟了過來。「妳顯然深愛妳的部族，卻又能看清它的弱點。妳知道改善部族狀況的方法，只不過是目前還沒機會實踐而已。如果我們兩個一起規劃未來——」

「我的族貓都已經走了。」豹毛快步追上去，不自在地抽動著毛皮。她跑到斜坡時回眸望去，只見虎爪獨自站在空空蕩蕩的林間空地上。

雷族戰士剛才那番話令她十分不安。**一起規劃未來？**他的話語似乎透著狡詐的意味。豹毛難道該把對族長隱瞞的真實想法，老老實實地告訴這位雷族副族長嗎？虎爪這不是在鼓勵她違背戰士守則嗎？

話雖如此……豹毛從頭回憶起剛才的對話，發現虎爪並沒有這麼做，他只是建議豹毛優先考慮她的部族而已。**我們把一些想法和意見放在心底又何妨？**這難道不是真話嗎？虎爪說得對，豹毛也真心相信各個貓族都需要改變，而且她的確會在未來某一天成為族長。她為什麼不能承認這件事，為什麼現在不能去考慮未來？

她不過是在自己心中建構了河族未來的願景而已，這哪裡錯了？誰說曲星所有的想法都正確無誤，她的想法就必然有問題？

豹毛走回營地時，意識到虎爪說得沒有錯。他們只不過是相信現狀應該改變，這並不是不忠的想法。只要她凡事為河族著想，她的所作所為就必然是忠心的表現。

第十二章

天邊逐漸露出魚肚白，黎明即將來臨。雲朵開始散去，豹毛看得出今天會是晴天。她抬臉迎向吹來的風，風輕輕拉扯她的毛皮，伴隨著窸窣聲穿過蘆葦叢。該回營地了，但她還是在河邊停下腳步，遙望河流對岸。豹毛今早天亮前就偷偷溜出營地，繞著小島巡邏一圈，確認夜裡沒有任何狐狸、狗或兩腳獸接近營地。她也想看看河川的狀況——大集會過後連下了兩天大雨，河水暴漲、水流湍急。在如此強勁的水流中捕魚太危險了，今天的狩獵巡邏隊都不可能下水，豹毛希望他們能在森林裡與岸邊找到夠多獵物。

她的心思又飄回兩天前的大集會。藍星說他們必須找到風族，把他們帶回來，而且其他貓族都不應在風族領地狩獵。曲星當時只保持沉默，對雷族族長的要求不置可否——想到這裡，豹毛還是感到心裡很不舒服，彷彿有什麼東西伸出利爪抓她的腹部。不僅曲星沉默，夜皮也表示影族會允許風族回歸，這兩位族長怎麼隨隨便便就對雷族妥協了？和雷族相比，河族與影族的聯盟明明勢力比他們更大！

目前為止，曲星只准豹毛派一支巡邏隊去高沼。他雖然也認為河族該保有繼續在高沼狩獵的權利，卻命令巡邏隊只抓一兩隻獵物就好，他彷彿為這件事感到慚愧，這種鬼鬼祟祟、畏首畏尾的作風令豹毛渾身不舒服。雷族愛怎麼討論接風族回家的事都無所謂，但在風族真正歸來之前，高沼在豹毛眼裡就是開放的地盤，誰都可以去那邊狩獵。

一片樹葉被水流帶著漂過豹毛腳邊，她忍不住伸出腳爪，輕而易舉地把水面上旋轉的樹葉勾了出來，丟在岸上。

要是由豹毛作主，她一定天天派三支巡邏隊去風族拋棄的領地。這幾個月都沒有貓到高沼狩獵，他們再不善加利用那片豐饒的土地就太浪費了，更何況高沼就在河族邊界旁，他們放著這麼多資源不用，不是很蠢嗎？此外，豹毛還會指示巡邏隊留下氣味標記，讓其他貓族知道河族絕不聽別族的命令。要是風族聞到他們的標記，因此不願意歸來，那就再好不過了。那群愛追兔子的瘦貓當初沒膽為自己的土地而戰，默默讓碎星奪走了在風族領地狩獵的權利，那現在看到河族占有那片領地，他們想必也不會開戰吧？

豹毛轉過身，尾巴在背後彈了一下，然後一面往營地的方向走去，一面在心中安排今天的巡邏隊。她打算派出三支隊伍，一支去標記雷族邊界，另外兩支到森林裡狩獵。邊界巡邏隊就交由木毛率領，然後再請杉皮——

她低頭鑽進營地，入口旁來回踱步的泥毛打斷了她的思緒。

泥毛雙眼閃爍著擔憂的光芒。「妳剛才去哪了？」

「我去檢查河邊的狀況了。」出什麼事了嗎？

「曲星病了。」泥毛喵嗚道。「灰池到族長窩找他時，發現他發高燒，甚至開始胡言亂語。」

豹毛焦慮得腳爪刺癢。「你們讓他住進巫醫窩了嗎？」

「嗯。」泥毛告訴她。「我讓他服用了短舌匹菊和橡樹葉，但不確定能不能起到退燒的作用，可能得再觀察一陣子了。」

「是白咳症嗎？」

「我覺得不是。」泥毛不安地彈了彈尾巴。「但他的喉嚨看起來有點發紅。他需要吃草藥和靜養，在他康復之前，妳必須掌管族裡的大事。」

掌管族裡的大事。興奮的情緒竄過了豹毛的毛皮，這下她終於有機會實踐自己的想法了。

泥毛瞇起了雙眼。她是不是顯得太積極了？「等他康復後就能歸還權力了。」他喵聲說。

「我會全力以赴的。」豹毛趕緊喵嗚道。「好好照顧他，儘量讓他早日康復。」

泥毛露出寬慰的神情。「我需要一些新鮮藥草。」他喵嗚道。「能不能請妳派一支巡邏隊去採藥草？可以的話，請他們採一些艾菊和錦葵回來。」

「當然可以。」豹毛正要轉身走向戰士窩，但泥毛還沒說完。

「先前在大集會上，我看到妳和虎爪在說話。」

現在提這個做什麼？他們已經從四喬木回營地兩天了，現在又有許多要事得處理，為什麼要說起這件事？豹毛對他眨眼。「我和他都是副族長，」她對泥毛說，「我們說說話而已，有什麼奇怪的嗎？」

「我們兩族的族長才剛發生口角，你們這時說話就有點奇怪了吧？」

「族長吵架，那副族長不是更應該好好溝通嗎？」

泥毛盯著她片刻，露出警戒的神情。豹毛強迫自己不豎起毛髮。泥毛不可能偷聽到她和虎爪的對話。「我昨晚做了一場夢，」泥毛喵嗚道，「夢的內容令我十分不安。」

「你夢到什麼了？」

「我夢到虎爪嘴裡咬著一條魚，魚在他口中拚命掙扎，卻無法逃脫。」泥毛動了動腳爪。「他很想得到權力，而且他會為了權力不擇手段。妳應該多提防他。」

豹毛甩了甩尾巴。「我當然要提防他了，他可是別族的貓耶。」

「是啊，」泥毛同意道，「而且對方還是從我們這裡偷走陽光岩的貓族。」

聽到這句提醒，豹毛感到很煩躁。泥毛難道以為她忘了這件事嗎？況且泥毛早就放棄了戰士的生活，也多次表明自己對族裡的事務沒興趣了。「我還以為你不在意貓族之間這些小紛爭了。」

「但妳很在意啊。」泥毛雙眼圓睜。「我還是會為妳操心的。」

「我沒事。」她環顧空地。木毛在戰士窩外來回踱步，獺潑探頭望向蘆葦通道另一端，甲蟲鼻則在新鮮獵物堆裡那幾隻僵硬的獵物中翻來找去，看得出他們都坐立難安。

「我得去安排巡邏隊了。」她離父親而去，思緒像小魚似地在腦中竄動。她當然會提防虎爪，虎爪的野心昭然若揭。但虎爪之所以野心勃勃，還不是因為他想保護自己的部族。這難道錯了嗎？豹毛在空地上停下腳步，甩了甩毛皮。當然沒錯，這是很自然的事。泥毛操心太多了。

豹毛差遣木毛帶巡邏隊去檢查河族和雷族的邊界；杉皮帶獺潑、湖光、石毛與影掌到河邊去獵鳥。第三支巡邏隊由她親自率領。

「黑爪，」她對精瘦的煙黑色公貓喊道，「我要帶巡邏隊去高沼。」她告訴黑爪。「你跟我來，然後帶上沉掌。」她又對蛙跳與甲蟲鼻點頭。「還有你們，再加上白爪和莎草溪。」她彈了下尾巴，剛才被點名的貓紛紛快步穿過空地，隨她走向營地入口。蛙跳露出擔憂的神情。「我們去風族領地狩獵的話，曲星會不會不高興啊？」

「風族已經離開那片土地了。」她對蛙跳說。「憑什麼不讓我們去那裡狩獵？」蛙跳謹慎地說：「但前幾天的大集會上，藍星不是說——」

豹毛打斷他。「藍星是你的族長嗎？」

「不是，可是曲星——」

「曲星病倒了。」豹毛厲聲打斷他。「我倒是認為我們該給雷族一點顏色瞧瞧，讓雷族貓知道他們無權對其他部族頤指氣使。」

沉掌焦慮地瞄了導師一眼。「豹毛現在是我們的族長了嗎？」他小聲問道。

「在曲星復元以前是。」黑爪告訴他。

白爪積極地繞著他們走了一圈。「趁風族還沒回來，」他喵嗚道，「我們去儘量多抓幾隻獵物吧。」

「前提是他們真的會回來。」豹毛喵聲說。

莎草溪望向高沼，沼澤地在禿葉季陽光下籠罩著金光。「雷族說一定要把他們找回來耶。」

「雷族要找就自己去找。」豹毛喵嗚道。「但這次的禿葉季應該會十分漫長，我們又因為影族和兩腳獸失去了那麼多獵物，現在不得不用各種方法填飽肚子了。」她環顧其他巡邏隊員，只見蛙跳還是沒被說服的樣子，甲蟲鼻的尾巴在微微抽搐。她必須安撫這兩隻族貓。「可以的話，我當然也不想吃高沼獵物，」她喵聲說，「高沼的獵物都只有皮包骨而已。但我絕不會放著好端端的土地不去狩獵，讓全族挨餓。」

她帶頭穿過通道，鑽到營地外明亮的陽光下。她瞇起眼睛，感覺到另一隻貓的毛皮從旁擦過，是白爪走到了她身邊。

「妳覺得影族會不會和我們一樣，去風族領地狩獵？」他問道。

「也許會吧。」夜皮之前提議和河族共享高沼的狩獵權，但那是大集會之前的事了，而夜皮在大集會上沒有堅持要在高沼狩獵，而是對雷族的提議讓步了。她不屑地說：「影族怎麼決定都無所謂，我只關心自己的族貓有沒有吃飽而已。」

白爪挺起胸膛。「高沼應該滿滿都是獵物。」他喵聲說。「我們這次去狩獵一趟，可能就可以把全族都餵飽了。」

豹毛看著年輕公貓，突然想到了陽魚。她對白爪發出呼嚕聲，為他積極的態度心生感激。

踏腳石已經消失在急流下了，巡邏隊只能游泳過河。他們到上游過河，這裡的水流比較平緩，在水裡游泳前進也比較輕鬆。

到風族邊界時，豹毛稍微停下腳步。這裡幾乎聞不到風族留下的氣味了，之前的氣味標記已經被雨水沖刷掉，戰士的味道被石楠的草味掩蓋。她越過界線時，黑爪掃視天空。

「記得注意附近有沒有老鷹的蹤跡。」他告訴沉掌。「風族離開後，老鷹在高沼上暢行無阻，可能已經習慣了沒有貓的環境。」他瞟了見習生一眼，又說道：「牠們可能把你誤認為獵物。」

沉掌睜大了眼睛。「真的嗎？」

「真的。」黑爪一本正經地告訴他。

甲蟲鼻對戰士俏皮地眨眼，補充道：「沉掌你別擔心，老鷹咬一口以後就會把你吐出來了。」他開玩笑說：「誰叫你吃起來像魚一樣。」

沉掌緊張兮兮地抽著耳朵。「老鷹不是愛吃魚嗎？」

「如果是毛茸茸的魚，牠們就不愛了。」甲蟲鼻喵嗚道。

莎草溪湊近年輕公貓。「你別理他們。」她喵聲說。「他們逗你玩的。」

黑爪呼嚕笑著。「我保證不會讓老鷹把你抓走。」他喵聲說道，然後又調侃一句：「我花了這麼多時間訓練你，你要是被老鷹抓走，我這些時間精力不就都白費了嗎？」

豹毛眨眼安慰沉掌。「待在我們身邊就沒事了。」一股對族貓們的關愛之情油然而生，強烈的保護欲壓在她心口。

巡邏隊其他成員越過界線時，白爪快步走在最前頭。

「別跑太遠。」豹毛把他喚了回來。黑爪剛才說有老鷹只是在跟沉掌開玩笑而已，不過這片領地已經好幾個月沒有貓巡邏了，誰曉得石楠叢中藏了什麼危險的東西呢？白爪放慢腳步，走在莎草溪身邊，讓豹毛走在隊伍最前面。如果這裡有什麼隱藏的危險，就由她率先面對吧。

土地逐漸向上傾斜，腳爪下的草變得愈來愈粗韌，地勢也愈來愈崎嶇了。前方擋著一片石楠，她低頭從樹叢之間鑽過去，巡邏隊員也一一跟著鑽過來。

粗野的枝椏遮住了豹毛頭上的天空，她張口嚐了嚐空氣，一股泥炭的氣味流過舌頭。和河水清冽的氣味相比，這種泥土氣味顯得有點酸臭，但如果風族再也不回來了，那河族以後勢必會經常來高沼狩獵，還是早早適應新的味道吧。

她停下腳步，在一棵樹叢留下標記。其他部族的貓如果來到這裡，就會知道這地方目前是河族的地盤。

蛙跳看著她的動作，不安地豎起了毛髮。「還是等雷族去找風族以後，我們再開始標記氣味吧。」他喵嗚道。

「我們要讓雷族知道，他們無權對我們呼來喚去。」豹毛告訴他。

「可是曲星叫我們保持低調——」

「現在的族長是我。」豹毛喵嗚道。「等曲星康復以後，他要是想讓這片土地落入其他貓族的爪子裡，那他到時再把地盤讓出去也不遲。我現在可是在優先考慮苔皮的身體狀況，你也該多關心她才是。我可不會為了討好雷族，讓自己族裡的貓后挨餓。」

蛙跳垂下眼簾，背脊的毛皮卻起伏顫動。豹毛繼續往前方的石楠叢中鑽，這時一股新鮮的氣味飄來——她鼻子一抽，嚇了一跳。**影族？**他們明明也有在這裡狩獵嘛。豹毛還真不知道現在該感到煩躁還是寬心，一方面來說，影族在這邊狩獵的話，就有競爭對手和他們搶獵物了，但另一方面來說，夜皮沒有捨棄他和河族的盟約，這倒是一件好事。豹毛低頭鑽進石楠叢中一條通道，鑽到外頭的陽光下，只見前方是一片長滿青草的空地，更遠處則是一片山坡。

離她幾條尾巴距離的位置，樹叢陰影中出現一隻貓的深色毛皮。豹毛豎起全身毛髮，對一一走到陽光下的族貓們投了個警告的眼神。

「是影族。」蛙跳掃了那隻貓一眼，喵聲說道。

他說話的同時，那位戰士呼喚道：「豹毛？」

豹毛認出了快步迎上來的貓，灰貓名叫溼足，是影族的戰士。溼足後方的石楠叢中，還有另外兩隻影族戰士和一隻見習生。

「我們看到風族的貓了。」溼足對豹毛說。

豹毛腹部一緊。風族這麼快就回來了嗎？「你在哪裡看到他們的？」

「那邊。」溼足朝長滿石楠的陡峭山坡點頭示意。「我們正打算在回營前先去警告你們。」

「風族回來了嗎？」豹毛伸了伸利爪。

「他們的營地還是空著。」溼足告訴她。「風族和影族的邊界也沒聞到他們的氣味標記。」

「我們的邊界也沒有。」豹毛對他說。

「應該就只是幾隻落單的風族貓而已。」溼足又往山坡望去，卻突然全身僵硬，豎起了後頸的毛髮。

豹毛順著他的目光看去，只見山坡上的蕨類動了起來，她看見蕨莖之間有什麼東西的毛皮在動。應該不超過四隻。「跟我來。」她大步朝那個方向跑去。

巡邏隊趕緊跟來，溼足也緊隨在後。其他幾隻影族戰士從藏身處溜出來，跟著往山坡上跑。

豹毛風風火火地竄出蕨叢，這時她鼻腔中的風族氣味已經十分濃烈了。怒火灼燒著她的腳爪。風族已經拋棄這塊地盤了，既然要逃走，那就別再回來了啊！他們憑什麼像食腐動物一樣偷偷摸摸地溜回來，奪走河族的食物？

她隔著蕨葉看見三隻風族戰士，他們像魚一樣瑟縮著躲在雜草中。這時，風族貓轉身就跑，豹毛嗅到他們恐懼的氣味，邁開腳步追了上去。

對方衝出石楠、跑到陽光下，豹毛緊追不捨，腳爪用力踏著土地，快步繞到前頭擋住他們的去路。

豹毛面對著三隻風族貓，他們只能灰溜溜地停下腳步。他們三個都骨瘦如柴，眼睛驚慌地圓睜著，其中一隻嘴裡叼著肥美的田鼠。黑爪和甲蟲鼻都衝出蕨叢，白爪與影族戰士同時跑來。他們散了開來，圍住風族巡邏隊，只有蛙跳站在後方。蛙跳的耳朵微微抽動，他看著風族戰士們一起縮在空地中央，三隻貓採取守勢。

「你們來這裡幹什麼？」豹毛悄悄靠近他們。她認出其中一隻風族戰士，那是年紀很大的雄鹿躍，另外兩隻則是年輕貓兒。

雄鹿躍回應了她凶狠的目光。「這是我們的土地。」他低吼道。「你們又是來幹什麼的？」他惡狠狠地掃了影族與河族巡邏隊一眼，但豹毛在他眼中看見一閃而過的恐懼，他知道自己寡不敵眾。

豹毛又邁步走近，注意力轉向叼著田鼠的年輕母貓。「你們的部族拋棄了領地。」她惡聲說。「這裡現在是我們的狩獵地了。」她轉向溼足。「它也是影族的狩獵地。」

風族母貓緊張地瞄了雄鹿躍一眼。

「栗光，別擔心。」雄鹿躍安慰她。「高沼屬於我們風族。」

豹毛若無其事地望向山坡頂。「看起來倒不像是你們的啊。」她喵嗚道。「我怎麼覺得這裡就只有你們三隻風族貓而已？我聽溼足說了，你們的營地空空如也，邊界也沒有氣味標記，那就表示任何一隻貓都能自由進出這片土地，來這邊狩獵。」

雄鹿躍的尾巴甩了起來。「那我們想來這裡狩獵，有什麼問題嗎？」他斷聲說。

豹毛眨眼看著他，然後鼻口湊到了他面前。「我們不打算讓你們狩獵。」

風族那隻灰白相間的年輕公貓豎起了毛髮。「這是我們的地盤！」

「它過去是你們的地盤。」豹毛甚至沒轉頭看他，注意力完全集中在雄鹿躍身上。「我建議你們快快離開。」

她身後的黑爪低吼一聲。「你們還回來這裡做什麼？」

家。」

白爪挺起了胸膛。「你們是被族貓們拋下了嗎？」

雄鹿躍憤怒地打量他們。「是我們自己選擇留下的。」他喵嗚道。「這是我們的家。」

「部族才是你們的家。」豹毛亮出滿口牙齒。「還不快去找你們的族貓。」她咆哮一聲，爪子劃過雄鹿躍的鼻子。

雄鹿躍踉蹌倒退，眼裡燃燒著熊熊怒火。他作勢舉起腳爪，爪子反射了陽光——但這時灰白相間的公貓竄上前擋住他。

「雄鹿躍，算了啦。」他喵聲說。「我們走吧。現在如果打起來，我們贏不了的。」他環顧包圍他們的外族戰士。

雄鹿躍瞅了他一眼，尾巴終於垂下來。「好吧。」他轉身朝草地另一頭走去，灰白相間的公貓也跟了上去。栗光正想跟著同伴離開，豹毛卻清了清喉嚨。

「把田鼠放下。」她沉聲說。

栗光盯著她，眼裡閃過詫異的光芒。

「把牠放下。」豹毛命令道。

雄鹿躍對族貓眨眼。「放下吧。」他柔聲對栗光說。「我們再去抓其他獵物。」

「但不准在高沼狩獵。」豹毛的爪子刺入地面。現在已經得和影族共享獵物了，她可不想再把更多食物讓給這些惡棍貓——是啊，他們對自己的部族毫無忠誠，根本就是惡棍貓。「給我滾遠點，再也別回來。」她嘶聲道。「這裡現在是我們的地盤了。」

狩獵進行得很順利，高沼上有不少獵物，而且巡邏隊不必費太多力氣就抓到牠們了。在長滿石楠和蕨類的環境中，戰士們可以輕鬆地追蹤小鼠和田鼠，甚至比在開闊的草原追趕兔子還簡單。豹毛剛才把風族戰士的田鼠送給了溼足，謝謝他今天的幫忙，但她也暗自希望之後不會在高沼遇到太多影族巡邏隊。影族上個月從河族地盤取走那麼多獵物，他們族裡的貓想必都吃得肥嘟嘟了吧。河族在高沼抓到的獵物越多，就越不必在家附近的河川與河岸捕捉獵物，河族領地的獵物也才不會被捕食殆盡。

蛙跳明顯悶悶不樂，大家叼著獵物回家的路上，他一再對豹毛投來陰沉的眼神，令豹毛厭煩得毛皮發燙。終於回到營地時，她把嘴裡的兔子放上新鮮獵物堆，轉身面對蛙跳。「你有什麼意見嗎？」

蛙跳平直地對上她的視線，但豹毛看見了他的惱怒。「那真的是正確的作法嗎？」

「什麼作法？」豹毛問道，不過她已經知道蛙跳想說什麼了。

「他們是風族的戰士。」蛙跳厲聲說。「高沼是他們的家園。」

「高沼過去是他們的家園。」豹毛毫不客氣地回道。「是風族自己拋棄了領地。」

「就算是這樣，也不表示我們可以在高沼狩獵，他們卻不行啊。」蛙跳的尾巴在身後來回甩動。

豹毛瞇起雙眼。「你花這麼多心思關心其他貓族，卻不在意自己的部族？」如果他不在乎自己的小貓有沒有獵物吃，那就只能由豹毛來替他照顧小貓了。

「因為那些風族貓都是戰士，他們和我們一樣是戰士！不論是我們或他們，都不該餓肚子啊！」

「那是他們自己該解決的問題。」豹毛低吼道。「不關我們的事。」

蛙跳甩動的尾巴靜止了下來。「唉，豹毛。」他眼中的怒火突然消失了，他哀傷地注視著豹毛。「沒想到妳會成為這樣的戰士，和我原本想像的妳好不一樣。」

他的話宛如刺傷豹毛的蕁麻，但豹毛繼續盯著他，不肯示弱。「感謝星族沒讓我變成你心目中理想的戰士。」這樣也好。她早就放棄了蛙跳，蛙跳也選擇了苔皮，而現在苔皮還懷上他的小貓，蛙跳喜不喜歡豹毛已經不重要了。豹毛的職責是保護部族。儘管如此，心中的傷痛似乎奪走了她的呼吸，她瞪著邁步離開的蛙跳，努力忍住了顫抖。

「豹毛。」聽到白爪安靜的喵嗚聲，她轉過頭來，看到年輕公貓站在自己身旁。「他這樣說太不公平了。」他點頭指向逐漸走遠的蛙跳。「他沒意識到妳做這些是為了河族好。」

白爪的話語稍微撫平了她內心的刺痛，她感激地對白爪眨眼。「謝謝你。」她喵聲說。「還好有你，有貓理解我的想法真是太好了。」

「等一切都成功以後，所有貓都會知道妳做得沒錯。」白爪直起身，似乎突然想到什麼事情。「泥毛叫我來找妳。」他喵嗚道。「他要妳去一趟巫醫窩。」

豹毛全身一緊。「曲星還好嗎？」

白爪瞄了巫醫窩一眼。「他沒說。」他喵聲說。「他只叫妳去一趟，說動作要快。」

「謝謝你。」曲星的病情惡化了嗎？豹毛匆匆穿過空地，儘量不讓毛髮蓬起來，免得嚇到族貓們。她矮身走進巫醫窩。「出什麼事了嗎？」

泥毛蹲在曲星的睡窩旁。「他有話想對妳說。」

豹毛走到巫醫窩另一頭，看見曲星糾結的毛髮時，她的心沉了下去。河族族長僵硬地躺在蘆葦睡窩裡，在那一瞬間，豹毛擔心自己來得太遲了。曲星還剩下幾條命？驚慌竄過了她的毛皮，她發現自己竟然不知道族長還有幾條命。**我算哪門子的副族長啊？**她心想。豹毛看看族長，又看看泥毛。**我連自己離族長之位有多遠都不曉得，怎麼可能做好準備呢？**

「我已經把我認得的藥草都餵他吃過一遍了。」泥毛輕輕喵嗚道。「但他就是沒有退燒。」

「可是他還活著吧？」

「嗯。」泥毛用腳爪輕碰曲星的肩膀。「她來了。」他低聲說。「你不是想見她嗎？」

豹毛湊近一些。河族族長抬起頭來，緩緩眨眼看著豹毛。泥毛直起身。

「他現在非常虛弱。」他讓到一旁。「別讓他耗費太多心神。」

「好。」豹毛悄悄走到父親原本所在的位置。

泥毛走出巫醫窩的同時，曲星盯著她，眼眸閃爍著高燒的迷茫亮光。

豹毛感受到他毛皮散發出一波一波的熱意，不禁回想起上次像這樣被叫進巫醫窩的情景——那時，陽魚把白爪託付給她，然後就這麼死了。豹毛努力無視胸中刺痛的哀傷。「你有什麼話想對我說嗎？」

「豹毛。」曲星似乎認出了她，表情一亮。「謝謝妳特地過來。」

「我當然要來了。」她連忙喵聲說。

「我還擔心妳太忙了。」曲星的喵嗚聲很沙啞，他在睡窩中挪動身體，似乎連這小小的動作也令他疼痛不已。他遲疑片刻，儘量緩過氣來。「看到妳身為副族長這麼能幹，我好開心。」他終於喵嗚道。「河族需要妳這個領袖。」

「別說這種話。」聽他的語氣，他彷彿不指望自己康復了。「河族有你，未來很多很多個月都會由你領導我們。」豹毛內心一痛。無論他還剩下幾條命，總不可能一口氣被這場病全數奪走吧？

「沒關係的。」曲星注視著她。「能把河族交到妳的腳掌上，我就安心了。」他喵聲說。「我當初選妳當副族長時，就知道自己做了正確的決定。雖然我們有時意見不合，但我知道妳和我同樣深愛我們的部族，而且妳願意為了守護部族而犧牲一切。」他的目光飄離豹毛，雙眼放光，高燒似乎收緊了對他的掌控。他睜大雙眼，似乎看見了什麼東西，豹毛也順著他的視線望去，不知是不是該把泥毛叫進來。曲星盯著空氣，那裡什麼都沒有。「我知道自己做了正確的選擇。」他喵聲重複道。「雖然泥毛勸我選別隻貓當副族長，我也知道該選妳。」

豹毛頓時一僵。曲星是不是在胡言亂語了？「你說泥毛做了什麼？」

「我也不曉得他是為妳擔憂還是擔心河族出問題，但那時我就告訴他，妳是最好的選擇，妳是我們族裡最強、最勇敢的戰士。」

豹毛幾乎沒聽見他這段話，各種想法在內心糾纏成一團。她的親生父親竟然勸曲星選別隻貓當副族長？他怎麼能這樣對豹毛？這又是為了什麼？難道他對豹毛真的毫無信心嗎？當初明明是他告訴豹毛，她總有一天會拯救河族的……難道泥毛從一開始就不相信自己說出口的這句話嗎？

豹毛踉踉蹌蹌地站起身，這時曲星開始喃喃自語，眼睛彷彿凝視著遙遠的事物，豹毛知道族長已經看不見她了。她搖搖晃晃地走出巫醫窩，盯著蘆葦叢外的水流，以及從水面反射的落葉季陽光。她讓陽光刺得自己眼冒金星，身心都麻木不仁。

泥毛快步走過來。「他還好嗎？」

「他好像需要你的照顧。」豹毛愣愣地喵嗚道。

泥毛從她身邊走過，消失在巫醫窩裡。

族貓們在空地邊緣，分食著她從高沼帶回來的獵物。

「太多毛了啦。」亂鬚一面拆解兔子，一面對鳥歌抱怨。

「滿好吃的耶。」湖光對爍皮說完，又從鵪鶉身上扯下一塊肉。「妳也嚐嚐吧，吃起來像比較有野味的麻雀肉。」

豹毛從他們旁邊走過，心臟彷彿在她胸中化成了巨岩，緊緊壓著她的喉嚨，令她難以呼吸。她朝營地入口走去，現在需要出去散散心、整理思緒。

「曲星他還好嗎？」豹毛順著蜿蜒小徑穿過蘆葦叢時，白爪小跑步跟過來。「妳看起來像是受到了很大的打擊。」

「他病得不輕。」

「他會死嗎？」

「泥毛會儘可能救治他的。」

白爪緊張地抖了抖毛皮。「如果他死了怎麼辦？」

「那我就會成為族長。」這句話突然顯得無比空洞。這明明是她的夢想，泥毛卻不相信她做得到。她恨不得讓父親對自己刮目相看，父親卻認為曲星不該選她當副族長，認為曲星判斷錯誤。

他們走到河畔，白爪注視著她，眼裡閃爍著擔憂的光芒。「別傷心。」他喵聲鼓勵道。「曲星去星族一定會過得很好，而且妳一定會是超級偉大的族長。」

豹毛看著他，為他的善良而心痛。他注視著豹毛時，眼中盈滿了小貓對父母的依戀——過去他這麼看著陽魚時，陽魚也是這種感受嗎？「我不只是為曲星感到難過。」豹毛喵聲說。「其實是泥毛說的一件事情。他說……」她猶豫了，她該對白爪透露多少？「他說了些傷害我的話。」

白爪歪過頭。「你們兩個不是關係很好嗎？」

「曾經是這樣沒錯。」豹毛嚥下了滿腔悲傷。

白爪若有所思地瞅著她。「有時候，最瞭解我們的貓，不見得是我們的父母。」

豹毛看著他。他的目光充滿了真誠的依戀，豹毛好想疼愛地舔舔他的耳朵。從前他還是小貓時，每次做了什麼可愛的事、說了什麼可愛的話，陽魚都會親暱地舔他的耳朵。

豹毛坐了下來，忽然因他的陪伴與河流舒緩的水聲而感到安慰。她不能這麼自私，讓自己所有的煩惱壓在年輕貓兒心頭。「一切都會圓滿結束的。」她喵聲說。「曲星過一陣子就會痊癒了，我也會去和泥毛談談，把話說開。」雖然這不是真話，但只要能安慰白爪就好了。她對白爪眨眼，這時候應該要岔開話題，想辦法讓白爪分心。「你最近過得怎麼樣？」

白爪別過頭，彷彿突然想到什麼害羞的事情。

「怎麼了？」豹毛喵聲問。他是不是有什麼心事？

白爪盯著腳爪片刻，緊張得尾巴毛髮微微抽動。「我有暗戀的貓。」他喵嗚道，說話時沒有抬頭看豹毛。

「真的？」豹毛呼嚕說，內心感到輕鬆許多。「是誰運氣這麼好，被你喜歡上？」

白爪沒有回答。

「你說吧，我保證不告訴其他貓。」她哄勸道。

白爪看向她。「是銀流。」

豹毛的呼嚕聲變得更響了。「真是個好對象。」她喵聲說。「她是優秀的戰士，也長得很漂亮。」

「可是我每次跟她相處，都感覺好彆扭。」白爪喵嗚道。「感覺像是她突然變成別族的貓，我都不知道要跟她說什麼。」

豹毛思索片刻。「把你對她的感情告訴她就好了，」她喵嗚道，「最壞的情況也壞不到哪裡去吧？」

「她搞不好會覺得我是鼠腦袋。」

「她怎麼可能這樣想呢？」豹毛突然萌生了保護這年輕公貓的欲望。「你又不是鼠腦袋。況且，她要是這麼小心眼，你當初就不會喜歡上她啦。」

「那如果她對我沒感覺怎麼辦？」

「她如果真的無法回應你的感情，那你還是早點知道比較好吧？不然你可能得浪費很多時間喜歡一隻不喜歡你的貓。」豹毛看得出白爪沒被說服，於是她接著說了下去。「比起隱藏自己的想法，把你對她的感情說出來，她也會比較尊重你的。」她喵聲說。「如果你真心想和她建立更親密的關係，就必須拿出勇氣。」她用鼻尖戳了白爪臉頰一下。「你想讓銀流幸福，對不對？」

「那當然。」

「那就告訴她吧。就算她拒絕你，你也能繼續過你的生活。你是堂堂正正的戰士，不會被任何事物擊垮的。而且啊，她的想法其實也不重要，真正重要的是你說出內心話的信心。」

「真的嗎？」她看見白爪眼中閃爍的希望。

「真的。」豹毛驚訝地發現，自己其實不完全在對白爪說話，她也是在勸自己。就算泥毛真覺得她沒能力領導河族，那又如何？重點是豹毛對自己的信心。她不知道曲星還剩幾條命，也不知道他能不能熬過這場大病，但她知道如果曲星死了，自己有能力成為偉大的領袖。而在曲星臥病在床這段時間，豹毛可以先對所有貓展現自己的領導風格。她會證明泥毛錯了——還有蛙跳，還有其他對她懷有疑慮的貓，他們全都錯了。曲星選她當繼承者時，就是做了正確的選擇，她一定會讓大家都看清這一點。

我走在正確的道路上。她凝望下游湍急的水流。**再過不久，每一隻貓都會看清這件事。我走在星族為我安排的道路上。**

第十三章

「灰池。」豹毛對煙灰色母貓頷首。「妳帶獺潑和石毛去高沼狩獵。」

「我可以一起去嗎？」影掌滿懷希望地看著她。「我雖然沒去高沼狩獵過，可是我有在森林裡練習追蹤獵物，上次還追了一隻兔子喔。」

「那妳有抓到兔子嗎？」豹毛問。

「沒有，可是只差一點點了。」影掌甩著深灰色尾巴。

豹毛看向石毛。「她有辦法去高沼狩獵了嗎？」

影掌硬擠到導師前方。「我當然有辦法！」她氣呼呼地喵聲說。「沉掌昨天都去過高沼了，我跟他受訓的時間一樣長，憑什麼我不行去！」

石毛的鬍鬚微微抽動，透露了笑意。「她可以去了。」他喵嗚道。

「好。」豹毛點頭。「那就讓她加入巡邏隊。」

豹毛今天從黎明就醒了，她昨晚一直夢到自己在河岸與河族地盤的蘆葦床追逐難纏的獵物，現在只覺得疲憊不已，滿心想趕快開始新的一天。她今早不耐煩地來回踱步，等著族貓們睡眼惺忪地走出各自的窩，一等到夠多貓聚集在空地上，她就開始分配今天的巡邏隊。豹毛昨晚都在考慮曲星與自己的未來：泥毛昨天說過，他已經把自己識得的所有藥草都餵曲星吃過了，卻不見起色……考慮到曲星的病勢，情況聽起來很不妙，曲星最少最少也得花好一段時間養病。她想到曲星昨天說的話，他說自己把河族交到豹毛的腳掌上就安心了，如果曲星這次病得很久，豹毛正好可以趁機證明他說得沒錯。假如豹毛成功了，泥毛就會發現她能幹又堅強，對河族非常有幫助。等曲星康復後，他也會發現豹毛很有智慧，以後可能就更願意聽她的建議了。她今天已經派柔翅帶巡邏隊去標記河族和雷族的邊界，並且派波爪帶另一支巡邏隊去河的上游抓魚，現在她打定主意要派第三支巡邏隊出營，這次是去高沼狩獵。她昨天和風族戰士發生爭執，又得知影族也在高沼狩獵，這時她覺得河族更應該經常在高沼露面。

「你們到高沼以後，記得注意那幾隻背離風族的貓是不是在附近。」灰池率領巡邏隊走向營地入口時，豹毛告訴她。「如果遇到他們，就把他們趕走，也別讓他們把高沼的獵物帶走。」

站在空地邊緣的蛙跳對她投了個眼神，豹毛直接對上蛙跳的視線。「至於你，你今天就負責修補營地外牆的破洞吧。」她對蛙跳說。「叫天心和響肚一起幫忙。」

他默默點頭，眼神沒有透露心中的想法。豹毛轉向白爪，她準備交代特別的任務。「你和銀流今早跟我出去狩獵吧。」

白爪瞪大了雙眼。「我和銀流一起嗎？」他吞一口口水。

「別忘了，」豹毛叮囑，用堅定的語氣鼓勵他，「你必須拿出勇氣和自信。」

白爪猶疑地望向戰士窩。「不知道她醒了沒。」他喵聲說。「她昨晚負責守夜。」

「那是因為她太擔心父親的病情了，所以一直睡不著。」豹毛告訴他。「我們今天早上帶她去狩獵，她應該會很感激，這樣她才能讓自己分心。」

白爪看上去還是很焦慮。「她可能不想離曲星太遠，所以只想待在營地裡。」

「就算她待在曲星身邊，那也沒有幫助啊。」豹毛對他說。「而且泥毛會負責照顧曲星的。」她可不打算讓白爪找藉口逃避和銀流相處的機會。現在正是他們培養感情的良機，銀流最近情緒焦慮，特別需要朋友的陪伴。「你去叫醒她，我去看看曲星的狀況。」

豹毛蓬起毛髮，走向巫醫窩。烏雲飄到了高沼上空，豹毛在風中嚐到雨水的氣味，但即使天氣不佳，她也不會放棄幫助白爪的機會。況且，一個好族長必須以身作則，和手下的戰士們同樣勤勞地外出巡邏。

走近巫醫窩時，她腹部一緊。曲星的病情會不會惡化了？他昨天似乎離死不遠了，不過他應該熬過了昨夜，否則泥毛一定會來通知豹毛。豹毛嚐到了不安的滋味，她想像族長和昨天一樣，發著高燒、語無倫次地和她交談。**他還會對我說什麼我不想聽的話呢？**但豹毛還是硬生生拋開了這些念頭，逼自己把河族的利益擺在第一順位。河族的族長生了重病，他會不會已經失去一條命了？還是兩條？豹毛低頭經過垂在洞口的青苔，然後深深呼吸，準備面對最糟的情況。她邁步走進巫醫窩。

泥毛愉快地呼嚕笑著，對她打招呼。「我正想去找妳呢。」

驚訝的火花竄過豹毛的毛皮，只見曲星坐在睡窩裡，炯炯有神的眼眸不再因高燒而迷離，而是充滿了對豹毛的歡迎。「嗨，豹毛。」他的喵嗚聲還是有點沙啞，但聽起來強健許多了。「族裡都好嗎？」

「大家都很好。」曲星前一天似乎還病得很嚴重，豹毛完全沒料到他會這麼快恢復，她一時愣住了。「我——」她遲疑片刻。看來她還不會成為族長，甚至連代理族長職務的時間也很快就會過去了。「我派巡邏隊外出了。」派巡邏隊去高沼的事就先別提好了，反正曲星聽了肯定不贊同。她感到心煩意亂、腳爪發癢。這下她根本沒時間讓曲星發現她的作法才是對的，這也表示她只能回到動不動就對族長道歉的狀態——高沼的事也好、其他的事也好，只要有任何決策不符合族長的看法，她就得道歉。

「他在天亮前退燒了。」泥毛開心地告訴她。「剛才甚至吃了一點新鮮獵物呢。」

曲星用尾巴蓋住腳爪。「我感覺好很多了。」

「太棒了！」豹毛勉強擠出呼嚕聲。這下，她要怎麼對泥毛證明自己偉大的領導能力？她只能退回副族長的位置，讓曲星的話語繼續啃噬她的心靈。**泥毛勸我選別隻貓。**

泥毛走向巫醫窩的入口。「我去看看苔皮的狀況。」他喵嗚道。

「看到你病情好轉，我真的很高興。」豹毛走到曲星的睡窩邊，坐了下來。「我昨天和你說話時，你似乎昏昏沉沉的。」

曲星露出困惑的神情。「我和妳說過話嗎？」

「我巡邏回來以後，你不是叫我來見你嗎？」豹毛仔細盯著他，在他眼中尋找昨日的回憶。他還記得昨天的對話嗎？

「我大概是昏了頭吧。」他喵聲說。「我有說什麼奇怪的話嗎？」

「沒有。」豹毛故作輕鬆地喵嗚道。「你只是想確保族裡沒出問題而已。」

「很好。」他甩了甩黏膩的毛皮。「今天是誰負責帶巡邏隊出去？」

「柔翅、灰池和波爪。」希望曲星不會問他們巡邏的地點。

「不錯的選擇。」曲星喵嗚道。「他們是去河裡捕魚嗎？」

「波爪的巡邏隊是。」豹毛告訴他。「灰池的隊伍去抓陸地獵物了，然後——」她趕緊往下說。「我派柔翅的巡邏隊去標記雷族邊界。」

「既然雷族想把風族迎回來，我們也該和從前一樣標記風族邊界了。」

「好。」豹毛咬緊牙關，忍住了發表異議的衝動。曲星顯然打算直接放棄他們新得來的狩獵權，再過不久他就會聽到豹毛派巡邏隊去風族領地狩獵的消息，然後責怪她採取可能惹怒雷族的冒險行動。這也沒什麼，但是等曲星得知她把風族戰士趕出高沼時，又會怎麼說呢？到時候再去面對吧，白爪和銀流還等著她呢。「我有事先走了。」

「出什麼事了嗎？」曲星皺起眉頭。

「沒事，」豹毛告訴他，「我只是答應要和白爪還有銀流出去狩獵而已。」

曲星眼睛一亮。「可以請銀流過來嗎？她一定很擔心我的狀況吧。」

「是啊，她真的很擔心。」豹毛對他說。「不過我儘量幫她找了事情做，不讓她閒下來為你的事操心。」

「謝謝妳。」曲星感激地喵聲說。「但可以的話，妳能不能請別隻貓代替她去狩獵？我希望她能陪陪我。」他眼中閃爍著淚光。

豹毛的心沉了下去，但她還是點點頭。「當然可以。」她也不怪曲星，曲星畢竟差點和女兒永遠分離了，但這麼快就失去證明自身能力與理念的機會，還是讓她很失望。從現在開始，她不能再派巡邏隊去風族領地，就連幫助白爪也做不到。她悶悶不樂地走出巫醫窩。

白爪和銀流並肩站在營地入口，白爪看上去像第一次參加大集會的見習生那般興奮忐忑。剛才開始下雨了，營地已經完全溼透。

「曲星想見妳。」豹毛對銀流喊道。

銀流焦急得眼睛一亮。「他的情況惡化了嗎？」

「他好多了。」豹毛的喵嗚聲傳遍空地，這時蛙跳放開了他正要編入營地外牆一道縫隙的蘆葦。

「感謝星族。」他喵聲說。

「星族保佑了河族。」他身旁的天心喵嗚道。

銀流已經快步走向巫醫窩，在雨中瞇起了雙眼。銀流用鼻子推開青苔走進巫醫窩時，豹毛走到白爪身邊。

「對不起。」她喵聲說。她害白爪白緊張一場了。

「沒關係。」白爪甩了甩被雨淋溼的毛皮，但豹毛看得出他很失望。

「我們還是去狩獵吧。」她對白爪說。「我們帶矛牙和莎草溪一起去。」

兩隻戰士正和田鼠爪與蘆葦尾一起躲在莎草叢中避雨。

豹毛對他們四個喊道：「我們一起去狩獵吧。」

四隻戰士快步來到營地這一頭，露出鬆一口氣的表情，大概是很高興自己有事情可做，而且狩獵可以讓他們的身體暖和起來。

豹毛帶隊走出營地，順著小徑來到踏腳石。光滑的岩石今天沒被河水淹蓋，不過只露出一小部分而已，等巡邏隊回程時水位應該就會上漲，淹過石頭表面了。豹毛踩著石頭跳到對岸，朝峽谷的方向前進。營地到峽谷的路上有幾棵山毛櫸樹，樹上應該會有小鳥。

他們從上午狩獵到中午，抓到一隻歐掠鳥和一隻鶇鳥。

「我們先把牠們埋在土裡，回程再挖出來帶走吧。」豹毛提議道。

矛牙在雨中眨眼看她。「我們還不回家嗎？」

「到峽谷以外的水域，就可以抓到很多魚了。」豹毛喵聲說。

白爪點點頭。「河水這麼洶湧的時候，通常會有幾條魚困在激流下。」他附和道。

豹毛甩掉鬍鬚上的雨珠。「我們爬上崖頂，走最短的路線去峽谷另一側吧，」她喵嗚道，「這樣比繞路來得快。」

莎草溪瞄了崖頂一眼。「上面很高呢，要是摔到河裡就慘了。」

「別擔心啦。」白爪開玩笑地撞了撞她。「妳如果摔下來，我一定接住妳。」

莎草溪撞了回去。「我才不打算靠近崖邊，不可能摔下來。」

「我不會讓你們任何一隻貓摔下來的。」豹毛柔聲喵嗚道。雖然現在下著雨，白爪似乎又恢復愉快的心情，不再為銀流留在營地而感到失望了，豹毛見了暗暗鬆一口氣。

她率先沿小徑走去，順著蜿蜒的小徑爬上高崖。

接近峽谷頂端時，她嗅到一絲熟悉的氣味。豹毛停下腳步，警戒了起來，腳爪也開始刺癢。

「怎麼了？」田鼠爪抬起頭來。

「我聞到風族的氣味了。」他們昨天在高沼遇到的那三隻戰士又回來了嗎？豹毛全身一僵。空氣中，風族的氣味和另一絲氣味交織，令她蓬起毛皮。「他們和雷族在一起。」

莎草溪動了動腳爪。「他們會不會發現我們去風族領地狩獵了？」

「可能是雄鹿躍去搬救兵了吧。」矛牙喵嗚道。

豹毛腹部一緊。「他們為什麼過來都無所謂，」她低吼道，「無論是風族或雷族都不該出現在河族地盤上。」

白爪沿著崖頂走過去。「我們昨天對他們太客氣了。」他氣得尾巴毛髮蓬起。

「等等。」豹毛在大雨中瞇起眼睛，快步跟了上去。白爪不能冒冒失失地直接走過去，要是中對方的埋伏就糟糕了。「我走前面。」豹毛走到最前頭，回眸確認其他同伴都避開了崖邊。儘管今天風大，雷族與風族的氣味還是濃濃地飄來，無疑是兩族貓聯合巡邏。憤怒隨著血液流遍豹毛全身。怎麼其他三個貓族當中，沒有任何一族把河族邊界當一回事？豹毛貼平了耳朵，準備和對方理論。她會先給對方解釋的機會，但他們最好要說得出合情合理的理由，否則她絕不輕易饒過那些外族貓。她在雨中努力遠望，瞥見崖頂小徑的幾個形影逐漸接近巡邏隊。

「我看到他們了！」她身後的白爪喵嗚道。

「由我來和他們談——」

白爪已經從她身旁擠過去，快步往前跑了。

「白爪！」豹毛愕然盯著他的背影。

他發出比風聲還響亮的號叫聲，衝向那幾隻入侵者。「跟我來！」

豹毛追了過去，豆大的雨點打在她臉上，她幾乎什麼都看不清楚。風族和雷族貓的輪廓逐漸變得清晰，她認出他們的毛皮：火心與灰紋站在那裡，死足與一鬚也和他們站在一起。豹毛腦中一片混亂，她感到困惑不已。這不是她昨天趕走的那三隻風族入侵者，難道風族其他貓也已經回來了嗎？那雷族怎麼和他們走在一起？沒時間思考這些了，只見白爪撲向火心，把對方撞倒在地。

莎草溪從豹毛身旁竄過去，撲向了一鬚，先把他撞倒後用利爪抓他的耳朵，然後再用前腳爪抓住他開始翻滾。兩隻貓離崖邊愈來愈近，太危險了。

豹毛跳上前，抓住莎草溪的毛皮把她拖了回來。

莎草溪放開了一鬚，轉向豹毛，發現是副族長把自己從風族戰士身上拉開時，她訝異地睜大了雙眼。「妳在做什麼啊？」

「我剛才就說了，我絕不會讓你們任何一隻貓摔下懸崖。」豹毛點頭示意崖邊，一鬚正掙扎著站起身來。風族戰士撲向莎草溪時，豹毛的毛髮豎了起來——一鬚猛地撞上虎斑母貓，嘶吼著把她從豹毛身邊撞開。但莎草溪沒有跌倒，而是用後腿直立起來，伸爪往風族公貓的鼻口抓去，狠狠抓得他踉蹌倒退。

矛牙與田鼠爪則逼著死足沿小徑後退，在他蹣跚挪動時伸爪攻擊他。死足其中一隻後腳爪本來就瘸了，讓他每走一步就全身一歪，很難保持平衡。

看到蘆葦尾撲來時，灰紋露出驚愕的表情，但這位雷族戰士的反應比蛇還要快，他一隻腳爪沉沉落下，一把將蘆葦尾拍開。豹毛往灰色戰士奔去，在蘆葦尾重新站起身的同時，豹毛猛撲向灰紋，感覺到對手蹣跚地退了兩步後倒在自己身下。

「這裡是河族的領地。」豹毛在他耳邊嘶吼道，然後她把灰紋壓在地上，開始用後腳利爪踢他腹部。灰紋氣得大聲尖叫，試圖把她踢開，但蘆葦尾用力咬住灰色公貓的尾巴，咬得灰紋再次尖叫，這次的叫聲多了幾分痛苦。

得意的情緒湧上豹毛心頭，他們讓這群入侵者學到教訓了。她放開腳爪，準備讓入侵者逃走。他們以後再也不敢踏上河族地盤了。

但就在這時，雨中傳來一聲號叫，豹毛再次豎起全身毛髮。她猛然轉頭，駭然瞪大了眼睛，只見更多雷族戰士順著小徑朝他們跑來。

虎爪！她立刻認出了深色虎斑貓寬闊的頭顱，他正率領第二支戰鬥巡邏隊接近崖頂，柳皮、白風暴與沙掌都緊跟在後。忽然間，河族巡邏隊顯得勢單力薄。

豹毛一躍而起，準備面對敵方的援軍，但虎爪已經重重撞上了田鼠爪，把田鼠爪從死足身邊撞開。深色虎斑貓用前腳爪抓住河族公貓，把田鼠爪甩到地上。田鼠爪滾了一圈試圖站起來，虎爪卻像狐狸似地往他後腿咬去，牙齒深深刺入河族公貓的毛髮。

田鼠爪全身的毛髮都蓬了起來，他抓著草地想遠離虎爪，好不容易把虎爪踢開後，他自己驚慌地竄進了樹叢之中。

豹毛撲向虎爪，可是她還沒跑到虎爪面前，柳皮就伸爪猛抓她的尾巴，傷口深得見骨。劇痛刺穿了豹毛的毛皮，她嘶吼著轉身面對雷族母貓，利爪抓過柳皮的鼻口。柳皮憤怒地瞪著她，全身直立起來，舉爪準備反擊。豹毛感受到在腹中引燃的驚慌。此時白爪正在和灰紋纏鬥，火心和白風暴逼得蘆葦尾沿小徑連連後退，死足則撲向了矛牙——對手只剩一位戰士時，死足儘管一隻腳爪行動不便，動作卻意外地靈巧。莎草溪蹲伏在地上慌亂地出爪，試圖擊退步步進逼的一鬚與沙掌。豹毛和族貓們若想活著離開這裡，她就得像狐狸一樣發狂戰鬥。

她撲向了柳皮，速度快得雷族母貓來不及揮爪去抓豹毛的鼻口。豹毛用頭猛撞柳皮胸口，把她撞飛，然後轉頭幫助矛牙。她打算先把死足驅走，再去處理其他敵貓。

「你去幫莎草溪。」她對矛牙號叫一聲，然後從他身旁竄過去，爪子勾住死足的肩膀。矛牙旋身跑開，豹毛則拉得死足不得不將重心放在最弱的那隻腳爪上，然後得意地感覺到死足摔倒。她任由死足倒地，對方現在和不停掙扎的魚同樣無助了。她撲向死足的脖子，但還來不及狠狠咬下、把死足嚇跑，就突然有爪子刺入她後頸。強而有力的腳爪把豹毛往後一扯，她扭頭看見虎爪炯炯有神的眼睛在自己臉邊閃爍著，不禁感到震驚不已。虎爪這傢伙上次還以她的盟友自居，現在竟敢攻擊她？「星族的，你到底——」

虎爪用力把她推倒在地上，全身重量壓得她鼻口埋入了溼土。「妳瞧。」豹毛被泥巴嗆得難以呼吸時，虎爪低沉的嘶聲在她耳邊響起。「為了保護我的部族，我甚至願意傷害自己欣賞的貓。」

他以為這是在教訓她嗎？狂怒在豹毛耳中隆隆作響，她心臟狂跳，四隻腳爪一起緊抓著地面往上推，用力得全身上下每一根毛髮都直直豎起。她感覺虎爪動了一下，她又用力往上推，推得對方歪到一邊。虎爪的腳爪在泥地上滑了幾下，他掙扎著想保持平衡。**逮到他了**。豹毛調整重心，趁勢把虎爪推得更歪，感覺到虎爪從自己背上滑下來。豹毛最後猛推一把，欣喜地看見對方側身倒在地上，她正想用後腿轉身抓他耳朵，卻突然聽見一聲驚叫——頓時，周遭的雨珠彷彿都顫動了起來。

豹毛全身靜止。周遭的戰鬥都停了下來，每張臉同時轉向叫聲的源頭，她看見幾隻貓驚恐地圓睜著眼睛，自己順著他們的視線望向崖頂時，不禁停止了呼吸。

蓬起了全身毛髮的灰紋蹲在草地上，盯著懸崖下方。

豹毛衝到他身旁，腹中彷彿被恐懼掏空。她全身一僵，身體彷彿早一步認知到了頭腦不願意想像的真相。她順著灰紋的視線，望向懸崖峭壁，以及下方湍急的水流。一顆深色頭顱在泛白的水面上載浮載沉，然後消失在水下。

一聲呼號撕裂了豹毛的喉嚨。「不！白爪！」

第十四章

豹毛不確定自己是怎麼回到營地的，只記得腳下的草地、拉扯著毛皮的河流、身旁的族貓們，偶爾還有貓用肩膀支撐她的身體。

剛才在峽谷，火心找了很多藉口，灰紋宣稱自己盡力拯救年輕公貓了。但豹毛彷彿站在瀑布後方聽著他們說話，貓兒的說話聲被震耳欲聾的悲哀淹沒了。

回神時，豹毛發現自己已經回到營地裡了，她感覺身心都麻木不已，彷彿自己早已隨白爪死去，化成了鬼魂。然後甲蟲鼻對她問起了白爪的去處，她卻只能默默盯著他。這時只能由矛牙儘量解釋事情經過，告訴年輕戰士的父親他的小貓死了——聽到這段話的時候，緊緊纏著豹毛的震驚忽然鬆開了，她像腐爛的樹枝似地癱軟在地上，思緒消失在無邊無際的黑暗之中。

現在睜開眼睛，她看見巫醫窩內部，星光從牆壁的縫隙透了進來。她困惑地眨眨眼睛。

「我怎麼在這裡？」

「妳得好好休息。」泥毛輕柔的喵嗚聲，彷彿在歡迎她遠遊還鄉。他低頭看向蜷縮在睡窩裡的豹毛，豹毛也盯著他，想要抬起頭來，卻發現自己動不了。她的身體變得像河川一樣，只能由周圍的土壤塑造與引導，無法自行移動。

「我受傷了嗎？」她問父親。

「身體沒事。」泥毛輕聲說。「但並不是所有的傷都是肉體的傷。」

她不是很懂這句話的意思，不過她沒有發問。她只想一直睡一直睡，直到峽谷發生的一切不再占據她的腦海。她閉上雙眼，讓自己沉入黑暗。

「豹毛。」陽魚的喵嗚聲帶來猛烈的強光，豹毛感受到籠罩毛皮的溫暖，治癒了她一直想逃避的痛苦。她睜開眼眸，在夢中看見了好友。陽魚的毛皮閃爍著星光，雙眼散發光輝，彷彿眼中藏著月光，豹毛從沒見過她如此美麗的樣子。豹毛抬頭想靠近縈繞著陽魚的光明與幸福，但忽然間，她又回到了峽谷，陽魚站在她身旁，地上是白爪破碎的身體。白爪鮮血淋漓、皮開肉綻，被河流沖得幾乎面目全非了，發白的雙眼空洞無神。

「妳怎麼能讓事情變成這樣？」陽魚眨眼看著她，眼中沒有責難，只有鮮明而絕望的悲傷，那份悲傷彷彿將豹毛的心劈成了兩半。「妳答應要守護他的。」陽魚的眼眸反映著豹毛深切的悲痛。「妳答應我的——」

一隻腳爪戳著她，有貓在搖她的肩膀。是現實中的貓。活著的貓。**是白爪嗎？**他在這裡嗎？他是不是來告訴豹毛，之前那一切都只是噩夢而已？豹毛猛然抬頭，在刺穿巫醫窩的陽光中眨眼。

田鼠爪收回腳爪，焦慮地注視著她。

不是白爪。她大失所望，幾乎無法呼吸。

田鼠爪開始說話了。「妳必須盡快恢復狀態。」他喵嗚道。「我知道妳很難受，可是不能一直待在巫醫窩啊，整個部族也都和妳一樣難過，妳得讓大家知道妳沒事。族裡沒有貓安排巡邏隊，沉掌該接受戰士考核了，還有……」

豹毛看著他滔滔不絕地說著，話語卻都沒有意義。這些哪裡重要了？就算沒有她，河族也能繼續過下去，說不定還能過得更好呢。「他們有曲星。」她無神地喵聲說。

「可是只有妳才清楚哪裡獵物比較多，」田鼠爪喵嗚道，「只有妳才知道哪些地方的界線被標記過。我們需要妳。」

豹毛盯著他，田鼠爪為什麼非要來煩她？白爪已經死了，在她領導巡邏隊時死了，就和他的母親與導師一樣。豹毛承受不了這一切。「我犯下太多錯誤了。」她將鼻口埋到腳爪下，閉上眼睛，又逃回睡夢之中。

再次醒來時，她感受到脆弱的一絲清明，抬頭環顧巫醫窩。

「蛙跳？」她驚訝地眨眼，看見蛙跳坐在她的睡窩旁。

蛙跳用鼻子把一團溼答答的青苔推過來。「妳應該渴了吧。」他喵嗚道。「喝水吧。」

他說得沒錯，豹毛感到口乾舌燥、飢腸轆轆，彷彿好幾個月沒吃東西了。「我在這裡多久了？」

「快要五天了。」蛙跳說。他又把那團青苔推得近一些。「喝水。」

她舔了舔青苔，享受清涼的水，然後像小貓似地吸吮青苔，用舌頭擠出最後幾滴水。

白爪死了。她的心彷彿被這個想法狠狠撕扯，不由得揪了起來，但這回傷痛並沒有完全吞噬她的身心。她吸一口氣，讓痛楚如河裡的淤泥般沉澱下去，留下泉水般清澈的思緒。「你怎麼會在這裡？」她望向蛙跳身後。「是泥毛叫你來的嗎？」

「我很擔心妳。」他那雙琥珀色眼眸十分柔和。

「為什麼？」豹毛百思不解。「你一定很恨我吧。」

蛙跳訝異地眨眼看她。「我怎麼會恨妳？」

「是我害死了白爪。」她喵嗚道。「而且我還差點害死苔皮，就連你的小貓也……」她嚥了口口水。苔皮懷著蛙跳的小貓。忽然間，她這一路走來的所有選擇似乎都做錯了，她一直走在錯誤的道路上。她當初應該成為蛙跳的伴侶、生下他的小貓的，這麼一來白爪就還會活著，全族也都能幸福快樂地生活下去了。

「妳沒有害死白爪。」蛙跳喵嗚道。「而且，是妳救了苔皮。」

「可是，是我帶他們去——」

「妳是帶他們外出巡邏。」蛙跳告訴她。「他們都是戰士，也是妳的族貓。妳並沒有錯。」他深深注視著豹毛的眼睛，令她忍不住想別過視線。

她的心產生了新的痛楚。「我應該優先考慮愛情的。」她喵聲說。「我應該和你在一起的。我好想你。」

她看見蛙跳脖頸上的毛不自在地豎起，不禁羞得全身發燙。她不該說出口的。

「我也想妳。」蛙跳靜靜地喵嗚道。「我有時也會好奇，如果我們沒有分開，現在會是什麼樣子呢？」他凝視豹毛片刻，然後別過頭。「但我們當初選擇分開的原因依然存在。我現在愛的是苔皮，不過妳在我心目中永遠會是特別的存在，妳千萬別覺得孤單。」他抬起下巴。「我永遠都會在這裡，永遠都會是妳的朋友。」

豹毛感到一絲哀傷，彷彿被蛙跳拉近的同時推遠了。但在近來發生的這一切過後，她其實該為此感激。她真的很感激，原來她沒有失去蛙跳，蛙跳還願意當她的朋友。

他從新鮮獵物堆幫豹毛挑一條鱒魚，然後在巫醫窩裡待了一小段時間，確認她把魚吃了。蛙跳離開時，豹毛小睡片刻，在中午過後醒過來，吃了些泥毛為她準備的藥草。

「銀流想見妳。」她吞下苦澀的藥草時，泥毛告訴她。泥毛用鼻子推來一條魚尾，用來消除藥草的苦味。

豹毛感激地舔了舔魚尾。「她還好嗎？」

「她看上去有些心不在焉。」泥毛對她說。「我跟她說妳願意見她。」他滿懷希望地看著豹毛。「妳願意嗎？」

「願意。」豹毛感覺自己可以面對族貓了，雖然目前的精力只夠她窩在睡窩裡，一次和一位族貓見面。

泥毛用鼻尖輕碰她的耳朵。「看到妳狀況好轉，我真的很高興。」他輕聲喵嗚道。

「我很快就會康復了。」豹毛眨眼安慰父親。「你忘了嗎，我可是你的小貓，什麼難關都能熬過去的。」

「我一直很擔心妳。」

泥毛呼嚕笑著走出巫醫窩。片刻後，銀流用鼻尖推開垂在入口的青苔，走了進來。

「嗨。」她的藍眼睛在陰暗的巫醫窩裡閃爍微光。她在豹毛的睡窩旁坐了下來。

「妳感覺好點了嗎？」

「好些了。」豹毛坐起身。「現在是曲星在安排巡邏隊嗎？」

銀流點點頭。「木毛和矛牙也在幫他，可是我們一直在同樣幾個地點狩獵，獵物愈來愈稀少了。」

豹毛猜曲星還是不肯到陽光岩附近的水域狩獵，也擔心派巡邏隊到風族邊界附近會出事。總得有貓提醒他，他們不能一直在同一片水域捕魚——而且豹毛知道森林裡幾個不錯的狩獵地點，水岸附近的獵物太稀少時，可以到去那捕捉獵物。她得把這些事情告訴曲星。

她看向銀流，只見銀流焦慮地抽動著尾巴。灰色虎斑母貓是不是還有什麼心事？「妳找我是不是有什麼事情想說？」

「如果我那天也和你們一起去峽谷就好了。」她愧疚地喵嗚道。「我不該留下來陪曲星的。」

豹毛十分同情銀流，她自己也曾反覆思索過，如果當初自己做了不同的選擇、不同的決定，是不是能改變後來發生的事。「當時曲星需要妳，」她喵聲說，「妳也需要陪伴他。他險些病死了呢。」豹毛在睡窩中挪動身體，腳爪似乎逐漸恢復力氣，等不及出去走動了。「就連星族也無法改變在峽谷發生的一切。當時我們的巡邏隊寡不敵眾，即使妳在場也無法改變事態，只會多一隻暴露在危險情況下的族貓而已。」她凝視著銀流。「還好妳當時安全地待在營地裡，沒有跟來。」

銀流盯著她，眼中似乎還有某個未說出口的問題。

「怎麼了？」豹毛和聲問道。「有什麼其他煩惱嗎？」

「我聽說是灰紋……」她的喵嗚聲逐漸淡去，她似乎無法將白爪死了這話說出口。

「妳可以直說。」豹毛沉聲說道。「灰紋殺了白爪，那整場埋伏大概都是他一手策劃的，我一定會讓他悔不當初——」

銀流打斷她。「可是我聽說灰紋有試著救白爪。」

豹毛全身毛豎起，雷族貓的謊言是怎麼傳進河族營地的？「這是誰告訴妳的？」

「我只是聽說他是這麼說的。」銀流連忙喵嗚道。

「他說謊！」

「那妳有看到他把白爪推下懸崖嗎？」銀流盯著她。

「我不用看也知道是他幹的！」豹毛強迫腳爪停止顫抖。「灰紋當時就在崖邊往下看，很明顯是他把白爪推下懸崖的。」

銀流別過了頭。「大概是吧。」她再次對上豹毛的視線時，眼中的問題似乎消失了。「白爪死在那裡，真是太不公平了。我會很想念他的。他是偉大的戰士。」

銀流的喵嗚聲顯得很空洞，像是小貓乖巧地背誦育兒室規則的語氣。**她一定是太傷心了，一定是這件事讓她悲痛得無法承受**。若非如此，母貓的語氣怎麼會如此冰冷呢？

豹毛突然想到，是不是該把白爪對銀流的感情告訴她呢？他們原本還有共築幸福生活的機會。又一波新的悲傷襲來，豹毛感覺自己雙眼泛淚，卻還是嚥下了這個想法。現在把白爪生前的感情告訴銀流，又有什麼用？假如銀流對白爪沒有那種感情，那白爪也不會希望豹毛把事情告訴她。而且說了也只會讓年輕母貓想到自己沒能和白爪共享的未來，令她更加難受罷了。

泥毛悄悄走進巫醫窩。「讓豹毛休息吧。」他對銀流說。

銀流看著豹毛。「她會好起來的吧？」

「當然會。」泥毛揮了揮尾巴，示意她往巫醫窩入口走。「她只是得花點時間恢復精神。」

豹毛目送銀流消失在垂掛的青苔之外，自己的腳爪微微刺痛。就算銀流悲傷過度，她剛才說話的語氣和對豹毛提出的疑問，還是令豹毛惴惴不安。她總覺得年輕母貓似乎有什麼話沒告訴她。

泥毛走到豹毛的睡窩旁。「想不想吃些新鮮獵物堆的食物？」

「晚點再說吧。」豹毛說。她想等族貓先把想吃的獵物挑走後，再請泥毛替她挑一隻獵物。她對父親眨眼，溫暖的愛意湧上心頭。「謝謝你照顧我。」她喵嗚道。她想起上回和泥毛討論自己當副族長的事，泥毛還是擔心她不適任這份工作，她當時對父親惱怒至極。但現在，豹毛許久以來首次產生了一個想法：也許泥毛說得沒錯。羞愧感在毛皮下灼燒。「我不值得你這麼關心。」

泥毛愕然睜大了眼睛。「為什麼？」

「大家都知道，白爪死亡是我的過錯。」她對泥毛說。又一波悲傷沖刷著她的心靈。**他是陽魚的小貓，我把他當自己的孩子疼愛，最後卻保護不了他。**排山倒海的絕望襲來，她還是誠實面對自己吧。蛙跳沒有責怪她，純粹是因為蛙跳心地善良，換作是泥毛就會對她說實話。豹毛知道她必須面對自己的過錯，她也已經做好心理準備了。

「妳不可能為發生在每隻貓身上的每一件事負責。」泥毛堅定地告訴她。

「可是他之所以衝動地和敵方戰鬥，都是因為我。」她清楚記得白爪飛奔上前迎戰雷族巡邏隊的畫面，那段記憶如鯁在喉。「要不是我每次都堅持不讓外族貓擅入我們的領地，他也不會那麼急著發起戰鬥。」罪惡感鑽到豹毛的毛皮之下。「你警告過我，說我每次都太輕易發起戰鬥了。橡心和曲星也都警告過我。」她胸口一緊。「我一定是在教導白爪時，讓他也產生了同樣的想法，所以他才會死在峽谷裡。」

泥毛靠近一些，定定注視著她。「妳教了他戰士所需的技巧。」他喵聲說。「妳教會他勇敢。況且，在那種情況下，不只有白爪，其他戰士也都會急著和雷族戰鬥。妳別忘了，雷族當時確實入侵了我們的地盤。」

「如果他當時沒有攻擊對方呢？」

「假如他沒有攻擊對方，妳會袖手讓雷族貓離開嗎？」泥毛問道。

「你的意思是，我應該放任他們離開嗎？」

「在外族貓入侵領地的情況下，應該沒有任何一位副族長會選擇讓步，不去挑戰他們吧。」

豹毛眨眼看著他，突然萬分渴望父親的諒解。「如果讓一隻比我冷靜、沒有我這麼衝動的貓當副族長，可能就不會發生衝突了。」

泥毛一臉困惑。「妳是在懷疑自己嗎？」

「我不該懷疑自己嗎？你就是在懷疑我啊。」豹毛仔細注視著他的眼眸，希望能找到與之相反的真相。

泥毛一眨眼。「我沒有。」

「但你不是叫曲星別選我當副族長嗎？」

他背脊的毛皮蓬了起來，顯然是感到不自在。

豹毛接著說：「對不起，我本來也不知道，是曲星高燒到意識渙散時告訴我的。」

泥毛瞟了自己的腳爪一眼，鬍鬚垂了下來。「事情不是妳想的那樣。」

「可是你確實叫他不要選我，對吧。」豹毛聚精會神盯著他，等著聽他的回應。她剛從曲星口中得知這件事時，內心深深受了傷，現在她終於可以聽父親回答自己心中縈繞不去的疑問：**為什麼？**

「我的確這麼說過。」泥毛抬頭看著她，承認道。「不過，我並不是認為妳能力不足，妳對部族的關心我都看在眼裡，我也清楚看見了妳的熱情與責任心，我仍認為妳將會是偉大的領袖。我還記得自己從前的預言，現在也仍相信妳會在未來某一天拯救部族。我只是擔心妳會放棄和平，選擇用發動戰爭的方式拯救部族，我也怕妳之後會為這決定感到後悔。」

泥毛的話語刺痛了她，這是泥毛的真話。豹毛從以前就一直很想為河族而戰，可能因此太過急於發起戰鬥，結果她深愛的好多隻貓都死了。

也許，現在是時候反省了。她可以試著做不同的選擇。她眨眼看著泥毛。「你說得有道理，可是這次白爪死亡，我也學到了教訓。這就是戰士憑直覺做出反應，而不活用理智的結果。」

泥毛豎起耳朵。「真的嗎？」

「真的。」豹毛保證。「我可能永遠無法做到曲星那樣的寬容大度，可是我再也不想經歷這種痛苦了。我再也不想自問族貓死去是不是我的錯了。」

「妳能這麼想，我很開心。」泥毛喉頭發出呼嚕聲。「豹毛，我在妳小時候說過的話，是我的真心話。如果妳能找到維護和平與保護部族之間的平衡點，我相信妳一定能成為河族最偉大的族長之一。」

豹毛感覺自己寬了心，一小部分的罪惡感也融化了。她這次犯了錯，這份傷痛也會永遠留在她心中，但父親相信她能夠改變。她會恢復健康與力量，明天就走出巫醫窩，放下過去的自己。未來，她會優先用理智而非直覺，也會放下殘存在心中的美夢——和蛙跳共築另一種生活的美夢。她會全心全意、盡己所能成為最優秀的副族長，成為河族值得擁有的副族長。

第十五章

豹毛在巫醫窩外停下腳步，她不想再聽到壞消息了。寒冷的天氣對營地緊咬不放，白爪死去後這一個月來，禿葉季緊攫大地，新鮮獵物堆的食物少得可憐。陸地獵物愈來愈稀少，河川也因為豪雨結冰而難以捕魚，族貓有好幾晚都只能餓著肚子回窩。

而現在，疾病在營地裡肆虐。莎草溪、影皮與錦葵尾都已經住進巫醫窩，泥毛還不知為了什麼事情找她。泥毛會不會告訴她又有一隻族貓病倒了？是不是這場疾病像跳蚤一樣傳遍了營地，又傳染給新的病患了？

父親低頭走出巫醫窩，雙眼黯淡無神。

她猜對了嗎？又有族貓生病了嗎？「這次是誰？」

「亂鬚。」泥毛不安地抽了抽尾巴。「我已經讓他住進巫醫窩，可是鳥歌恐怕已經被他傳染疾病了。我在密切觀察她的身體狀況。」

「你知道他們得的是什麼病嗎？是不是白咳症？」豹毛只希望這不是更嚴重的疾病，這時候如果爆發綠咳症疫情，河族可能會遭受重創。

「我還不確定，」泥毛坦承，「只知道我用了這麼多種藥草，都沒能治癒他們。」

「他們會死嗎？」

「不曉得。」他喵聲說。「莎草溪就連水也不喝了，影皮發燒的情形也愈來愈嚴重，我餵她們吃什麼藥草似乎都毫無幫助。」

新的焦慮向豹毛襲來。泥毛幾乎時時刻刻和病患共處。「要是你也得病怎麼辦？」

「我們只能祈禱星族保佑我不生病了。」他喵嗚道。「族裡就只有我一隻巫醫貓，沒有其他巫醫可以照顧河族了。」

豹毛對上他的視線。她不擔心河族沒有巫醫照顧，必要的話她可以自己想辦法代行巫醫的工作……其實，她真正害怕的是泥毛病死。

父親似乎讀懂了她的心思。「妳忘了嗎？我生命力很旺盛的。」他喵嗚道。

「如果有更多食物的話，情況會好轉嗎？」是不是她讓新鮮獵物堆縮小，害慘了河族？罪惡感拉扯著她的腹部。是不是她派出的巡邏隊不夠多？

巫醫窩內，莎草溪開始咳嗽，泥毛轉身準備回窩裡。

「你需要更多藥草嗎？」豹毛突然不敢讓父親離開自己的視線。

「目前還不需要。」泥毛嚴肅地回答，然後消失在巫醫窩裡。

「豹毛！」聽到黑爪的喵嗚聲，她轉過身來。煙灰色戰士正從布滿冰霜的空地另一頭走來，沉步則緊隨在後。黑爪背脊的毛皮不停波動，他看上去很焦慮。

又怎麼了？豹毛匆匆迎上前。「出什麼事了嗎？」

「我們在領地內發現了雷族氣味。」黑爪告訴她。

「在陽光岩附近。」沉步急切補充。「看樣子，他們又想來搶我們的狩獵地了。」

「他們想必在籌劃攻擊行動。」黑爪喵嗚道。

豹毛的尾巴抽了一下。雷族會不會再次埋伏，和白爪戰死的那次一樣，在河族地盤攻擊他們？如果是一個月前，豹毛一定會氣得毛髮直豎，但現在她只感覺到毛皮下脈動的恐懼。「你們回去蒐集證據。」她對黑爪說。「去找沾有雷族氣味的樹枝或草葉。」

黑爪瞪大了雙眼。「妳不相信我們嗎？」

「我們必須找到證據，帶去大集會。」她告訴黑爪。

「不能等大集會了。」黑爪爭論道。「我們必須現在處理問題，現在可是有雷族貓偷偷闖進我們的地盤耶。」

豹毛不耐煩地抽了抽耳朵。「不然你要我怎麼辦？」她問道。「難道要對他們的營地發動攻擊嗎？還是要伏擊他們的巡邏隊？」

「我們必須讓他們知道，如果跨越界線，我們就會和他們戰鬥。」黑爪沉聲說。沉步的尾巴來回甩動。「我們應該派巡邏隊去跟他們理論。」

「族裡現在有傳染病。」豹毛提醒他。「已經快到禿葉季了，每隻貓都飢腸轆轆，哪來的力氣去和雷族發生衝突？泥毛已經夠忙了，根本沒空照料在戰鬥中受傷的貓。」

黑爪伸了伸爪子。「我還以為妳會想教訓他們。」

他在不久前看過豹毛驅趕出沒在風族領地的風族戰士，當時的豹毛充滿了自信。然而，那感覺是很久很久以前的事了。那時她還沒目睹白爪死去，那時還不是禿葉季，河族也還沒被疾病糾纏。「我們上次直接對雷族發起戰鬥，白爪死了。這回，我想先拿到證據再採取行動。」她對黑爪說。「你們回去找證據，但要保持低調，假裝你們是在找獵物。別做得太明顯。」

黑爪沉下了臉。「妳要我們在自己的地盤偷偷摸摸行動，像入侵者一樣？」

「當然不是。」豹毛罵道。「我是不希望你們激怒雷族。假如他們真的在規劃攻擊行動，那我絕不會給他們開戰的藉口。」

黑爪憤怒地甩著尾巴。「我從沒想過妳會對雷族怕成這樣。」

「我只想確保河族安全無虞。」無奈的感覺刺進豹毛腹部，黑爪怎麼就不明白！

黑爪一面喃喃低吼一面轉身離去，沉步則回頭瞄了她一眼，然後跟隨從前的導師走出營地。

豹毛目送他們離開，強行壓下自己辜負了他們的想法。**這是最好的作法。**她告訴自己。希望她沒有做錯。

四喬木沐浴在明亮的月光下，草地上的冰霜閃爍著銀光，豹毛腳爪下的土地結凍了。她跟隨曲星穿過空地，族貓們紛紛走去跟其他部族的貓分享舌頭，泥毛則加入樹蔭下的黃牙與鼻涕蟲。豹毛這次費了一番脣舌才終於說服泥毛加入巡邏隊，前來參加大集會。爍皮和甲蟲鼻答應會時時刻刻照顧病患，如果病情加重就立刻派貓來四喬木通知他，泥毛才同意來大集會。

豹毛緊跟著曲星，穿梭在空地上成群集結的戰士之間。風族的氣味撲面而來，令豹毛後頸發癢。這是雷族迎回風族之後的第一場大集會，現在河族不能再去物產豐富的高沼狩獵了，豹毛只能眼睜睜看著族貓們餓肚子。河族與風族的邊界每天早上都會標上新鮮氣味，風族似乎想告知河族每一隻貓，他們再也不准越過那條界線了。

來到巨岩時，曲星瞥了豹毛一眼。「別忘了，說話的部分就交給我來做。我們必須慎重處理這件事。」

雖然黑爪帶出去的第二支巡邏隊也沒找到什麼證據，她還是對曲星說了陽光岩附近出現雷族氣味的事。曲星和豹毛意見一致，他認為風族回來後，各族之間的氣氛已經夠緊張了，他想儘量避免爭端，以免觸發戰爭。話雖如此，他還是認真看待黑爪與沉步的報告，下定決心在這次大集會上譴責雷族擅闖河族地盤。

曲星對豹毛一眨眼。「沒問題吧？」

「沒問題。」豹毛也不打算發言。在過去，曲星謹小慎微的態度可能會令她感到備受侮辱，但現在她瞭解曲星的想法了。她想讓曲星看到自己是多麼優秀的副手，而優秀的副手就會明白，比起挑起一場河族無法打贏的戰爭，還是保持靜默來得好。

曲星跳入巨岩時，豹毛身旁的陰影中有什麼東西動了。她嗅到虎爪的氣味，忍不住全身一僵。

雷族副族長悄無聲息地走到月光下，坐在她身邊。「妳打算讓曲星負責發言？」他瞟了豹毛一眼。「從前那個願意在大集會上直抒己見、熱情又年輕的副族長去哪了？」

豹毛豎起了毛髮，想起上次大集會上自己出言反對曲星的意見，以及會議過後她和虎爪那場詭異的對話。在時，虎爪說的話似乎很有道理，而此時，豹毛還在為虎爪在峽谷攻擊她的事火大。她不確定虎爪是不是真心希望她暢所欲言，但她心裡很清楚，對方可是會陽奉陰違、言行不一的戰士。儘管如此，豹毛還是忍不住為虎爪展現出的自信感到敬佩，如果她自己也這麼有信心就好了。現在的她似乎還只能對事情做出反應，虎爪卻彷彿能預測事態走向。對了，之前虎爪不是還鼓勵她把心中的祕密告訴他嗎？難道那些事件是虎爪暗中策劃的？也許每一隻貓都像小鼠一樣，被他玩弄於股掌之間。

他淡然對豹毛眨眼。「曲星說要慎重處理什麼事啊？」

「你等等就知道了。」豹毛沒好氣地說。

「妳這次認同他的看法嗎？」

「當然認同，他可是我的族長。」她不自在地蓬起毛髮。虎爪該不會以為她現在隨隨便便就對其他貓屈服了吧？「我總不可能事事和他作對吧。」

虎爪抽了下鬍鬚。「這種平衡的確不好掌握。」

「我會盡己所能為部族做出最好的選擇。」

「那當然。」他用尾巴蓋住腳爪。「我先跟妳說一聲，我今晚說的話可能會引起一些騷動，中間如果提到河族的事，那也不是在針對妳。」他凝望巨岩下的群眾。「我只是想引起一些改變而已。」

引起一些改變？豹毛繃緊全身肌肉。他這是什麼意思？

上方傳來藍星憤怒的號叫，雷族族長惡狠狠地瞪著曲星，高星與夜星不安地旁觀。

「河族最近在陽光岩狩獵了！」藍星惡聲說。

豹毛瞪大了雙眼。她在胡說什麼！莫非是雷族族長想隱瞞自己族貓的惡行，所以作賊的喊捉賊？

曲星回應了她的目光。「妳忘了嗎，近期雷族闖入我們的領地，我們河族其中一位戰士為了守護領地而死去。」

我們河族其中一位戰士。豹毛的心踉蹌了一下。**白爪**。雷族會道歉嗎？但從藍星的模樣看來，她似乎打定了主意要爭到底。

「你們根本沒必要守護領地。」她罵道。「我們的戰士又不是在你們那裡狩獵。」

藍星說話的過程中，虎爪絲毫沒有動彈，族長們互相指控別族入侵地盤時，他的眼神也沒透露出內心想法。聽到這裡，豹毛甚至懷疑過去這一個月來，沒有越界進入別族地盤的貓族，就只剩下河族了。她掃視群貓。如果其他部族也入侵了別族土地，他們會露出端倪嗎？她的目光落在灰紋與火心身上，只見兩隻貓跟平時一樣坐得很近，神似兩隻洋洋自得的貓頭鷹。曲星指控雷族貓越過河族界線時，火心似乎全身一僵，瞄了灰紋一眼。豹毛瞇起雙眼。他怎麼露出這麼緊張的表情？莫非入侵者就是他們兩個？

忽然，豹毛身旁的虎爪低吼。「過去這個月，我們不但在領地上嗅到河族氣味，甚至還嗅到了影族，而且不只是一隻貓，是一整支巡邏隊，每次都是同樣幾隻貓。」

豹毛愕然盯著他。星族的，他在說什麼鬼話啊？怎麼可能有河族巡邏隊入侵雷族地盤？她又沒派巡邏隊去雷族，曲星自然也沒有。豹毛的尾巴微微顫動。虎爪說要引起一些改變，難道就是指這個？

夜星忿忿不平地瞪著虎爪。「影族什麼時候去過你們地盤了！」虎爪不信地嗤之以鼻時，影族族長的眼神變得更加惱怒了。「虎爪，你懷疑影族的話嗎？」

虎爪明顯不信任的目光盯著夜星，貓群不安地交頭接耳。這時，高星首次發言了。

「我的戰士們也在風族領地找到了奇怪的氣味蹤跡，似乎是影族留下的。」

虎爪雙眼一亮，這句話似乎正中他下懷。「我就知道！」他嘶吼道。「河族和影族要聯手對付我們。」

曲星發出憤慨的聲響，高星氣得毛髮直豎時，豹毛眨眼盯著虎爪。

「這就是你想要的結果嗎？」她問道。

他默默眨眼對上豹毛的視線，眼神高深莫測。

忽然間，四喬木空地彷彿被暗影吞沒了。豹毛抬頭一看，只見烏雲遮住了月亮。

一位雷族長老驚恐地號叫道：「星族降下黑暗了！」

泥毛身旁的鼻涕蟲跟著號叫起來。「星族發怒了。大集會本應是和平的會議的。」

四位族長迅速跳下巨岩，各族分散開來，開始朝斜坡走去。豹毛突然感到全身冰涼。**我們真的惹怒星族了嗎？**

虎爪站起身，二話不說就扭頭離去了。

豹毛目送他走遠，不安在毛皮下擴散。虎爪看上去很得意，他曾說要「引起一些改變」，想必就是這個意思。問題是，雷族副族長到底有何意圖？他剛才一定在說謊，就豹毛所知，最近沒有任何河族貓接近雷族地盤。難道虎爪在故意挑起各族之間的戰爭？

「醒醒。」

豹毛的肩膀被誰的腳爪戳了幾下，她猛然抬頭。「怎麼了？」她努力抗拒睡意，眨眨迷濛的雙眼。戰士窩頂透入晨光，只見天心盯著躺在睡窩裡的她。

「夜星來了。」淺棕色虎斑貓喵聲說。「他在和曲星談話。」

豹毛趕忙爬出睡窩。昨晚的大集會結束後，她就一直睡到了現在，但影族族長顯然起了個大早。「他是什麼時候過來的？」她問天心。

「剛到而已。」天心告訴她。「他也沒先通知一聲，就直接出現在營地入口了。」

「他獨自穿過我們的領地，沒有河族貓陪同？」豹毛緊張地豎起了毛髮。夜星冒著嚴重冒犯河族的風險，直闖河族領地，想必是有什麼十萬火急的事。還是說，夜星現在也變得和從前的碎星同樣傲慢自大了？

「他道過歉了。」天心喵嗚道。「但他說這件事不能等，他得趕快和曲星談話。」

豹毛繞過族貓們的睡窩，往戰士窩入口走去。其他戰士也都有了動靜，開始伸懶腰和打哈欠，但還沒完全清醒。豹毛低頭鑽出戰士窩，快步穿過布滿冰霜的空地，跟隨夜星的氣味走到曲星窩外。

「曲星？」她在外頭停下腳步。「夜星也在裡面嗎？」

「進來吧。」豹毛從垂在洞口的青苔下鑽進去時，曲星眨眼歡迎她。只見曲星和夜星一起坐在昏暗的族長窩裡，尾巴蓋著腳爪。

豹毛對影族族長點頭致意。「大集會才剛結束，你怎麼馬上就來了？」他如果有什麼要事想和曲星討論，那怎麼昨晚不說，偏偏要今天登門來訪？

「我想確保我們的盟約仍然成立。」夜星告訴她。

「為什麼？」豹毛盯著他。「風族回來了，我們現在不可能瓜分他們的土地了。」

「這不是風族土地的問題。」夜星喵嗚道。「這已經是存亡的問題了。」

曲星神情凝重。「我開始認為雷族把風族迎回來，是為了挑起戰爭。」他喵聲說。

「他們打從一開始就打算對付我們，」夜星附和道，「他們只差風族的支持了。」

曲星點點頭。「他們昨晚的話，妳也都聽到了。」他對豹毛喵嗚道。「他們提出那麼多指控，就只是在找藉口攻擊我們罷了。」

「等等。」豹毛吸了口氣，儘量不被兩位族長眼裡的急切與恐懼影響。假設虎爪昨晚的意圖就是引發改變，那他絕對是成功了，但他也撒下了漫天大謊，河族根本就沒踏上雷族地盤啊。豹毛該對兩位族長分享自己對雷族副族長的懷疑嗎？她猶豫了。要是把這件事說出來，曲星和夜星可能更想結盟了。他們會認定虎爪和藍星在唱雙簧，虎爪的謊言全都是雷族這場陰謀的一部分。況且，豹毛心裡還是對虎爪的動機有點好奇，假如虎爪真的有什麼計策，那她只要靜靜觀察事態發展，就可以看出端倪了。「如果我們宣布結盟，那雷族會把這件事當成對他們的挑釁吧？」她喵聲說。「這不就等同證明了他們對我們的懷疑，讓全天下都覺得我們河族和影族確實有勾結嗎？」

曲星瞇起眼睛。「面對雷族的侵犯，妳竟然如此克制，真不像妳的作風。」

「他們其實也還沒攻擊我們。」她告訴曲星。「我覺得還是靜觀其變比較好。」

曲星皺起眉頭。「看到妳學會控制脾氣，我理應感到高興才對，但妳現在克制脾氣還真不是時候。」

夜星鄭重其事地盯著河族族長。「我們必須趁早宣布結盟。」他主張。「鼻涕蟲前幾天作了一場夢，夢到黑暗即將降臨，他認為各族之間會發生戰爭。假如真的會爆發戰爭，那我希望能和河族這樣強大的部族並肩作戰。」

曲星驕傲地蓬起毛，但豹毛搶在他開口前先說話了。

「要是我們宣布結盟一起對付雷族和風族，不是會讓戰爭更快爆發嗎？」她反駁。

「我們不一定要公開。」曲星告訴她。「這只是在保障我們和影族的安全而已。」

豹毛動了動腳爪。也許曲星說得對，黑爪畢竟真的在河族領地找到了雷族氣味，可能是藍星派出了哨兵，要策劃針對河族的攻擊行動。禿葉季的飢餓，以及在族內散播的疾病，都使河族變得孱弱許多，這時候保護部族的最佳方法就是和別族結盟。

曲星一臉期待地注視著她，她微微點頭。「河族需要盟友。」豹毛承認道。「而影族已經證明了他們是可信賴的盟友。」

「非常好。」曲星收緊了蓋著前腳爪的尾巴。「那麼，我們這段同盟關係就維持下去吧。」他對夜星眨眼。「但這不該是單純的共同守備盟約——我敢肯定，雷族和風族正在找藉口攻擊我們，我認為我方應該先下手為強。」

第十六章

風族營地厚厚的石楠外牆上，積雪在晨光下閃閃發光。豹毛坐在族貓之間，動了動腳爪。這場仗順利打完了，黑爪、天心、石毛與沉步都面露愉悅，毛皮幾乎一點抓痕也沒有。曲星與夜星之前決定先對風族進攻，直攻敵方營地，事實證明這是正確的選擇。風族大多數戰士在被逐出家園時瘦了不少，身體尚未恢復，雖然勇敢迎敵，仍被河族與影族戰士組成的巡邏隊輕易擊敗。

此時，風族眾貓被完全壓制住了，被團團包圍在自家營地裡金雀花搭成的窩之間。河族與影族戰士圍著他們，曲星與夜星則對高星喊話。

「你們不該回家的。」曲星低吼道。

「你們被雷族利用了。」夜星不祥地甩著尾巴。「一旦雷族利用你們的戰士奪走我們的土地後，你們就會是他們的下一個目標。」

高星瞪著兩位族長，眼中閃爍著盛怒。「影族貓，少用你們的標準揣度雷族。」他的戰士們都蹲在他身後，尾巴來回甩動，眼睛也都瞇了起來。風族貓后與長老都瑟縮在戰士之間，其中包含他們的巫醫貓——吠臉。風族每一隻貓都為了守護營地而奮戰過，這些瘦巴巴的戰士們合力抗敵，倒是令豹毛相當欣賞，只是他們再怎麼團結合作也沒能驅走河族與影族的巡邏隊。

「離開吧。」曲星瞪著高星。「在我們或雷族再次把你們趕走前，自行離開吧。」

高星別過頭，開始輕聲和手下的戰士們交談。

豹毛身旁的黑爪動了一下。「他們別無選擇，現在只能離開了。」他低聲說。

「一旦盟友離去，雷族就不會再輕易派間諜來我們的領地了。」天心沉聲說。

沉步的爪子抓入地面。「我們甚至有機會搶回陽光岩。」

「如果影族幫忙，那就更有希望了。」石毛的腹部貼得離地面更近了。

豹毛緊張得毛皮又刺又癢。她這次竟不確定河族是不是該趁勝追擊——現在把風族趕走應該就夠了，這下雷族也只能放棄他們的陰謀。在禿葉季結束、疾病從營地裡消失之前，豹毛只求這麼多。河族甚至不需要陽光岩，畢竟風族離開後，河族可以往風族領地擴大狩獵範圍。用這僅僅一場戰鬥結束戰爭，會是最穩妥的選擇。

這時豹毛突然全身一僵，她嗅到一絲意料之外的氣味。那是新鮮的氣味，穿透營地外牆飄了進來。**一鬚？**那隻風族公貓怎麼回來了？他剛才明明逃走了，就在他們逼風族認敗投降時，豹毛親眼看見一鬚驚恐地蓬起尾巴、快步衝出營地。他是不是偷偷溜回來，想看看自己部族的慘況？

豹毛背脊的毛髮都豎了起來，她悄悄走到營地入口，不安地抽了抽鬍鬚。冰寒的空氣中，勉強還能分辨出幾絲不同的氣味。情況不太對勁。就在豹毛小心翼翼地探頭望向金雀花通道外頭時，空地上傳來一聲呼號，她猛然轉頭。

豹毛全身毛髮都豎了起來，只見高星跳到了曲星身上，風族族長憤怒地吼叫，帶著曲星滾倒在草地上，同時凶狠地亂抓。高星的戰士們從他身後一擁而上，他們雖然負傷，卻還是奮不顧身地撲向包圍他們的影族和河族戰士。

震驚竄過豹毛全身。風族真的願意拚死戰鬥嗎？就連那幾隻貓后也再次加入戰局，晨花撲向小雲，爪子抓過他的鼻口。小雲將她拖倒在地，撕扯她已經傷痕累累的毛皮，晨花痛得尖聲大叫。

豹毛遲疑了。風族明顯寡不敵眾，絲毫沒有勝算，而且她的族貓都在凶猛地用爪子攻擊對手，戰鬥想必瞬間就會結束了。

就在這時，營地的石楠牆外傳來一聲尖叫。豹毛回眸，訝異地瞪大雙眼，看著一鬚鑽回營地裡。那隻風族戰士難道以為自己能獨力挽回戰局嗎？然而，又有另一位戰士跟著跑進來，戰士接二連三進入風族營地，豹毛全身一僵，認出雷族濃烈的臭味。一鬚去搬救兵了。驚駭如電流傳遍她全身，只見一支雷族巡邏隊湧進風族營地，分散開來。

她認出火心烈焰般的毛皮，他奔竄到營地另一頭，一把扯開忙著攻擊晨花的小雲。風族貓后滿身鮮血、疲憊不堪，她跌跌撞撞地逃往營地邊緣，火心則把小雲壓在地上。

一陣痛楚令豹毛轉身，利爪劃破了她的耳朵。豹毛瞇起眼睛，蹲下來進入戰鬥姿勢，同時看見雄鹿躍在前方直立起來。這隻落單的風族貓重新加入部族了。他用力用兩隻前腳爪壓豹毛雙肩，力道大得擠出了豹毛肺裡所有的空氣。豹毛在地上翻滾一圈，用爪子勾住雄鹿躍的毛皮，然後把他拖倒在地上，用後腳爪猛踢他的肚子。

「這次，你還是乖乖跟著族貓離開吧。」她嘶聲說完，用力把雄鹿躍拋到一邊。

雄鹿躍攤開四隻腳爪落到地上時，一隻雷族公貓朝豹毛撲來，她掙扎著想站穩腳步，卻被雷族貓輕易撞倒在地上。對方把她壓在地上，用利爪抓她的耳朵。豹毛不顧傷口刺痛，努力掙脫對方，但這時雄鹿躍又嘶吼著朝她鼻口打來。她及時低頭閃過，鑽到雄鹿躍腹部下，向上把對手頂起來，並且用後腳爪轉過身來，前腳爪伸出去抓另一個方向襲來的雷族公貓。

面對兩隻怒瞪她的公貓，豹毛後退幾步。空地上到處都是纏鬥掙扎的毛皮，號叫與嘶聲此起彼落。她看見灰紋率領第二支雷族巡邏隊，呼號著進入營地——豹毛的呼吸幾乎停滯了。

風族似乎恢復了元氣，兩隻風族公貓一起用後腳爪立起來，開始揮動爪子，把天心逼往營地外牆的方向。

豹毛閃過試圖抓她鼻口的雄鹿躍，卻被雷族公貓從後方勾住了後頸毛皮，全身被往後拖。她聞到雷族貓充滿肉臭味的氣息，等著對方一口咬下，沒想到雷族貓忽然踉蹌兩步，放開了她。

石毛從旁衝撞雷族貓，撞得他失去了平衡。河族公貓一次次拍打雷族戰士的鼻口，雷族戰士則試圖恢復平衡。

豹毛轉身準備迎戰雄鹿躍，但沉步已經跳到雄鹿躍身上，帶著他滾遠了。豹毛看見雄鹿躍憤怒地豎起毛髮。

「火心！」

聽見虎爪的呼喚聲，豹毛豎起耳朵。雷族副族長幾乎消失在影族戰士的貓牆後方，聽聲音像是在拚命奮戰。

她看見火心衝向虎爪時，怒火在豹毛的毛皮下燃燒了起來。不行，虎爪只能孤軍奮戰了，豹毛和那隻火焰色公貓還有恩怨未了。火心從旁奔過時，豹毛撲過去，伸出前腳爪抓住他兩隻後腿。

「你！」火心砰的一聲倒地時，她嘶聲說道。他參加了殺死白爪的巡邏隊，豹毛一定要讓他付出代價。

火心出腳踢她，驚訝在她腹中爆開，她被踢得滾遠。火心力氣很大，腦子卻不太好。豹毛跳起時看見火心因為踢了她，現在仰躺在地上，露出柔軟的腹部。豹毛見機用後腿直立，使盡全身的力氣往他肚子踩，他被蹬得低哼一聲、呼吸困難。豹毛的爪子刺入他腹部，他痛得尖叫，目光轉向空地另一頭，那是虎爪剛才被包圍的位置。

雷族副族長已經衝出影族戰士的重圍，此時站在戰場上一塊比較空的區域。「虎爪，」火心高呼，「救我！」豹毛稍微遲疑，但沒有放鬆爪子，火心急切地在她爪子下掙扎。虎爪遠遠注視著他們，雙眼盈滿冰冷的恨意，絲毫沒有前來救助同伴的意思。

他在做什麼？豹毛百思不得其解。**難道他看不出自己的族貓遇上麻煩了嗎？**她一次又一次猛抓火心的腹部，說什麼也要讓公貓替他那隻害死白爪的朋友付出代價。火星鮮血的氣味充斥著豹毛的鼻腔，她又揮出一擊，狂怒在耳中呼嘯不止。忽然間，火心踢出一腳，又快又猛的攻擊出乎豹毛的意料，結果她被高高踢飛、飛到空地另一邊。

她砰的一聲落地，驚愕竄遍全身。她趕緊爬起來，希望沒有其他貓注意到她的糗態。**怎麼可能讓你輕易擺脫我。**她嘶吼著再次衝進貓群，打算結束這一切——但火心已經不知所蹤，消失在戰鬥的貓群之中。

離豹毛一條尾巴遠的位置，湖光痛得尖叫一聲，只見一隻風族公貓咬著她的尾巴，一隻雷族母貓用爪子抓她的鼻口。豹毛衝過去，沉沉一掌把雷族母貓拍飛，然後不停抓風族公貓的耳朵，直到他放開湖光為止。湖光在豹毛身邊直立起來時，豹毛出爪猛抓風族公貓的鼻子，她們合力把公貓逼得連連後退，退到混戰之中。

白風暴擠到豹毛面前，猛力揮掌把豹毛撞倒。白色戰士撲過來，但豹毛及時滾開又跳了起來，爪子刺入他側腹。豹毛嘶吼一聲把白風暴拉近，用後腿不停踢他。

忽然間，她聽見夜星的一聲尖叫，看見火心逼得影族族長不停後退。雷族公貓竄上前，牙齒深深咬入夜星的肩膀。

豹毛撞開白風暴，胸中盈滿了驚慌。影族族長看上去像在拚命保護自己，只見他號叫一聲，從火心爪子下掙脫出來，逃往營地入口。

好幾雙眼睛迅速看向他，他的戰士們紛紛脫離戰鬥追上去，像一群大鼠似地逃出營地。

老鼠心！豹毛陷入恐懼，她發現河族突然失去了盟友，在數量上明顯處於劣勢。

滿身棕色毛髮的鼠毛衝向她，雷族母貓抓住她的毛皮，把她拖倒在地上。白風暴也推開擋在前方的貓群，往豹毛的方向跑來。豹毛硬生生扯開了鼠毛的爪子，直立起來面對並肩攻過來的白風暴和鼠毛。豹毛一再後退，狂亂揮著前掌想趕走鼠毛和白風暴。

曲星在哪裡？她環顧空地，看見河族族長和虎爪面對面對峙，她的心不禁沉了下去。曲星與虎爪兩隻戰士低低蹲伏在草地上，同時緊盯著對方，尾巴凶狠地來回晃動。

曲星先撲了出去，但虎爪的動作比較快，他跳到一旁，等到河族族長撲空時，虎爪轉身撲向曲星的背。雷族副族長用長長的爪子抓住河族族長，豹毛看見曲星在他的爪子下全身癱軟，自己則全身僵住了。虎爪露出滿口尖牙，準備往曲星脖子咬落時，白風暴突然重重揮來一掌，打得豹毛踉蹌倒退。

「撤退！」曲星焦急的吶喊響徹營地，只見河族族長掙脫虎爪的掌握，正全速奔往營地入口。

豹毛四周的河族戰士們紛紛脫離戰鬥，快步跟上族長。

豹毛瞟了白風暴和鼠毛一眼，他們四腳著地，正惡狠狠地盯著她，明顯在等她落荒而逃。豹毛對他們嘶吼一聲，全身毛髮因逃跑的羞恥感而發燙，然後轉身追上曲星。

她回頭望去，見虎爪還站在剛才打敗河族族長的位置，閃爍著笑意的雙眼遙遙注視著她。豹毛身上每一根毛髮都燃起了憤怒的火花，她衝出金雀花通道，逃到了高沼上。

那場惡戰過後，日子變得十分寒冷，地上積了厚厚的雪，但豹毛還是派出一支又一支巡邏隊，去確認河族境內有沒有雷族的氣味。族貓們都還在養傷，還好疾病沒繼續傳染給其他貓了。問題是，現在河川結冰，獵物又少得可憐，她只能派巡邏隊去風族邊界等著，看有沒有陸地獵物自己越過邊界的氣味線。

另外，豹毛最近也養成了讚美族貓們奮勇戰鬥的習慣，尤其是石毛，他竟然展現出豹毛過去沒注意到的高超戰技，令她對這位年輕戰士另眼相看。他凶猛又肅穆，著實令豹毛欽佩，她甚至覺得石毛也許適合成為銀流的伴侶。

銀黑相間的母貓似乎很孤單，近來也很少和族貓互動。她會不會還在為白爪哀悼？豹毛持續注意她的狀況，天天觀察她，最後，豹毛決定對銀流說說話。戰鬥過後四天，積雪終於開始消融了，豹毛叼著一隻水鼭走向銀流，年輕母貓獨自坐在莎草叢下。斜陽開始在林木後方西沉。

豹毛把獵物放在銀流腳邊。「妳應該餓了吧。」年輕母貓已經狩獵了一天，卻沒抓到什麼獵物。

銀流微微點頭。「謝謝。」她喵嗚道。「但妳還是把牠拿去給其他貓吧。」

豹毛聽見銀流的肚子咕嚕咕嚕叫，不過她沒有反駁。苔皮在不久前產下了三隻健康的小貓，同時有三隻小貓需要哺乳，幾乎抽光了貓后的力氣，現在她正需要多進食。

豹毛對銀流眨眼，決定開門見山。「妳好像很孤單的樣子。」

「是嗎？」銀流露出驚訝的表情。

「妳太常獨處了。」豹毛喵聲說。

「那就表示我不覺得孤單，否則我就會主動尋求其他貓的陪伴。」銀流喵嗚道。

豹毛的毛皮抽了一下。銀流似乎對她的關切毫不領情。「妳是想念白爪嗎？」

「白爪？」銀流臉上閃過困惑，然後她點點頭。「是啊。」她喵聲說道，彷彿現在才想起這件事。「當然想。」

「妳最近經常和石毛一起巡邏呢。」是豹毛故意把他們安排在相同的巡邏隊上，希望能讓他們增進感情。「他是個好戰士。」

「大概吧。」銀流打量著她，似乎在思索豹毛說這些話的目的。

豹毛又說了下去。「妳不覺得他很適合當伴侶嗎？」

銀流眨眼看著她。「妳想和他結成伴侶嗎？」

「我？」驚訝的火花竄過豹毛的毛皮，這和她的想法差了十萬八千里。「不是啦！我是覺得他很適合當妳的伴侶。」

銀流快速別過頭。「我不要伴侶。」

也許白爪在她心中的分量遠超過豹毛的想像。「妳總不能為亡者哀悼一輩子吧。」

「我不要伴侶。」這次，銀流的語氣透出了厭煩。

「為什麼？」豹毛知道自己把年輕母貓惹毛了，但她還是忍不住提問。

銀流煩躁地彈了下耳朵。「我就是不要伴侶，還需要理由嗎？」她問道。「妳也沒有伴侶啊，妳又有什麼理由？」

豹毛心中仍有一小部分會幻想自己和蛙跳結成伴侶的生活，現在她內心那柔軟的部分微微一痛。她有理由，但這不是她想和其他貓分享的理由；也許銀流也抱持相同的想法，豹毛也會尊重她的決定。話雖如此，豹毛還是非常好奇。

那一絲好奇整晚在她腦中徘徊，到了早晨，當太陽高高升上藍天時，豹毛注意到銀流走出營地。豹毛的好奇心膨脹了——她並沒有指派年輕母貓加入巡邏隊，而是等著銀流自行加入隊伍，想看看銀流喜歡和哪些朋友相處。然而，銀流沒有選擇加入任何一支巡邏隊，她也沒先說一聲再見就默默溜出去了。

豹毛等了片刻，然後跟著她走出營地。豹毛和銀流保持很遠的距離，遙遙跟隨銀流沿河岸行走，穿過剛解凍的河川，進入往雷族邊界方向延伸的長條形樹林。她一直走在下風處，也不讓銀流看見她的蹤影。最後，銀流來到離氣味界線只有幾條尾巴遠的位置，終於停了下來。

豹毛看見界線另一邊出現的灰色毛皮，不禁豎起後頸毛髮。**灰紋**。她的腳爪似乎凍在地上，只能眼睜睜看著雷族公貓踏進河族地盤，和銀流鼻尖相碰。年輕虎斑母貓眼中閃爍著喜悅與親暱的光彩，豹毛硬生生忍住衝過去猛抓灰紋鼻口的衝動。

銀流怎麼能做出這種事來？她可是曲星的小貓，怎麼可以背叛自己的部族？而且對方還是殺死白爪的敵族戰士！豹毛氣得爪子發癢，但她沒有伸出利爪。這並不是一次衝突就能解決的問題，假如銀流真的如表面上這麼喜歡灰紋，那這件事就必須謹慎且低調地處理。豹毛不會犧牲河族的和諧氛圍，把事情鬧大。

在她決定河族該如何處理銀流叛族的問題前，她要先釐清自己對此的感受。

第十七章

豹毛已經派出上午的巡邏隊，卻沒把銀流派出去。她花了兩天時間思索該說什麼，還是根本什麼都不說比較好。也許銀流和灰紋這段關係會自然而然地結束……但豹毛也知道，自己這種想法不過是在急病亂投醫罷了。銀流是墜入愛河的年輕貓兒，放任她自行解決問題太冒險了，而且豹毛想保護她，免得她犯下讓自己、讓河族後悔的過錯。她必須和銀流好好談談。

她用尾巴招呼銀流過來，儘量保持輕鬆的語氣。「跟我去狩獵吧。」

「我嗎？」銀流驚訝地眨眼。

豹毛掃了空地一眼。不是她還能是誰？莎草溪、影皮與錦葵尾都在巫醫窩外休息；那場疾病奪走亂鬚的性命，也讓另外這三隻貓身體虛弱，不過他們顯然願意為了新鮮空氣出來淋毛毛雨。泥毛在他們旁邊整理藥草，蘆葦尾則在把亂鬚的睡窩從長老窩清出來。

鳥歌在幫助灰池收集蘆葦。灰池終於決定住進長老窩了，豹毛為此感到高興。那隻年老的灰色母貓最後幾次外出巡邏時，似乎有點搞不清狀況，她需要退休休息，鳥歌有她陪伴也會很開心。

豹毛走向營地入口，銀流卻百般不情願的樣子，拖著腳步。她是不是已經猜到豹毛打算用巡邏狩獵當藉口和她談事情？

「妳打算去哪裡狩獵？」兩隻貓走到踏腳石時，銀流開口問道。

「溼草原。」豹毛踩著石頭跳到河對岸。她其實還沒想清楚要對銀流說什麼。「我們幫鳥歌抓一隻青蛙回去吧。」她喵嗚道。

銀流跟著過河。「她一定很思念亂鬚。少了亂鬚，整個營地感覺都不一樣了。」

「無論失去多少族貓，我都無法習慣沒有他們的生活。」豹毛想到白爪，心中一痛。白爪去星族以後，是不是從天上看著銀流和灰紋私會？

豹毛在溼草原邊緣停下腳步，長草地上有著一汪汪波光粼粼的水塘，倒映著上方的陰天。其中一個水池激起了漣漪，有東西在動。豹毛走過去，張口嚐了嚐青蛙的氣味，然後在離池邊幾條尾巴遠的位置停下來。一隻青蛙笨拙地在泥濘中爬行。她蹲伏在地上，準備飛撲獵物，可是青蛙潛進水裡消失了。

豹毛甩了甩毛皮，蹲伏在沼澤地的一片長草中。

銀流也鑽進長草叢，在一旁蹲下來。

「我從前就是在這裡教白爪狩獵。」豹毛感到一絲傷痛。「蛙跳也有幫忙。我大概就是在這裡愛上蛙跳的吧。」

「妳愛過蛙跳？」銀流猛然轉頭。

「這很不可思議嗎？」她難道以為蛙跳從頭到尾都只愛過苔皮？

「好像沒有。」銀流轉回去看著水池。「我只是無法想像妳愛上任何一隻貓。」

豹毛遲疑了。「真的？」

「妳有點老。」

「我也沒那麼老吧。」

「妳比我老啊。」銀流注視著水池。

「我差不多是在妳這個年紀開始談戀愛的。」豹毛動了動腳爪。好吧，這樣開啟話題也不是不行。「我當時以為自己會愛他一輩子，他也會永遠愛我。可惜生活沒有這麼簡單，我們還得承擔其他的責任。」

「妳是有其他的責任沒錯。」銀流喵聲說。「妳想專心做副族長的工作吧。」

「這並不表示我放棄蛙跳後，沒有絲毫後悔。」豹毛喵嗚道。「可是我必須做出對部族而言最好的選擇。」

「也許對妳來說，那也是最好的選擇。」銀流沒有看她。

「妳這是什麼意思？」

「比起跟蛙跳在一起，妳應該更想當副族長吧。」

豹毛訝異地發現，自己對她這句話感到煩躁。銀流莫非是在批評她？「比起蛙跳，部族更需要我。」

銀流把尾巴貼在身側。「能有妳這種自信也是不簡單。」

豹毛坐起身來，銀流說話的語氣她聽起來非常刺耳。「我是對河族懷有信心。」她厲聲喵嗚道。「我是在乎河族。只要能保護族貓，我什麼事情都願意做。」

銀流看著她。「所以妳大老遠把我拖過來，就是為了這個？」她也坐了起來。「妳怕我對河族造成危險？」

豹毛眨了下眼睛。銀流顯然猜到豹毛帶她過來的理由了。**我的想法真的這麼好猜嗎？**她試著解讀銀流的目光。「妳就不怕自己危害到河族嗎？」

「我為什麼要怕這個？」銀流歪過頭。

「妳明知故問。」她罵道。銀流明明有很強的洞察力，現在卻表現得這麼愚鈍，令豹毛煩躁不已。「灰紋可是雷族公貓。」

「灰紋？」銀流圓睜著雙眼。

她還真打算裝無辜？「別跟我裝傻。」

「妳怎麼知道我和他見面？」

「我看過你們私會。」

「妳跟蹤我？」

「我是在觀察妳。」豹毛不過是在關心族貓而已，她可不打算為此道歉。

銀流別過了頭。「我愛他。」

「他是我們的敵貓。」

「他不是我的敵貓。」

豹毛一口氣哽在喉頭，忽然意識到白爪死後，銀流到巫醫窩和她說話的原因了。**我聽說灰紋有試著救白爪。**銀流根本就不是去打聽族貓死去的經過，而是去為她愛的貓說話！「你們這段關係是從什麼時候開始的？」豹毛厲聲問道。

「這是我的事，妳不要多管閒事。」銀流起身走出草叢，只見一隻青蛙逃進水池，激起水面上一波波漣漪。豹毛管不著青蛙了，她晚點再去抓一隻給鳥歌吃，現在的首要任務是用道理說服銀流。

「這是全族的事。」豹毛跟了上去。「妳難道不知道和他幽會違反戰士守則嗎？」

「我又沒傷害到誰。」銀流不高興地說。

「如果再繼續下去，就會有貓受傷了。」

「怎麼受傷？」銀流怒瞪著她。「我只是愛一隻貓而已，怎麼可能傷到別的貓？」

豹毛說了下去。「等曲星發現了，他會怎麼說？」

銀流低頭瞅著自己的腳爪。「他愛說什麼是他的事，誰在乎。」

「我在乎。」豹毛喵嗚道。「我不希望他或妳受傷。」

「我就說不會有貓受傷了！」

「妳真的這麼認為嗎？」豹毛厲聲問道。

銀流沒有回答問題。「妳幹麼非要管我？我又不會做威脅到妳那些寶貝族貓的事情。」

豹毛實在不敢相信自己的耳朵。「他們也是妳的寶貝族貓！」

「是！沒錯！但我和妳不同，我信任他們，才不會像愛管閒事的老母鴨一樣，到處偷偷摸摸地偷窺他們！」

怒火在豹毛的毛皮下灼燒，可是她強迫自己深呼吸，感覺到毛髮再次貼平身體。現在發脾氣並沒有幫助。「我是副族長，不得不當愛管閒事的老母鴨。我必須知道族裡發生的一切，才能夠幫助族貓做正確的選擇，完全發揮他們的潛力。唯有這樣，河族才能夠變得強盛。」

「妳覺得我愛別族的貓，河族就不會變強盛了嗎？」

「假如每隻貓都違反戰士守則，部族就不再是部族了。」豹毛盯著她。這明明是戰士接受基本訓練時就學到的道理，她怎麼就不明白？「如果沒有貓遵守戰士守則，那部族就會淪為一幫惡棍貓，大家愛做什麼就做什麼，絲毫不顧慮其他貓。」

「可是我愛他！」銀流眼中首次透出了痛苦。「就算戰士守則叫我不去愛他，我也不可能就這麼放下對他的愛啊。妳說妳愛過蛙跳，那當妳認定河族比較需要妳的時候，妳有停止愛他嗎？妳是在某一天下定了決心，然後就突然不愛他了嗎？」話語脫口而出，她彷彿再也憋不住了。豹毛看著銀流說話，胸中萌生了憐憫。「如果可以的話，我也很希望自己做得到。我真的很希望我可以決定自己要愛誰。」

豹毛走近一些。「我應該會永遠愛著蛙跳吧。」她喵聲說。「每次看見他和苔皮在一起，我就會感到嫉妒，但我也很希望自己沒有這種感覺。這真的很痛苦，不過我知道自己做了正確的選擇，我知道我和蛙跳是不可能長久走下去的。」

銀流眼中閃過新的怒光。「然後呢？妳要我做出和妳一樣的選擇。」

「妳還不明白嗎？」豹毛急切地喵嗚道。「妳別無選擇。妳不可能和灰紋結為伴侶，他可是雷族貓。」**而且，他殺了白爪。**豹毛嚥下這句話，這時候說這些也沒有幫助。「妳要和他在一起，唯一的辦法就是離開河族。」

銀流挺起胸膛。「我可能會這麼選吧。」

震驚的情緒在豹毛喉頭脈動。「妳願意當惡棍貓？」

「我可以加入雷族。」

「妳想加入敵族？」豹毛駭異地盯著她。「妳想想看，曲星到時會有多難過！」

「他過一陣子就不會難過了。」

「他可是族長！」豹毛罵道。「如果他親生的小貓背叛了河族，妳要他以後如何面對族貓？」

「這不是背叛。」銀流蓬起毛髮。「這只是一個選擇，就跟妳選擇當副族長一樣。」

豹毛嗤之以鼻。「這和我選擇當副族長完全不一樣。我做選擇時，考慮的是我們河族的利益，而妳卻只想到妳自己！」

「那又錯了嗎！」

「妳是戰士。」豹毛突然感到疲憊不堪。這些不可能是銀流的真心話。銀流是好貓，是忠誠又聰明的好貓，若非受到強烈情緒影響，她不可能說出這種大逆不道的話。她們默默在原地站了半晌，雙方似乎都發現繼續說下去也沒有意義。這時，銀流先開口。

「妳會告訴其他貓嗎？」她的喵嗚聲在顫抖。「妳會把我和灰紋的事說出去嗎？」

豹毛沒有動彈。把銀流的祕密說出去，只會使族裡動蕩不安，到時貓兒會紛紛選邊站，一些貓還會出言攻擊年輕母貓，導致她永遠離開河族。這不正是豹毛極力避免的情況嗎？而且到時候，曲星將會面臨兩難，一方面來說他不能站出來為女兒辯駁，另一方面來說，要他直言譴責女兒，他又會心碎。要是他不得不驅逐親生女兒怎麼辦？「我不會說出去的。」豹毛喵嗚道。

銀流大大的藍眼睛流露出寬慰。「謝謝。」

「不過，妳必須答應以後不再和他見面。」

銀流全身一僵。「那怎麼行！我愛他，他也愛我。」

儘管深知這段戀情大錯特錯，豹毛還是很同情也很心疼這位年輕戰士。「無論怎麼選，妳都會心碎。」她輕聲喵嗚道。「現在的重點是，妳得決定要不要讓父親也心碎。」豹毛知道自己故意挑起了銀流的罪惡感，但這也是真話，而且她也想不到其他有說服力的說法。她必須讓銀流明白，只要她堅持要繼續和灰紋交往，就只會傷害到自己，還會傷害到自己的部族。

「拜託不要告訴他。」銀流無助地喵聲說。「請先不要告訴他，給我一點時間自己解決問題。」

豹毛不安地挪動腳爪。自己如果不誠實，那可能會對河族造成傷害，然而在現在這種情況下，誠實發言也同樣可能會傷害河族。況且，銀流還年輕，豹毛不希望她僅僅因為被感情沖昏了頭，就從此成為大家眼中的叛徒。豹毛的職責是保護她，如果非得繼續為她保密一陣子，那豹毛就會保密。話雖如此，她還是會窮盡其他所有方法，試圖防止銀流鑄成大錯。

在接下來的日子，豹毛只能儘量不去注意銀流溜出營地的時候。她每天希望虎斑母貓能盡快結束和灰紋的這段關係，但她也擔心銀流的祕密很快就會被其他貓發現。

雨水毫不留情地沖刷營地，曲星一直焦慮地看著河水上漲。現在，在外巡邏一天的豹毛疲憊地躺進睡窩，還是能聽見營地外傳來的隆隆水聲。幸好巡邏隊帶回了充足的食物，沒有貓餓著肚子入睡——但今天大部分新鮮獵物都是陸地獵物，他們沒抓到幾條魚，就算有也都是從河流彎處一個水流較慢的淺水區勾上來的。豹毛今天吃了一隻麻雀，牙縫還卡著麻雀羽絨，她用舌頭清除牙縫中的羽毛，然後深深窩進睡窩，閉上了眼睛。銀流的狀況還是令她擔憂，不過她現在累得沒力氣想這些了，於是將這些想法拋開。**我明天再來思考這些**。她告訴自己，然後讓自己進入夢鄉。

一聲痛苦的哭號切入夢境，她猛然抬頭。戰士窩裡一片漆黑，但有幾個睡窩空著。其他睡窩裡的族貓們也紛紛坐起來，聽見空地傳來的呻吟聲，大家都豎起全身毛髮。

豹毛對蘆葦尾眨眼，只見他驚駭地瞪大雙眼。「這是怎麼回事？」她喵聲問。

「不曉得。」蘆葦尾手忙腳亂地爬出睡窩，朝戰士窩入口走去。

豹毛跟著低頭鑽出去。

錦葵尾蹲在巫醫窩旁，鳥歌在不遠處嘔吐，泥毛則在瑟縮在空地上的幾隻貓之間來回奔走。那幾隻貓都毛髮蓬亂，很明顯痛苦不堪。

豹毛趕到泥毛身邊。「他們怎麼了？」

她說話的同時，莎草牆下的沉步開始劇烈嘔吐。

泥毛眼中閃爍著恐懼的亮光。「他們好像中毒了。」

豹毛驚慌地瞥了育兒室一眼。霧足不久前才剛生下小貓，苔皮的三隻小貓則再過不久就要開始吃獵物了。「苔皮和霧足還好嗎？」

「育兒室沒有貓生病。」泥毛喵嗚道。豹毛大大鬆了口氣。泥毛對莎草溪點點頭，她剛眨著眼睛走出戰士窩。「妳帶身體無恙的貓出去收集錦葵。」他告訴她。「能採到多少都全部帶回來。」

莎草溪點頭。

「儘量快點回來。」豹毛補充道。她突然靈光一閃，頓了頓之後又問：「妳今晚吃了什麼？」

莎草溪瞅了她一眼。「田鼠。」

獺潑、杉皮與矛牙也都鑽出巫醫窩，焦急地看著生病的族貓們。

「這是什麼狀況？」獺潑喵嗚道。

「他們中毒了。」豹毛匆匆走向她。「妳今晚吃了什麼？」

「我和灰池分食一隻小鼠。」她回答。

「那你呢？」豹毛問杉皮。

「歐掠鳥。」

「我也是吃歐掠鳥。」矛牙主動說道。

豹毛快步走向瑟縮在莎草叢下不住發抖的沉步。「你今晚吃了什麼？」她柔聲問。

「鱒魚。」沉步低哼一聲，眼中閃爍著鮮明的痛苦。

豹毛又奔到錦葵尾身旁。「妳有吃魚嗎？」她問道。

「我和鳥歌分了一條鰷魚。」錦葵尾吞下滿口嘔吐物，勉強回答豹毛。

他們吃了河裡的獵物。岸上的獵物大家吃了都沒事，但吃魚的貓都生病了。豹毛突然全身發冷。河族賴以為生的河流，現在竟成了族貓們中毒生病的罪魁禍首。

第十八章

他們在黎明埋葬了鳥歌。豹毛很慶幸，這次因為吃到毒魚而病死的就只有一位長老，錦葵尾、沉步和其他貓都逐漸好轉。話雖如此，中毒的貓兒們還很虛弱，全族也為喪命的族貓悲痛不已。豹毛堅持要參加送葬的巡邏隊，現在她率領搜查隊去河邊調查，爪子縫隙還卡著挖坑埋葬鳥歌時留下的泥土。搜查隊伍走到河邊，踏進水流。

水流強勁的拉力讓豹毛吃了一驚，她費了一番功夫才沒被沖往下游。她不停踩水漂在原處，回頭檢查巡邏隊其他成員的狀況，只見他們也都在吃力地游泳，但沒有漂得離她太遠。豹毛繼續往河中心游，在對岸爬上陸地。

感受到腳爪下的石礫、拖著身體爬上岸時，豹毛的心臟已經跳得很厲害了。即使在河川比較寬闊，水流一路延伸到樹林邊緣的這個位置，水位還是很高。豹毛看了看四周，發現自己身在一團荊棘中央，這裡原本離水岸還有幾條尾巴的距離，現在樹枝卻已經垂到水中了。

石毛跟著爬出河流，矛牙與天心也忙亂地爬上岸。他們在豹毛身邊停下來，每隻貓都氣喘吁吁。

天心甩了甩毛皮。「至少現在暫時沒雨。」

豹毛抬頭看天空，天上依然烏雲密布，隨時可能繼續下雨。他們得盡快找出河水中毒素的根源，然後趁落雨前趕回營地，否則水位再上漲的話過河就太危險了，他們只能在這裡等到水位下降才有辦法游回去。

石毛的鬍鬚還在滴水。「妳真的認為可能是雷族投毒嗎？」他問豹毛。

豹毛蓬起了毛髮。「當然是雷族了。我們不久前才在風族自己的營地裡打敗全風族，他們一定沒膽對我們搞小動作。」

矛牙煩躁地甩著尾巴。「要不是一鬚去搬救兵，我們早就打贏那場戰鬥，風族也早就滾得遠遠的了。」

豹毛又回憶起河族倉皇逃離風族營地時，虎爪臉上那得意的神情。豹毛對他的表情印象深刻，那不僅是勝利的表情，還顯得心滿意足，彷彿他的計畫正一步步成功進行。然而，豹毛也記得自己在和火心打鬥時，虎爪冷眼旁觀，絲毫沒有要出手幫助族貓的意思。雷族副族長比豹毛想像中更加冷血殘酷，他那樣的貓自然有可能在河水中下毒。

那灰紋呢？愈想到那隻雷族公貓，豹毛就愈堅信他和河裡有毒的事情脫不了關係。最近在河族領地留下雷族氣味的戰士，想必就是灰紋吧？他是聽從虎爪的命令行事嗎？豹毛不禁想到，也許和銀流幽會不過是障眼法而已，搞不好他實際上是利用河族母貓接近河川。銀流可能無意間帶他去看了河川上游一些很少貓去過的小水池或小溪，灰紋或許在那種地方藏了一小塊腐爛的獵物肉，讓腐肉爛掉以後汙染整條河。

「我們該搜遍流往河這一邊的每一條小溪。」豹毛對巡邏隊說。

石毛瞄了眼發出轟轟水聲的河流，只見河水傾瀉到岸上，洗刷著樹木之間的土地。

「那可不容易。」他喵嗚道。「最近河川氾濫，很多小溪可能都被水淹蓋，找不到了。」

豹毛瞪著他。「再怎麼困難都無所謂，我們必須找出事情的源頭。我不會再讓任何一隻族貓死去。」

「好。」石毛低下頭。「妳確定是腐爛的獵物造成的嗎？」

「無法肯定，也可能是一綑有毒的藥草或莓果。反正我們仔細注意四周，看看有沒有不尋常的東西。」

石毛開始避開荊棘往前走，鼻子湊到地面嗅嗅聞聞。矛牙往樹林的方向走去。

天心對豹毛眨眼。「我去更上游找找。」她喵聲說。

「好。」豹毛掃視森林。「別離我們太遠，免得又有雷族貓越界入侵。」她伸了伸爪子。河族戰士竟然在自家地盤也不能保證安全，豹毛真的很討厭這種感覺。

天心離去時，豹毛走向地上一個溝渠，看到水沿著溝渠流入河川。豹毛小心翼翼地嗅了嗅，邁開腳步往它的源頭走去，進入樹林較深處。這裡的水聞起來相當新鮮，沒被泥土以外的東西汙染。她跳過這條小水流，開始找下一道溝渠。

不耐煩的情緒愈發強硬，化成了怒火，豹毛搜索了一個又一個渠道，卻沒看見任何可能汙染河流的東西。假如在河裡投毒的貓是灰紋，那他時機抓得很好——如果他在水位上漲前把腐爛的獵物或毒草丟到上游某處，那現在暴漲的河流也已經淹過那東西，河族戰士們找不到它了。豹毛加快腳步往上游搜索，她必須儘快找出證據，以免灰紋搶先把東西撿回去，掩飾雷族的罪行。

她在林木間瞥見天心的毛皮。「妳有什麼新發現嗎？」

天心抱歉地瞅著她。「沒有。」她喊道。

矛牙與石毛也走了過來。

豹毛滿懷希望地看向他們。「有看到類似毒物的東西嗎？」

「沒有。」石毛對她說。「妳呢？」

「也沒有。」

石毛皺起眉頭。「現在河川的水位太高了，我們可能什麼都找不著。」他喵聲說。

「我也這麼認為。」豹毛煩躁得毛皮抽搐。這可不只是找證據和揭發雷族陰謀的問題，他們要是找不到毒素的來源，就沒辦法補食河裡的魚。現在獵物已經夠稀少了，河族不能吃魚的話就只可能挨餓，餓肚子就會變得虛弱。而且，豹毛還有另一個念頭：豹毛如果證明事情是雷族策劃的，銀流就會發現灰紋不過是在利用她，如此一來豹毛不必告訴曲星和其他族貓，就能終結銀流和灰紋的這段關係了。

不過看樣子她今天沒機會找到證據了。豹毛失望地轉向樹林。「我們回營吧。」

「妳確定是雷族在搞鬼？」陰暗的族長窩裡，曲星眨眼看著她。

「一定是他們。」豹毛堅定地說。「他們先是和風族勾結，還硬要加入風族的戰鬥，很明顯是想把我們趕出這片土地。」

曲星憤怒地抽動尾巴。「他們太過分了，都已經搶走陽光岩了，還不滿足嗎？」

「他們不僅要陽光岩，還想得到我們的森林和河川。」

「河川對他們而言又沒什麼用。」

「是啊，沒有用處。」豹毛的尾巴掃過族長窩的地面。「所以他們才毫不猶豫地在水裡投毒啊。」

曲星喉頭發出隆隆低吼。

看見他發怒，豹毛放下了心。「現在河水高漲，我們無法證明事情是他們幹的，但我們不能就這麼算了。我們必須搶先找到毒的來源，別給他們掩飾罪行的機會。」

曲星點點頭。「我們必須讓其他部族知道，雷族都是一些奸險的惡貓。真正的戰士怎麼可能去對別族的獵物下毒？」

「風族聽到這件事，一定也不願意支持雷族。」豹毛附和道。

「我們可以破壞他們的聯盟。」曲星彈了下尾巴。「等河水開始消退以後，」他對豹毛說，「妳再帶一支巡邏隊去找毒物。」

「好。」豹毛滿意地走出族長窩。

銀流就在窩外等著，她快步走上前。「妳怎麼沒帶我一起去巡邏？」她氣得背脊毛皮直顫。

「妳不是喜歡獨自外出嗎。」豹毛意有所指地喵嗚道。

豹毛穿過空地，銀流也跟了過來。「妳是不是覺得這件事是雷族幹的？」銀流嘶聲問道。

豹毛環顧空地，看見石毛站在新鮮獵物堆前，一臉好奇地看著她們。育兒室外，苔皮的小貓在水灘裡玩耍，苔皮則抬頭往這個方向望來。豹毛帶著銀流走向莎草牆，儘量避開其他貓的耳目。「不只是我，每一隻貓都認為凶手是雷族。」她嘶聲回應。「曲星也是這麼想的。」

「他們會這麼想，還不是因為被妳說服。」銀流瞪著她。「妳幹麼把每一件事都怪到雷族頭上？」

「那場戰鬥妳不是也參與了嗎？」明明幾天前雷族才剛攻擊河族，銀流怎麼能替他們說話？「妳不是眼睜睜看著他們傷害了妳的族貓嗎！」她難道沒有任何一絲忠誠嗎？

「戰士本來就會戰鬥！」銀流低吼道。「沒有戰士會在河裡下毒。」

「雷族戰士就會。」

銀流瞇起雙眼。「但是，這與雷族無關，對吧？」她惡聲說。「妳是因為看灰紋不順眼。妳一口咬定是他。妳認定他越過了界線，所以下毒的貓也一定是他，所以妳故意不帶我去巡邏。妳怕我替他隱瞞。」

替他隱瞞？豹毛瞇起雙眼。她從沒想過這個可能性。銀流有可能做得這麼過分，替別族貓隱瞞罪證嗎？「妳會嗎？」她問道。

「有什麼好隱瞞的！」

豹毛定定注視著她。「我只是不想把妳牽扯進來。」她喵嗚道。「假如我們真的發現是灰紋往河裡下毒，那我不希望其他貓認為妳和這件事有任何關聯。」

銀流不相信地盯著她。「那妳覺得我和這件事有關聯嗎？」

「當然沒有了。」豹毛壓低聲音喵嗚道。「但妳確實和灰紋有往來，如果他參與了下毒的行動，那妳就必須儘可能遠離這些是非。」

銀流顫抖不止。「灰紋哪有可能做這種狐狸心的壞事？妳怎麼可以這樣看他？」她激動地問道。

「他可是雷族戰士。」豹毛厲聲回道。

「是妳太偏執了。」銀流沉聲說。「妳能不能別湊過來管我的事？」

「因為妳的事危害到了整個部族！」

「才沒有！」

「鳥歌死了。」豹毛提醒她。「假如這件事的責任在雷族——」她頓了頓。「假設這件事的責任在灰紋，妳就必須選邊站了。」

銀流沉默不語地盯著她，眼神徬徨又迷惘。一陣戰慄竄過豹毛的脊椎，她開始懷疑銀流的忠誠。不得不選邊站的話，這隻河族母貓會不會選擇站到敵對部族那一邊呢？

「銀流？」豹毛冷淡地瞅了母貓一眼。「妳來加入巡邏隊。」昨天沒有降雨，河川的水位稍微下降了些，希望他們今天有機會在河裡找到毒的來源。豹毛思考一整晚過後，終於想到將銀流的忠誠拉回河族的辦法了。如果由銀流幫忙揭發灰紋在河裡投毒的證據，那她就必須認知到她的雷族朋友沒自己想像中那麼無辜，如此一來，豹毛也不必擔心河族與雷族發生衝突時，銀流會選擇站在敵方那一邊。

銀流打量著豹毛，銳利的目光充滿了懷疑。她站起身，邁步加入巡邏隊，這時石毛、天心與矛牙已經在營地入口等著了。

豹毛帶隊離開營地，過河來到河水離雷族邊界最近的位置。

「我們來這邊找幹麼。」銀流嘀咕。「毒物可能出現在比較下游的位置。」

石毛好奇地瞅著她。「毒死鳥歌的那條魚，就是在這裡捕獲的。」他喵聲說。

「魚會游泳啊。」銀流蓬起了毛髮。「牠們又不像荊棘叢，整天待在同一個地方不動。我們哪曉得那隻魚是在什麼地方中毒的。」

豹毛甩了甩尾巴。「別浪費時間說這些了。」族貓們可能會對銀流不配合的態度產生懷疑。「今天水岸暴露出來了，我們集中精力在河岸搜索，如果發現任何不尋常的氣味或事物，就立刻來跟我報告。」

石毛、矛牙與天心走遠時，銀流瞪著她。「妳堅持要證明是灰紋做的就對了？」

「並不是。」豹毛告訴她。

「真的嗎？」銀流聽上去完全不相信她的說法。

「我只是在照顧我的部族而已。」**如果妳也能這麼做就好了。**

銀流搖晃尾巴。「我會去找證據，證明事情不是灰紋做的。」她怒氣衝衝地說，然後就轉身朝林木的方向走去。

豹毛沿著水岸行走，同時注意銀流的動向。要是銀流發現對灰紋不利的「證據」，豹毛可不會給她藏匿證物的機會。今天河水沒那麼湍急了，流入河川的小溪與溝渠也清晰可見，豹毛小心翼翼地順著流道前行，踩在冰冷的水裡，鼻子警戒地嗅著河水。

隨著上午的時間慢慢流逝，她的腳爪冷得愈來愈麻木。豹毛看見同伴在前方與後方沿河流行走，檢查河邊每一處水灣與小池子。她感受到腹中刺痛的擔憂——要是找不到毒的源頭怎麼辦？她沿著水岸往前走無數條尾巴的距離，心裡愈來愈不在乎投毒的貓是誰，只想確保河川安全無虞、不會再危害到河族貓了。

豹毛穿過一片滿是碎石的水岸時，鼻子嗅到一股酸臭味。她抬起頭來，張口讓空氣流過舌頭。她從沒聞過這種氣味，這絕不是河裡該出現的味道。豹毛皺起了鼻子，掃視河岸，看見岸邊的燈心草叢旁漂著什麼東西，蘆葦草之間有一些顏色鮮豔的奇怪物體。她匆匆走過去，走近時猜到這一定是兩腳獸的垃圾。這些東西奇形怪狀，無論是氣味或外表都很不自然，它們被捆在一起，卡在了水草的莖之間。豹毛在陸地上繞到上游處，然後走進水裡，肚子因愈來愈濃烈的腐臭味而不停翻騰。

「找到了！」她對族貓們喊道。她一彈尾巴，示意其他貓遠離從那綑垃圾漂出來的汙濁髒水。

天心走進水中，嗅到氣味時尾巴的毛髮蓬了起來。「聞起來像腐肉。」她嫌惡地喵嗚道。

一些藻類黏著垃圾，周圍也長了黏滑發臭的藻類。在河水流過時，水流帶著小塊小塊的水藻漂往下游，這無疑就是害死了鳥歌的毒物。豹毛豎起全身毛髮，怒火中燒。這是某個粗率隨便的兩腳獸留下的垃圾嗎？倘若是別族來威脅河族，她還能挑戰敵貓，但她根本沒辦法向兩腳獸尋仇。

銀流對上她的視線，那得意洋洋地眼神令豹毛更火大了。這不是灰紋搞的鬼。豹毛感到一閃而過的煩躁。要是能證明灰紋不懷好意，年輕母貓就會發現自己不該和他往來了……可惜，這下豹毛只能趕在河族其他貓發現真相前，再試著用其他方法結束銀流和灰紋的感情了。

第十九章

豹毛在黎明時醒來，只聽豆大的雨滴敲在上方屋頂，戰士窩的牆壁也在風中震顫搖晃。昨天帶隊回營地時，天氣就開始惡化了。豹毛將兩腳獸垃圾的事告知了曲星。即使在矛牙、石毛與天心的協助下，她還是沒能將垃圾從蘆葦叢中拉出來。如果能將整團垃圾拖出來，讓它被河流沖往下游、沖下峽谷就好了。豹毛打算今天帶規模更大的巡邏隊過去，設法清除卡在蘆葦叢中的垃圾，不過從暴雨的聲音聽來，垃圾很可能又被河水淹蓋過去了。

豹毛悄悄走出戰士窩，在雨中瞇起眼睛，利用灰濛濛的晨光檢視新鮮獵物堆。新鮮獵物堆只剩一隻放太久的鶇鳥，牠又溼又僵硬，但至少還能吃。

「豹毛。」聽到泥毛的喵嗚聲，豹毛轉過頭。父親在雨中朝她走來，蓬厚的毛髮被風吹得亂七八糟。空地上只有他們兩隻貓，但豹毛聽見戰士窩裡的族貓們逐漸醒來，等等就能派出巡邏隊了。泥毛瞥了鶇鳥一眼。「妳餓了嗎？」

「我只是來看看而已。」豹毛用腳爪戳了獵物一下。「我把這個帶去育兒室吧？」

泥毛搖搖頭。「別打擾苔皮和霧足睡覺了。」他喵聲說。「她們現在應該很累。我昨晚聽見小曙的哭聲，全育兒室的貓應該都被她吵得睡不著。」

豹毛全身一僵。「小曙還好嗎？」

「她沒事。」泥毛甩了甩沾滿雨水的毛髮。「我去看過了，只是作噩夢而已。」

豹毛抬頭仰望深灰色天空，雨水落到她眼睛周圍。「我們今天沒法去到兩腳獸垃圾那邊了。」

「但我們至少知道它的位置。」泥毛喵嗚道。「更上游的魚應該沒毒，妳可以去那裡狩獵。」

「問題是，蘆葦床更上游的河道很窄。」泥毛已經太久沒當戰士，想必是忘了這一點。「而且最近下了這麼多雨，水流應該很急，在那裡狩獵可能太危險了。」

蛙跳低頭鑽出戰士窩，在雨中縮起身體。「妳說太危險了，不能捕魚？」他嗅了嗅空氣，蓬起毛髮走來。「對河族戰士來說，沒有所謂的太危險。」

豹毛皺起眉頭。「話雖如此，」她喵嗚道，「今天還是去溼草原狩獵比較好。」

「我們最近吃太多陸地獵物了。」蛙跳嗤之以鼻。「再這樣下去，我的小貓長大都會以為自己是雷族貓。」

「也是，我們最近的確都在吐獵物的毛髮。」豹毛承認。

蛙跳甩了甩尾巴。「況且，我就是喜歡在急流中捕魚，這樣才好玩。」他對豹毛眨眼睛，豹毛也點點頭。

「那好。」豹毛喵嗚道。「等我安排好其他的巡邏隊，就帶一隻巡邏隊去河的上游狩獵，歡迎你加入。」她勾起那隻鶇鳥。「我先把這個帶去給灰池。」

黎明化成了白晝，雖然幾乎沒變亮，但至少豹毛帶隊離開營地時，雨勢稍微小了些。她請天心和響肚加入巡邏隊，四隻貓朝河川上游走去，他們彷彿又回到了見習生時代。經過蘆葦床時，雨已經停了。豹毛猜得沒錯，這裡水流很快，湍急的河水在陡峭的堤岸間迅速流動冒泡。她往更上游處望去，看見樹木在風中搖曳，甚至從這裡就能聽到樹枝吱嘎作響，簡直像脾氣不佳的長老在連聲抱怨。

豹毛掃視河流，看見小樹枝與樹葉隨水流漂過，不時被河水吞噬，然後又在下游幾條尾巴處浮上水面，像是被河川嫌棄地吐了出來。「我們還是先在岸上狩獵，等水流稍微緩和點再下水捕魚吧。」她提議道。

「別這麼老鼠心。」蛙跳站在水邊，躍躍欲試地豎起耳朵。「我想讓小知更、小曙和小木嚐嚐鯉魚的滋味。」他親切地對豹毛眨眼。「他們也許會和妳一樣愛上鯉魚喔。」

豹毛看他一眼，呼嚕笑了起來。「他們當然會喜歡鯉魚，這可是最美味的魚類。」她跳進河裡，水流瞬間將她拉到水面下，但又把她推了上去，她「嘩啦」一聲突破水面，感覺精神振奮。豹毛逆流游泳，享受這份挑戰，以及河水流過毛皮的觸感。

天心跟著跳進來，響肚則踏進淺水區，在岸邊游動。「以前的妳還是乾掌呢，是不是很不可思議？」天心在豹毛身旁浮上水面，調笑道。

「我那時候還是小貓嘛！」豹毛用腳爪朝她潑水，天心在白浪翻騰的水中閃開，雙眼閃閃發亮。

「妳看！」天心用鼻子指著水下一個快速朝他們靠近的形影，然後鑽到水下，片刻後咬著一小條鰷魚冒上來。她游到岸邊，把魚甩上岸。

蛙跳嗅了嗅鰷魚，一甩尾巴。「我要去抓鯉魚。」

他潛進水裡，豹毛看著河水蓋過他的頭，興奮地等著他游上來。他們上次一起捕魚已經是好久以前的事了，這次也許能抓到鮭魚之類的大獵物。豹毛在水中轉身，尋找蛙跳的蹤影。他到哪裡去了？她掙扎著在原處踩水，再次轉身，腹中萌生恐懼。「蛙跳？」

天心在離她幾條尾巴的位置游泳，鼻口湊到水中找魚。響肚在岸邊低垂的莎草叢下找獵物。

「蛙跳！」豹毛開始感到害怕，她鑽到水下，睜著刺痛的雙眼儘量在湍急水流中尋找蛙跳。河水從四面八方襲來，她在水流中掙扎，沒過多久就沒氣了，只得浮上水面換氣。

她浮上來時，正好看見蛙跳游來。

「你在這裡啊！」她朝蛙跳游去，開玩笑地揮腳爪拍他耳朵。「嚇死我了！」她喵聲說。

蛙跳游得遠一些，抽了抽鬍鬚。「我只是去看看有沒有魚躲在水底而已。」他喵嗚道。「不過河床附近的水流也很強勁，看來我們只能等魚自己送上門了。」他轉過身，滿懷期待地看向上游。

他豎起了耳朵，似乎瞥見某個在水面下游動的東西。「預備！」他喵嗚道。「如果我沒抓到，那就交給妳了。」他再次消失在水下時，豹毛心跳加速了。她也鑽到水下，看見一條鱒魚迎面游來，蛙跳則伸長了腳爪緊跟在後。豹毛伸出爪子準備抓魚時，鱒魚突然往後一抽，被蛙跳抓住了。

豹毛浮上水面，看著在自己身旁游上來的蛙跳，以及被他咬在嘴裡的鱒魚，不禁感到喜悅在胸中翻湧。蛙跳把鱒魚叼到岸邊，甩到天心的鰷魚旁。

在岸邊狩獵的響肚也勾到了一隻河鱸，那條魚剛才想必是躲在莎草叢的陰影中。他叼著河鱸跳出河川，把獵物放到另外兩條魚旁邊。又開始下雨了，雨水打在岸上，響肚回河裡狩獵前先把三隻獵物都挪得離河水遠一些，也許是怕牠們被水捲走。

不久之後，獵物堆已經變成原本的兩倍大了。

「我們把這些帶回營地吧。」豹毛提高音量，壓過隆隆水聲高喊。她在水中逆流游泳，游得腳爪開始累了，而且現在獵物堆的魚已經多到快帶不回去了。

「我還沒抓到鯉魚。」蛙跳回道。他游到了更上游的位置，那裡的河川更窄，水流強得幾乎吞噬了他的喵嗚聲。

豹毛游向他，奮力和水流相抗。「在這麼上游的地方，不會有鯉魚啦！」她喊道。蛙跳想必也知道，鯉魚喜歡在和緩的水中晒太陽。「你的小貓只能再等一下了，等我們把那團垃圾清走以後，就可以去下游抓鯉魚了。」

「這裡一定有鯉魚。」蛙跳號叫道。「魚也是從上游游到下游的啊。」他又潛到水下。

這裡的山谷被河侵蝕形成了深溝。豹毛也潛到水中，奮力向前游，跟著蛙跳游在湍急流轉的水中。

蛙跳像水獺似地沿溝壑來回游竄，毛髮在水中蓬了起來。豹毛認出了朝他們快速游來的流線型魚兒，是一隻鯉魚！她的心跳加快了。鯉魚被水流帶著快速游來，蛙跳能及時抓住牠嗎？豹毛向下游到溝壑的底部，和試圖把她推回水面的河川相抗。就算蛙跳沒抓到鯉魚，牠也別想逃過豹毛的腳爪。

蛙跳踢出後腿，迅速在水中游動，輕鬆得彷彿在空氣中移動一般。他伸長爪子勾住鯉魚，把魚拖到嘴邊，準備把牠一口咬死。

看來蛙跳的小貓今天就能嚐到美味的鯉魚了。豹毛開心地游往水面，冒上來呼吸新鮮空氣。

然後，她全身一僵。上游的樹上，有什麼東西掉到水裡，深色的長條物體重重落到水中，激起大量水花，河水甚至潑到了岸上。是樹枝！是被風吹下來的樹枝。豹毛的心臟揪緊了，只見河水抓著樹枝快速流往下游，直直朝他們襲來。如果蛙跳在這時候游上水面，就會被樹枝撞上。

豹毛鑽到水下想警告他，看見他正在往上游動，嘴裡咬著鯉魚，眼中閃爍著得意的光芒。

不！她的尖叫聲無法穿透湍急的水流。她被滿口河水嗆到了，驚慌的情緒緊緊抓著她不放，豹毛只能看著上方那根樹枝的黑影快速漂往蛙跳的方向。

豹毛也往蛙跳那裡游去，但河水實在太沉重了，她竭盡力氣想要接近，無奈與不耐煩的情緒撓抓著腹部。豹毛伸出腳爪想拉浮上水面的蛙跳，結果目睹樹枝撞上他。她全身僵在原處，眼睜睜看著蛙跳被撞得抽搐一下，隨後被水流拉走。他在水中旋轉，腳爪慌亂地揮了幾下，然後他全身都癱軟了。河水拖著他靠近豹毛。

豹毛的心臟快炸開了，她再次伸出腳爪，感覺到蛙跳的毛髮擦過爪子，只差一根鬍鬚的距離——然後他翻騰的身體漂了過去。豹毛努力眨掉眼裡的河水，驚駭地看著河流帶著蛙跳漂遠。

「蛙跳！」天心在岸上瞠目結舌地看著，身在淺水區的響肚也無助地看著蛙跳被沖往下游。

豹毛猛然撲進水流，讓河水托起她的身軀，順著水流快速前游，速度快到岸上風景都模糊了。她死死盯著蛙跳，他像樹葉一般被水流帶走，速度愈來愈快了，然後——忽然間，河水將他吸了下去，他消失在水面之下。

天心在岸上跟著跑來。「豹毛！」她高聲尖叫。

豹毛瞥了她一眼。

「快上岸。」天心的呼聲驚慌又焦急。

豹毛在水中轉身，順著族貓的視線往上游望去，只見好幾截斷裂的樹枝隨著旋轉的水流漂來，應該是整棵樹都被風吹垮了。河面上到處都是木塊。

驚恐的情緒在豹毛毛皮下引燃，她撲到岸邊，勉強拖著身體上岸。下一刻，樹枝與樹皮快速流過，在她的注視下被吸到了水面下，進入蛙跳剛才下沉的漆黑水域。

豹毛說不出話來。天心僵硬地站在她身邊，響肚也追了過來，一起盯著下游。

「我應該救他的。」豹毛輕聲說。

「妳已經試了。」天心沙啞地說。「我也看到了。妳本來就不可能抓到他。」

「我應該游得更賣力的。」她的心被悲傷緊緊揪住了，她痛不欲生。「我應該游得再快一些的。」

天心靠著她。「事情發生得太快了。」她輕聲說。「妳剛才再怎麼努力也救不了他的。」

豹毛什麼話都說不出來了，只想癱倒在河邊。這許多個月來，她心中有一小部分一直偷偷地幻想，倘若當初答應了蛙跳的請求，放棄副族長之位、選擇和他在一起，自己現在過的會是什麼生活呢？她心中也有一大部分不顧情理，仍然深深愛著蛙跳。現在蛙跳消失了，她竟然沒能救他。

豹毛無法從湍急的河流移開視線，只希望河水能將全天下最懂她、最瞭解她的貓還回來。

第二十章

豹毛茫然朝營地方向走去，身旁的響肚不停顫抖，天心則走在前面帶路。蛙跳的重量壓在豹毛和響肚肩膀上，她感覺幾乎承受不住了，但她還是一步一步往前走，盲目地盯著前方。豹毛的心痛得不可思議，她感覺到他最後的體溫逐漸消逝，巡邏隊腳步蹣跚地穿過蘆葦通道進入空地，然後讓他從背上滑到滿是泥濘的地上。

剛才在河岸找蛙跳的遺體時，又開始下雨了，雨水無情地擊打著他們。他們將卡在蘆葦叢中的身體拖出來，在那一瞬間，豹毛心中還有一絲希望，也許他還活著——可是看見他那雙無神、圓睜的眼睛，豹毛就知道他死了。

現在回到營地，雨下得更大了，星族彷彿絲毫不同情生者。族貓們都在窩裡躲雨，只有莎草溪和石毛在戶外，兩隻貓躲在莎草牆下分食一隻溼答答的歐掠鳥。

蛙跳的身體落地時，莎草溪抬起頭來。

石毛從空地另一頭匆匆走來。「發生什麼事了？」他問道。

豹毛喉頭一緊。「河裡——」字句在她舌尖萎縮了，她不想回顧那場意外，也不想將話語說出口，讓那件事顯得更真實。

爍皮鑽出戰士窩，草鬚與黑爪跟著跑出來，族貓們一一溜到了雨中，聚集在蛙跳的身體周圍。沒有貓說話，大家彷彿都不敢吱聲，以免噩夢化為現實。

霧足從育兒室探出頭，看見群聚在空地的眾貓，她緊張得抽抽耳朵。「怎麼了？」

石毛轉向她。「蛙跳死了。」

「意思是他以後不會來育兒室了嗎？」小鱸從他母親身旁擠過來，眨眼看著她，小矛和小蘆葦則躲在她腳爪之間偷偷往外張望。

霧足用鼻尖輕輕碰兒子的頭。「是啊。」她柔聲喵嗚道。「我們回窩裡吧，你們先跟小知更、小木和小曙玩一會兒，苔皮得——」

「發生什麼事了嗎？」育兒室裡傳出苔皮的喵嗚聲。

霧足消失在窩裡，片刻過後，苔皮奪門而出、衝到空地這一頭。她在蛙跳的遺體旁停下腳步，默默盯著他，彷彿在等他動起來，彷彿他根本就沒死。然後苔皮蹲了下來，全身開始發抖，喉頭冒出了低低的呻吟聲，鼻尖輕碰蛙跳溼透了的毛皮。雨珠敲打在她身上，豹毛看著這個畫面，不禁感到胸口發緊。豹毛感到好無助，她無法讓蛙跳死而復生，無法讓天空停止降雨，只能默默看著這令她心碎的一幕，聽著族貓們輕聲細語。

「他是怎麼死的？」沉步喵嗚道。

「你們是被雷族攻擊嗎？」蘆葦尾問道。

「是意外。」豹毛再次看見迅速沖向蛙跳的樹枝，想像他的身體抽搐一下後癱軟，然後被河水沖走。她無法呼吸。

杉皮站在蛙跳的身體旁邊，圓睜雙眼盯著那具遺體，彷彿不敢相信自己的小貓死了。「河族戰士怎麼會溺死？」他喃喃說道。

湖光貼緊他的身體，雨水從她的鬍鬚滴落，她全身一抖。「他明明很會游泳的。」

豹毛感受到族貓們的目光落在她身上，彷彿他們都是她的小貓，彷彿她是所有族貓的母親。大家等著聽她解釋，但這些話語實在太沉痛了。**蛙跳怎麼可能會死？他有了小貓，他明明很幸福的。**豹毛茫然盯著他，思緒停滯。**我明明是那麼愛他。**

「他被樹枝砸到了。」天心喵嗚道。

豹毛胸中萌生感激的火苗，只見朋友踏上前，將事情始末說給族貓們聽。

泥毛鑽出貓群，在豹毛身旁停下腳步。他沒有說話，只是輕輕靠著她。

她看向泥毛。「曲星在哪？」河族族長也該加入他們。

泥毛朝他的窩望了一眼。「他在睡窩裡。」他喵聲說。「還是讓他繼續休息吧。」

豹毛全身一僵。「他病了嗎？」

「只是累了。」泥毛低聲喵嗚道。

豹毛離開貓群，朝河族族長的窩走去。這件事非通知他不可，河族需要他。她推開垂在窩口的青苔，眨眼看著族長。

曲星仍在睡夢中，沒發現窩頂漏水，睡窩已經被雨水浸溼。他翻過身，開始打呼。

「曲星。」豹毛靠近一些，輕輕用腳爪戳他。「醒醒，出事了。」

曲星眨著眼睛，睡眼惺忪地看著她片刻，這才坐起身來。

豹毛忽然意識到，族長已經十分老邁了，他蓬厚的毛皮有些黏膩，努力清醒過來時眼神也迷濛又困惑。

「怎麼了？」他含糊地喵嗚道。

「蛙跳死了。」豹毛儘量用輕柔的聲音告訴他。「今天發生意外，他溺死了。」簡單的一句話，卻如荊棘般刺入她的心。

曲星悲傷地圓睜著雙眼。「死了？」

她點點頭。

曲星別過頭，似乎一時無法接受事實。豹毛感受到一閃而過的驚慌，她希望族長能對全族說說話，減輕大家心中銳利的悲傷。但此時看著曲星的模樣，豹毛發現他不夠堅強，只能由她自己出面安慰族貓。她忽然感到很不踏實，想起先前曲星病倒時，自己竟急於奪走河族的領導權。從前的她怎會這麼自以為是，認定自己能擔當這份重責大任？但現在，豹毛別無選擇。曲星看上去和長老差不多衰老，他無法領導全族走出悲傷。

豹毛闔上眼眸，細細感受族長窩裡的溫暖，滿心希望自己能繼續躲在它的陰影中，和撕扯著內心的傷痛獨處。可是河族需要她。她睜開眼睛，看向曲星。

曲星盯著地面，喃喃自語：「蛙跳死了。」他的喵嗚聲因哀傷而哽咽。

「你留在這裡休息。」豹毛說道，然後抬起頭。「我去安慰族貓。」

她似乎花費全身上下所有的力氣，才迫使自己再次穿過青苔簾幕，穿過大雨滂沱的營地。天色愈來愈黑了，族貓們化成空地上的一個個黑影。

豹毛鑽進貓群，在蛙跳的遺體旁停下腳步。湖光也加入苔皮，兩隻貓蹲在遺體旁。清亮的喵嗚聲從育兒室傳來。

「小櫻草！換妳當狩獵者了！」

「我要來抓你們了！」

「喂！不公平啦，我剛剛在睡窩裡耶！」

「安靜。」霧足語氣堅定地低聲喵嗚道。「別那麼大聲。」

「為什麼啊？」

小貓的尖叫笑鬧聲安靜下來時，豹毛環顧空地上的族貓們。「我們今天失去了親愛的族貓。」她緩緩開口說。他們都仔細注視著她的眼睛，在她眼中找尋安慰。豹毛腹部一緊。「他是貨真價實的戰士，忠心又勇敢，少了他，這個部族就永遠變了。但是，他不會希望你們哀悼的。我們以後將會在星族和他團聚，希望到時他能為我們感到驕傲——我們要讓他看到，即使失去了他，我們也沒有停止互相照顧，沒有因悲傷而停止保護同伴。」

「是啊。」木毛輕輕點頭。

矛牙點頭。「他一定是這麼想的。」

「星族怎麼可以把他帶走？」苔皮盈滿了傷痛的目光轉向豹毛。

豹毛對上她的視線。苔皮需要一個答案——不只是苔皮，全族都需要答案。豹毛頓了頓，吸一口氣。「我知道妳現在覺得星族在考驗我們。」她對苔皮說，然後抬眼環顧其他貓。「我們受雷族與風族威脅，雨雪都阻礙我們捕魚，讓我們吃不飽，後來河川又被毒物汙染。」她讓這番話沉澱下來，接著又說：「不過，最先迎上前、勇敢面對挑戰的貓，就是蛙跳。他為了抓獵物給他的小貓吃，冒險在急流中捕魚。他很喜歡這種挑戰，倘若他現在在我們身邊，他也會叫大家學著享受挑戰。他會告訴我們，挑戰就是證明自己的機會，我們要藉機證明戰士不只是尖牙利爪那麼簡單，戰士可是一種精神、一種心態。我們的成功並不來自狩獵與戰鬥技巧，而是我們面對悲傷的方式，以及走出傷痛、更上一層樓的方式。這時候，我們才能證明自己是堂堂正正的戰士。換作是蛙跳，他就會這麼做，他也會期望我們這麼做，因為他和我一樣，深知河族戰士是最純正的戰士。即使我們比其他貓族面對更多的挑戰，那也是因為我們比其他部族強大得多、勇敢得多。」

聽到自己說出口的話語，豹毛感到很驚訝，不知這番話是從何而來。是星族引導了她的想法嗎？在那一瞬間，她的心快活起來，她環顧河族，看見族貓們眼中閃閃發亮的堅毅。她觸及了族貓的內心，得到了他們的忠誠與勇氣。

然而，苔皮仍注視著她，眼中閃爍著哀傷。「那我要怎麼告訴小貓？」她問道。

豹毛只能勉強克制住腳掌的顫抖，目光平穩地對上苔皮的視線。「我會幫妳。」

苔皮站了起來，族貓們讓出一條路，她緩緩走向育兒室。豹毛跟著走去，離開時一直切實感受到蛙跳冰冷發僵的身體還躺在後方地上。

「開始守靈。」經過木毛時，豹毛輕聲下令。

木毛點點頭，豹毛則跟隨苔皮鑽進育兒室。

小貓們在睡窩之間跳來跳去，苔皮的小貓和霧足的小貓在柳條編織的窩裡互相追逐，豹毛幾乎分不出誰是苔皮生的、誰是霧足生的。

豹毛走進育兒室時，霧足抬起頭。

豹毛對她點頭。「能請妳把妳的小貓帶去長老窩，在那裡待一會兒嗎？」

小櫻草停下腳步盯著她。「為什麼啊？」

「灰池有點孤單，」豹毛告訴她，「有你們幾個活蹦亂跳的小貓在一旁陪她，她也能打起精神來。」

「我們可以一起去嗎？」小知更喵聲問。

苔皮眼裡閃爍著痛苦。「你跟我留在這裡。」她對小木和小曙眨眼。「你們也是，我有事情要跟你們說。」

小鱸興奮地眨眼看著她。「那也可以跟我們說嗎？」

「霧足等等就會告訴你們了。」豹毛輕輕用尾巴把他推開。

感覺過了很長一段時間，霧足才好不容易把她的小貓聚在一起，帶著他們離開育兒室。這段時間，豹毛清楚感受到苔皮竭力抑制身體顫抖，目光片刻也沒離開自己的小貓。

「發生什麼事了嗎？」小木似乎感應到母親的憂傷，他走向苔皮，焦慮地眨眼看著她。

小知更和小曙也湊了過來。

「怎麼了？」小曙喵聲說。

「為什麼小櫻草一定要出去啊？」小知更問道。

「我們正玩得開心耶。」小曙埋怨道。

「我有事情要告訴你們。」苔皮語氣緊繃地喵嗚道，字句彷彿哽在她喉頭。

小木靠近一些，他在微微發抖。苔皮坐了下來，用尾巴把小木拉到自己身邊。

「蛙跳離開我們，加入星族了。」她喵聲說。

「為什麼啊？」小曙眨眼看著母親。「他不喜歡我們了嗎？」

「他別無選擇。」苔皮喵嗚道。「那是一場意外。他在河裡受了傷，所以現在得去跟星族住在一起了。」

小木圓睜著雙眼。「可是等他好了以後，他就會回來了吧？」

苔皮搖了搖頭。「他不能回來了。」她喵聲說。「他死了。他再也不能回來了。」她雙眼泛淚。

豹毛走上前。「但他可以照看著你們。」她告訴小貓。「他會在星族注視著你們。」

小木開始哭號。「可是我想看他。」

「那我們可以去找他嗎？」小知更問道。

「不行。」苔皮傾身向前拉住他後頸毛皮，把他拉到自己身邊。

豹毛看著他緊緊依偎在母親身邊，看著他迷惘、悲傷又弱小的模樣，豹毛很想別過頭不看，她不知道自己該如何保護這隻小貓，為他擋下所有的危險。

小曙坐下來盯著母親，眼中沒有絲毫悲傷。「我們可以吃東西了嗎？」她問苔皮。

豹毛微微一縮。這隻小貓年紀太小了，還無法理解死亡這件事。豹毛瞄了苔皮一眼，不知道貓后會如何回答。

小曙仍然盯著母親。「蛙跳說他今天會讓我們吃到第一口魚肉，他說他會帶魚回來給我們吃。」她轉向豹毛。「他有抓到東西嗎？他答應我們要帶魚回來的。」

「他有抓到魚。」豹毛想像蛙跳得意地咬著鯉魚的畫面，哽咽地喵嗚道。鯉魚已經不見了，牠和砸中蛙跳的樹枝一起被沖走了，但他們抓到的其他獵物都還在河岸上。「我們沒把獵物帶回來。」他們得扛著族貓的遺體回來，怎麼可能連獵物也一起帶回來呢？可是她必須為蛙跳信守承諾。「我去把魚拿回來。」她對上苔皮的視線。「我等等就回來，妳可以自己顧著他們嗎？」

「可以。」她悄聲說。「還有，謝謝妳。他們是該嚐嚐蛙跳留下的最後一份禮物。」貓后把小曙拉近，鼻子輕碰女兒的頭頂。「沒事的。」她承諾道。

豹毛作了一場夢。森林在下墜，鳥巢隨之下落時鳥兒都飛到了天上。小鼠和田鼠從崩解的樹根之間湧出來，樹皮與木頭掉進了河川。整條河都堆滿倒下的樹木，魚都困在糾纏的樹枝之間，無處可去的河水氾濫到陸地上，吞沒了蘆葦床與溼草原。

深處睡夢中的豹毛在睡窩中掙扎，被驚慌拖著陷入深邃的黑暗，直到她幾乎無法呼吸。她掙扎著想醒過來，但她之前走了好長一段路去取回遺留在河岸的獵物，事後又在愈來愈大的雨中為蛙跳守靈，現在已經疲憊不堪。她甚至還沒埋葬蛙跳的身體，而是將他留在了空地，因為現在埋葬地淹水了。這整個過程中，河水的水位不停上漲，淹過了蘆葦床，輕輕舔舐營地邊緣。

夢中充斥著族貓的哭號聲，聲音變得愈來愈尖銳、愈來愈高亢，最後化為小貓的尖叫聲。**小貓！**豹毛終於醒了。尖叫聲是真的！她猛然抬頭，環顧四周，只見睡窩底部積滿水，流水漫過戰士窩地面。**淹水了！**

她豎起全身毛髮，跳出睡窩。「快醒醒！」

蘆葦尾和石毛已經匆忙爬出浸水的睡窩了。

小貓尖叫聲再次傳來，豹毛衝出戰士窩，腳下水花紛飛，水流遍整片空地。河流潰堤了，河水流過了營地，快淹到長老窩了。

其他幾個窩已經泡在水中，族貓們來回奔跑，抓住漂往河川的柳枝與一綑綑蘆葦。見習生窩已經四分五裂了，蘆葦牆破了大洞，見習生的睡窩一個個旋轉著流往破洞，被水流一個個吸了出來、沖往開放的流水。

石毛與銀流試圖抓住被水沖走的睡窩。

「別管那些了！」豹毛高呼。「去救育兒室！」

柳條編成的育兒室被風拉扯，基底被水拖拉，就快裂成兩半了。石毛與銀流衝過去的同時，苔皮竄了出來，她一口叼著小知更，小曙和小木趴在她背上。小貓們驚恐地尖叫著，苔皮則駭然瞪大雙眼、四下張望。

「去長老窩！」豹毛告訴她。運氣好的話，水不會淹到地勢較高的長老窩。

正當苔皮跑開時，霧足叼著小蘆葦後頸衝出育兒室，將小蘆葦交給石毛後她又鑽回育兒室，片刻後叼著小櫻草衝出來。

銀流點頭示意長老窩的方向。「妳帶她過去！我去救小鱸和小矛。」她擠進了育兒室。

就在豹毛跑過去要幫忙時，河水突然暴漲，一道水浪捲過營地。育兒室被水浪打得裂了開來，柳條編織的牆壁整個破開，暴露在暴風雨中的小鱸和小矛在睡窩中驚聲尖叫。銀流用爪子勾住睡窩，可是睡窩被水流拉走了。

豹毛急速追了過去，卻被又一波大水撞歪。她掙扎著恢復平衡，這時睡窩從營地外牆的破洞被捲了出去，漂到河上。小鱸和小矛盯著睡窩外的世界，小小的臉因恐懼而扭曲，豹毛駭然僵在原地，眼睜睜看著他們被捲入黑夜，尖叫聲淹沒在隆隆水聲之中。

「不！」大地似乎在她腳下震顫。她好無助。

銀流的整張臉都湊到豹毛面前。「去救其他貓！」

又一波大浪呼嘯著捲過營地。

豹毛硬生生將思緒從消失的小貓身上拉開。她掃視空地。「泥毛呢？」

洪水拖拉著戰士窩的牆壁，莎草溪原本抓著窩牆想避免它被沖走，這時她轉過頭來。「他在灰池那邊。」

豹毛大大鬆了口氣。「那曲星呢？」她高聲問道。

「我都沒看到他。」莎草溪試圖去抓一綑蘆葦草。

蘆葦叢中，石毛在幫響肚和湖光撿起破碎的窩牆。

豹毛對他喊了一聲。「你有看到曲星嗎？」

灰色公貓搖搖頭。

河族族長不會還在窩裡吧！豹毛衝向族長窩，在迅速流動翻湧的水中奔跑。水已經淹到長老窩了。「把灰池帶出來！」她對黑爪大喊。「還有小貓！」她轉向狐躍與燼曙，兩隻貓正驚恐地看著洪水高漲。「撤離營地！把大家帶到內陸，去地勢比較高的地方避難。」

兩隻母貓開始集中其他族貓時，豹毛跑到曲星的窩外，踢起的水浪潑過族長窩的樹根牆。大樹的樹根已經半淹在水中，這時又有一波新的水浪吞沒樹根，曲星一面咳嗽，一面掙扎著鑽出來。豹毛上前用肩膀撐住他的身體，扶著他蹣跚穿過淹水的空地。

「大家都安全嗎？」他咳著水說。

小鱸和小矛被沖走了。豹毛不敢告訴他。現在說了，曲星又能怎麼辦？她自己強行壓下心中的恐慌，思緒亂成一團。她剛才是不是有辦法救下小貓？如果他們設法緊抓著睡窩，現在是不是還有可能活著？她該派戰士們冒險出去找小貓嗎？

狐躍與燼曙剛才在莎草牆上扯破了一個洞，現在忙著招呼其他族貓從破洞鑽出營地。牆外的河川只有一條水道那麼寬，雖然水流湍急，但只要有同伴幫忙，所有貓都能游過去，就連直豎著毛髮站在水邊的灰池也能安全過河。

曲星踉蹌停下。「妳去幫他們。」他把豹毛往族貓的方向推。「我等等就跟上。」

她對曲星眨眼。「我必須把你帶到安全的地方。」

「我想去檢查長老窩。」他告訴她。全營地僅存的就只有長老窩而已了。

「每隻貓都在這裡了。」豹毛對曲星說，同時點頭示意正在扶灰池過河的泥毛。苔皮和霧足帶著小貓站在一旁，等著過河。

曲星看著她。「我得確保我們沒有遺忘任何一隻貓。」

豹毛任他轉身回去，自己則快步走向其他族貓。霧足已經帶著小櫻草過了河，現在正看著黑爪帶小蘆葦過河。小蘆葦動作笨拙地爬上岸後，霧足領著他走進水流對岸的黑暗之中，那裡地勢比較高，也比河邊安全許多。

苔皮在水邊猶豫了一下，她嘴裡叼著小曙，小木和小知更都趴在她背上。

「我幫妳。」豹毛小心走入急流中，用腳爪踩水，以免被水流沖走。「來吧。」她對苔皮喊道。

苔皮謹慎地在水中朝豹毛走來，小曙尖叫著掙扎了起來，小知更和小木則將鼻口深深埋入母親的毛髮。苔皮爬出水道時，上游忽然傳來低沉的隆隆聲。恐懼竄遍了豹毛全身毛皮，只見一堵水牆伴隨著隆隆雷鳴撲面而來，不久後就捲到他們所在的位置，捲曲成一波水浪後把豹毛全身壓到了水下。

她拚命掙扎，努力游到了水面，就在她驚慌地揮舞腳爪時，她感覺到爪子勾住了苔皮的毛皮，貓后尖叫著在她爪下掙扎扭動。水浪退去了，豹毛盯著苔皮，感覺恐懼掏空了腹部，全身都凍結在原處。苔皮的小貓呢？

他們都消失了，豹毛身邊只剩苔皮一隻貓。

「我沒能抓住他們！」苔皮狂亂地掙扎，試圖掙脫豹毛的掌握。「我得去救他們。」

「不能去！」豹毛拖著她到水道對岸，這時如果讓苔皮走，蛙跳一定永遠不會原諒她。豹毛拖著哭號的貓后上岸時，一片灰色毛髮從旁閃過，跳進了水道。

「我去救他們！」

「曲星！」豹毛認出河族族長的號叫聲，看見他消失在水下，然後在下游幾條尾巴遠的位置浮出水面。他在水中翻滾、掙扎片刻，然後找到了平衡，開始隨水流往前游。

苔皮盯著他，目送他與急流一同消失在黑夜之中。她眼裡閃爍著焦急與絕望。

豹毛用鼻子推著她往內陸移動，跟上了其他族貓。他們朝地勢較高的區域走去，豹毛的思緒仍停留在曲星身上。曲星絕不可能在洪水中存活下來，他已經不是過去那個硬朗的戰士了，而且現在的水勢這麼猛烈，即使是年輕貓兒也撐不住。

族貓們停下腳步，聚集在山坡上較高的位置，這時豹毛凝望山坡下方。雖然在黑暗中看不見河川，但她還能聽見河流得意的吼聲，聽見它襲捲脆弱的營地。溼透的毛髮緊貼著身體，豹毛忍住了一陣戰慄。

石毛站在她身邊。

「大家都到了嗎？」她輕聲問道。

「除了小貓和曲星以外，大家都在這裡了。」石毛悄聲回答。

「他們不可能活著回來的。」豹毛輕輕說道。

石毛瞥了她一眼，雙眼黯淡無光。「曲星有九條命。」

豹毛點點頭。問題是，他現在還剩幾條命？夠他救回苔皮的小貓嗎？夠他找到回岸上的路嗎？豹毛的腳爪彷彿化成了石頭。雨勢逐漸變小了，她卻幾乎沒注意到。她怎麼讓這麼多隻小貓白白喪生？

寒冷開始滲進她的骨頭，但她沒有動彈。隨著黑夜緩緩被黎明驅散，她抬眼凝望河流對岸，看著灰色晨光揭露他們破敗不堪的營地。她的心臟似乎停了——她瞥見下游的河岸上某個灰色的身影，那東西癱在一片泥地上，絲毫沒有動靜，旁邊散落著被大水沖碎的蘆葦草。

豹毛聽見後方傳來小櫻草的哭聲，她想必餓了。

豹毛走向和族貓們一起蜷縮在蕨叢中的石毛，用鼻子輕輕把他碰醒。「你組織一支狩獵巡邏隊。」她輕聲下令。「族貓們都餓了。我得去檢查一個東西。」

石毛努力眨掉眼中的睡意，看著豹毛。「妳要去哪裡？」

「我看到曲星了。」豹毛悄聲說。「他好像死了，我要去把他帶回來。」

蕨叢窸窣作響，泥毛鑽了出來。「我跟妳一起去。」

「我也去。」石毛走向蜷縮在黑爪身邊的天心，輕輕用腳爪戳醒她。「妳可以組織巡邏隊去狩獵嗎？」天心抬頭時，石毛問道。

她趕忙爬起身來，點了點頭。

豹毛朝山坡下走去，泥毛跟在她身後，石毛也加快腳步跟了過來，走到她身旁。他們在灰色黎明中默默沿水岸行走，豹毛看見曲星癱在岸上的身體，離他們不遠了。這時，她突然放慢了腳步——只見曲星蜷縮著身體，被他抱在懷裡的則是三個小鴨子般弱小的東西，他們都毛髮凌亂、毫無動靜。

泥毛突然跑了起來，豹毛也追上去。來到這幾具身體邊時，巫醫貓已經在搓揉小知更的胸口了。

「快揉他們胸口！」泥毛朝小曙與小木點頭。

「那曲星怎麼辦？」豹毛一面問，一面在小曙身邊蹲下，腳爪按著她嬌小的身軀。

「他的命比小貓多。」泥毛喵嗚道。「星族會保全他的。」

石毛開始對小木施救，不時瞥向泥毛，設法模仿他的動作。豹毛感到驚慌失措，毛皮又癢又麻。腳爪下的小曙感覺好小好小，身體無比冰冷，她真的能救回來嗎？

「快做！」泥毛厲聲命令。

豹毛學著他的動作，用一定的節奏一次次按壓小母貓胸口，類似把水從溼青苔擠出來的動作。曲星一直毫無動靜。豹毛的思緒在腦中攪成一團。他還有命嗎？他之前生了大病，險些喪命，現在也許已經將最後一條命用來拯救小貓了。

我將會成為族長。這個想法令她無比恐懼。**我還沒準備好**。她從沒想像過如此恐怖的大洪水。過去的她怎麼會認為自己有能力統領河族呢？他們得面對這麼多危險，而她就只是一隻尋常貓兒而已，怎麼有辦法帶領全族克服威脅呢？**我該怎麼保護他們？**

忽然，小曙在她腳爪下抽搐了一下，開始咳嗽。小貓在岸上翻過身來，吐出水來。豹毛感激得心臟快炸開了。「感謝星族！」她把小曙拉近，用尾巴捲著她，設法讓小貓的身體暖起來。「沒事了。」豹毛安慰道。「妳現在安全了。」

泥毛蹲坐了下來，低頭盯著小知更，眼中漾起淚光。石毛仍在按壓小木胸口。泥毛點頭示意灰色公貓也停下來。「沒用的。」他喵嗚道。「他們走了。」

豹毛吸入小曙的氣味。蛙跳死了，現在他的其中兩隻小貓也走了。就在豹毛即將被悲痛吞噬時，曲星咳嗽一聲，側腹抽搐一下，突然活了過來。

泥毛竄到他身邊，焦慮地嗅嗅他。「曲星？」

曲星緩緩坐起身，眼中盈滿了震驚。他低頭看向三隻小貓，然後對上豹毛的視線，眼中的陰翳令豹毛全身一顫。這時候，她驀然明白了——曲星這些年來一直承擔著偌大的責任，這份責任遠比她想像中沉重。豹毛把小曙抱得更緊，垂下了頭。

輪到她領導河族時，她真有能力面對這一切嗎？

第二十一章

「我們沒找到另外兩隻小貓。」木毛垂頭對曲星說。雖然時間已經接近正午，木毛的毛皮卻還是溼答答的，被洪水浸溼的毛髮還沒晒乾。微弱的陽光穿透了雲層，卻沒能晒乾族貓的毛皮，也沒能讓河族在小島斜坡上搭建的臨時營地暖和起來。木毛壓低聲音說：「也沒找到蛙跳的遺體。」

豹毛微微一縮。早知道就堅持叫族貓把蛙跳的身體挪到安全的所在，等埋葬地乾燥以後再去掩埋遺體。結果呢，蛙跳和大家的窩與睡窩——還有小貓——一同被沖出營地，不知所蹤了。

豹毛剛才把小知更和小木的遺體從河岸帶回來後，就無力地躺下，悲傷得不能自已，到現在還是沒動彈。泥毛和石毛已經把兩隻小貓的遺體輕輕放入營地上方一個小洞穴，暫時用草蓋住了，等到之後才會正式下葬。

霧足默默在一旁看著他們做這些，雙眼盈滿悲傷與黑暗，彷彿等著自己的小鱸和小矛同樣被戰士們帶回家，等著看枯草蓋住兩具溺斃的小小身軀。霧足苦苦哀求曲星讓她出去找小鱸和小矛，但曲星叫她好好照顧還活著的小貓，並且派黑爪、響肚與木毛出去找小貓。霧足領著小櫻草和小蘆葦走到了蕨叢中一片草地上，用身體捲住兩隻小貓，雙眼則緊緊盯著河川，絕望地默默掃視河岸。

河族怎麼會失去這麼多隻小貓？豹毛嚥下滿腔罪惡感，不敢靠近蕨叢之外的樹叢。苔皮在樹叢下為小曙做了睡窩，苔皮自己也蜷縮在睡窩裡，背對著其他族貓。**我為什麼**

沒能保護他們？豹毛沒能保護自己愛的貓，失去了好多好多心愛的貓。忽然間，泥毛的預言顯得再愚蠢不過，那就只是寵溺孩子的父親作了場黃粱美夢罷了。豹毛怎麼可能拯救河族呢？她怎麼會相信如此愚昧的預言呢？

黑爪在臨時營地的小空地上來回踱步，背脊的毛髮豎了起來，周圍的族貓們則都在忙碌工作，把樹叢編織成窩、把蘆葦草捆成睡窩。「我想再出去一趟。」黑爪看著曲星，沉聲說道。小鱸和小矛是他的小貓，豹毛能理解他焦躁不安的心情。「雖然我們今早沒找到他們，但也不能放棄。」他接著說。「他們被沖走那一刻，我就該游過去救他們。」他怒瞪豹毛一眼。「妳怎麼沒立刻把他們被捲走的事情告訴我？」

豹毛坐起身來，空洞的內心只剩下罪惡感。「就算說了，你又能怎麼辦呢？」她喃喃說道。「當時水流太洶湧了。」她瞄了樹叢一眼，苔皮就在那裡頭，同時為逝去的蛙跳與小貓哀悼。「你難道希望霧足除了失去孩子，還失去你嗎？」

曲星甩了甩尾巴。「我們全族都損失慘重，現在互相責難也沒有意義。現在必須集中精神重建河族。」他往營地的方向望去，現在營地被蕨叢遮擋住了，但每一隻貓都已經看見家園的慘狀。河水流過了河族營地曾經的空地，見習生與戰士的窩都被沖走了，育兒室也不知所蹤，長老窩則破破爛爛地立在原地，睡窩在破洞的窩牆之間漂著。「蘆葦尾、天心、沉步，」曲星喵嗚道，「你們到山坡上抓陸地獵物。」他對杉皮頷首。「你帶一支巡邏隊沿著河岸走，看看有沒有洪水退去後擱淺的魚類。」

豹毛頓時對曲星心生尊敬。自從在河岸上甦醒後，曲星就多了一股新的精力與自信，彷彿星族賜予他的這條新生命，讓他恢復了過去幾個月黯淡褪色的青春與信心。當豹毛因悲傷而無法動彈，是曲星在發號施令與安慰族貓。她以前怎麼都沒注意到族長這不凡的能耐?豹毛過去一直迫不及待想取代曲星，都沒意識到自己該仔細觀察族長，從他身上學習領導能力。

曲星轉向黑爪。「你得去找你的小貓，直到你找到他們為止。」他喵嗚道。豹毛猜測，他這麼說是因為黑爪現在無法對部族做出貢獻，可能等找到小貓以後，黑爪才有辦法開始工作。「豹毛。」曲星今早首次呼喚豹毛。「妳跟他一起去，然後帶上石毛。」他令道。「你們把河岸、水灣和小池子都搜索一遍，帶小鱸和小矛回家。」

豹毛站了起來。即使在悲傷的重壓下，她還是能聽從命令。

曲星走到她身邊。「別把部族的損失當成妳自己的。」他低聲說。「讓他們負責哀悼，妳負責保護他們。」

豹毛眨眼看著族長，然後頷首。她會照做的，至少可以努力一試。

豹毛領著黑爪與石毛穿過蕨叢，朝河川走去。他們從外圍繞過淹水的營地，走上通往踏腳石的小徑，踏腳石現在應該還在水面下，不過在那裡過河還是比較安全。隊伍接近河岸時，豹毛豎起了耳朵，她聽見前方比樹叢更遠的位置傳來喵嗚聲。**是雷族！**豹毛嗅到他們的氣味了。她點頭警告石毛與黑爪，兩隻貓也頓時全身一僵。

石毛嚐了嚐空氣，圓睜著雙眼。「雷族來幹什麼？」

黑爪低吼一聲。「是突襲嗎？」

豹毛露出了爪子。雷族想必打算趁虛而入，在河族受洪水侵襲的這時候進攻。怒火使得她全身肌肉都充滿精力，她一頭鑽入樹叢，然後從樹叢另一頭衝出來，對著岸上的火心與灰紋嘶吼。豹毛撲到他們面前停下來時，兩隻雷族貓往後縮了一下。

「你們來這裡幹什麼？」豹毛嘶聲問。

石毛與黑爪跟著跑來，在兩身旁停下腳步。

黑爪齜牙咧嘴。「你們有什麼理由擅闖我們領地？」

他突然住口了，豹毛順著他的視線看去……黑爪的目光落在火心腳掌之間，那是兩隻身材嬌小、毛髮凌亂的小貓。

豹毛愣愣盯著他們，心臟怦怦亂跳。小鱸？小矛？他們幾乎沒在動，兩隻小貓都緊閉著雙眼。她耳朵平貼在頭頂。雷族戰士對他們做了什麼？

火心開口了。「我們不是擅闖河族領地。」他喵嗚道。「我們把你們的兩隻小貓從河裡救了上來，所以現在要帶他們回家。」

黑爪的毛皮不停抽搐，他震驚地盯著小貓。

石毛走上前嗅了嗅他們，然後回頭望向黑爪。「是真的！」他睜大了藍眼睛。「他們是你的小貓！」

寬慰與喜悅流遍豹毛的毛皮，這是一個月來星族首次賜予河族祝福。儘管如此，豹毛還是壓下喜悅之情，抬起頭來，就是不肯對雷族入侵者示弱。黑爪顯然也抱持相同的想法，他定在原地不動，陰沉地來回甩動尾巴。

「你們怎麼會和我們的小貓在一起？」豹毛瞪著灰紋。這會不會又是雷族的計謀？「你們是想把他們偷走嗎？」

火心愣然盯著她，彷彿她剛才說出口的都是胡言亂語。「別這麼鼠腦袋好不好。」他罵道。「我們幹麼為了偷河族小貓，差點讓自己溺死？」

黑爪整張臉朝火心面前湊去，他嘶吼道：「要是讓我發現你傷了他們，我就——」

「黑爪！」豹毛感覺情況愈來愈失控了，現在有小貓在旁，他們不能在這裡開戰。「退下。」她對黑爪說。「我們讓這兩隻貓親自對曲星說明事情原委，再由曲星決定要不要相信他們。」豹毛可不打算直接放兩隻雷族貓離開，她非得讓他們把前因後果好好解釋一遍不可。她簡短地一彈尾巴，示意火心和灰紋跟隨她回河族的臨時營地。

火心動作僵硬地從她身旁走過。「好吧。」他喵嗚道。「我只希望你們的族長能看清楚擺在鼻子前的真相。」

石毛與黑爪叼著小貓經過淹水的營地，爬上後方山坡，一路上一直仔細注意灰紋與火心的動作。就算小貓真的是被他們救上岸的，這兩隻雷族戰士當初為什麼會出現在河邊呢？豹毛懷疑灰紋是來探望銀流，但他為什麼要帶火心同行？會不會是藍星派他們來刺探敵情？

曲星想必遠遠就看見他們走近，他在山坡上迎接豹毛的隊伍，後方搭建到一半的窩被蕨叢遮住了，豹毛還看不見臨時營地。

銀流、灰池與燼曙一起從曲星身後竄出來。灰紋在河族族長面前停下腳步時，豹毛一直仔細觀察銀流，只見銀色虎斑母貓注視著雷族公貓與他的族貓，眼神和燼曙同樣冷淡，絲毫沒透露她的感情。

看見灰紋與火心時，曲星瞇起了雙眼。「雷族間諜？」他背脊的毛皮顫動了起來。「我們現在問題還不夠多嗎！」

黑爪與石毛輕輕把小鱸和小矛放到草地上。

「他們找到了霧足的小貓。」豹毛喵聲說。她的話還沒說完，就瞥見銀流轉身又鑽入蕨叢。「據他們所說，小貓是被他們從河裡救上岸的。」

「我才不信這套鬼話。」黑爪罵道。「雷族貓沒有一隻可信。」

曲星嗅了嗅小鱸，又用鼻子碰了碰小矛。兩隻小貓看上去幾乎像新生兒，他們現在睜開了眼睛盯著周圍，眼神透露出恐懼。想必他們又冷又餓。

灰池匆匆走上前，用尾巴裹住他們。「霧足就要來了。」她輕聲說道。兩隻小貓開始哭號，她緊緊抱著他們。

曲星懷疑的目光掃過火心與灰紋。「他們怎麼會在你們那裡？」

火心瞄了灰紋一眼。他那是無奈的眼神嗎？「我們插翅飛過了河，偷跑進你們營地偷小貓，過程中沒有任何一隻貓注意到我們。」他諷刺地喵嗚道。

豹毛伸了伸爪子。這傢伙斗膽這樣對曲星說話，她應該一爪抓破他鼻子才是。但豹毛還來不及出手，蕨叢突然開始窸窣作響，霧足衝了出來。她飛奔到小貓身邊，一把從灰池懷裡搶過小貓，彷彿孩子是被老貓后偷走的。她把小貓緊緊圈在肚子邊，開始匆忙舔舐他們，他們也緊緊依偎著母親。小貓喵嗚叫著，顯然因母親的溫暖與熟悉的氣味而感到安心。

銀流從他們身後悄悄走出來，依舊冷淡的目光掃過了灰紋與火心。泥毛跟著從樹叢中快步跑出來，開始檢查小貓的身體狀況，焦慮地嗅著他們，霧足則忙著替他們洗身體。甲蟲鼻、湖光與獺潑從他們身後走出來，瞇眼盯著兩隻雷族貓，絲毫沒隱藏對他們的不信任。

曲星皺眉看著火心。「把事情經過告訴我們。」他命令道。

火心點頭，開始解釋來龍去脈。豹毛讓豎起的後頸毛髮恢復原狀，至少這雷族公貓願意對曲星表示點尊敬。他說自己和灰紋在河邊時，看見兩隻小貓困在一堆漂浮的破碎廢物上，漂在水邊。

黑爪的尾巴還在抽動，但豹毛越聽越相信火心的故事了。他們要是想把小貓偷走，那何必帶著小貓回到淹水的營地呢？如果要回雷族邊界的話，他們可以選擇更直接的路線。況且，雷族偷走河族小貓又有什麼用？尤其在禿葉季，每個部族光是餵飽自己的族貓就已經夠辛苦了，哪有閒情逸致去養活別族的小貓？

但最先說出評論的貓是銀流。「聽起來很合理。」她喵聲說。「我們那時目睹小貓被水沖走，他們很可能被沖往河的下游，漂到你們發現他們的那個位置。」

豹毛不安地動動腳爪。她猜銀流最主要是想說服族貓，讓大家相信灰紋是無辜的，至於真相是什麼，銀流可能沒那麼在意。但灰池似乎也相信火心的說法，甲蟲鼻、湖光與獺潑也都感激地注視著兩隻雷族公貓。只有黑爪仍然帶著敵意盯著雷族貓，大概是氣別族的貓替他拯救了小貓。豹毛感受到對族貓的同情——她知道，雖然黑爪看見小貓還活著，一定感激不已，不過他的自尊心想必也受傷了。現在還是盡快讓火心與灰紋離開比較好。看見曲星點頭致意，豹毛暗暗鬆了口氣。

「非常感謝兩位。」曲星的喵嗚聲很禮貌，可是也不太情願，他似乎也不想欠另一族的貓恩情。

霧足抬起頭，眼中盈滿了柔和的感激。「要不是有你們，我的小貓早就死了。」

黑爪不耐煩地抽了下耳朵。

火心點頭。「我們能幫你們做些什麼嗎？如果你們無法回營地，現在又因為洪水的關係，抓不到獵物，那……」

他竟敢憐憫我們。豹毛全身靜止，默默觀察曲星。面對這寵物貓傲慢的提議，曲星會接受嗎？

「我們不需要雷族的幫助。」曲星沉聲說。豹毛鬆了口氣，聽他繼續說下去：「河族貓完全有能力自給自足。」

「別傻了。」

灰池的喵嗚聲嚇了豹毛一跳，她愕然轉頭看向長老。

「你們都太驕傲了，這對你們沒有好處。」老母貓啞聲說道。「我們要怎麼餵飽族貓？現在河水如此洶湧，我們根本無法捕魚，而且你們也心知肚明，就算抓了魚，那也很可能是毒魚。」

「什麼？」灰紋驚呼。

灰池出言對灰紋解釋狀況。「這是兩腳獸的錯。」她喵聲說。「兩腳獸營地的垃圾丟到了河裡，現在河水很髒。」

「魚也都有毒。」泥毛補充道。「貓吃了那些魚就會生病。」

「那請務必讓我們幫忙。」火心似乎滿懷善意，積極地想幫助他們。豹毛瞇起雙眼。寵物貓該不會都是他這種模樣，絲毫不顧慮戰士的驕傲吧？「我們會從自己的領地抓一些獵物給你們，」他又說道，「直到洪水退去、河也變乾淨為止。」

他就完全不在乎戰士守則嗎？還是他根本沒發現自己違規？豹毛看著灰紋，不知他會不會反對。藍星絕不可能准許她的戰士把雷族獵物送給河族的……但是，灰紋什麼都沒說。

曲星眼裡閃爍著懷疑的亮光。「你們真的願意為我們這麼做？」

「是啊。」火心挺起胸膛，顯然相當自得意滿。

「我也會幫忙。」灰紋承諾道。他看向銀流，還好銀流別過了視線。

「那麼，我代表河族感謝你們。」曲星低哼道。「在洪水消退、我們回歸營地之前，你們可以進出河族地盤，我手下的貓都不會挑戰你們。不過在那之後，我們將會恢復原狀，自己為族貓狩獵。」

豹毛看著他轉身離去，匆匆跟著曲星穿過蕨叢。「你真的打算讓他們幫我們狩獵嗎？」豹毛不安地豎起了毛髮。

「如果他們蠢到願意為別族貓違背戰士守則，那就由他們去吧。」曲星停下了腳步。蕨叢前方就是臨時營地，狐躍與影皮仍在搭建給族貓用的窩，天心把一隻溼答答的小鼠叼到苔皮的窩。曲星對上豹毛的視線。「妳應該也看得出，我們的確需要幫助。」

豹毛凝視族長片刻。「的確。」她喵聲說。曲星說得沒錯，為了自尊心而讓族貓挨餓太蠢了。而且，冒險的貓是火心，又不是他們。話雖如此，她還是感覺到腳爪被怒火刺痛。河族怎會處於如此落魄的境地，不得不放下自尊，接受別族貓的幫助？

曲星邁步離開，開始協助狐躍將柳條編入樹叢的樹枝間。

豹毛遠遠看著他，腦中一片混亂。未來這件事會不會成為河族的把柄？雷族會不會拿這件事威脅河族？要是被其他部族發現了，他們會怎麼想？豹毛甩甩毛皮。假如她是火心，她會怎麼做呢？豹毛皺起眉頭。她不確定自己會怎麼做，也不知道會不會有任何一位戰士做出火心那種行為。

猜忌與狐疑啃咬著她的腹部，她回眸看了蕨叢一眼。火心和灰紋現在應該在回家的路上了。他們是真心想幫助河族嗎？

第二十二章

接下來四分之一個月，小鱸和小矛漸漸恢復健康，曲星似乎也比從前更強健了。曲星率領全族重建營地，組織大家收集柳條與蘆葦，將這些植物編織成窩，並且修補營地外牆。至於組織巡邏隊、確保戰士們帶回足以餵飽全族的獵物等工作，都交由豹毛處理。在營地重建完成前，河族就睡在山坡上的臨時營地。豹毛暗中想到，也許曲星想延後大家搬回小島的時間——和過去相比，他也許多了一層對河川的畏懼。

豹毛拋開這個念頭。河族貓永遠不該畏懼河川，它能夠填飽族貓的肚子、保護他們免受外來者攻擊，它不是對手，而是盟友。但是，苔皮是不是一輩子都無法再信任河川了？它偷走苔皮的伴侶，奪走了他們兩隻小貓的性命，現在苔皮幾乎整天不離開睡窩，只有在小曙哭泣時起身為小貓拿取食物。

這段時間，要捕捉充足的獵物並不容易。起初，洪水退去時，有大量魚隻擱淺在岸邊，可是大部分都來不及被吃掉就腐爛了，而且洪水過境後，河裡頓時沒有獵物可抓。溼草原現在還完全淹沒在水下，戰士們無法去那裡狩獵。豹毛發現自己愈來愈感激從雷族森林帶獵物過來的灰紋與火心了，但她愈是感激，同時也就愈是忿恨。河族竟然不得不依賴另一個部族，真是太丟臉了。

豹毛溜出藏在蕨叢中的睡窩，環顧山坡上的臨時營地。她午覺才剛睡醒，現在她伸了個懶腰，努力打起精神。上午帶巡邏隊外出時，豹毛大老遠去到河川上游，想看看魚回來了沒有。雖然有一兩條魚在水裡游竄，豹毛卻沒讓巡邏隊把魚抓起來，因為河川和河族一樣，在洪水過境後必須花些時間復元。等河流與河裡的魚恢復如常以後，他們就能下水捕魚，熬過又一個月的禿葉季了。

狐躍與燼曙的窩建在月桂樹叢邊，她們此時正分食一隻田鼠。狐躍伸爪勾出卡在牙齒之間的細骨頭。「我到現在還不敢相信，原來碎星一直躲在雷族，雷族也一直在庇護他。」顯然在昨夜的大集會過後，她仍然心有餘悸。

燼曙咀嚼完畢，把一口食物吞下肚。「我還以為夜星會大發雷霆呢。」

豹毛走向她們。「碎星現在是碎尾了，夜星才是影族族長。」她提醒兩隻族貓。

燼曙困惑地皺眉看著她。「所以他現在沒有九條命了嗎？」

豹毛坐了下來。「大概沒有了吧。」

「至少風族和雷族的盟約破裂了。」狐躍喵聲說。「妳們有看到高星對藍星發火嗎？」

「從頭到尾就只有曲星保持冷靜。」燼曙附和道。

「碎尾可從沒威脅過河族小貓——」狐躍說到一半就停下來，愧疚地對上豹毛的視線。苔皮還在為死去的小貓哀悼，狐躍想必是覺得自己現在不該提小貓的事情。

豹毛眨眼安慰她。「至少我們不必為此擔心。」

「我當時還以為大家會大打出手呢。」燼曙喵嗚道。「戰士們都在對彼此嘶吼，幾位族長也沒有試著讓大家冷靜下來。」

「我以為星族會把月亮遮住，結果居然沒有。」狐躍推開田鼠的殘骸，似乎突然沒胃口了。「他們搞不好正想看看各族會不會打起來。」

「要不是曲星確保雷族能安全離開四喬木，當時各族一定會打起來。」豹毛回想起當時的情景，那時曲星命令河族貓守著雷族的斜坡，讓藍星率領戰士們回家……她仍然能感受到刺入毛皮的焦慮。幸好風族與影族沒有挑戰他們。

「希望影族和風族不會記恨我們。」狐躍擔憂地說。

「我們也是不得不支持雷族吧。」燼曙的毛皮抽了一下。「畢竟火心和灰紋分享了這麼多獵物給我們。」

狐躍對她投了個警告的眼神，雷族貓送獵物的事情，現在在河族貓之間還是敏感話題。沒有任何一位戰士喜歡仰賴他族的幫助。

「沒事的。」豹毛告訴她。「就算不能讓其他雷族貓發現，我們自己承認也沒關係。」

「火心和灰紋為什麼要為我們冒這麼大的風險啊？」燼曙好奇地圓睜著雙眼。「藍星要是發現他們把食物送給別族，一定會扒了他們的皮吧。」

「只能希望他們是真的心軟、真心想幫助我們了。」豹毛猜灰紋是為了銀流而幫助河族，但她實在不知道火心為什麼這般慷慨。這是因為他對朋友的義氣嗎？還是他和虎爪一樣，暗中在規劃什麼？豹毛忍住了顫抖。直覺告訴她，雷族貓都不能信任。問題是，少了每日送來的雷族獵物，河族就只能餓肚子。

豹毛在岸邊踱步，目光穿透森林，望向雷族邊界。「他們怎麼沒來？」

太陽接近天際了，火心和灰紋還沒帶著今天的獵物出現。

石毛與甲蟲鼻順著她的視線望去，毛皮不安地抽動。

銀流走向林木，擔憂地圓睜著雙目。「希望他們沒出事。」

「他們怎麼會出事？」豹毛低哼道。「他們就只是帶著一點獵物穿過森林而已，能出什麼事？」

銀流眨眼看著她。「他們是帶著獵物越界。」她喵聲說。「要是被抓到怎麼辦？」

豹毛才不管呢。雷族那兩隻公貓對河族許下了承諾，現在卻違反諾言，真不愧是雷族貓。也許他們只想讓河族依賴他們，然後再讓河族失望。「我還真不曉得自己當初為什麼相信他們。」

甲蟲鼻伸縮著爪子。「他們現在大概躲在什麼地方偷看我們，看到我們在這裡乾等著，他們一定呼嚕笑得鬍鬚都快掉下來了。」

石毛皺著眉頭。「也許銀流說得對。」

豹毛瞪了他一眼。他該不會指望豹毛同情火心與灰紋吧？一點罪惡感刺痛了她腹部，也許她真該同情那兩隻雷族貓，他們畢竟出力填飽了河族貓的肚子。**別傻了**。她告訴自己。豹毛甩了甩尾巴。「我們別再等了。」她喵嗚道。「這可能是陷阱。」

石毛露出失望的表情。「那要不要在岸邊狩獵，看看能不能抓點獵物，帶回去給族貓吃？」

「好主意。」豹毛掉頭，準備跟著石毛與甲蟲鼻朝河川上游行進。

銀流喊住她。「豹毛，等一下。」

豹毛轉過身，訝異地發現銀流憂心忡忡地看著她。

銀色虎斑貓緊張地抽動耳朵。「是妳叫他們不要來的嗎？」她問豹毛。這時石毛與甲蟲鼻已經消失在蘆葦叢後方。

「我為什麼要這麼做？」豹毛歪頭問道。

「我知道妳不喜歡收他們送的獵物。」銀流喵聲說。「而且灰紋擅自越界，所以妳很恨他。」

「如果我阻止他們前來，我不會對你們隱瞞。」豹毛感到不耐煩。「我才不會讓石毛和甲蟲鼻在這裡乾等著浪費時間呢。」

銀流再次望向森林。她莫非希望灰紋他們沒來是豹毛造成的?因為如果不是豹毛阻止他，那就表示灰紋遇上麻煩，或者是對她的族貓食言了。

豹毛感受到對銀色母貓的一絲同情。「我相信他沒事的。」豹毛喵嗚道。「他們也許是今天被派去執行其他任務，一時之間無法脫身。」她走近一些。「這樣也許是最好的結果。」她心裡其實有點慶幸。「我們總不可能一直拿雷族的獵物，河族還是得自己想辦法果腹。」

銀流眼中仍閃爍著擔憂。

「他不再來的話，妳也會輕鬆許多。」豹毛柔聲勸道。「妳也該放下對他的感情了。」

銀流全身一僵。「我不想放下對他的感情！」豹毛被她的憤怒嚇了一跳。「我要生下他的小貓！」

豹毛感覺到寒風穿透毛皮，吹入她內心。「什麼？」她駭然盯著銀流。這不是真的吧！「不可能！」

「就是有可能。」銀流對她說。銀流盯著豹毛，眼中沒有絲毫的羞愧。「我懷孕了，而且我心裡非常高興。」

「妳怎麼可以犯下這種大錯！」豹毛驚恐得豎起了全身毛髮。「妳難道不知道這會造成多大的風波嗎！妳可能會害全河族捲入戰鬥。」

「胡說。」銀流對她說。「小貓生下來以後，我和灰紋都會保密。」

「妳怎麼這麼蠢？」豹毛罵道。「這些可是半雷族小貓，妳打算在哪裡養育他們？要是灰紋想把他們帶走呢？」

「他才不會做那種事呢！」

「妳確定？」

「我當然確定。」

銀流真的這麼天真嗎？「那妳生下小貓後，打算怎麼對族貓們解釋？」豹毛的思緒糾結成一團。「妳又沒有伴侶。」

「我有灰紋。」

「妳沒有河族伴侶！」銀流怎麼會認為事情能圓滿解決？「妳以為族貓們很樂意扶養雷族小貓長大嗎？妳以為雷族會允許妳把他們的小貓養大嗎？我們甚至可能為了那幾隻小貓開戰！」

「哪有貓會因為小貓打仗？」銀流不高興地說。「他們是我和灰紋的小貓，和我們各自的部族無關。」

豹毛錯愕地盯著她。曲星怎麼會養出這麼一隻鼠腦袋？「別把妳懷孕的事情告訴任何貓。」豹毛沉聲說。

「就算我不說，他們也會發現。」銀流反駁道。

「那就別把小貓父親的身分說出去。」

「我才不會否認我和灰紋的感情！」銀流豎起了後頸毛髮。「我愛他，妳為什麼無法理解這點？」她嘲諷地咧嘴。「喔，我都忘了，妳覺得當副族長比愛情還要重要。」

「難道不是嗎？」豹毛恨不得一爪抓在傻呼呼的年輕戰士鼻口。銀流的話語令豹毛回想起蛙跳死時的畫面，也在她心中撕開了新的傷口，但豹毛還是強行壓下這份痛苦，努力用平穩的語調說話。「好。」她穩住了呼吸。「我要妳結束妳和灰紋的關係，告訴他妳再也不見他了。」

「不要！」銀流瞪著她。「我做不到。」

「那妳就自己去投奔雷族。」豹毛厲聲說道。「妳自己去求那些狐狸心的傢伙幫妳，看看他們會怎麼對待妳。」豹毛無法想像雷族收留銀色虎斑貓，他們根本就沒理由這麼做。銀流很明顯已經不值得信賴，就連過去養育她長大的河族也不能再信任她了。

「也許雷族正好喜歡半族小貓呢。」

「好啊。」銀流眯起雙眼。「我去。」豹毛僵在原地，聽銀流說下去。「我還會把小貓父親的身分告訴曲星，跟他說我愛灰——」

「不准！」豹毛打斷她。銀流難道不明白，只要她對曲星說出這番話，她就會被永遠逐出河族嗎？到時河族就不得不將她驅逐，雷族也不可能收留她，她將會成為惡棍貓。**我不能讓事情演變成那樣！**豹毛克制住尾巴的顫抖。「好。」她喵嗚道。「我不會告訴其他貓，妳可以用妳自己的辦法處理這件事，反正別把真相告訴曲星就對了。」

她盯著銀流，試著用眼神打動她。「儘可能保持低調，不到非不得已就別把事情說出來。」也許，她真能找到解決辦法。也許，如果她用夠委婉的方式把事情告訴曲星，並小心翼翼地讓族貓們做足心理準備，銀流就有機會留下來了。問題是，銀流的小貓怎麼辦？灰紋會讓河族扶養小貓嗎？藍星會讓他們這麼做嗎？豹毛的心臟跳得很快。還好她過去放棄愛情、選擇了副族長的職責——貓兒憑著感情做決定時，情況就是會變得這麼麻煩。

第二十三章

豹毛環顧營地。空地上已經沒有水窪了，蘆葦外牆也已經修補完成。她坐下來，用尾巴蓋住腳爪，多日以來第一次感到喜悅。族貓們的窩都用新鮮材料編織好了，乾淨又乾燥的新睡窩也等著迎接回歸小島的河族貓。現在看到育兒室和長老窩就在隔壁，感覺有一點奇怪，不過育兒室還是蓋在高處比較安全。

小鱸和小矛在育兒室外玩苔球，小櫻草與小蘆葦在附近扭打，看到這平和的畫面，豹毛差點以為那場洪水根本沒發生過。只有小曙還在育兒室裡，在洞口看著其他小貓。她圓睜著眼睛，蓬起了毛髮，回頭往育兒室內瞄了一眼，彷佛想著苔皮會不會讓她加入其他小貓的遊戲。

豹毛是不是該找玳瑁色貓后談談，提醒她小曙需要玩樂的時間？**戰士的技能都是從育兒室裡就培養起來的**。每一隻部族貓都知道，小貓玩的遊戲不僅僅是遊戲，還是每一隻貓踏上戰士之路的第一步，他們順著這條路走下去才能得到戰士名。小貓在玩躲貓貓或打鬧時，都是在練習未來成為戰士後，天天都會用到的技能。小貓就是該趁年輕時，在安全的環境下多多磨練這些技能，之後才能順利成為見習生，開始接受訓練。

小曙怯生生地踏出一步，見母親沒把她叫回去，她又踏出了一步。

「球來囉！」小櫻草看到她，把苔球朝她的方向拍去。

小曙眼睛一亮，撲了過去，小尾巴興奮地豎直。

豹毛呼嚕笑著。**等他們得到戰士名時，賜予他們名字的族長可能就是我了。**豹毛一面想，一面看著小貓追逐苔球，互相推擠與翻滾。她突然內心一痛，想到了小貓長大後必須面對的種種危險。但現在魚兒又回到了河裡，兩腳獸垃圾已經清除，新葉季終有一天會到來。**我會保護他們。**豹毛告訴自己。**未來無論如何，我都會保護好他們。**

蘆葦通道顫動了一下，豹毛猛然扭頭。是哪一支晨間巡邏隊回來了呢？風族氣味飄到她鼻子裡，令她全身緊繃。風族貓怎麼會來這裡？

莎草溪走進營地，豹毛看見跟在她身後的高星與雄鹿躍時貼平了耳朵。甲蟲鼻與蘆葦尾分別站在高星與雄鹿躍兩側。

幾隻小貓停止玩耍，睜大了眼睛盯著風族貓。

「他們是誰啊？」小鱸小聲問。

小矛往前走了幾步。「你們是雷族嗎？」他大著膽子問道。

高星的鼻口轉向深灰色小貓，絲毫不苟言笑。「我是高星。」他喵嗚道。

「他是風族族長。」小鱸喊道。

「族長耶！」小櫻草眨著眼睛，顯然感到敬佩。「他怎麼來了？」

豹毛瞇起眼睛踏上前。「是啊，你怎麼來了？」她問高星。

「妳不知道？」他對上豹毛的視線，喵嗚聲無比酸澀，彷彿是來尋仇的。

「去把曲星叫來。」豹毛告訴莎草溪。

淺色虎斑貓點頭，匆匆走向曲星的窩。

「他剛才就在邊界等著我們。」蘆葦尾出聲解釋道。

「我和河族不同，」高星喵嗚道，「在越界前會先徵求對方的同意。」

豹毛不自在地動了動腳爪。風族族長很明顯是來找碴的。

「小曙！」苔皮出現在育兒室入口，焦慮地抽動鼻尖。看見高星時，她立刻瞪大雙眼，從育兒室竄出來。「我就叫妳不要離開育兒室了。」她一面責罵，一面把小曙趕回去。

「可是我很無聊嘛。」小曙抱怨著回到窩裡。

曲星從空地另一頭走來，莎草溪也緊隨在後。「高星。」他在風族族長面前停下腳步，禮貌地點頭打招呼，眼中卻閃爍著警戒的光芒。「你今天來河族有何貴幹？」

高星瞇起雙眼。「我們境內有河族氣味。」他告訴曲星。

雄鹿躍朝豹毛投來指控的眼神，豹毛頓時感到忿忿不平，但還是強迫自己保持毛髮平整。

曲星歪過頭。「豹毛，妳有派巡邏隊到界線另一邊嗎？」他話說得很輕巧，似乎十分肯定豹毛沒做這種事。

「當然沒有。」豹毛告訴他。她沒事為什麼要派巡邏隊進入風族領地？

聽到令他滿意的答案後，曲星轉回去面對高星。「我也沒有。」他喵嗚道，目光絲毫不帶歉意。

高星氣得豎起毛髮。「你的意思是，我這是在說謊？」

「我不是這個意思。」曲星喵嗚道。「但就算有河族戰士越界，那隻貓也不是聽從我或豹毛的命令過去你們那邊的。」

「但是，我們的獵物被帶走了。」高星的喵嗚聲變得低沉許多。「而且，我們在氣味界線附近找到血跡，那附近也有你們河族戰士的氣味。」

豹毛的腦子開始飛快運轉。她不認為高星在說謊，那就表示其中一個族貓偷了風族領地的獵物。她其實也不怪族貓，畢竟河族最近一直吃不飽，但她並不希望族貓們自行決定狩獵地點，更不喜歡風族戰士因為族貓們的狩獵活動而被引到河族營地。

高星轉而直視著她。「在過去某一段時期，河族將我們的領地視作自己的領地。」他意有所指地喵聲說。「也許河族的這種態度並沒有改變。」

豹毛對上高星的視線，這時如果爭論，只會令河族顯得懦弱。「河族自然知道高沼是風族地盤。」她喵嗚道。「但在我們過去這一個月所經歷的劫難後，即使我手下的戰士越界尋找獵物，我也不會責怪他們。在我看來，和擅入他族領地相比，讓小貓挨餓可是嚴重許多的罪行。」

雄鹿躍低吼一聲。「又或者，你們到現在還想讓小貓習慣高沼獵物的滋味。」

豹毛瞪著他。他這是故意挑釁嗎？豹毛都已經承認河族可能有錯了，他還想怎樣？「這樣的事情不會再發生了。」她生硬地喵嗚道。她一定會確保族貓們不再擅闖風族領地，她可不想被逼著對風族道歉。要不是有雷族幫忙，風族甚至沒法保住自己的領地，豹毛才不要對這種貓道歉。

高星低哼一聲。「我們不在時，你們河族恐怕誤以為自己奪得了在我們領地狩獵的某種權利。」

曲星蓬起毛髮。「當然沒有。」他喵聲說。「這次很明顯是出了什麼問題，但我們知道高沼現在是風族的地盤，我們往後也會尊重你們設下的地界。」

「只可惜你們過去沒能尊重我們的地界。」雄鹿躍嘀咕道。

豹毛硬生生嚥下怒火。「既然現在河川恢復正常，洪水也消退了，我們沒有到你們領地狩獵的必要。」

「這和所謂的『必要』無關！」高星的目光落在她身上。「無論其他貓族有什麼必要、有什麼需求，都不該來我們的土地狩獵。」

曲星昂起鼻口。「我的戰士們僭越了，真是抱歉。之後不會再有這種情況。」

「那你們會懲罰入侵者嗎？」高星低吼道。「他們可是違反了戰士守則。」

「如果我發現是誰越界，就會找他們談談——」

「找他們談談？」高星打斷河族族長。「你至少得罰他們花一個月清潔所有的窩吧！」

「我會視情況處置手下的戰士。」曲星瞇起眼睛。「你確定今天是為了有貓擅入領地，特地來我們營地嗎？」他問道。「這種事應該可以等到下一次大集會再討論吧？」

「不然我來做什麼？」高星不悅地說。

「也許你是氣我們在上一次大集會上保護雷族。當時你和夜星似乎都打定主意要扒下所有雷族貓的皮呢。」

「那和我今天的來意完全無關。」高星豎起全身毛髮。豹毛不禁好奇地想，曲星可能真的說到高星痛處了。風族族長對雷族懷恨在心也是無可厚非，畢竟雷族自居風族的盟友，同時卻窩藏當初把風族逐出家園的貓。得知雷族並沒有真正把他們當盟友時，風族想必震驚不已，而當時在大集會上，族長當中就只有曲星站出來替藍星說話，高星很可能會遷怒河族。豹毛瞄了風族族長一眼，他一定看得出河族和雷族截然不同吧？雷族不過是裝模作樣地假慈悲，之所以幫助風族，還不是為了那份優越感，同時也是為了對其他各族展示自己的威力。

高星陰沉地彈著尾巴。「你如果不懲罰擅自來我們領地狩獵的戰士，至少該把他們偷走的獵物補償給我們。」

「現在可是禿葉季。」曲星沉聲說道。「我們要上哪去找多的——」

「曲星。」喵嗚聲從營地入口傳來，只見霧足跌跌撞撞地走進來，雙眼蒙上了震驚的迷茫。

曲星轉身面對她，像見鬼似地圓睜著雙眼。「霧足……難道是……？」

豹毛腹中一緊。曲星怎麼會露出如此驚恐的表情？究竟發生什麼事了？

高星和雄鹿躍一齊轉身看向河族貓后，莎草溪也上前迎接霧足。

「銀流。」霧足彷彿幾乎無法將這個名字說出口。

豹毛感到全身冰冷。一定是發生不好的事情了。

「銀流死了。」霧足喵聲說。

豹毛愣住了。**死了？怎麼會？她是怎麼死的？**各種想法如閃電般竄過她腦海。銀流不可能死啊，她肚子裡還懷著小貓呢！豹毛看向曲星。

曲星盯著霧足，卻像是沒看見她一樣。「銀流？」他身體一晃。「死了？」

豹毛必須掌控局面。**讓他們負責哀悼，妳負責保護他們。**現在要救銀流已經太遲了，但她至少能率領河族熬過這場悲劇。「發生什麼事了？」她問霧足。

霧足正困惑地盯著高星，似乎不確定在這些陌生貓兒面前該說什麼。

高星微微點頭，他顯然行事得體，知道自己現在該走了。「我們改天再談越界的事。」他喵嗚道。「你們失去了族貓，我也很遺憾。」

曲星茫然盯著他，看著風族族長轉身領著雄鹿躍走出營地。「你們要的獵物，我會給你們的。」曲星喃喃說道，彷彿沒注意到風族貓已經離開了。

豹毛努力忍住恐慌的情緒。銀流是怎麼死的？**是我一直逼她做決定，逼得太緊了嗎？難道她一時衝動，做了什麼傻事？**豹毛的心撲通撲通亂跳。「把事情經過告訴我們。」她盯著霧足說道。

霧足緊張兮兮地瞄了曲星一眼，眼中透出了歉意。

「告訴我們。」豹毛命令道。無論貓后不敢說的是什麼話，曲星最終都會聽見的。

霧足眼裡閃爍著淚光。「她生下了一窩小貓。」

曲星瞇眼盯著她。

霧足說了下去。「他們去找了煤掌，可是銀流失血過多。」她吞了口口水。「他們沒能——」

「他們？」曲星仍然盯著她。「他們是誰？」

「火心和灰紋。」霧足告訴他。

怒火在豹毛的毛皮下爆出火星。**火心和灰紋？**為什麼每次河族發生悲劇，那兩隻雷族狐狸心都正好在場？她知道灰紋和銀流的關係，那曾經是寵物貓的火心又是去幹什麼的？

「他們和這件事有什麼關係？」豹毛厲聲問道。河族族長搖搖晃晃地走向霧足，眼中燃燒著熊熊怒火。

「灰紋是小貓的父親。」霧足喵聲說。

豹毛的目光猛然跳到族長身上。**這下，所有貓都知道真相了。**他會如何反應呢？然而，曲星似乎沒有她想像中那麼憤怒，也許是哀痛沖散了怒火。曲星反而顯得茫然無助。「他們現在在哪？」他哽咽地喵嗚道。

「灰紋把他們帶去雷族了。」霧足告訴他。「由一隻雷族貓后照料他們。」

「那銀流呢？」曲星好像快說不出話來了。

「灰紋把她埋了。」霧足喵嗚道。「葬在了陽光岩。」

豹毛的震驚固化成了憤怒。「他埋了她？」**他好大的膽子。**「憑什麼？銀流又不是他的眷屬！甚至也不是他的族貓！他們甚至沒替銀流守靈！」他們到底是什麼惡棍貓啊！雷族難道不明白，戰士死後，其他貓應該替他們守靈嗎？豹毛豎起了毛髮，怒火竄遍她全身上下。「銀流是我們的族貓，不是他的！」雷族憑什麼如此自大？他們保護風族的同時包庇了風族的敵貓，現在他們還擅自替河族做決定，從頭到尾都表現得像是比其他部族了不起似的。他們好大的膽子，竟然奪走了河族為銀流哀悼的機會！豹毛瞪著霧足。「他應該把銀流和小貓帶回家的！這裡才是他們的歸屬！」

「家？」蘆葦尾蓬起了毛髮。「這裡可沒有雷族小貓的容身之處。」

莎草溪眨眼看著他。「可是他們只有一半的雷族血統啊。」

「一半就已經太多了。」蘆葦尾沉聲說。「既然雷族要他們，那就把他們給雷族吧。」他對上了豹毛的視線。「抱有這種想法的河族貓，一定不只我一個。」

「如果雷族要小貓——」曲星用腳爪撐起身體，惡狠狠地瞪著淺灰色公貓。「得先過我這一關。」

蘆葦尾垂下眼簾，但仍然豎著背脊的毛髮。

曲星看向霧足。「妳帶我去埋葬銀流的地方。」他喵嗚道。「我們就地替她守靈。」

霧足點頭，轉身走出營地。

豹毛看著曲星跟隨霧足走去。「我在這裡等所有巡邏隊回來，然後帶全族一起過去。」她對曲星說。豹毛真的不想再踏上陽光岩了，那裡充滿不好的回憶，她深愛的幾隻貓都在陽光岩戰死。現在，死去的銀流也葬在了陽光岩。**我應該更盡力保護他們的。**罪惡感鑽到了她的毛皮下。**我應該更盡力照顧銀流的。**她嘗試過，卻也失敗了。甚至有可能是豹毛強逼銀流選邊站，結果逼死了銀色虎斑貓。銀流選擇了灰紋嗎？她在陽光岩生產，而不是和族貓們待在一起，難道是因為她選擇了灰紋？倘若豹毛當初答應要支持她，無論如何都站在她這一邊，事情還會演變成這樣嗎？

豹毛闔上雙眼，蘆葦叢另一邊的河流發出泠泠水聲，一隻林鶯在那裡鳴唱。也許泥毛對她的質疑很有理。也許她天生就不適合當副族長。豹毛的心好痛。**我不會放棄的。**她睜開雙眼。小鱸又在追逐苔球了，小矛和小櫻草則跟著他到處跑。銀流的小貓應該在這裡長大，和他們的親屬共同生活，學會當河族貓。

她伸出爪子。**從今以後，我不會再出錯了。**她心想。**我會不擇手段，確保族貓安全無虞——確保「所有」族貓安全無虞。**第一步，就是把銀流的小貓從雷族那裡搶回來。

太陽朝天際沉落，隨傍晚而來的寒冷滲進了豹毛的毛皮。

獺潑與矛牙在編織蘆葦，戰士窩就要完成了。苔皮坐在育兒室外，忙著拆分一條鱒魚，把最細嫩的魚肉餵給小貓吃，霧足則心不在焉地在一旁看著。空地四周，其他族貓都準備坐下來享用晚間的獵物了，但所有貓都戰戰兢兢、坐立難安。每一隻貓都在注意夕陽，豹毛也坐不住了。

霧足站起身來。「我很快就回來，而且會帶幾個新朋友回來給你們認識喔。」她對她的小貓說完，穿過空地來到豹毛身邊。「準備好了嗎？」

豹毛點點頭。「好了。」

過去幾天，豹毛過得很難受。在陽光岩長時間守靈時，豹毛的心悲痛難耐，她一直覺得自己本可以防止銀流死去的。泥毛曾經告訴她，如果生產的過程發生問題，那無論是哪隻貓都很難幫上忙。但如果銀流是在家生小貓，而不是在陽光岩、在一隻雷族見習生的協助下分娩，那她可能有機會活下來的。

儘管曲星拋出了那句警告，河族內部還是花了很多時間爭論該不該要求雷族歸還銀流的小貓。想到蘆葦尾和其他眾多貓兒要求他們把小貓留給雷族，豹毛就感覺到腹部因惱怒而翻攪不停。在豹毛看來，答案再清楚不過：銀流的小貓屬於河族，他們即使有雷族血統也無所謂。族貓們怎麼會願意把河族戰士交給雷族養育長大呢？

感謝星族，幸好苔皮想照顧那幾隻小貓。她苦苦哀求族長讓她養育銀流的小貓，而在她失去小知更與小木後，有哪隻貓能拒絕她呢？苔皮發言之後，就連蘆葦尾也不再爭辯了。

然而，藍星比蘆葦尾還要難說服。豹毛第一次率領巡邏隊去雷族，要求他們歸還小貓時，藍星把豹毛打發走了。但是豹毛不肯放棄，她第二次去雷族營地時，藍星終於同意了，她也認為小貓應該在母親的部族長大。

灰紋答應要在日落時把小貓帶來，現在火紅的太陽就快沉入蘆葦床了。他會信守承諾嗎？他畢竟是雷族貓呢。

豹毛跟著霧足穿過空地時，曲星已經在營地入口等她們了。

「雷族會不會已經幫他們取名了？」三隻貓走出營地時，曲星開口問道，聽上去和即將接受考核的見習生同樣焦慮。

「誰管這個啊？」豹毛喵嗚道。「不管他們在雷族營地被怎麼稱呼，反正到河族以後，我們會幫他們取好聽的河族名字。」

霧足瞄了她一眼。「我們應該為他們取適合他們的名字，而不是適合這個部族的名字。」

「我們必須讓雷族明白，他們是我們的小貓。」豹毛走向踏腳石。

來到踏腳石的時候，月亮已經開始東昇，河川化為反射淺色天空的銀緞帶。在暮光之下，豹毛看見灰紋在河對面等著他們，她感受到流遍全身毛皮的寬慰。灰紋依約前來。豹毛首次為這雷族公貓感到一絲同情，他必須眼睜睜看著另一個部族把他的小貓帶走，那應該很難受吧。不過，他當初選擇和河族戰士結為伴侶時，就注定會走到這個境地，現在他也別無選擇。

豹毛停下腳步，點頭示意霧足上前。「妳去帶他們過來。」她喵聲說。「我們在這邊等著。」貓后和灰紋比較熟，豹毛想避免在最後一刻讓灰紋卻步，要是對方改變心意就不好了。

霧足走遠時，曲星將身體重量從一隻腳爪移到另一隻腳爪。豹毛瞥了他一眼，這會是他第一次和銀流的小貓見面。他是擔心自己在小貓心中留下不好的印象嗎？豹毛忽然對族長萌生了關愛，即使是在等待開戰時，他也不會露出這麼緊張的神情。

片刻過後，霧足叼著一隻小貓，從河的對岸踩著踏腳石跳回來，灰紋叼著另一隻小貓跟了過來。來到曲星面前時，霧足停下腳步，把一隻嬌小的深灰色小公貓放在曲星腳邊，只見小貓的毛髮和河族族長同樣又厚又長，眼睛卻是琥珀色的。曲星低頭舔小貓的頭，灰紋卻沒有走上前，被他叼著的另一隻小貓在他下巴下扭動。

豹毛彈了下尾巴，示意他上前，她感覺毛皮竄過了不耐煩的火花。灰紋沒有動，豹毛緊張地瞄了霧足一眼。雷族公貓該不會改變心意了吧？

「他有話想對曲星說。」霧足輕聲喵嗚道。

「他有什麼話，可以同時對我們兩個說。」豹毛一點也不信任這隻雷族公貓，他在豹毛眼裡就和大鼠差不多，兩者都看似無害，實際上卻骯髒齷齪，還潛藏著出乎意料的凶狠。豹毛瞪著灰紋，想起他造成全河族心痛。

曲星對他眨眼。「我們會好好照顧他們。」曲星承諾。「他們能安全地生活，我們也會愛著他們，把他們養育成強大的戰士。」

灰紋走近一些，眼中閃爍著焦慮的光芒。

豹毛全身一緊。「你把小貓放下以後就可以走了。」她厲聲喵嗚道。

灰紋傾身向前，把第二隻小貓放在手足身旁。這是一隻小母貓，她長得和母親一樣漂亮，生了一雙藍眼睛，長大後尾巴一定會像一縷輕煙般美麗。曲星呼嚕笑著，蹭了蹭她。

但豹毛還是不信任地注視著灰紋。「跟他們說再見吧。」她儘量不用太凶的語氣說話，不過她並不希望灰紋久留。這件事還是早早收尾比較好，拖得愈久，灰紋愈有可能改變心意。

灰紋點頭，然後專注地看著曲星。

豹毛看見河族族長繃緊身體，顯然灰紋有什麼重要的話要說。

「我想跟他們一起來。」灰紋喵聲說。

曲星一臉困惑。「你想來營地？」

豹毛插嘴：「還是在這裡把他們交給我們就好。」她喵嗚道：「河族貓對你沒什麼好感。」

「我知道。」灰紋的目光沒有游移。「我不在乎。我想和我的小貓待在一起。我想加入河族。」

豹毛愕然盯著他。他該不會是被蜜蜂鑽進腦袋了吧？**那怎麼可能！**豹毛硬生生吞下這句話。這時候該由曲星來告訴雷族公貓，河族並不歡迎敵族戰士加入。她滿懷期待地對曲星眨眼，卻驚訝地發現老公貓正若有所思地注視著灰紋。

他真的在考慮這件事嗎？「曲星，我們趕快走吧。」豹毛喵嗚道。「族貓們還等著和銀流的小貓見面呢。」**他們等的可不是這醜八怪雷族公貓。**

曲星甩甩尾巴，示意她安靜。他仍然凝視著灰紋。

霧足在一旁觀看，焦慮地抽了抽耳朵。

「你願意宣誓全心全意效忠河族嗎？」曲星問灰紋。

豹毛氣得毛髮直豎。「你在說什麼啊？你真要讓他加入？」

曲星不理睬她，繼續說了下去：「你願意為河族狩獵嗎？你願意守護河族嗎？你願意為河族而戰嗎？」

灰紋直直對上河族族長的目光。「我願意。」

「即使對方是雷族？」

灰紋嚥了口口水。「只要能和我的小貓在一起，我願意。」他喵嗚道。「我發誓。我過去全心全意愛著銀流，未來也會一直深愛她。我的小貓是河族貓，那麼我也願意成為河族貓。」

豹毛吞下滿腔憤慨。真是瘋了，她必須對曲星講講道理。「他是雷族戰士。」豹毛對曲星說。「他殺了白爪——」

「我沒殺他！」灰紋插嘴說。「那真的是意外。」

他到現在還在找藉口！豹毛瞪著曲星。「你怎麼能輕易相信他？為了混進我們的營地，他搞不好什麼誓言都說得出來，那你乾脆邀請狐狸進戰士窩睡覺算了。」

曲星那雙祖母綠色的眼眸轉向了她。小母貓正在嗅他的腳爪，小公貓則在他的肚子下走了幾步。「我相信他。」他喵聲說。「有些父親為了保護小貓，什麼事都願意做。」

「他們又不需要保護！他們會和我們住在一起啊！」豹毛氣沖沖地說。

「他想讓自己的小貓過最好的生活。」曲星喵嗚道。「他們也是銀流的小貓。既然他願意為小貓放棄部族，這不正展現了他對小貓和銀流的忠誠與愛嗎？」

忠誠？豹毛盯著他。投奔別族哪裡是忠誠的表現？曲星完全被情緒支配了，如果這不是他女兒的小貓，他還會這麼覺得嗎？他決定相信灰紋，是不是單純因為銀流也曾決定相信這雷族貓？豹毛的爪子刺入地面。「我覺得你這是錯誤的決定。」她沉聲說。

曲星沒有對上她的視線。「這對小貓而言是最好的選擇，在我看來這樣就夠了。」

那其他族貓呢？豹毛嚥下異議。她看得出曲星已經下定決心，於是她壓下滿腔怒火，對族長低下頭。「好吧。」她喵聲說。「我們帶小貓回家。」

曲星叼起小母貓、霧足叼起小公貓時，豹毛對灰紋投了個警告的眼神。過去在峽谷發生的事情，她可沒忘記，之後也不會忘記。她會時時刻刻監視雷族公貓的一舉一動，一旦他犯下危害河族的過錯，那就會是他此生犯下的最後一次過錯。

第二十四章

滿月照耀著蘆葦床，彷彿巡邏隊外出時，一直由月光守著營地。豹毛跟隨曲星爬出河川，緩緩走在回家的路上，石毛也甩了甩沾溼的毛皮。

這次的大集會結束後，他們步調悠哉地走回營地，享受一路上的微風。又一個漫長而炎熱的日子結束了，晚風感覺甘美而涼爽。這次陽光明媚的綠葉季帶給河族充足的獵物，也帶來了和平，豹毛開心地看著前方族貓走回營地，大家在月光下都顯得身材豐腴、毛髮油亮。

過河以後，豹毛終於覺得可以暢所欲言，不怕被別族聽見了。「這次有誰聽到關於虎爪的傳聞嗎？」她滿懷希望地對石毛眨眼。

他搖搖頭。「雷族的口風很緊。」他告訴豹毛。「他們的說法和藍星一致。」

「她只說虎爪離開了雷族，由火心擔任新的副族長。」豹毛皺眉說。

「妳有向火心打聽情報嗎？」曲星的眼睛在月光下閃耀。

「當然有。」她回道。「但他一直含糊其辭，只說虎爪不再是雷族貓了。他主要想跟我打聽灰紋的狀況。」豹毛望向前方，這雷族公貓正和她的族貓一起朝營地走去。這是灰紋首次作為河族戰士參加大集會，對這雷族公貓來說，暫時和小貓分別，以及面對曾經的族貓，似乎都是十分艱難的挑戰。

豹毛不得不承認，灰紋下了非常多功夫適應新的部族，雖然他捕魚的技術還是很差，但他完全可以用大量陸地獵物彌補不足。當蘆葦尾與黑爪拒絕吃他抓回來的獵物時，灰紋裝作沒注意到。

「虎爪不可能死了。」曲星低哼道。「如果真死了，他們就會直說，不會這樣閃爍其詞。」

「是啊。」石毛點點頭。「虎爪消失的話，這是最容易被接受的理由。」

最初聽到虎爪消失的消息時，豹毛感到十分不安。她想起風族營地那場戰鬥，想起虎爪當時的行為——他不但殘忍無情，還善於操弄其他貓的心。然而，豹毛在從前曾經真切地感受到自己和虎爪之間的連結。豹毛見過的這麼多貓當中，就只有虎爪願意談論貓族不同於現今的未來，以及他們在那個嶄新未來之中的地位。以往，豹毛甚至暗暗期待在大集會上和他見面，每一次都很好奇他會說什麼、做什麼。雖然她從好幾個月前就不再完全相信虎爪了，她還是會想像自己和虎爪一同成為族長。她一直很欣賞虎爪對未來的看法，以及那份改變現狀的堅持。**各族都需要新血，由新一代貓兒掃除老舊的信念。**時至今日，豹毛仍然同意他這句話。可是現在虎爪消失了，還會有誰來幫助她改變現狀呢？

她瞟了石毛一眼。「藍星為什麼不把一切都告訴我們？」她甩了甩尾巴。「虎爪失蹤這件事，可能會影響我們所有貓。」

石毛目露擔憂，眼神陰翳。「近來不是有貓在森林裡看到一些惡棍貓嗎？這件事會不會和他們有關？」

豹毛詫異地看著石毛。在灰紋帶著小貓投奔河族前不久，河族才剛派豹毛在內的一群貓，去協助雷族抵禦一群惡棍貓。以惡棍貓來說，他們戰鬥能力都很強——但他們有可能打敗虎爪嗎？

曲星豎起了耳朵。「怎麼說？」

「也許虎爪被他們綁架了。」石毛提出。

「他們沒事幹麼綁架虎爪？」豹毛瞥了他一眼。灰色公貓也太異想天開。「況且，惡棍貓應該沒辦法制伏虎爪那樣的戰士。」

「他可能染上最近肆虐影族的疾病。」石毛又喵聲說。「所以雷族把他趕走，以免疾病傳染給其他族貓。」

「就算是雷族，也不會採取那麼冷酷的手段吧。」豹毛喵嗚道。

「那不然還有什麼理由保密，不把虎爪消失的原因說出來？」石毛一臉茫然。

曲星低哼一聲。「我們在這邊瞎猜也沒有意義。」他喵嗚道。「我相信藍星選擇保密，一定有她的理由。」他加快腳步，加入走在前頭的族貓。

豹毛嘆息一聲，她本以為曲星會針對寵物貓當上雷族副族長這件事發表意見。光是想到那隻寵物貓當副族長，豹毛就煩躁得爪子發癢，她還記得，銀流死時火心也在場。不只是那一次，在洪水過境後，也是火心和灰紋一起帶著小矛與小鱸出現在河族營地附近。雖然她感謝他們帶獵物過來，但在發生這些事情後，豹毛不禁懷疑火心和灰紋的動機。況且，寵物貓怎麼可能成為戰士的領袖？火心又那麼自以為是，表現得一副甚至不會跟小貓搶獵物的模樣，但他又明顯在暗中有所作為，默默成為藍星最信任的戰士。至少虎爪誠實地展現出野心，火心這種虛偽的作風豹毛看不順眼。一想到自己未來可能和火心一起站在巨岩上，豹毛就全身一抖。星族的，他可是寵物貓！太屈辱了。和虎爪並肩站在巨岩上就有尊嚴多了。

豹毛嘴裡叼著肥美多汁的鯉魚，口水都快滴出來了。獺潑與黑爪走在她身邊，兩隻貓也都叼著獵物。這次狩獵相當順利，不過在這麼暖和的日子，想抓不到魚還比較困難，這條鯉魚幾乎是自己游到豹毛嘴裡的。

他們走近營地時，獺潑停下來，毛髮滑順的薑黃色母貓放下嘴裡的魚，開始環顧四周，鼻子不停抽動。豹毛看了全身一僵。

「妳聞到什麼了？」豹毛也把自己的魚放在地上。

「血腥味。」

血腥味？豹毛還來不及嚐空氣，後方的蘆葦叢就開始窸窣作響。灰紋走了出來，只見他毛皮凌亂不堪，一塊毛髮不知被什麼扯了下來。石毛與天心也和他走在一起，他們兩個鼻口被抓傷，耳朵也被扯破了。

「去叫泥毛。」豹毛對黑爪說。她竄到巡邏隊那邊，焦慮地嗅著他們的傷。「發生什麼事？」

「我們在四喬木附近巡邏時，聽見了號叫聲，」石毛告訴她，受傷的耳朵微微抽動，「於是我們過去查看。有一支雷族巡邏隊被……」他猶豫片刻，目光閃爍不定。

「被一群惡棍貓攻擊了。」

他為什麼一臉震驚？「我們本就知道森林裡有惡棍貓出沒。」豹毛喵聲說。

石毛全身一抖。「虎爪和他們在一起。」

虎爪？她的目光轉向灰紋。「這件事你知情嗎？」

他蓬起毛髮。「我怎麼會知情？」

因為你是雷族貓。話已在舌尖，卻還是被豹毛吞下肚。即使是豹毛也得承認，灰紋加入河族以後就成了忠心的河族戰士——至少，就他們所知是如此。豹毛又看向石毛。

「你們把他們趕走了嗎？」

「那當然。」石毛甩了甩毛皮。「但他們來勢洶洶，顯然是從虎爪那裡學到戰士的招數。」

豹毛腹中一緊。「虎爪怎麼會加入一群惡棍貓，攻擊自己的部族？」她不指望其他貓回答問題，她自己也覺得很不可思議。虎爪一定是有什麼難言之隱。

她再次看向灰紋，灰紋對雷族的瞭解，一定遠遠超過他對河族透露的那些。「虎爪為什麼離開雷族？」她問道。

「我不知道。」灰紋對上她的視線，但豹毛看得出他很不安，一隻耳朵在微微抽動。

「他離開前有說什麼話嗎？」豹毛追問。「他有沒有透露什麼內情？你可以從中猜到他和惡棍貓並肩作戰的理由嗎？」

「他什麼都沒說。」灰紋垂下眼簾。「他什麼都沒說就走了。」

這是實話嗎？「你現在是河族貓。」豹毛低吼。「如果這件事可能置河族於險境，那你就不能再保守雷族的祕密。」

灰紋動動腳爪。「我真的不知道虎爪有何打算，也不知道他為什麼加入惡棍貓。」

這時，黑爪帶著泥毛匆匆從營地趕來。巫醫貓嘴裡叼著用樹葉包裹的東西與一些蜘蛛網，他和豹毛擦身而過，開始幫受傷的巡邏隊員檢查傷口。

「坐下來。」他對天心說，然後打開樹葉包裹，把藥膏塗在天心鼻口邊最深的爪痕上。

豹毛皺起眉頭。這件事必須報告給曲星——惡棍貓在森林出沒就算了，如果虎爪成為惡棍貓的首領，還教他們使用戰士的戰技，那問題就大了。雷族這位前副族長究竟有什麼意圖？豹毛蓬起毛髮。

她總覺得灰紋好像在隱瞞什麼。虎爪以前一直都是為雷族的利益著想，他怎麼會離開呢？他不是想當上族長，讓所有貓族都達到空前的強盛嗎？他怎麼會攻擊貓族呢？而且還是和惡棍貓聯手？

豹毛尾巴一顫。這一切太不合理了。

豹毛抬頭。一股苦辣的臭味使她醒來，她眨眼盯著四周一片漆黑。那是什麼氣味？

「豹毛！」戰士窩口傳來響肚的呼喊，喵嗚聲十分緊繃。附近的睡窩也都傳出動靜，莎草溪與狐躍猛然驚醒。

豹毛手忙腳亂地爬出睡窩。「發生什麼事了？」

「快點！」響肚鑽出戰士窩，豹毛也跟了出去。夜晚的空氣染上了煙味。

深棕色公貓對她眨眼，眼中盈滿了恐懼。「失火了。」

「哪裡？」一道閃電劃過天空，豹毛忍不住微微一縮。

「在河的對岸。」響肚盯著比蘆葦床更遠的林木，豹毛順著他的視線望去時，隆隆雷聲響徹了森林。河對岸的天空染上了橘光。

族貓們紛紛跑出窩來，驚恐地環顧四周，看見飄過營地的煙霧。灰紋已經醒過來了，他在育兒室前來回踱步。

「森林裡發生火災了。」豹毛告訴他們。「但火不會躍過河川燒過來的。」

灰紋眨眼看著她。「那雷族呢？」

曲星從空地另一頭走來。「大家都無恙嗎？」

「是的。」豹毛趕忙迎了過去。「失火了，不過火災是發生在河的對岸。」

「雷族有危險了。」灰紋喵嗚道。

「我們必須——」曲星話沒有說完，就因飄到周圍的煙霧而咳嗽起來。

灰紋焦急得毛髮直豎。「我們得去幫助他們！」

「你要我們一頭鑽進火裡？」響肚盯著他，這時又一道閃電照亮雷族戰士驚恐的臉。

「總不能讓他們死吧！」

雷聲滾過天空時，曲星回過神來。「帶一支巡邏隊去河邊。」他對豹毛說。「能幫忙就儘量幫忙。」

灰紋眼中閃爍著感激之情。

豹毛點頭。她還是不信任灰紋，不過她能想像他的心情，任誰看見自己過去的部族陷入危機，都會心慌意亂。雷族並不是河族的盟友，但沒有任何一位戰士該被遺棄在大火之中，被烈焰活活燒死。「灰紋、黑爪、響肚，」豹毛喵嗚道，「跟我來。泥毛，」她對父親點頭，「你也跟我們來，他們可能有貓受傷了。還有沉步，你也一起。」

年輕公貓快步加入巡邏隊，豹毛衝出營地，率領隊伍在黑暗中奔向河川，然後跑到岸上。

雷族的森林在熊熊燃燒，豹毛看見映照在樹木間的橘色火光，聽見大火的吼聲，它彷彿呼嘯著撲向河流的風暴。雷族戰士們已經在岸上來回踱步，其中幾隻甚至走進了水裡，試圖過河。

「去幫他們。」豹毛下令。

沉步潛進河川。一隻雷族母貓在水中不停掙扎，沉步拉住她後頸毛皮，拖著她游到岸上。黑爪在淺水區快速前游，在自己激起的水花中扶著一隻公貓上岸。

追風掙扎著想靠近河岸，豹毛走進水裡，用肩膀撐著他，引導他爬上乾燥的陸地。

一聲號叫傳來，她猛然轉頭。只見在比較上游的位置，水中閃過了橘色毛髮，火心扶著一隻長老，被急流快速沖往下游。火心眼中閃過驚慌，然後全身消失在了水面下，長老則竭力讓自己的鼻口不沉到水下。

河族的小貓都游得比他好！兩隻雷族貓被水流帶著迅速沖來時，豹毛踩著淺水跑近，然後將腳爪埋進泥沙。她穩住身體，在長老旋轉著漂過時抓住他，把他放在離岸上陸地較近的位置，接著轉身用牙齒咬住火心後頸毛皮。豹毛低吼一聲，拖著雷族副族長爬上溼滑的河岸，等到他站穩腳步之後才鬆口。

「謝謝妳。」他咳嗽著自己站起身來。

剛才那隻狼狽的長老在一旁咳水，但這時豹毛顧不上他們，她忙著掃視河川，尋找其他雷族貓的身影。

「也許雷族該學會游泳了。」她低哼一聲。放眼望去，水中不見其他貓的毛皮。「所有貓都到齊了嗎？」她問火心。

河水還不停從火心的鬍鬚滴落，他花了一點時間緩過氣，這才環顧河族水岸，目光掃過如驚慌的小鼠般瑟縮在岸上的族貓們。「應、應該都到了。」他結結巴巴地說。

「那邊那隻呢？」一個黑白相間的東西躺在河對岸，動也不動。它後面的蕨叢已經燒了起來。

「那是斑皮。」火心顫抖著說。「他死了。」

豹毛往河對岸游去。她可不打算把戰士的遺體留在那裡被火燒，既然是戰士，就應該好好埋葬才對。她過了河，閃過附近水中劈啪作響的星火，從岸上拉起死去的公貓，然後拖著公貓的遺體在黑水中往回游。閃電劃過上方的天空，隆隆雷聲傳來。火心全身一縮，但豹毛仍繼續游。

她拖著斑皮的身體上岸，放到火心腳邊。這時，一聲低吼幾乎要脫口而出——只見灰紋像找到了母親的小貓似的，繞著雷族副族長蹭著，兩隻貓的友情顯然沒因為許久不見而消失。豹毛瞇起眼睛，但沒有說什麼。由他們去吧。

她注意到藍星躺在離他們幾條尾巴遠的岸上，雷族族長毫無動靜。她失去一條命了嗎？豹毛走過去嗅了嗅她溼透的毛皮，老母貓還在呼吸，看上去卻只剩皮包骨了。開始下雨了，豆大的雨滴落下來，看來轉眼間就會演變成豪雨。風把火星與煙霧吹回森林的方向，現在安全了。

豹毛瞥了斑皮的遺體一眼。「走吧。」她對火心喵嗚道。「我們回營地埋葬他。」

火心困惑地眨眼看著豹毛。「葬在河族營地嗎？」

聽到這句話，一股新的憤怒湧上豹毛心頭，她腦子裡只想到銀流，想到火心傲慢地將銀流埋在陽光岩，根本沒給河族替她哀悼與送葬的機會。豹毛可不會做出和火心同樣的事來。「還是你們想把他埋在自己的營地？」

「謝謝妳。」他對豹毛點頭，這時煤皮在藍星身旁蹲了下來。

「她剛剛吞了大量的水。」雷族巫醫貓喵嗚道。

豹毛喊了泥毛一聲。「你來看看藍星的狀況。」和煤皮相比，泥毛更具備治療溺水貓的經驗。

泥毛快步走去幫忙時，火心開始在雷族戰士之間走動，檢查他們的傷勢，並確認他們還能行走。豹毛默默在一旁觀察他，他是真心為族貓們擔憂，寵物貓要做到這種程度已經很不容易了，但他還是令豹毛煩躁不已。豹毛等著雷族眾貓恢復過來，泥毛扶起藍星，灰紋叼起斑皮的遺體。

「準備好了嗎？」豹毛對火心點頭問道。

「好了。」火心回道。

她轉身，率領滿身煙灰、毛髮溼透的雷族戰士們回營。

抵達河族營地時，雨勢很大，大雨落在河面上，也把營地裡的窩都打溼了。曲星在空地上等著他們，只見他眼裡有不少眼屎，毛皮也亂糟糟的，豹毛猜他可能又開始咳嗽了。曲星的目光掃過雷族眾貓，然後焦慮地看向豹毛。「河族安全嗎？」

「火焰不會延燒到河的這一岸。」豹毛回道。她補充：「而且現在風向轉變，火更不可能燒過來了。」聽她這麼說，曲星露出安心的神情。

曲星期待地對藍星眨眼，看著煤皮與泥毛引導她走入營地。藍星目光渙散地看向曲星，但她還來不及開口，火心就率先踏上前。

「豹毛的巡邏隊今天幫助我們逃離火場，展現出了了不起的善良與勇敢。」他對曲星喵嗚道。上方的天空閃過電光，隆隆雷聲在遠處響起，逐漸遠離了森林。

曲星點頭。「豹毛去幫助你們是正確的選擇，無論是哪個貓族都怕火。」

「我們的營地燒毀了，領地現在也還在焚燒。」火心接著說下去，邊說邊眨掉流進眼睛的雨水。「我們無處可去。」

他是在向河族乞討嗎？豹毛瞇起雙眼。至少他願意承認自己部族的現在需要幫助。

曲星注視著他片刻，然後說道：「你們可以留下來，等之後能安全回家再走。」

火心感激地對他眨眼。「謝謝你。」

豹毛瞄了灰紋一眼，看著他將斑皮的遺體放在空地邊緣。現在他周圍都是曾經的族貓，心裡不知是什麼感受？他有沒有因為看到族貓而感到高興？那他們看見身在河族新家的灰紋，又做何感想？

雨水淋溼了斑皮的遺體，豹毛為死去的戰士感到一絲憐憫。她看向火心。「要我們幫忙埋葬你們的長老嗎？」

「妳願意幫忙，我們非常感激。」火心回道。「但斑皮應該由他自己的族貓埋葬才好。」

豹毛氣得毛髮直豎。**由他自己的族貓埋葬才好**。火心話說得這麼好聽，當初卻任由灰紋把銀流葬在陽光岩，他難道不認為銀流該得到相同的尊重嗎？「那好。」豹毛不快地喵嗚道。「我們會把他的遺體挪到營地外，讓你們的長老安寧地為他守靈。」她瞟了藍星一眼，只見雷族族長仍瑟縮在地上，和身旁的曲星一比顯得十分可悲。她應該已經把吞下去的水全都咳出來了吧？「藍星受傷了嗎？」豹毛問火心。

「當時煙霧非常濃。」火心說話時，語氣莫名地謹慎小心。「她幾乎是最後離開營地的。」他禮貌地點頭。「不好意思，我得去照顧族貓了。」

豹毛目送他走遠，耳朵不禁抽了起來。火心是不是藏了什麼祕密？豹毛正在思索他可能隱瞞的事情，忽然注意到灰紋也在檢查雷族眾貓的狀況，灰色戰士湊近到每一隻雷族貓身邊，對他們輕聲細語，樣子像極了憂心忡忡的巫醫貓。他從容地和雷族貓互動，那種自在的模樣令豹毛不安。雷族貓對河族而言就是外來者，灰紋和他們互動時卻輕鬆自如，像是和自家小貓互動一樣自在。豹毛不安地動了動腳爪。灰紋真有可能成為真正的河族戰士嗎？

隔天，天氣好轉。儘管淋了雨，雷族眾貓身上仍沾有煙味。豹毛大部分時候都待在營地邊緣，充滿興致地默默觀察他們。她發現，煤皮一直小心翼翼地防止其他貓接近藍星，她卻沒向河族要藥草，沒有用藥治療雷族族長。豹毛也注意到，她還沒指派今日的巡邏隊，灰紋就自行離開營地，帶著獵物回來給前族貓們吃。灰紋甚至帶火心去育兒室，讓他看看小羽與小暴。她該阻止他嗎？她想儘可能防止銀流的小貓被雷族汙染。

過了中午，曲星站在族長窩外招呼豹毛，她快步走過去。

「我認為是時候和藍星談談了。」他喵聲說。雷族族長躺在營地外牆邊的陽光下，煤皮到現在還在一旁照料藍星，而煤皮注視著自己族貓的眼神竟和河族貓同樣警戒。

「如果能過煤皮那一關的話。」豹毛嘀咕。她跟著曲星穿過空地。

他們走近時，巫醫貓抬起頭。

「藍星還好嗎？」曲星問道。

「她逐漸恢復了。」煤皮喵聲說。

藍星睜開眼睛，坐起身，蓬起毛髮。她看上去沒什麼大礙，那雙天藍色眼眸定定注視著曲星。「謝謝你收留我們。」她喵嗚道。

「下了這麼多雨，」曲星對她說，「大火應該熄滅了。」他是否在暗示雷族族長他們該離開了？

「我會派巡邏隊去看看那邊的狀況。」藍星喵嗚道。

灰紋朝他們走來，火心則在營地入口看著他們。灰紋走近時對曲星點頭，但他還來不及說話，藍星就先對他打了招呼。「灰紋，你來了！」見到灰紋，她似乎很開心。「你能帶巡邏隊去看看營地的狀況嗎？」她喵聲說。「我們得先確認那邊都安全，才能回家。」

豹毛瞇起眼睛。藍星用對族貓說話的方式和灰紋互動，難道是忘記他已經不是雷族戰士了嗎？

灰紋不自在地蓬起毛髮。「火心已經提議這麼做了。」他似乎在藍星眼中尋找什麼，他是不是也和豹毛想的一樣，覺得藍星忘了他現在的身分？「不過我需要先徵得曲星的同意，才能和火心同去。」

藍星皺起眉頭，然後向煤皮瞥了一眼，彷彿在尋求安慰。

煤皮眨眼安撫她。「火心會去檢查營地的狀況的。」她對族長喵嗚道。

「我可以同去嗎？」灰紋問曲星。

「當然可以。」曲星點點頭。

豹毛眨眼看著他。「你確定這樣好嗎？」她可沒有曲星這麼容易信任其他貓。「還是讓他保留對舊家的美好印象，別去看火災肆虐後的情景吧。」

但曲星甩甩尾巴。「他想去就讓他去吧。」

灰紋與火心兩個好朋友走出營地時，豹毛皺著眉頭看他們離去。不該讓他們兩個獨處的，要是灰紋把河族巡邏與防禦的詳細內容告訴火心，那怎麼辦？就算他沒有洩露機密的意思，也可能在聊天時不小心說溜嘴，只要火心有技巧地問問題，也許能套出很多河族的祕密。

豹毛動身準備跟上去，但又停下腳步。她現在必須留在營地——而且火心想必會婉拒她，怎麼可能讓敵族副族長去看他們領地的慘狀呢。

儘管如此，豹毛還是坐立難安，只能在營地裡來回踱步，直到灰紋與火心回來為止。根據他們的報告，雷族營地現在安全了，他們埋葬了昨晚沒能逃出來的幾隻貓，而既然其餘族貓都還能行走，藍星決定現在就啟程回家。

逐漸暗下來的營地中，雷族眾貓不耐煩地繞圈踱步，藍星則走向了曲星。

豹毛硬生生嚥下一聲低吼——火心親暱地舔了灰紋肩膀一下，說了最後幾句話，這才快步上前站到族長身邊。

「謝謝你們慷慨地將獵物分享給我們。」藍星喵聲說。

曲星點頭。「我們都懷有戰士精神。」他喵嗚道。他說話時似乎還喘不過氣來，豹毛猜是他昨晚吸入煙霧，現在還沒完全恢復狀態。她得請泥毛去幫族長檢查一下。

藍星揚起尾巴。「雷族欠你們一份情。」

豹毛豎起耳朵，同時瞇起雙眼。她可不會忘記河族與雷族之間的恩怨，對方可是偷走陽光岩的部族，而且他們還導致白爪、陽魚、白牙與銀流死亡，河族卻如此大方地救助他們。不過話說回來，也許只有豹毛和星族真正意識到了雷族積欠河族的一切。在未來的某一天，河族會請雷族回報這份恩情，到時希望雷族能實現藍星今日的承諾。

第二十五章

「死足。」豹毛對風族副族長點頭。明亮的月光灑落四喬木空地，也照得死足的黑色毛皮閃閃發亮。空氣帶有落葉季的寒意，風族與河族眾貓群聚談天，等著雷族與影族來參與大集會。

「豹毛。」死足生硬地點頭對她打招呼。

「有必要這麼疏遠嗎？」豹毛甩著尾巴。不過是幾隻河族戰士進入風族領地而已，他們該不會還懷恨在心吧？最近因為銀流死去、灰紋帶著小貓來到河族，豹毛和曲星分心到一直沒找到擅入風族領地的戰士。

「我們已經把帶離風族領地的獵物補償給你們了。」

「那是你們偷走的獵物。」死足糾正她。他昂起下巴。「你們懲罰偷獵物的戰士了沒？」

「沒必要懲罰他們。」豹毛撒謊道，同時抬眼掃視附近的山坡。雷族和影族怎麼還沒來？「他們不會再犯了。」

風族副族長顯然打定主意要和她過不去，影族和雷族還沒到場，但豹毛也不怎麼想和那兩族的副族長閒聊。她突然很希望虎爪也在，她好想念他。即使到現在，虎爪和惡棍貓並肩而戰的消息還是令豹毛憂心不已——虎爪是什麼時候離開雷族的？他為什麼要離開雷族？

曲星和高星一起站在巨岩上，相比之下顯得很憔悴。上次發生火災時他吸入濃煙，到現在還沒完全恢復過來，咳得比以前更厲害了。大集會甚至還沒開始，曲星就一副疲憊不堪的模樣。不知道藍星康復了沒?就在豹毛這麼想的時候，遠方斜坡上的蕨叢動了起來，雷族眾貓湧進空地。豹毛瞇起眼睛，只見火心走在雷族巡邏隊最前頭。藍星死了嗎?她緊張得抽了下耳朵。星族看到寵物貓成為雷族族長，不知會做何感想?他們想必不贊同吧!豹毛嘆息一聲。虎爪當初提到各族需要「新血」，絕不是這個意思。會不會是這野心勃勃的寵物貓害虎爪不得不離開雷族?

「我先失陪了。」豹毛禮貌地對死足點點頭，然後穿過空地，鑽到貓群另一側。經過煤皮時她停下腳步，她想趁大集會開始前先和雷族巫醫說幾句話。「藍星在——」

泥毛打斷她。「別擔心。」他喵聲說。「藍星沒事。」

「她之前在大火中元氣大傷，現在還沒完全復元。」煤皮告訴她。

豹毛聽得莫名其妙。「但她沒有受傷啊。」藍星當時只是有點恍惚、有點搞不清狀況而已。

「她吸入太多煙霧了。」煤皮抬頭看向巨岩。岩石上，曲星蹲在高星身旁，雙眼仍然半閉著。「看樣子，曲星也還沒恢復過來。」

豹毛的毛髮豎起來。雷族巫醫顯然在婉轉地警告豹毛別多問藍星的事，她是不是藏了什麼祕密?

豹毛注意到火心在掃視空地，是在找灰紋嗎?豹毛感到一絲得意，今晚是她叫前雷族戰士別來的，他先前在河族營地表現出了對前族貓們的關心，令豹毛擔憂不已。即使是現在，灰紋和雷族還是走得太近了，豹毛怎麼也無法安心。

她後方的山坡上，幾個深色形影在蕨類之間走動。**影族**。他們這次帶了比平時更多的戰士與會，是不是表示影族眾貓終於克服疾病了？那夜星呢？豹毛皺起眉頭。影族族長不見蹤影，而且那群戰士之中多了幾張生面孔。

然後，她的目光突然落在一張熟悉的臉上——**這是怎麼回事？**她瞪大眼睛盯著虎爪，虎爪怎麼會參加大集會，而且還是作為影族的一員參加集會？他難道打算擾亂會議嗎？好奇的情緒竄過豹毛的毛皮，她看著虎爪用肩膀撞開其他部族的貓，朝巨岩走去。

事情非比尋常。豹毛快速對泥毛與煤皮點點頭，然後鑽進了貓群。走近巨岩時，她驚訝地發現黑足就坐在死足旁邊。黑足當初不是隨碎星一同被流放了嗎——他怎麼會出現在這裡？

煤毛又在哪裡？豹毛的耳朵抽動了起來。還有，火心為什麼沒來加入其他副族長？影族和雷族究竟發生什麼事了？

黑足禮貌地對她點頭，然後轉頭望向虎爪。驚訝的火花竄過豹毛毛皮，只見深色戰士跳上巨岩。震驚的低語聲傳遍空地，在場眾貓開始交頭接耳，虎爪則低頭盯著他們。

「今晚能和各位一同參加大集會，我非常高興。」他說話的聲音不響，卻充滿威嚴。豹毛豎起耳朵，聽他繼續說：「我今晚是作為影族的新族長來到各位面前。影族前些日子經歷了一場疾病，疾病帶走了夜星和其他許多族貓，於是星族指名我來繼承他的族長之位。」

影族的族長？豹毛愣然盯著他，這時火心也跳上巨岩，站到虎星身旁。

「我們的族長在大火中吸入濃煙，」雷族副族長對下方群貓說道，「現在身體欠安，還無法遠行，但她之後就會康復。」

豹毛心亂如麻。難道從今以後，影族的族長就是虎星，雷族也由火心代理藍星的族長職務了嗎？火心對影族的新族長點頭致意，彷彿對這個變化毫無異議。豹毛感到忐忑不安，同時卻也有那麼一點興奮——這就是虎星為貓族帶來改變的新方法嗎？如果是的話，那他最終的目標是什麼？這會對河族造成什麼影響呢？在這兩隻年輕戰士身旁，曲星突然顯得老態龍鍾，高星則顯得十分弱小。豹毛動動腳爪，胸中燃起了好奇的火苗。這些變化雖然令她感到擔憂，但她腦中也一直迴響著一個念頭：**要是我也站在巨岩上，不知會是什麼感覺？**

「曲星。」豹毛探頭進河族族長的窩。

她昨夜本想和族長談論虎星再次出現、接下影族族長大位的事情，可是在大集會結束時曲星已經疲憊不堪，豹毛只能默默陪著他走回家。她希望曲星在夜裡睡了個好覺，到早上就能和她議事了，沒想到她往族長窩裡一看，發現泥毛也在。

憂慮的火花在她腹中爆裂。「你還好嗎？」她一面問曲星，一面悄聲走進族長窩。

「只是累了。」他答道。曲星咳嗽一聲，泥毛將耳朵貼在河族族長胸前。

「你應該多多休息。」泥毛告訴他。「我會帶一些艾菊來給你嚼。」他瞥了豹毛一眼。「今天能麻煩妳處理族內事務嗎？」

「當然可以。」豹毛跟隨泥毛走出族長窩。

「他會恢復狀態嗎?」豹毛瞟了垂掛在窩口的青苔,出聲問道。

「如果他好好休息的話,可以康復。」泥毛眉頭緊皺。

「我會確保他安穩休息,不受其他貓打擾。」豹毛突然很焦慮。她知道曲星總有一天會失去最後一條命,但這天會不會已經近在眼前了?**我準備好了嗎?**過去這幾個月,她一直仔細觀察曲星,試圖儘量從他身上學到一切,可是豹毛還有好多好多事情沒學。她只希望星族能多給曲星一點時間,讓曲星教導她。**如果真的沒時間了,那我就必須做好準備。**豹毛穿過空地,泥毛走回巫醫窩。無論如何,她都必須保護好河族。

蘆葦通道顫動了起來,黑爪走進營地,只見他背脊的毛皮不停波動,他神色忐忑不安地回頭望去,顯然為了什麼事情憂心忡忡。

「黑爪?」豹毛迎上前時,一個深色形影跟著走進了營地。

「虎星。」看見他獨自前來,豹毛有點驚訝。

「他剛才就在邊界等著。」黑爪解釋道。「他有話要和曲星說。」

「曲星在休息。」豹毛對上虎星的視線。「你有什麼事情想對他說的話,我可以代為轉達。」

虎星歪過頭。「既然曲星無法和我見面,那不然我和妳談談吧。」他的目光轉向黑爪。「單獨談談。」

豹毛皺起了眉頭。她有辦法獨自面對這位強大的虎斑戰士嗎?當然可以,她以前也曾多次和虎星交談。她邁步走出營地，示意虎星跟過來，然後領著他走到河岸上一個安靜的所在。這裡的蘆葦叢長得很茂密，其他貓如果經過小徑，也不會看見他們。「你有什麼事？」她昂起了下巴。

虎星鎮靜地對她眨眼。「我只是想告訴你們，影族已經克服疾病了，追風正在為最後幾隻生病的貓治療。過去四分之一個月來，我們已經沒有新的病患了。」

「我為你們高興。」豹毛在他的目光中仔細搜索。他大老遠跑來，就只為了分享這份消息？這種消息怎麼不在昨晚的大集會上和所有貓族分享？

「另外，我也想告訴你們，影族會維持和河族的盟友關係。」虎星接著說道。「過去多個月來的同盟，未來也會持續下去。」

「你想確認盟約的話，就得和曲星討論了。」豹毛告訴他。她不太想背著曲星做這麼重大的決定，曲星畢竟還是族長。

虎星眼中閃過的那絲亮光，莫非是笑意？「看來妳還是對曲星忠心耿耿。」他喵嗚道。「但再過不久，就會改由妳來為妳的部族做決策了。」

「曲星還有好幾條命呢。」豹毛趕緊喵嗚道，但她其實不確定還剩幾條。她不希望河族在其他部族眼中顯得孱弱。

虎星微微頷首。「那當然。」他喵嗚道。「不過每位族長終有一死，這雖然是件悲傷的事情，但若非如此，現狀又怎麼可能改變呢？新想法都是年輕貓兒想出來的。」

豹毛尾巴一抽。她想起虎星從前說過的話，他當時說要讓新血領導各族，現在他已經落實計畫、當上族長了。雖然豹毛覺得自己還沒完全準備好，當她想到自己能和虎星並肩站在巨岩上領導各族、讓真實的改變發生，她不禁受到誘惑。豹毛還不想和曲星道別，可是一想到虎星已經等著和她共同領導各族，豹毛就感到毛皮暖洋洋的。如果他們能一起挑戰所有貓族，讓大家用新的方式想事情，那以後河族可能再也不用餓肚子了。

虎星凝視著她。他坐了下來，尾巴掃過前腳爪，看上去十分自在悠哉，他那平靜而開朗的神情也令豹毛心安。他很明顯有話想說，豹毛也對他的意見頗感興趣。

她跟著坐下來。「你從前也提過要造成改變。」她喵嗚道。「在你看來，你能為各族帶來什麼變化呢？」

「我想的並不是我能造就的變化，」他喵嗚道，「而是我們能造就的變化。」豹毛全身一僵。他這是什麼意思？「我們從以前就意見一致。」虎星接著說道。「其他副族長和族長都還停滯在過去，但妳不一樣，妳一直都在考慮部族的未來。妳夠有遠見，知道河族如果別這麼仰賴河川的話，全族的未來都會變得穩定與踏實許多。若非如此，妳怎麼會反對風族歸來呢？」

「沒錯。」他果真瞭解她。

「當然，」虎星喵聲說，「我也不想重蹈碎星的覆轍。」他意有所指地抽抽鬍鬚。

「那當然。」碎星對自己的部族提出太多強硬的要求。「他要是想得遠一些，就不會那麼失敗了。」

「他想必是太過衝動，才會驅逐風族。」虎星喵嗚道。

「他低估了雷族的傲慢。」

「也低估了自己部族的弱小。」

「是啊。」豹毛真懷念這種直爽的對話。領導部族這份工作，很多時候就是要小心應對與繞開其他部族的需求，現在能誠實地對話還真是令她耳目一新。「部族必須先確保自己足夠強大，這才能去挑戰別族。」

「此外，還必須確保自己的盟友足夠強大。」

旺盛的精力流過豹毛腳爪。如果所有族長都和虎星同樣開誠布公，那該有多好。「看到你不是惡棍貓，我真的很開心。」她突然喵嗚道。「你從雷族消失時我很擔心。藍星和火心都不肯把你的下落告訴其他貓。」

虎星氣得毛髮直豎。「火心。」他齜牙咧嘴說。「妳是說羅斯提吧？那是他從前當寵物貓時的名字。」他的喵嗚聲充滿了惱怒。「我離開雷族就是因為他。我可是戰士，怎麼能留在一個尊敬寵物貓的部族？」

豹毛同情地歪過頭。「我也經常想到這件事，我很好奇你那時是什麼感覺。」

「太屈辱了。而且藍星還把他當體內流著戰士鮮血的貓看待，她竟然信任火心。」

「藍星為什麼這麼欣賞他？」豹毛真心感到好奇。

虎星沉下了臉。「火心並不傻。」他喵嗚道。「他懂得操縱其他貓——這可是寵物貓的特長，他們學會利用兩腳獸之後，轉而用同一套方法來利用其他貓。藍星看不清這一點，到現在還相信火心是在為雷族著想，她哪知道火心從頭到尾只是在為自己做盤算。」他發出低沉的嘶聲。「我寧可冒著染病的風險加入影族也不願意留下，眼睜睜看著族長被一隻寵物貓玩弄。」

豹毛瞇起雙眼。「火心平時都表現得像真正的戰士一樣。」她喵嗚道。「森林失火時，藍星沒能照顧好族貓，當時就是火心站出來照顧大家。」

「能代理藍星的族長職務，火心當然樂意。」虎星酸溜溜地喵聲說。

「你不覺得他是真心的嗎？」豹毛問道。「你覺得他只是在扮演戰士這個角色而已？」

虎星嘶吼一聲。「他搞不好連真正的戰士是什麼都不曉得，但我認為他夠聰明，他可以為了滿足自己的野心，在其他貓心中留下正確的印象。」

豹毛琢磨這句話，這確實符合她對橘色公貓的印象——火心的行為總是顯得正確，豹毛卻總覺得不能信任他。「他是偽裝成戰士的冒牌貨。」豹毛終於開口說道。

虎星湊近了些，目光變得十分銳利。「這是什麼意思？」

「他想當高尚的貓，卻不真正瞭解高尚與榮耀的意義。」她一彈尾巴。「我們的營地淹水時，他帶了獵物來給我們。」豹毛頓了頓，想起河族當時的絕望處境，想起接受前寵物貓恩惠時的恥辱感。「他帶了雷族的獵物給我們。他似乎沒意識到，他餵飽我們的行為，其實就是在背叛雷族。而且，灰紋也有幫他。」

「灰紋。」虎星皺起了鼻子，彷彿嗅到魚肉腐爛的臭味。「這就是我來和妳談話的另一個原因。我想警告妳，灰紋對誰都沒有忠心，他只對火心忠誠。」

豹毛不安地動了動腳爪。

虎星接著說下去。「他來河族時背叛了雷族，但只要火心對他提出要求，他必定二話不說就背叛河族。」

豹毛瞇起了眼睛。「灰紋的事不用你操心，我可以盯住他。」

「我相信妳做得到，」虎星承認，「但前提是他對妳說了實話。妳有沒有想過，他當初加入河族，可能是為了當火心在河族的臥底？火心把雷族獵物送給你們，可能是要幫助灰紋吸引銀流。」豹毛不自在地抽了抽耳朵。虎星說了下去：「而銀流可能就只是灰紋潛入河族的踏腳石罷了，這一切可能都是火心一手策劃的。」

豹毛的尾巴尖端開始來回彈動，她在腦中將這些想法梳理一遍。她曾經懷疑過灰紋接近銀流的意圖——只不過當時她懷疑灰色戰士是聽藍星的命令行事，而不是受火心指使。某方面而言，虎星的說法比較合理。

「妳想想，」虎星接著說，「灰紋真的對銀流有感情嗎？」儘管此時豔陽高照，豹毛還是覺得身體愈來愈涼。「如果有的話，他會把銀流埋在陽光岩，還把她的小貓偷走，完全不通知銀流的部族一聲嗎？」

「他告訴霧足了。」豹毛喵聲說。

「那已經是第二天的事了。」

第二天？他這是什麼意思？莫非銀流死後，雷族隱瞞這件事情，隱瞞了整整一天？忽然間，銀流死時所有的悲傷與盛怒都湧上豹毛心頭。「銀流死了一天，雷族才來通知我們？」她問虎星。

虎星哀傷地搖搖頭。「這據說是藍星的決定，但幕後黑手是誰，我們應該都心知肚明吧？」

豹毛眨眼看著他。「是火心嗎？」

虎星的眼神暗了下去。「不能讓火心和灰紋那樣的貓發號施令，我們總得保住那麼點尊嚴吧？看到各族被一隻寵物貓利用，真是太丟臉了。我們這樣還配稱戰士嗎？」虎星的話正中豹毛下懷。「我們可以變得強大。」他接著說道。「我們可以讓所有貓族都變得無比強大，再也不讓任何一位戰士挨餓。我們可以超脫無謂的戰鬥，超脫界線，超脫獵物。這妳應該看得很清楚吧？妳應該能想像這樣的未來：有一天，所有貓都能吃到充足的獵物，河川、高沼與森林都能為每一隻貓供應食物，不會有任何一隻貓對其他貓動武。但是在我們被火心與灰紋利用的情況下，這種理想根本不可能實現。我們的弱點就是他們的優勢，他們會一直占我們便宜，直到我們有足夠的自尊心、從他們爪子裡奪回控制權為止。我們必須為各族帶來真正的光榮——讓貓族實現它們應有的榮耀。」

沒錯！豹毛還沒把話說出口，虎星就站了起來。「我得走了。」他喵嗚道。「我想去造訪高星，但我認為應該先來和妳談話。我想告訴妳，如果灰紋和火心讓妳困擾，妳隨時可以找我們影族幫忙。」他有禮地點頭。「影族永遠都會是河族的盟友。」

豹毛感激地點頭致意。「謝謝你。」

她目送虎星離去，激動得毛皮又刺又癢。她該對曲星透露多少？假如灰紋真的是臥底，也許豹毛應該自己監視他，別讓曲星為此操心。但她得把虎星的警告告訴曲星——只要有那隻寵物貓在背後操縱藍星和灰紋，河族就不能信任他們。她匆匆趕回營地。

豹毛穿過空地時，灰紋從新鮮獵物堆旁小跑步過來。他的毛皮溼了，剛才應該是在捕魚。

他在豹毛面前停下腳步，緊張得抽著耳朵。「聽說虎星來過。」他喵聲說。

豹毛瞇起眼睛。他是不是在擔心自己的祕密被影族族長給戳破？「這是虎星、曲星和我之間的事，不勞你操心。」她冷冰冰地喵嗚道。

「妳千萬別聽他說的話。」灰紋勸道。「他不值得信任。」

「是嗎？」豹毛貼平了耳朵。「那你呢？你值得信任嗎？」

灰紋似乎僵在原地，默默地盯著豹毛。他眼中閃爍的情緒，莫非是罪惡感？

看來虎星說得沒錯。「嗯。」豹毛沉聲說。「我想也是。」她憤怒地甩著尾巴，邁向曲星的窩。

第二十六章

她不確定曲星有沒有把她的警告聽進去。豹毛將虎星被火心用計逐出雷族的事情告訴曲星時，曲星的眼神好像不太對，他可能不完全相信影族族長的說法。但曲星病了，他可能一時無法接受這一切。顯然他不完全瞭解其他貓族的狀況，沒察覺到各族關係的變化，也沒注意到火心利用情勢推進自己的計畫、逐步登上高位。若非如此，區區一隻寵物貓怎麼可能當上副族長呢？

「那惡棍貓呢？」曲星聽她說完以後，沙啞地問道。

豹毛當時納悶地皺起了眉頭。「惡棍貓怎麼了嗎？」

「虎星不是和一批惡棍貓協力攻擊雷族巡邏隊嗎？」曲星頓了頓，緩過一口氣。「現在看來，他把那些惡棍貓一起帶到了影族，妳在大集會上也看到他們了吧。」

「虎星重視能力與力量。」虎斑戰士一直用非常務實的眼光看待戰士生活，他能看清事情的現狀，而不是自己幻想的美好狀態。「影族因為疾病失去了好幾位戰士，現在引入新血，就是讓影族恢復強盛最快的方法。」

曲星用他那雙迷濛的眼睛凝視著她。「惡棍貓何時能讓任何一族變得強大了？」

豹毛聽了毛髮直豎。「那寵物貓就能讓貓族變強囉？」她酸溜溜地喵嗚道。

「我沒有這麼說。」曲星平平注視著她，但就連這個簡單的動作對他來說似乎也十分艱難。「火心的確有可能在操縱藍星，但這並不表示虎爪心懷好意。」

「虎星。」豹毛和聲提醒道。

「虎爪。」曲星沙啞地重複道。

他腦子糊塗了。豹毛低頭。「你想必累了。」她喵聲說。「我就不打擾你休息了。」

現在想來，曲星的病一定比她想像中嚴重。從那次談話到現在，四分之一個月都過去了，他還是沒有好轉——結果今早泥毛警告她，河族族長已經不會康復了，死亡不過是早晚的問題罷了。更要緊的是，巫醫貓認為曲星還有至少一條命，但族長現在年紀很大了，泥毛擔心疾病會一次奪走一條以上的性命。雖然不太有可能發生，不過如果不幸成真了，那河族將會失去大家敬愛的族長，豹毛也必須接下族長職位。她還是覺得自己沒做好準備。河族現在還在為慘死的灰池哀悼——他們現在可不能失去敬愛的族長。

豹毛最近頻繁派出巡邏隊、指派族貓加固營地外牆以免禿葉季又有洪水來襲，她希望族貓們能將注意力集中在工作而非悲傷的思緒。河族眾貓默默從事著她指派的這些工作，大家都知道曲星已經好幾天沒走出族長窩，也知道他很可能再也不會出來了。族貓們輪流進去探望他，這似乎讓曲星和族貓都稍微打起精神，但豹毛還是感覺得出，他們是在向河族族長道別。她只希望族長能恢復健康，證明大家都錯了。

此時，一陣風吹得燈心草窸窣作響，豹毛在陽光下瞇起了眼睛。太陽突破了雲層，金黃色光芒灑落落葉季午後。戰士們都在營地邊緣休憩，甲蟲鼻和狐躍在莎草牆的陰影下分食鱒魚，小羽和小暴跟在年紀較大的小貓屁股後，在長老窩後面嗅來嗅去找螞蟻。苔皮在顧小貓，灰紋則出營了，他和木毛與獺潑在巡邏風族邊界。

泥毛從垂著青苔的族長窩鑽了出來，對上豹毛的視線。她全身一僵，匆匆走向泥毛。「他……」她不敢把話說出口。**他死了嗎？**

「他想和妳說說話。」泥毛喵聲說。「妳該做好心理準備，他恐怕已經因這場病失去了一條以上的性命。」

豹毛感到頭昏腦脹。**這真的要發生了**。除了覺得自己還沒做好成為族長的準備以外，豹毛也還不想失去這位朋友與導師。她永遠都不想失去曲星。豹毛低頭鑽進族長窩，儘管焦慮的火花竄遍了全身毛皮，她還是逼自己讓毛髮服貼在身上。

「嗨。」她輕聲喵嗚道。曲星抬起頭，在昏暗的空間中對她眨眼。他顯得無比瘦小，彷彿被雷族火災過後一直纏著他不放的咳症耗盡生命。曲星現在呼吸粗重、雙眼迷濛，但看見豹毛時，他的眼睛似乎變亮了一些。

「豹毛。」他發出呼嚕聲，結果卻咳了起來。豹毛在他身邊坐下來，等他緩過一口氣。曲星停止咳嗽，繼續說下去：「妳準備好了嗎？」

「準備好？」豹毛眨眼看著他，好希望自己沒聽懂曲星的意思。

「準備好領導河族了嗎？」

還沒。她動了動腳爪。「我可能永遠都無法做足準備。」離族長職位愈近，她愈是覺得自己肩負不了這份重責大任。

「我知道妳相信這是妳的宿命。」曲星喵聲說。「這的確有可能是妳的宿命，但就算是宿命，也不表示妳自然就能做到這一切。妳必須每天努力，成為河族所需的族長。」他頓了頓，緩過一口氣。「成為河族應有的族長。」

豹毛低下頭。「我會盡力的。」她喵聲說。「我會盡一輩子的努力。」

曲星忽然雙眼一閃，眼神變得親切又調皮。「我會在星族看著妳的。」他喵嗚道。

「我好開心。」豹毛輕輕呼嚕道。「能得到你的支持，我真的很感動。我會竭盡全力讓你為我驕傲的。」

「我這輩子過得很幸福。」曲星喵聲說。「現在可以加入從前的族貓了，我好高興。」他雙眼蒙上激動的淚光。「我想再和柳風見面，還有銀流也是。」

豹毛對他眨眨眼，想起那隻叛逆的灰色母貓，她的心不禁一痛。「請告訴她，我真的很抱歉。」

「妳很抱歉？」

「我應該花更多心思和力氣去幫助她的。」

曲星注視著豹毛片刻。「我敢肯定，妳已經竭盡所能去保護她了。」他喵聲說。「我知道妳會一直保護河族，而且妳絕對會為河族著想。但記得要公平處事，」他喵嗚道，「記得要仁慈，也別讓其他部族欺負河族族貓。」

「那還用說。」豹毛眷戀地注視著族長，真希望他能留下來對她多說幾句話，可是曲星看上去已經無比疲憊，是時候讓他離開了。「休息吧。」豹毛用鼻尖輕碰他的頭。

曲星開始咳嗽，一開始還只是稍微咳幾聲，後來卻咳到全身痙攣，他彷彿被狐狸抓著亂甩的獵物。

放鬆。

泥毛竄進族長窩，用鼻子推開豹毛跑到睡窩前。泥毛開始安撫曲星，腳爪揉著老公貓胸口，輕輕搓揉直到咳嗽消停，變為粗重的長呼吸聲。曲星閉著眼睛，在睡窩裡逐漸放鬆。

「我們等他一下吧。」泥毛悄聲說。他輕輕把豹毛推出族長窩。

到了戶外，豹毛深深呼吸新鮮空氣，這才意識到剛才窩裡的空氣是多麼滯悶。

泥毛眼神嚴肅地注視著她。「和其他貓相比，妳最瞭解失去妳在乎的貓是多麼痛苦。」他喵嗚道。

豹毛眨眼看著他，對他輕柔的喵嗚聲感到驚訝。「你是巫醫——你也失去了不少貓。」豹毛提醒他。

「沒錯。」泥毛凝視著她。「每失去一隻貓，我就感覺自己變得虛弱一些，彷彿他們把我的一部分也帶走了。但是妳失去妳珍愛的貓時，卻似乎變得更堅強。」

「有嗎？」她現在感覺一點也不堅強。

「失去那些貓以後，妳反而更加確定自己的宿命在何方。」泥毛喵聲說。「曲星死時，妳又會朝自己的宿命再前進一步。」

這番話令她心生焦慮。「我準備好了嗎？」她問泥毛。

「能回答這個問題的只有妳自己。」

「可是你之前覺得我還沒做好準備，無法勝任副族長。」她追問道。「那你覺得我做好當族長的準備了嗎？」

「我覺得，可能沒有任何一隻貓能真正做好成為族長的準備。」泥毛柔聲告訴她。「這樣也許比較好，如果他們胸有成竹地接下族長職位，那反而比較有可能犯錯。」

「真的嗎？」他的話語安慰了豹毛。所以她覺得自己還沒做好準備，還無法接下這份重責大任，反而是一件好事囉？

泥毛用鼻口碰了碰她的臉頰。「豹毛，我以妳為榮。」他喵嗚道。「一直都是。我和大部分巫醫貓不同，我同時也有幸當個父親，度過充實的一生。我從前很愛戰士的生活，不過在妳母親死後，我就失去了戰鬥的胃口。我知道貓族有時就是得作戰，各族永遠都會有值得守護的事物。」他注視著豹毛，眼裡閃爍著希望的光輝。「但是，時至今日，我還是希望各族有天能找到和平的生活方式。」他沒給豹毛回應的機會，就轉身鑽進族長窩。

豹毛目送他走進曲星的窩。他是在告訴豹毛，儘量別讓河族和其他貓族發生戰爭。豹毛的心為父親而痛，他真的相信貓族有不互相爭鬥的一天嗎？

「豹毛。」青苔簾幕內傳出泥毛的呼喚，他的喵嗚聲很緊繃。曲星死了嗎？

豹毛匆匆走進窩裡。「他還好嗎？」

看見睡窩裡的曲星還在呼吸，她感受到排山倒海的寬慰。然而曲星躺著的姿勢很彆扭，他彷彿每一次呼吸都得奮力掙扎。

「沒剩多少時間了。」泥毛悄聲說道。他後退一步，讓出曲星睡窩旁的空間。

豹毛走到睡窩旁，低下頭湊到河族族長身邊。她的心臟跳得很快，彷彿被哀傷緊緊揪住。

曲星似乎感應到她的存在，也許是感受到她呼在他臉頰上的氣息。他睜開眼睛。「我得走了。」他喃喃地啞聲說道，同時竭力抬起頭來。「但妳要記得，河族只是四族的一部分，四族也只是森林的一部分。每一個新的季節、每一次天氣變化，都會帶來新的危險。各族都必須保護自己，但也必須互相照料，因為在面對洪水或大火時，我們也只能互相依靠了。」

他倒回睡窩裡，豹毛的心揪了一下。「曲星，」她喵聲說，「我會照顧好河族的，我保證我——」

曲星再次開口。「有些貓不明白，我們必須共享這片森林。有些貓認為森林之所以存在，完全是為了供他們使用，其他生物都不重要。妳要提防那些貓。」他勉強呼吸著。「妳要提防虎爪，還有……」

他的喵嗚聲愈來愈小了。豹毛皺起眉頭，曲星怎麼到現在還稱呼影族族長為虎爪？**他已經神智不清了**。她輕輕將一隻腳爪搭在曲星側腹。**安睡吧**。

但曲星雖然呼吸困難，卻還是說了下去。「他那種貓會為了得到控制其他貓的權力而不擇手段，妳千萬別成為那樣的族長，千萬別做出那種選擇。」

豹毛感到一絲失望的刺痛。虎星在曲星眼中就這麼不堪嗎？曲星真的認為她有可能變成他說的那種貓嗎？只可惜曲星沒在染病前和虎星說上話，只可惜他一直對虎星很陌生。虎星只是希望各個貓族能變得更強大而已。「我會永遠守護河族。」豹毛湊近一些，喵聲說。「必要的話，我會為此奉上性命。」

曲星對她眨眨眼，然後闔上了眼眸。「或許泥毛說得沒錯。」他用氣聲說道。「或許死亡不是——」

他不再奮力呼吸，豹毛感覺到曲星的側腹在她腳爪下靜止下來。她喉頭一緊。「他走了。」她退到一旁，讓泥毛用尾巴掃過河族族長的毛皮、嗅嗅他的鼻口。

「嗯。」泥毛輕輕對她說。「他已經去星族那裡了。」

豹毛闔眼片刻，感覺自己走到了懸崖邊，下方遠處是湍急的河流。**我可以的**。她用力繃緊肌肉，彷彿準備躍下懸崖，然後推開青苔走出族長窩。

育兒室前的苔皮抬起頭，狐躍身旁的甲蟲鼻坐起身來。族貓們彷彿讀懂了豹毛的眼神，他們紛紛站起來，交換焦慮的眼神。

豹毛召開全族會議，族貓們都好奇又憂慮地注視著她，看著她走到空地中央。豹毛凝望所有族貓。「曲星已經與星族同在了。」她喵嗚道。這是她首次作為族長對全族發言，雖然她的心還在淌血，頭腦卻如泉水般清晰。「他是偉大的族長，能認識這麼一位戰士是我們的榮幸。我希望自己能以他為楷模，成為和他同樣偉大的族長。他留下難以填補的大腳印，但我會竭盡所能踏上前，填滿他留下的空間。」豹毛環顧四周，看見甲蟲鼻雙眼泛淚，沉步和影皮圓睜著雙眼焦慮地注視著她。當響肚哀傷地望向曲星的窩時，豹毛胸中一緊，她好想撫慰族貓們悲傷的心靈，很想好好安慰他們。「臨終前，曲星告訴我，我們就只是森林的一小部分而已，每一個季節會帶來新的危險。他告訴我，當洪災或火災發生時，我們只能互相依靠了。」雖然曲星說的是所有貓族，但現在他們的部族不需要聽那些。曲星那些話不過是臨終前的多愁善感而已，其他貓族不應由他們負責照顧。光是照顧河族就已經夠辛苦了，誰還有力氣去為別族操心？行將就木的族長可以許下慷慨的承諾，但仍然在世的族長怎麼可能實現如此宏大的諾言？

族貓們滿懷期望地注視著豹毛，他們想知道河族從此安全了，即使曲星離他們而去，一切也不會改變。豹毛恭敬地對所有貓點點頭。「曲星說得沒錯，我們必須互相照顧，我也會確保大家能彼此依靠。我向你們保證，未來無論發生什麼事，我都會保護你們。」她昂起鼻口。「我會確保你們安全無虞。」

第二十七章

「泥毛？」豹毛對著四周的黑暗悄聲說道，喵嗚聲在山洞裡迴響。「我該在什麼時候碰月亮石？」

「快了。」泥毛的腳爪擦過那塊岩石。上方高處的岩石頂有個洞，豹毛勉強在破洞灑落的星光下看見泥毛，只見他一臉期待地仰頭盯著那一小塊星空，在寒涼的洞穴中蓬起毛髮。

豹毛動動腳爪，感覺腳下岩石如冰一般寒冷。賜予她九條命的會是哪幾位星族貓呢？她腹中一緊。她渴望再次見到的貓太多了，但也有些是她不敢再見的貓。白牙會出現嗎？還好泥毛陪她踏上這漫長的旅程，一起穿過高沼來到高岩山。「儀式需要多少時間？」

她對泥毛眨眼時，月光劃過黑暗，落在月亮石上。月亮石如陽光直射下的水面一般，開始閃爍亮光，漾起無數漣漪。

豹毛瞇起雙眼，微微往後縮。「好刺眼喔。」

「去吧。」泥毛輕輕把她往前推。

她緊張地踩著岩石地面往前走，感覺到冷空氣滲透到毛皮深處。最後，她在明亮的月亮石邊停下腳步，閉上了眼睛，然後靠上前用鼻子輕碰岩石。腳下的地面似乎在一瞬間消失，她的心快活起來，感覺月光圍繞著她形成漩渦。她頓時感覺自己在下墜，然後腳下出現了柔軟的草地。豹毛睜開雙眼，發現自己站在陰暗的空谷裡，抬頭就看見黑色夜空中旋轉的眾星。銀色星光繞著她飛旋，令她呼吸一滯。她嗅到河川、高沼與森林的氣味——所有貓族的氣味都在這裡交融。忽然間，山坡上出現了閃爍著星光的毛皮，許多閃亮的毛皮與散發亮光的眼睛都出在現在山坡上，無數張臉低頭注視著豹毛。

豹毛無法承受這一切，她只想蹲伏在地上。該不會全星族都來了？

一隻壯碩的長毛灰色公貓踏上前，走到豹毛面前時，祂微微點頭。「歡迎來到星族。」祂的喵嗚聲彷彿從厚實的銀色毛髮深處隆隆傳出。「我是河星。」

豹毛愣愣對祂眨眼，一時間說不出話來。河族的第一位族長竟然來參加她的儀式。她生硬地低下頭，不知道面對眼前古老的公貓，這樣行禮有沒有問題。

「河族需要力量時，妳會帶給河族力量。」河星又走近幾步。「在賜予妳這條命的同時，我贈予妳包容心。」

「包容心？」豹毛驚訝得毛皮波動了起來。不是只有那些軟弱無助、別無選擇的戰士，才不得不包容其他貓嗎？

河星雙眼一閃，祂眼裡那是笑意嗎？「妳會用得著的。」祂湊過來，鼻尖輕碰豹毛的頭。毛皮下爆發灼熱的劇痛，新生命竄遍她全身，她試圖遠離那份痛楚，腳爪卻像是生了根似地，完全動彈不得。周遭出現閃耀在水面上的光點；眼角閃過魚的形影；大風呼嘯著吹過她看不見的樹木。

河星後退時，豹毛倒抽一口氣，感覺自己和新生小貓同樣弱小。如果獲得新生命是這種感覺，那她可能無法再承受八條命了。她在原地顫抖著，看著河星轉身走遠、消失在星光閃耀的毛皮之間。

又一隻貓踏上前。

「白爪。」她的心猛力一跳。她好想奔上前迎接白爪，並向祂道歉。「對不起。」

白爪對她眨眼，祂的眼眸閃爍著星光。「我把你訓練得和我自己太像了。」褪色已久的悲傷再次變得鮮明。「妳把我訓練成忠誠的河族戰士。」祂喵聲說。「那是我一直以來的願望。」祂傾身向前。「我賜予妳這條命，同時給妳同理心，因為妳從以前就一直能夠理解我。」祂的鼻尖碰到豹毛的頭時，緊揪著她內心的哀傷似乎融化了。這回流遍她身體的並不是疼痛，而是如落葉季陽光般柔和的溫暖。祂後退離開時，豹毛睜開眼睛，眨了眨眼，她真的好希望白爪能留下來。「白爪。」她有好多話想對祂說，但祂已經轉身回到族貓身邊了。

白爪之後又一隻貓走上前。豹毛立刻就認出祂。「霰星。」她趕緊垂下頭。「我很榮幸。」

「即使面對那些大鼠，妳還是無畏地英勇奮戰。」祂喵嗚道。「妳從小就擁有勇氣與毅力，未來必定能成為河族最偉大的族長之一。」

豹毛害羞地低頭看著自己的腳爪。霰星竟然還記得她當時的勇敢。

「我賜予妳這條命，同時賜予妳勇氣。」祂用鼻尖輕碰豹毛的頭，這次又是一股劇痛刺穿她，她咬緊牙關才沒痛呼出聲。霰星的回憶如利爪般閃過她周身——扭轉的毛皮、啃咬的尖牙、尖叫的敵貓。鼻腔充斥著血腥味，她只能強行壓下恐懼。然後，那一切都退去，她睜開眼眸。

霞星凝視著她。待她喘過氣，從前的族長再次開口。「用生命保護妳的部族。」祂走遠了，又一隻貓走到她面前，停下腳步。豹毛內心一疼，認出了蛙跳，她只能默默盯著祂，怎麼也說不出話來。蛙跳呼嚕笑著，星光閃耀的眼眸盈滿關愛。「我賜予妳這條命，並且贈予妳忠誠。」祂悄聲說道。「因為妳對妳的部族忠心耿耿。」然後祂用鼻子輕碰豹毛的頭，豹毛感覺到水從四面八方壓向她，壓得她喘不過氣來。她奮力掙扎，試圖擺脫水的壓力，但水太過沉重了，她無從逃脫。最後她停止掙扎，這時水鬆開了緊握著她的手，她彷彿被母親抱在懷裡，周身縈繞著愛。

豹毛竭力保持站立，等著畫面消失。每位族長在得到九條命時，都得經歷這種痛苦嗎——就該這麼痛嗎？她對蛙跳眨眼。「小木和小知更都和你在一起嗎？」

祂眼中的光輝亮了些。「都在。」

「對不起，我沒能救下他們。」

「他們在這裡也備受疼愛。」蛙跳轉身離去，另一隻貓取代了祂。

「橡心。」豹毛禮貌地點頭對過去的河族副族長打招呼。

「妳長大了。」祂讚許地喵嗚道。「而且妳從曲星那裡學到很多。」

「他來了嗎？」豹毛問道。她會見到曲星嗎？

「他在休息。」橡心告訴她。「他辛苦這麼久，是時候好好休息了。」祂用鼻子碰了豹毛的頭一下。「我贈予妳這條命，同時贈予妳團結，願河族永不分裂。」豹毛微微一縮，但橡心的氣息吹到她耳邊時，她只感受到一股堅定的意志力在腹中變得如琥珀般堅硬，像是浸滿了陽光似地散發金黃色暖意。**這才像樣嘛。**

她點點頭，看著橡心轉身離去，另一隻貓從那群星族戰士中走了出來。豹毛眨眼看著她，信步走來的母貓是銀流。

「對不起。」豹毛脫口說出。「我不該自作主張地用我的方式幫助妳，而是該考慮到妳當時需要的幫助，用最合適的方法幫助妳。」

銀流的藍色眼眸充滿憐憫，祂在豹毛面前停下腳步，凝視著豹毛。「我贈予妳這條命，並且贈予妳諒解。」祂喵聲道，然後用鼻子碰豹毛的頭。烈焰般的罪惡感燒灼著豹毛全身，直到她痛苦得無法呼吸，然後那種感覺消失了，取而代之的是一種寧靜平和，彷彿被一隻貓的尾巴輕輕撫過臉頰。安寧的氛圍包裹著豹毛時，銀流轉身離去。

豹毛對著祂的背影喊道：「小暴和小羽現在在河族過得很幸福，也很安全。」

銀流回眸望向她。「我知道。」祂喵嗚道。「謝謝妳帶他們回家。」

閃爍著燦爛星光的白色毛髮出現在豹毛面前，她一瞬間被亮得睜不開眼睛，這才發現站在面前的貓是白牙。認出導師熟悉的氣味時，她的心快活起來。

「我以妳為榮。」白牙喵聲說道，雙眼閃閃發光。豹毛發出呼嚕聲，不知該說什麼才好。

白牙也呼嚕笑著。「妳竟然也有說不出話的時候，真不像妳。」祂傾身向前，接著說道：「我賜予妳這條命，同時賦予妳耐心。」

感覺到導師的鼻口碰到自己頭頂時，豹毛又呼嚕了起來。她什麼時候耐心過了？她記得自己還是小貓時，就整天巴著白牙要他傳授戰技，長大後部族裡的生活步調又是那麼快，族貓們的毛皮與面孔在眼前變得模糊，彷彿空地上被風捲起的一片片樹葉，而她自己卻默默、靜靜地站在空地中央。

睜眼時，白牙已經消失了，悲傷刺穿她的心。這時，她聽見柔和的喵嗚聲。

「豹毛。」陽魚的目光在眼前閃爍著。

豹毛恨不得將鼻口緊緊貼著好友的臉頰，但她不敢擅自動彈。「妳在這裡過得快樂嗎？」她問道。

陽魚平靜地對她眨眼。「我們在這裡都過得很快樂。」祂喵聲說道。

豹毛感覺之前一直壓在心上的大石頭終於移開了。陽魚靠近她，她呼嚕笑了起來。「我賜予妳這條命，同時給予妳友情。」被陽魚的鼻尖碰觸時，豹毛感覺自己掠過河岸，腳爪幾乎沒碰到地面，然後她像魚一樣潛進河裡，在水流中悠游，上方閃爍著照在河面上的斑駁陽光。小貓時期過後，她就沒感受過這種幸福了，她睜眼想再看朋友最後一眼。

但陽魚已經消失了，現在站在面前的是一隻白色與薑黃色相間的母貓。豹毛鼻子一抽，覺得母貓的氣味好熟悉，卻想不起自己在什麼地方見過祂。

「我是亮天。」母貓喵嗚道。

豹毛開心得尾巴發顫。是她的母親。豹毛對母親眨著眼睛說：「泥毛真的很想妳。」她垂下眼簾，感覺到刺入內心的一絲悲傷。「我也好想妳。」

「我知道。」母貓沙啞地喵嗚道。「可惜我沒能親自扶養妳長大，雖然無法和妳日夜同處，但我還是一直愛著妳。」祂的鼻口靠向豹毛的頭。「我賜予妳第九條命，並且給妳愛。」祂喵聲說。「我贈予妳母親對小貓的愛。」

豹毛的心被劇痛刺穿，她僵在原地，感覺自己的心變得無比堅硬，直到她不再感受到恐懼。她被這份堅強與凶猛嚇了一跳，這份愛一點也不溫柔。這就是母愛嗎？

亮天退開一些，眨眼看著她。「從今以後，族貓們就是妳的小貓。」亮天喵嗚道。「妳必須用自身的堅強守護他們。妳必須摒棄恐懼與惻隱之心，奮力為他們而戰。」

「我會的。」豹星對上母親的視線。「我答應，一定會把他們當自己的小貓，竭力守護他們。」

⚡⚡⚡

接近黎明時，她和泥毛回到了營地。

「去好好睡一覺吧。」泥毛對她說，同時往曲星的窩彈了下尾巴。那現在是她的窩了，但她還沒有睡意，只想趕快開始新的一天。她為河族做了很多打算，有好多事情得著手去做。

泥毛輕輕推開她。「去小睡一下也好。」他喵聲說。「今晚還有大集會，妳得先休息過才有精神參加會議。」

她走進族長窩，躺了下來，但不確定有沒有睡著。她腦中滿是種種想法，飛旋交織的想法也許化成了睡夢，不過當黎明光線穿透垂在窩口的青苔，照進族長窩時，她睜著眼睛看見第一道曙光。她已經下定決心——自從陽光岩被雷族奪走以後，河族就變得過於依賴河川，上次的大洪水就是最有力的證據。如果要熬過這次的禿葉季，他們需要更多土地。曲星已經去世，再也沒有貓能反對她，現在是時候奪回陽光岩了。

她爬出睡窩，伸了個懶腰。族長窩雖然剛用新的植莖編織過，空氣中卻還是飄著曲星的氣味。她本希望曲星也能參與月亮石的儀式，賜予她一條命的……但也許曲星在生前已經將她所需的一切都贈予她了。

她用鼻子推開青苔，走出族長窩，環顧整片營地。矛牙僵硬地在營地外牆邊伸展，木毛在新鮮獵物堆剩下的幾隻舊獵物之間翻翻找找，杉皮則在不遠處享受清晨的陽光。豹星瞇起眼睛。這幾隻逐漸年老的公貓最近似乎睡得比較少，動作也慢了許多，她現在才意識到他們其實已經很老了。

石毛走出了戰士窩，一身灰藍色毛髮在晨光下閃閃發亮。他對豹星點頭打招呼，從新鮮獵物堆挑了隻僵硬的鱸魚，叼著鱸魚走進育兒室。

豹星默默觀察石毛，這時族裡其他貓也逐漸醒來，族貓們慢慢走到戶外。獺潑對她點頭打招呼，黑爪與蘆葦尾對她眨眼，灰紋走向育兒室。全族都知道她昨晚去接受族長的九條命，他們似乎對她有些敬畏，也許是因為她身上仍沾有星族的氣味吧。

石毛走在族貓之間，不時停下來和這位戰士、那位戰士說話，然後對見習生窩喊一聲，確認曙掌在沉步來找她之前就已經醒了。石毛接著去了趟育兒室，把吃剩的魚骨頭帶走。豹星先前也注意到這位戰士對族貓的關心，她對石毛的能力與勇氣也十分肯定。

「所有年紀夠大、能夠游泳的貓，請過來聽我一言。」道出過去聽曲星說過無數次的這句話時，豹星興奮得微微一抖。河族現在是她的部族了，她有很多話想對族貓分享，已經等不及要告訴大家。族貓紛紛圍過來時，豹星一甩尾巴，沐浴在眾貓等待她發言時尊敬的目光下。

「我昨夜得到了九條命。」她喵嗚道。「我現在是豹星了。」

「豹星！」黑爪最先高呼她的名字，其他貓也加入歡呼，每隻貓的眼睛都閃閃發亮。

「豹星！」

「豹星！」

她吞下一聲呼嚕笑。「另外，我也決定好副族長要選誰了。」歡呼聲消了下去，她環顧族貓。蘆葦尾動動腳爪，響肚豎起耳朵。

她的目光落在石毛身上，石毛回應了她的眼神，眼中浮現疑問。

「石毛一而再、再而三展現出勇氣與忠誠，我相信他能成為我們河族優秀的副族長。」

「石毛！」霧足快步跑到哥哥身邊，鼻口貼著他的臉頰。族貓們跟著她高聲歡呼。

「石毛！」

豹星高興地眨眼，大家似乎對她的決定十分滿意。她提高音量蓋過歡呼聲，再次發言。「今晚就是大集會了。田鼠爪、黑爪與甲蟲鼻，你們隨我和石毛與會，霧足和錦葵尾也一起來。」她瞄了曙掌一眼，見習生傲然坐在導師沉步身旁。曙掌是育兒室裡第一隻成為見習生的年輕貓兒，但再過不久，小櫻草、小矛和小蘆葦也會加入她，一起住進見習生窩。「沉步。」豹星向身材粗壯的棕色虎斑公貓點點頭。「你也一起來，帶上曙掌，想必她能在這第一場大集會上學到不少。」

曙掌興奮得毛髮直豎，在沉步身邊動來動去。豹星接著轉頭面對矛牙，對年邁戰士點頭。「我認為你是時候搬進長老窩了。」她也看向木毛與杉皮。「你們也是。」她喵嗚道。「你們已經做為戰士盡責了這麼久，是時候好好休息了，讓其他貓為你們狩獵吧。我們至今仍未走出失去灰池的傷痛，長老窩也不該空著太久。我很期待你們成為長老，為部族帶來溫暖與智慧。」

木毛呼嚕笑著。「而且我們住進去以後，見習生才有機會清潔長老窩，不會閒著沒事情做。」

杉皮瞥了曙掌一眼。「到時妳會天天忙著幫我們抓壁蝨，都沒空受訓囉。」

「別擔心。」看見年輕見習生擔憂地圓睜著眼睛，豹星安慰道。「妳的見習生窩裡，很快就會有其他同伴了。」

矛牙拱起背部，伸了個懶腰。「也是，我好像可以稍微休息一下了。既然我是有智慧的長老，妳是不是會事事聽我的啊？」

豹星好笑地抽了抽鬍鬚。「我當然會考慮你的建議——你們三位長老的意見，對我來說都非常重要。謝謝你們。」

會議結束了。她朝石毛點頭。「在你安排今天的巡邏隊前，我有話想先跟你說。」

「好啊。」石毛穿過空地，族貓們則回去清洗身體、伸懶腰，還有在空地上聊八卦。石毛走到豹星面前點點頭。「我很榮幸被選為妳的副手。」他喵聲說。「謝謝妳信賴我。」

「能有你這樣的戰士在身邊輔佐我，也是我運氣好。」豹星凝望族貓片刻。「河族必須變得更強大，我要你晨間和傍晚都加派邊界巡邏隊出去。另外，我也會親自監督見習生的訓練，你也應該多關注他們的進展，河族必須把曙掌和小貓們訓練成最優秀的戰士。近來影族有了新族長，雷族一向得隴望蜀，而風族也開始伸展利爪，我們必須做好萬全的準備，守護領地與族貓。」

石毛頷首。「我同意。」他喵嗚道。「我再也不想看到族貓餓肚子。」

豹星讚許地對他眨眼，看來她選對貓了。現在的問題是，石毛是否做好為河族和別族開戰的準備？「我仔細思考後，認為確保族貓都能吃飽的唯一方法，就是拓展領地。」她仔細端詳石毛，試圖解讀他的反應。石毛的眼神變得犀利，他似乎對這件事有些興趣。「我打算奪回陽光岩。」

「什麼時候？」

「我們做好準備就動手。」

「好。」

石毛願意支持她，豹星感覺自己的肩膀放鬆了些。「這件事絕不能讓灰紋知道。」她喵嗚道。

石毛皺起眉頭。「妳不相信他嗎？」

「那你相信他嗎？」

他猶豫片刻。「我很想信任他，不過他現在似乎還是和火心走得很近。或許我們可以帶他去參加今晚的大集會，給他一次機會，讓他證明自己對河族的忠誠。」

豹星瞇起眼睛。她不希望灰紋接近雷族戰士，但石毛說得有道理，只要帶灰紋參加大集會，他們就能看出那隻公貓和從前的族貓有多親近了。「好。」豹星喵嗚道。「你叫他加入今晚去大集會的巡邏隊。」

豹星刻意晚一些率領巡邏隊去大集會會場。她不想在發言前讓其他貓族有太多時間臆測曲星死亡的事情。她現在是河族的族長，其他部族只要知道這些就夠了。

空地上已經群聚著影族、雷族與風族的貓，只見藍星坐在巨岩上，俯瞰下方的四喬木空谷，藍灰色毛皮在明亮的月光下閃閃發亮。

「別忘了，」來到坡底時，豹星對石毛說道，「你得儘可能向其他副族長打探消息，我們族裡的消息別透露太多。」

石毛點點頭離開了，巡邏隊其他成員也已經走在貓群之中，豹星注意到灰紋筆直走向火心，似乎沒興趣和自己的族貓待在一起。豹星瞇眼看向他，心裡想著：才沒過多久而已，灰紋就展現出了自己效忠的是哪一族。

但現在沒時間想這些了，今晚豹星將首次對所有部族發言。她深吸一口氣。**妳現在有了地位與分量**。她告訴自己。**好好利用這些**。她揚起尾巴，用肩膀推開貓群向前行。

虎星與高星站在巨岩底部，看見她走近時，他們沒露出驚訝的表情。

「豹星。」虎星尊敬地點頭致意。「恭喜妳。」

他想必是聽高星說起她得到九條命的消息——豹星昨晚和泥毛穿行高沼、走向高岩山時，在路上遇見了風族巡邏隊，她不得不告訴風族曲星已逝、她正要前往月亮石。

「你們失去了前任族長，我為妳感到遺憾。」高星喵嗚道。

「曲星走得很安詳，他是在睡窩裡離開的。」豹星禮貌地對兩位族長頷首。

「還好他沒有受苦。」高星喵聲說。

虎星的眼眸閃閃發亮。「那麼，妳現在是族長囉？妳的副手是誰？」

「石毛。」她的目光掃過貓群。灰色公貓是不是已經在和其他副族長分享消息了？

「真是有趣的選擇。」虎星的喵嗚聲多了幾分尖銳，豹星聽了不禁全身一僵。這有什麼有趣的？她為自己的好奇心感到厭煩。她在意這個做什麼？虎星對河族的家務事有什麼看法完全不重要。

她跳上巨岩，點頭對藍星打招呼。雷族族長茫然盯著她片刻，這才點頭還禮，這時虎星與高星也都跳上巨岩。

下方群聚的貓紛紛轉向巨岩。

虎星點頭示意豹星上前。「妳的消息最要緊。」他喵嗚道。

他的語氣充滿敬意，豹星不禁壓下興奮的顫抖。「謝謝你。」

這就是她夢寐以求的事，她從以前就一直渴望和虎星這樣的戰士一同站上巨岩。豹星走到巨岩邊緣，俯瞰群聚的眾貓，看見這麼多張臉抬頭望向她，她不禁感到驕傲。她逼自己的毛皮保持順服，別因為情緒激動而豎起。「我們的族長曲星已經去到星族。」她告訴眾貓。「他是高尚的族長，全族都為他哀悼。我現在是河族的族長了，副族長則是石毛。我昨晚前去高岩山，向星族取得了九條命。」

高星甩了甩尾巴。「所有貓族都會想念曲星的，但也希望星族祝福你們，讓河族在妳的領導下發展興盛。」

豹星等著藍星發言，雷族族長總得說幾句祝賀的話吧？然而藍星凝望著下方空谷，不知道是看見了什麼有趣的事物。豹星清清喉嚨，可是藍星沒有抬眼看她。**她是故意要無視我嗎？**憤慨的情緒在她毛皮下燃起，她默默盯著雷族族長。藍星彷彿還沒發現她現在是族長了，老貓的目光依然聚焦在貓群之中。藍星到底為什麼分心呢？年紀大的貓有時聽力不好，也許她剛才沒聽見豹星對大集會致詞吧。「藍星？」豹星輕聲呼喚她。

藍星看向她，在那一瞬間似乎搞不清楚狀況，然後才恢復過來。豹星心中閃過訝異，只見雷族族長閃亮的藍眼睛燃起了怒火，藍星猛地撞開了高星，大步走到巨岩最前頭。豹星快速跳到一旁，看著藍星將目光轉向下方的貓群。「接下來輪到我發言。」她沉聲說道，同時惡狠狠地瞪了高星一眼。

「各族貓，」她的喵嗚聲冰冷又憤怒。「我想在此揭露一樁盜竊事件。有風族戰士在雷族領地狩獵！」

憤怒的號叫聲響徹空谷。豹星後退一步，警戒地豎起毛髮，只見下方的風族戰士們紛紛跳起來，氣憤地否定藍星的指控。

「證明給我們看啊！」一鬚對藍星號叫道。「證明風族偷了你們任何一隻小鼠！」

「我有證據！」藍星眼底燃燒著熊熊怒火。

高星後頸的毛髮豎了起來，但藍星似乎無所畏懼，滿腔怒火燃遍全身。豹星甚至猜他們可能在巨岩上大打出手。她瞥了虎星一眼，虎星坐在巨岩靠後的位置，毛皮十分平整，默默看著藍星與高星互相指控。

「妳這些話簡直就是一坨老鼠屎。」高星嘶吼道。「風族也失去了獵物啊，我們同樣在領地裡發現了兔子的殘骸。藍星，我指控妳放任雷族戰士來我們的地盤狩獵，然後用這些空穴來風的指控來掩飾罪行！」

高星蓬起黑白相間的毛皮時，虎星對上豹星的視線，帶著笑意微微抽動鬍鬚。他是看兩位族長吵架，覺得很好笑嗎？虎星選在這時踏上前，開口說話。

「那似乎很合理。」他鎮靜地對高星說道。「每隻貓都知道，自從上次森林失火，雷族領地的獵物就少得可憐。藍星，妳的部族餓著肚子，妳手下其中幾位戰士——」他頓了頓，目光落在下方的灰紋身上。「又特別瞭解風族地盤，那當然就會到風族狩獵囉。」

聽到他這番話，藍星氣得七竅生煙，猛然轉向他。「閉嘴！」她嘶聲說。「你離我和我的部族遠一點，這件事和你無關！」

「這件事和森林裡每一隻貓都相關。」虎星平靜地回道。「大集會本應是和平討論的時間，要是惹怒了星族，我們所有貓都得受苦。」

「星族！」藍星氣得語無倫次了。「星族已經背棄了我們，必要的話我願意和他們一戰。我就只想餵飽我的部族——」

豹星愕然盯著雷族族長。她要和星族作戰？她到底是怎麼了？怎麼會有任何一族的族長認為星族背棄了他們？豹星瞇起雙眼。藍星顯然是神智失常了，虎星似乎在一旁看得很開心。

她默默在一旁等著，旁觀藍星與高星互相威脅。星族這時怎麼沒用雲層遮住月亮？祖先們難道也喜歡看貓吵架嗎？虎星一臉得意，彷彿剛才插嘴的目的已經完全達成了。他是不是想故意激怒藍星？

虎星彷彿在豹星心中種下頑皮的種子：忽然間，豹星開始好奇，如果她也刺激雷族族長，不知會發生什麼事？藍星會不會再次暴怒？也許現在正是她宣布河族未來計畫的時候。

豹星悄悄走到虎星與高星之間，下方各族貓兒如一大群緊張兮兮的魚類，躁動不安地動來動去。

「那場大火是莫大的不幸。」她提高音量對下方眾貓說道。「森林裡每一隻貓都明白這點，不過近來受苦的並不只有你們雷族。」她瞟了藍星一眼。「你們的森林之後就會恢復生機，再次充滿獵物，至於我們，兩腳獸入侵我們的地盤，也沒有要離開的跡象。上一次禿葉季，河川被毒物汙染，凡是吃了魚的貓都病倒了。誰知道這種事情會不會再次發生呢？比起雷族，河族更需要好的狩獵地。」她知道，空地上每一隻貓都能聽懂她沒有明說的威脅：河族如果要拓展領地，最簡單的方法就是入侵雷族領地，而河族要進攻的第一個地點很顯然就是陽光岩。她仔細觀察藍星，等著對方回應。藍星想必會怒不可遏吧？

沒想到，藍星親切地微微點頭。「豹星，妳說得沒錯。」她喵嗚道。「河族經歷了一段煎熬的時光，但你們河族貓都堅強又高尚，我相信各位都能夠存活下去。」

豹星詫異地眨眼看著她。藍星難道沒發現豹星在挑戰她嗎？豹星試圖讀懂雷族族長的表情——她是在隱藏憤怒嗎？看不出來啊，她沒有蓬起毛髮，耳朵也沒有抽動，只是平靜地盯著豹星。

雷族族長很不對勁，真的很不對勁，她似乎腦子不正常了。豹星的頭腦飛速運轉著。在缺乏強而有力的族長時，任何貓族都會變得脆弱，而且雷族還在不久前被大火削弱了勢力，現在正是奪回陽光岩的絕佳時機。

豹星猶豫了。如果趁雷族如此虛弱的時候發起攻擊，會不會太卑鄙了？她瞄了虎星一眼。換作是虎星的話，他會怎麼做？

虎星對上豹星的視線，微微睜大雙眼，彷彿在鼓勵她。他是不是在鼓勵豹星接著執行計畫？如果她不採取行動，虎星可能會認為她太軟弱。所有貓都知道，陽光岩屬於河族，從以前就一直是河族領地的一部分。現在雷族戰士天天在那裡狩獵與巡邏，以陽光岩真正的主子自居，那河族的面子要往哪裡擺？

這是她導正一切的好機會，這下她終於能做到曲星不肯做的事，讓四族恢復平衡。而且現在行動，河族一定能輕易得手。豹星興奮得毛髮豎了起來。也許這就是星族的安排，是星族故意讓事情變得這麼簡單的，他們也許希望陽光岩能終於歸還給它應屬的部族。這時候如果不利用情勢採取行動，豈不是愚蠢又不知好歹？她怎麼能如此鼠腦袋？

第二十八章

豹星甩著尾巴，氣息粗重。族貓戰鬥的呼喊聲在後方爆發。這次，他們必定會贏。這支小小的雷族巡邏隊根本無法阻止他們奪回陽光岩。

豹星在刺眼的陽光下瞇起雙眼，低頭盯著溪谷底部，下方仍然能看見這個季節較早凍結的冰霜，晶瑩的霜在陽光下閃耀。藍星在她側腹留下的爪痕還在刺痛，她剛才看見雷族族長試圖遁入溪谷的陰影，但她可不打算讓藍星白白溜走。豹星打算一字一句清楚地告訴藍星，陽光岩現在又回歸它正統的所有者了。

豹星瞥見藍星，她全身一緊。只見藍星困在溪谷一端，霧足與石毛已經追上雷族族長，豹星見狀高興得心跳加快。兩隻族貓把藍星壓制在地上，他們會不會殺死她呢？豹星皺著眉頭，仔細觀察下方。他們怎麼僵在了原地？

豹星張口，正想問他們在等什麼時，她突然看見兩隻戰士後方出現火焰色毛皮。是火心，他在對他們說話。豹星聽見他的喵嗚聲，卻聽不清字句。他說話時，霧足放開了藍星，石毛退了開來。在那一瞬間，火心猛然從他們身旁飛躍而過，把藍星推到岩石旁，然後擋在她身前。

火心對他們說了什麼？豹星豎起耳朵，竭力想聽清火心接下來說的話。他們為什麼要聽這傲慢的寵物貓說話？怒火在豹星腹中燃燒。**攻擊他啊！**

她只能自己解決問題了。她呼號一聲，縱身撲進溪谷。

上方響起一聲高呼。「火心！小心！」

她認出那個喵嗚聲。**灰紋！**她的怒火燒得更旺。灰紋背叛了她。豹星猛力撞上火心，只聽見流過耳朵的血液隆隆作響。她會先讓火心付出代價，然後再對灰紋發洩怒火。她輕易壓制住火心，對方因剛才的戰鬥而變得虛弱，豹星趁機用後腳的爪子撕扯他腹部，打算現在就了結他。她會確保寵物貓永遠無法成為一族族長。火心在她身下扭動掙扎、試圖脫身，但她緊緊抓著對方，她看準火心的喉嚨，低頭準備咬下去。

有爪子從後方勾住她，把她往後拖，硬生生從火心身上扯下來。豹毛驚呼一聲，震驚的情緒竄過了毛皮。她被甩到地上，然後被幾隻灰色大腳爪按在地面。

「灰紋！」她打從一開始就猜對了，這傢伙不過是雷族派來她營地的臥底。「我都抓住他了！」她氣得幾乎說不出話來。「我剛才聽見你的叫聲了，你竟敢警告他！」

灰紋放開她，退了開來。豹星快速爬起。霧足和石毛去哪了？她想叫他們兩個殺了這個叛徒，卻不見他們的蹤影。豹星發出一聲警告的低吼，目光緊鎖在灰紋身上。

他圓睜著雙眼，驚慌地盯著她。「豹星，對不起，可是火心是我的朋友。」

早知道當初一成為族長，就立刻料理了這個狐狸心。**我應該聽虎星的建議的。**

鮮血從毛皮的傷口流出來，豹星甩甩毛髮。火心站在灰紋身後看著她，他受了傷，幾乎沒力氣撐起身體。豹星嗅到他散發的恐懼氣味。「你從未忠於河族。」她嘶聲罵道。「我現在給你兩個選擇：你替我攻擊你的朋友，不然就給我滾出河族，再也別回來。」她狠狠瞪著灰紋。她也知道灰紋不可能傷害火心，她只是想讓他承認自己叛族而已。灰紋當然會趁這次機會返回雷族，哪有理由不回去呢？他這次公然展現自己的不忠，再也沒有戰士會相信他是為了和小貓在一起而加入河族的了。那都是他的謊言。至於他對銀流的愛呢？那莫非也是謊話？豹星長長地低吼一聲，看著灰紋驚慌地盯著她。「所以呢？」她嘶聲說。「你還在等什麼？」

灰紋瞥了火心一眼。

你該不會在等他替你回答吧？豹星不屑地咧嘴。**你就無法自己作主嗎？**

「豹星，對不起。」灰紋垂頭說。「我做不到。妳要的話，就直接懲罰我吧。」

「懲罰你？」他說得倒輕鬆，難道他以為自己是偷獵物被逮嗎？對他而言，不忠這件事難道沒有任何意義嗎？豹星氣得無法呼吸。「我會抓瞎你的眼睛！我會把你丟在森林裡，讓你被狐狸獵殺。叛徒！我——」

上方岩石地傳來號叫，黑爪從溪谷上方探頭，眼裡閃爍著驚慌。「雷族派援軍過來了！」

豹星怒瞪著他。

「我們寡不敵眾。」黑爪哭喊道。「贏不了的！」

看來這件事只能改天再解決了，族貓們需要她。豹星跳到黑爪身邊，看見雷族戰士們湧上陽光岩時，她全身毛髮都豎了起來。「撤退！」

她彈尾巴示意手下戰士撤往河川，在原地等著他們從身邊竄過去，自己則留下來殿後，無奈與煩躁的情緒在毛皮下流竄。她跟著族貓跑到河邊，一路上一直注意上方斜坡，準備在同伴跳到水中、游到對岸時守護他們。霧足與石毛已經爬上對岸，豹星看見他們回頭望向陽光岩，兩隻貓說了幾句話，眼中都閃過恐懼。那隻寵物貓究竟對他們說了什麼，導致他們一起逃走？

雷族貓從斜坡上追了下來，當最後一隻河族戰士跳進河川後，豹星跟著跳了進去，游到對岸。她爬上岸，回眸看了陽光岩一眼。雷族戰士們成排站在陽光岩頂，還有一群雷族貓聚集在河岸，每隻貓都得意洋洋地高聲號叫。豹星瞪了他們一眼。事情還沒結束，絕不可能就此結束。若不是被背叛，她早就在這場戰鬥中大獲全勝了。

她抬起鼻口。「灰紋是叛徒。」她清楚喊出這句話，讓河流兩岸的雷族與河族貓都聽得清楚。「他要是再踏上河族領地，我們會就地處死他。」

回營地這一路上，豹星一直氣得說不出話來。黑爪與蘆葦尾跛腳走在前方蘆葦叢中，石毛一直躲著她。豹星走進營地時，看見石毛與霧足一起站在空地另一頭，影皮與響肚已經在舔舐傷口。木毛與杉皮站在長老窩外，焦慮地看著大家回營，但沒有多問什麼。他們想必猜到這場戰鬥沒有打贏。

泥毛匆匆走向豹星，嘴裡叼著一個樹葉包裹。「妳受傷了。」他一面喵聲說，一面把樹葉包裹放在地上、拆了開來，開始檢查豹星側腹的傷。

豹星甩著尾巴閃到一旁。「你先去看看其他貓。」她沒好氣地說。「我沒事！」

泥毛瞥了她一眼，但沒有多說什麼。他叼起樹葉包裹，走去幫影皮療傷了。

豹星走向石毛與霧足，他們彷彿眼睜睜看著老鷹飛來的兩隻兔子。「剛才那是怎麼回事？」走到他們面前時，豹星開口罵道。「那隻寵物貓到底對你們說了什麼，你們怎麼聽到他的話就停止戰鬥？」他們難道也叛族了嗎？難道灰紋成功說服這兩隻同胞貓兒背叛她了？她氣得心臟撲通撲通狂跳，熱血流過了腳爪。

兩隻貓緊張地互看一眼。

豹星眯起眼睛。「說啊？」

石毛低頭。「藍星那時神智不清了。」他輕聲道。「火心說，我們要是傷害她就失去了榮耀。」

豹星嘶聲說：「你們聽了他的話？」

「因為他說得沒錯啊。」霧足連忙喵聲說。「藍星真的搞不清楚狀況了，甚至連攻擊她的貓是誰都不曉得。」

「我們感覺像在攻擊一隻小貓一樣。」石毛附和道。

豹星逼自己的毛髮服貼回身上。石毛說得有道理，但無論如何，他們這場戰鬥還是打輸了。「你們的榮耀害我們失去全族亟需的狩獵地。」她嘶吼道。「接下來這一個月，你們兩個的巡邏任務都會增加一倍，你們得補償全族失去的獵物！」

石毛垂下眼簾。「好。」他咕噥道。

至少他算是承認過錯。豹星的目光轉向霧足。

「我們真的很抱歉。」灰色母貓盯著自己的腳爪，小聲說道。

豹星的怒火稍微平息。「鐵了心殺死藍星是也不對。」她承認。「但火心呢？我只能獨自和他戰鬥，灰紋還攻擊我。我當時寡不敵眾，你們卻不知跑去哪了。」

石毛看著她，眼神流露愧疚。「對不起。我後來回去加入陽光岩上的戰鬥了。」

「我們以為妳自己就能對付火心。」霧足跟著說。

「我們沒想到灰紋真的會去攻擊妳。」石毛對她眨眼。

我也沒料到。豹星從沒信任過灰紋，卻沒想過他會在戰鬥中倒戈。她從以前就對灰紋太寬容了，曲星一死，她就該把灰紋驅逐的。豹星想像虎星聽到消息時會怎麼說，不禁全身一抖。虎星肯定會嘲笑她太軟弱。**要是貨真價實的族長，早就解決這個問題了**。

戰鬥開始前，天氣就開始變得乾燥，而在戰鬥發生過後那幾天，河族清晨醒來就看到營地裡結了霜。豹星加派幾支狩獵巡邏隊出去，今早也親自帶隊去河邊狩獵。

來到河岸時，她的心一沉。河水結冰了。

黑爪盯著結冰的水。「河不該這麼早結冰的啊。」他懊惱地喵聲說。

莎草溪用腳爪戳了戳冰面。「冰層太厚了，沒辦法敲破。」

豹星壓下一聲低吼。族貓們怎麼聽上去那麼氣餒？但這也不是他們的錯，誰也沒料到這次寒流來得如此早。豹星不打算派戰士到冰層下捕魚，那對他們來說太危險了。

她盯著河川，腦子轉得飛快。「我們只能派更多狩獵巡邏隊進森林。」她喵嗚道。「必要的話，我們就越過邊界去狩獵，現在風族領地應該還有不少獵物。」

黑爪焦慮地看著她。「那樣不會引發戰鬥嗎？」

豹星瞪了他一眼。「你怕風族嗎？」

「不怕。」他連忙喵嗚道。

豹星望向河川對岸，遙望在陽光下閃耀的陽光岩，怒火在腹中焚燒。「必要時我們就得用這種方法抓到獵物。」她沉聲說道。「我絕不會讓河族挨餓。」

巡邏隊在河岸狩獵時，怒火一直啃噬著她內心。雖然他們此行抓到一隻柳鶯和兩隻田鼠，隊伍回到營地時，這份惱怒卻還是沒有消散。

黑爪與莎草溪將他們的獵物放上新鮮獵物堆，豹星則在空地邊緣坐下來。要是河川的冰不融化，那怎麼辦？要是河川在這整個禿葉季都一直被冰封呢？她不安地動了動身體。現在還只是落葉季而已，族貓們卻已經得面對飢餓了。她心不在焉地看著小櫻草與小矛從前方跑過，小羽和小暴跟在他們後方奔跑。

「要是我們抓到你們，就把你們吃掉！」小暴尖聲說。

小櫻草和小矛假裝驚恐地大聲尖叫，跑得更快了。

豹星的鬍鬚抽動了一下。小櫻草和小矛就快成為見習生，小暴和小羽身上還長著小貓柔軟的毛髮，他們追逐著體型比自己大了整整一倍的同窩貓，這個畫面還真是好笑。話雖如此，豹星在旁邊看著他們玩耍，心裡還是有些高興。

她看著小櫻草和小矛轉身反擊小暴和小羽，追逐遊戲演變成了戰鬥遊戲。

「你們才不可能打敗我們呢！」小櫻草洋洋得意地尖聲說。

「面對狐狸心，真正的戰士一定會獲勝的！」小矛高聲說。

豹星呼嚕笑了。這群小貓不為獵物、雷族或陽光岩的事情煩惱，他們可以安全又幸福地玩耍。豹星一定會竭盡全力守護他們的這份幸福。

「換我們了。」小暴喵聲說，然後他脫離混戰，坐起身來。他對小櫻草一眨眼。「換你們來追我們了。」

豹星豎起了耳朵。

小羽興奮地一躍而起。「好啊！這次換你們當雷族，我們當河族。」

小櫻草露出忿忿不平的表情。「可是一定要你們當雷族啊。」

「為什麼？」小暴眨眼看著她。

「因為你們太弱了，不可能打贏戰鬥。」

小暴皺起眉頭。「可是真正的雷族常常打贏啊。」

豹星一口氣哽在了喉頭。**雷族常常打贏啊**。又一波怒火在她毛皮下燃起。小暴年紀還太小，不明白自己說的這些是什麼意思，但這很顯然是灰紋說過的話。那個叛徒即使離開了還是能危害河族。豹星站起身來，她必須對小貓說幾句話。

「豹星。」聽見石毛的喵嗚聲，她轉過身。

河族副族長在她身旁停下腳步，焦慮地看著她。「虎星來了。」他朝營地入口點頭，只見影族族長站在那裡，狐躍與霧足分別站在他兩旁。

他環顧河族營地，雙眼閃閃發亮。

豹星蓬起了毛髮。「帶他去我窩裡。」她告訴石毛。「我在窩裡和他談話。」

第二十九章

豹星等到石毛的腳步聲消失，這才開口說話。他們剛走進來，垂在族長窩口的青苔還在微微顫動。虎星的眼眸在昏暗的窩裡閃閃發光。

「你怎麼來了？」豹星問道。

虎星坐了下來。「我是來警告妳的。」

豹星全身一緊。「出什麼事了嗎？」

「雷族最近去四喬木空谷狩獵了。」

她背脊的毛皮波動了起來。「四喬木是中立地區，任何貓都不得在那裡狩獵。」

「也許是那場大火過後，森林裡的獵物數量還是沒恢復如初吧。」虎星喵嗚道。

「或者，他們單純是想在那裡留下自己的標記。」

「我們該挑戰他們嗎？」

「這就要看妳了。」他用尾巴蓋住了腳爪。「我在想，妳或許也能派幾支巡邏隊去那邊。」

「我為什麼要派巡邏隊去四喬木？」

「河川結冰了，妳上次也沒能搶回陽光岩——」

這傢伙是專程來戳她痛處的嗎？她打斷了虎星。「我不需要你這些建議。」她沒好氣地說。

虎星抱歉地點頭。「我只是想盡一個盟友的責任，多少幫助妳而已。請原諒我。」

豹星蓬起了毛髮。「你打算挑戰雷族嗎？」她問道。

「影族可能不夠強大，無法獨力挑戰雷族。」他無辜地圓睜著眼睛。這是在暗示要河族幫忙嗎？他接著說了下去。「況且，我們境內獵物充足，我倒是比較擔心妳這邊的情況。你們和雷族現在都缺乏獵物，兩族又是鄰族，這可能會導致你們和雷族之間發生糾紛。這時候只要有一位戰士不小心追著獵物越過氣味界線，那就……」他頓了頓。「獵物可沒在管貓族之間的界線呢。」

「目前為止，還沒有雷族貓越界。」豹星語氣平穩地喵嗚道。虎星似乎話中有話，但她不是很確定他想表達什麼。

「假如他們越界了，」虎星喵聲說，「影族願意支持你們。或者，假如你們……」他又停頓下來。

豹星湊上前。

「假如你們想要越過他們的邊界，那我們影族也不會有意見。」

「你要我去偷雷族的獵物？」

「我只是要告訴妳，無論妳怎麼選，影族都會支持河族。」他意味深長地盯著豹星。

豹星瞇起了雙眼。虎星似乎想鼓勵她去挑釁雷族，這就是他對貓族造成改變的方法嗎？他就是想引發戰爭？

「妳想想看，如果我們聯手，那該有多麼強大。」他喵嗚道。

「我們已經是盟友了。」

「我想的是更遠的未來。」虎星喵聲說道。「妳想像一下，如果未來爭奪領地的貓族不是四個，而只有兩個呢？」

豹星全身一僵。「但從以前就一直有四個貓族。」

「為什麼？」

「這就是星族的安排。」

「星族內部又沒有區分成四個不同的部族。」虎星指出。「憑什麼星族用一套規則，我們用的卻是另一套規則？妳覺得星族喜歡看我們為界線、獵物這些芝麻綠豆般的小事爭鬥嗎？」

「當然不喜歡！」豹星豎起毛髮。虎星這提議就是要推翻戰士守則，違反了豹星從小到大學到的信念。然而，如果部族變少，那邊界也會變少，獵物則會變多。如此一來，河族就不必靠河川生活，不必在河川每一次結凍或氾濫時餓肚子。她拋開這個想法，這太鼠腦袋了。「雷族怎麼可能答應。」她喵嗚道。「而且風族不曉得怎麼抓森林獵物，他們還是只能在高沼狩獵。」

虎星的眼眸閃閃發光。「誰說一定要雷族或風族同意呢？」他喵聲說。「我對那些追獵物的傢伙和寵物貓不感興趣，還是和妳合作比較好。我們兩個信奉相同的原則，我們都喜歡考慮未來，不會固執守舊。我們可以共同建立一個強大的部族，一個屬於貨真價實戰士的部族。」

豹星的心跳加快。一個由貨真價實戰士組成的部族，由他們來統治整片森林。這麼一來，她就能從雷族那裡奪回陽光岩，可以隨時去高沼狩獵了。

虎星湊近一些，他暖暖的氣息吹過來，豹星嗅到了小鼠的野味。「這就是我一直想造就的改變，這就是我們讓貓族空前強大的方法。」

豹星盯著他。兩個部族……這真有可能實現嗎？

她全身一顫。**當然不可能**。河族就是河族，無論在這裡的生活變得多麼艱難，她都無法想像自己放棄這一切，成為另一個部族的一部分。「不。」她昂起鼻口。「我們可以當盟友，但僅此而已。」

虎星注視著她片刻，彷彿在等她改變心意，然後他站起身。「我很失望。」他喵嗚道。「但也許妳說得沒錯，貓族何需改變呢？河族現在就很好了。」他轉向窩口。「祝妳成功填飽所有族貓的肚子。」他的尾巴從豹星口鼻一掃而過，就這麼鑽出族長窩。

豹星看得出他很煩躁，不過他總不可能一直煩躁下去吧。儘管如此，豹星自己還是感受到一絲罪惡感。她曾經說過自己想改變貓族，現在虎星請她幫忙實現理想，她卻辜負了虎星。他的想法就真的那麼不合理嗎？虎星不過是想確保他們兩族的戰士不挨餓而已——如果兩族合而為一，真的就能解決問題了嗎？

隔天，小羽和小暴興奮地在空地邊緣踱步，苔皮在一旁驕傲地注視著他們。

豹星出聲呼喚族貓。「所有年紀夠大、能夠游泳的貓，請來聽我一言。」

鋸齒與圓石緩緩站了起來，豹星的其他族貓們也都聚集在空地上。兩隻公貓走到木毛與杉皮之間坐下，瞇眼看著苔皮尾巴一甩、把小羽和小暴拉到身邊。

兩隻小貓期待地盯著豹星，她不禁感到一絲焦慮。她的任務就是幫助這兩隻小貓成為勇敢又忠誠的河族戰士，但他們真有辦法克服與生俱來的雷族血統嗎？豹星瞥了石毛與霧足一眼。她這是正確的選擇嗎？石毛最近提出了不少問題，顯然在質疑她的決策，要是他把這份疑慮也傳授給見習生，那怎麼辦？

豹星不悅地甩甩毛皮。泥毛與曲星從前一直懷疑她的能力，結果連她也開始懷疑自己了。豹星才不會讓他們或石毛或其他任何一隻貓影響她對自己的信心，她一直都在為部族著想，而她做出的決策也會反映這份苦心。

「小羽。」她將年輕母貓召喚到空地中央。從灰紋叼著她跨過踏腳石、把她放在曲星腳邊那一晚至今，她已經長這麼大了！很多事情也已經不一樣了。「妳已經六個月大，是時候成為見習生了。」豹星喵聲說。小羽圓睜著雙眼，眼中閃爍著興奮的亮光。「從今以後，妳將被稱為羽掌。霧足會擔任妳的導師，希望她能把自己所知的一切都傳授給妳。」

霧足站在空地邊緣，似乎急著想穿過空地去迎接她的見習生。

豹星點頭招呼她上前。「霧足。」霧足走近時，豹星對淺灰色母貓點點頭。「妳是忠心又英勇的戰士，也已經為部族生下小貓，他們未來想必也能成為堂堂正正的戰士。」

櫻草掌、蘆葦掌與矛掌都在黑爪身旁觀看儀式，三隻見習生眼裡都浮現了驕傲的光芒。

「現在，是時候將妳的一身本領傳授給年輕貓兒了。希望在妳的指導下，羽掌能充實地學習與成長。」

看見霧足嚴肅卻又親切地用鼻子碰羽掌的頭，豹星突然深受感動。無論這些小貓毛皮下流的是什麼血，他們終究是她的族貓，他們會成為厲害的河族見習生，未來還會成為更加強大的戰士。

「小暴。」

豹星把年輕公貓召上前時，他匆匆從空地邊緣走來。鋸齒在圓石耳邊低聲說了什麼話，兩隻貓交換眼神，令豹星背脊的毛髮豎了起來。

「安靜！」她對他們低吼道。「這是重要的儀式，你們等儀式結束後再去聊八卦也不遲。」

鋸齒惡狠狠地瞪著她，圓石歪頭，但豹星不理會他們，她又轉回去面對小暴。年輕公貓興奮地盯著她。

「你已經六個月大，可以成為見習生了。從今以後，你將被稱為暴掌，你的導師則是石毛。」她點頭示意副族長上前，然後對他點頭致意。「你是我們族裡最強大、最能幹的戰士之一。」她對在暴掌身邊停下腳步的石毛說道。「我指望你將你的本領傳授給暴掌，訓練他成為和你同樣強大的戰鬥者與狩獵者。」

石毛雙眼放光，這麼多天以來首次露出愉快的神情。他用鼻子碰了碰暴掌的頭，這時全族都開始歡呼兩個新見習生的名字。

「暴掌！」

「羽掌！」

苔皮的喵嗚聲最響亮，但她很快就被黑爪與其他戰士的吶喊蓋過去，族貓們的歡呼聲響徹整座小島。

豹星放鬆肩膀。這下，見習生窩又會住滿年輕貓兒了，也難怪虎星這麼希望河族能和他合流。

歡慶的氣氛終於消退後，豹星對副手頷首。

「石毛，我想和你談談狩獵巡邏隊的事。你去請黑爪、莎草溪和獺潑來一起議事。」

石毛點點頭，他放下吃到一半的小鼠，匆匆穿過空地。

豹星在窩裡來回踱步。虎星的氣味仍然飄在空氣中，她雖然拒絕了虎星，但如果她真的和雷族發生衝突，相信虎星還是會支持她的。也許可以測試一下虎星的誠意。

石毛、莎草溪、黑爪與獺潑聚集在她身邊時，豹星對他們點點頭。石毛滿臉期待地對她眨眼。

「上一次禿葉季，河族貓挨餓了。」豹星喵嗚道。「這次的禿葉季，我會確保上次的情況不再發生。」

「要怎麼做？」獺潑喵聲問。「禿葉季才剛剛開始，河川就已經結冰了。」

「而且陽光岩還在雷族的掌控之中。」黑爪跟著說道。

豹毛抖了抖毛皮。「我們只能到別處尋找獵物。」

石毛不安地動了動腳爪。「這是什麼意思？」

「如果今天派出的巡邏隊抓不到充足的獵物，那我明天就會請他們越過雷族邊界去狩獵。」

石毛背脊的毛皮波動了起來。「那可是入侵他們的地盤！」

豹星歪過頭。「你寧可讓族貓們餓肚子嗎？」

「當然不是。」他的尾巴在微微抽動。「但我們總不能為了填飽自己的肚子，去偷雷族的獵物吧。戰士守則——」

「戰士守則還告訴我們，我們不能讓小貓受苦。」她朝育兒室的方向瞟了一眼。

「你覺得哪一條規定最重要？」

「這我知道，可是——」

「你對河族忠誠嗎？」

他愣然盯著豹星，耳朵不停抽動。

「你到底是否對河族忠誠？」豹星嘶聲問道。

「我很忠誠！」石毛喵聲說。「我一直都對河族忠心耿耿，妳怎麼能問這種問題？」他蓬起毛髮，表情卻十分緊張。「我願意為了保護族貓做任何事情，無論如何都願意，就算……」

豹星瞇起了眼睛。「就算？」

「就算——」他再次遲疑，而後慌張不安地接著說。「就算他們不希望我這麼做，我還是會不擇手段保護他們。」

「聽你這麼說，我就安心了。」豹星站起身來。石毛為什麼顯得如此可疑？「那麼會議結束。」她喵嗚道。「必要的話，我們就過河狩獵。就這麼決定。」

她輕彈尾巴讓他們退下。石毛的反應令她感到不安。豹星走出營地，鑽進蘆葦叢，在河邊坐了下來。河面上的冰從這邊延伸到對岸，她看見河中間的冰層比較薄，巡邏隊可能可以打破冰層。儘管如此，她還是不會命令戰士們在冰層下捕魚，在那種情況下潛到水下太危險了，他們很容易迷失方向、找不到冰層的破孔，結果無法浮上水面換氣。她不希望任何一隻貓被困在冰下。

石毛的話語如芒刺在背。**我願意為了保護族貓做任何事情。就算……**

就算什麼？河族副族長原本打算說什麼？在陽光岩那次事件發生前，豹星從沒想過石毛對她不忠的可能性，但當時火心對他和霧足不知道說了些什麼，就讓他們退開了。而現在，石毛竟然出言反對他們獵捕雷族的獵物。不忠這種東西莫非像疾病一樣，會在族內傳染？難道他們是被灰紋給感染了？

後方小徑傳來腳步聲，豹星從蘆葦之間往外望去，看見灰藍色毛皮在蘆葦叢外移動。她嚐了嚐空氣，是石毛。他腳步放得很輕，彷彿不想被其他貓發現。他獨自外出，是要去哪裡？他不是該留在營地裡，完成副族長的種種任務嗎？

豹星靜靜等著石毛經過，然後悄然溜出蘆葦叢，遠遠跟隨他的氣味前行，以免被他看見。氣味蹤跡領著她來到一片草地邊緣，這裡被幾簇蘆葦叢隱蔽，豹星矮身鑽到蘆葦草間，悄悄接近，直到能聽見貓說話的聲音為止。霧足在草地上來回踱步，石毛則在對她說話。

「我們什麼都不必做。」他喵聲說。「只要別聲張就好了。」

「可是火心知道。」霧足看著他，眼裡閃爍著恐懼的光芒。「這就表示灰紋一定知情，也許全雷族都知道了。」

「他們當然不知情。」石毛安慰道。「火心當時把事情告訴我們，只是希望我們別傷害藍星而已。」

告訴你們什麼？豹星悄悄往前爬。

霧足聽不進去。「那要是河族發現了怎麼辦？」

「他們之中可能已經有幾隻貓知道真相了。」石毛嚴肅地喵嗚道。「要把兩隻小貓偷偷帶進育兒室可不容易，而且灰池生前可能把事情偷偷說給了其他貓聽。那許多個月來，她一直假裝我們是她的小貓，應該裝得很辛苦吧。」

假裝？豹星嚥了口口水。他這是什麼意思？難道石毛和霧足不是灰池親生的小貓？

霧足對哥哥眨眼。「對橡心來說應該也很辛苦吧。」她喵聲道。「他一直得假裝我們不是他的小貓。」她的喵嗚聲變得哽咽。「我們長大後，他怎麼都沒告訴我們。」

「一定是藍星逼他許下保密的承諾吧。」石毛喵嗚道。

豹星好奇得耳朵發燙。藍星和這件事有什麼關係？

「她為什麼要把我們送走？」霧足喵聲說。「她把小羽和小暴送到河族時，不是說小貓應該在母親的部族長大嗎？既然她這麼認為，不是該把我們留在她自己身邊嗎？」

豹星駭然瞪大了雙眼。她沒有會錯意吧？霧足和石毛真的是藍星和橡心的小貓嗎？河族的副族長竟然是半族貓嗎？

石毛皺起眉頭。「無論藍星做了什麼決定，當時她想必認為那是最好的選擇。我們現在只要繼續保密就沒事了。」

「我們不跟豹星說嗎？」霧足喵聲問道。「這件事應該要讓她知道才好吧？」

「妳沒看到灰紋背叛她以後，她看羽掌和暴掌的那種眼神嗎？」石毛喵嗚道。「還有剛才，我只是不想去偷雷族的獵物而已，她就對我大發雷霆。」他全身一抖。「自從銀流和灰紋那件事過後，她對這種事情就太敏感了，我們還是別說出去比較好。」

沒必要再聽下去了。豹星悄悄在蘆葦叢中倒退，矮身走上小徑後一路趕回營地，腦中一片混亂。她本以為羽掌和暴掌就是河族僅有的兩隻半族貓了，現在竟然還有兩隻——而且他們還被她親自指派為羽掌和暴掌的導師。焦慮的情緒鑽到她毛皮下。滴水可以穿石，河族會不會因此分裂？四隻擁有雷族血統的貓。她怎麼能相信這幾隻貓的忠誠呢？他們會不會像灰紋那樣背叛她？她一甩尾巴。之前她因為沒早些料理灰紋而後悔莫及，這回，她不會再犯下相同的錯誤。

第三十章

豹星瞥了營地入口一眼。虎星什麼時候才會來？從她派黑爪去請他到現在已經過了很久。她又扯下一條松鼠肉，開始咀嚼，其實這種陸地獵物的野味還滿好吃的，她也漸漸適應啃骨頭的感覺。用牙齒把骨頭啃軟一點過後，獵物骨頭其實也不難吃嘛。

太陽逐漸滑向河川，玫瑰色光輝灑在蘆葦床上。族貓們已經在周圍坐下來，開始分食今天捕獲的獵物。滿意的情緒流過了豹星的毛皮，今天每一隻貓都有獵物吃，他們甚至過一陣子就能學會享受森林獵物，畢竟未來多得是機會吃這類獵物。

過去幾天，河族派出去的跨邊界巡邏隊都順利地狩獵回來了。儘管不久前發生大火，雷族領地還是有不少獵物，多到豹星覺得雷族可能不會發現她的戰士帶了那邊的松鼠和小鼠回來。等到河川的冰層消融後，他們就會回去捕魚，但在那之前，豹星可不打算讓全族餓肚子。

無視邊界的感覺真好，她彷彿擺脫了束縛——過去的她怎麼會讓這區區幾條氣味界線，決定她的族貓該餓肚子還是吃飽呢？如果界線的另一邊有獵物，那為什麼要讓貓挨餓？而如果雷族有什麼意見，她也知道影族會站在她這一邊。豹星漸漸發現，邊界這種東西就只存在貓族的心裡，如果這些界線消失了，各族也許都能變得更加強大，大家也都能吃得更好。她愈想愈覺得虎星統一四族的計畫很合理，而且在過去，泥毛和曲星不是都夢想所有貓能和平共處、不必為獵物這種小東西爭鬥嗎？

一開始，虎星只提議從四族縮減為兩族，不過近期，他提出了問題：為什麼要兩族呢？豹星和虎星的觀點相似，他們想必能一同統治部族，不會產生太多摩擦。如果森林裡就只有一個貓族，那就完全沒有戰鬥的必要了。當然，虎星也說道，雷族和風族起初都不會同意，風族從以前就習慣閉門造車，雷族則喜歡對其他部族頤指氣使，很難接受其他部族和他們平起平坐。但只要河族和影族齊心協力，風族和雷族最終都會別無選擇，只能同意共享土地，到時豹星和虎星就能答應和他們和平相處了。

她推開吃到一半的松鼠，在地上躺下，享受這天最後幾道微弱的陽光。喜悅在毛皮下流淌，她感覺泥毛的願景就快要成真了，她將成為拯救河族的貓。因為有她，未來無論是什麼季節，全族都能享受充足的獵物和和平時光。

豹星滿意地注視著族貓。看著木毛、杉皮與矛牙近來習慣了長老窩的生活，矛掌、蘆葦掌與櫻草掌現在都成為見習生了，苔皮也有了天心作伴。

她看著兩隻貓后躺在空地邊柔軟的草地上，天心小口小口吃著蘆葦尾帶給她的小鼠。天心嗅了嗅那隻肥美的獵物，然後嫌惡地皺起了鼻子，一把推開小鼠。是不是因為她懷孕了，所以吃什麼都會覺得噁心想吐？

豹星站起身來，穿過空地。「妳還好嗎？」走到天心身邊時，她開口問道。「要不要我去請泥毛？他應該能給妳一些藥草，讓妳不覺得這麼噁心。」

天心眨眼看著她。「我不覺得噁心啊。」她用一隻爪子戳了戳小鼠。「我只是不愛吃這個而已。」

「妳又不是沒吃過水鼩鼠或柳鶯。」豹星提醒她。「小鼠和牠們味道差不多，吃一吃就習慣了。」

「我不是很想習慣這種味道。」天心煩躁地抽著尾巴。

「我們不能一直仰賴河川，不能只吃河裡的獵物。」豹星告訴她。「有時候，我們就是只有森林獵物可吃。」

「但這是雷族的獵物。」天心喵嗚道。「吃這個感覺……」她遲疑片刻，抬眼端詳豹星。「不太對。」

豹星全身一僵。「不太對？」

「這畢竟是偷來的東西。」天心大膽地直視她。

豹星繃緊身體。「這是妳的族貓辛辛苦苦抓回來的，他們不希望妳挨餓，希望妳吃飽以後小貓也能長得強壯健康。」

天心抬起鼻口。「這是在別族土地上抓到的獵物。」

豹星的毛髮蓬了起來。「最近河川結冰了，我們河族卻沒有挨餓。」天心難道還不滿意嗎？

「那雷族呢？」天心沒好氣地說。「我們偷他們的獵物，他們不就要挨餓了？」

「妳有食物吃就該感激不盡了。」豹星罵回去。她後方的入口通道窸窣作響，但她沒有轉過去看是誰來了。怒火在她腹中點燃。族裡其他貓也都這麼不知好歹嗎？她環視族貓，看見他們像挑食的小貓一般不情願地吃著獵物，她不禁惱怒地抽動尾巴。這些貓難道沒意識到，若不是有她，他們現在都得餓肚子了嗎？豹星再次轉向天心。「妳的任務就是好好填飽自己的肚子，確保小貓都長大成為健康的戰士！」

逐漸接近的腳步聲在豹星身邊停了下來，虎星的氣味掃過她的鼻口，是影族族長來了。豹星全身一僵，她不想讓虎星看見族貓們這副不領情的模樣，但虎星已經盯著天心不想吃的那隻小鼠了。

虎星伸出一隻大爪子，勾起小鼠，把獵物懸在貓后面前。「妳應該把每一塊肉都吃乾淨才對。」他讓小鼠掉到地上。「否則豹星會以為妳不希望肚子裡的小貓健康成長。」

天心怒瞪他一眼，再次推開小鼠。「我愛吃什麼就吃什麼，你管不著。」她罵道。

虎星陰沉地彈了下尾巴。「吃掉。」他低吼道。

天心看向豹星。「妳要讓他對我發號施令嗎？不阻止他嗎？」

豹星猶豫了。讓別族族長對她的族貓下命令，感覺的確很奇怪，可是在不久過後，他們也都會成為虎星的族貓。豹星就是為了這件事邀請他過來，他也是為了這件事前來——她打算同意虎星的提案，讓河族與影族合併為一個部族。她朝那隻小鼠點點頭。「他說得沒錯。」她喵聲說。「妳應該為肚子裡的小貓著想，把獵物吃乾淨。」

天心眨眼看著豹星，然後環顧空地，彷彿在等哪隻族貓站出來幫她說話。

虎星沒有從貓后身上移開目光，全河族都惴惴不安地盯著他，豹星自己也不自在地動了動身體。**我必須出言支持他。**他必須要知道豹星會支持他，全族也必須要知道，情勢即將發生變化。如果要確保族貓們每晚都有獵物可吃，豹星就只有這條路可選了。

「吃掉。」她對天心說。

灰色貓后的耳朵平貼在頭頂。

「吃掉。」豹星厲聲說。

天心桀驁不馴地盯著她片刻……然後低下頭，咬了一口。

「全部吃完。」虎星沉聲說。

豹星看著天心慢慢吃小鼠，自己的腳爪不禁刺痛起來。她雖然心裡感到不舒服，但貓后今晚一定會吃得飽飽地入睡，等小貓健健康康地出生以後，他們也絕不會挨餓。

天心吐出小鼠骨頭之後，虎星把骨頭拉過來。「妳這幾天黎明都別讓她碰獵物比較好。」他對豹星說道。「讓她嚐嚐餓肚子的滋味。」

豹星瞥了他一眼。他對自己族貓都這麼嚴厲嗎？「那的確能讓她學會知足惜福，」她對虎星說，「但她終究是貓后，我們必須照料她的小貓。」

然而，虎星似乎沒聽見她這句話，他盯著地上的小鼠骨頭。「從現在開始，你們把所有的獵物骨頭都保留起來。」他看向空地各處那一小堆、一小堆的骨頭。「我用得上。」

戰士要這些骨頭做什麼？豹星好奇地瞟了他一眼，卻沒有發問。他們現在有更重要的事情得討論。她朝蘆葦通道的方向轉頭，用鼻子一指。「我們去議事吧。」

豹星領著虎星走出營地時，感到一絲滿意。這位高權重的虎斑貓特地穿過四喬木空谷，大老遠走到她的營地，就為了聽她一言。虎星需要河族，豹星想到這點就覺得很得意。

到了營地外，她在河邊停下腳步。「我考慮過你的提案。」她對虎星說。「我心裡有了想法。」

虎星坐下來，平整的毛皮反射暮光。「看到黑爪來找我時，我很高興。」他喵嗚道。「特別是聽他說妳有事情要和我商量時，我更開心了。」他豎起耳朵。「妳要告訴我的應該是好消息吧？」

「我聽取你的建議，擴大了狩獵巡邏隊的範圍。」她告訴虎星。

「意思是，你們到雷族領地狩獵囉？」他的鬍鬚抽了一下。「我剛才就在想，那些聞起來像是雷族的獵物。」

「我現在明白了，邊界只會使我們的生活變得困苦，而我們根本就沒必要過那種辛苦生活。」豹星喵嗚道。「戰士憑什麼不能在他們喜歡的地方狩獵？為什麼要因為一條氣味界線就放著好端端的獵物不吃，硬要自己餓肚子？」

「邊界造就了飢荒。」虎星喵聲說。

「只要部族數量減少，大家能吃的獵物就會增加。」

「沒錯。」他舔了舔腳爪，用腳爪理順耳朵毛髮。「意思是，妳終於做好改變現狀的準備了嗎？」

「是的。」豹星腹中爆發興奮的火花。

「妳同意讓河族和影族合而為一了？」

她還沒和石毛討論過這件事，因為她知道副族長絕不可能同意。他的毛皮下流著雷族的血，怎麼可能同意和影族結盟對付雷族？但這是正確的選擇，到最後石毛就會知道了，雷族與風族也將會認同豹星和虎星的看法。這對所有貓而言都是最好的選擇，更重要的是，這對河族而言是最好的選擇。「到時我們兩個會地位相當，對吧？」豹星問道。「我們會聯手統治部族，對吧？」

「那當然。」虎星圓滑地喵嗚道。「我們會公平地分享一切。」

「你在採取任何行動之前，也都會先和我討論過，對吧？」

「我從以前就一直很重視妳的想法。」這倒是沒錯，即使在曲星與泥毛質疑她時，虎星也一直很尊重她。「這將會拉開貓族新時代的序幕。」他接著說道。「一旦所有部族都接受統一，認同這條最好的前進路線，每一隻貓都能享有和平與充足的獵物。」

豹星的心撲通撲通狂跳。她再也不必看到族貓餓肚子，而且雷族與風族也會尊重她。她昂起鼻口，一股新的能量竄遍了全身毛皮。「那好。」她喵嗚道。「我們就這麼辦，合併成一個部族吧。」

虎星甩了甩尾巴。「非常好。」他望向河川對岸，東昇的月亮灑落，他那雙琥珀色眼眸映著月光。「只要和河族並肩而戰，影族就永遠不會打敗仗了。我們將合併為虎族，成為全森林最凶猛的狩獵者與戰鬥者，媲美與我們同名的祖先。」

豹星對他眨眼。「我們也可以取名叫豹族啊。」

虎星看著她。「這些細節晚點再談吧。」他呼嚕道。「我們一定能合作無間，重新塑造整片森林。」他站了起來。「我等不及回去告訴族貓了。我們明天在四喬木見面，把妳所有族貓都帶來，讓他們和我的族貓互相認識。」

「好啊，不過——」豹星還沒說完，虎星已經快步跑走了。他比豹星想像中興奮許多，畢竟他許久以來的計畫終於要實現了。

豹星蓬起毛髮。這會是新的開始，未來無數代貓兒都會記得她今日的決定，她將成為後代貓兒稱頌的傳奇。

這時，她全身一僵，只見營地外牆邊的陰影中，一個形影在移動。她走過去，毛髮蓬了起來。「是誰？」

她張口嚐空氣時，泥毛走到了月光下。

「你剛剛在偷聽嗎？」她為什麼感到內疚？她是族長，當然可以代表全族做決策。

「你們說的話，我全都聽見了。」泥毛眼神陰翳。「妳確定妳知道自己在做什麼嗎？」

「當然確定。」豹星不悅地說。「河族以後就能過上好生活了。」

「我不信任虎星。」泥毛走近一些。「他感覺很危險。」

「他不過是渴望和平而已。」

「合併影族和河族，就能得到和平了嗎？」泥毛似乎一點也不認同這個想法。「其他部族不會將這件事視為對他們的挑戰嗎？」

「即使他們如此認為，他們也不敢對我們宣戰。只要合併兩族的力量，我們就會變得非常強大。」

「有些事情比力量更重要。」泥毛喵聲說道。

豹星硬生生吞下了滿腔惱怒。「沒有比餵飽族貓更重要的事。」

泥毛瞇起雙眼。「那妳樂意遵從虎星的命令嗎？」

「我們會是平等的領袖，共同領導部族！」豹星甩著尾巴說。「虎星親口說過。」

泥毛低哼一聲。「好啊，虎星說的話想必都算數。」

「別一直扭曲我說的話！」豹星儘量不讓毛髮蓬起。「你忘了你從前的預言嗎？是你說過我會拯救河族的，我這不是找到了拯救部族的方法嗎？你就是在挑毛病！」

「和影族合併並不能解決河族的問題。」他陰沉地喵嗚道。「那樣只會摧毀河族而已。」

「你又怎麼知道？」豹星罵道。

「他當初離開雷族後就成了影族的族長。」泥毛喵嗚道。「妳都不覺得可疑嗎？」

「是火心礙到他。」豹星挺胸說道。「只有在同意接下影族族長職位的情況下，他才有可能改變貓族的現狀。」

「貓族需要改變嗎？」

豹星實在不敢相信他會說出這種話來。「每一次河川結凍或氾濫，你的族貓就得餓肚子！現在這種事情再也不必發生，我看得很清楚，虎星也看得很清楚，為什麼就只有你不明白？」

「在我看來，虎星眼裡除了權力以外，什麼都沒有。」

「反正你誰都不信任！」豹星豎起了全身毛髮。「你從以前就不信任我！」

「但是我很想相信妳。」他喵聲說道。「即使到了現在，我還是很想相信妳。」

「那為什麼要質疑我？你說過我會拯救四個貓族的，那就讓我去救啊！」

月亮高掛在天上，泥毛後方的天空一片靛藍，他雙眼如流水般閃耀。「當初說妳會拯救貓族時，我是全心全意相信自己的預言，但現在……」他的喵嗚聲悄悄淡去。

但現在？豹星突然覺得口乾舌燥。他在說什麼？他認為自己錯了嗎？他不再相信她了？豹星還以為河族和影族合併的這項計畫能夠證明她就是最合適的河族族長，驅散父親在她當上副族長後的所有疑慮。可是泥毛的說法卻與她的希望背道而馳？

從小到大，豹星只是想要父親相信她而已，她一直努力讓父親對她刮目相看，現在卻走到這境地。她的心似乎裂成了兩半，但她昂起下巴。「族長是我。」她低吼。「不是你。在你說出令你我雙方都後悔的話之前，還是三思吧。」可是，現在說這些都太遲了。豹星好想聽父親收回前言，想聽他承認自己錯了、剛才那些都不過是氣話而已。

泥毛的眼神黯淡下來。「會後悔的貓不是我。」他哀傷地喵嗚道。「在乎河族的不只有妳一個，作為妳的巫醫貓，我有義務道出星族對我透露的真相。」

豹星瞪大眼睛。這是對她的威脅嗎？難道泥毛打算在族貓面前否定她？「你這話是什麼意思？」她厲聲問道。

不過泥毛並沒有回答，而是默默點頭，轉身走回營地。

⚡⚡⚡

「所有年紀夠大、能夠游泳的貓，請聽我一言。」豹星站在空地中央，明亮的晨間陽光照在她的毛皮上，帶來那麼點暖意。她昨晚幾乎沒睡，泥毛的話語一整夜都在她腦中迴響，即使在飄入夢鄉後，她還是夢到自己被河流沖走時，泥毛轉身背棄她——然後她猛然驚醒。

豹星蓬起毛髮，試圖壓下拖著她全身骨頭的疲倦。族貓們聚集過來了，她卻幾乎沒注意到他們，只看見泥毛走出巫醫窩加入族貓，毛皮上還沾著一些藥草的碎屑。

「泥毛有要事在身，必須暫時離我們而去。」豹星不顧族貓們驚訝的竊竊私語，目光緊鎖在父親身上。

泥毛直直盯著她，眼神沒透露他內心的想法。

「過去幾個月，我們因為綠咳症失去了太多貓。」她喵嗚道。「其中還包括曲星。但是我聽到傳聞，根據一些獨行貓的說法，好像有一種藥草能治癒綠咳症。這種植物有著粉紅色的圓形葉片，生長在山上的岩縫中。」

「它叫什麼？」莎草溪期待地對她眨眼。

「我不知道。」豹星對她說。「但相信泥毛看到它時就能認出它。我也相信，泥毛必定能找到這種藥草。大家想想，如果我們能找到治癒絕症的藥草，那該有多好。」

苔皮開心地彈著尾巴。「那就再也不會有小貓死於綠咳症了！」

「我們面對的挑戰就會少一種。」木毛喵聲說。

杉皮焦慮地看著泥毛。「你會獨自去找藥草嗎？」

但泥毛仍然注視著豹星。「我會嗎？」他問道。

豹星的爪子刺入地面。她決定請泥毛暫時離開時，沒有先知會他，而他們昨天的對話泥毛想必還印象深刻。他會不會在全族面前挑戰她？「獨自行動的話，速度會快很多。」豹星語調平穩地喵嗚道。「而且最近獵物稀缺，我們需要每一位戰士都留下來狩獵，以餵飽全族為優先考量。」

獺潑皺起了眉頭。「為什麼一定要現在去？怎麼不等新葉季再去呢？」她問道。「到時候天氣會比較好。」

「綠咳症往往在禿葉季重創部族。」豹星告訴她。「而且，我聽說這種藥草在這個時節的效力最強。」這是謊言，但是必要的謊言。她說的藥草根本不存在，她自己知情，泥毛也心知肚明。泥毛仍注視著她，尾巴來回抽動，不過他不會反駁，否則他早就出聲了。

豹星和虎星忙著創建新部族、改變整座森林時，必須先支開泥毛，以免他成天質疑豹星的決策，惹得她也開始懷疑自己。過去那種自我懷疑的生活已經結束了，豹星現在就是族長，不需要任何一隻貓來干擾她統領部族。

第三十一章

「謝謝你。」石毛將一隻兔子放到她腳爪邊時，豹星對他點頭說道。

石毛小心翼翼地端詳她，然後轉身離開，在暮光下化為一道黑影。他也許感受到了豹星對他的不信任，或者他還在為鋸齒與圓石住進河族營地的事感到不自在。

那兩隻影族貓是虎星派來協助她的，在族貓們漸漸適應新制度的這段時期，他們會設法支持豹星。話雖如此，那兩隻前惡棍貓一直沒能得到河族眾貓的信賴，他們不肯隨其他戰士出去狩獵或巡邏，而是宣稱自己奉虎星的命令待在營地裡，確保營地不受雷族或風族侵擾。

兩隻粗壯的公貓現在也沒和族貓們坐在一起，而是在一旁分食一隻小鼠，同時觀察著河族眾貓。豹星已經告訴過戰士們，他們現在都是族貓了，營地裡有更多戰鬥者可以幫忙抵禦外敵，大家應該感激才是。現在他們都是虎族的一部分了，雷族與風族隨時可能會發動反擊。

黑爪與蘆葦尾似乎接納了那兩隻貓，天心也是。族裡其他貓就沒那麼肯定了，不過自從鋸齒和圓石到來後，其他族貓就不再質疑和影族合併這個決定是否明智了。豹星暗自鬆了口氣，這樣一來，她就不必一再對族貓解釋這個決策背後的理由。這都是為他們好，他們很快就會意識到這一點。在那之前，即使是心懷異議的族貓也不得不承認，現在他們可以到四喬木空谷另一邊的影族地盤狩獵，還不時進入雷族與風族領地狩獵，獵物充足多了。

豹星瞄了入口通道一眼。虎星很快就會過來，他通常都在這個時間來確認虎族的河川戰士們抓到了足量的獵物，每次看到他，豹星也都會安下心。虎星總是能令她安心，她一見虎星就更加確信，自己帶著河族加入虎族是正確的選擇。

蘆葦牆另一側傳來腳步聲，豹星站起身來，嗅到虎星的氣味時她期待地抽動著鼻子。虎星穿過通道，但沒有像平時那樣穿過營地來向她打招呼，而是向她彈了下尾巴。「妳過來。」他雙眼放光。「我有東西要給妳看。」

石毛抬起頭來。「要我一起去嗎？」豹星知道他不信任深色戰士，不過他從未把這句話說出口。

虎星瞪了副族長一眼。「這不是給半族貓看的東西。」

石毛別過頭。現在全族都知道他和霧足的母親是藍星，這是石毛親自告訴大家的，他也許猜到豹星已經發現了祕密，認定自己坦承真相比等著其他貓揭露祕密來得安全。

「豹星，妳來不來？」虎星不耐煩地抽了下耳朵。

豹星起身跨過石毛帶給她的兔子，食物等等再吃也行。她好奇得腳爪發癢，不知道虎星想讓她看什麼東西？

她加快腳步才追上沿河岸行走的虎星。「是什麼東西？」她一面問，一面放慢腳步和他並肩行走。

「妳等等就知道了。」虎星甩著尾巴，這位虎斑戰士很顯然有什麼心事。

「事情都還好嗎？」豹星問道。

他瞟了她一眼。「妳還打算讓石毛和霧足當小羽和小暴的導師嗎？」

虎星顯然不贊同，但豹星仍然是族長，最終的決定權在她身上。她蓬起了毛髮。「是啊。」

「我認為妳這是在冒險。」虎星低哼道。「妳讓半族貓訓練年輕的半族貓，這樣太危險了。如果讓叛徒朝夕相處，他們只會互相鼓舞而已。」

「他們不是叛徒。」豹星雖然對他們的雷族血脈懷有戒心，但她沒在那四隻貓身上看出任何不忠的跡象，他們都非常努力要融入河川戰士群體。「我表現出對他們的信賴，他們才比較有可能會支持我。」

「妳需要他們支持嗎？」

「我需要所有族貓的支持。」豹星告訴他。

「讓其他貓支持妳的方法，並不是獲得他們的信賴。」虎星喵嗚道。「只要讓他們看到不支持妳的下場，他們就自然會選擇支持妳。」

豹星瞅了他一眼，為他陰沉的表情感到惴惴不安。

她和虎星並肩走在逐漸黯淡的天空下，腐肉氣味飄到她的鼻口前，變得愈來愈濃烈。虎星領著她經過溼草原，來到蘆葦包圍的寬闊、平坦空地。這裡的腐肉氣味強烈無比，豹星忍不住皺起鼻子，瞇起雙眼。空地另一頭那一堆東西是什麼？

虎星快步走過去，在那堆東西前停下。「天心拒絕吃小鼠時，我突然有了靈感。」

豹星跟著走過去，赫然發現那是一堆骨骸。她皺起眉頭，影族該不會決定把垃圾都丟到這邊來吧？「你的領地就沒有地方丟垃圾嗎？」

虎星後頸的毛髮抽動了一下。「現在這全部都是我的領地了。」他沉聲說道。

「全部都是我們的領地。」豹星糾正他。

「那當然。」他瞥了豹星一眼。「反正，這不是垃圾。」他的目光掃過骨骸堆，這座小丘高到能夠爬上去了。「這是紀念碑。」

「紀念什麼用的？」在豹星看來，在離小島營地這麼近的位置弄一大堆臭氣熏天的骨骸，實在不太明智。

「這是要提醒我們所有的族貓，大家都該為自己的食物感恩惜福。」虎星喵嗚道。「一看到這堆骨頭，他們就會認知到自己吃了多少獵物，慶幸自己身為虎族的一員。」

不得不說，這堆骨骸的確很壯觀，任何一隻貓看見都得承認虎族貓吃得非常好。但是當虎星跳到小丘頂，轉身俯視她時，豹星還是忍不住驚訝地微微一抖。

骨骸在虎星腳爪下挪動，其中幾塊被他的重量壓歪，從兩旁滾了下來。

「這是個適合對部族致詞的好地點。」他環顧昏暗的空地。「從今以後，我們虎族的會議都在這裡舉行。」

豹星瞇起雙眼。她之前就在想，虎族該在哪一處營地舉辦全族集會，這還是個未解的問題。

虎星接著說下去。「妳之前說過，無論我們選在哪一個營地開會，都是對那一族的偏袒。」他喵嗚道。「如此一來，我們就能夠做到公正無私了。」

豹星感到十分滿意，骨骸堆位於過去屬於河族的土地上。虎星站在小丘頂部俯視，在逐漸黯淡的天空下映出威嚴的形影。「我在這邊也看得到蘆葦床後方的事物。」他喵嗚道。「這裡很適合當作瞭望臺，隨時可以注意到敵軍來襲。」

豹星動了動腳爪。「你覺得風族和雷族會攻擊我們嗎？」

「他們不得不攻擊我們。」虎星喵聲說。「我們現在比他們強大，如果要保住領地邊界和獵物，他們就必須設法削弱我們虎族。」他輕巧地跳下骨骸堆，落在豹星身旁。「因此，我們必須先下手為強。」

豹星皺起了眉頭。「我們不先和他們談判嗎？」她喵嗚道。「也許有機會說服他們加入我們，沒必要開戰。」

「火星現在是族長了。」虎星嫌惡地咧嘴。「他費這麼多力氣才終於得到大權，妳覺得他會想分享這份權勢嗎？」

豹星知道他說得沒錯。「那我們可能有機會說服風族啊。」她喵聲說。

虎星低哼一聲。「風族會對雷族唯命是從。」

「藍星都已經死了，他們還會聽雷族的話嗎？」

「藍星死後，風族更會聽命於雷族。」虎星雙眼一閃。「火星想必已經和高星談和了，他們搞不好此時此刻正在計劃對我們的反擊行動。」

豹星無視胸中鼓譟的焦慮情緒。「如此一來，我們就得盡快進攻了。」她喵嗚道。

「而且我們必須同時對兩個部族發動攻擊。」

「這樣好嗎？」虎星靠近一些，豎起耳朵。

「我們必須一舉消滅他們兩族。」豹星告訴他。「假如我們單獨攻擊風族，那風族倖存者就會逃去雷族。如果我們只攻擊雷族，那雷族倖存者則會投奔風族。但如果一口氣對兩族都發動攻擊，那倖存者就無處可去，只能歸順虎族了。」

「我從以前就知道妳善於戰鬥，也非常勇敢——」虎星尊敬地頷首。「沒想到妳還是個戰略家。」

豹星挺起了胸膛。「我不過是稍微推論一下，沒什麼了不起的。」

虎星的目光飄向蘆葦叢。「如果要同時攻擊風族和雷族，我們需要更多貓助陣。」

「或許可以說服幾隻風族和雷族戰士背叛他們的族長，他們其中一些貓也許會認同我們的想法，認為所有貓族統一後，他們就不必面對戰爭與飢荒了。」她期待地對虎星眨眼。他會不會也對這個想法讚賞有加呢？

虎星眼中閃過一絲精光，豹星從沒看過他這種表情。她有點不自在地蓬起毛髮。

虎星走近一些。「妳為什麼一直沒有和公貓結為伴侶？」

豹星感覺全身發熱，他這是在和她調情嗎？「那是我自己的選擇。」她喵聲說。

「感覺好可惜。」

「我想要把自己的一生都奉獻給部族，」豹星告訴他，「而不是單獨一個戰士。另外，我也不想被小貓綁死。」她猶豫片刻。「族貓感覺就像我的親屬一樣，我不想只照顧自己的小貓，而是想照顧所有族貓。」

虎星的氣息輕輕吹在她的鬍鬚上。「聽上去很孤單呢。」

「我不孤單。」她遲疑了——近幾個月，她的確有些孤單。「至少，一開始不會。但現在我成為族長，總是感覺自己和族貓們之間多了一層隔閡，也許是因為我和他們不同了吧。」

虎星凝視著她。「不過，妳我之間沒什麼不同。」

豹星別過頭，心臟怦怦亂跳。他很懂她。「我不介意這種孤獨，雖然還是會想念泥毛……」她又頓了頓。當初叫父親離開部族，真的是正確的選擇嗎？即使和父親意見相左，她還是一向感到和父親之間的親近，這是真正的親屬才能體會到的親近感。

虎星又靠近一些。「泥毛？」

「這都不重要了。」她微微後退。「總之，我不介意這種孤獨。反正這都不重要，重點是如何讓部族變得更加強大，完全發揮部族的潛力。」

虎星惋惜地注視著她，然後嘆了口氣。「只可惜我們時機不對。」

豹星脖頸的毛髮豎了起來。

他一甩尾巴。「我該回影族營地了。」他語調俐落地說。「我可能有辦法網羅更多貓來協助我們同時擊敗風族和雷族。」

「你有辦法？」豹星興奮地注視著他。「是什麼方法？」

「我先去研究。」虎星喵嗚道。「晚點再告訴妳。」他從豹星身旁走過。

豹星目送他離去，尾巴根部的毛髮微微抽動。**只可惜我們時機不對。**她突然很好奇，換作在不同的時間點，她和虎星是不是有可能共築未來呢？也許以後還有機會呢。但是她拋開了這個念頭。**別鼠腦袋了，重點是妳的部族。**她堅決告訴自己。**這件事的重點才不是妳自己。**

下了一整個上午的小雪終於停歇，被午後陽光取而代之，可是吹來的風仍然冰冷。全族都等著接下來的見習生儀式，這時石毛對豹星微微點頭。「今晚是巫醫們的半月集會，我是不是該在通往月亮石的路上等著，跟其他巫醫說泥毛不會出席？不然他們可能會很好奇他為什麼缺席。」

豹星眼神銳利地打量他。「那你打算怎麼對他們解釋？」

「就說他去找藥草了啊。」

「不行。」豹星的尾巴抽動。其他巫醫可能會看穿她為了把泥毛支開所捏造的故事。

「我們等泥毛回來再看看他有沒有找到藥草好了，免得白白讓其他巫醫失望。」

「希望他早日回來。」石毛今天似乎特別焦慮。「部族不能沒有巫醫貓。」

「我們有鼻涕蟲。」豹星提醒他。

「但他都睡在影族營地，如果這裡發生什麼問題，他還得花很長一段時間才——」

「現在沒有影族了！」豹星喵聲譴責道。「就只有虎族而已。」

「無論如何，如果我們這邊有貓生病，他還是得大老遠跑過來。」石毛指出。

「你別沒事自找麻煩。」豹星別過了頭。他為什麼偏要這樣鑽牛角尖？他這是在用自己的方式批評豹星嗎？豹星伸了伸爪子。也許虎星說得對，也許她確實不該如此信任石毛。她嚥下滿腔厭煩。

虎族的實力遠遠超出了雷族與風族，而虎族最強大的成員，就是它的河川戰士。驕傲之情湧上豹星心頭時，蘆葦通道窸窣作響，她訝異地瞪大眼睛，看著虎星走進營地。黑足跟在他身後，黑足身旁還有一隻豹星沒見過的公貓。陌生公貓擁有一身黑色毛皮，其中一隻腳爪是白色的，雖然他體型嬌小，那雙冰藍色眼眸卻閃爍著凶惡的光芒，令豹星腹中一緊。他脖子上戴著項圈，莫非是寵物貓？豹星定睛一看，發現那是紫色的項圈，上面鑲嵌著看起來像牙齒的東西。豹星全身一顫。虎星為什麼要帶這隻相貌凶惡的貓來營地？

「嗨，豹星。」虎星蓬起了毛髮，高舉著尾巴。

豹星對上他的視線。「你怎麼來了？」

「我得時時注意你們這邊的狀況，畢竟大家都知道，妳手下其中幾位戰士……他們可能稱不上忠貞不二。」他的目光掃過暴掌與羽掌，嫌惡地噘起嘴，令兩隻見習生緊張地交換了個眼神。

「我相信所有族貓。」豹星簡短地喵嗚道。虎星經常向她提起這件事，他還是不認同豹星的選擇，認為半族貓不該留在虎族。

虎星走到空地上，黑足與另一隻公貓也跟了過來。他們走近時，豹星皺起鼻子。他們怎麼身上都是血腥味？就不能在來之前先洗個澡，乾乾淨淨地來訪嗎？

豹星瞇起了雙眼。「可惜現在河川結冰了。」她意有所指地喵嗚道。「如果你們游泳過河，就不會帶著滿身新鮮獵物堆的臭味出現了。」

陌生公貓眼裡閃爍著笑意。「你朋友似乎不喜歡兔血的氣味呢。」他喵聲說。「河川貓都這麼怕溫血獵物的味道嗎？」

豹星直直對上他的視線。「不是溫血的問題。」她不悅地說道。公貓的鼻子與鬍鬚都沾著血。「是你渾身是血的問題。你難道不知道怎麼清洗身體？」

虎星的尾巴不祥地彈了一下。「對我們這位朋友尊重點。」

他又不是我的朋友。豹星沒把這句話說出來。虎星今天似乎心情不好，豹星不想惹怒他。「他是誰？」她改口問道。

「這是鞭子。」虎星喵嗚道。「他提議要幫我們解決戰士數量不夠的問題。」

鞭子走上前，繞了羽掌和暴掌一圈，滿臉興致地盯著他們。「聽說這兒有半族戰士，是嗎？」他喵聲說。

「他們是見習生，還不算是戰士。」豹星感到一絲恐懼，羽掌和暴掌突然顯得再脆弱不過。「他們年紀還太小，沒辦法參與戰鬥。他們就連戰士名都還沒有。」

虎星嗤之以鼻。「他們對我們來說也沒什麼用處。」他冷笑著說。「就連一支由狐狸組成的巡邏隊也比半族貓可信。」

羽掌揚起了尾巴。「你亂講！」她喵嗚道。「我們跟其他河族貓一樣可靠。」

虎星走向她。「妳是說虎族吧？」

羽掌後退幾步，毛皮連連波動。「對。」她趕緊喵聲說。「是虎族。」

石毛上前把她擋在自己身後，面對著虎星。「羽掌和暴掌都是忠誠的族貓。」他語氣平穩地喵嗚道。「我和霧足也同樣忠誠。」

虎星湊向他。「你們是對誰忠誠？」他嘶聲問道。「是虎族呢，還是雷族？」

霧足擠到哥哥面前。「當然是虎族。」

虎星臉上露出笑意。「那就表示你們對雷族不忠了。」他沒給霧足反駁的機會，而是接著掃視附近圍觀的所有族貓。「這就是半族貓的問題所在，他們終究只能半忠誠於一族。」他的目光落在豹星身上，沒有移開。「又或者，他們完全忠誠於雷族。」他尾巴一甩。「誰知道他們是不是雷族派來的間諜呢？而妳卻讓他們訓練另外兩隻半族貓。」他貼平了耳朵。「我甚至開始懷疑自己當初的選擇，我怎麼會和一個間諜幾乎和戰士一樣多的部族合流呢？」

木毛踏上前，全身毛髮都豎了起來。「河族才沒有間諜！」

「虎族！」虎星轉向豹星。「妳的戰士怎麼連新的族名都記不得？」他罵道。「妳沒對他們說過他們現在該追隨的領袖是誰嗎？」

杉皮走到木毛身邊，怒瞪著虎斑戰士。「那你說，我們該追隨的領袖是誰？」他問虎星。「難不成是你？」他的目光落在豹星身上。「妳放棄了其他一切，難道連族長都不想當了嗎？」他問豹星。

豹星的心跳加速，忽然間，她感覺自己彷彿在淺水中抓魚，爪子卻一條魚也勾不到。她豎起了後頸毛髮。「我什麼都沒放棄。」她惡聲對杉皮說道，然後轉向虎星。他竟然讓她在族貓面前丟臉。「跟我來！」她走向蘆葦通道，矮身鑽出營地，看見虎星帶著黑足與鞭子跟出來，她暗暗鬆了口氣。

她停下腳步瞪著虎星時，嬌小黑色公貓雙眼一亮。

豹星強迫自己的毛髮貼平身體。「你為什麼要這樣？」他難道想讓半數族貓對他產生不滿嗎？「我們應該要聯手對付風族和雷族的，現在怎麼感覺像是你在對付我！」

虎星瞇起眼眸。「我擔心妳變得太像藍星了。」

「我哪裡像她！」

「是嗎？」虎星皺起鼻口。「藍星當初就是受寵物貓哄騙，放棄了手裡的權力。而妳呢，妳居然讓半族貓作主。」

「他們沒有作主！」

「其中一隻半族貓可是妳的副手！」虎星罵道。

石毛從營地鑽了出來，焦慮地看著豹星。「都沒事吧？」

「沒事的。」豹星安慰他。

虎星硬把鼻口湊到灰色副族長面前。「半族叛徒，你能活著就該偷笑了！」

聽到他凶狠的喵嗚聲，驚恐的火花竄過豹星的毛皮。石毛毛髮直豎，瞪大雙眼。深色虎斑貓說得太過分了。

「石毛。」豹星對副手點頭說道。「你去找羽掌，好好訓練你的見習生。」

但石毛仍然盯著虎星。「在他走前我不會離開妳的。」他告訴豹星。「我是副族長，第一要務就是保護族貓。」

「我現在也是你的族貓。」虎星嘶吼道。「而且，誰說你是副族長？」他看向黑足。「虎族已經有一個副族長了，我才不會指派你這種癩皮貓當副族長呢。」

豹星忿忿不平地蓬起了尾巴。「你做這個決定時，可沒有經過我的同意！」

虎星看著她。「那妳要反對嗎？」

豹星全身一僵。她不想在石毛面前和虎星討論這個，更不想在鞭子與黑足面前說這些。她對石毛點點頭。「這件事由我來處理就好。」她告訴他。「你回營地吧。」

「是啊，半族蛇。」黑足低吼道。「還不快回去照顧你的半族見習生。」

鞭子坐了下來，顯然很享受石毛被羞辱的模樣。

石毛瞥了豹星一眼，眼中含有疑問。

豹星不自在地動了動腳爪，然後別過頭。「去吧，羽掌還在等你。」

石毛轉身，甩著尾巴走回營地。鞭子與黑足開始大聲呼嚕笑。

豹星轉向虎星。「你沒必要做這種事。」她沉聲說。

虎星眉頭一皺。「妳為什麼要聽半族貓的話？」他喵嗚道。「妳為什麼要讓他們留下來？他們只會使虎族變得弱小。」

因為他們是我的族貓。豹星嚥下了這句話。如果現在破壞她和虎星的協議，那河族就得獨自面對三個敵對部族了，她必須安撫虎星。虎星不過是今天心情不好而已，他很欣賞她的，從以前就一直很欣賞她。虎星只是想在鞭子面前顯威風，他等等就會意識到自己的表現有多麼差勁。「我們談些別的吧。」豹星喵聲說道。

「我就是想談這個。」虎星嘶聲說。「我不希望虎族因半族貓而變弱。只要我們的戰士中存在半族貓，我們就存在弱點。石毛顯然不認同我們的盟約，妳能肯定他沒轉而向雷族求助嗎？火星可能已經下令要他背叛我們了。」

豹星腹中一緊。她已經被背叛過一次，上次是灰紋在戰鬥中倒戈，而他的小貓現在還在族裡。她真的能相信灰紋的小貓嗎？要是石毛真的向雷族投誠了，那怎麼辦？他最近的確常常抱怨。豹星的腦子飛速運轉著，她必須確保部族安全無虞。「不然，我們流放他們吧。」她上次暫時把泥毛趕走，效果還不錯，最近泥毛不在族裡，就沒有貓讓她懷疑自己了。如果她把霧足、石毛與他們的兩位見習生一起流放到境外，就能完全確保營地裡沒有叛徒。況且，霧足與石毛還是遠離虎族比較好，虎星很明顯在處處刁難他們，不讓他們好過。還有羽掌與暴掌，他們現在年紀還太小，無法為自己爭取任何權益。如果他們都離開，他們就不會再受虎族威脅，虎族也就此安全了。

「流放他們？」虎星嗤之以鼻。「妳想把他們直接送到雷族的腳掌中嗎？」他接著說道。「妳想讓他們把虎族所有的機密都告訴雷族嗎？」

「那不然我們還能怎麼辦？」豹星喵聲說。

「我們還能怎麼辦？」虎星瞥了黑足與鞭子一眼，那兩隻貓意味深長地交換個眼神，虎星則轉回來面對豹星。「妳猜猜看？」

豹星感到一股滲入毛皮的寒意，只能努力不讓尾巴毛髮蓬起。虎星這是在威脅石毛的性命嗎？剛才他對河族副族長說活著就該偷笑，豹星還以為那只是在其他貓面前顯威風的一句空話，但也許那是虎星的真心話。他是不是也想殺死霧足，還有羽掌和暴掌？

豹星瞄了鞭子一眼。一定是這隻公貓對虎星造成了不良的影響，虎斑戰士從前可沒說過這種話。**除非是我看走了眼。**想到這裡，豹星呼吸一滯。她從前一直很欣賞虎星冰冷而堅定的心志，難道那其實就是純粹的惡意嗎？

「你必須先徵得我的許可，才能殺我們的族貓。」她儘量保持平穩的語調，對上虎星的目光。虎星閃閃發亮的眼睛直視著她，但她還是說下去。「我們之前就說好，所有決策都必須共同制定與執行，你忘了嗎？」

虎星沒有動，眼睛卻如蛇眸般閃耀。「妳是不是以為我還需要妳？」

豹星的腳爪彷彿化成了石頭。「你確實需要我。」她沉聲說道。

「當真？」虎星的喵嗚聲透出了滿滿的不屑。「在我看來，妳的貓都不聽妳的話了，那我又何必聽妳的？」

「他們當然聽我的話！」

「妳決定加入虎族時，有多少貓支持妳？」

「他們全都支持我。」豹星不肯退讓，不過她心裡很清楚，自從她宣布河族將成為更大、更強的虎族的一部分之後，族貓們就一直懷有怨言。

虎星瞇起雙眼。「但就連長老也不服從妳的命令。」他冷笑道。「妳放棄了其他一切，難道連族長都不想當了嗎？」他模仿杉皮喵嗚道。他繼續說，豹星感受到排山倒海的驚慌。「虎族的領袖是誰，大家想必都看得很清楚。」他低吼道。「妳無法得到族貓的忠誠，那就由我來做到。」

「怎麼做？」豹星昂起鼻口。族貓連她的意見都不認同了，怎麼可能認同虎星呢。

虎星湊近她。「用恐懼。」他鼻口沾著的血腥味淹沒了一切，豹星感到一陣噁心。「妳的族貓會對我唯命是從，因為他們知道不聽話的後果。第一步就是囚禁他們的半族朋友，當他們看到妳默默袖手旁觀時，就不會有任何貓懷疑虎族真正的領袖是誰了。」

「你怎麼知道我會袖手旁觀？」豹星費盡了全力才克制住顫抖。

「我就是知道。」虎星喵聲說。「黑足和鞭子知道，我手下其他所有的戰士也都知道。只要我一聲令下，他們都願意為我赴死。」

豹星動彈不得，感覺自己化成了寒冰。虎星不是很喜歡她、很尊敬她嗎？她之前很確信虎星喜歡她。**只可惜我們時機不對。**從上次在骨丘那場談話到現在，究竟發生了什麼變化？他為什麼會變成這樣？

豹星還來不及開口發問，虎星已經轉身。「我們不久後就會回來解決你們這裡的半族問題。」他惡聲說道。「到時妳最好站在我這一邊。」

「我幫妳抓了條鱒魚。」

豹星在作夢。溫暖的陽光灑落河族營地，她看見父親叼著魚穿過空地，忍不住興奮地跑上前迎接他。父親把鱒魚放在她腳爪邊，她開心得一身小貓絨毛都顫抖了起來。

「妳長大以後，一定會成為河族有史以來最偉大的戰士。」泥毛呼嚕道，粗糙又強壯的舌頭舔著她的耳朵。

她興奮地對父親眨眼。「我想快快長大。」她喵聲說。「我想讓你驕傲。」

即使在夢中，她的心還是微微一痛。她知道自己會讓父親失望，此時父親雖然就站在眼前，她還是很渴望和他見面。「不要走。」她繞著父親磨蹭，頭蹭了蹭他的肩膀。

「我需要你留在我身邊。」

「我還在。」他喵嗚道。但就在他說話的同時，一塊陰影掠過了營地。

豹星抬起頭，看見一隻老鷹在上空盤旋。

「快跑！」泥毛號叫道。

可是老鷹已經開始俯衝，迅速朝她和泥毛飛來，影子逐漸變大，直到父女都籠罩在黑影中。

「太遲了。」她尖叫。「太遲了！」

豹星猛然驚醒，嚇下一聲驚慌的號叫。夢境點燃的恐懼星火仍然留存在心中，她一躍而起，甩一甩毛皮。入夜了，她原本只打算小睡片刻的。她撐起身體走出族長窩，只見月光下的空地上空空如也，每個窩都寂靜無聲。其他貓都去哪了？那一瞬間，她甚至猜自己被族貓們拋棄了。然後，她看見天心從育兒室向外張望。

「他們去骨丘了。」貓后圓睜著陰暗的眼眸說道。「暗紋和黑足把大家像小貓一樣聚集起來，押著帶出營地了。他們說虎星要召開會議。」

「他們怎麼不來叫我？」恐懼拉扯著豹星的腹部。

天心盯著她。「不知道。」

豹星快步衝向營地入口，心臟跳得飛快。她心裡突然產生了小貓般天真的想法：他能解決問題，他能讓這一切變得合理。問題是，他能怎麼解決問題呢？

豹星奔跑著穿過入口通道，在沐浴月光的夜裡向前奔。接近骨丘時，她聽見貓的嘶吼聲，看見前方那棵用來囚禁石毛、霧足、羽掌與暴掌的柳樹，柳條垂向盤根錯節的樹根，形成屏障。背棄雷族的暗紋與鋸齒合力把羽掌和暴掌拖了出來，石毛站在小徑上看著這一幕，僵硬得像獵物一樣，霧足則蹲在囚牢中，半藏在樹根之間的陰影中。

「他們還好嗎？」她呼號道。「你們弄痛他們了！」

「他們這不是還活得好好的嗎？」鋸齒惡聲說。

「至少現在還活著。」暗紋低吼道，然後推著暴掌走上通往骨丘空地的小徑。

鋸齒咬住羽掌後頸毛皮，拖著她一起走上小徑。

霧足眨眼看著石毛。「你為什麼不反抗？」

石毛搖了搖頭，看上去再無助不過。豹星這才意識到自己的副手變得多麼消瘦，毛皮凌亂不堪，鼻子也多了幾道被爪子抓出來的傷痕。「他們只會拿見習生出氣而已。」他喃喃說道，然後緩緩跟隨虎族公貓走去。

豹星感覺一切都失控了，虎星似乎比自己想像中更加狐狸心。儘管如此，她還是很想相信這一切背後都存在某種理由——即使到了現在，她還是希望虎族還有希望被修復，而非破滅。

「他們是半族貓。」豹星對自己喵嗚道。「雷族只會利用他們對付我們而已，他們消失了，對我們還有他們而言都比較好。」

她昂起下巴，從暗紋和鋸齒身旁走過。兩隻公貓押著羽掌和暴掌，在空地外圍停下來。豹星儘量不去看他們。

「這真的是妳想看到的結果嗎？」她從旁經過時，石毛低吼道。

「安靜！」鋸齒惡狠狠地抓了他一下，石毛卻連一聲痛呼也沒發出。

豹星穿過空地，看見高高站在骨丘上的虎星。看見豹星時，虎星雙眼一亮。「豹星。」他聽上去有點驚訝。「妳醒了啊，真是幸運。來加入我們吧。」

黑足站在骨骸堆的一側，豹星踏上前站到骨丘另一側，無視了族貓們如烈火般灼燒她毛皮的目光。豹星的族貓圍成圈站在空地上，站在虎星的惡棍貓戰士之間，宛如困在陷阱裡的獵物。

深色戰士等到豹星在散落的骨骸中就定位，然後昂起鼻口。「審判的時候到了！」

他高呼。「把囚犯帶過來。」

審判？豹星瞄了虎星一眼。用這種方式流放半族貓嗎也太殘忍了。虎星非得這樣羞辱半族貓不可嗎？也許他這麼做，只是想嚇阻其他貓，讓大家不敢背叛部族吧……

聽見他的呼喚，鋸齒拖著石毛走入空地。片刻後，暗紋把羽掌與暴掌也趕了過來。

「虎族眾貓。」虎星喵嗚道。「你們都知道我們不得不面對的種種挑戰：禿葉季的嚴寒和兩腳獸都對我們構成威脅，而森林裡其他的貓族——還沒發現加入虎族的明智之處的那些部族——也對我們構成了威脅。」

豹星耳中迴響著撲通撲通的心跳聲，她幾乎聽不見虎星的話了。

「雷族的藍星和灰紋都違背戰士守則，和河族貓結為伴侶，而我們絕不能信任在這種伴侶關係中誕生的小貓。你們眼前這幾隻貓，就是我說的小貓。」

豹星嚥了口口水。她提醒自己：這樣也好，還是趁半族貓背叛部族之前，早早把他們趕出去比較好。話雖如此，她也不會在大庭廣眾下驅逐他們。她只希望虎星能快點，只希望事情了結。

石毛似乎已經快站不穩了，卻還是抬頭瞪著虎星。他怎麼會如此虛弱？豹星不是命令其他貓照常為囚犯提供食物嗎？是虎星下達了相反的命令嗎？怒火竄遍豹星的毛髮。

這不是我的錯。

「從沒有任何一隻貓懷疑過我的忠誠。」石毛嘶吼道。「有本事就下來，當著我的面指控我是叛徒！」

虎星不理會他，而是轉頭瞪著豹星。「妳當初選這隻貓當妳的副手，顯見妳的判斷能力不足。」他低吼道。「河族長滿了背叛的雜草，我們必須將它們全數清除。」他眼中燃著熊熊怒火。豹星垂下眼簾。虎星怎麼不趕快把他們驅逐？為什麼還要讓她在自己的族貓面前丟臉？

虎星再次轉向石毛。「我給你一次機會，讓你證明你對虎族的忠誠。」他對石毛說。「把這兩個半族混血的見習生殺了。」

豹星心裡一涼。虎星雖然威脅過半族貓的性命，但那也只是在鞭子面前說說而已，後來他沒再提過這件事，豹星就認定他不過是在逞威風罷了。她努力壓下滿腔的恐懼。虎星怎麼能命令石毛殺死自己的見習生呢？暴掌和羽掌雖然是灰紋的小貓，也間接導致銀流死亡，但他們不該被這樣對待。石毛也不應該被這樣對待。虎星當真認為貓族要強盛起來，就非得用這種方法不可嗎？

「殺了他們。」虎星對石毛說。

石毛轉向豹星。「我只聽妳的命令。」他陰沉地低吼。「妳一定也知道這樣不對。妳要我怎麼辦？」

豹星頓時口乾舌燥。**妳要我怎麼辦？**她能怎麼回答？

「現在是非常時期。」她終於開口，費了好大的力氣才抑制住聲音的顫抖。「在這段時期我們得為了生存而奮鬥，所以每一隻族貓都必須忠誠，容不下二心。石毛，聽從虎星的命令。」

她強迫自己保持鎮定，但是她注視著石毛，卻幾乎無法呼吸。

豹星看見他眼中的變化，石毛剛才滿懷希望地向她求助，現在眼裡只剩下深深的失望。他深吸一口氣，轉身面對兩個害怕地瑟縮在一起的見習生。

似乎過了很久很久，石毛開口了。「虎星，你如果要他們死，那就先殺了我吧。」

虎星的尾巴充滿敵意地抽動。他對暗紋示意。「殺了他。」

驚懼竄遍豹星全身，只見暗紋撲向石毛。豹星幾乎無法呼吸，她眼睜睜看著石毛奮力對抗殘忍的虎斑貓，他雖然受了傷又疲倦不已，還是勉強把攻擊他的暗紋拖到地上，爪子刺入對方喉嚨。

殺死他！豹星發現自己暗中希望石毛打贏。

「了結他。」虎星對黑足彈了彈耳朵，他的副手立刻衝上前，把石毛從暗紋身上拉開。兩隻凶猛的戰士一起對付河族副族長，暗紋壓制住石毛，黑足往石毛的喉嚨一抓。石毛掙扎了一下，然後靜止下來，鮮血染紅了地面。

豹星努力撐住身體，不讓自己搖晃。不能讓虎星看見她內心的嫌惡，這時如果表現出任何一絲軟弱，那誰知道虎星會怎麼對她。

這樣不對。豹星身上每一根毛髮突然驚駭地顫動起來。**我到底做了什麼？**她像岩石般呆站著，眼見鋸齒把羽掌與暴掌拖回監牢，其他貓則默默踏上歸途。**我怎麼會讓河族變成這個樣子？**但現在後悔已經太遲了，她已然踏上不歸路。豹星呻吟一聲，趴了下來。她怎麼會犯下如此巨大的錯誤？

第三十二章

豹星看著黎明曙光穿透垂在窩口的青苔，照進族長窩。她睡了一陣子，但在得知泥毛已經在黃昏時分回來後，豹星就一直夢到自己將骨丘發生的事情告訴泥毛，在夢中想像他驚恐交加的反應。在夢中，泥毛的眼中盈滿悲傷，豹星甚至希望死去的貓不是石毛，而是她自己。也許在泥毛眼裡，她早已死去。也許他從前疼愛的那個豹星已經不存在了。她實在沒勇氣起身把實情告訴泥毛，也不想聽父親可能說出口的話，於是她一直待在自己的窩裡，蜷縮在睡窩中，心裡除了傷痛以外一片麻木。**讓他從其他貓嘴裡聽到消息吧。**

她聽見外頭傳來族貓們甦醒與開始活動的聲音，他們現在想必不知所措，不曉得該去哪裡巡邏、該由誰出營巡邏。少了石毛，大家都不知該如何是好。豹星知道自己該出去對大家說幾句話，但她的毛皮彷彿和岩石同樣沉重。

「你帶一支巡邏隊去河邊。」空地那邊傳來木毛的喵嗚聲。「黑爪。」長老簡明扼要地下令。「今天天氣稍微暖和了，你去看能不能敲破溪谷附近的冰層抓魚。」

「我該帶誰去？」黑爪問道。

「願意加入你的貓都可以。」

獺潑出聲呼喚木毛。「我該帶隊去邊界巡邏嗎？」

「今天先不要。」木毛喵聲說。「我們還沒準備好戰鬥。」

這時，虎星的喵嗚聲響徹營地。「還沒準備好戰鬥？」

豹星猛然坐起身，手忙腳亂地爬出睡窩，卻還是無法逼自己走出去。

「你們這群魚腦袋，我叫你們戰鬥，你們就給我戰鬥！」虎星聽上去很惱怒。「囚犯逃走了，你們都沒發現嗎？」

沒有貓回答。豹星的心臟怦怦亂跳。族貓逃走了，虎星會不會拿她論罪？虎星衝進族長窩時，豹星全身一縮。

「妳沒派貓去守著監牢嗎？」他整張臉都湊到了豹星面前。

「鋸齒說，只能由影族戰士看守監牢。」

虎星闔上雙眼，似乎在克制脾氣。豹星逼自己的腳爪停止顫抖。再次睜眼時，虎星惡狠狠地瞪著她。「我們今天去攻擊風族。」他嘶吼道。「我們會讓他們明白，如果不加入虎族，就沒有未來。如果他們不加入我，我們就把他們逐出領地。」

「只對風族發動攻擊嗎？」豹星對他眨眼。「我們不是打算同時攻擊風族和雷族嗎？」她喵嗚道。「這是我們之前討論出的策略。」

「計畫有變。」虎星沒好氣地說。「我們得趕快行動了。」

豹星強迫自己對上他的目光，這時候非得勇敢面對他不可。「你必須先和我商量，不能擅自改變計畫。」

「不能嗎？」虎星湊得很近。「不然妳打算怎麼辦？派妳的族貓來攻擊我？妳想想，我的戰士們見狀會做何感想？妳也見過他們了吧？妳知道他們什麼事都做得出來。」

豹星吞了口口水。

虎星坐了下來，放柔了語調。「妳到底幫不幫我？」

豹星好想吐。她如果拒絕了，誰知道虎星會怎麼對付她？「我會幫你。」她小聲喵嗚道。

「很好。」

「但我的戰士都還在哀悼，」她喵聲說，「在戰鬥中恐怕沒辦法表現得很好。」

虎星尾巴一抽。「哀悼？」

他是在裝傻嗎？「他們昨晚眼睜睜看著石毛死去。」

「他們那是看著我替他們解決了一個叛徒。」微光中，虎星雙眼閃閃發亮。「要不是妳選半族貓當副手，他們也不必目睹那個場面。妳身為族長做出如此危險的決策，戰士們怎麼可能信賴妳？如果放著石毛不管，他可能會背叛你們所有貓。雷族很可能在等他的暗號。我願意插手干預，是妳的族貓們運氣好。從今以後，虎族的大小決策都交由我制定。妳太不可靠了。」

「這和我們當初說好的條件不一樣！」豹星豎起了後頸毛髮，她不能讓虎星完全掌權。她瞇起雙眼。「我可是虎族的共同族長。」

窩口的青苔顫動起來，只見黑足溜進來，接著是暗紋。兩隻戰士默默站在虎星兩旁瞪著她，脖頸周圍的毛髮都豎了起來。

豹星的心臟似乎停止跳動。她看見他們眼裡的暴虐，知道虎星帶他們進來的意圖：他是在告訴豹星，如果反對他們，她就會被殺。屆時還會有誰來保護她的族貓？豹星後退一步。「好吧。」她喵聲說。「你說了算。」

虎星的尾巴在身後一甩。「很好。」他沉聲道。「很高興聽妳這麼說。我們在正午對風族發動攻擊，妳帶戰鬥巡邏隊到風族邊界和我會合。」

他轉身推開青苔，走出族長窩。暗紋眼神暴戾地瞅豹星一眼後走出去，黑足也跟著走了。

驚慌啃噬著豹星的種種思緒，她很想和泥毛說話。泥毛想必已經得知真相，但除了「我就說吧」，他還能說什麼？石毛死了，現在她還能依賴哪一位戰士呢？豹星辜負了他們。她領著族貓涉入危險的水域，卻不知該如何把他們弄上岸，他們一定恨她入骨。

她閉上雙眼。她到底幹了什麼好事？

至少，鞭子似乎消失了。豹星昂起下巴，率領戰士們來到風族邊界。自從虎星帶著鞭子去她的營地之後，豹星就沒再見到那隻凶狠的公貓，也許是虎星改變心意，決定不和他結盟。既然如此，是不是還有機會反抗虎星的戰士？問題是，豹星的戰士們還信任她嗎？他們願意跟隨她，一起反叛新族長嗎？

她瞥了戰士們一眼。今天宣布要攻擊風族時，沒有任何一隻貓開口，響肚雖然用猶豫的眼神看了她幾眼，但在豹星對上他的視線後，他默默垂下眼簾。獺潑和狐躍當時焦慮地交換了眼神，蘆葦尾卻只茫然盯著前方。石毛死後，族貓們明顯沒了戰鬥的胃口。

豹星拋開了這段回憶。她現在的目標就是讓族貓們熬過這場對風族的戰鬥，儘量全身而退。

接近風族邊界時，她暫停下來，掃視身邊的巡邏隊。「大家記住，」她壓低聲音，用氣聲對族貓們說話，以免虎星和盟友在附近聽見了，「你們儘量別捲進危險的戰鬥，把大部分的戰鬥工作交給虎星的戰士。我只希望你們都毫髮無傷地回家。」豹星一一注視著族貓，卻看見他們盯著地面，毛皮不停抽動，彷彿恨不得鑽到地底下。她的心沉了下去，愧疚感洗刷著毛皮。過去幻想虎族進攻風族與雷族的畫面時，她本以為這場戰鬥能創建單一的強大貓族，從此以後大家都不再挨餓，所有貓都能和諧地團結合作。結果，一切都步上歧途，她相信了不該信任的貓。她這是在強迫手下戰士加入毫無榮耀可言的戰鬥，他們也都心知肚明。

響肚的目光緊張地掃向風族邊界那一排蕨叢，豹星順著他的視線望去，就看見虎星走出來瞪著她。「你們到底來不來？」他惡聲說道。他的毛皮在陽光下閃耀，尾巴不停甩著。

豹星彈尾巴對戰士們下指令，然後朝虎星走去，腹部因恐懼而不停翻攪。她今天命令見習生都留在營地，不管虎星怎麼說，她都不會讓見習生上戰場冒險。

虎星的巡邏隊在蕨叢後方等著，他們在草地上來回踱步，耳朵興奮地抽動。虎星看著豹星的戰士們在他們身旁列隊，還好他似乎沒注意到見習生不在場。

「今天必須速戰速決，」深色戰士低吼道，「而且必須要重創他們。風族那群老鼠心必然會去搬救兵，我們得在雷族到場前離開，但也得讓風族完全明白，如果繼續反抗我，他們將會面對更慘重的損失。」

豹星瞄了族貓們一眼，看見他們昂起下巴、挺起胸膛，她暗暗鬆了口氣。虎星必須相信他們都和他意見一致，否則之後他們肯定得吃苦頭。

眾貓快速穿過高沼，輕輕鬆鬆趕走風族的兩位守衛，結果他們闖進營地時，風族根本就還沒做迎戰的準備。

大家跟著虎星跑進營地時，豹星瞥了黑爪一眼。他還記得她的命令嗎？看見黑爪放慢腳步，讓虎星的戰士在前頭衝鋒，豹星感受到排山倒海的寬慰。狐躍、莎草溪、響肚、甲蟲鼻與田鼠爪都排成扇形散開，儘量待在戰鬥的邊緣，在一旁看著虎星的戰士們嘶吼著撲向風族。

風族揮舞利爪，在長滿草的寬闊空地中央迎戰。空氣中充斥著尖叫聲，豹星擠進混戰，只要讓虎星看見她奮力戰鬥，虎星可能就不會注意到她手下的戰士都躲在旁邊。

豹星矮身鑽到一隻風族戰士肚子下，猛力一頂，把風族戰士推開。她看到除了自己以外，沒有任何一隻河族戰士處於戰鬥中央，真是太好了。

一隻風族母貓瞪著她，琥珀色眼眸中閃爍著仇恨的光芒，然後母貓朝豹星撲了過來。靈活的虎斑母貓撞上來，豹星被她凶猛的攻勢嚇了一跳。虎斑貓抓住豹星的毛皮，靈巧地踢出一腳，踢得豹星後腳爪站不穩，她砰的一聲側身倒地。雷電般的痛楚劃過豹星腹部，風族戰士正在用後腳爪猛踢她肚子。豹星奮力掙脫她，揮出了前腳爪，強而有力的一掌打在虎斑貓臉頰上。更多爪子從後方勾住她，把她往後拖進一大堆不停蠕動的毛皮之中。豹星的耳朵貼平在頭頂，雙眼瞇成細縫，只見好幾隻爪子劃過周圍的空氣。視線邊角有毛髮閃過，豹星感覺到某隻貓的腳爪抓住她，她的毛皮被扯破，全身都被拖入混戰的貓群深處。她揮出一擊，不確定自己到底在和誰打鬥，終於掙脫對方、站穩腳步時，她才鬆了口氣。豹星撐起身體猛撲出去，用力量對付靈活的風族戰士，對敵貓又抓又打。周遭盡是戰士的尖叫聲。**活下去**。這一句話在她腦中迴響。**活下去**。這是她唯一的任務。

利爪劃過她的鼻口，她低頭閃躲後出爪反擊，接著轉身攻擊從後方拉扯她尾巴的戰士。她扯回尾巴、揮出一爪，敵方戰士被她抓得踉蹌後退，耳朵抓破了，她的爪子也留下對方的鮮血。

「結束戰鬥！」虎星對戰士們呼喊。豹星周圍的尖叫與嘶吼聲變得更加淒厲，然後戰鬥逐漸停息，風族貓紛紛四散到營地邊緣，鮮血淋漓、全身顫抖地蹲在石楠牆下。豹星直起身體，掃視戰場尋找族貓的身影，看見他們退到一邊時她鬆了口氣。只見虎星的戰士們對最後幾隻風族戰士抓了幾下，嘶吼幾聲，片刻後整片營地都靜了下來。

虎星在空地中央環顧四周，看見傷痕累累、滿身鮮血的風族眾貓，他眼裡閃爍著得意的光芒。他正用一隻大腳爪把一隻年輕的風族見習生按在地上。

「金雀掌！」空地邊緣一隻風族母貓駭然盯著被虎星壓制的年輕公貓，嗚咽道。

高星黑白相間的毛皮有幾處傷口，全身都沾滿了塵土。他站在空地一頭，正對著虎星。「放開他！」

虎星直直盯著高星，這時黑足繞到了風族族長身邊，輕蔑地龇牙咧嘴。暗紋緩緩繞著營地行走，哪隻風族戰士敢對上他的視線，他就惡聲對他們嘶吼。

「星族的，他還是見習生啊！」高星低吼道。

虎星上下打量風族族長，然後低下頭，輕聲在風族見習生耳邊低語。這時，他眼中劃過了冰寒的怒火，他一爪抓過年輕公貓不停顫抖的脖子，鮮血從傷口噴濺出來，見習生尖叫一聲、開始扭動抽搐，然後不再動彈了。

高星震驚地瞪大雙眼，剛才嗚咽的風族母貓驚駭地大聲哭喊，哭聲在營地中迴響。

豹星感到頭暈目眩，腦中一片混亂。石毛試圖抵抗黑足與暗紋時的那最後一聲低吼，現在仍縈繞在她耳畔。**現在一隻無辜的見習生就這麼死了。**虎星會一直殺戮下去嗎？她瞥了黑爪一眼，然後看向狐躍，以及其他族貓。他們都面帶相同的恐懼，默默看著深色戰士。

「等火星來了，你們把我的訊息轉告給他。」虎星嘶吼著，目光緊鎖在高星身上。「叫他在明天正午，和風族到四喬木和我見面。我已經等得不耐煩了，他到底要不要加入虎族，我要他明天給我一個答覆。」他用一根爪子拎起金雀掌癱軟的屍體。「他如果拒絕我，下場就是這樣。」

眾貓穿過高沼回領地時，虎星洋洋自得的心情令豹星噁心不已。他一路上都在和黑足與暗紋自吹自擂，說剛才擊敗風族根本不費吹灰之力。

「我們應該多殺他們幾隻貓的。」他走在石楠叢中時，喵聲說道。「那就能省下明天殺掉他們的麻煩了。」

「你覺得火星會拒絕你嗎？」暗紋積極地問。

「起初會吧。」虎星喵嗚道。

到了邊界，豹星說她的戰士必須回河邊的營地，讓泥毛為他們處理傷口。還好虎星沒有反對，他逕自率領手下戰士朝松樹林走去。

豹星帶著戰鬥巡邏隊走進營地時，杉皮站了起來。曙掌快步穿過營地去迎接苔皮，陪著她走到莎草牆邊、嗅著她的傷口，然後看著苔皮疲倦地躺倒在地。櫻草掌、矛掌與蘆葦掌都待在見習生窩附近，眼裡閃爍著擔憂。他們知道霧足已經和羽掌與暴掌一起逃走了，但在確認母親安然無恙之前，他們還是無法放心。

「發生什麼事？」杉皮眨眼問豹星。

「虎星讓風族替他轉達對火星的最後通牒。」她告訴杉皮。「他想要明天正午去四喬木，和雷族與風族會面。」

木毛也走過來。「我們也得去嗎？」

豹星無法直視他。「是的。」她又有什麼選擇？如果不支持虎星，那下次就輪到櫻草掌或矛掌死在自己營地裡了。

泥毛匆匆跑出巫醫窩，嘴裡叼著蜘蛛網與藥草。他對上豹星的視線，盯著她看了片刻，豹星實在無法承受他那失望的眼神。她坐了下來，心感覺沉甸甸的，沉重到她不知心臟為什麼還能跳動。泥毛從她身旁走過，開始檢查族貓的傷勢。

豹星闔上雙眼，感覺自己像是被推進深水中，找不到水面。時間彷彿慢了下來，她聽著族貓們輕柔的低語，他們想必都希望曲星當初沒選她作副族長吧。豹星全身一抖。泥毛打從一開始就是對的，她不是當族長的料。她的部族如今支離破碎，很快族貓們將淪為虎星的小嘍囉。

沒辦法了。無論泥毛可能對她說什麼，她都得和泥毛談談，至少得承認自己的過錯。

她睜開眼睛，下午已經轉入傍晚，她卻幾乎沒注意到天色變化。族貓們仍然在營地邊緣舔舐傷口。她站起身來，走向巫醫窩，咬牙推開垂掛在窩口的青苔。

空氣中飄著濃烈的藥草氣味，只見莎草溪和狐躍坐在兩個睡窩旁，她走進窩裡時，兩隻母貓都抬起頭。

「嗨，豹星。」莎草溪喵嗚道。

豹星感到有點訝異。棕色虎斑貓怎麼聽起來這麼友善？「妳感覺怎麼樣？」她問道。

「我過一兩天就沒事了。」莎草溪喵聲說。

「就只是被抓傷幾下而已。」狐躍告訴她。

泥毛從巫醫窩後頭的陰影中走了出來。「我幫她們處理完傷口了。」他喵嗚道。「她們可以回戰士窩了。」

莎草溪對巫醫頷首。「泥毛，謝謝你。」

「謝啦。」狐躍感激地對他眨眼，兩隻戰士結伴走出巫醫窩。

豹星屏著一口氣，泥毛則注視著她。該說的話，豹星都已經對自己說過了，泥毛再怎麼責罵她也就是那幾句。她錯了。她太過愚蠢、太過天真。她親手毀了自己想拯救的部族。她對上泥毛的目光，努力不讓自己顫抖。

「妳叫巡邏隊避到一旁，這點做得很好。」泥毛喵聲說。「沒有戰士受重傷，頂多被咬傷或抓傷而已。」

泥毛對她太溫柔了。豹星喉頭一緊，恨不得像從前還是小貓時一樣，把鼻子埋入父親頸邊柔軟的毛髮。「對不起。」她啞聲喵嗚道。「我早該聽你的勸告。」

「是啊。」他喵聲說。「妳是該聽我的勸告沒錯，但妳從以前就一直認為自己的想法最有道理，總是冒冒失失地衝上前。」

豹星低垂著頭。被父親責怪時，她幾乎鬆了口氣，這是她應受的責難。她害全族陷入極端的險境，還害死了石毛。

「那麼，妳打算怎麼辦？」

她抬起頭，對泥毛的提問感到訝異。「我能做什麼？」

「妳生來的宿命就是拯救河族。」

她搖了搖頭。「你還不懂嗎？你那個預言錯了。」她喵聲說。豹星為了那句預言犧牲了太多太多——她原本有機會成為蛙跳的伴侶的。蛙跳原本有機會活下來的。若是走上那條路，他們現在應該已經生下小貓了吧？「那不過是你作過的一場夢而已，永遠不可能成真。是我太傻了，我不該輕易相信的。」

泥毛定定注視著她。「妳是在怪我讓妳走上這條路嗎？」

「不是。」她連忙喵聲說，擔心父親會認定她就是這麼想的。「這都是我的錯，我把一切都搞砸了。」

「即使到了現在，我還是相信我的預言。」

豹星愣然盯著他。「為什麼？我失敗了。我毀了一切，現在連河族都滅亡了，只剩下虎族，而它……」她嚥了口口水。「它是邪惡的存在。」

「那妳打算怎麼辦？」

又是這個問題。豹星看著父親，他莫非是腦子裡有蜜蜂？

「我什麼都做不到。」她難過地喵嗚道。「全都沒救了。」

「妳不阻止虎星的話，還有誰會來阻止他？」泥毛喵聲問。

「沒有貓能阻止他了。」

「總得有貓去阻止他的。」泥毛靜靜說道，說話時完全沒有挪動身體。「妳還記得我那個預言的確切內容嗎？」

怎麼可能忘得了？「亮天叫你照顧我，因為我有天會變得很重要。」她喵嗚道。

「沒錯。」泥毛喵聲說。「她說，妳有天會變得非常重要，而且不只是對河族，對所有貓族而言都無比重要。」

豹星無助地盯著他，她不僅辜負了自己的部族，甚至還辜負了所有貓族。「我愧對所有貓。」她的喵嗚聲哽在喉頭。

「妳還沒愧對我們。」泥毛走近一些，直直注視著她。「虎星本就打算威脅所有部族，即使不利用妳，他也會利用別隻貓。他本就是所有貓族都必須面對的一個難關。」他對豹星眨眼。「別逼他們獨自面對困難。」他喵嗚道。「去幫助他們。」

「幫助他們？」

「是啊。」泥毛喵聲說。「妳不得不幫。」

她看著父親，驚訝地發現他眼裡仍然充滿疼愛。自己雖然犯下這麼多過錯，泥毛還是相信她。

她可以的，她必須這麼做，必須集中精神。假如雷族和風族不是她的敵族呢？假如他們成了盟友呢？「我們可以合力打敗虎星。」她喵嗚道。

泥毛眼睛一亮。「虎星從沒有得到妳的忠誠。」

她點點頭。「我現在追隨他，只是怕他傷害我的族貓而已。」

「但只要他消失，他就不可能傷害族貓了。」

豹星的心快活起來。「如果我幫助雷族和風族打敗他，他就再也無法傷害河族了。」

泥毛的呼嚕聲似乎讓周圍空氣暖了起來。

豹星坐下來，用尾巴蓋住腳爪，開始絞盡腦汁思考。「虎星想在明天發起戰鬥，他認為河族會站在他那一邊。」她興奮地看向泥毛。「如果我們不支持他呢？如果他要面對的部族不是一個，而是三個呢？」

「那他就必定會輸。」泥毛甩著尾巴。「決定所有貓族命運的貓將會是妳，大家都仰賴妳了。」

第三十三章

「別忘了，」豹星輕輕對黑爪嘶聲說，「戰鬥開始後，你們別打雷族，我們的對手是影族。」

他點點頭，目光掃向虎星。

「你們在那邊偷偷摸摸地說什麼？」虎星瞪著豹星，眼中閃爍著不信任的精光。

她抬起頭。「你到底想不想打贏這場戰鬥？」她也沒等虎星回答。「想的話，那就讓我對我的戰士說話。」

虎星低哼一聲，轉頭對自己的戰士下令。「等我一下令，你們就去攻擊對方。」

虎族眾貓在四喬木空谷頂排開，天上沉重的烏雲似乎隨時會下雨。豹星一直待在河族戰士近處，在他們與虎星、黑足、暗紋之間保留一段距離。虎星的戰士們像岩石似地站在他身邊，深色毛皮被勁風吹亂，傷痕累累的耳朵不時抽動，等待朝坡底進軍的命令。他們身上仍帶有昨天和風族戰鬥的傷，豹星不禁想到風族，不知他們的戰士昨天受虎族猛烈突襲後，有沒有恢復過來？他們現在還能再戰嗎？還是他們根本不敢露面？

鋸齒和圓石和其他森林戰士站在一起，他們雖然在小島營地上住了一段時日，卻沒有變得對河川族貓們比較忠誠。即便到了現在，他們還是目光不善地打量著響肚和沉步，彷彿這兩隻貓和雷族、風族同樣是敵軍。豹星恨恨地心想：**戰鬥中突襲他們應該再容易不過。**

「你叫見習生待在斜坡上，遠離戰鬥的中心地帶。」豹星小聲告訴黑爪。

「我已經提醒他們了。」黑爪低聲回道。

曙掌、櫻草掌、矛掌與蘆葦掌都不安地在各自的導師身旁動來動去，這是他們這輩子第一次上戰場。豹星感到懊悔不已，只希望他們的下一場戰鬥能是更光榮的場合。她想看到年輕貓兒為河族戰鬥，而不是為虎星戰鬥。一絲渴望拉扯著豹星的腹部，她現在只想復興河族，讓族貓恢復健康又安全的生活。

虎星俯瞰斜坡下方。「看到火星和他那群老鼠心朋友了沒？」

暗紋嚐了嚐空氣。「我沒聞到他們。」

虎星望向天空。「他應該要來了。」

「他可能不打算來了。」黑足喵嗚道。

豹星全身一緊。要是雷族和風族決定無視虎星的最後通牒呢？那河族是不是得一直忍受虎星的威權，直到他們出來反抗他為止？

「火星大概像獵物一樣，躲在窩裡瑟瑟發抖吧。」暗紋冷笑著說。

黑爪瞇起雙眼盯著虎星。「雷族和風族都驍勇善戰，你確定我們能打敗他們嗎？」

「我確定。」深色戰士眼裡已經閃爍著勝券在握的光芒了。「因為，我們不是獨力和他們戰鬥。」他彈了下尾巴，只見空谷邊緣的蕨叢動了起來。

豹星全身一僵，看著鞭子踏入空地，寵物貓項圈上的牙齒閃閃發亮。他周圍有更多貓從樹叢中走了出來。豹星的心不停下沉。

「我不是說過嗎？如果要同時攻打雷族和風族，我們就需要增援。」虎星看向豹星。「河族不如我想像中強大，於是鞭子為我們提供許多戰士，這下我們就能永遠消滅雷族和風族了。」還有好多貓走在樹叢之間，他們擠在坡頂，多得無法計數。他們看上去都瘦巴巴的，毛髮也又髒又亂，但豹星看得出他們其實都很精實，力氣其實不小。他們眼裡閃爍著飢餓的光芒，她從沒在任何一位戰士眼中看過那種神色。她喉頭一緊，河族如果有任何背叛虎星的動作，下場一定會非常悽慘。

「這是血族。」虎星驕傲地掃視他們，彷彿這些是他親自訓練出來的戰士。「他們同意幫助我們征服整片森林。」

鞭子瞇起了眼睛。「我們只同意要加入戰鬥而已。」他沉聲說道。

「那當然。」虎星圓滑地喵嗚道。「我也只需要你們加入戰鬥而已，剩下就交給我來處理吧。」

鞭子看著深色戰士轉向黑足。

「既然大家都到了，我們去下面的空地吧。」虎星穿過斜坡上的樹叢，走入空谷。黑足跟了上去，他的戰士們也跟著湧上前。

豹星動彈不得，感覺腹部被恐懼掏空。她完全沒料到鞭子會來，她還以為虎星放棄將外來助力引入貓族的想法。

「我們不能同時和他們兩批貓打。」黑爪在她耳邊嘶聲說。

「我知道。」豹星的心臟怦怦亂跳。她本以為自己能帶著捷報回家，告訴泥毛她打敗了虎星，但看來這不可能成真了。她的戰士們要想在這場戰鬥中存活下來，那就得站在虎星這一邊，否則就會被惡棍貓大軍撕成碎片。她感受到排山倒海的絕望。一旦雷族和風族被消滅，河族或其他任何一族就完全沒有復興的希望了。到時森林裡每一隻貓都得臣服於虎星的威權之下，在他永無止盡的權力欲望下苟活。到時，貓族就不剩任何守則、榮耀或忠誠可言了，只剩下無邊無際的恐懼。

她閉上雙眼。**星族啊，幫幫我**。她怎麼會以為自己有能力拯救所有貓族？

黑爪輕輕撞了她一下。「我們該怎麼辦？」

豹星強行壓下滿腔絕望。她已經選擇這條路，那就得走到底，最後再由星族決定如何懲治她。她貼平了耳朵，直豎著尾巴。「我們別無選擇。」她輕聲告訴黑爪。「只能為虎族而戰。」

黑爪失望地垂頭喪氣。

「我們別無選擇。」她喃喃重複道。

「我知道。」黑爪看著她，雙眼因無奈而變得空洞無神。

「去告訴其他貓。」

他鑽到眾族貓之中，把改變計畫的事情小聲告訴大家時，豹星注意到鞭子和他手下的貓都沒有動靜。他們仍然在山坡上，看著虎星和他的戰士們走到坡底。

「你們不一起來嗎？」她問鞭子。

「我會等貓族都聚集在谷裡，再下去加入你們。」他喵嗚道。「你們是不是要先討論一些戰士的事情？」他的鬍鬚一抽，和身旁一隻高壯的黑白公貓交換眼神，兩隻貓一起呼嚕笑著，彷彿戰士在他們眼裡不過是大笑話。

豹星壓抑了滿腔怒火，彈了下尾巴示意族貓跟上，然後跟隨虎星走下坡。

來到坡底時，她嗅到雷族與風族的氣味。

「等等。」虎星用尾巴擋住她，不讓她鑽出樹叢、進入四喬木空地。

她從樹枝間往外望，只見火星和高星並肩站在大橡樹下，雷族和風族眾貓緊張兮兮地在他們身後動來動去。風族戰士們昨天才剛經歷惡戰，現在還傷痕累累，至於雷族戰士看起來就強健一些，但豹星還是能看見他們眼中的恐懼。罪惡感鑽到豹星的毛皮下，如果她當初沒同意和影族合併，這場戰鬥可能永遠不會發生。她抖了抖毛皮。現在後悔也沒有用，她只能加入戰鬥，確保族貓們都能活著離開四喬木。

豹星瞄了虎星一眼，等待他的信號。見他點頭，豹星跟隨他、黑足與暗紋鑽出樹叢。

火星豎起了全身毛髮，卻不是恐懼的緣故。一見到虎星，他那雙祖母綠色的眼眸似乎閃爍著活力的光彩。「你好啊，虎星。」他冷淡地喵嗚道。「你來了啊。該不會還在找那幾隻在河族領地搞丟的囚犯吧？」

豹星豎起耳朵。是他幫助霧足、羽掌與暴掌脫身的嗎？她的心微微上浮。他們現在是不是安全地待在雷族營地裡？

虎星嘶吼一聲。「火星，你會為你那天的行為感到後悔的。」

「來啊，讓我後悔啊。」火星嘲諷道。

豹星身後，虎族戰士紛紛鑽出樹叢，在空地上散開。火星仍然沒有懼色。豹星緊張得腳爪發癢，雷族那隻年輕的族長真以為自己能打贏嗎？她還真憐憫火星。他根本不知道鞭子的軍隊已經在斜坡上等著。

虎星往前踏出一步。「你考慮過我的提議了嗎？我給你兩個選項：現在加入並服從我、或者被我殲滅。」

火星瞟了高星一眼，高星頷首。他們已經下定決心。

「我們不接受你的提議。」火星喵嗚道。「這片森林本就不該由單一部族統領，尤其是被你這麼一個毫無榮耀可言的謀殺犯統領。」

豹星心中萌生對雷族族長的一絲敬佩，如果她當初如此乾脆俐落地拒絕虎星就好了。但是火星曾經是虎星的族貓，和她相比，火星對深色戰士顯然瞭解得多。

虎星一甩尾巴。「火星，無論你願不願意，這座森林都會由單一部族統領。等到了今日黃昏，四族的時代將會終結。」

斜坡上的樹叢窸窣作響，血族就如一波大浪，即將撲過來將所有部族貓捲走。

豹星悄悄遠離虎星，在黑爪耳邊輕聲說：「無論如何都要保護好見習生。」

「好。」

「還有，你要確保每一隻河族貓看上去都在戰鬥。」她悄聲說道。「要是虎星認為我們沒出全力，之後一定會給我們苦頭吃。」

她說話的同時，黑足揚起尾巴打了個信號。後方的血族貓走了出來。火星的耳朵不停抽動，顯然是看著愈來愈多貓湧進空地，無法再保持鎮定。一排又一排的貓走上空地，排隊站在虎族戰士們後方。

「所以呢？」虎星用絲綢般的語調問道。「你確定還要和我們作戰嗎？」

火星沒有回應，他的族貓們緊張地挪動身體，低聲交頭接耳。

「火星，你看吧？」虎星似乎已經勝券在握。「我甚至比星族更加強大，我已經改變了森林裡的秩序，貓族將由四族變為兩族。虎族與血族會永遠統治這片森林。」

火星臉上浮現驚慌，豹星很想對上他的目光，用眼神讓他知道她自己也很懊悔。其實她現在和火星一樣受制於虎星，同樣別無選擇。但這時，雷族族長昂起了鼻口。

「不，虎星。」他低聲喵嗚道。「你想戰鬥的話，我們就戰鬥吧，星族會讓你知道誰強誰弱。」

豹星的呼吸變得急促。他還真是勇敢，她過去完全低估了這隻寵物貓。

「你這個鼠腦袋！」虎星罵道。「我今天本想來和你談判的。那你記住，我們會走到這一步都是你的緣故，當族貓在你身旁死去時，他們會用最後一口氣譴責你。」他轉頭面對後方眾貓。「血族，進攻！」

豹星的心揪了一下。她繃緊肌肉，準備跳上前加入戰鬥。

但是，沒有任何一隻貓前進。

她看見虎星瞪大雙眼。

「進攻啊！聽我的命令！」他的尖叫聲多了一絲狂怒。

然而，除了鞭子以外，沒有任何一隻貓動彈。鞭子往前踏出一步，瞥了火星一眼。「我是血族族長，鞭子。」他冷冰冰地喵聲說。「虎星，我的戰士還輪不到你對他們發號施令，他們只會在我下令時進攻。」

虎星錯愕地盯著惡棍貓，眼中閃過了憤恨。

豹星胸口萌生了希望。虎星的盟友會不會背棄他？這時，火星走上前，來到兩貓之間，豹星看了全身一僵。他難道不知道這兩隻貓有多麼危險嗎？

灰紋從雷族戰士之中竄上前。「火星，小心！」

然而，火星筆直注視著鞭子。「我是火星。」他喵嗚道。「我是雷族族長。我很想說歡迎你來森林，但即便我說了你也不會相信，而且我也不想對你說謊。我和你所謂的盟友不同，我是重視榮耀的貓。你如果信了他對你許下的任何一句承諾，那就大錯特錯了。」

說得好！豹星很想大聲呼喊。她也被虎星騙了。

「虎星告訴我，他在森林裡有一些對手。」鞭子喵聲說。「我為什麼要相信你，而不信他？」

火星凝視著寵物貓，豹星發現自己暗中期待他說服鞭子。

「所有部族的貓兒，」他喵嗚道，「尤其是血族貓，你們不必決定是否相信我，只要聽到虎星罄竹難書的罪過，你們就會知道他不可信了。虎星過去還是雷族戰士時，謀害了我們的副族長紅尾，希望除掉當時的副族長後，自己能取代他的地位。」

豹星納悶地眨眼。紅尾不是在陽光岩和河族戰鬥時，被橡心殺死的嗎？她豎起耳朵，聽火星說下去。

「後來獅心被選為副族長，但是當那位崇高的戰士在和影族的戰鬥中陣亡時，虎星終於如願以償當上了副族長。」

他頓了頓，空地被凝重的死寂緊緊抓著不放。這時只有虎星打破沉默。

「你繼續喵喵叫啊，寵物貓。再怎麼叫都無濟於事的。」

火星不理他。「但是，僅當個副族長還不夠。」他接著說。「虎星還想成為族長。他在轟雷路旁為藍星設下陷阱，結果我的見習生煤皮誤入其中，從此瘸了一條腿。」

豹星瞪大了雙眼。原來虎星從那麼多個月前就開始犯罪了。

「後來，虎星和碎星一同想出了陰謀。」火星又說道。「前任影族族長原本被囚禁在雷族，他帶了一批惡棍貓進入雷族營地，虎星還試圖親手殺害藍星。我阻止了他，雷族擊退入侵者之後，我們把虎星逐出領地。」

這下，豹星終於知道深色戰士離開雷族的原因了。如果她從前知道虎星會為了實現野心而謀害其他貓的話，事情就不會演變至此了。可是藍星為什麼沒警告其他貓族？豹星伸了伸爪子。如果雷族早些把虎星這些罪行的真相告訴其他部族，他們也許就不會走到這步田地。

火星還沒說完。「成為惡棍貓以後，他又殺了我們另一位戰士——追風。然後我們還沒弄清楚狀況，他就跑去當影族族長了。雖然他成為一族領袖，虎星還是想對雷族復仇。三個月前，一群狗闖進了森林，虎星為他們捕捉獵物，然後用兔子死屍把狗群從牠們的巢穴吸引出來，一路吸引到了雷族營地。他謀害了我們其中一隻貓后——斑臉——把她遺棄在營地附近，讓狗喜歡上貓血的滋味。要不是我們及時發現、及時逃走，全雷族都會被狗群撕成碎片。」

「那樣正好。」虎星低吼道。

豹星看著他。如果有天河族毀滅了，他也會這樣輕描淡寫地帶過這件事嗎？

「結果，」火星又說道，「我們的族長——藍星——作為戰士壯烈犧牲，拯救了差點被狗群殺死的我，還有我們所有族貓。」

恐懼冰冷的爪子鑽到了豹星的毛皮下。她本就知道虎星很邪惡，卻沒想到他如此暴力、如此殘忍。

「這就是虎星過去犯下的罪行。」火星再次轉向了鞭子。「你可以從這所有事件看出一件事——只要能得到權力，他什麼事情都做得出來。如果他答應要把森林的一部分給你，那千萬別相信他，他連一個腳印都不會給你，也不會給其他任何一隻貓。」

鞭子瞇起眼睛，豹星屏著一口氣。凶猛的惡棍貓會不會拋棄盟友？他被火星說服了嗎？她努力壓下心中湧起的希望。如果鞭子選擇離開，那她就會照著原本的計畫，在戰場上支持雷族與風族，一舉滅掉虎星。

鞭子的目光轉向虎族族長。「虎星在兩個月前來拜訪我時，就把他利用狗群的打算告訴我了。」

這我怎麼沒聽說？豹星嘶下了一聲低吼，她氣自己被白白利用。虎星就只和她分享能用以操縱她的情報，其餘事情都絕口不提。

「他倒是沒把計畫失敗的消息告訴我。」鞭子接著說。

「這都不重要。」虎星甩了甩尾巴。「鞭子，我們已經達成協議，只要你現在和我並肩作戰，就能得到我承諾的那一切。」

「只有在我決定戰鬥時，我和我的部族才會參戰。」鞭子喵嗚道。他對火星補充道：「我會考慮你對我說的這些，今天我們不會參戰。」

感謝星族！寬慰的情緒流遍豹星的毛皮。但這時，虎星已經氣得全身毛髮直豎了。他甩著尾巴，繃緊了肌肉蹲伏在地上。「叛徒！」他伸出爪子朝鞭子撲去。

豹星全身一緊。鞭子怎麼可能贏過強壯有力的虎斑貓！虎星可是比他粗壯一倍。然而，鞭子的動作非常迅速，他閃到一旁，躲開撲到地面的虎星，然後當深色戰士轉身面對他時，他用前腳爪攻擊虎星。

豹星看見他每一根爪子尖端不自然地反射陽光，不禁瞪大了眼睛。其他戰士也都看到了，各族巡邏隊都傳出震驚的耳語聲。鞭子在自己的爪子上裝了長長的狗牙，而且還特別磨尖過。

虎星被一掌打在肩膀上，一時間重心不穩，側身摔倒在地上。虎星摔倒時露出了腹部，鞭子銳利的尖爪刺入他的喉嚨，鮮血從傷口湧出，寵物貓接著將爪子往下劃過，從虎星的喉嚨一路劃到了尾巴。

虎星憤怒地尖叫，號叫卻化成痛苦的呻吟，只見他全身痙攣、四肢抽搐，尾巴也不停亂甩。豹星厭惡地在一旁看著，看見虎星靜止不動時，她胸口再次萌生希望。他死了嗎？他不是有九條命嗎？也許星族不肯真正將族長的標誌賜予這隻殘忍的貓……可是受傷的公貓又開始痙攣，憤怒地大聲號叫，然後又靜止下來，過程中鮮血不停從傷口汩汩流出。他再次抽搐起來，豹星這才駭然意識到，他正在接連失去一條又一條性命。她看著深色戰士再次痛苦地抽搐，爪子扯下一團一團青草，尖叫聲從狂怒轉變成恐懼。

她皺起了臉。無論是哪隻貓都不該死得如此悽慘，但虎星一死，河族就能重獲自由。豹星很希望虎星死去。她望向天空。**星族，原諒我**。虎星的戰士們開始逃跑，其中幾隻轉身逃出空谷。就連風族戰士也開始後退，高星還得命令他們維持陣形。

豹星瞄了自己的戰士一眼，只見黑爪震驚得僵在了原地，狐躍與田鼠爪都在發抖，莎草溪與蘆葦尾則擋在見習生前方，不想讓他們看到這鮮血淋漓的場面。這時如果有族貓逃跑，豹星也不會責怪他們，畢竟她多次證明了自己無力保護他們。儘管如此，沒有一隻族貓試圖離開，他們都留在她身邊。豹星感激得心疼。

虎星開始喘息了，他不停為活命而奮鬥，耗光了所有力氣。然而，他眼中仍燃燒著仇恨的烈焰，直到身體最後抽搐一次，直到完全靜止不動，火焰才終於熄滅。

他死了。悲傷宛如糾纏成一團的青苔，在豹星胸中散開來，填滿了胸腔，直到她呼吸困難。她不只在為死去的虎星哀悼，也是為他在森林裡這短暫的時間內摧毀的每一條性命哀悼。星族為什麼要讓他誕生在世界上呢？

鞭子仍然面對著火星，他身後的血族貓前進一步，彷彿準備進攻。豹星伸了伸爪子。現在，她的戰士們該支持哪一方呢？誰才是最大的威脅？

虎星死去的過程中，鞭子幾乎連看也沒看他一眼。「你瞧，違抗血族的貓就是這種下場。」他平靜地警告道。「你這位朋友——」他輕蔑地朝虎星的遺體一彈尾巴。「以為自己能控制我們，但是他錯了。」

「我們沒有要控制你們。」火星喵嗚道。「我們就只想和平地生活而已。虎星用謊言把你們騙來，這我們也看不下去，歡迎先在森林裡狩獵再回家。」

豹星眨眼看著火星。他真的這麼天真嗎？鞭子已經見識過了森林與河川豐富的物產，剛才還一擊殺死了全森林最強大的戰士，火星真以為鞭子會默默掉頭離開？雷族族長這一路上目睹了虎星的野心與手段，難道就沒學到教訓嗎？

「回家？」聽到鞭子的話語，豹星一點也不意外，內心卻充滿恐懼。寵物貓眼裡盈滿了鄙夷之情。「森林裡的傻子，我們哪都不會去。在我們原先居住的那個城鎮裡，住著非常多貓，活著的獵物十分稀少。只要住進這片森林，我們就不必靠兩腳獸的垃圾維生了。」他環顧仍然在空地上的戰士們。「現在，這片地盤由我們接管。」他喵嗚道。「我會同時統治森林和城鎮。當然，你們可能還需要一點時間接受這件事。我給你們三天時間，你們得在三天內離開——否則就和我的部族一戰。我會在第四天黎明等你們的答覆。」

接下來的日子，豹星只專注於餵飽族貓。鞭子殺死虎星後，沒有逃走的影族貓都像迷路的小貓似地跟著她回家，圓石和暗紋都來了，就連黑足現在也對她俯首貼耳。她只希望霧足、暴掌和羽掌能回家，但自從火星協助他們逃脫虎星的囚牢之後，他們就選擇留在雷族。豹星不信任加入河族的前影族貓，不願意讓他們和長老與見習生一同睡在河族營地，更不可能讓影族貓睡在育兒室附近。最後，她留幾位戰士守著小島，留泥毛在營地裡照顧天心，然後率領其餘河族與影族來到骨丘空地。他們會暫時在空地上紮營，直到她想到接下來該怎麼辦為止。

至少河川解凍了，這應該是星族的庇佑吧。現在她不只要餵飽河族貓，還得填飽影族眾貓的肚子，而且她不太敢派巡邏隊進松樹森林，以免他們遇上鞭子的手下。說到底，豹星實在不確定該怎麼辦才好。距離鞭子設下的時限還有一天，她幾乎都沒闔眼，也食不下嚥。是她害部族遭遇這種困境的，現在她必須做決定：他們該留下來面對鞭子，還是離開森林，在比高岩山更遠的地方尋找新家？鞭子有沒有可能讓他們在河畔平靜過活呢？她很想相信鞭子能留給他們這麼一條生路，但她也明白，那隻暴虐的惡棍貓不太可能對他們如此寬厚。

現在，黎明照亮天空，豹星躺在骨丘旁。她已經習慣了骨丘的惡臭，她應該把這堆骨骸拆掉才對，但如果他們最終要離開，又何必浪費力氣呢？通常這時候石毛應該在安排一天的巡邏任務，可是石毛已經不在了，他再也不會出現了。黑足在她身後挑起骨丘上的骨骸，把骨頭丟進河川，讓河水帶著它們往遠方流去。

暗紋看著他們，眼裡閃爍著輕蔑的亮光。「都花了那麼多時間收集骨頭，為什麼要丟掉呢？」他不屑地說。

黑足厭惡地打量他。「真正的戰士哪會收集鴉食啊？」

響肚穿過空地，走近豹星時點頭致意。「我該帶矛掌出去做戰士訓練嗎？」

豹星對他眨眼。「應該吧。」她喵嗚道。

「他該練習戰鬥技巧。」響肚喵聲說。「所有見習生都該好好練習。」

豹星對上他的目光，恐懼在腹中蠢蠢欲動。「為什麼？你覺得他們能和血族戰鬥嗎？他們一定瞬間就被撕成碎片了。」

「至少該給他們嘗試的機會。」響肚的尾巴緩緩在身後甩動。

他的勇氣令豹星十分感動，但他真的願意犧牲自己的見習生嗎？不過呢，她何必和他爭這些？「把他們都帶去訓練吧。」她對響肚說。讓他們有事情忙也好。

響肚轉身離開時，豹星看見了泥毛。她父親穿過空地走來，陰翳的雙眼盈滿擔憂。莫非又發生什麼事了？

豹星坐起身，這個簡單的動作就耗盡了她全身的力氣，空氣彷彿變得和水一樣稠密。「天心還好嗎？」她隨時可能產下小貓。

「她沒事。」

豹星鬆了口氣，卻沒能安心太久。看見泥毛期待的表情，焦慮又再次湧回。

「妳決定好了嗎？」他問道。

「我沒什麼好決定的。」豹星答道。「鞭子是對火星和高星下達最後通牒，不是對我們。」

「妳覺得這不會影響我們？」泥毛一臉不信服的樣子。

「我們之前是虎星的盟友。」她喵聲說。「鞭子可能會把河川留給我們。他只想得到森林和高沼而已。」

「妳真這麼認為？」泥毛盯著她。

豹星垂下肩膀。「其實我不這麼認為，但我也不知道還能怎麼辦。我們打不贏他，又不能離開。」族裡有即將生產的貓后，河族怎麼可能長途跋涉？

「所以要在這裡坐以待斃，等著被他趕走嗎？」泥毛追問。

豹星盯著他，不知該說什麼才好。

「妳將會拯救所有貓族。」泥毛喵聲說。

他一定是蜜蜂腦袋。「你到底要看我失敗多少次，才會放棄這個念頭？」她苦澀地喵嗚道。

「我不明白，妳為什麼不再相信這個預言了？」泥毛的眼神變得十分急切。「這還是真的啊。」

「你看看周遭。」豹星尾巴一掃，示意整片空地。影族貓都絕望地坐在空地邊緣，河族戰士們則忙著編織新的睡窩，可他們大概永遠沒機會在這些睡窩裡入眠了。

泥毛湊近。「現在正是各族急需拯救的時刻。」

「然後呢，你覺得我就是有能力拯救所有貓族的貓。」豹星嗤之以鼻。「你去和火星談談吧，他才對得起你這份期望，他才是真正的戰士。你不是也看到他面對虎星和鞭子的模樣了嗎？他無所畏懼，就讓他來拯救所有貓族吧。」

「沒有妳幫忙，他就救不了貓族。」泥毛喵嗚道。「該去和他談話的貓不是我，而是妳。」

「他為什麼要聽我的？」豹星沉聲說道。「我可是虎星的盟友，你難道忘了？在火星眼裡，我就是背叛了所有貓族的叛徒，哪裡是什麼救世主。」

「他需要妳。」泥毛喵聲說。「他需要其他貓的幫助，而且是愈多愈好。」他朝黑足點點頭。「妳現在手下的戰士比從前多了不少，妳要善加利用這份力量，教他們戰鬥。他們會聽妳的號令。」

「他們如果願意聽我的，那他們就是傻子。」豹星低哼道。

泥毛眼中忽然閃現怒火。「妳是優秀的領袖。」他低吼道。「沒有任何一隻貓比妳更努力強化河族。」

「是我毀了河族。」

「妳的確犯了錯，」泥毛承認，「但傷害我們的不是妳，而是虎星。妳從頭到尾只是想保護族貓而已。」

「我沒能保護石毛。」

泥毛眼中閃過無奈。「別再自怨自艾了，還不起來做點事情！」他罵道。「妳無法改變過去，但可以改變未來。妳可以拯救貓族，也將拯救所有貓族。妳聰明又堅強，就算發生那麼多事情，這些貓還是自願跟隨妳。他們希望妳能守護他們，大家經歷那麼多苦楚，妳不能在這時候辜負他們。妳必須為他們最後奮鬥一次，這是妳欠他們的。」

豹星看著泥毛。**最後奮鬥一次**。他是對的嗎？數日以來，豹星的心跳首次加速。她凝望空地另一頭，只見沉步在散落著骨骸的草地上清出一塊空間，正在教曙掌戰鬥用的蹲姿。獺潑的毛皮仍沾著河水，她叼著一條鱒魚走向影皮。狐躍正在為苔皮採蘆葦草，幫她編織成睡窩。豹星剛才絕望地躺倒在地時，族貓們都在完成他們數月以來習慣了的工作，他們相信河族還會延續下去，相信自己無論如何都還會是戰士。豹星直起身子。

「你真的認為我能拯救所有貓族嗎？」她問泥毛。

「當火星向血族宣戰時，妳會是決定他勝利或敗北的關鍵。」

「這值得我冒險嗎？」

「妳覺得呢？」

想到櫻草掌或其他見習生要面對血族惡棍貓，豹星的心就痛了起來。但她有權阻止櫻草掌——或其他任何一隻族貓——作為堂堂正正的戰士過活嗎？「我覺得很危險。」說話的同時，她看見一身眼熟的橘色毛皮。她抬起了鼻口。火星正穿過空地，朝她走來。「不過，」她對泥毛喵聲說道，然後站起身。「我覺得我們非戰不可。」

第三十四章

禿葉季微弱的陽光下，陽光岩依然閃閃發亮。豹星在岩石邊緣等待，剛才和火星的談話進行得很順利，她同意成為獅族的一部分，聯手對抗血族，火星也准許她踏上陽光岩。豹星低頭看著腳邊的水灘，水積在寬闊岩石地面的凹處。這片土地是不是再也不會屬於河族了？明天的戰鬥過後，他們是不是還可能失去河川？

豹星昂起了下巴，她必須相信他們有機會獲勝，否則何必讓戰士們去冒險呢？

荊棘叢——其實現在就只是一團糾結的枯枝而已——窸窣作響，豹星站起身，看見熟悉的藍灰色毛皮從荊棘叢鑽了出來。眼前這貓的眼眸和石毛神似，撕裂了豹星心中充滿罪惡感的傷口。

霧足踩著岩石走來。

她走近時，豹星對她點頭致意。「謝謝妳來見我。」豹星喵聲說。她腳爪用力踩著岩石，這時無論霧足對她說什麼，無論霧足的責備是多麼嚴厲，她都必須默默接受。

霧足眼裡閃爍著淚光，冰藍色眼眸深處卻找不到對豹星的責怪。「火星說妳會和我們一起戰鬥。」

我們。霧足現在是不是將自己視為雷族的一員了？

豹星拋去懊悔的心情，灰色戰士這麼選擇也是情有可原。

「河族會和雷族與風族聯手對抗血族。」豹星喵嗚道。

「虎星是不可能同意支持火星的。」霧足喵聲說。

「虎星已經死了。」豹星甩了甩尾巴。

「那妳現在是虎族的族長了嗎？」

「虎族也已經不復存在了。」她喵嗚道。

「但河族土地上還是有影族戰士。」

「我只是暫時收留他們。最近鞭子在森林裡出沒，影族貓都無處可去。」豹星不禁好奇，她是從什麼時候開始把影族貓當難民看待，而不是當成自己族貓的？也許她從沒有真的把他們當族貓看待過。「我必須對他們負責。他們和我同樣受虎星欺騙與迫害，同樣是受害者。」

「受害者？」霧足的眼神轉冷。「我們被囚禁時，妳可不像是受害者的樣子。」

豹星低頭看著自己的腳爪。「羽掌和暴掌還好嗎？」她靜靜喵嗚道。

「他們都好。」霧足喵聲說。「雷族把他們照顧得很好，也幫他們指派了新的導師。」

這句話彷彿劃過豹星腹部的尖爪。他們現在的導師是雷族貓了。「意思是，他們再也不會回家了嗎？」

「這很意外嗎？」

「他們是河族貓。」

「如果妳在四分之一個月前就相信他們是河族貓，那該有多好。」霧足的喵嗚聲無比苦澀。

「我現在相信了。」

霧足凝視著她，雙眼悲傷地圓睜著。她是不是想到了石毛？豹星太晚轉變心意了，沒能拯救石毛。

「對不起。」豹星抬起頭，對上霧足的目光。「我不該帶著河族加入虎族的，我也早該發現虎星滿腦子只有權力欲望而已。一旦我發現他威脅到我們，就該站出來挑戰他，保護好你們。」她哽咽地喵嗚道，但霧足只哀傷地盯著她，沒有說話。「石毛是因為我的過錯而死。」豹星逼自己說下去。「我永遠都不會原諒自己。我實在不知道自己為什麼會懷疑他，或懷疑任何一隻族貓。血緣根本就不重要，你們沒有一隻族貓有過不忠的表現，每隻貓都和我同樣深愛河族，我卻把河族變成了沒有任何一位戰士能愛的醜惡東西。」她向前探出鼻口。「現在，我打算把河族變回原樣，重建它的輝煌。」

霧足別過頭。「這對我，對石毛、羽掌和暴掌來說，又有什麼意義？我們現在有新的部族了，雷族願意接受我們的全部，他們才不在意我們體內流的是哪一族的血，只在意我們願不願意為族貓們狩獵與戰鬥。」

「我明白。」豹星蓬起毛髮。「不過，我還是得對妳說……」她深深吸一口氣。「假如在明天的戰鬥結束後，我們都還活著，我想邀請妳回家，幫助我重建家園。」

霧足的眼睛沒透露任何情緒。

「我希望妳能當我的副手。」豹星真切地注視著她。「沒有誰比妳更適合幫助我讓河族恢復應有的模樣。」

霧足皺起眉頭。「妳會聽我的建議嗎？」

「會。」

「可是妳之前忽視了石毛的警告。」

「我錯了，也從中學到教訓——我從這一切當中學到了教訓。我會讓妳輔佐我，在我猶豫不決時，由妳擔任我的良知。」

霧足動也不動。豹星屏著氣，聽見後方的歐掠鳥嘰嘰喳喳聊天，聽見下方河川流動的咕嚕咕嚕聲。

最後，霧足的尾巴抽了一下。「我沒辦法立刻給妳答覆。」

「妳可以慢慢考慮。」豹星滿懷希望地對霧足眨眼。她無法想像沒有霧足、羽掌和暴掌的河族，而她也明白，除非失落的族貓們歸來，她對其他族貓造成的傷害永遠都不會有癒合的一天。

「我得走了。」霧足轉過身。

「希望在未來某一天，妳能夠原諒我。」豹星對她的背影喵嗚道。她目送灰色母貓走向樹林，自己的心為失去的一切而隱隱作痛。

就在她走向陽光岩的邊緣，準備爬到下方河岸時，後方傳來喵嗚聲。「豹星！」

她心跳加速。「霧足？」灰色母貓要把她叫回去嗎？是不是有什麼話忘了說？

豹星轉回去面向樹林，迎向匆匆走來的霧足。

「我接受。」霧足雙眼放光。「儘管發生了這麼多事情，我還是愛我的部族。我會幫助妳重建河族。」

「妳會再加入我們？」潮水般的喜悅湧上豹星心頭。

「是，我會作為副族長重回河族。」霧足的尾巴微微顫抖著。「我永遠無法真正成為雷族貓。如果戰鬥結束後我們都還活著，那我就回家。」

「有妳幫忙，我們就能讓河族恢復它該有的樣子。」豹星喵聲說，希望竄遍了她全身上下每一根毛髮。

霧足的眼神黯淡下來。「但在那之前，我們必須先打贏血族。」

第三十五章

豹星在河邊停頓下來，看著影族戰士們過河，確保他們都安全爬上對岸。他們現在還是不太會游泳，不過這是通往集合地點的最短途徑，火星和雷族已經在那裡等著他們。這會是影族與河族最後一次並肩戰鬥，假如這場仗打贏了，黑足將會帶著他的戰士回松樹林。如果打輸，那他們之後就再也沒機會戰鬥了。

豹星的河族戰士都已經在岸邊來回踱步，在昏暗的光線下猶如一道道陰影，毛皮仍在滴水。幾道淡淡的曙光為天空增添了色彩，森林邊際的天空染上金色與紅色。

黑足從河流涉水而出，鼻涕蟲、小雲和枯毛都走在他身後，圓石也緊隨在後。影族巫醫貓嘴裡叼著一個大大的樹葉包裹，裡頭塞滿治療受傷貓兒用的藥草與蜘蛛網。泥毛已經在岸上了，他攤開樹葉包裹，確認藥草和蜘蛛網都沒有被水沖走。

最後幾隻影族貓爬上岸後，豹星的目光掃過這支戰鬥巡邏隊。他們一個個毛皮光亮、身體健康，沒有一隻貓過瘦。她知道無論今天發生什麼事，他們都會奮戰到底，也會毫不猶豫地聽從她所有的命令。在最後的訓練、狩獵與戰前準備過程中，沒有任何一隻貓質疑她，或在收到她的命令後猶豫不決。豹星其實暗暗覺得自己不配得到他們的敬重，不過她下定決心，從今以後要一次又一次用行動換得族貓的尊敬。只要她還是河族族長，就會永遠這麼堅持下去。

「你們一直都是英勇的戰士，今天也會作為英勇的戰士和我並肩作戰。」她呼號道。他們抬頭看向她時，豹星在他們臉上看見了恐懼，每隻貓都知道這會是他們有生以來最艱鉅的一場戰鬥。她挺起胸膛。「過去這些日子，我們一起走在艱苦的道路上，在虎星的勸誘下做了戰士絕不該做的事情。對不起，我沒能保護好你們，讓你們受到他的傷害。我本以為他能讓我們兩族變得更強大，以為他會讓全森林的貓族都變得更強，但他不過是利用你們的忠誠與勇氣，擴大自己的權勢而已。」

黑爪甩了甩尾巴，響肚背脊的毛皮波動了起來。豹星繼續說下去。

「這並不是你們的錯。我應該站出來反對他的，我應該意識到他在做什麼的，我應該試圖制止他的。對不起，我沒能做到這些。是我辜負了你們所有貓，未來即使我去了星族，也永遠會銘記這件事，背負這份罪惡感。」

她穩住了氣息。「但是，過去的失敗讓我變得更堅強，我再也不會相信殘暴是通往力量的正確路途，也不會相信恐懼能導向任何值得發生的改變。如果我們各族要變得更好，那就必須要秉持善良、正直與公平的原則，這就是唯一且真正的力量所在。我向各位保證，我再也不會忘記這件事了。」

她對上黑足的視線。「影族會再次變得強大。」她喵聲說。「河族也是。我們會重建各自的部族，再次為自己所屬的部族感到驕傲。我們的部族會變得比從前更強、更聰明、更公正，成為永遠不會被血族那種惡棍貓擊敗的部族。」她揚起了尾巴。「今天，我們就讓鞭子見識真正的戰士。今天，我們把殘忍與凶狠的風氣逐出邊界。今天……」她環顧一排排滿懷希望的臉。「今天，我們必定勝利！」

她的戰士們高聲歡呼，堅定地甩著尾巴，滿足感流過豹星的毛皮。

如果我們各族要變得更好，那就必須要秉持善良、正直與公平的原則。她全身一僵，赫然發現她所描述的理想——她幻想中的美好貓族——早已存在。那是她孩提時期的河族，養育她長大的河族。許久以來，豹星一直努力想重塑河族，讓它變得更加強大、更加美好，現在卻發現它本就完美無瑕。其實她從頭到尾都不須拯救河族，只需要學會欣賞它真正的價值。

泥毛望向山坡上方，目光變得犀利。他看見什麼了?豹星猛然轉頭，只見火星站在坡頂等著他們，在黎明晨光下，一身橘色毛皮宛若與綠色森林相輝映的烈火。

豹星環顧戰士們，心臟撲通撲通直跳。「準備好了嗎？」

「準備好了！」

「準備好了！」

眾貓的喵嗚聲蓋過了河川流水聲，以及鳥兒的嘰嘰喳喳。豹星意志堅決地豎起了毛髮，轉身率領戰士們走上斜坡，兩旁樹叢擦過了側腹。

他們來到坡頂時，火星微微頷首，他的戰士們也都在後方等待。豹星的巡邏隊加入他們後方陣列時，霧足快步從雷族貓群中走出來，對影皮與狐躍打招呼。

火星對上豹星的目光。「開始吧？」

豹星點頭。「好。」

她轉向四喬木的同時，後方傳來泥毛的呼喚。「豹星，這就是妳的宿命。」他的喵嗚聲迴響在豹星耳畔。「去拯救河族吧。」

豹星回眸望去，整顆心盈滿了對泥毛與部族的愛，強烈到令她心疼。「我會的。」她承諾道。

在她還是天真的小貓時，因為父親在她身上看見了潛力，她相信自己能輕易拯救部族。現在她才發現，自己可能是先差點毀滅部族，才出來「拯救」部族。她過去太愚昧、貪心，輕易聽信邪惡貓兒的花言巧語，和他站在同一陣線。她對族貓造成偌大的痛苦，甚至永遠失去了其中幾個同伴，不過她現在認識到對自己而言最重要的事物——她並不是要河族所向披靡，而是想確保從小養育自己長大的部族能永遠長存。這就是她拯救河族的方法。

然後，在她隨著族貓奔赴戰場時，豹星心中揣著一個無比堅定的信念：他們必定能成功。

WARRIORS

貓戰士 外傳

說不完的故事

關於這些貓戰士一生中不被聲張的祕密插曲。
貓戰士們在生命的分叉點上徬徨、掙扎與思索，
最終選擇了屬於他們自己的道路。

以下每本定價：250 元

說不完的故事 1

誰能確定鼓起勇氣做的抉擇是一條正確的戰士之路？
〈雲星的旅程〉〈冬青葉的故事〉〈霧星的預言〉

說不完的故事 2

不能同時踏行兩條路，貓戰士時時在分叉點上徬徨思索。
〈虎爪的憤怒〉〈葉池的願望〉〈鴿翅的沉默〉

說不完的故事 3

這些貓兒將走上的道路，都是來自他們內心的吶喊與渴望。
〈楓影的復仇〉〈鵝羽的詛咒〉〈烏掌的告別〉

說不完的故事 4

揭開三位雷族貓的神祕面紗，一探富有傳奇色彩的歷程。
〈斑葉的心聲〉〈松星的抉擇〉〈雷星的感念〉

國家圖書館出版品預行編目(CIP)資料

貓戰士外傳 . XX, 豹星的榮耀 / 艾琳．杭特（Erin Hunter）著；朱崇旻譯 . -- 初版 . -- 臺中市：晨星出版有限公司 , 2024.02
520 面；14.8x21 公分 . --（Warriors；69）
譯自：Leopardstar's Honor
ISBN 978-626-320-749-3（平裝）
873.59 112022065

貓戰士外傳之XX Warriors Super Edition

豹星的榮耀 *Leopardstar's Honor*

作者	艾琳．杭特（Erin Hunter）
譯者	朱崇旻
責任編輯	謝宜真
文字校對	謝宜真、謝宜庭
封面繪圖	彩木 Ayakii
封面設計	張蘊方
美術編輯	張蘊方
創辦人	陳銘民
發行所	晨星出版有限公司 407台中市西屯區工業區30路1號1樓 TEL：04-23595820 FAX：04-23550581 行政院新聞局局版台業字第2500號
法律顧問	陳思成律師
初版	西元2024年02月15日
讀者訂購專線	TEL：（02）23672044 /（04）23595819#212
讀者傳真專線	FAX：（02）23635741 /（04）23595493
讀者專用信箱	service@morningstar.com.tw
網路書店	http://www.morningstar.com.tw
郵政劃撥	15060393（知己圖書股份有限公司）
印刷	上好印刷股份有限公司

定價499元

（缺頁或破損的書，請寄回更換）

ISBN 978-626-320-749-3